DIDEROT

La liste des autres ouvrages publiés par l'auteur
se trouve en p. 517.

Jacques Attali

Diderot

ou

le bonheur de penser

biographie

Fayard

ISBN : 978-2-213-66845-1

Couverture : © Sacha Weber
Illustration de couverture @ getty images

« Il vient un temps où toutes les cendres sont mêlées. Alors, que m'importera d'avoir été Voltaire ou Diderot, et que ce soient vos trois syllabes ou les trois miennes qui restent ? Il faut travailler, il faut être utile. »

Lettre de Diderot à Voltaire,
19 février 1758.

« Tous les êtres circulent les uns dans les autres. Tout est en un flux perpétuel. Tout animal est plus ou moins homme ; tout minéral est plus ou moins plante ; toute plante est plus ou moins animal. Il n'y a qu'un seul individu, c'est le tout. Naître, vivre et passer, c'est changer de forme. »

Diderot, Le Rêve de d'Alembert
écrit en 1769.

Introduction

Pourquoi Diderot ?

Quel plaisir de raconter la vie d'un homme immensément intelligent, puits de science, totalement libre, follement amoureux, incroyablement créatif. Et si drôle ! De le découvrir, aussi ; car on ne connaît que depuis très peu de temps la totalité de ses textes. Et encore, sans véritable certitude que d'autres ne vont pas réapparaître du néant où tant de gens ont essayé de l'enfoncer.

Quel plaisir encore de comprendre qu'il a pensé avant bien d'autres, et bien plus sérieusement, aux droits de l'homme, à la révolution, à la démocratie, à l'empathie, à l'altruisme, à l'unité de l'espèce humaine, à la continuité de la matière et du vivant ; qu'il a bouleversé le théâtre et le roman en même temps qu'il a construit, avec l'*Encyclopédie*, le socle de la révolution politique, économique, philosophique, technique et industrielle de la fin du XVIIIe siècle. Quel plaisir de réaliser que, en lisant ses livres et sa correspondance, on acquiert bien des outils pour comprendre et vivre le temps qui vient : à mon sens, dans un siècle, il sera probablement le seul philosophe des Lumières à voir son étoile grandir. Le seul, en tout cas, qui nous sera encore utile, par ses idées comme par sa façon de réfléchir.

Quel plaisir, aussi, de vivre un moment avec cet esprit jubilatoire qui pense toujours en avant de lui-même, sans cesse surpris par ses propres idées, maître dans l'art de la conversation, qui écrit un si merveilleux français, qui adore aider les autres à réfléchir et à écrire, juste pour le plaisir de trouver de nouveaux sujets de réflexion, toujours à l'affût d'un argument contraire à ses propres idées pour avoir le plaisir de changer d'avis. Qui préfère penser qu'écrire, et écrire plutôt que publier. Cet être si gentil, aussi, qui fait tout pour ne jamais se mettre en colère, comprendre ses ennemis, ne pas les humilier, les aider, même.

Quel plaisir encore de vivre un moment dans ce XVIIIe siècle dont il est une des meilleures incarnations, où se côtoient tant d'intelligence et de raffinement, dans un monde épouvantablement dur à la plupart des hommes et des femmes, mourant d'épuisement, de misère, de faim ; un siècle où ceux qui essaient de penser libre vivent encore dans la peur permanente des mouchards, de la censure, de l'arrestation, de la torture, des galères, de l'exil, de la mort.

Quel plaisir, enfin, de constater l'extraordinaire proximité entre cette époque et la nôtre, où un monde finissait et où en commençait un autre ; où une superpuissance s'effaçait au profit d'une autre ; où des technologies bouleversaient les modes de vie ; où de nouvelles valeurs apparaissaient. Et où certains, le sentant, eurent envie de rassembler tout le savoir disponible, avec les techniques de leur temps.

J'ai écrit bien des biographies et aime cet exercice. En particulier quand je consacre un livre entier à une vie d'exception dans une époque intense, comme je l'ai déjà fait avec Blaise Pascal, Karl Marx, Mohandâs Gândhî, Sigmund Warburg. Il est en fait extrêmement gratifiant, sécurisant même, d'emprunter le chemin d'une vie jour après jour et de la replacer dans son époque ; d'entreprendre ainsi comme un périple hors de soi ; de vivre, en somme, des vies en plus. Et quelles vies !

Certaines m'ont particulièrement plu. J'ai aimé être Pascal. J'ai apprécié être Marx. J'ai détesté au bout du compte être Gândhî, dont les ambiguïtés et les hypocrisies m'ont fasciné, puis irrité chaque jour davantage. Rien de tel avec Diderot, dont j'ai adoré suivre l'itinéraire. Plus encore même que Pascal et Marx. De fait, il est le chaînon manquant entre l'un et l'autre : la raison de l'un, l'athéisme de l'autre ; le souci de soi de l'un, le souci des autres de l'autre. Et bien d'autres traits qui les rassemblent tous les trois : une frénésie de savoir universel, une volonté absolue de ne faire qu'écrire, l'exercice du métier de journaliste, la passion de convaincre et de combattre les excès des puissants ; enfin, une vie privée en lambeaux.

Avec, pour Denis Diderot, une particularité qui le distingue des deux autres : une prédisposition infinie au bonheur et à l'amour.

Traversant le XVIIIe siècle, de la fin du règne de Louis XIV à la veille de la Révolution française, Denis Diderot aura tout vu de la fin d'un monde et tout compris de celui qui s'annonçait ; des valeurs comme des rapports de forces politiques et technologiques. Il aura défié tous les grands de son temps. Il aura touché à tous les genres littéraires, dirigeant à l'âge de trente-quatre ans, seul pour l'essentiel et pendant plus de vingt ans, la plus grande *Encyclopédie* de tous les temps, en rédigeant lui-même plusieurs milliers d'articles, relisant, discutant, corrigeant la plupart des 60 000 autres, dont il aura choisi la quasi-totalité des mille auteurs, accompagnant les dessinateurs chez les artisans pour leur arracher leurs secrets et préparer les planches. Le dernier homme à maîtriser tout le savoir de son temps. Polémiquant, ferraillant sur tous les sujets, des mathématiques au théâtre ; essayiste, philosophe, juriste ; capable d'improviser en une semaine un essai philosophique sur la morale, ou un roman érotique ; relisant et remaniant parfois certains de ses textes pendant trente ans sans jamais les publier ; critique littéraire, artistique, musical ; entretenant une intense correspondance amoureuse et philosophique.

Un grand éditeur aussi, toujours soucieux de comprendre le point de vue des autres, de les faire accoucher de leurs idées, jamais avare de ses conseils, laissant même ses interlocuteurs signer des textes de lui ; conseiller, inspirateur et parfois corédacteur de bien des œuvres de Rousseau, d'Alembert, d'Holbach, Condillac, Helvétius, Raynal et tant d'autres. Plus surprenant, il est aussi l'inventeur, en tout cas en français, du théâtre et du roman modernes, faisant entrer le peuple dans ses intrigues, usant de la mise en abyme, entrant dans ses personnages et en ressortant, se mêlant à leur vie ou les laissant libres de leur destin, accordant au lecteur un rôle dans l'écriture de ses livres au point que c'est chez lui que Pirandello, Beckett, Butor, Kundera, notamment, trouveront une part de leur inspiration.

Un grand amoureux, aussi, jusqu'au dernier jour, de plusieurs femmes à la fois, sans jamais s'en cacher, sans jamais en quitter aucune, sans en attendre ni argent, ni influence, à la différence des philosophes de son temps, tous riches par héritage ou par maîtresses interposées. Amoureux du corps et de l'esprit des femmes. Soucieux avant tout de sa fille, qui porte le même prénom que sa mère et sa sœur adorée, et à qui il dédiera l'essentiel de sa fin de vie.

Grand intellectuel, enfin, avant la lettre. Celui qui pense libre, défie le prince, rêve de le conseiller sans jamais se compromettre ;

voit venir la Révolution française et la mort du roi Louis XVI ; l'annonce, dans un texte terrible, avec quinze ans d'avance ; infatigable dénonciateur du despotisme, sans cesse menacé de prison, tolérant jusqu'à l'extrême, y compris à l'égard de ses propres ennemis ; n'écrivant que pour l'avenir, parce qu'il savait son œuvre, de son temps, inaudible, impubliable. Et qu'elle l'est restée, pour une assez large part, jusqu'à aujourd'hui.

Il aura fallu attendre plus de deux siècles pour qu'on le publie et le lise enfin. Et pour qu'on se rende compte que son œuvre nous parle bien mieux que celle de tous ses contemporains, y compris Voltaire et Rousseau.

S'il n'a pas connu de son vivant les triomphes des riches Voltaire, Helvétius et d'Holbach, ni l'influence du famélique Rousseau, c'est parce qu'il n'a rien fait pour dresser sa propre statue ; et parce que son athéisme, son audace intellectuelle, sa maîtrise des sciences, de la philosophie, de la théologie, des techniques, de la musique et de la peinture, sa liberté de mœurs, sa tolérance étaient insupportables à beaucoup, et le sont restés depuis lors.

Il m'a fallu bien sûr, avant d'écrire, lire ou relire toute son œuvre philosophique, romanesque, théâtrale, politique, musicale, artistique, mathématique, laquelle couvre près de dix mille pages ; et les sept cent quatre-vingts lettres de lui qu'on a conservées, où on l'entend si bien parler.

Il m'a fallu aussi lire ou relire les auteurs qui l'ont tant occupé, de Rousseau à Voltaire, de d'Holbach à d'Alembert, de Richardson à Sterne, de Goldoni à Helvétius. Et des centaines de livres et d'articles savants écrits sur lui, dont ceux de quelques grands spécialistes incontournables : Anne-Marie Chouillet[95], Herbert Dieckmann[168], Élisabeth de Fontenay[204], Jean Fabre[196], Frank Kafker[278], Jacques Proust[424], George Roth[448], Raymond Trousson[506], Jean Varloot[520], Paul Vernière[522], Laurent Versini[524], Arthur M. Wilson[549], entre bien d'autres dont on trouvera les noms et les œuvres dans la bibliographie.

Pourquoi « le bonheur de penser » ?

Le bonheur de penser, qu'incarne Diderot, a été et reste un enjeu d'une immense importance. Car si le seul sujet qui occupe les hommes, en fait, est celui de leur bonheur, penser en est une des sources principales avec l'amour, la liberté et la satisfaction des besoins matériels. Penser, c'est réfléchir, raisonner, méditer, mais aussi rêver, créer, fantasmer.

Penser est une forme extrême d'épanouissement, une des plus mystérieuses activités humaines. Notre cerveau reste un continent encore largement inexploré : qu'est-ce que penser ? Comment pense-t-on ? Comment a-t-on conscience de soi ? Comment viennent les idées ? Comment raisonne-t-on ? Comment réfléchit-on ? Comment apprend-on ? Comment crée-t-on ? A-t-on besoin de voir, d'entendre, de sentir, de toucher, de lire pour penser ? Existera-t-il un jour, grâce aux technologies qui rendront possible la transmission de pensée, quelque chose comme une pensée collective ? Les croyances et les idéologies n'en constituent-elles pas les prémices ?

Les neurosciences démontreront bientôt, j'en suis sûr, que penser est une activité nécessaire à la santé, à la vie même. En même temps qu'une des dimensions les plus originales de la condition humaine : quelle machine pourrait rivaliser avec toutes les potentialités du cerveau ? Aucune, à l'évidence. 100 milliards de neurones, avec 10 000 connections possibles pour chaque neurone. Quel plaisir pourrait être plus grand que d'en faire un usage aussi vaste que possible ? Aucun, évidemment.

L'acte de penser est aussi un acte politique. Parce que le droit et le devoir de penser font partie des droits et des devoirs de l'homme.

Diderot en est le meilleur exemple, trouvant son bonheur dans l'art d'apprendre, d'oser penser libre, en écrivant, en lisant, en écoutant, en conversant, en marchant ; dans l'art de changer d'avis, d'être convaincu par d'autres, sans calcul, sans espérance de gain.

Par sa façon de penser, il est aussi un modèle d'avenir : pour lui, impossible de penser sans partager des idées, sans disputer des arguments, sans suivre les mystérieux chemins de la conversation, avec d'autres ou avec soi-même. Sans l'étonnant dévoilement de soi par le verbe dont la psychanalyse a su faire son fonds de commerce.

Quel environnement ?

Dans quel monde naît Diderot ? Pas si différent du nôtre : une Chine première puissance démographique du monde et dont la population représente déjà plus du quart de l'humanité, laquelle rassemble, au début du XVIIIe siècle, environ 700 millions de personnes. Un empire déclinant en Occident, prêt à passer la main : les Provinces-Unies. Un autre en train de naître : la Grande-Bretagne. Des progrès techniques considérables en même temps qu'une crise économique majeure. Partout, même en Europe, des dictatures qui, en particulier, limitent la liberté de pensée. Partout, surtout en Europe, les signes avant-coureurs de séismes démocratiques. Voyager, comme communiquer, reste une entreprise rare et difficile ; on s'écrit à la main, à la plume d'oie, sur un papier artisanal[260]. Le papier est fabriqué à la main à partir – précisera plus tard un article de l'*Encyclopédie* – de « *vieux linge de chanvre ou de lin* », ou de chiffons, même si, « *depuis peu, quelques physiciens ont tâché d'étendre les vues que l'on pouvait avoir sur le papier en examinant si, avec l'écorce de certains arbres de nos climats, ou même avec du bois qui aurait acquis un certain degré de pourriture, on ne pourrait pas parvenir à faire du papier, & c'est ce dont quelques tentatives ont confirmé l'espérance*[189]. ». Diderot passe, pour le courrier, par des postes, en général confiées à des compagnies privées, et dont seuls les riches et les puissants peuvent faire usage.

Dans l'immense Chine, une révolution agricole permet de tripler en un siècle la récolte annuelle de riz et de doubler la population, qui passe alors de 150 à 330 millions de personnes à la fin du XVIIIe siècle. Quand commence le XVIIIe siècle, des nomades mandchous, les Qing, renversent la dynastie des Ming et choisissent Pékin pour capitale, avec au moins un très grand empereur, Qianlong. Celui-ci reste au pouvoir de 1736 à la fin du siècle, met fin au conflit avec la Russie, écrase les Mongols, reprend Lhassa puis l'Altaï – le Xinjiang d'aujourd'hui – et fait la paix avec les très brillants bâtisseurs que sont alors les rois birmans. Comme leurs prédécesseurs, les empereurs Qing restent entièrement tournés vers le monde chinois et s'intéressent à peine aux quelques cargaisons de produits nouveaux qui débarquent des rares navires européens autorisés à venir commercer à Canton.

En Inde, c'est l'apogée du pouvoir marathe. L'Empire ottoman s'assoupit dans sa magnificence. La régence d'Alger sombre dans l'anarchie. En Afrique occidentale et centrale, les Européens envoient des dizaines de millions d'Africains, vendus comme esclaves par des marchands arabes, vers leurs diverses colonies d'Amérique. Au Brésil, la découverte d'importants gisements d'or et de pierres précieuses déplace le centre économique et culturel vers le Minas Gerais. En

Amérique du Nord, les colons français occupent la Nouvelle-France et la Louisiane ; ils fondent Detroit en 1701 et La Nouvelle-Orléans en 1718. Ils rivalisent encore avec les Espagnols et les Anglais.

En Europe, après Anvers et Gênes, les Provinces-Unies, dont l'Espagne a reconnu l'indépendance en 1648, sont, depuis lors, la puissance dominante. Bruges n'est même plus un port ; Venise n'est plus qu'une étape magnifique du commerce avec l'Orient ; Anvers, une banlieue d'Amsterdam ; Gênes décline, comme toute la Lombardie, peu à peu exclue des principaux circuits commerciaux[21].

Amsterdam conduit d'une main de maître, avec ses quelque trois cent mille habitants, la politique de l'Europe. Les régents bourgeois y contrôlent le pouvoir, malgré les conflits entre le grand pensionnaire de Hollande, élu pour cinq ans et rééligible, et le stadhouder (gouverneur) des Provinces-Unies, qui contrôle l'armée. Le protestantisme y libère de toute culpabilité à l'égard de la richesse ; quand s'achève le XVIIe siècle, le revenu par tête d'habitant des Hollandais est quatre fois supérieur à celui des Parisiens[21].

Exceptionnellement bien armée, incomparablement plus nombreuse que celle des autres pays, la flotte des Provinces-Unies contrôle toutes les mers de la Baltique à l'Amérique latine ; elle prend même le contrôle commercial de Séville, qui reste le port d'arrivée des métaux d'Amérique. Ses banquiers règnent sur les taux de change du monde ; ses marchands fixent les prix de tous les produits ; la Compagnie des Indes, puis la Bourse et la Banque d'Amsterdam transforment cette puissance navale en domination financière, commerciale et industrielle ; l'industrie est à Leyde, les chantiers navals sont à Rotterdam ; l'arrière-pays donne des produits agricoles sophistiqués ; on y teint les draps de laine vierge de toute l'Europe, y compris ceux d'Angleterre.

La vie publique est fastueuse ; la vie intellectuelle, intense ; des sociétés savantes échangent des idées. Y émergent les concepts de droit naturel et de souveraineté limitée. Les Provinces-Unies jouent le rôle de « conscience de l'Europe ». Elles sont le foyer intellectuel dans lequel s'épanouit la théorie du droit naturel et du droit des gens. L'université de Leyde forme des étudiants de tout le continent ; presque toutes les élites allemandes et autrichiennes, beaucoup de Français et d'Anglais y étudient ; les meilleurs professeurs d'Europe s'y retrouvent. Pour beaucoup d'Anglais qui ont fui Cromwell ou Charles II, et pour les huguenots qui ont fui la France en 1685, après la révocation de l'édit de Nantes, les Provinces-Unies sont en effet le meilleur refuge possible. C'est d'ailleurs là que sont imprimés, souvent par des huguenots français, les premiers journaux véritablement européens, fréquemment rédigés en français : *Les Nouvelles de la République des Lettres* de Pierre Bayle en 1684, *La Bibliothèque universelle et historique* de Jean Le Clerc en 1686, l'*Histoire des ouvrages des savants* de Basnage de Beauval en 1687. On y trouve aussi beaucoup de descendants de juifs chassés d'Espagne, dont Baruch Spinoza, qui ose penser, dès 1650, à un monde où Dieu se confondrait avec la Nature sans plus imposer aucune loi morale aux hommes. Y travaillent aussi, après Descartes, Hugo Grotius, Christian Huygens et Antoine Van Leeuwenhoek. Et les marchands s'y disputent les œuvres des grands artistes : Johannes Vermeer, Frans Hals, Jacob Van Ruysdael, Rembrandt.

Le reste du monde assiste, fasciné, à ce triomphe qui va durer près de deux siècles.

À côté des Provinces-Unies, de nouvelles puissances apparaissent : l'Autriche s'installe en rempart face aux Turcs ; en 1689, la Russie entre dans le jeu international avec Pierre le Grand. Bientôt, la Prusse s'affirmera. Et surtout l'Angleterre.

Les Anglais maîtrisent les technologies du tissage de la laine, de l'extraction du charbon, de la fabrication du verre. L'abondance des rivières, qui servent principalement de sources d'énergie, même si le relief n'est pas escarpé, favorise, dans le Lancashire, la mécanisation du filage d'une nouvelle matière première textile, rivale de la laine : le coton, connu depuis longtemps en Europe et redécouvert par les Anglais en Inde. Cette fibre végétale devient aussi stratégique que l'or et l'argent du Pérou. Pour la maîtriser, la Compagnie anglaise des Indes prend le contrôle de l'Inde, de l'Amérique du Nord et de l'Asie du Sud, terres à coton.

À Londres, en 1689, coup de tonnerre politique : les princes royaux, Marie et Guillaume d'Orange, de retour sur le trône après la dictature de Cromwell et le règne de Jacques II, accordent au Parlement un droit de regard sur les affaires publiques ; la proclamation du *Bill of Rights* met en place l'esquisse d'un régime de monarchie parlementaire et encadre les pouvoirs du roi ; le gouvernement est responsable devant le Parlement, qui reste cependant entièrement dominé par l'aristocratie foncière ; la censure est abolie ; les libertés de réunion et de parole sont un peu mieux protégées.

La même année, John Locke explique, dans son *Essai sur l'entendement humain* (qui va exercer une influence considérable dans toute l'Europe), que la volonté de chacun s'explique par le manque (*uneasiness*[322]) et par la demande du « bonheur et lui seul » (*happiness, and that alone*[322]) ; le bonheur, dit-il, est la raison d'être de tout désir[201]. L'année suivante, dans son *Traité du gouvernement civil*, il critique la puissance paternelle, le pouvoir des monarques, et fait de la liberté individuelle un droit naturel inaliénable[324]. On trouve alors aussi, en Angleterre, des talents majeurs dans toutes les disciplines : philosophie (Hobbes, puis Berkeley), morale (Addison, puis Shaftesbury[483]), sciences (Newton, puis Bentley), poésie et roman (Pope[418], puis Richardson[440] et Sterne[493]). Les savants sont reconnus par l'autorité royale, qui les protège et les honore, et une Académie royale rassemble les élites scientifiques d'Europe. Naturellement, à condition de ne pas remettre en cause, comme ailleurs, les dogmes fondateurs du christianisme.

Et la France ?

Contrairement à ce que veulent nous faire croire trop de livres d'histoire, à l'aube du XVIIIe siècle, le vieux Roi-Soleil règne sur un pays ruiné, rural à 85 %, sclérosé dans un enchevêtrement de droits du roi, des seigneurs, des communautés rurales, des roturiers, des communautés familiales.

La France sort alors de deux crises majeures : une sécheresse qui a provoqué en 1693-1694 la mort de quelque 10 % de la population du royaume, soit 2 millions de personnes, et le « Grand Hiver » de 1709, qui déclenche une famine fatale à 600 000 autres. La France demeure cependant le pays le plus peuplé d'Europe (un Européen sur quatre est Français) avec 21 millions d'habitants. La monnaie reste fondée sur le louis (en or), l'écu (en argent) et le liard (en cuivre).

Malgré le dynamisme de certaines villes portuaires (Nantes, Rouen, Bordeaux), la France subit alors revers sur revers : échec militaire sur les mers ; échec économique sur tous les marchés, surtout après la tragique révocation de l'édit de Nantes ; échec diplomatique en Inde, en Louisiane, au Canada.

La situation budgétaire est catastrophique. Les impôts de guerre sont maintenus malgré la paix, provoquant le mécontentement.

Fénelon, archevêque de Cambrai, proteste ; des magistrats et hauts fonctionnaires proposent une réforme de l'impôt, que le souverain refuse. Dans un contexte politique et religieux complexe (lutte entre jésuites et jansénistes, entre descendance légitime du roi et princes du sang, entre Condé et Orléans, etc.), des voix commencent à s'élever contre la fiscalité et l'absolutisme royal. La bataille va durer un siècle.

Le royaume n'est même pas encore uni autour d'une langue : le français n'est que la langue du roi, des gouvernants, des notables et de la production imprimée, essentiellement à Paris ; on le parle en Île-de-France et en Touraine ; les deux tiers des Français parlent quotidiennement une autre langue : dans la France du Nord, des millions d'entre eux s'expriment usuellement en langue d'oïl, certains en picard, en normand ou en bourguignon ; au Sud, d'autres utilisent la langue d'oc (Auvergnats, Provençaux, Gascons, Limousins, Lyonnais). D'autres encore vivent en flamand, breton, basque, catalan, alsacien.

Pourtant, toutes les élites d'Europe échangent en français ; partout, on veut imiter l'art de vivre à la française, en tous domaines : architecture, mode, danse, gastronomie, usages et protocoles, art de penser, de parler, de converser, d'écrire. L'aristocratie européenne estime même que « *la langue française est, dans un certain sens, en train de devenir universelle*[249] », note le Genevois Guy Miège, auteur d'un dictionnaire franco-anglais. Pierre Bayle, huguenot français exilé à Rotterdam, directeur du journal européen *Les Nouvelles de la République des Lettres*, écrit alors : « *La langue française est désormais le point de communication de tous les peuples de l'Europe*[40]. »

À l'inverse, les échanges à l'intérieur du royaume restent difficiles. La poste, fierté du pays, confiée à des responsables privés sous la responsabilité d'un surintendant général des postes, est une lourde machine logistique[307]. La censure est partout, obsédante et mortelle. Le pays fourmille d'indicateurs, d'espions, de mouchards. Les lettres coûtent cher, circulent mal ; on court sans cesse le risque que la lettre soit ouverte par le « cabinet noir »[307]. L'administration de la censure de l'écrit, qui a commencé avec moins de dix personnes, avec le dépôt de l'imprimé en 1623, s'est alourdi après 1660 ; elle mobilise une soixantaine de personnes, dont trente-six pour les affaires religieuses. Les censeurs sont souvent choisis parmi des hauts fonctionnaires ou des écrivains, qui se rendent ainsi complices du système qui les broie, dont ils escomptent quelques indulgences ou faveurs.

À la fin du XVIIe siècle, tout écrit destiné à être imprimé passe par le tamis de la censure, civile pour les laïcs, ecclésiastique pour les clercs. Après avoir reçu un avis, la Chancellerie, haute administration en charge de la censure, peut accorder un « privilège », parisien ou général, autorisant la publication. Elle peut aussi donner une « permission tacite[380] » ; dans ce cas, ni l'imprimeur, ni l'éditeur, ni le libraire ou le colporteur ne peuvent être inquiétés. Le privilège général (valable pour tout le royaume) est un véritable patrimoine pour le libraire qui l'obtient : il peut le transmettre à ses successeurs. Ce privilège peut aussi être limité dans le temps et dans l'espace, par exemple en ne protégeant le livre qu'à Paris[380]. La Compagnie des libraires, installée au Quartier latin depuis le Moyen Âge, réunit les grands libraires de père en fils : les Le Breton, fondateurs de l'Almanach royal (annuaire des personnages importants du royaume), en sont les principaux acteurs. La plupart sont installés rue Saint-Jacques ou quai des Augustins, et ont interdiction de traverser la Seine.

Le livre reste coûteux : le moindre in-12 (soit le format d'un livre de poche actuel) est vendu entre une et deux livres, soit plus que le revenu quotidien d'un ouvrier urbain. S'il est poursuivi par la police (parce que libertin, diffamatoire ou politique), il peut être vendu jusqu'à 5 louis (120 livres, soit environ 1 300 euros d'aujourd'hui).

Les auteurs sont mal traités économiquement : ils vendent leurs manuscrits aux imprimeurs et ne peuvent réclamer aucune rétribution complémentaire en cas de succès. Les imprimeurs détruisent les manuscrits après publication. Quelques écrivains comme Pierre Corneille obtiennent de la Chancellerie l'autorisation de publier leurs propres livres, autorisation qu'ils revendent ensuite à un libraire[380].

Pour échapper à la censure, les auteurs des livres les plus sulfureux sont souvent anonymes, ou désignés par des initiales, ou par la signature à la main d'une dédicace, ou encore par un pseudonyme, tel le nom d'un auteur décédé insoupçonnable, voire d'un cardinal[380]. Seul est en général signalé le nom du libraire ayant obtenu le privilège. Et encore, parfois, les textes de critique religieuse ou politique, ou des textes érotiques, sont imprimés clandestinement dans les ateliers parisiens de la rue Saint-Jacques, parfois aussi dans des châteaux de province[506]. En général, ils paraissent sous de fausses adresses de libraires étrangers, tel Marc Michel Rey, d'Amsterdam, ou dans une ville imaginaire, telle « Sirap » pour Paris, avec le nom réel de l'éditeur, ou un lieu réel désignant la nature du sujet[506] : ainsi la Bastille pour les livres politiques. Les livres érotiques sont supposés être publiés sur Vénus, Cythère, Érotopolis, Tétonville ou Foutropolis ; à Amsterdam, les éditions clandestines antiprotestantes ; à « Rome, de l'imprimerie du Vatican »[380], les ouvrages anticatholiques ; à Jérusalem, les ouvrages maçonniques ; à Philadelphie, la littérature antibritannique, etc.

Des contrefacteurs sont souvent installés dans des enclaves à l'intérieur du royaume, ainsi en Avignon (qui diffuse à la foire de Beaucaire), à Trévoux (dans la principauté de Dombes, dans l'Ain, indépendante au XVIIe siècle), ou à l'extérieur du royaume, à Liège, Genève, Neuchâtel. La censure pourchasse les éditions étrangères ou prétendues telles.

Sous le même obsédant contrôle de la censure, les autres arts commencent à atteindre un public plus vaste : la première exposition réellement publique de peinture a lieu en 1667 dans les locaux de l'Académie ; elle est suivie de nouvelles expositions dans la galerie du Palais-Royal et dans la cour du palais Richelieu, puis, à compter de 1699, dans les galeries du Louvre. Ces expositions seront baptisées « salons » après 1725, année de leur installation dans le salon de la Cour carrée du Louvre[567]. Théâtres publics, salles ou scènes privées se multiplient ; s'y font représenter Marivaux et Goldoni. On dispute entre « théâtre de société » et « théâtre de sensibilité », sans jamais y parler ouvertement politique ou religion. De nouvelles salles d'opéra et de concert incitent les compositeurs à s'adresser à un public plus vaste, moins connaisseur. Les Italiens commencent à imposer leur style en musique et au théâtre, comme les Français le font en philosophie et en littérature.

De nouvelles formes de communication apparaissent ou se développent : chansons, correspondances littéraires, affiches, gazettes, journaux, textes diffusés et recopiés à la main ; de nombreux copistes produisent ainsi des « éditions » de textes à quelques dizaines d'exemplaires. Certains fabriquent aussi sous forme imprimée ou manuscrite des « correspondances littéraires » ou des chroniques décapantes. Le *Journal des savants*[55], lancé en 1665, réagit aux gazettes protestantes imprimées hors de France après la révocation de l'édit de Nantes. Des journaux clandestins, telles les *Nouvelles ecclésiastiques*[380], périodique janséniste, sont imprimés en Bourgogne et font travailler jusqu'à sept imprimeries clandestines en France et d'autres à Utrecht.

Besoin d'encyclopédie

À ce moment, le besoin de rassembler le savoir disponible se fait plus pressant. Il va aboutir à des « encyclopédies ». Le mot « encyclopédie » vient d'*Encyclopaedia*[59], latinisation hasardeuse au XVIe siècle de l'expression « enkuklios paideia », qu'on trouve chez Plutarque, signifiant littéralement : « ensemble des sciences qui constituent une éducation complète ». Le terme apparaît pour la première fois dans le titre d'un ouvrage de philosophie de Jakob Locher, paru en 1508 à Strasbourg[59]. Une des premières occurrences du mot connue en Europe se trouve en 1532 dans le *Pantagruel* de Rabelais, où Thaumaste déclare que Panurge lui a « *ouvert le vrai puits et abîme d'encyclopédie*[429] ».

Au XVIIe siècle, devant la multiplication des connaissances techniques et spécialisées, et la croissance de la clientèle cultivée parmi la noblesse et la bourgeoisie, on commence à songer à la rédaction de dictionnaires encyclopédiques.

En 1630, à Herborn, en Allemagne, paraît l'*Encyclopaedia Septem Tomis Distincta*[14] du théologien calviniste allemand Johann Heinrich Alsted, composée de 35 livres et de 48 tables synoptiques ; elle regroupe en latin tout ce qu'on sait à l'époque en sciences et en théologie ; plus de 500 auteurs y sont cités et répertoriés dans un index, par ordre alphabétique[14].

Fondée en 1635 par Richelieu, l'Académie française inclut dans son cahier des charges la réalisation d'un dictionnaire de langue française. En 1675, Colbert charge l'Académie des sciences de décrire « toutes les machines en usage dans la pratique des arts[268] ». En 1674, un *Grand Dictionnaire historique, ou mélange curieux de l'histoire sacrée et profane*, écrit en français, est publié à Lyon par Louis Moréri[367] ; il connaît un large succès en Europe[367]. En 1690 est publié le dictionnaire de Furetière[217], qui ouvre en France le dictionnaire au vocabulaire des arts et des sciences. En 1691, à Amsterdam, une sixième édition du dictionnaire de Moréri paraît sous la direction d'un pasteur protestant, Jean Le Clerc, qui l'augmente considérablement ; il devient l'ouvrage de référence en Europe en matière mythologique, religieuse, historique, géographique, biographique. Il est traduit dans les principales langues européennes et sera réédité vingt fois jusqu'au milieu du siècle suivant.

En 1694, alors que naît à Paris celui qui deviendra Voltaire, paraît la première édition du dictionnaire de l'Académie française ; paraît aussi le *Dictionnaire des Arts et des Sciences*[110] de Thomas Corneille, frère cadet du dramaturge, qui va un peu au-delà de la lexicographie des termes techniques : on y trouve des précisions concernant des mots d'usage courant, de l'argot, des vocables archaïques[110]. En 1697, Pierre Bayle publie à La Haye un *Dictionnaire historique et critique* dans lequel il corrige certaines des erreurs du dictionnaire de Moréri[39]. Bayle écrit : « *Le prochain siècle sera de jour en jour plus éclairé ; en comparaison, tous les siècles précédents ne seront que ténèbres*[39]. »

« Éclairé » : commencent les « Lumières », même si le mot n'apparaîtra qu'un siècle plus tard[201].

Quand débute le XVIIIe siècle…

En mars 1701, les jésuites commencent à publier à Trévoux, capitale de la principauté encore autonome des Dombes, dans l'Ain, sous la souveraineté du duc du Maine, *Le Journal de Trévoux*, périodique mensuel, d'abord élaboré en réaction au *Journal des savants* des jansénistes. Il traite de l'évolution des connaissances (philologie, mathématiques, astronomie, mécanique, médecine, littérature, beaux-arts, etc.)[55].

En 1702, les tensions entre le pouvoir et les jansénistes se focalisent sur la question du « cas de conscience[90] » : nouvel épisode de la lutte complexe entamée au siècle précédent entre jésuites et jansénistes, entre le roi et les Parlements, entre l'Église de France et celle de Rome, affrontements où les jeux d'alliance changent sans cesse : la bulle papale *Cum occasione* (1653), qui avait condamné vaguement cinq propositions de l'*Augustinus*, texte fondateur du jansénisme, est critiquée par ceux qui estiment que les propositions en question sont certes hérétiques, mais ne figurent pas dans le texte janséniste[188]. Un curé d'Auvergne demande alors à la Sorbonne s'il est possible d'absoudre un prêtre qui, tout en condamnant ces propositions, observe un « silence respectueux » sur leur présence ou non dans l'*Augustinus*. Les docteurs en Sorbonne lui donnent raison, mais ils sont contredits par Rome. En 1703, le chef des jansénistes, Quesnel, est arrêté et emprisonné. En 1704, année de la naissance de Leibniz, les jésuites repartent à l'offensive. Paraît alors à Trévoux leur *Dictionnaire*[141].

La même année paraît à Londres le *Lexicon technologicum – or an universal dictionnary of the Arts and Sciences, explaining not only the terms of Arts, but the Arts themselves*[247], de John Harris, pasteur et scientifique anglais, vice-président de la Royal Society ; c'est le premier ouvrage encyclopédique à utiliser l'ordre alphabétique en anglais[247]. Contenues en un volume, ses 8 200 entrées portent essentiellement sur les mathématiques et la physique, et sont signées par des collaborateurs comme Isaac Newton et le biologiste John Ray.

En 1705, Rome s'oppose par la bulle *Vineam Domini* au droit au « silence respectueux »[90] évoqué ci-dessus, et considère que nul ne saurait prétendre que des propositions condamnables ne figurent pas dans l'*Augustinus*[186]. Le jansénisme est par là encore beaucoup plus nettement stigmatisé.

En 1707, en France Denis Papin invente la machine « atmosphérique » (à vapeur) à piston flottant. L'innovation, absolument majeure, passe presque inaperçue. Il faudra attendre plus d'un demi-siècle pour que des Anglais en comprennent l'importance industrielle. En 1708 naît André Francois Le Breton, petit-fils du fondateur de l'*Almanach royal*, un des personnages centraux de notre histoire.

L'année suivante (1709), pendant que Louis XIV vieillit sous le regard d'une cour bruissant de toutes les rumeurs, l'agriculture française est confrontée à une grave crise due au « Grand Hiver » ; la même année, la sidérurgie anglaise, confrontée à une pénurie de charbon de bois (utilisé pour atteindre la température de fusion de l'acier) du fait d'un déboisement massif, réagit : Abraham Darby met au point la fonte au coke, obtenue après pyrolyse du charbon minéral (de terre) ; il faudra encore un demi-siècle pour qu'elle devienne utilisable dans l'industrie, mais c'est le prélude à une transformation radicale de la métallurgie en termes de productivité et de qualité des produits.

En 1710, toujours à Londres, paraît la deuxième édition du *Lexicon* de Harris, enrichie cette fois d'un index et élargissant le champ des connaissances traitées aux mathématiques, à la chimie, aux techniques, au droit, à l'histoire et à la musique. En 1710, après la mort du Grand Dauphin et de ses deux fils, les ducs de Bourgogne et de Bretagne, Louis XIV n'a plus comme successeur possible qu'un arrière-petit-fils, le duc d'Anjou, qui vient tout juste de naître. Le vieux roi poursuit sa longue guerre contre les jansénistes : le couvent des religieuses de Port-Royal des Champs, où avait vécu Jacqueline Pascal et dont les pensionnaires refusent la bulle *Vineam Domini*, est menacé de destruction[20].

En 1712, à Londres, Gabriel Fahrenheit invente le thermomètre au mercure ; la même année, s'inspirant des travaux de Papin, qu'il perfectionne, Thomas Newcomen invente la premiere machine à vapeur industrielle : la machine à balancier qui permet de faire remonter des masses importantes d'eau, notamment dans les mines souvent inondées.

Chapitre 1

Un abbé langrois
1713-1735

Au début du XVIIIe siècle, Langres est une ville française moyenne, d'environ dix mille habitants, située à soixante lieues de Paris, assez riche, peuplée de quelques petits nobles, de bourgeois, d'artisans et de commerçants. En particulier y travaillent beaucoup de couteliers, parce qu'on trouve alentour tout ce qui est nécessaire à leur métier : du fer, de l'eau, du bois ; et pour les plus belles pièces, on fait venir d'Allemagne de l'argent, de l'or, de la nacre.

C'est aussi une ville particulière parce que située à l'intersection de quatre versants[420] : une goutte de pluie qui y tombe peut, au gré du vent, couler vers la mer du Nord, la Manche, l'Atlantique ou la Méditerranée. Ville très pieuse, aussi : sur les façades des maisons, de nombreuses niches abritent des statues de saints et de la Vierge[113]. Sur la place principale, une cathédrale porte le nom d'un saint de Cappadoce, Mammès (sans doute déformation de Mahmet ou Mohamed) ; la légende veut qu'au VIIIe siècle le sac contenant son crâne soit resté coincé dans un arbre à l'entrée de la ville[113].

Langres a ensuite été transformée en champ de bataille pendant la guerre de Cent Ans, la Ligue, la guerre de Trente Ans, la Fronde, toujours du côté du roi de France, ce qui lui a valu des privilèges et un affranchissement de la taille[518]. L'Église y est restée extrêmement puissante. Diderot écrira bien plus tard à propos de sa ville natale : « *Plus les années sont mauvaises, plus les chanoines sont riches*[155]. »

Coutelier de père en fils

Le nom « Diderot » apparaît dans les archives de Langres à la fin du XVe siècle[549]. Il dérive, comme le prénom Didier, du latin *desiderium*, « désir »[368]. Depuis deux siècles au moins, la famille Diderot vit à Langres. On y est coutelier de père en fils. On fabrique et vend de la coutellerie fine et des instruments de chirurgie. Didier Diderot, père de Denis, est un artisan aisé, pieux, honnête et rigoureux. D'un fort caractère, il est aussi très compétent : il a inventé des lancettes particulières utilisées pour les saignées ; on connaît aussi de lui un couteau à deux lames d'argent opposées, au manche de nacre, portant l'inscription[420] « Diderot à Langres ».

En 1712, à l'âge de vingt-sept ans, il épouse Angélique Vigneron. Dans sa famille à elle, on est maître tanneur à Langres depuis plusieurs générations. Le couple s'installe au 9, place Chambeau, la place principale de la ville ; Didier y aménage son appartement, son atelier et son magasin.

Cette année-là, Louis XIV a soixante-quinze ans. Il est au pouvoir depuis cinquante-deux ans. Depuis la mort du Grand Dauphin deux ans plus tôt et celle des dauphins suivants (les ducs de Bourgogne et de Bretagne) un an auparavant ne reste comme héritier que le duc d'Anjou, arrière-petit-fils du roi, âgé de deux ans à peine et de santé fragile.

Les caisses du royaume sont désespérément vides. La guerre de succession d'Espagne, dans laquelle la France et l'Espagne s'affrontent depuis onze ans face à la « Grande Alliance de La Haye » (Provinces-Unies, Angleterre, Autriche, Portugal, Prusse, Savoie), s'achève sur une défaite française, fermant la porte à un autre successeur possible pour le trône de France : Philippe V, petit-fils de Louis XIV, conserve son trône d'Espagne, mais doit renoncer à tout droit sur la couronne française. Réciproquement, les ducs de Berry (petit-fils de Louis XIV) et d'Orléans (petit-fils de Louis XIII) abandonnent leurs prétentions sur celle d'Espagne.

Le 29 janvier 1713 est signé le traité dit « de la Barrière » entre la France, l'Angleterre et les Provinces-Unies ; les Provinces-Unies y obtiennent le droit de fortifier la frontière (barrière) en installant des garnisons dans les places fortes de la Belgique autrichienne conquises par la France durant la guerre de succession d'Espagne et fortifiées par Vauban : Tournai, Ypres, Menin, Furnes, Mons, Charleroi et Namur.

Le 11 avril 1713, le traité d'Utrecht consacre le recul de la France, la toute-puissance des Provinces-Unies et l'ascension de l'Angleterre : les Anglais obtiennent l'Acadie, Terre-Neuve et la baie d'Hudson ; les Autrichiens s'arrogent les Pays-Bas espagnols, Milan, Naples et la Sardaigne. Le 19 avril, Charles VI, empereur d'Autriche, promulgue une ordonnance – surnommée la « Pragmatique Sanction » – instaurant l'indivisibilité du patrimoine austro-hongrois des Habsbourg, organisant la succession au trône impérial par ordre de primogéniture, fût-ce au profit d'une femme, ce qui pourrait ouvrir l'accès au trône à sa fille aînée, Marie-Thérèse.

Cette année-là, l'abbé de Saint-Pierre rédige son utopique et étonnant *Projet pour rendre la paix perpétuelle en Europe*[78]. Cette année-là aussi, Saint-Pétersbourg, ville fondée par Pierre le Grand dix ans plus tôt, devient capitale de la Russie ; elle jouera un rôle important dans notre histoire.

En France, la querelle entre jésuites et jansénistes prend une nouvelle ampleur. Louis XIV, dont la haine envers les jansénistes n'a cessé de grandir, s'inquiète du retour des idées de Jansenius et demande au pape Clément XI de dénoncer plus sévèrement les thèses de son disciple Quesnel. Le souverain pontife les condamne dans la bulle *Unigenitus* qui les déclare « *fausses, captieuses, mal sonnantes, injurieuses aux oreilles pieuses, scandaleuses, pernicieuses, téméraires, préjudiciables à l'Église et à ses pratiques, insolentes envers l'Église et l'État, séditieuses, impies, blasphématoires, suspectes d'hérésie et sentant l'hérésie, favorisant les hérétiques, l'hérésie et le schisme, fausses, proches de l'hérésie, souvent condamnées, hérétiques et faisant revivre différentes hérésies*[187] ».

L'abbaye de Port-Royal, proche de Versailles, est alors détruite. Les dépouilles des sœurs enterrées là depuis plus de soixante-dix ans, dont celle de Jacqueline Pascal, sont exhumées[20].

Les jésuites semblent triompher.

Enfance à Langres

Denis Diderot naît le 5 octobre 1713 au sein de cette famille, au 9 de la place Chambeau, un an après le mariage de ses parents. Il est baptisé dans une modeste église, Saint-Pierre-Saint-Paul de Langres, et non à la cathédrale réservée à la noblesse. Le registre des baptêmes note : « *Le 6 octobre 1713 a été baptisé Denis, né d'hier, fils du légitime mariage de Didier Diderot, maître coutelier, et d'Angélique Vigneron, ses père et mère. Le parrain Denis Diderot, coutelier, la marraine Claire Vigneron ont signé avec le père de l'enfant*[335]. » Son destin est tout tracé : son père ne souhaite pas en faire un coutelier, mais un homme d'Église. Il ne fera donc pas d'apprentissage à l'atelier et ira un jour au collège pour se préparer à succéder au frère de sa mère, chanoine de la cathédrale Saint-Mammès, le plus haut poste dans l'Église à Langres ; le plus richement doté, aussi.

L'année suivante (1714), les Diderot déménagent dans une maison plus exiguë, au n° 5 de la même place (n° 6 de l'actuelle place Diderot).

Cette année-là, à Londres, Newton publie un additif à la seconde édition des *Principia*, les *Regulae philosophandi*, dans lesquels il développe une conception « positiviste » de la science[395]. Anthony Collins, élève de Locke, publie un *Discours sur la liberté de penser*[103].

À Versailles, la santé de Louis XIV décline ; les intrigues se multiplient. Les courtisans se rangent soit derrière le duc d'Orléans (neveu de Louis XIV et héritier légitime si le Dauphin, son arrière-petit-fils, le duc d'Anjou, venait à mourir), soit Philippe V d'Espagne (qui n'a pas renoncé à faire valoir ses droits), soit le duc du Maine (fils de Louis XIV et de sa maîtresse la marquise de Montespan, que le roi a légitimé en 1763 et a marié à une princesse de la famille royale). Le 28 juillet 1714, Louis XIV déclare le duc du Maine « prince du sang », donc apte à hériter de la couronne en cas d'absence d'héritier légitime. Le 26 août 1714, le roi remet au premier président du Parlement de Paris, de Mesmes, et au procureur général, d'Aguesseau, un testament secret. Se souvenant que celui de son père, Louis XIII, avait été cassé, il prévient alors le duc du Maine, qu'il voudrait voir monter sur le trône si le très jeune Dauphin venait à trépasser : « *Sachez que quelque grand que je vous fasse et que vous soyez de mon vivant, vous n'êtes rien après moi, et c'est à vous, après, à faire valoir ce que j'ai fait pour vous, si vous pouvez*[471] ».

Cette même année, à Paris, un jeune agent de change, né dans le Palatinat, François-Adam d'Holbach, s'introduit dans les milieux fortunés. Son neveu jouera un rôle considérable dans la suite de cette histoire. Cette année-là aussi, Fahrenheit conçoit à Londres son échelle thermométrique, et à Paris Couperin compose ses magnifiques *Trois leçons de ténèbres.*

Le 27 janvier 1715 naît à Langres, dans la famille Diderot, Denise, première sœur de Denis, lequel l'admirera grandement et l'appellera « *Socrate femelle*[143] ».

Le 16 août, Louis XIV mourant fait venir dans sa chambre le Dauphin, qui n'a alors encore que cinq ans, et lui dit[471] : « *Mon enfant, vous allez être le plus grand roi du monde, ne m'imitez pas dans les guerres et songez bien que c'est à Dieu que vous devez ce que vous êtes*[320]. » Le 30 août, Louis XIV déclare au duc d'Orléans que son testament lui « *conserve tous les droits que [lui] donne [sa] naissance* », et qu'il le fait régent du royaume[60]. Au duc du Maine, il dit confier l'éducation du futur Louis XV.

Louis XIV meurt à Versailles le 1er septembre 1715 ; le lendemain, son testament est lu devant le parlement de Paris, dans la grand-chambre du Palais de Justice. Il est différent de ce que le roi a pu dire à chaque prétendant : il confie au duc d'Orléans la présidence d'un Conseil de régence gouvernant à la pluralité des voix, mais ne le nomme pas pour autant régent ; le duc du Maine, lui, hérite de la tutelle sur l'héritier mineur et du commandement de l'armée, ce qui lui donne *de facto* tous les pouvoirs, y compris celui de faire arrêter le duc d'Orléans. Entendant cela, celui-ci demande immédiatement au Parlement – et obtient – le pouvoir de nommer les membres du Conseil de régence, de diriger la Maison militaire du Dauphin et de créer, en sus du Conseil de régence, un Conseil pour chaque grand domaine de gouvernement, dont il nommera tous les membres. Le duc du Maine proteste vivement, mais la Garde française, unité d'infanterie d'élite de la Maison militaire du roi, soudoyée par le duc d'Orléans, se répand partout dans Paris et assure sa victoire. Louis XIV avait parié sur le courage et le caractère du duc du Maine. Il a perdu.

Avec l'appui du Parlement, Philippe d'Orléans devient donc régent, et ne laisse au duc du Maine que le rôle insignifiant de surintendant à l'éducation du roi. Il restitue au Parlement, en échange de son appui, le droit de remontrance supprimé par Louis XIV cinquante ans plus tôt, quand il s'était agi de mettre fin à la Fronde.

Le 15 novembre 1715, le traité d'Anvers entre l'Empire d'Autriche et les Provinces-Unies crée une véritable frontière fortifiée avec la France.

En 1716, John Law fonde à Paris la « Banque générale ». L'année suivante, il crée la Compagnie d'Occident, qui obtient du Régent, effrayé par la dette publique laissée par le Roi-Soleil, le monopole de la mise en valeur de la Louisiane, et la Compagnie des Indes, qui aura celui du commerce avec la Chine et les Indes[197]. L'agent de change venu d'Allemagne, François-Adam d'Holbach, qui fréquente l'entourage du Régent, devient l'un des premiers commanditaires de la Banque générale et l'un des premiers actionnaires de la Compagnie d'Occident ; profitant de ce qui s'apparenterait aujourd'hui à des délits d'initiés, il centuple son capital.

Cette année-là, le procureur général Henri François d'Aguesseau est nommé chancelier par le Régent, avant, l'année suivante, de tomber en disgrâce du fait de son opposition au système de Law. Inamovible comme chancelier, il perd les sceaux. D'Aguesseau et D'Holbach, deux personnages essentiels dans la suite de cette histoire.

En août 1717, la guerre reprend entre les Ottomans et l'Autriche ; le prince Eugène s'empare de Belgrade.

Cette année-là aussi, les parents de Denis, qui est âgé de trois ans, l'emmènent assister à une exécution publique. Une pendaison sans doute. L'enfant revient, dira bien plus tard sa fille, « *malade et attaqué d'une violente jaunisse*[518] ».

Le 16 novembre naît celui qui deviendra d'Alembert[91], fils de la relation illégitime d'un lieutenant général de l'armée française, le chevalier Destouches, et de la marquise de Tencin – une des femmes les plus célèbres de l'époque, chanoinesse et sœur du cardinal-archevêque de Lyon, ministre d'État, à la fois maîtresse du Régent et du cardinal Dubois. Elle abandonne le nouveau-né sur les marches de la chapelle Saint-Jean-le-Rond, accolée à Notre-Dame, où il est recueilli, puis retrouvé par son père. Baptisé Jean Le Rond, il choisira lui-même plus tard le nom de d'Alembert[52], et jouera aussi un rôle considérable dans cette histoire.

En 1718, le traité de Passarowitz entre l'Autriche, Venise et la Turquie consacre le recul ottoman en Europe. À Paris, malgré l'opposition du Parlement, qui perçoit l'ampleur de l'escroquerie, la Banque générale de Law devient Banque royale et peut émettre des papiers de valeur fictive. En 1719, de la fusion de la compagnie des Indes orientales avec les autres petites compagnies (de Chine, d'Afrique) naît la Compagnie des Indes.

Naît et se développe alors à Londres la franc-maçonnerie, qui jouera, elle aussi, un rôle non négligeable dans notre récit.

En décembre 1719, Law est nommé contrôleur général des Finances avec tout pouvoir sur les finances du pays[197], ce qui n'empêche pas sa banque de faire faillite quelques mois plus tard ; 10 % de la population française, qui y a placé son argent d'une manière ou d'une autre, est ruinée. Law fuit à Venise ; Francois-Adam d'Holbach, qui a fait fortune avec lui, l'y rejoint, puis, avec l'argent sorti à temps de France, s'installe dans le Brabant hollandais où il a acheté une seigneurie. De là, il gère très prudemment sa fortune, qu'il investit chez des armateurs flamands et dans la Compagnie anglaise des Indes. Il se fait nommer chevalier du Saint-Empire et achète le titre de baron[92].

D'Aguesseau, qui s'était opposé à Law, sort de sa disgrâce, n'est plus privé des sceaux et redevient pleinement chancelier, donc notamment en charge de la Librairie, c'est-à-dire de la censure des livres et journaux, laquelle se fait de plus en plus lourde.

Cette année-là, 1720, les traités de Stockholm annoncent le déclin de la Suède (qui cède la Poméranie occidentale à la Prusse) et consacrent la montée de la Russie. La peste, disparue depuis un demi-siècle, resurgit à Marseille ; acheminée dans les cales d'un bateau de commerce venu d'Orient, elle provoque 120 000 décès en Provence, dont un tiers de la population marseillaise. C'est la dernière épidémie de peste en France ; d'autres prendront la suite : choléra, typhus, grippe et variole.

Le 3 août 1720 naît à Langres Angélique Diderot, quatrième sœur de Denis et deuxième survivante (la deuxième et la troisième, toutes deux prénommées Catherine, sont mortes à la naissance). Elle prend le prénom de sa mère et, comme le veut l'usage local, Denis, qui a sept ans, devient son parrain[549]. Très proche de cette sœur, il prendra son rôle au sérieux.

Denis ne va pas encore à l'école. Son père et sa mère se chargent de son éducation : avec eux, il apprend à lire, à écrire, à prier. Son père, très pieux, en reste à sa décision initiale : Denis sera le prochain chanoine de Saint-Mammès à la place de Didier Vigneron, son oncle maternel. Cela rapportera prestige et richesse à la famille.

En 1721, Montesquieu publie à Cologne les *Lettres persanes*[360] sous une fausse adresse ; il abandonne son activité de magistrat et partage son temps entre son activité de viticulteur et de marchand de vin, et celle de membre de l'Académie des sciences de Bordeaux.

En 1722 naît Didier Pierre Diderot, frère de Denis ; celui-ci ne va toujours pas à l'école. Cette année-là, le chancelier d'Aguesseau est de nouveau privé des sceaux par le Régent en raison de l'hostilité que lui vouait le cardinal Dubois, qui allait devenir « principal ministre » au mois d'août[60].

Cette année-là, Pierre le Grand crée le *Tchin* – ou « Table des rangs » –, qui constitue une noblesse de service nommée par le tsar.

En 1723 meurent le Régent et le cardinal Dubois, son principal ministre. Le tout jeune Louis XV (il n'a que treize ans) est déclaré majeur. Le prince de Condé (appelé « M. le Duc », sa maison ayant renoncé au titre de prince au profit de la maison d'Orléans), est nommé Premier ministre par le précepteur du roi, le cardinal de Fleury, évêque de Fréjus. Le duc de Chartres, devenu duc d'Orléans à la mort du Régent, son père, ne peut que marquer son opposition : en effet, si Louis XV venait à décéder avant de convoler et d'avoir un héritier, c'est lui, duc d'Orléans, qui deviendrait roi. Pour éviter un tel scénario, M. le Duc tient absolument à marier au plus vite le jeune monarque.

À Edesheim, dans le Palatinat, Catherine, la sœur du richissime François-Adam d'Holbach, accouche d'un fils, Paul-Henri Thiry, fils d'un artisan analphabète nommé Jacob Thiry[92]. Ce fils, qui reprendra bientôt le patronyme de son oncle, jouera lui aussi un des tout premiers rôles dans notre histoire.

Denis au collège

En novembre 1723, Denis, à dix ans, quitte la demeure familiale pour entrer à Langres chez les jésuites, dont le collège (pour garçons, évidemment) se trouve juste à côté de la maison paternelle, sur la même place. Il est en bonne santé, grand, fort ; il a une longue tignasse blonde et des yeux sombres.

Les jésuites détiennent à Langres, depuis 1630, le monopole de l'éducation secondaire[527]. En général, dans une bonne famille langroise, on a un oratorien pour confesseur et un jésuite comme professeur. Les jésuites ont acheté en 1653 un ensemble de maisons[527] place Chambeau, juste face à celle des Diderot[527]. Leur collège reçoit alors deux cents élèves issus de la noblesse et de la bourgeoisie commerçante et artisanale ; quelques très rares fils d'artisans y ont accès. Plus rares encore quelques pauvres venus, écrira Denis, de « *tous les endroits de la province, de la Bourgogne, de la Lorraine, de la Franche-Comté*[156]. »

On connaît le nom de ses maîtres, tous très jeunes, car enseigner entre dans leur formation de jésuites[527] : le père Beaucamp (vingt-trois ans) en cinquième (1724-25) et en quatrième (1725-26), le père Desprez (vingt trois ans) en troisième (1726-27) et en seconde (1727-28)[527]. Les recteurs sont le père de La Chapelle (de 1722 à 1725), puis le père Fuzée (de 1725 à 1727), et le père Boulon (de 1727 à 1731)[527]. Certains professeurs restent longtemps, comme le père Couder qui y enseigna pendant vingt-deux ans[527] (1723-45).

Dans la même classe[527], quelques fils de familles modestes : Jourdeuil, fils d'un huilier, Robelot, fils d'un gardien de prison, et un certain Garnier dont Diderot parlera comme du « pauvre Garnier[527] » : « *Tes parents étaient indigents, tu te faisais renfermer dans les églises de la ville, tu descendais la lampe qui éclairait nos autels, la Sainte Table te servait de pupitre, tu t'épuisais les yeux et la santé pendant toute la nuit*[161]. »

Il n'en gardera pas un bon souvenir, s'indignant en particulier de l'inégalité de traitement des élèves. Il écrira : « *J'ai vu tous les soins du professeur se concentrer dans ce petit nombre de sujets d'élite, et tous les autres enfants négligés. J'ai vu ces cinq ou six sujets merveilleux occupés, pendant six ou sept ans, de l'étude des langues anciennes qu'ils n'ont point apprises. Je les ai vus tous sortir du collège sots, ignorants et corrompus. Je les ai vus passer successivement sous six professeurs dont chacun avait sa manière d'enseigner. J'ai vu l'instruction générale des élèves négligée pour en préparer deux ou trois à des actes publics*[161]. »

Et ailleurs : « *Une autre règle de police, c'était de visiter chaque année les écoles et d'en exclure les ineptes ; ce qui ne se pratique point : en conséquence, une foule d'enfants qui auraient rempli les conditions subalternes arrivent à l'âge de quinze, seize, dix-sept, dix-huit ans sans aucun état, condamnés à l'inutilité, à l'oisiveté et au libertinage, fléaux de la société, désespoir des parents*[518]. » Il se plaint aussi de châtiments corporels : « *J'ai vu cruellement écorcher des enfants qui n'en avançaient pas d'un pas de plus dans la lecture et l'étude des langues*[161]. »

En 1724, l'empereur chinois établit son protectorat sur le Tibet et interdit le christianisme dans l'Empire céleste.

La Bourse de Paris est alors créée par un arrêt du Conseil du roi, plus d'un siècle après celle d'Amsterdam. Fontenelle écrit *Du Bonheur*, où il explique que le bonheur est dans l'immobilité, le « *resserrement de soi*[206] ».

Cette année-là aussi, le chevalier Destouches, père du jeune Jean Le Rond, futur d'Alembert, alors âgé de sept ans, convainc sa mère, Alexandrine de Tencin, qui l'a abandonné, de lui rendre visite chez la nourrice où il l'a placé : elle le fait, mais sans s'attarder, et ne le reverra jamais plus[52].

En février 1725, le très jeune Louis XV, promis à l'infante-reine d'Espagne, arrivée en France à l'âge de huit ans en 1721, est très malade ; M. le Duc, devenu veuf, est plus pressé de le marier que de se remarier lui-même ; l'infante, trop jeune, est renvoyée ; une liste de 99 princesses est dressée ; 82 sont éliminées, dont Marie Leszczynska (elle a sept ans de plus que Louis XV). Une princesse est choisie : la sœur de M. le Duc. Mais son caractère, et le fait que le roi ne peut épouser une de ses sujettes, font capoter le projet. La marquise de Prie, maîtresse de M. le Duc, propose à nouveau Marie Leszczynska. Fleury accepte ; Louis XV aussi.

En 1725, Denis acquiert au collège des bases solides en latin et en grec. Il étudie les Écritures, entend ses maîtres, les jésuites, dénigrer violemment le judaïsme. C'est un élève brillant, passionné d'apprendre ; il reçoit les prix de vers latins et de version latine.

Ses professeurs lui semblent insuffisants. Il s'impatiente ; il demande à son père d'apprendre la coutellerie, passe cinq jours en atelier, puis renonce : « *J'aime mieux l'impatience que l'ennui* », dit-il à son père en retournant au collège[506].

C'est maintenant un adolescent bagarreur, mal attifé et séducteur. Il racontera[502] : « *Deux cents enfants se partageaient en deux armées. Il n'était pas rare qu'on en rapportât chez leurs parents de grièvement blessés.* [...] *Tu recules à l'aspect de leurs cheveux ébouriffés et de leurs vêtements déchirés. C'est ainsi que j'étais quand j'étais jeune*[502]. » Il ajoute[3] : « *C'est ainsi que je plaisais, même aux femmes et aux filles de ma province. Elles m'aimaient mieux débraillé, sans chapeau, quelquefois sans chaussures, en veste et pieds nus, moi, fils d'un forgeron, que ce petit monsieur bien vêtu, bien poudré, bien frisé, tiré à quatre épingles, le fils de madame la présidente du bailliage.* [...] *Elles voyaient à ma boutonnière la marque de mes progrès dans les études, et un enfant qui montrait son âme par un mot net et franc, et qui savait mieux donner un coup de poing que faire une révérence, leur plaisait plus qu'un sot, lâche, faux et efféminé petit flagorneur*[502]. »

Il figure peut-être, le lundi 25 juin 1725, parmi ces « *cinq ou six cents enfants* »[527] qui, selon les souvenirs de professeurs[527], « *avec plusieurs constants de boutique, armés de tous les instruments qui peuvent servir à un charivari, attendirent les Langrois qui revenaient de Chaumont où ils avaient participé aux fêtes du Grand Pardon (en l'honneur de saint Jean-Baptiste), et les accompagnèrent depuis le bas de la colline des Fourches jusque dans leurs maisons en criant : "Fi les vilains ! Ils ont mangé du bouc, ils ont mangé du bouc*[527] *!"* »

À Pétersbourg, Pierre le Grand mort, lui succède sa femme, Catherine Ire, puis son petit-fils, sous le nom de Pierre II.

En Afrique, les Peuls rejettent les Soussous vers la côte et créent au Fouta-Djalon un État musulman.

Denis abbé

Le 22 août 1726, à treize ans, Denis Diderot, sans enthousiasme ni ferveur particulière, reçoit la tonsure de l'évêque de Langres : il est donc abbé, mais pas encore autorisé à porter la soutane ni à administrer les sacrements. Il porte la culotte, le manteau noir et la collerette à rabat blanc. Il peut se faire appeler « abbé », mais continue à étudier au collège de Langres[506]. Son père est ravi : il nourrit toujours la même ambition pour son fils : qu'il succède au frère de son épouse, Didier Vigneron, comme chanoine de la cathédrale Saint-Mammès. L'oncle écrit en ce sens au pape. Son père attend fébrilement la réponse. Denis ne semble pas particulièrement attiré par cette vocation. Il reste un très bon élève, plus anxieux d'apprendre que de prier. En témoigne le parchemin qu'il reçoit d'un professeur avec, écrit au verso de l'image de saint Denis : « *Je, soussigné, certifie que le jeune et intelligent Denis Diderot, élève de tout point accompli, a expliqué et illustré de notes et figures, en séance publique et avec les éloges et les applaudissements de tous, le 3*[e] *livre des* Odes *de Q. Horace Flaccus, le plaidoyer pour Dejotare et d'autres textes latins tirés de Quinte-Curce, etc. Pour le féliciter de cet exercice public, je lui ai donné cette gravure en récompense de sa virtuosité et en souvenir de ma particulière bienveillance à son égard*[335]. »

Il reste très proche de sa mère et de sa deuxième sœur, les deux Angélique…

À Londres, premier dictionnaire universel

Cette même année 1726, le cardinal de Fleury, ancien précepteur du roi, remplace le duc de Bourbon comme Premier ministre.

Une escadre anglaise s'aventure dans la Baltique, illustrant les nouvelles ambitions commerciales de la Grande-Bretagne.

Cette même année encore, des techniciens et des inventeurs (le mathématicien Clairaut, le physicien Nollet, l'horloger Sully, l'architecte Chevotet, le naturaliste La Condamine, l'abbé de Gua de Malves, l'horloger Julien Le Roy) créent à Paris une « société des Arts » qui cherche à rapprocher et à faire travailler ensemble inventeurs, techniciens et savants pour pallier les carences des académiciens, sur le modèle de la Society of Arts de Londres, sans avoir le projet d'en faire un livre. Encore moins une encyclopédie.

Au même moment, le jeune Voltaire déclare au chevalier de Rohan-Chabot : « *Je commence mon nom là où vous finissez le vôtre*[320]. » Le chevalier le fait attaquer par quatre de ses laquais ; malgré ses démarches auprès du duc de Sully, de Mme de Prie et même de la reine, Voltaire ne parvient pas à obtenir réparation. Il a beau envisager de provoquer le chevalier en duel ou de l'agresser, le cardinal de Rohan le fait embastiller quinze jours avant de l'exiler pour deux ans en Angleterre.

Cette année-là, Mme Geoffrin ouvre un des premiers « salons » à Paris ; son mari, le très riche Pierre François Geoffrin, est administrateur et un des principaux actionnaires de la Manufacture royale des glaces de miroirs (ancêtre de Saint-Gobain), créée par Louis XIV à l'initiative de Colbert en 1665. Elle y reçoit à dîner une fois par semaine hommes politiques et philosophes. Son salon n'est pas très subversif : Mme Geoffrin surveille ce qu'on y dit et en chasse les plus radicaux.

Les jansénistes, qui n'ont pas désarmé, parlent de guérisons miraculeuses qui se dérouleraient sur la tombe de François de Pâris, lequel vient de mourir, au cimetière de Saint-Médard, à Paris. Sa sépulture devient un lieu de pèlerinage et d'hystérie collective[90] : les fameux « miracles » passent par de violentes convulsions dont les « victimes » demandent à être « soulagées » par des coups. Les fidèles s'inscrivent dans la tradition du *Mémorial*[408] de Pascal et se voient comme des êtres illuminés par la grâce.

En 1728, un adjoint géomètre à l'Académie des sciences, Pierre Louis Moreau de Maupertuis, voyage en Angleterre, puis en Suisse, et adopte les théories newtoniennes (notamment l'attraction universelle) ; ce faisant, il abandonne la théorie de Descartes, celle des tourbillons, officielle en France à l'époque.

Cette année-là, le Danois Vitus Behring découvre et franchit pour le compte du tsar de Russie le détroit qui portera son nom, et atteint l'Alaska.

Toujours en 1728, le chancelier d'Aguesseau lance en France de grandes enquêtes sur les donations, les testaments et les faux, afin de « *réunir* [*toutes les lois françaises*] *dans un seul corps de législation*[62] » ; c'est la tentative la plus poussée d'unification du droit civil sous l'Ancien Régime, dont les résultats seront repris intégralement dans le Code civil, en particulier l'ordonnance sur les donations et celle sur les legs.

À Londres, un éditeur franc-maçon, Ephraïm Chambers, publie une *Cyclopaedia, or Universal Dictionary of Arts and Science*[85], inspirée du livre de Harris dont la première édition a vu le jour trente ans plus tôt[247]. C'est le premier dictionnaire présentant ses articles dans l'ordre alphabétique ; il intègre quelques termes médicaux, presque rien en histoire et géographie, et son iconographie est très limitée. Diderot écrira à ce propos : « *Chambers a lu des livres, mais il n'a guère vu d'artisans ; et il y a beaucoup de choses qu'on n'apprend que dans les ateliers*[155]. » L'ouvrage est un succès ; Chambers entreprend aussitôt de le réactualiser.

Cette année-là aussi, le richissime Francois-Adam d'Holbach marie à Paris Suzanne, sa nièce, devenue sa fille adoptive, à un protégé du secrétaire d'État Nicolas Daine, faisant ainsi entrer sa famille dans le cercle des Grands seigneurs français[92]. Avec la dot de Suzanne, Nicolas Daine achète une charge de secrétaire du roi[92]. François d'Holbach retrouve ainsi la France, qu'il avait dû fuir huit ans plus tôt. Son autre neveu, Paul Henri Thiry d'Holbach, qui deviendra un ami proche de Denis Diderot, épousera successivement deux des filles de Suzanne.

Pour mater le mouvement janséniste, le Premier ministre Fleury multiplie les arrestations de centaines de prêtres et sorbonnards. Certains sont contraints à l'exil. Le cardinal force même le vieux chef du mouvement janséniste, le cardinal de Noailles, âgé alors de quatre-vingts ans, à accepter la bulle papale.

Le diplôme, l'échec

Le 3 août 1728, à la fin de son année au collège, Denis obtient un « *Bene Merenti* » avec le second prix de vers latins et de version latine[549]. Il reçoit en récompense les deux tomes de l'*Histoire de l'Église du Japon*, du père Jean Grasset. La remise de prix est accompagnée de la représentation de deux pièces, *Isaac*, de l'abbé Fabiot Aunillon, et *Les Incommodités de la grandeur ou le Faux Duc de Bourgogne*, du père du Cerceau[84]. Trente-deux ans plus tard, Diderot, encore ému par ce souvenir, écrira : « *Un des moments les plus doux de ma vie, ce fut il y a plus de trente ans et je m'en souviens comme d'hier, lorsque mon père me vit arriver du collège les bras chargées des prix que j'avais remportés, et les épaules chargées des couronnes qu'on m'avait données et qui, trop larges pour mon front, avaient laissé passer ma tête. Du plus loin qu'il m'aperçut, il laissa son ouvrage, il s'avança sur sa porte et se mit à pleurer. C'est une belle chose qu'un homme de bien, et sévère, qui pleure*[156]. »

En avril 1728, Didier Vigneron, l'oncle de Denis, se sentant proche de la mort et craignant que son neveu ne soit pas désigné comme son successeur par les chanoines langrois après sa disparition, démissionne de son poste au profit de son neveu et écrit au pape pour obtenir son accord, mais il meurt avant que sa démission et sa succession n'aient été enregistrées par Rome[506]. Elles ne sont donc pas considérées comme valides, et c'est le chapitre qui doit élire son successeur et choisit un autre que Denis[549]. Grande déception ! Le projet familial, qui aurait assuré un statut et un revenu confortable au fils aîné, a échoué.

Denis ne le regrettera jamais. Il écrira quarante ans plus tard, mi-ironique, mi-sérieux : « *J'aurais employé une partie de mon temps à tourner des manches à balai, à bêcher mon petit jardin, à observer mon baromètre*[143]*...* »

Les jésuites de son collège, sentant son potentiel intellectuel, le poussent alors à les rejoindre et, pour cela, à continuer ses études à Paris au collège de Louis-le-Grand. Affamé de savoir, Denis souhaite y aller. Il a aussi peur d'être confiné dans cette vie de moine de province.

Mais il n'a pas son mot à dire. Son père hésite : ce serait le premier Diderot à Paris, ville de toutes les turpitudes ; puis il accepte, ne renonçant pas à obtenir pour son fils un bénéfice ecclésiastique. Denis est si pressé de partir qu'il fugue avant d'être rattrapé par son père.

Même s'il vénère ses parents et adore ses sœurs (un peu moins son frère, qui semble malgré son jeune âge, déjà habité d'une foi très exclusive), il est heureux d'échapper à l'univers familial langrois.

Élève à Louis-le-Grand

À la fin de 1728 ou au début de 1729, Didier accompagne Denis (qui a juste quinze ans) à Paris, au collège Louis-le-Grand, pour y étudier et obtenir un diplôme en théologie. Pas pour devenir jésuite, mais pour briguer à nouveau un bénéfice religieux. Pour Denis, seul compte l'étude. Le religieux n'est qu'une contrainte accessoire.

Le père dépose son fils au collège. Lui qui n'est jamais venu à Paris y passe quinze jours enfermé dans un petit hôtel, face à l'entrée de Louis-le-Grand, à attendre son fils[518]. Denis rencontre là des jeunes gens prometteurs : Bernis (futur cardinal et ambassadeur à Rome), dom Germain (futur chartreux, astronome et auteur de ballets), et La Mettrie (médecin). Il fait la connaissance de ses professeurs, dont le père Porée, spécialiste du théâtre.

Quinze jours plus tard, Denis sort du collège, rejoint son père de l'autre côté de la rue et lui explique, enthousiaste, qu'il est ravi d'être là et qu'il souhaite y rester, mais qu'il craint d'être renvoyé pour avoir aidé un élève à faire son devoir. Il est en effet puni, mais pas renvoyé[518]. Il en sera ainsi toute sa vie. Penser pour lui-même ne lui suffit pas : il aime aider les autres à rédiger leurs textes.

Denis reste. Son père s'en va. Le coutelier ne reviendra jamais à Paris, et ils ne se reverront plus pendant quinze ans. Son père paiera sans faillir ses années d'études. Sa mère lui enverra souvent des victuailles, voire même de l'argent, par une servante ou par des Langrois de passage.

Denis s'absorbe dans l'étude. Il critiquera plus tard[155] cet enseignement où il n'apprend ni physique, ni histoire naturelle, ni « *bonne chimie* », « *très peu d'expériences* », « *rien de géographie*[156] ». Il parle maintenant parfaitement latin et grec. Chaque soir, il lit un chant d'Homère avant de se coucher. En même temps qu'il est pensionnaire à Louis-le-Grand chez les jésuites, il suit les cours de philosophie du collège d'Harcourt (actuel lycée Saint-Louis), plus janséniste, et les leçons de mathématiques les plus modernes de Ricard, au collège de Beauvais[549]. Il dévore des livres d'arithmétique, d'algèbre et de géométrie.

Tout à côté, à l'initiative de la famille de son père, le jeune d'Alembert (élève du collège des Quatre-Nations) fait de très brillantes études en droit et mathématiques. Il vit encore chez sa nourrice, une « *vitrière*[91] » chez qui il a été placé par le chevalier Destouches, qui, sans reconnaître sa paternité, veille de loin sur lui et lui verse une pension ; alors que sa mère, Mme de Tencin, l'ignore définitivement.

Cette année-là, à la mort d'un obscur curé des Ardennes, Jean Meslier, on découvre un *Mémoire* (aussi appelé *Testament du curé Meslier*[352]), des *Lettres aux curés du voisinage*[353] et une réfutation de la *Démonstration de l'existence de Dieu*, écrite par Fénelon, où le prêtre s'en prend violemment à l'Église et aux puissants, tout en appelant les peuples à se révolter[354]. Son texte exercera une grande influence sur Voltaire, qui publiera des extraits du *Testament* et en reprendra l'antisémitisme virulent. Diderot, on le verra, le lira et s'en inspirera, sans jamais en reprendre à son compte l'antisémitisme. Sans doute Diderot n'est-il déjà plus tout à fait croyant, sans être pour autant aussi radical que Meslier. La même année, la famille de Destouches, mort trois ans plus tôt, fait alors entrer son fils au très prestigieux collège des Quatre-Nations, situé quai Malaquais et qui abrite aujourd'hui l'Institut de France.

À la Sorbonne

En 1730, Denis part en Sorbonne suivre les cours de philosophie, c'est-à-dire, en fait, de théologie. Il vit toujours de ce qu'il reçoit de son père.

Fleury décide de faire de la bulle *Unigenitus* une « loi de l'Église et de l'État ». Le 3 avril 1730, anticipant le refus du Parlement d'enregistrer cette décision, il en force l'enregistrement par un lit de justice tenu par le roi.

Cette même année, la marquise du Deffand ouvre un salon littéraire rue Saint-Dominique, au couvent Saint-Joseph où elle s'est retirée. C'est un personnage considérable. Elle a été la maîtresse du Régent, puis de Charles-Jean-François Hénault, président de la 1re chambre des enquêtes du parlement de Paris ; elle est l'amie de la duchesse du Maine (le duc du Maine est l'ancien rival du Régent) qui tient une cour fastueuse à Sceaux, regroupant l'élite littéraire et artistique de Paris.

Cette année-là, un avocat au parlement de Paris, philosophe grammairien, César Chesneau Dumarsais, rédige un texte, *Le Philosophe*, synthèse de l'histoire de la philosophie, sur lequel on reviendra dans cette histoire[182].

L'agent de change François-Adam d'Holbach (toujours célibataire et sans enfant), qui avait déjà adopté la fille d'une de ses sœurs (Margarete Holbach), prénommée Suzanne, qu'il fait élever au couvent, adopte aussi le fils d'une autre de ses sœurs, Catherine : Paul Henri Thiry, alors âgé de sept ans, devient d'Holbach.

En avril 1731, Montesquieu rentre d'Angleterre ; l'abbé Prévost publie *Manon Lescaut*[421]. Le second traité de Vienne marque la fin de l'alliance franco-britannique au profit d'une alliance anglo-autrichienne qui bouleverse le paysage européen.

En 1732, la diète d'Empire, la Grande-Bretagne et l'Espagne reconnaissent la « Pragmatique Sanction » ; l'accession au trône de Marie-Thérèse, fille de l'empereur Charles VI, semble acquise.

En Inde, Nâdir Châh destitue Tahmasp II, place le fils de celui-ci, Abbas III, encore enfant, sur le trône, et se déclare régent.

Le 2 septembre 1732, Denis a dix-neuf ans. Il reçoit le titre de « maître ès arts » de l'université de Paris. Il loge encore, comme depuis cinq ans, au collège d'Harcourt, toujours financé par son père qui veut encore en faire un homme d'Église, à Langres si possible.

Avoir vingt ans en 1733

En 1733, il continue ses études à la Sorbonne sans plus aucune conviction religieuse. Il a pour condisciples Condillac, son cadet d'un an, issu d'une famille de robe à Grenoble, frère cadet du grand prévôt de Lyon, Jean Bonnot de Mably, et du philosophe l'abbé de Mably ; et Hooke, un Irlandais envoyé tout jeune en France pour y étudier suite à l'interdiction faite en Irlande par les Anglais de dispenser une éducation catholique.

Maupertuis publie cette année-là un mémoire sur les lois de l'attraction, qui lui vaut une grande renommée. Contre Cassini et comme Newton, il pense que la Terre est aplatie aux pôles.

En 1733, la mort de l'électeur de Saxe et roi de Pologne Auguste II provoque une guerre de succession pour le trône de Pologne entre, d'une part, la France et l'Espagne (qui soutiennent Stanislas Ier Leszczynski, beau-père de Louis XV), et l'Autriche, la Saxe et la tsarine Anna Ivanovna (qui soutiennent Auguste III, fils d'Auguste II). Stanislas se fait élire par 12 000 délégués à la Diète. Auguste III, soutenu par Charles VI, se fait élire par une assemblée concurrente de 3 000 nobles, et s'installe au pouvoir. La France déclare alors la guerre à l'Autriche et à la Saxe, rejointe par l'Espagne et le duc de Savoie. En Pologne, 30 000 soldats russes chassent Stanislas de Dantzig. La France obtient alors de Charles VI, vainqueur, que le duché de Lorraine soit confié à Stanislas, le vaincu, et qu'elle en hérite à la mort de celui-ci.

En 1733, en Angleterre, John Kay, mécanicien, invente le métier à tisser mécanique, la « navette volante » qui fait passer le tissage de l'artisanat familial à l'industrie manufacturière : la confection de larges étoffes ne requiert plus qu'un seul ouvrier.

La même année est représenté sur scène à Paris le premier opéra de Jean-Philippe Rameau (*Hippolyte et Aricie*), qui bouleverse les lois du genre établies par Lully. Une bataille commence entre les « ramistes » et les « lullystes », qui reprochent au premier des harmonies trop complexes, une musique trop présente et un livret trop plat.

En 1734, Voltaire, rentrant de son exil à Londres, fait paraître anonymement ses *Lettres philosophiques* (d'abord intitulées *Lettres anglaises*[535]). Il y fait l'éloge d'un pays où règnent, explique-t-il, la tolérance et la liberté, et y décrit l'état des sciences et de la philosophie britanniques. Denis lit ces *Lettres* et s'en enthousiasme ; il écrira beaucoup plus tard dans une adresse à Voltaire (in *Essai sur les règnes de Claude et Néron*) : « *Tu nous as fait connaître Locke et Newton, Shakespeare*[145]. » Voltaire est en effet le premier traducteur de Shakespeare en français.

Denis a vingt ans. Il est bon vivant, va au théâtre, court les filles. Sa santé est excellente, mis à part une douleur à l'estomac. Lire, apprendre, penser est pour lui l'essentiel. Il s'intéresse maintenant au monde et s'éloigne de plus en plus du projet de son père : pas question de devenir homme d'Église, pas question non plus de s'enfermer dans ses croyances. Il s'inquiète de ce qu'on lui dit de son frère Didier et surtout de sa jeune sœur Angélique, qui semblent l'un et l'autre habités par la foi et veulent entrer dans les ordres.

Cette année-là, à la suite d'un concours lancé par le Parlement anglais, un charpentier-horloger anglais, John Harrison, met au point le premier chronomètre de marine ; il pèse 32,5 kilos. Cette invention majeure, voulue par le pouvoir politique, améliore notablement la localisation et la durée des voyages transocéaniques ; elle conférera à la Grande-Bretagne la maîtrise de la haute mer et facilitera une exploration systématique du reste du monde.

En 1735, l'Anglais Thomas Dyche fait paraître son *New General English Dictionary*[185] : 870 pages à visée essentiellement linguistique.

Cette même année, Jean le Rond, dix-huit ans, est reçu brillamment bachelier ès arts. Cherchant sans doute à faire oublier que son fils est un enfant trouvé, la famille du chevalier Destouches le fait inscrire sur le registre de l'université sous le nom de « d'Aremberg », une famille de princes du Saint-Empire. Le jeune homme refuse d'usurper un patronyme encore porté par d'autres et prend le nom, sans attaches ni passé, de « d'Alembert[52] », peut-être parce que « D'Alenbert, soit » est l'anagramme de son nom de baptême « Batiste Le Rond »[52]...

Le 6 août, Denis est diplômé de l'université de Paris pour avoir étudié avec succès la philosophie pendant deux ans et la théologie durant trois ans ; parmi les autres diplômés figure un autre Langrois nommé Samuel Prédicat.

La suite normale, pour Denis, serait l'obtention d'un des bénéfices réservés aux diplômés de l'Université. Son père, toujours coutelier à Langres, qu'il n'a pas revu depuis sept ans, en sollicite un auprès de l'évêque de Langres, Montmorin de Saint-Hérem, par lettre du 6 octobre. Un tel bénéfice, c'est une rente à vie et le prestige assuré.

En vain, encore une fois : c'est l'autre Langrois, Samuel Prédicat, qui l'obtient. Denis est seulement désigné comme « gradué nommé », c'est-à-dire candidat présenté par l'Université à un hypothétique bénéfice à venir dans le diocèse de Langres.

Une nouvelle fois, l'Église lui ferme ses portes. Il ne retournera pas à Langres comme chanoine. Il n'en est pas affligé.

Chapitre 2

La bohème à Paris 1736-1744

Ayant quitté la Sorbonne, Denis passe d'une occupation ennuyeuse à une autre : son père, très déçu de ce nouvel échec dans l'Église et qui conserve toute autorité légale sur lui jusqu'à l'âge de trente ans, le place d'abord chez un coutelier parisien d'origine langroise, un dénommé Foucou. Le jeune homme réussit très vite à dégoûter son patron de sa présence. Il n'est vraiment pas fait pour ça.

Au début de 1736, son père apprend qu'il a emprunté trente-huit livres à Foucou, rembourse ce dernier et décide de placer Denis chez un procureur parisien (sorte de notaire d'aujourd'hui), lui aussi langrois, François-Clément de Ris[549]. Denis ne se passionne pas davantage pour le dépouillement d'actes et la production d'inventaires. Plus encore, il comprend qu'aucun métier ne l'intéresse ; l'idée même d'exercer une profession, de végéter toujours au même endroit, d'avoir l'esprit occupé à quelque chose qu'il n'a pas lui-même décidé, est au dessus de ses forces. Plutôt mourir de faim qu'accepter cela.

La seule chose qu'il aime, en fait, depuis son enfance, c'est étudier, penser, pas nécessairement encore écrire. Il sait désormais qu'il ne veut que lire, écrire, étudier, vivre, penser, découvrir et explorer les immensités du savoir. Il continue à étudier les mathématiques, qui lui résistent, et veut apprendre une langue qui lui semble promise à un bel avenir, l'anglais. Il ne va plus à la messe, sort beaucoup, passe beaucoup de temps dans les cafés[209] ; en particulier, le théâtre le fascine. Plus il étudie, plus il s'éloigne de sa formation religieuse. De quoi vivra-t-il ? Il se débrouillera toujours.

Premier projet d'une Encyclopédie *: de Harris à Ramsay en passant par Chambers*

En cette année 1736, les progrès des sciences – de toutes les sciences – sont énormes. Maupertuis part en Laponie avec le mathématicien Clairaut pour mesurer la « figure de la Terre », c'est-à-dire la longueur d'un degré de méridien, et démontrer que, conformément à l'hypothèse de Newton, la planète est aplatie aux deux pôles ; La Condamine effectue les mêmes mesures au Pérou. Bien d'autres savoirs techniques, artisanaux, agricoles, médicaux, commencent à émerger ; il faut les mettre en forme, les expliquer, les rendre disponibles au plus grand nombre. En particulier aux nobles, pour qui travailler n'est plus déroger.

Au même moment paraît en deux volumes, à Londres, une cinquième et dernière édition du *Lexicon* de John Harris, ce vieux dictionnaire publié pour la première fois en 1704, avec, cette fois, des diagrammes, des tables logarithmiques et astronomiques, des figures et quelques planches[247]. Chacun s'en émerveille.

Le franc-maçon Ephraïm Chambers travaille lui aussi à une nouvelle édition de sa *Cyclopaedia or Universal Dictionary of Arts and Science*, inspirée du livre de Harris[85]. Il envisage même de se faire aider pour cela par toutes les loges maçonniques du monde ; elles sont alors environ 250 en Angleterre, en Écosse, en Irlande, en Allemagne, en Italie, en Pennsylvanie et, depuis quelque dix ans, en France. À cause de la censure, son projet exclut explicitement les sujets politiques et religieux.

En décembre 1736, à Paris, un haut dignitaire de la toute nouvelle Grande Loge de France relaie cet appel de Chambers : dans un discours prononcé devant un couvent de cette loge, Andrew Ramsay, philosophe écossais installé depuis longtemps en France et converti au catholicisme, ami du Régent, de Fénelon et de Montesquieu, demande à chacun des membres de cette Grande Loge de France de « *contribuer (par sa protection, par sa libéralité ou par son travail) à un vaste ouvrage auquel nulle Académie et nulle Université ne peuvent suffire, parce que toutes les Sociétés particulières étant composées d'un très petit nombre d'hommes, leur travail ne peut embrasser un objet aussi immense*[242] ». La suite mérite d'être citée, car elle fixe l'agenda de ce qui deviendra le grand projet de Diderot (qui n'est pas et ne sera jamais franc-maçon) :

« *Tous les Grands Maîtres en Allemagne, en Angleterre, en Italie et par toute l'Europe exhortent tous les Savants et tous les Artistes de la Confraternité de s'unir pour fournir les matériaux d'un Dictionnaire universel de tous les Arts Libéraux et de toutes les Sciences utiles, la Théologie et la Politique seules exceptées... Un tel ouvrage est commencé à Londres* [c'est la *Cyclopaedia or Universal Dictionary of Arts and Science* d'Ephraïm Chambers] *et l'union de tous les frères pourra permettre de le compléter rapidement... On y expliquera non seulement le mot technique et son étymologie, mais on donnera encore l'histoire de la Science et de l'Art, ses grands principes et la manière d'y travailler.* » La suite est d'une extraordinaire modernité : « *De cette façon, on réunira les lumières de toutes les nations dans un seul ouvrage qui sera comme un magasin général et une Bibliothèque universelle de tout ce qu'il y a de beau, de grand, de lumineux, de solide et d'utile dans toutes les Sciences naturelles et dans tous les Arts nobles. Cet ouvrage augmentera chaque siècle selon l'augmentation des lumières ; c'est ainsi qu'on répandra une noble émulation avec le goût des Belles Lettres et des Beaux Arts dans toute l'Europe.* »

Ainsi naît le projet de ce qui va devenir l'*Encyclopédie* : comme un projet anglais, celui d'un livre de tous les savoirs – hormis le philosophique, le politique et le religieux –, appuyé par tous les francs-maçons du monde, et sans cesse remis à jour.

Finalement, ce projet ne sera pas mené à bien par des Anglais ni par des francs-maçons, ni à Londres ni à Amsterdam, mais à Paris par toute l'intelligentsia française, sous la direction improbable d'un jeune inconnu, Denis Diderot.

Pourtant, la France n'est pas spécialement bien placée pour ce genre de travail : la censure y est de plus en plus stricte ; la vie intellectuelle y est réprimée ; quiconque est surpris à parler trop librement ou à lire un livre interdit risque la prison, les galères ou même la torture. En outre, en juillet 1737, le chancelier d'Aguesseau sort de sa seconde disgrâce et redevient garde des Sceaux[60]. Il s'impose à nouveau comme un personnage considérable, premier officier du royaume, à la tête de la justice. En plus d'être garde des Sceaux, il est responsable de la Librairie, c'est-à-dire de la censure. Il nomme le comte d'Argenson directeur de la Librairie[104]. Il interdit la publication des romans dans le royaume pour « raisons morales[62] ».

Infime signe de liberté : cette année-là, l'Académie royale de peinture et de sculpture invite pour la première fois à exposer des peintres qui n'en sont pas membres.

L'errance bohème

Cette même année 1737, François-Clément de Ris, le procureur chez qui est placé Denis, avertit son père, par lettre, que celui-ci refuse tout travail. Rien ne semble l'intéresser. Le père somme alors le fils de choisir entre un métier à Paris (procureur, avocat ou médecin) ou un retour à Langres pour travailler avec lui, sous peine de se voir couper tout subside. D'abord, Denis ne répond pas, trouve quelques expédients, puis explique qu'aucune des trois professions évoquées ne le tente. Et quand Clément de Ris lui demande ce qu'il souhaite devenir, il répond, racontera-t-il plus tard à sa fille : « *Ma foi, rien, mais rien du tout. J'aime l'étude ; je suis fort heureux, fort content ; je ne demande pas autre chose*[518]. » Son père lui supprime alors toute pension tant qu'il n'aura pas choisi un métier ou ne sera pas revenu à Langres.

Il a vingt-cinq ans, il déménage dans un petit logis du quartier[518]. Il est pour la première fois livré à lui-même, même si son père a tout pouvoir sur lui ; il donne des cours, compose des sermons. Par trois fois, sa mère lui fait parvenir en secret de l'argent par une servante (qui couvre à pied, à cette fin, les soixante lieues qui séparent Langres de Paris).

Il apprend l'anglais. Il fréquente les théâtres, les danseuses et les comédiennes. Il tombe alors amoureux de « La Lionnais », une danseuse à l'Opéra[518]. Il racontera plus tard cet épisode à sa fille qui le rapportera en ces termes : « *Un de ses amis demeurait vis-à-vis de cette fille ; il la regardait par la fenêtre dans un moment où elle s'habillait ; elle mit ses bas, prit de la craie et effaça avec les taches de ses bas. Mon père disait en me racontant cela : Chaque tache enlevée diminuait ma passion, et à la fin de sa toilette, mon cœur fut aussi net que sa chaussure*[518]. »

Cette année-là, le traité de Vienne met fin à la guerre de succession de Pologne ; la France reconnaît Auguste III comme roi de ce pays et adhère à la « Pragmatique Sanction » ; un jeu de chaises musicales s'organise : en échange de sa renonciation au trône de Pologne, Stanislas Leszczynski reçoit la Lorraine et le Barrois qui reviendront à la France à sa mort. Celui qui règne alors à Nancy, François de Lorraine, gendre de l'empereur d'Autriche Charles VI, quitte son fief pour devenir grand-duc de Toscane ; l'empereur cède le royaume des Deux-Siciles à l'infant don Carlos et, en contrepartie, reçoit Parme et Plaisance ; sa fille Marie-Thérèse est acceptée et reconnue comme héritière d'Autriche.

En 1738, malade, Chambers publie la deuxième édition de sa *Cyclopaedia*, qui n'est pour lui qu'un embryon du futur *Dictionnaire universel de tous les Arts libéraux et de toutes les Sciences utiles*[85], auquel il rêve. Cette *Cyclopaedia* se diffuse notamment en France grâce aux loges de francs-maçons qui en organisent des lectures.

Cette année-là, le jeune Helvétius, fils du docteur Schweitzer, premier médecin de la reine Marie Leszczynska, qui a latinisé son nom en Helvétius, obtient grâce à la faveur de la reine un poste de fermier général lui rapportant 100 000 livres par an[92] ; il se pique de littérature, compose une tragédie, des *Épîtres sur l'amour de l'étude, Sur l'orgueil et la paresse de l'esprit, Sur les arts, Sur le plaisir*, et esquisse une *Épître sur la superstition*[256]. Il demande conseil à un illustre patient de son père, Voltaire, qui séjourne alors en Lorraine dans le château de Mme du Châtelet et qui vient de publier les *Éléments de la philosophie de Newton*[530] ; celui-ci lui répond le 4 septembre : « *Vous êtes une belle âme à diriger*[256]. » Helvétius, lui aussi, jouera un grand rôle dans cette histoire.

Premiers articles, premières traductions

Diderot, lui, est encore totalement inconnu. Il n'a rien écrit, rien publié. En janvier 1739, petits débuts : il envoie son premier article au *Mercure de France*, journal littéraire le plus important du XVIIIe siècle, dirigé par Antoine de Laroque, auteur dramatique, et Louis Fuzelier, le librettiste des *Indes galantes* de Rameau, nommés par le gouvernement. C'est une *Épître à M. Bas...*, en fait M. Basset[507], un de ses professeurs de philosophie au collège d'Harcourt. Le destinataire l'a sans doute reçue pour ses étrennes du Jour de l'an 1739. C'est un poème très banal de cinquante vers, dont voici les premiers[158] :

« *Vous savez d'une verve aisée*
Joindre aux charmes du sentiment,
L'éclat piquant de la pensée ;
Oncques ne fut un rimeur si charmant.
Vous avez la vigueur d'Hercule,
Et soupirez plus tendrement
Que ne fit autrefois Tibulle ;
Oncques ne fut un si parfait amant.
Obligeant sans autre espérance
Que le plaisir d'avoir bien fait,
Qui vous tient lieu de récompense.
Oncques ne fut un rimeur si parfait[112]. »

Le poème est publié. Grande joie pour Denis qui se lance alors dans son premier livre, ou plutôt sa première traduction.

Il parle en effet maintenant assez bien l'anglais pour annoter celle, faite par un certain Étienne de Silhouette, de l'*Essay on Man*[418], poème satirico-philosophique d'Alexander Pope, l'un des plus grands poètes anglais du XVIIIe siècle ; ce poème, paru trois ans plus tôt, met l'homme en garde contre l'illusion de se croire capable de devenir, grâce à la science, l'égal de Dieu. Voltaire en parle comme de l'un des plus beaux poèmes jamais écrits[535].

Diderot trouve la traduction bien mauvaise et se promet de la refaire ; il voit dans ce type de travaux une source possible de revenus.

En attendant, en ce début 1739, il devient précepteur de mathématiques des enfants d'un riche financier, Élie Randon de Massanes, receveur général des Finances du Poitou, moyennant d'énormes honoraires : 1 500 livres par an[518]. Mais il doit passer tout son temps, nuit et jour, avec les enfants dans l'hôtel particulier du financier, rue Richelieu. Au bout de trois mois, il renonce malgré les offres d'augmentation[518].

Le 19 juillet 1739, le surdoué d'Alembert présente sa première communication à l'Académie des sciences[52] ; il a alors vingt et un ans et démontre les erreurs (aujourd'hui évidentes) contenues dans un traité de mathématiques de 1708 très utilisé à l'époque. Stupéfaction générale ! La même année, il rédige un *Mémoire sur le calcul intégral* dont les bases viennent à peine d'être posées. Il en fait progresser les potentialités.

Au même moment, Didier, frère de Denis, prend le relais de l'ambition paternelle et s'engage dans la carrière ecclésiastique avec fougue.

Denis, qui n'a jamais beaucoup communiqué avec son frère, respecte ce choix. Il est par contre affreusement peiné quand il apprend que sa sœur Angélique, dont il est le parrain et qui vient d'atteindre ses dix-neuf ans, devient, contre la volonté de ses parents, religieuse aux Ursulines, à Langres. Cloîtrée. À vie. Sa deuxième sœur, Denise, atteinte d'un cancer de la face qui la défigure, reste auprès des parents. Le destin de ses trois frère et sœurs aura une influence considérable sur sa vie et sur son œuvre.

Pour survivre, Denis rédige des sermons fort bien payés pour des missionnaires portugais en partance pour les Indes (il dira bien plus tard que ce fut la meilleure affaire de sa vie)[518]. Encouragé par sa première publication, il rédige d'autres articles pour le *Mercure de France* sur des sujets divers (mathématiques, physique, beaux-arts, mythologie) et des comptes rendus de pièces et de romans (abbé Prévost, Voltaire)[524]. Il est déjà là en proie à une formidable boulimie de savoir en tous domaines. On note aussi tout de suite chez lui une rare clarté de style.

Il rencontre alors Pierre La Salette, Langrois travaillant à Paris, ami de son père, qui, pendant deux ans au moins, va donner régulièrement des nouvelles de Denis à sa famille ; on a plusieurs lettres de Pierre La Salette à son gendre Nicolas Caroillon La Salette, resté à Langres, dans lesquelles il raconte qu'il a rencontré Denis[549]. Bien plus tard, leurs enfants se marieront.

Cette année-là, la paix de Belgrade signe la fin des contre-offensives ottomanes contre Russes et Autrichiens.

À partir de 1740, l'Angleterre connaît un important essor démographique, favorisé par les progrès de son agriculture. S'y affirme le personnage du *gentleman farmer*, entrepreneur et inventeur qui investit une part substantielle de son capital dans la modernisation technique et la mise en valeur des terres. Le mouvement des « enclosures » s'accélère et envoie au chômage les paysans, qui migrent vers les villes, deviennent ouvriers et participent à la naissance de deux industries, le textile et la métallurgie.

Cette année-là, alors qu'Ephraïm Chambers meurt sans avoir pu mener à bien son projet d'*Encyclopédie*, paraît à Paris la sixième édition du dictionnaire de Moréri, le *Grand dictionnaire historique ou le mélange curieux de l'histoire sacrée et profane*, publié pour la première fois en 1674 : considérablement augmenté, celui-ci occupe maintenant six volumes in-folio imprimés sur deux colonnes[367].

Toujours en 1740, le très jeune fermier général Helvétius se pique de philosophie et entreprend la rédaction d'un poème intitulé *Le Bonheur*[252] : pour lui, l'homme sage ne peut être qu'heureux, et la sagesse ne peut venir ni d'un ascétisme, ni d'un refus des plaisirs naturels, ni de la peur de la mort, ni de la dévotion religieuse, ni de la recherche du pouvoir ; mais des plaisirs de l'amour, tempérés par la raison : le sage est donc celui qui sait recueillir « *les fruits de la raison et les fleurs du plaisir*[252] » et veille à se tenir hors de la société et des débats politiques[252]. Helvétius admet encore l'existence d'un Dieu universel hors des religions, mais, pour lui, ce Dieu de raison ne doit pas servir d'alibi au pouvoir des prêtres. *Le Bonheur*, resté inachevé, ne sera publié qu'à titre posthume. Helvétius écrira bientôt des ouvrages bien plus sulfureux et sera au premier rang des batailles qui vont bientôt se livrer.

Cette même année, Denis Diderot accélère le rythme de ses écrits. Il ne va plus cesser de produire, de façon vertigineuse. Il publie de nouveaux articles dans le *Mercure de France*, qui ont au moins le mérite de lui rapporter un peu d'argent. Il collabore[549] aussi aux *Observations sur les écrits modernes*[140], revue périodique du jésuite Pierre-François Guyot Desfontaines, traducteur de Virgile et des *Voyages de Gulliver*, auteur d'ouvrages de vulgarisation historiques et d'un *Dictionnaire néologique à l'usage des beaux esprits du siècle*[139], célèbre pour ses démêlés avec Voltaire qui le considère comme son « *plus cruel ennemi*[534] ». Denis rédige aussi des comptes rendus sur la querelle entre lullystes et ramistes, qui vient de rebondir à l'occasion de la première de *Dardanus*, de Rameau : Diderot prend parti pour celui-ci tout en cherchant à comprendre le point de vue des lullystes.

Les expédients : escroquer son père

Mais ces articles ne lui rapportent pas assez pour vivre, et il est vite à court d'argent. Le jour de Mardi gras de 1740, il souffre littéralement de la faim et se promet de ne jamais laisser personne dans cette situation[518]. Il s'en souviendra toute sa vie, chaque Mardi gras.

Nouveau subterfuge pour obtenir de l'argent : il rencontre un certain frère Ange, moine carme déchaux du couvent du Luxembourg, lui aussi originaire de Langres, « *homme de beaucoup d'esprit, mais tourmenté de donner de la considération à son corps*[518] », écrira plus tard la fille de Diderot. Ce frère Ange a « *fait de son couvent une maison de banque*[518] » ; plus précisément, il y loge des jeunes gens de Langres en leur prêtant de l'argent (moyennant une garantie cachée des parents), tout en espérant les entraîner dans la vie monastique[518]. Denis décide de lui faire croire qu'il veut devenir moine dans son couvent et sollicite de lui un prêt de 1 200 livres, soit 50 louis (l'équivalent de 13 000 euros). Prétexte : se débarrasser d'une ancienne maîtresse avant de rentrer dans les ordres. Frère Ange lui avance la somme, après avoir vérifié que le père de Diderot, trop heureux de voir enfin son fils entrer dans les ordres, la lui remboursera.

Puis Denis lui demande encore 900 livres pour régler d'autres dettes, prétextant encore qu'il va abandonner de façon imminente la vie séculière. En fait, Denis n'a nulle intention de renoncer à sa vie parisienne et ce n'est pour lui qu'une façon de la financer.

Cette année-là, Diderot s'installe dans une pièce exiguë au premier étage d'un petit immeuble de la rue de l'Observance[518] (aujourd'hui rue Antoine Dubois, qui relie la rue de l'École de médecine et la rue Monsieur le Prince). Il rencontre un nommé Étienne Belle, bijoutier, dont l'amitié l'accompagnera toute sa vie. Denis est maintenant un adulte, très grand, bien bâti, les yeux marron, les cheveux blonds[524]. Il parle bien, avec humour. Les filles l'attirent et sont attirées par lui. Il sort beaucoup, au théâtre, et, quand il a de l'argent, dîne au Procope.

De plus en plus prolifique, d'Alembert soumet à l'Académie un nouveau mémoire sur la mécanique des fluides (*Mémoires sur la réfraction des corps solides*) qui lui vaut les éloges d'Alexis Clairaut, le plus grand mathématicien du temps[8]. Il se lie d'amitié avec un voisin d'immeuble, un graveur hessois du nom de Johann-Georg Wille, découvre la peinture et la sculpture[369].

Cette année-là aussi meurt l'empereur germanique Charles VI. En vertu de la « Pragmatique Sanction » de 1713, sa fille Marie-Thérèse doit lui succéder. Mais plusieurs souverains d'Europe (France, Espagne, Prusse) refusent de la reconnaître et appuient d'autres prétendants au trône impérial. Marie-Thérèse s'allie alors aux Hanovre (Angleterre, Pays-Bas), rallie à sa cause la noblesse hongroise et se fait proclamer « roi » de Hongrie et reine de Bohême. En décembre 1740, Frédéric de Prusse envahit alors la riche région minière de Silésie. C'est une guerre terrible qui commence. Elle va durer sept ans.

Quand commence 1741, Denis mène encore une vie de bohème sans se soucier de la police. Il prend la défense d'un certain François-Thomas-Maris de Baculard d'Arnaud[524], ami de Voltaire, membre de l'Académie royale des sciences et des lettres de Berlin, embastillé sur ordre du secrétaire d'État Maurepas pour avoir composé un ballet pornographique, *L'Art de foutre ou Paris foutant*[19], joué cette année-là dans le bordel de Mlle de Lacroix, fameuse maquerelle de l'époque. L'ouvrage est une parodie du prologue d'un opéra-ballet d'André Campra, *L'Europe galante*, représenté pour la première fois en 1697 ; on y trouve un exposé des comportements sexuels de quatre peuples européens (français, espagnol, italien et turc), tournant en ridicule quelques personnages importants, dont le commissaire du Châtelet.

Premier salon, premier livre

Denis commence à fréquenter les premiers salons, en tout cas ceux qui veulent bien de lui. Son physique, son bagout lui ouvrent bien des portes. Il est d'abord admis à la Société du bout du banc tout juste créée, ainsi nommée parce qu'on s'y nourrit de peu (« manger sur le bout du banc » signifie dîner sur le pouce et à la hâte). C'est un salon littéraire fondé par une célèbre actrice de la Comédie-Française, Mlle Quinault. Il réunit chaque lundi des nobles, des poètes, des écrivains et des philosophes[251]. Lors de chaque réunion, un jury choisit des thèmes et des styles pour des improvisations ou des exercices d'écriture ; les meilleures contributions sont assemblées dans une publication propre au salon, le *Recueil de ces Messieurs*[251]. La réputation de la Quinault attire tout Paris. Parmi les participants, on compte à cette date le duc d'Orléans, Mme du Châtelet, Marivaux, Crébillon fils, le chevalier Destouches[251]. On y parle de tout, sauf de politique et de religion. Chacun se méfie de l'autre, qui peut être un mouchard envoyé par la police de d'Aguesseau.

Le dernier amour de Denis sera, bien plus tard, une nièce de cette Mlle Quinault.

Cette année-là, Diderot tire un premier revenu d'un livre : un imprimeur parisien (on dit alors indifféremment libraire ou éditeur), Antoine-Claude Briasson, lui achète pour cent écus une traduction de l'anglais de l'*Histoire de Grèce* de Temple Stanyan[492].

Il emprunte encore de petites sommes à des amis paternels[518]. Son père rembourse tous les prêteurs, mais demande à tous de ne plus rien concéder à son fils, tout en lui renouvelant son ultimatum (« prendre un état » ou rentrer à Langres)[518].

Mais l'argent file vite, et Denis doit retourner travailler chez un autre procureur[524]. De guerre lasse, à bout de ressources, affamé, criblé de dettes, il envisage d'entrer au séminaire de Saint-Sulpice et d'y devenir jésuite, ce qu'il avait toujours refusé depuis son enfance. La date est même fixée : 1er janvier 1742[507].

Pourtant, l'Église le tente toujours aussi peu, et le destin frappe à sa porte : en décembre 1741, un mois avant son entrée au séminaire, il porte à blanchir les chemises qu'il compte mettre au séminaire chez deux lingères voisines, Mme Champion et sa fille, Anne Toinette. À moins qu'il ne l'ait déjà vue et qu'il s'agisse d'un prétexte pour lui rendre visite[518]. En tout cas, c'est le coup de foudre.

Toinette

Anne Toinette a trois ans de plus que lui, soit trente et un ans ; elle est belle. Sa mère descend d'un gentilhomme du Mans « *ruiné au service*[518] », dira sa fille à sa mort. Ayant un enfant d'un an, elle a épousé un manufacturier d'étamine (on dirait aujourd'hui un fourreur), M. Champion, qui s'est lui aussi ruiné avant de trépasser au bout d'un an de mariage. Deux fois veuve et sans le sou, Mme Champion s'est installée à Paris avec sa fille de trois ans, qu'elle place au couvent des Miramiones (sur le quai du même nom, aujourd'hui quai de la Tournelle). Toinette y reste jusqu'à l'âge de seize ans, puis revient aider sa mère, installée dans un commerce de linge et de dentelles.

Diderot racontera cette rencontre vingt-cinq ans plus tard par un raccourci rapide[156] : « *J'arrive à Paris. J'allais prendre la fourrure et m'installer parmi les docteurs de Sorbonne. Je rencontre sur mon chemin une femme belle comme un ange ; je veux coucher avec elle, j'y couche ; j'en ai quatre enfants ; et me voilà forcé d'abandonner les mathématiques que j'aimais, Homère et Virgile que je portais toujours dans ma poche*[156]. »

En fait, l'histoire n'est pas si simple : la mère se méfie de Denis. Les amoureux échangent en cachette des billets. Denis hésite : se marier ? Comme il n'a encore que vingt-huit ans, il ne peut convoler sans l'accord de son père, obligatoire depuis une ordonnance royale de 1697 pour les fils jusqu'à trente ans (pour les filles jusqu'à vingt-cinq), sous peine de se voir déshérités ou même enfermés.

Il hésite, promet le mariage, renonce au couvent, reprend sa vie de bohème et vit d'expédients de plus en plus difficiles à trouver.

Début 1742, Toinette s'inquiète. Est-il sérieux ? Il lui écrit une lettre d'une grande niaiserie où on a du mal à reconnaître l'écrivain qu'il sera bientôt : « *Qu'avez-vous donc, ma chère Nanette ? Seriez-vous agitée de quelque inquiétude ? Serait-ce le chagrin qui dérangerait votre santé ? Ouvrez-moi votre cœur une bonne fois ; ne suis-je pas destiné à partager vos plaisirs et vos peines ?... J'atteste la vérité que je n'aime rien au monde que vous*[143]. » Et il ajoute, parce que Toinette a dû entendre parler de ses frasques : « *Vous êtes la moins raisonnable, si les sots discours de la Gagnié vous affligent. Ma conduite doit vous rassurer sur l'impression qu'ils auraient faite sur un inconnu*[143]. »

Le printemps puis l'été passent. Il écrit à son père pour lui demander l'autorisation de rester à Paris et peut-être – mais il n'est pas sûr qu'il ait osé – d'épouser Antoinette. La réponse est évidemment négative, mais, pour la rassurer, il écrit à Antoinette : « *Je viens de recevoir une lettre du papa. Après un sermon de deux aunes plus long qu'à l'ordinaire, liberté plénière de faire tout ce que je voudrai, pourvu que je fasse quelque chose*[143]. »

Au même moment, à vingt-quatre ans, d'Alembert entre à l'Académie des sciences en tant qu'adjoint de la section Astronomie[52].

Par ailleurs, un certain Samuel Formey (il a trente-deux ans), issu d'une famille de huguenots français refugiés en Allemagne, pasteur de l'Église française réformée de Berlin, secrétaire de l'Académie royale des sciences et belles-lettres de Prusse, commence à rédiger des notes en vue d'écrire une encyclopédie. Des projets similaires existent alors en Angleterre, mais piétinent. On retrouvera bientôt ce Formey en concurrent du projet qui occupera bientôt Diderot. En Angleterre, en revanche, aucun projet ne vient relayer l'appel de Chambers, dont l'*Encyclopédie* est rééditée chaque année en anglais, puis traduite en italien.

Rencontre avec Jean-Jacques Rousseau

Et puis, au début mai 1742, sans doute pris par une traduction, un spectacle ou une partie d'échecs (sa nouvelle passion), Denis écrit à Antoinette : « *Je n'aurai pas le plaisir de souper ce soir avec toi comme je me l'étais promis. Malgré les efforts prodigieux que j'ai faits pour finir la tâche que je m'étais imposée, je ne suis pas encore à la fin. J'en ai pour la journée*[143]. »

Il continue à lui promettre de l'épouser dès qu'il aura trente ans, en octobre de l'année suivante.

En septembre, Denis joue encore aux échecs au café de la Régence, rue Saint-Honoré, à l'angle de la place du Palais-Royal[209]. Par l'intermédiaire d'un ancien officier de l'armée hollandaise, vaudois d'origine, compagnon de bohème, Daniel Roguin, il y fait connaissance d'un jeune homme arrivé à Paris depuis un mois[574] : Jean-Jacques Rousseau, alors âgé de trente ans.

Genevois quasiment abandonné par ses parents, ayant tout appris de Mme de Warens à Annecy, puis précepteur des deux enfants du chef de la police de Lyon, Jean Bonnot de Mably (frère de l'abbé Mably et de Condillac, que Diderot a rencontré à l'université), Rousseau vient de débarquer dans la capitale pour présenter à l'Académie des sciences un *Projet concernant de nouveaux signes pour la musique* dont il a donné lecture quelques jours plus tôt[462], le 22 août 1742. Il s'agit d'un nouveau système de notation musicale dont il espère tirer célébrité et fortune. Rousseau se trouve aussi dans ce café pour jouer aux échecs. Il est là par hasard : d'habitude, il joue chez Maugis, un café de la rue Saint-Séverin où se réunissent avocats, procureurs, libraires et journalistes[506]. Il évoquera plus tard « *les échecs auxquels je consacrais régulièrement chez Maugis les après-midi des jours que je n'allais pas au spectacle*[450] » ...

Denis et Jean-Jacques se découvrent d'emblée des points communs : ils ont rompu avec leur milieu ; ils sont pauvres ; ils adorent lire, aller au théâtre, et tous deux sont passionnés d'échecs. Ils sont aussi différents : Diderot est gai et ouvert aux autres, sans aucun esprit de compétition ; Rousseau est fermé, méfiant, tourné vers lui-même, maladivement soucieux de sa réputation, angoissé à l'idée de ne jamais rien réussir. Diderot est grand, solide, à l'aise avec les femmes. Rousseau est fragile, timide, emprunté avec la gent féminine.

Vingt-cinq ans plus tard, alors que bien des brouilles et des réconciliations auront eu lieu entre eux deux, Diderot dira du Jean-Jacques de cette époque : « [Il] *ambitionne la supériorité, même dans les plus petites choses. Jean-Jacques Rousseau, qui me gagnait toujours aux échecs, me refusait un avantage qui rendît la partie plus égale. "Souffrez-vous à perdre ? me disait-il. – Non, lui répondais-je, mais je me défendrais mieux, et vous en auriez plus de plaisir. – Cela se peut, répliquait-il, laissons pourtant les choses comme elles sont*[156]*"* ». Rousseau, lui, racontera autrement leur rencontre : « *Diderot, plus jeune qu'eux, était à peu près de mon âge. Il aimait la musique ; il en savoit la théorie ; nous en parlions ensemble ; il me parlait aussi de ses projets d'ouvrage. Cela forma bientôt entre nous des liaisons plus intimes*[450]. »

En octobre 1742, la maison dans laquelle habitent Denis et Toinette se révèle branlante ; ils déménagent l'un et l'autre et se retrouvent sous le même toit – comme par hasard, prétendront-ils[506].

À Langres pour demander à épouser Toinette

Encore un an à attendre avant d'avoir trente ans et de pouvoir épouser Toinette sans l'accord de son père. Et il est toujours décidé à l'épouser. Ne voulant plus patienter, n'ayant aucun moyen financier, Denis se décide, en décembre 1742, à retourner à Langres solliciter de son père une pension et l'approbation à son mariage. Il n'y est pas revenu depuis quatorze ans et n'a pas revu ses parents depuis que son père l'a laissé à la porte du collège des jésuites, à l'âge de quinze ans.

En fait, il ne s'ouvre pas d'emblée à son père du motif de son voyage. Il reçoit de ces cadeaux qu'on réserve à l'enfant prodigue ; il se fait dorloter, hésite. Il voit sa sœur Denise, que la maladie a conduite à se faire amputer le nez. En revanche, il ne voit pas son frère Didier, enfermé dans son monastère pour ses études. Enfin, il enrage du sort qu'endure sa deuxième sœur, Angélique, cloîtrée volontairement dans son couvent. Elle avait huit ans quand il a quitté Langres. Fin 1742, début 1743, il va la voir à l'occasion de l'unique visite annuelle autorisée aux familles. Sa fille racontera : « *Elle lui parla avec tant de chaleur, d'enthousiasme et d'éloquence qu'il revint persuadé que sa tête était altérée*[518]. » Denis, lui, écrira un jour à propos de la vie dans les couvents : « *Les vieilles tuaient les novices de fatigue, parce qu'il fallait qu'elles éprouvassent ce qu'elles avaient souffert*[143]. »

Son père se méfie de Denis et l'interroge : que fait-il à Paris ? De quoi vit-il ? Les réponses du fils sont vagues. Le temps passe...

De Langres, en décembre et janvier, Denis écrit treize lettres à Anne Toinette. Des lettres bien mièvres où on a encore bien du mal à reconnaître l'épistolier de génie qu'il sera bientôt. Peut-être se met-il au niveau de Toinette pour lui écrire avec ses mots... Le 17 décembre, il tente de la rassurer : « *Ma chère Nanette, tranquillise-toi. Je suis arrivé. J'ai fait un bon voyage, je me porte bien et il me semble qu'on a beaucoup de plaisir à me revoir. Ma mère et ma sœur m'ont fait toutes les amitiés possibles. Mon père m'a accueilli un peu froidement ; mais sa sérieuse différence n'a pas duré et je jouis à présent de sa bonne humeur et de celle de toute la maison... Je suis dans le cours de mes visites ; ces provinciaux ouvrent de grands yeux sur un homme qu'ils ne s'attendaient pas à revoir si tôt et dont ils avaient tant parlé à tort et à travers.* [...] *Je travaille sourdement à obtenir de mes gens une pension, ne fût-elle que de vingt à vingt-cinq pistoles ; c'est toujours quelque chose, quoi qu'il en arrive. Déterminée que tu es à me recevoir entre tes bras, de quelque façon que je me présente, je me consolerai d'échouer dans toutes mes entreprises pourvu que tu sois ferme dans les mêmes résolutions. Adieu, ma chère amie, aime-moi bien... et crois-moi toujours ton amant, ton ami, ton époux*[143]. »

Une semaine plus tard, ayant reçu à Langres les épreuves de sa traduction de l'*Histoire de Grèce* de Stanyan, qu'il a fait venir pour impressionner son père, il explique à mots couverts à Anne Toinette qu'il est retenu prisonnier à Langres : « *Ma chère amie, ces épreuves de mon livre, qu'on m'envoie trois fois la semaine, font merveilles. Mon père et ma mère, qui ne me paraissaient pas trop disposés à me laisser revenir, seront incessamment les premiers à hâter mon retour, convaincus que je m'occupe là-bas à quelque chose d'utile, et détrompés de je ne sais combien de mauvais discours qu'on leur avait faits. Je serai bientôt revêtu de toutes les pièces nécessaires à notre union, car ils me semblent plus encore pressés de me voir établi que moi de l'être, et tu sais toutefois que je le désire extrêmement*[143]. »

Nanette doit lui répondre qu'elle n'est pas dupe et qu'elle se demande pourquoi il ne revient pas. Le 2 janvier 1743, toujours de Langres, il lui écrit : « *Ma chère Nanette, je souhaite que vous commenciez cette année plus heureusement que moi. Vous m'avez écrit une lettre pleine d'injustice et de duretés. Vous connaissez ma sensibilité. Jugez dans quel état vous m'avez mis. Vous serez ma cruelle ennemie si vous ne vous hâtez pas de réparer le mal que vous avez fait à l'homme du monde qui le mérite le moins et qui vous aime le plus. Croyez-moi, laissez à d'autres le soin de me causer des chagrins*[143]. »

De fait, Denis s'est enfin décidé à parler à son père de son désir de se marier. Didier l'a fait enfermer dans un couvent de Langres. Le 1er février 1743, le père de Denis écrit à la mère de Toinette pour lui demander de ne pas permettre ce mariage, car son fils est un « *homme qui n'a pas d'état* », et n'est donc pas un bon parti pour sa fille[506].

Évasion, mariage secret

N'y tenant plus, en février, Denis s'échappe de ce couvent. Selon certains[506], une des sœurs de sa mère, Claire Vigneron, qui est aussi sa marraine, l'aurait aidé à s'évader. Il quitte Langres nuitamment et ne marche que le soir tombé par des routes secondaires.

De Troyes, où il se cache dans une auberge grâce au peu d'argent qu'il a dissimulé aux moines, il écrit à Nanette et lui demande de ne pas lui tenir rigueur de l'échec de son voyage : « *Je ne serai point en sûreté dans mon ancien appartement, car je ne doute point que le frère Ange n'ait déjà reçu des ordres de me faire arrêter, ordres qu'il n'est que trop porté à remplir. Fais-moi donc le plaisir de me chercher une chambre garnie aux environs de chez toi ou ailleurs*[143]... »

Son père ne le fait pas rechercher et ne prévient pas la police. Tristesse sans doute infinie. À Paris il vit en cachette rue des Deux-Ponts[549] et convainc mère et fille qu'en octobre de cette année 1743, où il aura trente ans, ils se marieront. Il sort un peu, lit beaucoup d'auteurs anglais : la *Lettre sur la tolérance*, de John Locke[323] ; *Le Christianisme aussi ancien que la création*, de Matthew Tindal ; l'*Essai sur l'usage de la raison*[497], et le *Discours sur la liberté de penser*[103] d'Anthony Collins ; les *Discours sur les miracles de notre Sauveur*[550], de Thomas Woolston. Il travaille encore à corriger les épreuves de la traduction de l'*Histoire de la Grèce* de Temple Stanyan[492].

Cette année-là, *Le Philosophe* de César Chesneaux Dumarsais est publié clandestinement dans un opuscule intitulé *Les Nouvelles Libertés de penser*[182]. Grand succès : on y reviendra.

Cette année-là aussi, à la mort du cardinal de Fleury, Louis XV nomme d'Argenson, anti-autrichien convaincu, aux Affaires étrangères. L'Autriche, l'Angleterre, la Saxe, la Savoie-Sardaigne et les Provinces-Unies se liguent contre la France et se rangent du côté de Marie-Thérèse.

En juillet 1743, Diderot, qui se cache moins, voit s'éloigner un de ses amis les plus proches : Jean-Jacques Rousseau devient le secrétaire de M. de Montaigu qui part comme ambassadeur de France près la Sérénissime République de Venise. Denis est rassuré par le silence de son père. Il reprend sa vie mondaine.

Il est admis dans le salon de Mme Geoffrin[246]. Il y vient parfois, mais ne reste jamais à dîner. Il y rencontre Jean Le Rond, dit d'Alembert, déjà reconnu comme l'un des plus grands mathématiciens et physiciens de tous les temps, capable de résoudre des problèmes sur lesquels Newton avait buté. Cette année-là, à vingt-six ans, d'Alembert publie un *Traité de dynamique* dans lequel il expose certains des principes de base de la mécanique rationnelle[12]. Il prépare un *Traité de l'équilibre des fluides*[13] et des *Réflexions sur la cause générale des vents*[11].

En revanche, Denis n'est pas admis chez Alexandrine de Tencin, la mère de d'Alembert, qui reçoit dans son salon, entre autres, Marivaux et Montesquieu, mais qui ne recevra jamais son fils, dont elle préfère ignorer l'existence.

Cette même année, malgré ses fiançailles avec Toinette, Denis n'a pas renoncé aux jolies femmes : il va voir la Clairon, célébrissime comédienne, dans sa loge à la Comédie-Française. Étrange mélange : il va épouser une lingère pauvre et analphabète, alors que tout autre que lui aurait cherché à rencontrer une femme riche, dans les salons.

Quinze jours après son trentième anniversaire, il tient sa promesse : le 26 octobre 1743, il signe son contrat de mariage avec Toinette. Le mariage a lieu le 6 novembre suivant en l'église Saint-Pierre-aux-Bœufs, sur l'île de la Cité, où ont lieu discrètement les mariages conclus contre la volonté des familles[549]. Les témoins sont des inconnus. Extrait du registre paroissial[168] : « *Denis Diderot, bourgeois de Paris, fils majeur de Didier Diderot, maître coutelier, et d'Angélique Vigneron* et *Anne-Toinette Champion, demeurant rue Poupée, paroisse Saint-Séverin, furent unis le 6 novembre 1743 en présence de Marie Maleville, demeurant rue Saint-Séverin, de Jacques Bosson, vicaire de Saint-Pierre-aux-Bœufs, de Jean-Baptiste Guillot, ancien chanoine de Dôle, et d'un voisin de l'épouse.* »

Il n'en informe pas ses parents, avec qui il ne communique plus depuis sa fuite. Et il a bien l'intention de le leur cacher le plus longtemps possible.

Rencontre avec les quatre libraires

Le ménage s'installe dans un étroit logement de la rue Saint-Victor, faubourg Saint-Marceau[524]. Toinette est tout de suite enceinte. Diderot a besoin d'argent et propose à Briasson, qui a publié sa traduction de l'*Histoire de Grèce*, de traduire le *Medical Dictionary* de Robert James, paru alors à Londres en trois volumes in-folio[274]. Briasson, pour qui le risque financier est trop important, s'associe à deux autres éditeurs, Laurent Durand et Michel-Antoine David, et achète sa traduction à Diderot. Pour la première fois, Denis touche à l'univers des dictionnaires.

Il fréquente de plus en plus les salons, non pas comme un de ces ambitieux pour qui c'est un moyen d'obtenir pensions, places, succès aux élections académiques, mais pour y côtoyer ceux avec qui il peut penser, réfléchir, échanger. Il croise là des nobles prétentieux, des savants reconnus, des provinciaux en quête d'une réputation, des mouchards. Chez Mlle Quinault, au Bout du Banc, il rencontre Marc-Antoine Eidous, ancien officier de l'armée espagnole qui, comme lui, survit grâce à ses traductions de l'anglais, de piètre qualité (« *le plus mauvais de tous les mauvais traducteurs français* », dira Grimm[235]). Cet Eidous et un certain François Toussaint l'aident dans la traduction du *Medical Dictionary* de Robert James ; l'ouvrage est enfin édité par un quatrième imprimeur, André François Le Breton, pour le compte des trois autres qui ont acheté son texte à Diderot.

Le Breton est un personnage considérable : vénérable franc-maçon, petit-fils du fondateur de l'*Almanach royal* (annuaire des personnages importants du royaume), il tient commerce d'édition rue de la Harpe à l'enseigne du « Saint-Esprit ». Il sera l'un des principaux protagonistes de notre histoire.

Car ces quatre libraires-éditeurs se retrouveront bientôt autour de Diderot pour un projet d'une tout autre envergure : l'*Encyclopédie*.

Premier vrai livre : Essai sur la vertu

Diderot lit alors en anglais un livre qui vient de paraître, l'*Essai sur le mérite et la vertu*[483] d'Anthony Ashley-Cooper, troisième comte de Shaftesbury, élève de Locke. Un vrai philosophe, et d'importance. Comme Locke, Shaftesbury prêche la tolérance, attaque la religion, la superstition, le fanatisme, conteste prophéties et miracles, affirmant que l'athéisme ne peut nuire au sentiment naturel de droiture et au sens de l'injustice. Pour lui, l'homme est un être éminemment social, et « *l'intérêt particulier de la créature est inséparable de l'intérêt général de son espèce*[142] ». Cette lecture est pour Denis une révélation. Une confirmation de ses idées en même temps qu'une façon de les dépasser. Il tient absolument à traduire l'ouvrage. Il le propose à son premier éditeur, Briasson, qui refuse. Il se tourne alors vers un des deux associés de Briasson, Laurent Durand, qui accepte. Comme toujours, le libraire paiera comptant, à la livraison du manuscrit, une somme forfaitaire à l'auteur, qui ne sera pas associé au succès éventuel des ventes.

En fait, Diderot est trop passionné par son sujet pour s'en tenir à une simple traduction. Il ajoute des commentaires, puis se détache complètement du livre pour rédiger un livre original, vaguement inspiré par Shaftesbury. Il écrira à ce propos[142] : « *Je l'ai lu et relu : je me suis rempli de son esprit, et j'ai pour ainsi dire fermé son livre lorsque j'ai pris la plume. On n'a jamais usé du bien d'autrui avec tant de liberté.* »

Cette année-là, le jeune Paul Henri d'Holbach, fils adoptif du financier associé à John Law, entre à la faculté de droit de l'université protestante de Leyde, la plus réputée d'Europe ; il y rencontre de nombreux Anglais et découvre le déisme, philosophie qui nie les textes sacrés de toutes les religions, sans aller jusqu'à l'athéisme[92].

En mai 1744, le frère de Denis, Didier-Pierre Diderot[86], reçoit les ordres mineurs et le sous-diaconat, puis le diaconat en septembre. Denis, qui n'a pas donné de nouvelles depuis qu'il a fui, songe à renouer contact avec son père, qui ne l'a pas dénoncé à la police. Il ne lui a toujours pas annoncé qu'il est marié. Sans doute Didier est-il au courant, car Denis a sûrement croisé à Paris des Langrois qui en ont informé son père.

Le 13 août 1744 naît la première fille du couple. Denis assiste à l'accouchement. Puis Denis et Toinette déménagent rue Traversière, faubourg Saint-Antoine[549]. Denis fait baptiser l'enfant, qu'il prénomme Angélique, comme sa mère et sa plus jeune sœur. Il hésite, mais ne souffle encore mot à ses parents de cette naissance.

La petite Angélique meurt six semaines plus tard, à la fin septembre.

En octobre, Rousseau revient de Venise, ses espérances brisées, ulcéré par les humiliations que lui a fait subir l'ambassadeur Montaigu, qui l'a licencié[450]. Denis et lui se retrouvent non sans émotion. Jean-Jacques se met en ménage avec sa lingère, Marie-Thérèse Le Vasseur, qu'il vient de rencontrer à l'hôtel Saint-Quentin de la rue des Cordiers où il est revenu s'installer[313]. Les deux couples se fréquentent : « *Il avait une Nanette ainsi que j'avais une Thérèse, c'était entre nous une conformité de plus*[450]. »

Rousseau. Diderot. Ils ne semblent pas avoir plus d'avenir l'un que l'autre.

Chapitre 3

Le projet encyclopédique
1745-1748

En cette année 1745, alors que tout va de mal en pis pour la vie intellectuelle en France, de plus en plus malmenée, maltraitée, censurée, commence la plus vaste tentative de toute l'histoire de l'édition : assembler, ordonner et publier l'ensemble des connaissances humaines. C'est à Paris et c'est par des étrangers qu'elle débute.

Première Encyclopédie *: Sellius*

En janvier 1745, à Paris, un Allemand, Gottfried Sellius, ancien professeur des universités de Göttingen et Halle, arrivé en France deux ans plus tôt et vivotant de quelques traductions de l'allemand et de l'anglais, vient trouver le grand éditeur parisien André François Le Breton[549]. Celui-ci vient d'imprimer, on l'a vu, le deuxième livre de Diderot, une traduction d'un dictionnaire médical. Franc-maçon comme Le Breton, Sellius lui propose de publier une traduction française de la *Cyclopaedia* de Chambers, parue à Londres dix-sept ans plus tôt, sous la forme de deux volumes in-folio illustrés de vingt-et-une gravures. Naturellement, souligne Sellius, la traduction sera revue pour tenir compte des progrès accomplis depuis la publication du dictionnaire de Chambers, même si celui-ci a été tenu à jour dans ses éditions anglaises successives. Il s'agit, explique Sellius, de reprendre le projet de Ramsay tel qu'il l'avait exposé aux francs-maçons du monde entier. Le Breton, redoutable homme d'affaires, répond que, certes, l'entreprise l'intéresse, mais qu'il n'a pas les moyens de la financer. Qu'à cela ne tienne, Sellius explique avoir trouvé[325] « *un opulent et riche associé*[549] » : un jeune Anglais, un certain John Mills, qui vit alors à Paris avec son épouse française et serait, dit-il, prêt à investir dans le projet, c'est-à-dire à prêter à Le Breton de quoi payer l'élaboration du manuscrit. Le Breton hésite : ce financement est-il sérieux ? Il demande des preuves : le 17 février 1745, Sellius montre à Le Breton un contrat signé entre Mills et lui, aux termes duquel l'Anglais s'engage à financer la traduction. Dans ces conditions, pense le libraire, l'opération peut se révéler très rentable ; Le Breton accepte et s'engage à publier les cinq volumes in-folio, comportant cent vingt planches, d'un « dictionnaire universel des arts et des sciences ».

Ainsi naît l'*Encyclopédie.* Bien plus tard, dans l'avertissement au tome II, d'Alembert soulignera le paradoxe que constitue cette œuvre française, écrite en français à partir de la traduction par un Allemand d'un livre anglais !

Tout va ensuite en s'accélérant. Le 25 février 1745, alors que la dame Poisson devient maîtresse du roi sous le nom de Mme de Pompadour, Le Breton obtient pour vingt ans un privilège pour la publication du *Dictionnaire universel des arts et des sciences*[549], titre qu'avait utilisé le chevalier Ramsay dans son discours aux francs-maçons. L'accord est scellé le 26 mars et enregistré le 13 avril. Un prospectus est diffusé, pour rassembler des souscripteurs finançant l'impression des livres – qu'on veut luxueux – et rembourser les éditeurs de leurs avances aux auteurs. En mai, l'organe des jésuites, le *Journal de Trévoux*, félicite John Mills pour le service qu'il rend à la France, « *sa patrie par adoption*[121] ». Jésuites et francs-maçons sont les uns et les autres sur leur terrain d'élection. Ils pensent être à l'origine de ce vaste projet. Et s'attendent à être appelé pour en prendre la direction.

Première maîtresse

Denis n'est pas du tout concerné par ces discussions, même s'il connaît bien ces éditeurs, qui lui ont sans doute déjà parlé du projet. Il est occupé par un tout autre sujet, d'ordre domestique : le bruit court qu'il vit avec deux femmes et un enfant, alors que sa famille langroise, avec qui il a coupé tous les ponts en fuyant, ne sait toujours pas officiellement qu'il est marié. À Paris, il croise des amis de son père qui l'ont connu quand il logeait et travaillait chez le procureur de Ris. Ils doivent avoir informé ses parents.

Au début de mars 1745, Denis songe à aller revoir sa famille ; mais il n'en fait rien : il travaille à son livre inspiré de celui de Shaftesbury et fréquente les salons.

Dans celui de Mlle Quinault, il rencontre un avocat au parlement de Paris, Philippe-Florent de Puisieux, et son épouse Madeleine. Elle a vingt-cinq ans, est d'une beauté comme il les aime : rondelette. Mieux encore, elle peut parler avec lui de sujets qui l'intéressent : elle se pique d'être essayiste, romancière ; elle publiera quatre ans plus tard, avec l'aide de Diderot, des *Conseils à une amie*[425]. Elle devient sa maîtresse.

Le 11 mai 1745, à Fontenoy, dans les Pays-Bas autrichiens, la France bat, dans la guerre de succession d'Autriche, l'armée des coalisés commandée par le duc de Cumberland et composée d'Anglais, de Hollandais, de Hanovriens et d'Autrichiens. Elle reprend Tournai, Gand, Bruges, Ostende. Cette victoire rehausse le prestige royal. Voltaire, devenu historiographe du roi grâce à ses protecteurs (le duc de Richelieu et la Pompadour), compose un poème lyrique, *La Bataille de Fontenoy*[538], que le roi, qui ne l'aime pas, accepte de se voir dédié.

Au même moment, un certain Jean-Francois Rameau, qui fut soldat à Metz avant d'entrer au séminaire, arrive à Paris et débute, sous le nom de « Rameau le neveu », une carrière musicale. Il vit de leçons, de cachets et de commandes occasionnelles[329]. Diderot lui fera dire : « *Mon cher oncle Rameau, qu'on aura appelé pendant une dizaine d'années le grand Rameau, et dont bientôt on ne parlera plus*[148]. » Pour le neveu comme pour le grand Rameau, la dissonance fait naturellement partie de l'harmonie : « *Ce sont des dissonances dans l'harmonie sociale qu'il faut savoir placer, préparer et sauver. Rien de si plat qu'une suite d'accords parfaits*[148]. »

Il sera le héros involontaire d'un des chefs-d'œuvre de Diderot.

Deuxième Encyclopédie *: l'abbé Malves*

Pendant ce temps, le projet d'encyclopédie n'avance guère. Il est même sur le point de capoter : le 7 août 1745, Mills réclame à

Le Breton, qui a enregistré le privilège trois mois plus tôt à son seul nom, de lui signer une reconnaissance de droit de propriété sur l'ouvrage et lui réclame cinquante louis d'or[121]. Or, en France, les droits d'un livre appartiennent à l'imprimeur. Pas question, donc, d'accepter. Le Breton découvre alors que Mills n'est que le simple employé d'une succursale parisienne d'une banque anglaise[549] et qu'il n'a pas le premier sol pour financer la traduction ; que Sellius n'a pas commencé à traduire le dictionnaire de Chambers et qu'il n'en possède pas même un exemplaire ! L'imprimeur roue Mills de coups de canne. Il y a procès. Le Breton est acquitté et porte plainte à son tour contre Mills[549].

Le 28 août, un arrêt du Conseil d'État annule le privilège accordé à Le Breton ainsi que le contrat entre Mills et Sellius. Celui-ci s'efface et celui-là repart en Angleterre. Le Breton, qui a déjà « *aventuré 17 900 livres,* [...] *a fait venir d'Angoulême des rames de papier,* [qui] *a fait fondre des caractères, graver des vignettes et fleurons ;* [qui] *a payé des traductions*, [qui] *a répandu à Paris et en province un* Projet *imprimé destiné au recrutement des souscripteurs*[345] », et qui pressent qu'il y a une clientèle intéressée, le prospectus ayant été bien accueilli, se refuse à abandonner le projet. Il lui faut trouver une nouvelle équipe pour le mener à bien et solliciter un nouveau privilège.

Il va réussir : l'*Encyclopédie* mettra un quart de siècle à voir le jour. Elle réunira 72 000 entrées et plus de 2 500 planches en vingt-huit volumes in-folio[122]. Un millier de personnes vont y travailler[524]. Plus de 2 250 souscripteurs s'y intéresseront tout de suite et ne réclameront pas d'être remboursés dans les moments difficiles. Près de 24 000 exemplaires des éditions successives, officielles ou pirates, seront vendus avant 1789, moyennant des tirages d'environ 4 000 exemplaires, bien supérieurs à ceux de l'époque[122]. Les libraires en tireront un énorme profit. Ce sera l'un des plus grands succès de librairie de l'Ancien Régime.

En septembre de cette année 1745, alors que Toinette est à nouveau enceinte, Denis, toujours l'amant de Mme de Puisieux, termine et fait paraître son premier vrai livre, présenté comme une traduction de Shaftesbury, sans nom d'auteur ni de traducteur[142]. En couverture de l'ouvrage : « *Principes de la philosophie morale ou essai de M. S*** sur le mérite et la vertu*, aux éditions Zacharie Chatelain, à Amsterdam[142] ». Bien qu'anonyme, le livre s'ouvre par une épître dédicatoire étonnante à son frère qu'il n'a pas revu depuis leur enfance et dont il guette pourtant l'approbation. « *À mon frère : Oui, mon frère, la* *religion bien entendue et pratiquée avec un zèle éclairé ne peut manquer d'élever les vertus morales*[142] » ; mais il ne faut pas prendre les philosophes pour des impies, ni les dévots pour des saints : « *Il y a, de la philosophie à l'impiété, aussi loin que de la religion au fanatisme ; mais du fanatisme à la barbarie, il n'y a qu'un pas*[142]. » Étrange dédicace d'un livre anonyme par un traducteur anonyme à un frère qu'il n'a pas revu depuis des années...

Dans une note en marge du livre[142], on trouve un très étonnant auto-portrait où il parle de sa maîtresse, mais pas de sa femme ni de son enfant mort, ni de celui qu'il attend ; et où il évoque surtout son goût pour la conversation. Il est heureux : « *J'ai des passions et je serais bien fâché d'en manquer : c'est très passionnément que j'aime mon Dieu, mon roi, mon pays, mes parents, mes amis, ma maîtresse et moi-même... J'aime les plaisirs honnêtes : je les quitte le moins que je peux ; je les conduis d'une table moins somptueuse que délicate à des jeux plus amusants qu'intéressés, que j'interromps pour pleurer les malheurs d'Andromaque ou rire des boutades du Misanthrope ; je me garderai bien de les exiler par de noires réflexions*[142]. »

Le Breton, qui n'entend pas prendre le risque seul, cherche à financer son projet d'*Encyclopédie*. Le 18 octobre 1745, il s'associe à trois autres libraires (Antoine-Claude Briasson, Laurent Durand, Michel-Antoine David, dit David l'Aîné), les trois mêmes qui lui avaient demandé, l'année précédente, d'imprimer la traduction par Diderot du dictionnaire de médecine de James. Ces quatre libraires seront désormais liés au sort de l'*Encyclopédie*.

Ils sollicitent alors le renouvellement du privilège et décident de tirer chaque tome à 1625 exemplaires. L'accord prévoit[345] « *que, pour subvenir à ces divers frais, il sera remis incessamment dans une caisse commune la somme de vingt mille livres pour les avances de la traduction, révision, augmentation, dessins et gravures de planches, et tout ce qui pourra contribuer à mettre le manuscrit dans sa perfection*[121] ». Le Breton se réserve la moitié des bénéfices et obtient, avant tout partage avec ses trois confrères, 4 800 livres en compensation de ses prétendues pertes dans les tractations antérieures[345].

Il leur faut maintenant trouver un maître d'œuvre intellectuel en lieu et place de Sellius. En novembre 1745, ils jettent leur dévolu sur l'abbé Jean-Paul de Gua de Malves. C'est un jeune scientifique de renom : âgé de trente-cinq ans, fils d'un baron marchand-drapier à Carcassonne, il est déjà professeur au Collège de France. Traducteur de Berkeley, il a écrit quatre ans plus tôt un traité sur la théorie des courbes algébriques intitulé *Usages de l'Analyse de Descartes*[239]. Il est membre de l'Académie royale des sciences et vient d'être admis à la Royal Society sur recommandation de Montesquieu, Maupertuis et Buffon. Une fiche de police en donnera peu après ce signalement : « *Grand, maigre et fort sec. L'air et la contenance d'un fou*[123]. »

C'est aussi à ce moment que Rousseau présente Condillac, jeune aristocrate, presque aveugle, à Diderot, lequel, en retour, lui présente d'Alembert, le seul célèbre de la bande, qui vient de publier un *Traité de dynamique*[12] et de gagner le concours de l'Académie de Berlin, présidée par Maupertuis, avec ses *Réflexions sur la cause générale des vents*[11].

En cette fin d'année 1745, d'Alembert, Condillac, Rousseau et Diderot forment un quatuor inséparable. Ils se retrouvent au moins chaque semaine pour déjeuner au Panier Fleuri, près du Palais-Royal[549]. Ils parlent de Dieu, auquel Rousseau est le seul à croire encore. Et de musique. Et du jeu d'échec. Ces rendez-vous plaisent à Denis, car, selon Rousseau, il n'en manque aucun, « *lui qui manquait presque à tous*[450] »...

*Arrivée de Diderot dans l'*Encyclopédie

C'est alors que le chemin de Denis croise celui de l'*Encyclopédie*. D'après Condorcet (qui vient de naître et qui, à la mort de l'abbé, écrira un texte[107] en son honneur), Malves recrute Diderot et d'Alembert, entre autres rédacteurs, pour prendre part au projet. En fait, Diderot est sollicité directement par les trois libraires, Briasson, David et Durand, pour qui il a déjà traduit le dictionnaire de médecine de James.

Denis, qui ne craindra jamais de reconnaître ce qu'il doit aux autres, ne parlera jamais du rôle qu'aurait pu tenir l'abbé dans cette affaire. En vérité, quand se termine l'année 1745, Malves apparaît dans les livres de comptes de Le Breton en même temps que d'Alembert (en décembre 1745) et Diderot (en janvier 1746)[549]. Il semble que les libraires les aient déjà choisis pour seconder Malves. D'Alembert pour la partie mathématique, Diderot pour tout le reste.

Diderot est enthousiaste. Pour lui, c'est le moment ! Il pense qu'il est l'homme de la situation. Personne, avant lui, n'aurait pu rédiger un tel ouvrage, les savants travaillant dans un relatif isolement. Ni Bacon ni Descartes n'auraient pu rassembler l'équipe de chercheurs spécialisés pour élaborer une telle publication commune. Denis estime qu'il peut y parvenir. Sa fréquentation des salons lui a fait connaître tous ceux dont il aura besoin, pense-t-il. De plus, fils de coutelier, il pourra aussi montrer le travail des artisans et des marchands.

Il revoit alors les premières traductions du livre de Chambers par Sellius et Mills, tente d'y ajouter des extraits de l'*Universal English Dictionary of Arts and Sciences : explaining not only the terms of Arts, but the Arts themselves*[247], publié par John Harris quarante ans plus tôt à Londres. Il est très déçu. C'est très loin de ce qu'il veut. Les traductions sont mauvaises, les textes manquent d'audace. Il faut tout refaire.

Le 21 janvier 1746, Le Breton et ses associés obtiennent du chancelier d'Aguesseau, qui contrôle la Librairie et donc la censure, un nouveau privilège les autorisant, pour la deuxième fois, à publier une *Encyclopédie ou Dictionnaire universel des Arts et des Sciences, traduit des dictionnaires anglais de Chambers et de Harris, avec des additions*[242]. Toute l'originalité de l'*Encyclopédie* résidera dans ces « additions ».

Le 28 février, pour financer le projet, les quatre libraires réussissent à emprunter pour un an à un certain Valmalette 16000 livres, sur quoi « *l'intérêt a été rabattu et porté en dépense jusqu'à ce jour, montant à 3 680 £ 7 sols*[345] ». Pour un an : les libraires pensent pouvoir vendre rapidement par souscription l'*Encyclopédie* avant même qu'elle ne soit terminée. Ils estiment qu'il faudra deux ou trois ans au plus pour tout écrire sous la direction de Malves, avec Diderot et d'Alembert comme adjoints.

En février 1746, paraissent les premières réactions au livre de Diderot inspiré de la traduction de Shaftesbury, ce sont celles des jésuites exprimées dans le *Journal de Trévoux* ; elles sont plutôt favorables ; de même, en avril, dans le *Journal des savants*[549].

En avril 1746, alors que Voltaire est élu à l'Académie française, Diderot et Toinette enceinte déménagent de la rue Traversière à la rue Mouffetard, faubourg Saint-Marceau, chez le sieur Guillote, premier étage à droite.

Un mois plus tard, le 22 mai 1746, le couple a un deuxième enfant, un garçon, François Jacques Denis, qui vient heureusement atténuer le chagrin du décès si brutal de la première-née. Là encore, Denis assiste et participe à l'accouchement de sa femme. Là encore, l'enfant est baptisé, comme tout enfant l'est encore, même si Denis est de plus en plus loin de l'Église.

Cette année-là, d'Alembert reçoit un prix décerné par l'Académie de Berlin pour ses *Réflexions sur la cause générale des vents*[11].

Le 27 juin, après avoir obtenu leur financement, les libraires passent contrat avec Gua de Malves et le nomment « directeur » de l'entreprise naissante, chargé[242] d'« [étendre] *la partie des arts par préférence et de* [tâcher] *autant qu'il lui sera possible de la compléter*[121] ». Il touchera pour cela 18000 livres. D'Alembert et Diderot, choisis pour être ses principaux collaborateurs, cosignent le contrat à titre de témoins. Gua de Malves les rémunérera 1 200 livres chacun, prélevées sur les 18 000 qu'il doit recevoir[549]. C'est le premier revenu significatif de Diderot. Gua de Malves achète aussi pour 300 livres les quelque cent articles déjà rédigés par le pasteur Samuel Formey, qui renonce ainsi à son propre projet.

Au total, les dépenses engagées par les libraires pour cette traduction un peu améliorée sont faibles et leurs profits s'annoncent substantiels. Surtout ceux de Le Breton.

Troisième Encyclopédie *: Diderot et d'Alembert*

Mais l'abbé a tôt fait de se quereller avec les libraires sur la nature de l'ouvrage. En fait, les témoignages varient : selon Condorcet[107], qui fit son éloge des années plus tard, Gua de Malves a l'idée d'élargir le projet[242] : « *Il était difficile qu'il ne s'élevât des discussions fréquentes entre un savant qui n'envisageait dans cet ouvrage qu'une entreprise utile au perfectionnement des connaissances humaines ou de l'instruction publique, et les libraires qui n'y voyaient qu'une affaire de commerce. M. l'abbé de Gua, que le malheur n'avait rendu que plus facile à blesser et plus inflexible, se dégoûta bientôt et abandonna ce travail de l'Encyclopédie. Mais il avait eu le temps d'en changer la forme ; ce n'était plus une simple traduction argumentée, c'était un ouvrage nouveau entrepris sur un plan plus vaste*[107]. »

À l'inverse, selon Jacques-André Naigeon, que Diderot rencontrera bien plus tard et qui deviendra à la fois son intime et son exécuteur testamentaire, le projet de l'abbé n'est que la traduction de la *Cyclopaedia* de Chambers, assortie de quelques corrections et additifs[388], alors que Diderot propose d'emblée un vaste projet, totalement original[388].

Cette année-là, Diderot cherche un imprimeur pour éditer l'*Essai sur l'origine des connaissances humaines*[105] de Condillac, auquel il a lui-même beaucoup contribué, tout comme il travaillera à maints textes de ses amis[105]. Il obtient que Durand le publie clandestinement avec pour nom d'éditeur « Pierre Mortier », à Amsterdam.

Pendant ce temps, il reçoit quelques signes de sa famille, à Langres, à qui il écrit, sans rien dire de son état : sa mère lui envoie des colis de nourriture. Que sait-elle ? Que pense-t-elle ? Comment a-t-elle son adresse ?

Diderot et d'Alembert se mettent alors sérieusement à la tâche ; absorbé par sa dispute avec les éditeurs, l'abbé Malves ne participe jamais à leurs discussions. Les deux jeunes gens n'ont encore jamais travaillé ensemble. L'un est un enfant trouvé, fils d'une très grande dame, déjà célèbre ; l'autre est un fils d'artisan de province, tout à fait inconnu. Ils s'entendent bien, sans jamais devenir amis.

Il leur faut d'abord dresser la liste des innombrables articles à rédiger : des dizaines de milliers. Comment les ranger ? Dans l'ordre alphabétique, bien sûr. Mais après, comment s'y retrouver ? Denis et d'Alembert hésitent. Ils élaborent un « *système figuré des connaissances humaines* » dont la version changera d'un volume au suivant, en partant d'une idée héritée de Bacon, que d'Alembert exposera un peu plus tard dans de remarquables *Observations sur la division des sciences du chancelier Bacon* : « Division générale de la science humaine en *Histoire*, *Poésie* et *Philosophie*, selon les trois facultés de l'entendement, *mémoire*, *imagination*, *raison*[8] », avec exposition des subdivisions mise en œuvre « *sans démembrement ni mutilation* » de l'Arbre des connaissances de Bacon[8]. Ainsi qu'il l'écrit ensuite dans un *Discours préliminaire de l'Encyclopédie*, « *trois choses forment l'ordre encyclopédique : le nom de la science à laquelle l'article appartient ; le rang de cette science dans l'arbre ; la liaison de l'article avec d'autres dans la même science ou dans une science différente ; liaison indiquée par les renvois, ou facile à sentir au moyen des termes techniques expliqués suivant leur ordre alphabétique*[189] ».

Les Pensées philosophiques

Entre le Vendredi saint et le lundi de Pâques 1746 (selon sa fille), il compose, pour « *rendre service*[518] » à une dame, un opuscule de soixante-deux réflexions, les *Pensées philosophiques*[156], publié anonymement et prétendument édité à La Haye, en réalité imprimé secrètement à Paris, chez Durand, l'un des éditeurs de l'*Encyclopédie*. Denis en tire 600 livres, soit 50 écus, aussitôt remis à sa maîtresse Mme de Puisieux.

C'est une conversation entre un athée, un chrétien, un déiste et un sceptique. L'échange est d'une rigueur absolue et d'une singulière audace. Un changement capital s'est opéré dans sa pensée, devenue très libre, et dans sa façon d'écrire, très incisive. Comment l'expliquer ? Par son mariage ? sa paternité ? ses aventures ? ses relations intellectuelles ? Tout cela à la fois, sans doute. En tout cas, le jeune homme mièvre et timide d'il y a trois ans encore n'existe plus. La pensée philosophique de Diderot est déjà là, presque entière.

Après deux citations empruntées à deux auteurs latins, Macrobe et Perse, qui indiquent qu'il a conscience d'écrire pour un très petit nombre, voire pour personne (« *Ce poisson n'est pas pour n'importe qui* », et « *Qui lira ces lignes ?* »), on entend pour la première fois sa voix déjà si puissante, si claire, si libre. « *J'écris de Dieu ; je compte sur peu de lecteurs, et n'aspire qu'à quelques suffrages. Si ces Pensées ne plaisent à personne, elles pourront n'être que mauvaises ; mais je les tiens pour détestables si elles plaisent à tout le monde*[156]. » Après une soumission de principe à l'Église (« *Je suis né dans l'Église catholique, apostolique et romaine ; et je me soumets de toute ma force à ses décisions*[156] »), il s'en prend aux miracles, qui relèvent pour lui de la superstition, notamment ceux des « *convulsionnaires de Saint-Médard* » dont les « *victimes* » demandaient à être « *soulagées* » par des coups, et auxquels il a assisté. Il dénonce les contradictions entre jésuites, jansénistes, ultramontains, gallicans et dévots. Pensant à l'évidence à sa sœur Angélique, alors âgée de vingt-six ans et cloîtrée depuis sept ans à Langres, il proteste contre l'enfermement dans les couvents : « *Quelles voix, quels cris ! Quels gémissements ! Qui a renfermé dans ces cachots tous ces cadavres plaintifs*[156] *?* » Il oppose au pari de Pascal, qui l'a amené à la foi, le calcul des probabilités, qui l'amène, lui, à l'athéisme : « *Je ne dois point être surpris qu'une chose arrive lorsqu'elle est possible, et que la difficulté de l'événement est compensée par la quantité des jets. Il y a tel nombre de coups dans lesquels je gagerais avec avantage d'amener cent mille six à la fois avec cent mille dés*[156]. » Donc, aucun événement, fût-il en apparence miraculeux, n'est rationnellement impossible. En conséquence, si extraordinaire soit-il, le monde peut être le fruit du hasard ; et l'existence d'un Créateur n'est pas nécessaire pour l'expliquer. Il s'élève aussi contre la monarchie de droit divin, les privilèges, la guerre, la violation des droits individuels. Il écrit enfin : « *Le scepticisme est* [...] *le premier pas vers la vérité*[156]. »

Ce texte, d'une grande clarté et d'une rare audace, est repéré immédiatement par la censure sans que l'auteur ni l'éditeur soient identifiés.

Inaugurant une habitude qu'il conservera toute sa vie, il ne considère pas son texte comme définitif et travaille tout de suite à une seconde édition beaucoup plus resserrée, qui ne comprendra plus que 60 pages au lieu des 138.

Il n'a pas le temps de la vendre à un éditeur, car, le 7 juillet 1746, trois mois après sa publication, le Parlement condamne les *Pensées philosophiques* comme un texte scandaleux[506], contraire à la religion et aux bonnes mœurs, car il place « *par une incertitude affectée toutes les religions presque au même rang, pour finir par n'en reconnaître aucune*[506] ». Le Parlement exige que tous les exemplaires en soient lacérés et brûlés. Cette décision fait beaucoup pour la publicité de l'ouvrage. On en cherche davantage encore l'auteur ; le nom du jeune Denis Diderot, déjà repéré pour avoir commencé à travailler avec le célébrissime d'Alembert à un projet on ne peut plus ambitieux, l'*Encyclopédie*, a tôt fait de se répandre. À défaut de preuve, il n'est pas arrêté. Seulement surveillé, comme le sont des centaines d'autres à cette époque où règnent police, mouchards et censeurs.

La Promenade du sceptique

Au cours de l'automne 1746, alors qu'il apprend qu'à Langres son collège vient de disparaître dans les flammes d'un incendie, il continue d'écrire sur la religion. D'une part, un court texte, *De la suffisance de la religion naturelle*[156], où il oppose les religions, nécessairement sectaires et persécutrices, à la « *religion naturelle* » qui « *n'a pas coûté une larme au genre humain*[156] ». D'autre part, un texte plus long, *La Promenade du sceptique ou les Allées*[146], où il critique cette fois ouvertement le christianisme. Un texte important, aux conséquences considérables.

Il commence par un discours d'un certain Ariste, autre nom de lui-même, pour qui les seuls sujets sur lesquels on peut éprouver du bonheur à penser sont la religion et la politique[146] : « *Imposez-moi silence sur la religion et le gouvernement, et je n'aurai plus rien à dire*[146]. » Il décrit alors trois allées :

- *L'Allée des épines* (le christianisme), où déambulent, les yeux bandés par la foi, des soldats en robe blanche et leurs victimes.

• *L'Allée des marronniers* (la philosophie), tranquille allée où discutent les représentants des principaux courants philosophiques lorsqu'ils ne sont pas violemment interrompus par des soldats venus de l'Allée des épines (que les philosophes essaient en vain d'éclairer) ; et lorsqu'y viennent des victimes de l'obscurantisme religieux, elles sont comme « *un aveugle-né à qui l'on ouvrirait les paupières*[146] ». On retrouvera bientôt son intérêt pour les aveugles qui recouvrent la vue.

• Enfin, *l'Allée des fleurs* (celle des plaisirs de la vie, la seule où sont des femmes), où Ariste aime à séjourner, mais sans s'y attarder : l'amour est passager et conduit à la jalousie ; la gloire est vaine et provoque envie et trahison.

Denis travaille et retravaille ce texte, mais ne le publie pas : trop risqué. Déjà, l'idée d'écrire juste pour fixer ses idées. Le bonheur de penser, qu'on retrouvera si souvent.

Pendant ce temps, son couple bat de l'aile. Anne Toinette est dévote, ne s'occupe que de leur fils, déteste les athées, que Denis reçoit d'ailleurs rarement chez lui. Il reproche vite à sa femme de faire le vide autour de lui. Il passe son temps avec Mme de Puisieux, dans les salons ou à écrire. Mme Champion mère dit de son gendre : C'était « *un homme qui ne faisait rien et dont tout le mérite était* [...]*une langue dorée avec laquelle il renversait la cervelle de* [*ma*] *fille*[518]. »

Cette année-là, un certain Étienne La Font de Saint-Yenne demande que soit créé un musée au Louvre, – palais royal alors inhabité, sauf par quelques courtisans –, pour y exposer les tableaux conservés dans les cabinets du roi ; il rédige une des premières critiques d'art dans ses *Réflexions sur quelques causes de l'état présent de la peinture en France*[299]. Diderot prendra bientôt le relais en conférant ses lettres de noblesse à ce nouveau genre littéraire.

En 1747, à Amsterdam, Guillaume IV d'Orange, qui a épousé la fille du roi d'Angleterre George II, rétablit l'hérédité du stathoudérat ; les Provinces-Unies s'affaiblissent face à la Grande-Bretagne. S'accélère un basculement du « cœur », par-delà la mer du Nord.

Pendant l'hiver et le printemps 1747, Denis travaille encore en secret au manuscrit, que nul n'a encore vu, de *La Promenade du sceptique*[146]. En juin, une double délation d'un curé et de son logeur de la rue Mouffetard, l'exempt Guillotte, qui a dû fouiller dans les papiers de son locataire, attire l'attention de la police sur ce manuscrit. Beaucoup plus sulfureux encore que les *Pensées philosophiques*, que nul n'a pu lui attribuer avec certitude. Diderot est alors surveillé de façon plus serrée. Il n'y prête pas attention. Il se sent grand, fort, invincible. Un rapport de police du 20 juin 1747 du lieutenant général de police Berryer le décrit ainsi[506] : « *C'est un homme dangereux et qui parle des saints mystères de notre religion avec mépris ; qui corrompt les mœurs et qui dit que, lorsqu'il viendra au dernier moment de sa vie, il faudra bien qu'il fasse comme les autres, qu'il se confessera et qu'il recevra ce que nous appelons notre Dieu, et s'il le fait, ce ne sera point par devoir, que ce sera que par rapport à sa famille, de crainte qu'on ne leur reproche qu'il est mort sans religion... Il demeure rue Mouffetard, chez le sieur Guillotte, exempt du prévost de l'île, à main droite en montant au premier.* »

Début juillet, Denis est convoqué par un inspecteur de la Librairie, M. d'Hémery, et doit lui promettre de ne jamais chercher à publier *La Promenade du sceptique.* Il ne s'en inquiète point. La prison n'est pour lui qu'une abstraction.

Il est admis dans le salon de Mme du Deffand rue Saint-Dominique. Il y croise la maréchale de Luxembourg, la duchesse d'Aiguillon, la comtesse de Boufflers, Mme de Mirepoix, Fontenelle, Montesquieu, Mme du Châtelet, Sedaine, Marmontel, La Harpe. Mais il n'est reçu qu'avec circonspection : Mme du Deffand n'aime guère les philosophes, qu'elle trouve arrogants, et elle n'a aucune envie d'avoir des ennuis avec la police. Diderot, en particulier, lui semble déjà un peu trop impertinent[528].

*Denis et d'Alembert en charge de l'*Encyclopédie

Le 3 août 1747, rien ne va plus entre les libraires et l'abbé Gua de Malves. Ils se séparent par consentement mutuel. Les premiers ne s'angoissent pas : ils ont sous la main Diderot et d'Alembert, qu'ils ont vu à l'œuvre et savent largement à la hauteur de l'enjeu. Ils leur confient donc la direction de l'opération. D'Alembert, alors déjà très célèbre pour ses prouesses mathématiques, n'accepte qu'à condition de laisser l'essentiel du travail à Diderot et de se concentrer sur la seule partie mathématique.

Diderot et d'Alembert proposent alors aux libraires un projet d'*Encyclopédie* tout à fait original : il ne s'agit plus de la simple mise à jour des deux volumes de Chambers, mais d'un très vaste ouvrage accordant une place importante aux sujets philosophiques, aux technologies et aux planches pour les décrire.

Début septembre, l'abbé de Malves informe Samuel Formey, devenu secrétaire de l'Académie de Berlin, à qui il a acheté des articles pour l'*Encyclopédie*, qu'il est évincé et lui renvoie ses textes. L'apprenant, quelques jours plus tard, 12 septembre 1747, Briasson écrit à Formey pour récupérer les manuscrits[506] : « *Quelques difficultés survenues entre* [l'abbé] *et nous à l'occasion du dictionnaire de Chambers nous ont réciproquement engagé à résilier le marché que nous avions fait ensemble et à confier cette entreprise à Messieurs d'Alembert et Diderot.* [...] *Nous espérons conduire* [le projet] *plus sûrement et plus agréablement au port sous la conduite de ces deux messieurs*[381]. » Il ajoute : « [Denis Diderot] *est un digne émule* [de D'Alembert], *et ses talents lui ont déjà mérité les plus grands éloges ; il est fort connu de Monsieur de Maupertuis*[381] » – ce qui n'est pas encore tout à fait vrai. Formey, lui, ne renvoie pas ses textes...

Diderot et d'Alembert progressent dans leur réflexion. Ils promettent aux libraires huit volumes de textes et deux volumes de six cents planches. Pour Diderot, il faut faire de l'*Encyclopédie* non seulement un ouvrage de référence, mais aussi un ensemble audacieux, tant par le contenu que par un système de renvois ingénieusement subversif, associant des mots de façon impertinente. Les libraires modèrent les auteurs : ni folies ni provocations ! Il ne faut pas risquer que la censure interdise de vendre des volumes qui auront coûté si cher. Ils pensent désormais que la collection complète peut intéresser, au-delà de quelques riches curieux, des bourgeois et des cercles de lecture de petites villes de province.

Mais le privilège obtenu pour Malves est tombé avec son départ. Il faut le demander à nouveau, une troisième fois, pour les deux nouveaux auteurs.

Le 16 octobre, un nouveau contrat est signé entre les libraires, Denis Diderot et d'Alembert. Ceux-là garantissent à Denis 1 200 livres pour la publication du premier volume, puis 144 livres par mois pendant 42 mois, soit un total de 7 200 livres[549] ; la même somme mensuelle revient à d'Alembert[549], même si son travail est limité aux domaines mathématiques : son prestige l'explique. Les libraires s'engagent à lui payer « *la somme de trois mille livres y compris les douze cents livres à lui déléguées par M. l'Abbé de Gua ci-devant ; à compte de quoi il lui a été payé jusques au dit jour 16 courant six cents livres ; et le surplus lui doit être payé à raison de cent quarante-quatre livres par mois jusques à fin de payment. Plus, à M. Diderot la somme de sept mille deux cents livres, savoir : douze cents livres sur une délégation à lui ci-devant donnée par M. l'Abbé de Gua qui échoira après l'impression d'un des volumes et les six mille livres restantes à raison de cent quarante-quatre livres par mois jusques à fin de payment*[345] ».

Cela fait au total moins que les 18 000 livres promises à Gua de Malves pour un moindre travail, mais cela représente une somme énorme pour Diderot, qui n'aurait jamais espéré gagner autant d'argent. Les libraires, eux, font une excellente affaire. Ils pensent maintenant dépenser au plus 50 000 livres pour ces dix volumes et en gagner au moins 200 000.

Bien plus tard, le coût global de l'*Encyclopédie* sera en fait bien plus élevé : il sera évalué à 400 000 livres par Le Breton, qui aura tout intérêt à le gonfler, et à 150 000 livres par un certain Luneau, qui aura cherché, lui, on le verra, à le sous-estimer. Selon Robert Darnton[122], le chiffre d'affaires total sera de 4 millions de livres, avec 500 000 livres de dépenses, dont 80 000 pour Diderot.

Reste à recruter les collaborateurs et à obtenir le privilège pour publier l'ouvrage.

Les encyclopédistes

Cette quête d'auteurs va prendre un temps considérable à Denis, qui s'occupe de tout sauf des mathématiques. Il y aura parmi eux des gens fort célèbres : Voltaire, Rousseau, Condillac, Turgot, Saint-Lambert, Quesnay, d'Holbach, Daubenton. Mais aussi des inconnus. Denis prospectera et les rencontrera dans les salons, les sociétés littéraires, les cafés, et par le truchement de ses libraires (surtout Durand et Briasson). On en connaît au total cent quarante[280], pour la plupart bénévoles. Il y aurait en plus cent trente anonymes[524]. Certains seront nommés, d'autres désignés d'un signe, ou resteront anonymes[121]. On trouvera parmi eux des catholiques, des agnostiques, des athées[424]. Cent cinq seront français ; neuf seront suisses, dont six nés à Genève. Formey, Grimm, d'Holbach, eux, sont nés en Allemagne[280]. Kurdwanowski (auteur d'un article sur les mathématiques, naturalisé lorrain)[280] et Oginski (comte Michael Kazimierz, auteur d'un article sur la harpe) sont nés en Pologne[281]. Cinquante-six ne vivent pas à Paris. Six contributeurs résident en Lorraine, dont Stanislas de Boufflers (fils de la marquise de Boufflers), auteur d'un court article sur la générosité. Neuf vivent en Languedoc ou en Dauphiné, viennent de la faculté de médecine ou de la Société royale des sciences de Montpellier, ou de l'Académie des sciences et belles-lettres de Béziers[424] : parmi eux Guillaume d'Abbes (article « Figure (physiologie)[280] »), Antoine Allut (« Verrerie à vitres ou en plats[280] ») Guillaume Barthez de Marmorières (« Mouche à miel et Miel », et « Troupeaux des bêtes à laine[280] »), sans doute recruté par son fils Paul-Joseph Barthez, lui aussi un important contributeur ; Jacques Montet, chimiste, est l'auteur des articles « Tartre », « Tournesol » et « Vert-de-gris ou verdet[281] » ; Étienne Hyacinthe de Ratte, physicien, ami de d'Alembert, celui des articles « Froid (physique) », « Gelée », « Gelée blanche », « Givre ou frimas », « Glace (physique) », « Grêle », « Neige[281] » ; Pierre Augustin Boissier de La Croix de Sauvages écrira l'article « Toiles peintes imitées des indiennes qui se fabriquent en Europe » et peut-être l'article « Salines[281] » ; Pierre Jacques Willermoz, l'article « Phosphore[281] ».

Les médecins, que Denis connaît mal au début, se cooptent : Pierre Tarin pour l'anatomie et la physiologie[281] ; Antoine Louis pour la chirurgie[280] ; Paul-Jacques Malouin (médecin de la reine et chimiste du Jardin du roi), précurseur de la médecine hygiéniste et de la prévention, pour la médecine et la chimie[281] ; Jean Joseph Menuret de Chambeau, le plus important, représente l'école de Montpellier[281] ; Gabriel François Venel, qui deviendra un ami de Diderot, rédigera 700 articles sur la chimie, la médecine[281]. Venel recrute d'Aumont, qui écrira plusieurs centaines d'articles de médecine[280], et Théophile de Bordeu, auteur de l'article « Crise », qui deviendra le médecin personnel de Denis[280], lequel le décrira en « bon vivant », défenseur de la liberté sexuelle. Henri Fouquet, ami de Bordeu, écrira les articles « Plomb », « Sécrétions », « Sensibilité, sentiments », « Ventouse », « Vésicatoire[280] ». Jean Bouillet, mathématicien et physicien catholique, seul animiste (théorie médicale qui veut que l'âme influe directement sur la santé), sans doute recruté par d'Alembert, écrira sur « Faculté appétitive » et « Faculté vitale[280] ». Jean-Henri Bouillet, fils du précédent, également médecin, se joindra à l'équipe[280] et François Quesnay, médecin personnel de Mme de Pompadour, rédigera d'abord de façon anonyme un article très important : « Évidence[281] ».

Bon nombre de prêtres sont aussi mis à contribution : Jean-Martin de Prades pour l'article « Certitude[281] » ; l'abbé La Chapelle pour l'arithmétique et la géométrie[280] ; l'abbé Pestré sur la morale[281] ; l'abbé Mallet en théologie, en littérature, sur le commerce et les monnaies[281]. Aucun jésuite parmi eux.

Denis demande au grand Rameau de se charger des articles de musique, mais celui-ci refuse ; Rousseau le remplace et rédigera quelque 390 articles[281], sans plaisir, toujours en se plaignant. Il écrit[450] : « [Diderot] *voulut me faire entrer* [...] *et me proposa la partie de la musique que j'acceptai et que j'exécutai très à la hâte et très mal dans les trois mois qu'il m'avait donnés comme à tous les Auteurs qui devaient concourir à cette entreprise ; mais je fus le seul qui fut prêt au terme prescrit. Je lui remis mon manuscrit que j'avais fait mettre au net par un laquais de M. de Francueil appelé Dupont, qui écrivait très bien et à qui je payai dix écus tirés de ma poche qui ne m'ont jamais été remboursés. Diderot m'avait promis de la part des Libraires une rétribution dont il ne m'a jamais reparlé, ni moi à lui*[450]. »

Et encore tant d'autres recrutés par Diderot au hasard des rencontres : Charles-Gauthier de Vinerais, piqueur du roi Louis XV, écrira « Vénerie[281] » ; Jean-François Marmontel traitera des sujets de littérature et des articles « gloire » et « grandeur » notamment[281] ; Louis Daubenton, de l'histoire naturelle[280] ; Jean-Baptiste Le Roy, de l'horlogerie et des instruments astronomiques[280] ; Louis-Jacques Goussier, de la description des machines[280] ; Jacques-Nicolas Bellin, cartographe et hydrographe, de la cartographie marine (il donnera plus de mille articles à l'*Encyclopédie*[280] !) ; Guillaume Le Blond, mathématicien, professeur des pages de la Grande Écurie du roi, de l'art militaire[280] ; Louis de Cahusac, le librettiste de Rameau, de la chorégraphie et du théâtre[280] ; l'ingénieur et urbaniste Jacques-François Blondel, de l'architecture[280].

Parmi les anonymes, le baron d'Holbach signe parfois d'un tiret[280] ; Forbonnais, auteur de 14 articles sur l'économie dont celui, de neuf pages, sur le « Commerce », signe de ses initiales V.D.F. (François Véron de Forbonnais[280]). D'autres sont incertains : Saint-Lambert et Condillac auraient ainsi contribué anonymement à un certain nombre d'articles de philosophie attribués officiellement à l'abbé Yvon Guillaume.

Deux cas particuliers : Étienne-Noël Damilaville, ancien garde du corps au sein de la maison du roi et procureur, qui, ayant travaillé au contrôle général des Finances, rédigera les articles « Population » et « Vingtième[280] ». Il deviendra un ami très proche de Denis. M. de Jaucourt[242] est, quant à lui, auteur de milliers d'articles, et il sera, on le verra, aussi l'un des financiers du projet.

Les planches seront réalisées sous le contrôle du peintre Louis-Jacques Goussier, recruté par d'Alembert. Aucune femme, en tout cas, sinon sans doute quelques anonymes, dont la marquise de Jaucourt[244]. Elle aurait écrit au moins quatre articles pour l'*Encyclopédie* (sans les signer), de sa propre initiative[244]. Elle a en effet écrit à Diderot : « *Vous serez surpris, Monsieur, qu'une femme qui n'a pas l'avantage de vous connaître, qui n'a aucune prétention à l'esprit, encore moins à la science, vous envoie un article pour votre Encyclopédie. Mais il ne faut que du bon esprit pour aimer cet ouvrage, et une femme, sans savoir lire, peut traiter mieux l'article fontange que le plus habile médecin.* [...] *Si ma fontange a le bonheur de vous plaire, je pourrai vous fournir des articles du même genre*[244]. » Mme Delusse et Mlle Richomme sont aussi nommées comme auteurs de certaines planches[282]. Mme Delusse a gravé une grande partie des planches de musique[282].

Quelques auteurs, fort rares, sont rémunérés : Marc-Antoine Eidous recevra, entre 1746 et 1748, 2 900 livres pour 450 articles concernant l'héraldique, le blason, l'équitation. En 1748, les libraires verseront 900 livres à l'abbé Mallet pour ses articles sur la théologie, l'histoire ecclésiastique, le commerce, les monnaies[345], et plus de 300 livres à Toussaint pour ses articles de droit[345]. Le Blond, principal contributeur sur l'art de la guerre (environ 750 articles signés « Q »), professeur de mathématiques à l'école des pages de la Grande Écurie du roi[280], sans doute recruté par d'Alembert, est lui aussi rétribué[122].

Cette recherche de contributeurs et l'écriture ou la réécriture d'articles de l'*Encyclopédie* n'occupent pas Diderot à plein temps. Fin 1747, il élabore avec Jean-Jacques Rousseau le projet d'un périodique de critique littéraire : *Le Persifleur*[450]. Jean-Jacques en ébauche le programme : rendre compte des ouvrages nouveaux et les juger sans complaisance. Diderot en parle à d'Alembert, lequel n'est pas intéressé : ce n'est pas de la science. En fait, ce journal ne connaîtra qu'un numéro, rédigé par Rousseau[313] ; celui-ci y explique qu'il ne s'agira pas de parler de l'étude des sciences ou des Anciens, mais qu'il y sera question de critique littéraire et de réflexion philosophique[582].

Ces activités attirent davantage encore l'attention de la police. Denis est désormais très surveillé : une fiche de police du 1er janvier 1748 le décrit alors comme « *un garçon plein d'esprit mais extrêmement dangereux.* […] *Auteur de livres contre la religion et les bonnes mœurs*[123] ». L'octroi du privilège à l'*Encyclopédie* dirigée par un tel individu est plutôt mal parti.

Écrire pour Mme de Puisieux

En janvier 1748, cédant à une nouvelle réclamation insistante de Mme de Puisieux, il lui promet d'écrire un nouveau livre en quinze jours : ce seront *Les Bijoux indiscrets*[156], qu'il vend à Durand, lequel le publie anonymement. Il fait porter à Mme de Puisieux les 50 louis qu'il en tire[518].

C'est un roman érotique qui reprend une idée souvent exploitée dans le roman libertin depuis le Moyen Âge (ainsi dans *Le Chevalier qui fist parler les cons*[221], de Garin). Le sultan Mangogul du Congo reçoit d'un magicien un anneau magique permettant de rendre invisible celui qui le porte, et de faire parler le « bijou » des femmes, autrement dit « *la partie la plus franche qui soit en elles*[156] », à savoir leur sexe. Grâce à cet anneau, le sultan « teste » la vertu des femmes de sa cour, dont sa favorite, Mirzoza. Le livre est une collection de trente récits de ce genre. Le dénouement est on ne peut plus moral : en tournant l'anneau vers sa favorite, le sultan découvre qu'elle lui a toujours été fidèle. À ces récits s'ajoutent deux chapitres plus sérieux : l'un sur l'âme, l'autre (« *Rêve de Mangogul, ou voyage dans la région des hypothèses*[156] ») qui prédit que la métaphysique ne sera bientôt plus regardée comme une science[156].

Douze ans plus tard, Diderot racontera à des amis allemands, sans doute Ludwig von Nicolay et M. de La Fermière[369] : « *J'ai écrit un livre abominable :* Les Bijoux indiscrets. *Je pourrais en partie m'en excuser. J'avais une maîtresse. Elle me demande cinquante louis d'or et je n'avais pas un sou. Elle menaça de me quitter si je ne pouvais lui donner cette somme au bout de la quinzaine. Je rédigeai alors le livre conformément au goût du plus grand nombre de nos lecteurs. Je l'apportai chez le libraire, il me compta les cinquante louis d'or et je les jetai dans la jupe de ma belle*[506]. »

Avant même sa publication, clandestine et anonyme, la police a connaissance du manuscrit, s'en inquiète et tente de décrypter qui se dissimule derrière les personnages du roman : Utmiutsol, c'est Lully et sa simplicité ; Utrémifasollasiututut, c'est Rameau et sa savante complexité, soit. Mais si le sultan désignait le roi et sa favorite, la Pompadour ?

La police cherche donc à démasquer l'auteur. Quinze jours seulement après qu'il y a mis le point final, le 29 janvier 1748, la police est mise au courant, par un mouchard nommé Bonin[549], que *Les Bijoux indiscrets* sont de la même plume que les *Pensées philosophiques* qui ont été détruites deux ans plus tôt sur ordre du parlement de Paris. Le 14 février, l'imprimeur Durand est interrogé brutalement et avoue qu'il est bien l'éditeur des *Bijoux indiscrets* et que Diderot en est l'auteur. La police ne poursuit pas Diderot, mais le surveille plus étroitement encore. Dans Paris, on s'étonne : qui est donc ce Diderot à qui on a confié un ouvrage aussi ambitieux que l'*Encyclopédie*, qui n'a pas encore obtenu le privilège et qui se dévergonde à écrire ce genre de gaudriole ?

Cette même année 1748, le jeune Thiry d'Holbach quitte Heese, où il administre le domaine de son oncle, pour Paris, où il s'installe dans une splendide demeure, rue Neuve-Saint-Augustin[92]. Il a vingt-cinq ans. Son oncle veut faire de lui l'instrument de sa revanche sur la France, qu'il a dû fuir au moment du scandale de Law.

Un serment pour un privilège

En ce temps-là, Diderot redouble de travail sur l'*Encyclopédie.* À la fois auteur, éditeur et directeur, il dresse ou complète la liste des soixante-six mille six cent soixante entrées[524], relit et amende les premiers manuscrits, suggère et demande coupures ou compléments, rédige les articles manquants sur tous les sujets, sauf en mathématiques, dont d'Alembert se charge. Il se rend lui-même dans les ateliers des artisans, accompagné d'un dessinateur, très souvent Louis-Jacques Goussier, qui lève des croquis et coordonne les planches. Denis étudie lui-même les instruments, les machines, dialogue avec les ouvriers. Il acquiert une masse invraisemblable de connaissances techniques et fait tout pour arracher aux artisans leurs secrets de fabrication. Mais les libraires ne disposent toujours pas du privilège et ce ne sont pas les frasques de Diderot qui vont y aider.

Début avril 1748 (selon le récit qu'en fera quarante ans plus tard Malesherbes, alors conseiller au parlement de Paris, dans son *Mémoire sur la liberté de la presse*[331]), le chancelier d'Aguesseau[60] hésite : faut-il vraiment accorder un nouveau privilège aux libraires pour cette *Encyclopédie* ? Ne sera-t-elle pas sulfureuse ? D'Aguesseau fait certes confiance à d'Alembert, qui ne semble pas avoir l'étoffe d'un révolutionnaire ; mais qui est au juste ce Diderot ? Faut-il croire les rapports de police qui le décrivent comme dangereux, voire subversif ?

Le chevalier convoque Diderot. Les libraires sont effrayés : c'est la garantie de l'échec. Mettre ce rêveur insolent face à l'homme le plus puissant du royaume, c'est l'assurance de perdre la partie. Ils proposent sans doute de l'accompagner. Mais non : le vieux chancelier (il a quatre-vingts ans) entend voir en tête à tête cet homme jeune (Denis a alors trente-cinq ans) qui va diriger l'opération. Il a lu ses premiers manuscrits, que lui a procurés la censure, et, horrifié par *La Promenade du sceptique*, il souhaite le connaître[60]. Comme sous toutes les dictatures qui suivront, les responsables de la culture officielle n'aiment rien tant que rencontrer ceux qu'ils surveillent et censurent.

L'entrevue a lieu à la chancellerie, à l'hôtel de Bourvallais, place Vendôme à Paris. Le chancelier est le premier officier de la couronne. D'Aguesseau occupe cet office depuis trois décennies[60]. Voici comment Charles Collé, l'année suivante, le décrit dans son *Journal historique* (ou *Mémoires critiques et littéraires*) : « *C'est le plus savant homme de l'Europe, peut-être du monde entier ; homme juste, intègre, de beaucoup d'esprit ; sa science immense ne l'avait pas éloigné des choses d'agrément et de goût ; il était un peu trop timide et trop faible, ce sont peut-être là les seuls défauts qu'il ait eus ; sa dévotion extrême lui avait fait aussi pousser la sévérité dans la librairie jusqu'à la pédanterie*[100]. » Denis n'a pas peur. D'Aguesseau le reçoit et lui explique qu'il ne peut accorder le privilège à quelqu'un qui a écrit *La Promenade du sceptique* et *Les Bijoux indiscrets*. Denis plaide : il s'agit là de produire un grand livre qui fera honneur à la France, et de se concentrer sur les techniques et les sciences, domaines où la polémique n'a pas place. D'Aguesseau lui demande alors sa parole d'honneur que l'ouvrage ne contiendra rien de subversif, en particulier dans les entrées politiques et philosophiques. Denis la lui donne à mi-voix. Il écrira un jour à propos de cette rencontre si décisive[101] : « *Je proteste que l'entreprise de l'Encyclopédie n'a pas été de mon choix ; une parole d'honneur très indiscrètement accordée, m'a livré, pieds et poings liés, à cette énorme tâche et à toutes les peines qui l'ont accompagnée*[101]... » D'Aguesseau, qui ne se fie pas tout à fait à cette parole, lui impose une autre condition, bien plus contraignante ; il choisira lui-même les auteurs des articles de métaphysique et de théologie ; en particulier, les plus sensibles, comme « Âme », « Athée » ou « Dieu », seront rédigés par un ecclésiastique en qui le chancelier a toute confiance, l'abbé Claude Yvon, qu'il charge en outre de la censure de tous les textes de philosophie de l'*Encyclopédie*[506]. Avec ça, aucun risque !

Le 30 avril 1748, le chancelier d'Aguesseau autorise la publication ; un nouveau privilège, le troisième, est accordé aux libraires pour une *Encyclopédie ou Dictionnaire universel des sciences, arts et métiers, traduit des dictionnaires de Chambers, de Harris et de Dyche et autres, avec des augmentations*[507].

Denis respire. Son contrat avec les libraires est sauf. Il est à présent reconnu comme philosophe, mathématicien, romancier et codirecteur de la plus importante entreprise éditoriale du siècle. Il gagne mieux sa vie. Avec sa femme et son jeune fils François Jacques Denis, alors âgé de deux ans, il quitte la rue Mouffetard pour un appartement au deuxième étage du 3, rue de l'Estrapade, dans le quartier des libraires, entre la rue Saint-Jacques et la rue de la Parcheminerie. Mme de Puisieux est toujours sa maîtresse.

Mais, comme *Les Bijoux indiscrets* menacent encore de lui nuire, et pour montrer sa respectabilité, il fait paraître à l'été 1748, sous son nom, cinq *Mémoires sur différents sujets de mathématiques*[157]. Dans une épitre à Madame P..., qui précède l'Avertissement, il écrit[157] : « *Je veux que le scandale cesse, et, sans perdre le temps en apologie, j'abandonne la marotte et les grelots pour ne les reprendre jamais, et je reviens à Socrate*[157]. »

Le premier de ces cinq mémoires décrit un nouvel orgue destiné à « *ceux qui savent assez de musique pour composer et* [à] *ceux qui n'en savent point du tout*[157] ». Les quatre autres sont consacrés à l'acoustique, à la quadrature du cercle et à différents problèmes mécaniques traités par Newton[157].

Cette année-là, il lit en particulier un opuscule de François Toussaint qui l'a aidé à traduire le dictionnaire de James : *Les Mœurs*[503], qui prend la défense d'une morale universelle et déiste détachée de toute croyance à une religion révélée et de tout culte public[503] : le livre semble exercer une grande influence sur lui. Il serait assez tenté par cette religion abstraite, débarrassée de la théologie chrétienne qu'il a subie depuis son enfance. Acheté 500 livres par Durand, le manuscrit est condamné à être brûlé par le parlement de Paris, ce qui n'empêche pas son succès (et de rapporter quelque 10 000 livres à l'éditeur[123] !).

« Les Lumières »

Toujours en 1748, Montesquieu publie *De l'esprit des lois*[359], décrit par son auteur, dans la préface, comme « *un travail de vingt années*[359] » : « *J'ai d'abord examiné les hommes et j'ai cru que, dans cette infinie diversité de lois et de mœurs, ils n'étaient pas uniquement conduits par leurs fantaisies*[359]. » Montesquieu y établit une typologie des gouvernements selon les valeurs qui les régissent : la vertu pour la démocratie, l'honneur pour la monarchie, la crainte pour le despotisme. Il évoque notamment la nécessité de définir un équilibre des pouvoirs dans les démocraties : « *C'est une expérience éternelle que tout homme qui a du pouvoir est porté à en abuser ; il va jusqu'à ce qu'il trouve des limites. Qui le dirait ! La vertu même a besoin de limites. Pour qu'on ne puisse abuser du pouvoir, il faut que, par la disposition des choses, le pouvoir arrête le pouvoir*[359]. »

Faisant l'éloge de ce que l'on appellera bien plus tard les « Lumières », Montesquieu explique qu'« *il n'est pas indifférent que le peuple soit éclairé. [...] Dans un temps d'ignorance, on n'a aucun doute, même lorsqu'on fait les plus grands maux ; dans un temps de lumière, on tremble encore lorsqu'on fait les plus grands biens*[359]. »

Cette année-là aussi, le frère de son ami Condillac, Gabriel Bonnot de Mably, publie à La Haye son étude sur le *Droit public en Europe, fondé sur les traités*[327].

Le neveu de Rameau est alors enfermé trois semaines au Fort-l'Evêque, prison ecclésiastique située rue Saint-Germain-l'Auxerrois, « pour avoir causé du désordre à l'Opéra[329] » ; son oncle, qu'il gêne dans sa carrière, demande à la cour qu'on expédie son neveu aux Antilles. Sans succès[329]. Denis ne l'a pas encore rencontré. En mai 1749, il déménage de nouveau et s'installe avec femme et enfant rue de la Vieille-Estrapade, toujours dans le quartier Saint-Germain, à proximité des libraires. Son fils, âgé alors de trois ans, commence à l'intéresser.

À l'automne 1748, l'opération de relations publiques de Diderot semble avoir réussi : le *Mercure de France* le décrit[506] comme un « *savant musicien, mécanicien ingénieux et profond géomètre* ». Le très sérieux *Journal des savants*, tout comme les jésuites de Trévoux, l'encensent : espèrent-ils encore être de l'*Encyclopédie* ? Lui, confectionne un prospectus présentant le plan général de l'ouvrage comme un arbre des connaissances.

Le 18 octobre, le traité d'Aix-la-Chapelle met définitivement fin à la guerre de succession d'Autriche ; pourtant perdante, l'Autriche retrouve presque ses frontières d'avant-guerre, n'abandonnant que la Silésie et le duché de Parme aux Bourbons. Les Bourbons espagnols règnent à présent sur le royaume de Naples, sur Parme et Plaisance. Venise reste indépendante. La maison de Savoie renforce sa présence dans le Piémont. La France, qui a supporté le poids principal de la guerre et a été victorieuse dans les Provinces-Unies, n'en retire aucun bénéfice – d'où l'expression « travailler pour le roi de Prusse ».

Le lendemain, 19 octobre 1748, meurt la mère de Denis, Angélique. Elle est enterrée dès le surlendemain. Il n'assiste pas aux funérailles de cette femme si aimante, qu'il n'a jamais revue depuis sa fuite, cinq ans plus tôt, de Langres. Elle n'a jamais su en tout cas par lui, qu'il était marié et avait un enfant.

Quelques jours plus tard selon certaines sources (en tout cas cette année-là), la cadette de ses deux sœurs, Angélique, enfermée dans un couvent, qui portait le nom de sa mère et dont il avait donné le prénom à sa première fille, meurt à son tour. Trois Angélique disparues…

À Paris, Denis l'apprend assez vite. Sa colère contre l'Église n'est pas près de retomber. Il est désormais, définitivement, athée.

Chapitre 4

La prison
1749-1750

Pour la France, l'année 1749 commence mal : on l'a vu, le traité d'Aix-la-Chapelle, signé l'année précédente, a mis fin aux huit ans de la guerre de succession d'Autriche, mais n'a rien rapporté. L'indifférence de Louis XV, le luxe de Versailles, les dépenses de la Pompadour font gronder le peuple. Dans ce pays de cocagne, on souffre de la faim. La bourgeoisie s'impatiente.

Toute la richesse reste accaparée par les nobles. Les ports restent faibles, l'industrie textile, dérisoire.

La monarchie, ruinée par les guerres et les gaspillages, est au bord de la faillite ; le contrôleur général des Finances Machault d'Arnouville invente un impôt nouveau frappant le revenu des trois ordres, dit le « vingtième » parce que fixé à 5 % des revenus des propriétés, des revenus industriels et commerciaux – bien moins importants – et des charges et offices. Il abolit ainsi le privilège fiscal de la noblesse et remet aussi en cause celui du clergé (qui consentait jusque-là, pour éviter l'impôt, à verser à l'État des « dons gratuits »). Plusieurs parlements, dont celui de Paris, refusent de voter cet impôt. Un formidable bras de fer s'engage entre le roi et les parlements. Dans quarante ans exactement, le roi perdra la partie.

Dans Paris et ailleurs, les débats se multiplient sur ces sujets. On dispute à coups de mémoires, de libelles, d'épigrammes, de chansons. On défend ou on combat les impôts, la guerre les corporations, la liberté des prix et du commerce, et en particulier la libre circulation des grains. On raille la noblesse, la favorite, les parlements, la cour, les évêques, les prêtres – rarement encore le monarque.

Le lieutenant géneral de la police, le redoutable Berryer, lance ses mouchards à la chasse aux impertinents. Il fait emprisonner, pour une semaine ou des années, sans jugement, écrivains ou journalistes pour un article, une lettre ou une simple phrase prononcée dans un café. On menace les impertinents des galères, ou même de mort. Un climat de terreur règne dans le milieu intellectuel, auquel on n'échappe qu'en ne parlant de rien de sérieux, ou en s'exilant dans des cours plus accueillantes comme le fait Voltaire, alors sur le point de partir pour Berlin auprès de Frédéric II de Prusse.

Les salons se transforment : chez Mlle Quinault, qui reçoit la Société du bout du banc, les philosophes tendent à remplacer les poètes, et on renonce aux joutes littéraires pour parler gravement de tous les sujets du moment. En se méfiant des mouchards.

Alexandrine de Tencin, mère de d'Alembert, qui réunissait dans son salon, entre autres, Marivaux, Montesquieu, Astruc, meurt cette année-là ; son salon, appelé le « royaume de la rue Saint-Honoré », est repris par Mme Geoffrin[528], chez qui Denis a rencontré d'Alembert plusieurs années auparavant et où il croise, en janvier 1749, le jeune milliardaire Helvétius, qui vient d'acheter une charge de maître d'hôtel de la reine[92]. Il vit fastueusement, huit mois par an, sur ses terres de Voré, dans le Perche, et quatre mois dans son hôtel particulier de la rue Sainte-Anne, à Paris. Helvétius est intelligent, audacieux, ambitieux, et aspire à se faire une place d'écrivain dans la société ; il va rencontrer Montesquieu (alors âgé de soixante ans) au château de La Brède. L'auteur de l'*Esprit des lois* est séduit par cet homme jeune (il a trente-quatre ans) et lui écrit, le 11 février 1749 : « *Vous* [Helvétius] *êtes au-dessus des autres*[256]. » Helvétius invite alors Diderot dans son propre salon, où il reçoit Fontenelle, Buffon, Marmontel et Saint-Lambert.

Deux rencontres essentielles : Grimm et Damilaville

Au même moment débarque à Paris, en provenance de Leipzig, un étrange personnage, ambitieux et sans scrupules, qui va jouer lui aussi un grand rôle dans la suite de cette histoire : Friedrich Melchior Grimm[475]. Il a dix ans de moins que Denis, soit vingt-six ans cette année-là. Fils d'un pasteur de Ratisbonne, il a fait quelques études de droit à Leipzig et s'est essayé, sans succès, à écrire une tragédie en allemand[475]. Il arrive à Paris, comme précepteur, avec le plus jeune fils du comte de Schoenberg et devient aussi lecteur du prince de Saxe-Gotha, qui est alors installé dans la capitale française[475]. Intelligent, joli garçon efféminé, prêt à tout, Grimm se répand dans les salons et rêve d'une belle carrière. Il jouera un rôle considérable dans la vie de Denis.

Dans le temps que lui laissent l'*Encyclopédie*, les salons et sa maîtresse, Denis, chez lui – au 3, rue de la Vieille-Estrapade depuis six mois –, lit tout ce qu'il peut pour l'*Encyclopédie*. Le plus gros de l'argent qu'il gagne passe en livres, au grand dam de sa femme. Il s'intéresse à la biologie, à la zoologie, à l'entomologie, et de plus en plus à la médecine : « *Pas de livres que je lise plus volontiers que les livres de médecine ; pas d'hommes dont la conversation soit plus intéressante pour moi que celle des médecins*[401]. » Il se plonge aussi dans *L'Existence de Dieu démontrée par les merveilles de la nature*[396], de Nieuwentijt, traduite en français en 1725, *Le Spectacle de la nature. Entretiens sur les particularités de l'histoire naturelle*[416], de l'abbé Pluche, *La Théologie des insectes ou démonstration des perfections de Dieu dans tout ce qui concerne les insectes*[318], de F.C. Lesser, traduit de l'allemand en 1742.

En 1749, dans les ateliers de Le Breton, il relit les textes de tous les auteurs qu'il a recrutés pour l'*Encyclopédie* et continue d'étudier le travail des ouvriers et artisans pour le décrire. Il choisit les dessinateurs des planches avec Louis-Jacques Goussier, qu'il accompagne dans les ateliers. D'Alembert, qui suit d'assez loin ces « reportages » et ne s'intéresse vraiment qu'aux articles de mathématiques, écrira : M. Barrat, « *ouvrier excellent* [...], *a monté et démonté plusieurs fois, en présence de M. Diderot, le métier à bas, machine admirable* » ; MM. Bonnet et Laurent, ouvriers en soie, « *ont monté et fait travailler sous les yeux de M. Diderot un métier à velours, etc.*[227] »

Denis fait alors la connaissance d'Étienne Noël Damilaville. Et c'est une autre rencontre très importante : du même âge que Grimm, cet ancien garde du corps au sein de la maison du roi et procureur travaille au contrôle général des Finances[280] ; Denis lui demande de rédiger pour l'*Encyclopédie* les articles « Population » et « Vingtième[280] ». Une grande amitié se noue, qui jouera un rôle important dans la vie et l'œuvre de Diderot : on retrouvera beaucoup de traits de

Damilaville dans le futur personnage de Jacques le Fataliste : comme Damilaville, Jacques est un ancien soldat, bon vivant, libertin, grand admirateur de Voltaire ; comme lui, Jacques affrontera la mort avec panache[432].

Grimm campera lui aussi un personnage central de *Jacques le Fataliste* : entiché de lui, Denis lui passera tout, de même qu'il demandera tout à Damilaville. Denis sera à la fois le valet de Grimm et le maître de Damilaville[432].

En février 1749, sur recommandation du physicien Jean Antoine Nollet, dit l'abbé Nollet, de l'astronome Alexis Clairaut, de l'ingénieur Gaspard de Courtivron et du physicien Réaumur, Denis se présente à une place d'adjoint mécanicien à l'Académie royale des sciences (ce qu'avaient été avant lui d'Alembert et Buffon)[506]. Ce serait une première marque de reconnaissance ; il n'est pas véritablement demandeur, mais, dans Paris et pour les libraires, une telle désignation ne manquerait pas de valeur.

Comme il ne peut rien refuser à l'insatiable Mme de Puisieux, il écrit encore pour elle : exactement au même moment, alors qu'il ploie sous la rédaction de centaines, voire de milliers d'articles pour l'*Encyclopédie*, il écrit et vend au profit de sa maîtresse, au libraire Durand, qui le publie anonymement, un nouveau texte érotique, *L'Oiseau blanc, conte bleu*[156].

Un « conte bleu » désigne alors une fable. Il le présentera plus tard, dans une lettre au chef de la police, Berryer, comme un conte, écrit par une dame « *que je pourrais nommer, puisqu'elle ne s'en cache pas. Si j'ai quelque part à cet ouvrage, c'est peut-être pour en avoir corrigé l'orthographe contre laquelle les femmes qui ont le plus d'esprit font toujours quelque faute*[143]. »

Il s'agit d'une sorte de suite des *Bijoux indiscrets*, qui en remet en scène certains personnages. L'exercice n'est pas trop difficile. S'il le voulait, Denis pourrait en écrire un par semaine.

La police est d'emblée convaincue que *L'Oiseau blanc* renferme, comme *Les Bijoux indiscrets,* des allusions hostiles au roi et à Mme de Pompadour, et en recherche l'auteur. On pense évidemment à Diderot puisqu'on sait que *Les Bijoux indiscrets* sont de sa plume. Mais on n'en a pas la preuve. L'incident semble clos. Pas pour longtemps…

Lettre sur les aveugles à l'usage de ceux qui voient

Au printemps 1749, une opération fait beaucoup de bruit dans Paris : un oculiste prussien vient extraire la cataracte d'une jeune femme, aveugle de naissance, sous l'observation attentive de René Antoine Ferchault de Réaumur, scientifique polyvalent qui a mené, un des premiers, des expériences d'hybridation entre animaux de même espèce, et inventeur du thermomètre qui porte son nom. Une telle opération est parfois possible. Il existe en effet des formes de cataracte congénitale ou infantile qui peuvent être guéries par une intervention chirurgicale, qui doit être réalisée aussi tôt que possible pour être efficace[384]. L'opération de la cataracte sur un aveugle de naissance et ses effets seront d'ailleurs décrits de la manière suivante dans l'article « Aveugle » de l'*Encyclopédie* : « *Il arrive quelquefois qu'on restitue la vue à des aveugles-nés : témoin ce jeune homme de treize ans, à qui M. Cheselden, célèbre Chirurgien de Londres, abattit la cataracte qui le rendait aveugle depuis sa naissance. M. Cheselden ayant observé la manière dont il commençait à voir, publie* [...] *les remarques qu'il avait faites à ce sujet*[189]. »

Curieux de savoir ce que dira la jeune fille lorsqu'elle découvrira le monde, Denis demande à être présent lorsqu'on ôtera le pansement de l'aveugle. Il veut comprendre si l'on peut concevoir les objets sans les voir, comme le prétend le rationalisme classique, ou si penser exige l'association de l'idée avec l'objet observé, comme le disent les sensualistes. Il interrogera alors longuement à ce sujet un aveugle de naissance, de Puiseaux[156], pour savoir comment il peut imaginer objets et concepts : un aveugle peut-il, par exemple, penser Dieu ?

Il a sans doute d'autres raisons de s'intéresser au problème : sa mère, lors de leur dernière rencontre à Langres, en janvier-février 1743, soit six ans plus tôt, lui avait dit qu'il était « aveugle[549] » s'il se reconnaissait athée...

Le problème n'est certes pas nouveau. Il renvoie au grand débat sur les « Lumières » censées venir éclairer le monde. Physicien et philosophe, homme politique irlandais dont la femme était devenue aveugle quelques mois seulement après leur mariage, William Molyneux[263] avait demandé : l'aveugle-né qui recouvre la vue saura-t-il distinguer le cube de la sphère ? Locke en avait parlé dans son *Essai sur l'entendement humain*[322]. Après lui, ses disciples se sont disputés sur le sujet : ainsi

Berkeley dans sa *Nouvelle théorie de la vision*[50]. En 1738, Voltaire, rentré d'Angleterre, en parle dans ses *Éléments de la philosophie de Newton*[530]. En 1745, La Mettrie, dans le *Traité de l'âme*[304], l'approfondit, imité par Condillac dans son *Essai sur l'origine des connaissances humaines*[105] que Denis vient justement de lire.

En avril 1749, Diderot, qui « encyclopédise » (comme il dit) plus de dix heures par jour, est autorisé par Réaumur à assister à l'enlèvement du bandage couvrant les yeux de la jeune aveugle[518] ; mais Denis se rend compte aussitôt à la réaction de la jeune fille, que ce n'est là qu'un simulacre, qu'on a déjà enlevé ces bandages ; il apprend que cela a eu lieu un peu plus tôt chez une amie de Réaumur, Mme Dupré de Saint-Maur[518]. Furieux, il claque la porte et dénonce Réaumur pour avoir accepté de ne « *laisser tomber le voile que devant quelques yeux sans conséquence*[156] », ce qui ne manque pas de fâcher Mme Dupré de Saint-Maur, cette femme « *sans conséquence* ».

Pendant ce temps, la répression contre les écrivains s'accentue. De mai à juillet 1749, le comte d'Argenson, secrétaire d'État à la Guerre nommé depuis fin avril maître du département de Paris, c'est-à-dire patron de la police de Berryer, fait notamment mettre sous les verrous, sans autre forme de procès[521], un certain Le Bret, auteur de romans érotiques, ainsi qu'un certain Jacques Joseph Le Blanc, auteur du *Tombeau des préjugés sur lesquels se fondent les principales maximes de la religion*[521] ; et il envoie pour un an à la Bastille un certain Mathieu François Pidansat de Mairobert pour des propos critiques envers l'armée, tenus au café Procope et rapportés par un mouchard[521].

Denis, lui, se sent invincible : nul n'a réussi à lui attribuer avec certitude *L'Oiseau blanc*. Et il a publié *La Promenade du sceptique* et *Les Bijoux indiscrets* sans réel dommage.

Au début de juin, il ne peut se retenir d'ajouter à son palmarès une provocation de trop : toujours chez Durand, il fait paraître, toujours de façon anonyme, une *Lettre sur les aveugles à l'usage de ceux qui voient*[156], à propos de ce qu'il a vu chez Réaumur. Le titre initial auquel il avait pensé était, semble-t-il, *Lettre d'un esprit éclairé aux aveugles de ce siècle* : formule autrement plus subversive ! Pour lui, la cécité n'est d'ailleurs qu'un prétexte pour parler de ceux qui sont, selon lui, plongés dans l'obscurantisme religieux.

Le profit de la vente de ce manuscrit va une fois de plus à l'insatiable Mme de Puisieux[518]. Publier de façon anonyme ne le gêne pas. Il n'est pas et ne sera jamais en quête d'une gloire mondaine. Il est et sera plus encore avec le temps, à la recherche d'une postérité ; persuadé que son nom sera un jour, fût-il très lointain, associé à ses œuvres.

Dans sa *Lettre sur les aveugles,* Diderot ne pense en fait qu'à démontrer l'inexistence de Dieu. Pour cela, il passe par le même détour que Locke : comment un homme privé d'un sens pourrait-il appréhender des concepts (le Bien, le Mal) et penser Dieu[322] ? Il entend en déduire qu'un aveugle n'a nul besoin de Dieu pour expliquer le monde. Et que Dieu n'est donc pas nécessaire la compréhension de l'Univers. Il décrit d'abord pour cela la psychologie des aveugles de naissance : pour lui, ils ne peuvent pas avoir les mêmes idées, la même esthétique, la même morale et la même religion que les voyants. Il rend compte de ses conversations avec l'aveugle de Puiseaux et décrit longuement la pensée d'un célèbre aveugle anglais, Nicholas Saunderson.

Ce Saunderson a vraiment existé ; c'est un savant et mathématicien anglais mort dix ans plus tôt. Il a perdu la vue à l'âge d'un an par suite de la variole. Il est devenu professeur de mathématiques, d'astronomie et d'optique à Cambridge ; réputé pour son érudition sur la lumière et les couleurs, élu à la Royal Society en 1718, ami d'Isaac Newton, il a inventé une machine à calculer, destinée aux aveugles, afin de développer des « talents de suppléance » et dont il explique les principes dans *Elements of Algebra*[473]. Diderot, qui a lu ce livre en anglais, raconte, dans sa *Lettre*, que Saunderson serait devenu athée juste avant de mourir, le 19 avril 1739. En guise de preuve, il reproduit un dialogue entre Saunderson, sur son lit de mort, et un pasteur protestant, M. Gervaise Holmes : « *Ils eurent ensemble un entretien sur l'existence de Dieu dont il nous reste quelques fragments que je vous traduirai de mon mieux car ils en valent bien la peine. Le ministre commença par lui objecter les merveilles de la nature : "Eh, monsieur ! lui disait le philosophe aveugle, laissez là tout ce beau spectacle qui n'a jamais été fait pour moi ! J'ai été condamné à passer ma vie dans les ténèbres ; et vous me citez des prodiges que je n'entends point, et qui ne prouvent que pour vous et que pour ceux qui voient comme vous. Si vous voulez que je croie en Dieu, il faut que vous me le fassiez toucher*[156]*..."* »

Joli texte, tout en jeu de miroirs et en masques, rupture dans la pensée du siècle, bien au-dessus de la portée intellectuelle de la plupart de ses contemporains ; pamphlet d'une exceptionnelle force didactique et dialectique.

Sauf qu'il semble bien que Diderot ait complètement inventé ce monsieur Holmes et ladite discussion[549]. Mêlant le réel à la fiction, tout comme il le fera au long de sa vie, dans une conversation qui est, pour lui, la meilleure forme d'expression de la pensée.

La lettre à Voltaire

Tout heureux de sa *Lettre sur les aveugles* et inconscient du danger qu'elle peut représenter pour lui, Diderot la fait porter à Voltaire, alors encore à Paris, qui, le 9 juin 1749, le remercie pour l'envoi de ce « *livre ingénieux et profond*[156] », et ajoute en bon déiste qu'il est[506] : « *Mais je vous avoue que je ne suis point du tout de l'avis de Saunderson, qui nie un Dieu parce qu'il est né aveugle* [...] *; il me paraît bien hardi de nier qu'Il est*[156]. »

Et Voltaire, insigne honneur, invite Diderot, qu'il n'a encore jamais rencontré, à venir dîner chez lui : « *Je voudrais bien, avant mon départ pour Lunéville, obtenir de vous, monsieur, que vous me fissiez l'honneur de faire un repas philosophique chez moi avec quelques sages*[156] ». Et il lui joint un de ses livres, les *Éléments de la philosophie de Newton*[530].

Deux jours plus tard, le 11 juin, Diderot répond à l'homme le plus célèbre de son temps, son aîné de près de dix-neuf ans, par une incroyable lettre qui mérite d'être longuement citée pour ce qu'elle révèle de son audace, de son indifférence aux puissants, et des priorités de sa vie en ce printemps 1749 : « *Le moment où j'ai reçu votre lettre, monsieur et cher maître, a été un des moments les plus doux de ma vie ; je vous suis infiniment obligé du présent que vous y avez joint. Vous ne pouviez envoyer votre ouvrage à quelqu'un qui fût plus admirateur que moi. On conserve précieusement les marques de la bienveillance des grands ; pour moi, qui ne connais guère de distinction réelle entre les hommes que celles que les qualités personnelles y mettent, je place ce témoignage de votre estime autant au-dessus des marques de la faveur des grands que les grands sont au-dessous de vous. Que le peuple pense à présent de ma* Lettre sur les aveugles *tout ce qu'il voudra ; elle ne vous a pas déplu ; mes amis la trouvent bonne : cela me suffit. Le sentiment de Saunderson n'est pas plus mon sentiment que le vôtre ; mais ce pourrait bien être parce que je vois. Ces rapports qui nous frappent si vivement n'ont pas le même éclat pour un aveugle*[156]. »

Pirouette magnifique : il n'avoue pas son athéisme et se moque du grand Voltaire ; au troisième degré.

Et puis, mieux encore : Denis décline l'invitation à dîner de l'homme le plus prestigieux de son temps, sous prétexte de chagrins familiaux (la mort de sa mère), d'un trop-plein de travail (l'*Encyclopédie*) et... d'« *une passion violente qui dispose presque entièrement de moi*[143] » (Mme de Puisieux) ! Il ne se dérobe pas derrière des mots trop polis : « *J'irais, Monsieur, avec l'empressement imaginable m'entretenir ou plutôt m'éclaircir avec vous sur ces très sublimes et très inutiles Vérités ; mais je suis enchaîné dans ma retraite par des chagrins de famille qui ne me laissent presque aucune liberté d'esprit ; par des occupations énormes qui en enrichiraient tout autre que moi et qui dérangent mes affaires et épuisent mon temps ; et par une passion violente qui dispose presque entièrement de moi. Ô Philosophie, Philosophie : à quoi donc êtes vous bonne si vous n'émoussez ni les pointes de la douceur et des chagrins, ni l'aiguillon des passions*[143] *?* »

Puis l'ironie se fait plus mordante encore : « *Si jamais je me sens l'âme un peu plus libre et l'esprit plus en état de soutenir la bonne opinion qu'il me semble que vous avez conçue de moi, j'apparaîtrai subitement, et mes yeux verront cet homme inconcevable dont les écrits m'enchantent tour à tour, à qui je dois le peu de style et d'esprit philosophique que j'ai, qui possède dans un degré surprenant tous les talents réunis, à qui tous les genres de littérature sont familiers et qui s'est signalé dans chacun d'eux comme s'il en eût fait son unique étude. À présent, je suis dans l'état d'un atome réduit à sa force d'inertie et qu'un globe immense, animé par lui-même d'une vitesse prodigieuse, invite à la collision*[143]. »

Diderot est né. Son style mordant, sa capacité d'analyse, son sens de la métaphore, l'acuité de son ironie sont réunis là. Il est ainsi désormais. Libre de sa parole et de ses écrits. Voltaire en est très fâché. Le dîner n'a pas lieu. Les deux plus grands esprits du XVIIIe siècle ne se rencontreront que vingt-neuf ans plus tard.

Le lendemain, 12 juin, Denis, toujours inconscient du danger, fait porter à Berlin, par d'Alembert qui « *s'est chargé de* [lui] *faire parvenir*[95] » l'ouvrage, sa *Lettre sur les aveugles* à Maupertuis, qui, depuis 1744, est directeur de l'Académie des sciences de Prusse, avec un autre exemplaire pour le marquis d'Argens, écrivain français devenu le chambellan de Frédéric II et qui vient d'écrire, contre Diderot, des *Mémoires secrets de la République des lettres, ou le Théâtre de la vérité*[17], dans lesquels on pouvait lire : « *Quant aux superstitieux et aux dévots fanatiques, ils peuvent dire ce qu'ils veulent de mes écrits, il y a longtemps que j'ai déclaré que je ne demande point leurs suffrages. J'en fais aussi peu de cas que de ceux d'un certain Didrot* [sic], *auteur de je ne sais quel galimatias inintelligible sur le mérite et la vertu, et de quelques pensées prétendues philosophiques qui ne sont que des discours libertins, usés, rebattus, entremêlés de quelques saillies de café et de mauvais lieu*[17]. » Et Denis défie Maupertuis en lui demandant comment il peut être l'ami de ce d'Argens[95] : « *Je serai vengé des injures qu'il a répandues secrètement* [...] *s'il s'aperçoit à mon procédé combien je suis insensible au sien. Je n'ose lire dans votre âme, mais je sais qu'un philosophe ferait peu de cas de l'amitié du plus grand roi du monde s'il avait à la partager avec ces hommes-là*[95]. »

Aussitôt, les critiques pleuvent : de Berlin, le pasteur allemand Formey, tout à sa haine envers l'*Encyclopédie* qui semble réussir sans lui, refuse toujours de rendre ses textes aux imprimeurs, et publie une critique incendiaire des *Pensées philosophiques* et de la *Lettre sur les aveugles*[381]. Diderot n'est pas sa seule cible : il attaque aussi bien d'Alembert, Rousseau et Voltaire, qu'il accuse de plagiat, cherchant à semer entre eux la zizanie en prétendant dévoiler des correspondances privées imaginaires où chacun d'eux aurait dit du mal de l'autre.

Quand elle découvre la *Lettre*, Mme Dupré de Saint-Maur, témoin de l'opération de Réaumur et furieuse de la réaction de Diderot, est convaincue que ce dernier, qui fit scandale chez elle en est l'auteur. Elle le dénonce au comte d'Argenson.

Le 20 juin 1749, le curé janséniste de Saint-Médard, dont Diderot a dénoncé les faux miracles, le dénonce à son tour au comte d'Argenson comme l'auteur de la *Lettre sur les aveugles,* des *Bijoux indiscrets,* de *La Promenade du sceptique* et de *L'Oiseau blanc, conte bleu.*

L'affaire est grave. S'il a vraiment écrit cette *Lettre sur les aveugles,* c'est « *la dernière goutte d'eau qui a fait répandre le vase* », dira l'abbé Trublet[506], ami de Maupertuis et de La Mettrie, tous les deux Malouins comme lui.

D'Aguesseau, qui a passé l'accord avec Diderot autorisant l'*Encyclopédie*, est alors occupé à autre chose de bien plus d'importance : il entend forcer l'Église à payer l'impôt du vingtième, et à empêcher qu'elle reçoive de nouvelles donations exonérées d'impôt, au détriment du Trésor royal. À cette fin, il interdit à toute personne de créer une fondation nouvelle et rappelle que toute libéralité faite à un établissement religieux doit être autorisée par le roi. D'Aguesseau ne semble pas avoir été mis au courant de la dénonciation de Diderot. En tout cas, il l'abandonne à son sort. C'est-à-dire à la police de d'Argenson et de Berryer.

L'arrestation

Le 23 juillet, d'Argenson envoie une lettre de cachet au gouverneur du château de Vincennes, François Bernard du Châtelet, parent (ils avaient le même arrière-grand-père) du marquis Florent Claude du Châtelet, époux de la compagne de Voltaire, la marquise Gabrielle Émilie Le Tonnelier de Breteuil[32]. D'Aguesseau donne ordre à Nicolas René Berryer, comte de La Ferrière, lieutenant général de police, de « *faire mettre à Vincennes le sieur Didrot* [sic], *auteur du livre de l'aveugle*[549] ».

Pourquoi Vincennes ? Parce que la Bastille est alors pleine, après des vagues successives d'arrestations[5].

Tout s'enchaîne très vite : le 24 juillet à sept heures et demie du matin, l'avocat au Parlement et commissaire au Châtelet Agnan Philippe Miché de Rochebrune, assisté de Joseph d'Hémery, inspecteur de la Librairie, perquisitionnent l'appartement de Diderot[549]. Ils fouillent, saisissent des papiers, interrogent Diderot sur les ouvrages dont on le soupçonne d'être l'auteur : a-t-il écrit *L'Oiseau blanc* ? *La Promenade du sceptique* ? La *Lettre sur les aveugles* ? Il nie. Il va trouver sa femme, occupée avec le petit François Jacques Denis dans une autre pièce, les rassure sans leur dire qu'il est sur le point d'être arrêté. Il a juste eu le temps de prendre avec lui quelques vêtements et quelques livres, et il est emmené par les policiers. Toinette se penche à la fenêtre et le voit monter avec l'inspecteur Hémery dans le fiacre qui le conduit à Vincennes.

La panique

Toinette se précipite alors chez les quatre libraires, qui s'affolent ; surtout pour eux-mêmes : l'arrestation de Denis est un désastre ; il est le seul à détenir les clés de l'*Encyclopédie*. Il a « *laissé,* [se plaignent-ils], *de l'ouvrage entre les mains de plusieurs ouvriers sur les verreries, les glaces, les brasseries*[156] ». Briasson s'agite, le jour même, comme on le sait par ses notes de frais[345] : « *Frais de carrosse tant le matin que l'après-midi pour solliciter pour M. Diderot, le 24 juillet, 7 l. 7 s. ; course chez Berryer et à Vincennes, 8 l. 5 s. ; course chez M. d'Argenson, 3 l. 6 s. ; copie du Mémoire pour les ministres, 3 l.* » En vain.

Le lendemain 25 juillet, le marquis d'Argenson, frère cadet du ministre, note dans son journal : « *On a arrêté ces jours-ci quantité d'abbés, de savants et de beaux esprits, et on les a mis à la Bastille, comme le sieur Diderot, quelques professeurs d'université, docteurs de Sorbonne, etc. Ils sont accusés d'avoir fait des vers contre le roi, de les avoir récités, débités, d'avoir frondé contre le ministère, d'avoir écrit et imprimé pour le déisme et contre les mœurs ; à quoi l'on voudrait donner des bornes, la licence en étant devenue très grande*[18]. »

Le choc fait sortir Denis de sa jeunesse heureuse. À trente-six ans, le voici en prison.

Au donjon de Vincennes

Les libraires écrivent au comte d'Argenson pour obtenir la libération de Denis pour des raisons commerciales plus qu'humanitaires[506] : « *C'est un homme de lettres d'un mérite et d'une probité reconnus* [...] *Cet ouvrage, qui nous coûtera au moins 250 000 livres et pour lequel nous avons déjà avancé près de 80 000 livres, était sur le point d'être annoncé au public. La détention de M. Diderot, le seul homme de lettres que nous connaissions capable d'une aussi vaste entreprise, et* [qui] *possède seul la clef de toute cette opération, peut entraîner notre ruine*[560]. »

Car si Diderot n'est plus en état de diriger le projet, c'est le privilège qui risque aussi de tomber.

Toinette court chez Berryer, le lieutenant général de la police, qui lui demande de dénoncer son mari comme l'auteur des livres incriminés ; elle répond qu'elle est convaincue qu'il ne peut écrire que des livres honnêtes et pieux[518].

Tout le monde se démène : Jean-Jacques Rousseau, bouleversé par l'arrestation de son ami, écrit à la Pompadour, alors nouvelle et déjà puissante favorite, et l'adjure de le faire libérer. Il notera plus tard[450] :

« *Rien ne peindra jamais les angoisses que me fit sentir le malheur de mon ami. Ma funeste imagination, qui porte toujours le mal au pis, s'effaroucha. Je le crus là pour le reste de sa vie. La tête faillit m'en tourner. J'écrivis à madame de Pompadour pour la conjurer de le faire relâcher ou d'obtenir qu'on m'enfermât avec lui. Je n'eus aucune réponse à ma lettre : elle était trop peu raisonnable pour être efficace*[450]. »

D'Alembert ne lui vient pas en aide. Pourtant, il est en bons termes avec la cour et est admiré de gens qui y ont des relations : Fontenelle, Montesquieu, Voltaire, Buffon.

Le 28 juillet, les libraires interviennent à nouveau, cette fois auprès de Berryer[507]. En vain.

Le 31, Diderot, enfermé au donjon du château de Vincennes, dans une cellule exiguë, au secret, est interrogé brutalement par Berryer qui le menace des galères. Denis nie avoir écrit ces livres, parus anonymement, hormis *La Promenade du sceptique*, qu'il reconnaît avoir écrit, mais qui n'a pas été publié et dont il assure aux policiers avoir détruit le manuscrit (ce qui est faux)[507].

Mais, le lendemain 1er août, la défense de Denis s'effondre : interrogé, malmené, menacé à son tour de prison, voire pire, le libraire Durand reconnaît avoir reçu de Diderot les manuscrits des *Pensées philosophiques*, des *Bijoux indiscrets* et de la *Lettre sur les aveugles*, et les avoir imprimés clandestinement[507]. En échange de cet aveu, Durand est laissé en liberté.

Convaincu de mensonge, Diderot résiste encore à des interrogatoires de plus en plus serrés. Le 10 août, Diderot écrit à Berryer qu'il faut aviser son père de son arrestation, mais sans lui parler de Toinette, car « *mon père ignore encore mon mariage* » (« *un père violent, que ma détention, qu'il n'ignore plus sans doute, ne manquera pas d'appeler incessamment à Paris*[143] »). Il veut obtenir de Berryer le droit « *d'avoir des plumes, de l'encre et du papier avec des livres, et de [se] promener dans la salle qui tient à [sa] chambre*[143] », ainsi que la permission pour Toinette de « *descendre dans [la] prison et de consulter un moment avec son époux sur sa subsistance actuelle, sur [leurs] intérêts domestiques et sur son état avenir*[143] ».

Puis, le 13 août, il cède et écrit à Berryer : « *Je vous avoue donc comme à mon digne protecteur ce que les longueurs d'une prison et de toutes les peines imaginables ne m'auraient jamais fait dire à mon juge : que les* Pensées, *les* Bijoux *et la* Lettre sur les aveugles *sont des intempérances d'esprit qui me sont échappées. Mais je puis à mon tour vous engager mon honneur (et j'en ai) que ce seront les dernières, et que ce sont les seules*[143]. »

« *Une intempérance d'esprit qui m'est échappée* » pour désigner ce texte sur les aveugles si cher à son cœur.... L'aveu se double donc de reniement, comme dans tous les procès des dictatures qu'on verra à l'œuvre au XXe siècle.

Diderot ajoute qu'une « *dame*[143] », qu'il ne veut pas nommer, a écrit *L'Oiseau blanc* et il propose à Berryer de lui révéler les noms des imprimeurs de ses ouvrages prohibés (contre la parole d'honneur de Berryer qu'il n'usera pas de ces renseignements d'une manière qui puisse faire tort aux personnes concernées, sauf cas de récidive)[143]. Mais Berryer n'en a nul besoin : il connaît déjà les noms des imprimeurs de ces livres.

Mme de Puisieux, dont la police sait qu'elle est sa maîtresse, pourrait donc être inquiétée comme coauteur de *L'Oiseau blanc*, en raison de ce qu'a dit Diderot (« *une dame* ») dans sa lettre à Berryer. Mais, parente des d'Argenson, elle n'est pas inquiétée.

Les jours passent. Denis lit et relit les rares livres qu'il a emportés : l'*Apologie de Socrate*[415] et le *Criton* de Platon, qu'il s'essaie à traduire sans grammaire ni dictionnaire, avec un cure-dent en guise plume, et de l'ardoise pilée délayée dans du vin comme encre ; et *Le Paradis perdu* de Milton, sur les pages duquel il prend des notes.

À Paris, à la mi-août, Rousseau et Marie-Thérèse Le Vasseur, avec laquelle Jean-Jacques vient d'emménager, vont dîner chez Toinette pour la convaincre d'inciter Denis à renoncer à l'*Encyclopédie*, « *entreprise trop dangereuse* ». Toinette pense que Jean-Jacques veut récupérer le projet pour son propre compte et ne dit mot[506]. De fait, du 20 au 22 août, Jean-Jacques, pas si affecté par l'arrestation de son ami, est l'invité du baron de Thun, à Fontenay-sous-Bois, dans le château loué par le prince héritier Frédéric de Saxe-Gotha, dont le baron est le gouverneur. Il y fait la connaissance de Friedrich Melchior Grimm[574] ; ils chantent et jouent du clavecin ensemble. Grimm, dont le sort, bien plus tard, sera lié à celui de la famille de Saxe-Gotha.

Une prison plus confortable

Le 21 août, Diderot, depuis sa cellule, écrit encore à d'Argenson et à Berryer pour reconnaître une fois de plus ses fautes et s'engage par écrit à ne pas quitter l'enceinte du château si on le laisse sortir de sa cellule[507].

Le même jour, il est extrait du donjon et installé dans une pièce plus confortable où il peut recevoir des visites. Il est autorisé à se promener dans le parc du château de Vincennes, qui n'est pas clos de murs, mais avec interdiction d'en sortir ; il est même invité à souper à la table du gouverneur du château.

Rousseau se vante d'avoir obtenu cet assouplissement par la Pompadour : « *Je ne me flatte pas qu'elle ait contribué aux adoucissements qu'on mit quelque temps après à la captivité du pauvre Diderot. Mais si elle eût duré quelque temps encore avec la même rigueur, je crois que je serais mort de désespoir au pied de ce malheureux donjon. Au reste, si ma lettre a produit peu d'effet, je ne m'en suis pas non plus beaucoup fait valoir : car je n'en parlai qu'à très peu de gens, et jamais à Diderot lui-même*[450]. » Toute la fausse humilité de Rousseau est dans ce trait.

Le 21 août, dans son journal le marquis d'Argenson fait encore allusion à la *Lettre* en l'intitulant « L'aveugle clairvoyant[18] », alors qu'aucun exemplaire connu à ce jour ne porte ce titre...

Toinette vient voir le détenu à pied tous les deux jours, comme le fait aussi Rousseau. Denis reçoit plus rarement la visite de Mme de Puisieux, qui n'est pas intervenue en sa faveur et que Diderot, qui ne l'a jamais dénoncée, soupçonne maintenant de le tromper.

Les libraires lui rendent aussi visite. Ils sont catastrophés : Diderot ne peut évidemment travailler à l'*Encyclopédie* depuis Vincennes. Certes, ils ont déjà reçu de lui de quoi confectionner plusieurs volumes, et nombre de planches. Mais l'ouvrage est très loin d'être fini. Ils insistent encore auprès de d'Argenson pour qu'on libère Denis, expliquant que la direction de l'*Encyclopédie* à partir du donjon « *est une chose absolument impossible*[506] ».

D'Alembert, lui, ne vient toujours pas le voir ; le mathématicien est bien ennuyé. Non pour Diderot, mais pour lui-même. Il n'a aucune envie de reprendre la gestion de l'*Encyclopédie*, qu'il laisserait volontiers tout entière à Diderot. Il préfère les essais de mathématiques, les œuvres qu'il signe seul, et n'aime pas les ennuis. Il écrit : « *La détention de M. Diderot est devenue beaucoup plus douce ; cependant, elle dure encore, et l'*Encyclopédie *est suspendue. Je n'ai jamais prétendu me mêler que de ce qui regarde la partie de mathématique et d'astronomie physique ; je ne suis en état de faire que cela*[381]. »

Et surtout : « *et je ne prétends pas d'ailleurs me condamner pour dix ans à l'ennui de 7 à 8 in-folio*[381]. » Il finit le *Discours préliminaire à l'Encyclopédie* et y reconnaît en partie ce que l'entreprise doit à Diderot, mais en ne parlant que de ce qui touche à l'artisanat[189] : « *La partie* [...] *la plus importante, la plus désirée du public, et j'ose le dire, la plus difficile à remplir ("la description des Arts")* » est l'œuvre de Diderot qui l'a faite « *sur des mémoires qui lui ont été fournis par des ouvriers ou par des amateurs dont on lira bientôt les noms ; ou sur les connaissances qu'il a été puiser lui-même chez les ouvriers ; ou enfin sur des métiers qu'il s'est donné la peine de voir et dont quelquefois il a fait construire des modèles pour les étudier plus à son aise*[189] ». Façon de renvoyer Denis aux sujets les plus pratiques, et de se réserver les disciplines les plus nobles.

Le 25 août, Rousseau vient une nouvelle fois rendre visite à Diderot, comme tous les deux jours, et le trouve marqué par sa captivité. Il écrira dans ses *Confessions* : « *Je le trouvai très affecté de sa prison. Le donjon lui avait fait une impression terrible, et quoiqu'il fût agréablement au château et maître de ses promenades dans un parc qui n'est pas même fermé de murs, il avait besoin de la société de ses amis pour ne pas se livrer à son humeur noire*[450]. »

Août et septembre passent ainsi. Le 3 septembre, son père, avec qui, semble-t-il, il n'a eu aucun contact depuis sa fuite de Langres, six ans plus tôt, est informé du sort de son fils et lui écrit une lettre, la première entre eux dont on ait trace dans laquelle il s'inquiète de sa situation et lui demande s'il est vrai qu'il est marié. Le vieux coutelier ajoute[317] : « *Songez que si le Seigneur vous a donné des talents, ce n'est pas pour travailler à affaiblir les dogmes de notre sainte religion, qu'il faut de nécessité que vous ayez attaqué puisqu'un nombre de personnes ecclésiastiques semble se soulever contre quelques-uns de vos ouvrages.* [...] *Jusque-là, je vous ai regardé comme mon enfant, et si je vous ai donné de justes preuves de ma tendresse en vous faisant donner de l'éducation, c'était dans l'espérance que vous en feriez un bon usage* [...]. *Et rappelez-vous le souvenir que votre pauvre mère, dans les remontrances qu'elle vous a faites d'une vive voix, vous a dit plusieurs fois que vous étiez un aveugle. Donnez-moi des preuves du contraire*[317] *!* »

Denis est bouleversé par ces lignes, mais que répondre ?

Il lit des ouvrages qu'on lui a apportés et commente, entre autres, l'*Histoire naturelle* de Buffon[68] ; il approfondit l'idée qu'il y trouve d'une continuité de tous les êtres vivants : si l'homme, écrit Buffon, [se met] *à la tête de tous les êtres créés, il verra avec étonnement qu'on peut descendre, par des degrés presque insensibles, de la créature la plus parfaite jusqu'à la matière la plus informe, de l'animal le mieux organisé jusqu'au minéral le plus brut ; il reconnaîtra que ces nuances imperceptibles sont le grand œuvre de la Nature*[68]. » Il ira bientôt beaucoup plus loin dans cette direction.

Denis sait que son emprisonnement peut durer des années. Il enrage. Un jour de septembre, fait exceptionnel, Mme de Puisieux vient le voir, « *fort parée*[518] ». Diderot s'en étonne, la questionne ; elle répond qu'elle se rend le soir même à la fête du village de Champigny-sur-Marne, à environ six kilomètres de Vincennes. Incrédule, ivre de jalousie, Diderot s'échappe et la suit. D'après ce qu'il racontera plus tard à sa fille, il la trouve alors dans les bras d'un autre amant, s'en retourne dans sa prison sans être vu et avertit lui-même de son escapade M. du Châtelet[518], qui se trouvait d'ailleurs lui aussi à la fête de Champigny ce soir-là.

Vers ce temps-là, le jeune d'Holbach se fait naturaliser français et devient avocat au Parlement[92]. Sa fortune le met déjà depuis longtemps à l'abri du besoin, mais ce titre lui ménage des entrées à la cour.

Quand Diderot écrit pour Rousseau

Au début d'octobre 1749, il fait une chaleur accablante. Diderot en souffre. Jean-Jacques vient de nouveau le voir. Fatigué, aigri, la Genevois a atteint la quarantaine et il n'est rien ; la musique, dans laquelle il a placé tant d'espoirs, ne lui a apporté ni gloire ni argent. Lui, pour qui la réputation est tout, n'est encore rien. Selon son propre récit[450], il marche ce jour-là en plein soleil sur la route de Vincennes, s'évente avec le *Mercure de France*, et y remarque une question mise au concours par l'Académie de Dijon pour l'année 1750 : « *Si le progrès des sciences et des arts a contribué à corrompre ou à épurer les mœurs*[450] ». Rousseau se laisse choir sous un des arbres au bord de la route.

Cette illumination, Rousseau la racontera dans une lettre à Malesherbes, en 1762[456] : « *Si jamais quelque chose a ressemblé à une inspiration subite, c'est le mouvement qui se fit en moi à cette lecture. Tout à coup, je me sens l'esprit ébloui de mille lumières* [...], *une violente palpitation m'oppresse*[456]. » Puis, dans *Les Confessions*, vingt ans plus tard : « *En arrivant à Vincennes, j'étais dans une agitation qui tenait du délire. Diderot l'aperçut : je lui en dis la cause, et je lui lus la* Prosopopée de Fabricius, *écrite en crayon sous un chêne. Il m'exhorta de donner l'essor à mes idées et de concourir au prix. Je le fis et, dès cet instant, je fus perdu. Tout le reste de ma vie et de mes malheurs fut l'effet inévitable de cet instant d'égarement*[450]. »

De fait, Diderot écoute son ami et l'aide à écrire son texte ; comme toujours, il aime aider les autres à mettre en forme leurs idées, et leur souffle bien volontiers les siennes.

L'écrivain Jean-François Marmontel, à qui Denis racontera cette scène, écrira dans ses *Mémoires* : « *L'un des beaux moments de Diderot, c'était lorsqu'un ami le consultait sur son ouvrage. Si le sujet en valait la peine, il fallait le voir s'en saisir, le pénétrer, et, d'un coup d'œil, découvrir de quelles richesses et de quelles beautés il était susceptible*[340]. »

Ce jour-là, Rousseau doute de lui-même, se demande s'il viendra à bout d'une telle démonstration, s'il en aura le talent nécessaire. Denis l'encourage : « *Osez !...* » Il explique à Jean-Jacques qu'il vient justement de lire, dans l'*Apologie de Socrate*[415] de Platon, qu'il est en train de traduire, un passage sur l'ignorance, qui conviendrait parfaitement à la démonstration de Jean-Jacques ; il feuillette sa traduction et la lui lit. Jean-Jacques prend note ; on la retrouvera dans son *Discours sur les sciences et les arts*[452].

Scène sans témoin qui donnera lieu, plus tard, à une belle querelle, à l'époque de la brouille entre les deux amis, quand Rousseau cherchera à nier que Diderot lui ait soufflé l'idée qui a donné son impulsion à sa carrière.

Rousseau répond alors au concours de l'Académie de Dijon. Il soutient que les sciences et les arts corrompent les hommes et les éloignent de la vertu, car, trop occupés à ces futilités (les sciences et les arts), les hommes oublient de se rebeller contre le joug du tyran. Denis, qui ne pense pas du tout la même chose, a une fois de plus trouvé plaisir à penser contre lui-même. Il le fera sans cesse.

Rousseau remporte le prix de l'Académie de Dijon et devient célèbre du jour au lendemain. Il racontera l'épisode douze ans plus tard, sans faire mention de Diderot, dans une lettre à Mgr Christophe de Beaumont, archevêque de Paris : « *J'approchais de ma quarantième année et j'avais, au lieu d'une fortune que j'ai toujours méprisée et d'un nom qu'on m'a fait payer si cher, le repos et des amis, les deux seuls biens dont mon cœur soit avide. Une misérable question d'académie, m'agitant l'esprit malgré moi, me jeta dans un métier pour lequel je n'étais point fait : un succès inattendu m'y montra des attraits qui me séduisirent. Des foules d'adversaires m'attaquèrent sans m'entendre, avec une étourderie qui me donna de l'humeur et avec un orgueil qui m'en inspira peut-être*[459]. »

Libéré

Le 21 octobre 1749, une lettre de cachet, aussi arbitraire que celle qui décida de son arrestation ordonne la libération de Diderot. Elle ne lui est pas communiquée sur-le-champ. Le 30 paraît un article sur Diderot dans un nouvel hebdomadaire anticlérical, *La Bigarure, ou Meslange curieux, instructif et amusant de critique, de morale, de poésies, etc.*, une gazette parmi d'autres, publiée en Hollande, chaque jeudi, chez Pierre Gosse junior. Rédigé sous forme de lettres adressées, le journal est très lu. L'article décrit sa détention, faisant notamment état des subterfuges auxquels il recourt pour écrire sans plume ni encre.

Le 1er novembre, informés par Berryer que Denis va être libéré, les libraires viennent prévenir Toinette. Le 2, toujours en prison, il s'ennuie et joue en solitaire à ce qu'il nomme les « *sorts platoniciens*[143] » (penser à une question et ouvrir au hasard une page d'un livre de Platon pour y lire la réponse). Il s'interroge : « Quand sortirai-je d'ici ? » Il ouvre son Platon au hasard et lit, en haut de la page, racontera-t-il plus tard : « *Cette affaire est de nature à finir promptement*[143]. »

Un quart d'heure ne s'est pas écoulé que Berryer pénètre dans sa cellule et lui annonce sa libération pour le lendemain[143]. Berryer lui fait promettre de ne plus rien écrire contre la religion, et de se tenir tranquille. Sinon, ce seront les galères, voire pire…

Diderot promet tout ce qu'on veut et quitte enfin le château, le 3, après trois mois et onze jours à Vincennes, dont vingt-huit jours reclus dans le donjon. Séjour qu'il n'oubliera jamais.

Il rentre chez lui, rue de la Vieille-Estrapade, retrouve Toinette et son fils François Jacques Denis. Tout est fini avec Mme de Puisieux, qui ne s'empresse d'ailleurs pas de le retrouver.

Rencontre de Grimm

Événement essentiel dans la vie de Diderot, Rousseau le présente alors à Grimm dont il s'est entiché. Diderot tombe lui aussi sous le charme de cet Allemand au discours si élégant, au charme envoûtant, séducteur-né des hommes comme des femmes. Ils deviennent les trois meilleurs amis du monde[475]. Rousseau écrira : « *J'avais un assez grand nombre de connaissances, mais deux seuls amis de choix, Diderot et Grimm. Par un effet du désir que j'ai de rassembler tout ce qui m'est cher, j'étais trop l'ami de tous les deux pour qu'ils ne le fussent pas bientôt l'un de l'autre. Je les liais ; ils se convinrent et s'unirent encore plus étroitement entre eux qu'avec moi. Diderot avait des connaissances sans nombre ; mais Grimm, étranger et nouveau venu, avait besoin d'en faire. Je ne demandais pas mieux que de lui en procurer*[450]. » Et Jean-Jacques, toujours chagrin, d'ajouter : « *Mais aucun des siens ne devint jamais le mien, voilà ce qui l'était moins. Tandis qu'il logeait chez le comte de Frièse, il nous donnait souvent à dîner chez lui : mais jamais je n'ai reçu aucun témoignage d'amitié ni de bienveillance du comte de Frièse ni du comte de Schomberg, son parent, très familier avec Grimm*[450]. » De fait, Rousseau rompra quelques années plus tard tant avec Denis qu'avec Grimm. Ce dernier deviendra bientôt essentiel à la vie de Diderot, dans une relation étrange et ambiguë.

Le 24 novembre paraît un nouvel article sur Diderot dans *La Bigarure*. Le papier consiste en une courte biographie bien renseignée. Il y est décrit comme le « *fils d'un fameux et riche coutelier* » de Langres[505] ; l'article insiste sur sa formation scientifique et sur la valeur accordée à ses travaux mathématiques. Le rédacteur cite encore le texte qui lui a valu la prison sous le titre de *Lettre d'un esprit éclairé aux aveugles de ce siècle*[505]. Il se refuse à voir en Diderot l'auteur des *Bijoux indiscrets*[505] : « *Ce petit roman obscène et libertin* [...] *ne s'accorde point du tout avec les mœurs de M. Diderot auquel on n'a, dit-on, jamais reproché rien sur cet article*[505]. » L'auteur de l'article est probablement le chevalier de Mouhy, justement auteur de romans libertins aux titres évocateurs (*La Paysanne parvenue*[377] ; *Mémoires d'une fille de qualité*[375] ; *Les Mille et Une Faveurs*[376] ; *Les Délices du sentiment*[374]).

En février 1750, en présence de Diderot et de tous ses amis, d'Holbach se marie avec Basile-Geneviève Suzanne Daine, fille de sa cousine et sœur adoptive[92]. Tout l'argent de leur oncle commun reste ainsi dans la famille : d'Holbach reçoit alors les terres et seigneuries de Heesse et Leende, et porte le titre et les armes de son oncle[92]. Le jeune couple s'installe fastueusement dans un hôtel particulier de la rue Saint-Roch et commence à recevoir à dîner tout ce que l'Europe compte de grands esprits. D'Holbach adore la bonne chère, et sa table est vite fameuse. Diderot est parmi les premiers visiteurs réguliers. Il y amène Rousseau et Grimm.

*Retour à l'*Encyclopédie

La libération de Diderot ne signifie pas que la situation politique se détende, au contraire. Dans ses *Considérations sur la Révolution française*[491], Mme de Staël[22] notera soixante-dix ans plus tard que, vers 1750, le clergé, la noblesse, le roi commencent à être discrédités, et que le mot « républicain » fait son apparition.

La bourgeoisie marchande, de Paris comme de province, entend désormais jouir du luxe jusqu'ici réservé à la haute noblesse. En réponse, la noblesse se crispe ; les droits seigneuriaux sont exigés de plus en plus impérieusement par l'appareil monarchique. Les paysans s'insurgent contre leur condition. L'ordre social millénaire tremble sur ses bases.

Soucieux de progrès, certains seigneurs décident de gérer eux-mêmes leurs terres en s'inspirant des méthodes agronomiques flamandes et anglaises. Disparaissent les jachères, pourtant encore théoriquement obligatoires, qui sont remplacées par des cultures destinées à l'alimentation du bétail ; apparaissent charrues, semeuses, faucheuses, de même que des engrais et de nouvelles races de bestiaux. Des techniciens prospectent, pour le compte de propriétaires fonciers entreprenants, les ressources minières du royaume. Au Creusot commence l'exploitation du charbon.

Voltaire écrit dans son *Dictionnaire philosophique* : « *Vers l'an 1750, la nation, rassasiée de vers, de tragédies, de comédies,* [...] *d'histoires romanesques, de réflexions morales plus romanesques encore et de disputes théologiques,* [...] *se mit enfin à raisonner sur les blés*[529]. »

De tout cela, l'*Encyclopédie* va rendre compte. Denis peut reprendre son travail. Il s'inquiète : ses enquêtes personnelles et ses textes seront dépassés si les volumes tardent trop à paraître. Il souhaite d'ores et déjà les réactualiser et fait appel à de nouveaux collaborateurs, en particulier pour l'économie, matière en perpétuel mouvement.

Espoir d'un deuxième enfant

Cette année-là, 1750, Diderot est en particulier passionné par un livre d'économie agricole que vient de publier un physicien et botaniste, grand commis de l'État et gros propriétaire dans le Gâtinais, Henri Duhamel du Monceau, *Traité de la culture des terres*[180], véritable manifeste du « réformisme aristocratique ». Il rédige l'article « Agriculture » et se fait le porte-parole de cette nouvelle agriculture dont il perçoit les conséquences sur le régime de propriété : il décrit le système traditionnel de l'assolement triennal – encore obligatoire dans tout le royaume et stipulé dans les baux –, énonce des instructions détaillées sur « *la manière de travailler de nos laboureurs*[189] », tout en veillant à ne pas donner le sentiment de remettre en cause les règlements des communautés : « *Ne dessolez point vos terres, parce que cela vous est défendu*[189]. » Puis Diderot résume le nouveau système prôné par Duhamel du Monceau, radicalement contraire aux us et lois en vigueur. Il parle des cultures nouvelles, plantes à racines (betteraves, raves, navets), qui doivent être, dit-il, *dérobées* à l'assolement légal ; de même, explique-t-il, les prairies artificielles (sainfoin, luzerne) impliquent la liberté de se soustraire à la rotation obligatoire[189]. Il ose ainsi glisser la novation dans les interstices de l'interdit, sur un sujet en apparence très technique. Il osera de plus en plus.

Diderot fréquente aussi de plus en plus les peintres : Pigalle, Louis-Michel Van Loo, Chardin, Quentin de La Tour, Vernet, Greuze et sa femme (fille d'un grand libraire, Babuti[524]) ; il rencontre le peintre irlandais Richard Burke (frère d'Edmund, le politicien[524]) ; le peintre écossais Ramsay ; le jeune sculpteur Étienne Maurice Falconet, qui deviendra un ami proche et que Diderot, future victime de son mauvais caractère, surnommera[155] « *le Jean-Jacques Rousseau de son art* » ; ils discutent sur la valeur de la peinture antique (dont doute Falconet) et de la postérité, qui, dit Falconet, est réservée aux œuvres, pas aux artistes.

Diderot rédige alors l'article « Beau » de l'*Encyclopédie*[189]. Il achève aussi de relire les articles du premier tome en y instillant quelques audaces. Par exemple, alors que l'article « Âme[189] », rédigé par l'abbé

Yvon, comme l'a exigé d'Aguesseau, est parfaitement orthodoxe, Diderot y introduit subrepticement quelques lignes sur la question du siège de l'âme et du lien entre l'esprit et le corps, qui laissent filtrer son matérialisme. Ou encore dans l'article « Adorer »[189] : « *La manière d'adorer le vrai Dieu ne doit jamais s'écarter de la raison ; parce que Dieu est l'auteur de la raison, et qu'il a voulu qu'on s'en servît même dans les jugements de ce qu'il convient de faire ou ne pas faire à son égard*[189]. » Dans « Animal[189] », inspiré de l'*Histoire naturelle* de Buffon, il souligne l'unité du vivant et de l'énergie vitale. Et surtout, dans « Anthropophages[189] », il ose suggèrer ironiquement, en renvoi à d'autres articles : « *Voyez* Eucharistie, Communion, Autel, *etc.*[189] » ! Diderot insiste alors sur l'importance des « arts mécaniques » dans son article « Art »[189]. Il explique que la « *distribution des Arts en libéraux et en mécaniques* [...] *a produit un mauvais effet, en avilissant des gens très estimables et très utiles, et en fortifiant en nous je ne sais quelle paresse naturelle, qui ne nous portait déjà que trop à croire, que donner une application constante et suivie à des expériences et à des objets particuliers, sensibles et matériels, c'était déroger à la dignité de l'esprit humain ; et que de pratiquer, ou même d'étudier les Arts mécaniques, c'était s'abaisser à des choses dont la recherche est laborieuse, la méditation ignoble, l'exposition difficile, le commerce déshonorant, le nombre inépuisable, et la valeur minutielle.* [...] *On a bien plus loué les hommes occupés à faire croire que nous étions heureux, que les hommes occupés à faire que nous le fussions en effet. Quelle bizarrerie dans nos jugements ! Nous exigeons qu'on s'occupe utilement et nous méprisons les hommes utiles*[189] ».

Les libraires le pressent de finir. Ils veulent publier au plus vite le premier tome pour faire rentrer l'argent des souscripteurs.

Cette année-là, Diderot et d'Alembert s'éloignent de Rameau, qui tente de faire reposer l'harmonie sur des bases physico-mathématiques, en en faisant le fondement de toutes les disciplines utilisant des proportions (arithmétique, géométrie, architecture, peinture...). Diderot critique ces « *visions inintelligibles et* [ses] *vérités apocalyptiques sur la théorie de la musique, où ni lui ni personne n'entendit jamais rien*[156] ». Pour Diderot, l'harmonie musicale est d'ordre culturel et une oreille exercée peut fort bien trouver plaisir à des dissonances qu'il « *faut savoir placer, préparer et sauver*[156] ». Il aide alors d'Alembert à écrire sur ce sujet ses *Éléments de musique, théorique et pratique, suivant les principes de M. Rameau*[7].

Denis n'est pas souvent chez lui. Il écrit chez Le Breton et passe l'essentiel de ses soirées avec ses amis ou dans les salons. Toinette est de nouveau enceinte. Denis ne rentre que pour parler à son fils, François Jacques Denis, à qui il entreprend de tout enseigner : tout ce qu'il aurait voulu apprendre à son âge et que son père n'a pas su ni voulu qu'il sache. Nanette le soupçonne de poursuivre sa liaison avec Mme de Puisieux, alors que celle-ci est terminée depuis longtemps, mais il en a beaucoup d'autres. Toinette devient irritable ; un rapport de police daté du 2 avril 1750 indique qu'elle s'est querellée avec une servante, qu'elle a frappée à coups de pied et de poing avant de lui heurter la tête contre le mur[317]. C'est par ce détail qu'on sait que Diderot avait au moins un employé de maison. Ce peuple d'invisibles très mal payés dont s'entourent les grands et ceux qui ont quelque ressource.

Lettre sur les sourds et muets

Le premier volume de l'*Encyclopédie* est achevé. Sa publication se prépare. Avant de reprendre la mise au point des suivants, Diderot rédige une *Lettre sur les sourds et muets*[156], faisant évidemment référence à celle sur les aveugles, qui lui a coûté si cher. Texte beaucoup moins sulfureux, qui ne lui fait courir aucun risque politique, si ce n'est par son titre. De fait, Denis reste d'une audace infinie, sans publier ses textes les plus novateurs.

Dans ce texte sur les sourds et muets, il part du problème de l'origine des langues (question qui passionne alors aussi d'Alembert, Rousseau et Condillac) et cherche à savoir lesquelles seraient naturelles, fondatrices, en partant de l'ordre des mots dans la phrase. Pour certains théoriciens du moment, le français est une langue naturelle parce qu'il fait correspondre le déroulement du discours avec celui de la pensée ; c'est donc la langue universelle, originelle, de la pensée rationnelle. Pour d'autres, c'est le latin qui l'est, parce qu'il place en premier les substantifs (qui expriment la sensation), puis les verbes (qui expriment les idées).

À partir d'analyses d'Homère et de Virgile, Diderot montre qu'en réalité chaque langue peut revendiquer un génie propre, et comment, dans chacune, tout poète sait tirer parti de l'ordre des mots, des effets des sonorités et de la scansion.

Il fait lire cette *Lettre* à l'abbé Guillaume François Thomas Raynal, défroqué depuis peu, qu'il croise dans les salons de Mmes Geoffrin et d'Holbach ; celui-ci vient d'être admis à l'Académie de Berlin et dirige le *Mercure de France*, journal où Denis a publié ses premiers articles. L'abbé Raynal (on l'appellera ainsi jusqu'à sa mort), avec qui Denis écrira plus tard des œuvres majeures d'une rare audace politique, lui fait alors un grief que l'on attribuera souvent à Denis[506] : « *Tout ce qui sort de la plume de M. Diderot est plein de vues et d'assez bonne métaphysique ; mais ses ouvrages ne sont jamais faits ; ce sont des esquisses ; je doute si sa vivacité et sa précipitation lui permettent jamais de rien finir*[506]. »

Tel est Denis, pensant plus vite qu'il écrit, passant sans cesse à autre chose, considérant chaque réflexion comme le brouillon de la suivante.

Le 21 juin 1750, son père, âgé de soixante-quatre ans, qui se sent faiblir, fait enregistrer son testament, dont les termes témoignent de son aisance : terres, maisons, rentes. Dans ce testament, dont Denis n'a pas connaissance, son père ne le déshérite pas : émouvante relation entre un père incapable de comprendre ce qu'écrit son fils, qui désapprouve tout de sa vie – si tant est qu'il en connaisse quelque chose –, et qui, pourtant, ne remet pas en cause l'affection qu'il lui porte.

Souvent, comme au temps de sa mère, des colis parviennent d'ailleurs de Langres à Paris. Denis vit plutôt à l'aise. Il prête plusieurs fois de l'argent à Rousseau, qui, par indifférence, laisse mourir de faim Thérèse, avec qui il vit, dont il a des enfants qu'il abandonne l'un après l'autre, et qu'il refuse d'épouser.

Double tragédie : mort de l'aîné, accident du cadet

Le 30 juin, terrible tragédic : son fils, François-Jacques-Denis, meurt à la suite d'une très forte fièvre[549], un mois après avoir fêté son quatrième anniversaire. Diderot est anéanti. Quatre mois plus tard, le 29 octobre, naît du couple un troisième enfant, un deuxième garçon. Comme pour les deux premiers, Denis assiste à l'accouchement.

Pour faire plaisir à sa femme et parce que c'est socialement inévitable, il le fait baptiser et lui choisit le libraire Laurent Durand, son ami le plus proche, pour parrain, d'où le prénom de l'enfant : Denis-

Laurent. La marraine est Cécile Carbonnier, femme d'un autre libraire, Jacques-Noël Pissot[156]. Il ne croit pourtant plus à rien de tout cela.

Nouvelle tragédie : trois jours plus tard, à l'Église, au cours de la cérémonie de baptême, la marraine laisse tomber l'enfant sur les marches de l'autel. Il est grièvement blessé à la tête. Denis est fou de douleur et de colère.

En octobre, malgré son inquiétude, il met la dernière main au *Prospectus* de l'*Encyclopédie*[189], qui est envoyé aux souscripteurs. La Compagnie de Jésus, furieuse de ne pas avoir été conviée à collaborer à l'*Encyclopédie*, passe à l'attaque : dans le *Journal de Trévoux*, le père Berthier, adversaire habituel de Voltaire, accuse Diderot de plagiat[549] : celui-ci s'est inspiré en effet – et le reconnaît dans le texte – de Bacon pour la généalogie des connaissances de son prospectus.

En novembre, Samuel Formey baisse les bras, renonce à son propre projet encyclopédique et accepte enfin de renvoyer à l'éditeur Briasson ses premiers travaux préparatoires, dont il avait réclamé le retour après le départ de Malves. Après avoir demandé son avis à Diderot, Briasson rachète ces manuscrits pour 300 livres.

Le 7 novembre, la santé de son seul enfant survivant, Denis-Laurent, blessé lors de son baptême, semble s'améliorer. Denis se remet au travail, sans doute rassuré, même si on ne dispose d'aucune lettre de lui pour cette période.

À la mi-novembre, il emprunte à la Bibliothèque du roi, rue Richelieu, dans l'hôtel de Nevers, un livre de J.J. Brucker, pasteur luthérien né à Augsbourg en 1696, *Historia critica philosophiae*[63]. C'est une ample synthèse de toutes les écoles philosophiques, dans toutes les cultures et de tous les temps. Denis, qui n'a pas l'esprit au travail, le prête à des collaborateurs de l'*Encyclopédie*, qui, sur ses indications, en tirent plusieurs articles d'histoire de la philosophie. Étonnamment, ces articles s'écartent de ce que Brucker dit des humanistes de la Renaissance italienne : Denis fait ainsi résumer en seize lignes les vingt pages de Brucker sur Gassendi ; il fait rédiger un très bref article sur l'immense et audacieux Giordano Bruno, qui aurait dû le fasciner, alors que Brucker, lui, consacre un chapitre entier à ce précurseur de l'astronomie moderne. Didérot ne retient rien sur Galilée, ni sur Cardan, ni sur Campanella, dont l'*Encyclopédie* dit que ses ouvrages sont « *remplis de galimatias* », fourmillant « *d'erreurs et d'absurdités*[189] ». D'Alembert ne s'en mêle pas et ne le corrige pas. Denis demande à l'abbé Yvon, l'homme de d'Aguesseau, un article sur « Aristotélisme », en résumant ce qu'en dit Brucker ; mais c'est si plat que, ne pouvant censurer le censeur, il doit reprendre le sujet dans un autre article, « Péripatéticienne », où il complète l'histoire de l'héritage intellectuel d'Aristote dans les mondes romain, musulman, et au Moyen Âge occidental[189], tout en oubliant Maïmonide et Averroès. La censure de l'Église, incarnée par l'abbé Yvon, explique largement les omissions. Mais j'aime à penser que l'angoisse liée à la santé de son deuxième fils et à la mort du premier explique aussi pour partie ces lacunes.

Nouveau défi lancé à Voltaire : le 24 novembre, Diderot charge le marquis d'Adhémar, chambellan de la margravine Wilhelmine, sœur de Frédéric II, à la cour de Bayreuth, de transmettre le *Prospectus* de l'*Encyclopédie* à Voltaire, qui vient d'arriver à Postdam chez le roi Frédéric de Prusse. Denis l'accompagne d'une lettre au marquis d'Adhémar le priant de demander lui-même à Voltaire de bien vouloir écrire pour l'*Encyclopédie*[507].

Étrange démarche que Diderot, mi-admiratif, mi-distant, n'accomplit pas sous sa propre signature. Le marquis écrit donc à Voltaire : « *M. Diderot a pensé, Monsieur, qu'il manquerait quelque chose au* Dictionnaire des sciences et des arts *si l'idée n'en était pas présentée à celui qui les a embrassés dans la plus vaste étendue. Recevez donc, Monsieur, comme un hommage littéraire le projet qu'il a l'honneur de vous présenter. M. Diderot serait bien flatté si l'opinion qu'il cherche à vous donner de l'ouvrage même vous engageait à l'embellir de quelques morceaux de votre main*[506]. »

Sans doute Denis, ce faisant, a-t-il voulu s'épargner l'affront d'un refus... À moins que la santé de son fils ne mobilise toute son attention.

Le 27 novembre, le chancelier d'Aguesseau, qui a autorisé la publication de l'*Encyclopédie*, quitte à quatre-vingt-deux ans le poste de chancelier de France, qu'il occupe depuis plus de trente ans[62]. Le 10 décembre, le roi le remplace par Guillaume de Lamoignon, seigneur de Blanc-Mesnil et de Malesherbes, premier président de la Cour des aides. Le 14, celui-ci fait nommer son fils, le très jeune (il a vingt-neuf ans) Chrétien Guillaume de Lamoignon de Malesherbes, conseiller au Parlement, au poste de premier président de la Cour des aides, et à la direction de la Librairie, c'est-à-dire à la tête de la censure royale sur les imprimés[138].

Ce jeune homme sera un immense personnage, dont la vie et la carrière seront intimement mêlées à celles de Diderot. Magistrat compétent, fidèle serviteur du roi, c'est aussi un esprit tolérant, ouvert au mouvement des idées et favorable à leur diffusion. Un homme immensément courageux aussi, qui rendra possible la parution de l'*Encyclopédie.* On verra que sa propre destinée, jusqu'à son ultime seconde, en pleine tragédie, sera celle d'un juste, et que sa mort marquera le comble de l'horreur commise au nom des idées dont il aura rendu possible l'éclosion.

Mais, pour l'heure, Diderot a d'autres soucis : fin décembre, Denis-Laurent, son dernier enfant, son seul enfant, succombe des suites de la chute dont il fut victime lors de son baptême[524]... Peut-on imaginer mort plus scandaleuse ? Peut-on imaginer meilleure raison de s'éloigner de Dieu ?

Chapitre 5

Parution des premiers volumes de l'*Encyclopédie* 1751-1754

Que se passe-t-il alors dans le monde, que les encyclopédistes devraient savoir et faire savoir ?

En 1751, en Chine, pays encore le plus puissant du globe, l'empereur Qing renforce son emprise sur le Tibet ; il ne tente pas de conquérir les pays voisins, et ne s'intéresse toujours pas au reste de la planète. En Afrique de l'Ouest, Ibrahima Sori succède à Karamoko Alpha à la tête du grand royaume peul de Fouta-Djalon ; d'autres royaumes peuls se forment comme le Fouta-Toro. Dans les Amériques, Anglais, Français, Espagnols, Portugais, Hollandais renforcent leur présence.

La France de Louis XV, où le niveau de vie est beaucoup plus bas qu'aux Provinces-Unies et en Angleterre, reste le pays le plus peuplé du continent grâce à la baisse de la mortalité infantile ; les paysans quittent les campagnes pour venir chercher en ville des postes de domestiques. Ils deviennent ces valets, ces cuisiniers, ces commissionnaires, ces soubrettes, ces fournisseurs, ces jardiniers, ces palefreniers, qui rendent possible et traversent, omniprésents et invisibles, la vie quotidienne des personnages de ce livre.

Les routes s'améliorent ; le commerce se développe ; quelques fragiles industries commencent à s'affirmer, mais dans la seule continuité de l'agriculture : soie à Lyon, toile en Bretagne, coton en Normandie. Aucun port ne rivalise avec Amsterdam, Anvers ni Londres, même si Nantes et Bordeaux connaissent un grand essor. Les finances de l'État restent fragiles, faute de bases fiscales solides. Le commerce triangulaire continue de fleurir, surtout avec Saint-Domingue, où sextuple la production de canne à sucre. Il fournit à la côte atlantique française une opulence de mauvais aloi.

Les nobles les plus éclairés comme les bourgeois les plus entreprenants réclament de plus en plus de renseignements sur les technologies, les arts et les sciences. Le nombre de diplômés s'accroît ; une classe culturelle se constitue. Malgré la censure, quelque deux mille cinq cents auteurs vendent leurs textes aux quelques libraires reconnus du Quartier latin ; certains travaillent pour la librairie clandestine, qui publie des libelles politiques ou des récits pornographiques ; d'autres s'exilent.

À Paris, tous ceux qui tentent de faire commerce de leurs écrits ont de plus en plus besoin de la protection de la cour, où quelques femmes d'influence font et défont les réputations : la marquise de Pompadour, la maréchale de Luxembourg, la duchesse de Mirepoix, la duchesse d'Aiguillon, la comtesse de Boufflers.

Les salons parisiens jouent maintenant un rôle capital ; c'est là, et non plus seulement à Versailles, qui n'est plus au centre des choses, qu'on se fait remarquer et qu'on peut approcher du pouvoir pour négocier protections, pensions, fonctions, élections aux académies ; la bataille des talents y est féroce ; des riches, des nobles, des savants reconnus, des aventuriers, des mouchards y croisent des philosophes débutants et des provinciaux admis là par cooptation, observés avant d'être autorisés à revenir. Les « salonnières » n'aiment guère les philosophes, qui parlent trop de religion et de politique ; elles préfèrent les musiciens, les auteurs de théâtre, les savants ; elles cherchent en général, comme on dit alors, à « tamiser » les Lumières, autrement dit à censurer les impertinences.

Les cercles ne se recoupent pas : ceux qui vont chez Mme Geoffrin, c'est-à-dire les écrivains, ne sont pas reçus chez Mme du Deffand, laquelle accueille plutôt les scientifiques emmenés là par d'Alembert qui y fait discuter certains articles de l'*Encyclopédie*. En 1751, Mme du Deffand reçoit ainsi pour la première fois Diderot, qui lui déplaît. Un peu plus tard dans l'année, en route pour la Bourgogne, son pays natal, elle écrira à d'Alembert[385], dont elle est proche, qu'elle n'a pas « *d'atomes accrochants*[71] » avec Denis ; celui-ci renonce vite à venir chez elle, rue Saint-Dominique.

Diderot, qui commence à bien connaître ces salons, qui y apprend, y bataille, y rencontre des auteurs possibles pour l'*Encyclopédie* et s'y distrait de ses déboires sentimentaux et de ses malheurs familiaux, écrit alors : « *Ce n'est pas assez pour trouver cette porte ouverte que d'être titré ou savant : il faut encore être bon*[155]. »

Helvétius et d'Holbach

Deux philosophes sont assez riches pour tenir salon. Ou plutôt pour en faire tenir un par leur épouse sans y participer en général eux-mêmes : Helvétius et d'Holbach.

Minette, la femme d'Helvétius, épousée en juin 1751, aguicheuse mais fidèle, tient salon à Paris, rue Neuve-des-Petits-Champs, et à Voré[92], dans son château de Rémalard (aujourd'hui dans l'Orne, en Basse-Normandie), à 124 kilomètres de Paris. Jaloux, Helvétius, dont la réputation de pervers sexuel est alors bien établie, s'inquiète parfois de la présence de tous ces hommes à son domicile ; il reste à l'écart de leurs réunions, tout occupé qu'il est à l'écriture de ce qu'il veut être le livre du siècle : *De l'esprit*[253], auquel il travaille depuis plus de trois ans. Denis ne l'aime guère ; il en dit[92] : « *Monsieur Helvétius considère tout sous un angle si bizarre que je ne peux pas m'accorder avec lui.* » Helvétius le lui rend bien et écrit[92] que Diderot « *est incapable de produire une seule œuvre profondément pensée ; il préfère beaucoup trop souvent le brillant au solide* ». Jamais Diderot ne lui demandera le moindre article pour l'*Encyclopédie*. En 1749, c'est pourtant chez lui que Denis a rencontré Paul Thiry, baron d'Holbach. Diderot et lui s'entendent d'emblée : ils partagent le goût des idées, des sciences, des arts, des femmes et de la bonne chère.

En hiver, chaque dimanche et chaque jeudi, d'Holbach donne à Paris, rue Saint-Roch[92], des dîners pour vingt-huit convives, auxquels viennent d'abord Diderot, Grimm, Helvétius, puis d'autres : l'abbé Raynal, Damilaville, Naigeon. Pas de risque de mouchardage : tout le monde connaît bien tout le monde ; on peut donc y disputer librement. Quinze ans plus tard, Denis en donnera cette description dans le Salon de 1765[156] : « *C'est là que se rassemble tout ce que la capitale renferme d'honnêtes et d'habiles gens... ; c'est là que le commerce est sûr ; c'est là qu'on parle histoire, politique, finance, belles-lettres, philosophie ; c'est là qu'on s'estime assez pour se contredire*[156]... »

D'Holbach invite aussi les mêmes hôtes, été comme automne, à Grandval, son vaste château près de Sucy-en-Brie[92]. Les hôtes y passent des jours, des semaines, des mois entiers. On s'y amuse, on y mange très bien. Nombre d'étrangers de passage s'y précipitent : ainsi les Allemands Gleichen et Dieskau ; des Anglais, les médecins Hoop et Glem, l'historien des civilisations Gibbon, le député Wilkes, le philosophe David Hume, l'acteur shakespearien Garrick, le romancier Laurence Sterne ; des Italiens : le diplomate napolitain Ferdinando Galiani, Gatti et le juriste milanais Cesare Beccaria. Pas de femmes ou presque dans la « *synagogue* » ou « *coterie holbachique* ».

Comme Helvétius, d'Holbach fréquente rarement son propre salon, en tout cas à Paris : ces soirs-là, il préfère laisser présider sa femme et va, lui, dîner chez Helvétius, auquel il lit ses manuscrits et ses articles pour l'*Encyclopédie.* Il écrit beaucoup sur la chimie et la physique.

En ce début d'année 1751, Malesherbes reçoit, pour censure, le manuscrit de la *Lettre sur les sourds et muets à l'usage de ceux qui entendent et qui parlent* de Diderot. Le 12 janvier, il l'envoie pour examen au médecin Louis Anne Lavirotte, collaborateur de l'*Encyclopédie*[380]. Choix éclairant : un médecin, ami de Diderot, pour censeur en dernière instance ! Bien que ce titre lui rappelle la *Lettre sur les aveugles*[380], Lavirotte conclut après lecture : « *Je n'y ai rien trouvé qui puisse en empêcher l'impression*[380]. » L'ouvrage paraît donc le 18 février sous la forme d'une brochure, avec « *permission*[380] » de mise en vente à Paris sans lieu d'impression ni nom de libraire[380] ; le nom d'auteur lui-même n'est pas mentionné. Étrange vie que celle de cet écrivain qui ne peut signer ses livres même quand ils sont autorisés !

Le 4 mars, Diderot est élu, en même temps que d'Alembert, à l'Académie royale des sciences et belles-lettres de Prusse[549], royaume dont il n'aime pas le prince, trop autoritaire à son goût. Il est possible qu'il ait accepté cette nomination, référence dans le milieu académique, pour pouvoir s'en prévaloir dans le premier volume de l'*Encyclopédie* qui est près de paraître. La nouvelle de son élection lui est communiquée par son vieil ennemi, le pasteur Samuel Formey[143], secrétaire perpétuel de l'Académie de Berlin, qui a tout fait pour nuire à l'*Encyclopédie* et à qui Diderot répond le lendemain par une de ces lettres bien tournées dont il a le secret[143] : « *On ne peut être plus sensible que je le suis à l'honneur que vous m'annoncez. Pour savoir à quel titre je dois l'accepter, je n'ai qu'à me juger en parcourant les noms célèbres auxquels l'Académie n'a pas dédaigné de joindre le mien. Il est heureux que, pour la seule fois qu'elle eut à se relâcher de ses maximes, ce fût en ma faveur ; et qu'elle ait accordé à l'espérance d'encourager en moi quelque talent, ce qu'on n'avait obtenu d'elle, jusqu'à ce jour, que sur des preuves d'un mérite supérieur*[143]. » Frédéric a souhaité le faire élire pour l'attirer à Berlin. Diderot n'est pas tenté : il aime aussi peu les voyages que les dictateurs.

Au même moment, le géographe et philosophe Maupertuis publie, sous le pseudonyme de « Dr Baumann », un livre écrit en latin sous le titre *Dissertatio inauguralis metaphysica de universali naturæ systemate ou Système de la nature*[343]. Il y défend l'idée que toute matière est vivante et que tous les éléments s'arrangent en fonction d'un ordre immanent établi par Dieu. Diderot critiquera bientôt durement cette thèse au nom d'un matérialisme d'une audace extrême.

Denis semble d'ailleurs avoir déjà oublié son incarcération pas si lointaine, et les raisons qui l'y avaient conduit : à la mi-mars, dans une lettre[143] au père Castel, qui collabore à l'*Encyclopédie*, il raconte qu'il a eu « *deux moments doux dans [sa] vie. L'un me fut procuré quand mon* Aveugle clairvoyant *parut*[143] ». Comme si la prison l'avait aidé, en somme, à devenir lui-même...

*Parution du premier tome de l'*Encyclopédie

Au cours de ce premier semestre de 1751, les libraires s'affairent à l'impression du premier tome de l'*Encyclopédie*. Des livres magnifiques, reliés en très beau cuir et destinés à des lecteurs aisés. Ils devraient leur rapporter beaucoup : depuis six ans qu'ils y travaillent, seuls dix-neuf auteurs, en sus de Diderot et d'Alembert, ont été payés pour divers articles[283]. Parmi eux : Eidous, Toussaint, Mallet, Le Blond, Malouin, Daubenton, Blondel, Chesneau Dumarsais, Yvon, Pestré, Tarin, Rousseau[283]. Les autres, tous les autres, soit un peu plus d'une centaine, contribuent à titre gracieux. Plus de mille acheteurs ont alors déjà souscrit au prix de 280 livres[122]. Pour l'impression et la distribution, les rôles sont partagés entre les libraires : Le Breton imprime rue de la Harpe ; Briasson garde le stock, en tient le registre, vérifie les paiements et gère la distribution depuis son bureau de la rue Saint-Jacques[287].

Le 28 juin 1751, soit six ans après la conception du projet, voit enfin le jour le premier volume. La première page nomme d'Alembert, Diderot et les quatre libraires. La première entrée est « A », dont la définition commence par : « *caractère ou figure de la première lettre de l'Alphabet, en latin, en françois, & en presque toutes les Langues de l'Europe*[189] ». L'entrée suivante, et donc le premier « mot », est « AA », « *rivière de France, qui prend sa source dans le haut Boulonnois, sépare la Flandre de la Picardie*[189]... » La dernière de ce premier volume est à « Azymites » (« *nom que les schismatiques Grecs donnent aux catholiques Romains, parce qu'ils se servent de pain azyme ou sans levain dans le sacrifice de la messe*[189] »). Ce tome est tiré à 2075 exemplaires[345] et non à 1625 exemplaires selon la prévision[549] et habilement dédié à l'ennemi de la Pompadour, d'Argenson, ministre de la Guerre, celui-là même qui avait fait arrêter Diderot, comme celui-ci le lui avait promis quand il était en prison. Le volume est précédé du *Discours préliminaire*[189] de d'Alembert, qui intègre le *Prospectus* de Diderot.

On connaît très mal les souscripteurs des luxueux volumes de la première édition[122]. On sait seulement qu'on trouve parmi eux le duc de Noailles, le maréchal de Mouchy, le duc de La Vallière, « *des magistrats des parlements et bailliages* », « *des avocats, des membres du clergé et des hauts fonctionnaires de l'administration royale*[122] ». « *Deux commerçants seulement*[122]. »

En vertu de son contrat de 1747, Diderot perçoit alors 1 200 livres.

Ce premier tome est très bien reçu. On en redemande. Les souscripteurs affluent. Les éditeurs sont ravis. On réimprime 1 000 exemplaires et on accélère la préparation des neuf autres volumes prévus. Les auteurs se précipitent pour proposer leurs services.

En septembre 1751, l'éditeur David envoie à Denis quelques propositions d'articles sur des sujets divers, qu'il vient de recevoir d'un certain chevalier Louis de Jaucourt[242] ; parmi eux, un article sur l'« Anatomie », qui séduit Diderot par sa clarté. Seulement voilà : l'article correspondant figure déjà dans le premier tome sous la signature de Pierre Tarin (un des dix-neuf contributeurs déjà rémunérés). Diderot se renseigne : Louis de Jaucourt est un chevalier bourguignon de quarante-sept ans[280] ; il a des rentes et ne se soucie que de lire et d'écrire. Il a étudié la théologie à Genève, les sciences à Cambridge et la médecine à Leyde. Il a rédigé un dictionnaire médical en plusieurs volumes, dont le manuscrit a disparu dans le naufrage du bateau qui le transportait à Amsterdam pour y être imprimé afin d'échapper à la censure[528]. Et Jaucourt propose d'utiliser ses brouillons pour l'*Encyclopédie*. Diderot lui écrit[156] : « *Je vous dois, monsieur, en mon particulier, un remerciement pour l'article* Anatomie. *J'emploierai votre article* Bysse, *ceux que*

M. David m'a fait passer de votre part, et les autres que vous voudrez bien nous communiquer ; et je n'ignore pas ce que notre Dictionnaire y gagnera[156]. »

Jaucourt va jouer un rôle considérable, unique, dans l'*Encyclopédie* : il écrira en dix ans, avec l'aide de sa belle-sœur Suzanne-Marie de Vivans qui en écrira plusieurs elle-même, pas moins de dix-sept mille entrées sur les quelque soixante mille que comptera l'ensemble[280]. Il passera treize à quatorze heures par jour à sa table de travail avec quatre ou cinq secrétaires[242]. Capable d'effectuer rapidement la synthèse des livres qu'on lui confie sur n'importe quel sujet, il rédigera tous les articles qui ne requièrent que la présentation la plus à jour des points de vue sur le sujet. Il financera même l'*Encyclopédie* dans les moments difficiles en vendant certains de ses biens, dont une maison. Diderot, dont il deviendra un ami, le considérera toujours comme un simple compilateur, et l'utilisera comme tel. Il lui confiera pourtant des articles très importants, comme « Liberté », qu'il reverra ensuite lui-même en profondeur.

Les premières critiques émanent de ceux qui auraient bien voulu être de l'aventure : au nom des jésuites, dans le *Journal de Trévoux,* le père Berthier accuse les deux auteurs du *Prospectus* et du *Discours préliminaire* de l'*Encyclopédie* de plagier[549] un livre de Bacon, *De la dignité et de l'accroissement des sciences*[24]. Diderot proteste : ils reconnaissent dans le texte même ce qu'ils doivent à Bacon ; d'Alembert, qui déteste être critiqué, explique l'hostilité du *Journal de Trévoux* par le fait que les éditeurs de l'*Encyclopédie* n'ont pas voulu (et pas pu, on l'a vu, en raison de la décision de d'Aguesseau) confier aux jésuites la rédaction de la partie théologique du projet[549]. Au même moment, son *Discours préliminaire* de l'*Encyclopédie* est aussi critiqué par les jansénistes du *Journal des savants*[549]. D'Alembert, là encore, le prend mal et exige, en vain, un rectificatif du *Journal.*

Là est le point de départ de l'affaire qui va éloigner d'Alembert de Diderot et de l'*Encyclopédie.*

La thèse de l'abbé de Prades

Le 18 novembre 1751, un des prêtres contributeurs de l'*Encyclopédie,* l'abbé Jean-Martin de Prades, du diocèse de Montauban, soutient sa thèse en Sorbonne « À la Jérusalem céleste. Quel est celui sur la face duquel Dieu a répandu le souffle de vie[524] ? ». Prades travaille d'ailleurs au même moment à l'article « Certitude », à paraître dans le tome II de l'*Encyclopédie*[281]. (Cet article ne fait pas partie de ceux que le chancelier d'Aguesseau avait exigé qu'on confiât à l'abbé Yvon.) Son jury de thèse est présidé par l'abbé irlandais Luke Joseph Hooke, condisciple de Diderot à la Sorbonne, qui y est devenu professeur de théologie. Le jury approuve la thèse sans y voir malice.

Mais celle-ci va indirectement faire tomber la foudre sur l'*Encyclopédie* : en effet, des jésuites remarquent aussitôt que Prades a repris dans sa thèse une phrase de la dix-huitième des *Pensées philosophiques*[156] de Diderot, des thèses de la *Lettre sur les aveugles*[156] et deux idées du *Discours sur le théisme*[541] de Voltaire : tous textes condamnés par l'Église. Les jésuites alertent alors le collège des Quatre-Nations qui, le 1er décembre, proteste devant l'assemblée de l'université et obtient que la thèse soit renvoyée devant une commission d'enquête[524].

Deux jours plus tard, le 3 décembre, un nouvel incident vient révéler en public les difficultés de la vie privée de Diderot : *La Bigarure*, ce journal à scandale dont il a déjà été question, raconte que Mme de Puisieux serait passée rue de l'Estrapade sous les fenêtres des Diderot en compagnie de ses deux enfants et aurait apostrophé Antoinette : « *Tiens, maîtresse guenon, regarde ces deux enfants : ils sont de ton mari qui ne t'a jamais fait l'honneur de t'en donner autant !*[505]. » L'épouse de Denis, qui vient de perdre son dernier enfant, aurait dévalé l'escalier comme une furie ; les deux femmes se seraient battues dans la rue sous les quolibets des badauds qui les auraient séparées en leur jetant de pleins seaux d'eau. L'article continue dans la même veine : « *Et que pensez-vous, Monsieur, que faisait pendant tout ce bacchanal notre philosophe Diderot ? Enfermé dans son cabinet, et n'osant paraître aux yeux d'un millier de spectateurs qui ne l'auraient pas plus épargné qu'ils n'avaient fait sa femme et sa prétendue maîtresse, il faisait des réflexions morales et philosophiques sur les agréments du mariage, sur le caractère des femmes*[505]. » L'histoire est cependant peu vraisemblable : à cette date, Diderot a rompu depuis deux ans avec Mme de Puisieux et personne n'a jamais prétendu ni laissé penser qu'il ait eu des enfants d'elle.

D'autres ennuis l'attendent : en janvier 1752, la commission de l'université de Paris demande qu'on refuse la thèse de Prades (accusée de « *favoriser le matérialisme, de saper les bases de la religion chrétienne, de remettre en cause la vérité et la divinité des miracles de Jésus-Christ, de retirer à Moïse une partie du Pentateuque*[524] », entre autres[524]). La thèse avait été déférée une quinzaine de jours plus tôt au parlement de Paris[524], qui avait déclaré que Prades était un suppôt des encyclopédistes, et demandé à la Sorbonne de condamner sa thèse. L'université obéit : son nom est donc rayé de la liste des bacheliers de l'université de Paris, qui l'avait pourtant admis moins d'un mois auparavant.

Prades est désormais surveillé par la police : deux rapports[126], les 23 décembre 1751 et 16 janvier 1752, le décrivent ainsi[506] : « *De taille en dessous de la médiocre* [...], *d'une prestance fort gênée* [...], *la charpente du corps grossièrement taillée* [...], *un regard sombre, noir, l'air hardi, audacieux, accompagné d'effronterie* [...], *la physionomie embarrassée, inquiète, mal assurée, rebutante*[126] » ; on signale qu'il vit en étroite amitié avec un prêtre « *de mœurs relâchées*[126] », le père Yvon, lui aussi collaborateur de l'*Encyclopédie.* Surprise : c'est le même père Yvon que d'Aguesseau avait imposé à Diderot comme auteur des textes les plus délicats pour en garantir l'orthodoxie ! Comme si la police, en l'occurrence, ignorait que cet Yvon était un homme de d'Aguesseau... ou comme si cet Yvon n'était pas si orthodoxe que ça...

Cependant, la rédaction de l'*Encyclopédie* continue d'avancer. Diderot rédige des centaines d'articles, en relit des milliers, prépare des planches. Il réécrit en particulier l'article « Bible », prévu pour le deuxième volume, d'abord confié au très orthodoxe abbé Mallet et qu'il complète en notant, après Spinoza, que la Bible a sûrement eu plusieurs auteurs et que des recherches philologiques doivent être entreprises pour les retrouver[189]. Il y ajoute une étrange apologie de la Sorbonne[189], comme s'il en gardait le meilleur souvenir...

Il rédige alors aussi l'article « Cependant, Pourtant, Néanmoins, Toutefois », où il s'en prend de manière détournée à ses adversaires ; pour expliquer le sens du mot par un exemple, il écrit ainsi : « *Que tous les critiques s'élèvent contre un ouvrage, qu'ils le poursuivent avec toute l'injustice et la mauvaise volonté possible, ils n'empêcheront pourtant pas le public d'être équitable et de l'acheter, s'il est bon*[189]. »

Il s'attelle aussi à l'article « Chaos » et y développe l'intuition des relations entre la matière et l'énergie : « *Un philosophe qui ose entreprendre d'expliquer par les seules lois du mouvement la mécanique et même la première formation des choses, et qui dit "Donnez-moi de la matière et du mouvement, et je ferai un monde", doit démontrer auparavant (ce qui est facile) que l'existence et le mouvement ne sont point essentiels à la matière*[189]. » S'il est rare que l'*Encyclopédie* attaque ouvertement la religion, et en particulier la religion chrétienne, certaines critiques sont à peine voilées. Dans l'article « Christianisme », il écrit avec ironie : « *L'intolérance de la religion Chrétienne vient de sa perfection, comme la tolérance du paganisme avait sa source dans son imperfection.* [...] *Mais parce que la religion Chrétienne est intolérante, et qu'en conséquence elle a un grand zèle pour s'établir sur la ruine des autres religions, vous avez tort d'en conclure qu'elle produise aussitôt tous les maux que votre prévention vous fait attacher à son intolérance. Elle ne consiste pas comme vous pourriez vous l'imaginer, à contraindre les consciences, et à forcer les hommes à rendre à Dieu un culte désavoué par le cœur, parce que l'esprit n'en connaît pas la vérité. En agissant ainsi, le Christianisme irait contre ses propres principes, puisque la Divinité ne saurait agréer un hommage hypocrite, qui lui serait rendu par ceux que la violence, et non la persuasion, feraient Chrétiens*[189]. »

Il travaille à l'article « Contrefaire », qui dénonce « *un déshonneur réel attaché à ce commerce illicite* [de la contrefaçon] *parce qu'il rompt les liens les plus respectables de la société, la confiance et la bonne foi dans le commerce*[189] ». À partir d'un projet émanant d'un médecin, Théophile de Bordeu, qui deviendra son propre médecin de famille, il revoit l'article « Crise » et relit au même moment celui de Rousseau portant sur l'« Économie politique » : « *Le corps politique pris individuellement peut être considéré comme un corps organisé, vivant et semblable à celui de l'homme*[189]. » Il travaille à l'article « Damnation » et écrit, en souriant sans doute : « *Le dogme de la damnation ou des peines éternelles est clairement révélé dans l'Écriture. Il ne s'agit donc plus de chercher par la raison, s'il est possible ou non qu'un être fini fasse à Dieu une injure infinie ; si l'éternité des peines est ou n'est pas plus contraire à sa bonté que conforme à sa justice ; si parce qu'il lui a plu d'attacher une récompense infinie au bien, il a pu ou non attacher un châtiment infini au mal. Au lieu de s'embarrasser dans une suite de raisonnements captieux, et propres à ébranler une foi peu affermie, il faut se soumettre à l'autorité des livres saints et aux décisions de l'Église, et opérer son salut en tremblant*[189]. »

Il travaille aussi à des articles économiques. L'article « Communauté » explique ainsi que les corporations « *ont des lois particulières, qui sont presque toutes opposées au bien général et aux vues du législateur.* [...] *Le premier principe du Commerce est la concurrence ; c'est par elle seule que les Arts se perfectionnent, que les denrées abondent, que l'état se procure un grand superflu à exporter, qu'il obtient la préférence par le bon marché, enfin qu'il remplit son objet immédiat d'occuper et de nourrir le plus grand nombre d'hommes qu'il lui est possible*[189] ». Et il veut, par l'*Encyclopédie*, détruire les monopoles.

Diderot travaille aussi à ce moment à l'article « Juif », d'abord préparé par le chevalier de Jaucourt. À la différence de la plupart des auteurs du XVIIIe siècle[45], notamment de Montesquieu, Voltaire ou du curé Jean Meslier dans son *Testament*, Diderot n'est à aucun moment antisémite. Il dit admirer la longue histoire du peuple juif et son invention du monothéisme. Pour lui, c'est parce qu'ils étaient bergers que Noé, Abraham, Isaac, Jacob, Joseph ont pu penser sincèrement qu'ils parlaient avec Dieu : « *Ce que l'histoire nous en apprend suffit pour nous les rendre respectables... Mais nous voilà parvenus au temps de Moïse : quel historien ! Quel législateur ! Quel philosophe ! Quel poète ! Quel homme !* [...] *Abraham, Moïse, Salomon, Job, Daniel et tous les sages qui se sont montrés chez la nation juive avant la captivité de Babylone, nous fourniraient une ample matière, si leur histoire n'appartenait plutôt à la révélation qu'à la philosophie*[189]. » Il fait l'éloge des samaritains, des saducéens, des caraïtes, des esséniens, des thérapeutes, et critique les pharisiens[189].

Dans l'article « Mosaïque », qu'il revoit aussi, il explique qu'il faut lire Moïse en fonction des connaissances de l'époque : « *Lisons Moïse sans chercher dans sa* Genèse *des découvertes qui n'étaient pas de son temps et dont il ne se proposa jamais de nous instruire*[189]. » Il sera plus critique de l'orthodoxie juive dans d'autres textes, sans qu'on puisse y trouver une trace d'antisémitisme, seulement la manifestation de l'absurde, dira-t-il, du discours religieux.

Avant d'envoyer à la censure royale les articles prévus pour les deuxième et troisième tomes, les libraires, inquiets du risque de perdre le privilège qui les ruinerait totalement, exercent aussi leur propre censure sur ces textes, en signalant à Diderot les passages dangereux à leurs yeux, ce qui n'est pas sans provoquer parfois de vives disputes : Le Breton, le plus prudent et mercantile des quatre, corrige ainsi l'article « Constitution *Unigenitus* » de l'abbé Mallet, évidemment ultra-sensible.

Pourtant, en dépit de cette pusillanimité, les libraires ne demandent pas à Diderot de supprimer des épreuves du tome II, qui va bientôt paraître, l'article « Certitude » du père Prades, dont la thèse vient pourtant d'être interdite.

Le cap de la censure est pourtant franchi : le 1er janvier 1752, le premier médecin de la reine, Joseph Marie François de Lassone, choisi par Malesherbes pour vérifier tous les articles des deux tomes à paraître en médecine, physique, chirurgie, chimie, pharmacie, anatomie, histoire naturelle, approuve tout, « *et généralement tout ce qui n'appartient pas à la théologie, à la morale, à la jurisprudence et à l'histoire* ». Grande victoire : l'*Encyclopédie* peut accélérer le rythme de sa parution.

À compter de ce moment, comme prévu dans son contrat mais avec six mois de retard sur le calendrier prévu, Diderot perçoit 500 livres par trimestre[524], soit environ 5 647 euros d'aujourd'hui, donc en moyenne 1 882 euros par mois contre 144 livres (1 626 euros) par mois jusque-là.

Tome II, suspension

Le 21 janvier 1752 est publié le tome II de l'*Encyclopédie*, avec un tirage de 2050 exemplaires[524]. D'Holbach, qui y a beaucoup collaboré (surtout pour des articles de physique et de chimie), refuse que son nom y apparaisse, mais le portrait du « philosophe citoyen[92] » dressé dans l'« Avertissement » permet de l'identifier sans mal : « *Nous devons surtout beaucoup à une personne dont l'allemand est la langue maternelle et qui est très versée dans les matières de minéralogie, de métallurgie et de physique ; elle nous a donné sur ces différents objets une multitude prodigieuse d'articles, dont on trouvera déjà une quantité considérable dans ce second volume.* [...] *Ce savant ne s'est pas contenté de nous rendre un si grand service. Il nous a fourni encore plusieurs articles sur d'autres matières ; mais il a exigé que son nom demeurât inconnu ; c'est ce qui nous empêche de faire connaître au public le nom de ce philosophe citoyen qui cultive les sciences sans intérêt, sans ambition et sans bruit ; et qui, content du plaisir d'être utile, n'aspire pas même à la gloire si légitime de le paraître*[92]. »

Le volume s'ouvre par la lettre « B » et se ferme par le mot « Cezimbra » (village portugais[189]) ; il contient l'article « Certitude », écrit et signé par l'abbé Prades qui y explique que les miracles rapportés dans la Bible sont des faits matériels qu'on peut expliquer sans supposer une intervention divine. Cette précision semble avoir été ajoutée par

Diderot sur épreuves sans que cela ait été vu par les censeurs, qui n'avaient eu connaissance que des manuscrits.

Scandale et provocation pour l'Église : un article signé par celui dont la thèse vient d'être rejetée six semaines plus tôt et qui reprend les mêmes idées !

L'attaque est immédiate : fin janvier 1752, elle commence par l'intervention d'un très puissant personnage, Mgr Boyer (que Voltaire avait caricaturé cinq ans plus tôt dans *Zadig*[542] en le représentant sous le pseudonyme de Yebor) ; précepteur du Dauphin et premier aumônier de la Dauphine, membre de l'Académie des sciences et de l'Académie des inscriptions, titulaire de la feuille des Bénéfices, il porte plainte contre ce tome II[549], précisément en raison de la contribution de Prades. Mgr Christophe de Beaumont, archevêque de Paris, se joint à lui et lance un mandement condamnant la thèse de Prades : « *Nous voyons avec douleur, mes très chers frères, les funestes progrès que fait chaque jour cette philosophie superbe* [orgueilleuse] *et téméraire dont saint Paul se plaignait dès le premier âge de l'Église*[42]. » Il accuse la thèse de réfuter la divinité des miracles[42] de Jésus-Christ, de critiquer la religion chrétienne et de favoriser le matérialisme.

Pour une fois d'accord entre eux, jansénistes et jésuites font circuler des libelles mettant Prades et l'*Encyclopédie* dans le même sac et jetant sur eux le même opprobre. Jean-François Barbier, avocat au parlement de Paris et ami de Diderot, s'inquiète que « *ce mandement se crie dans Paris avec vivacité, se donne à bon marché, et que les gens des boutiques même en achètent, ce qui peut faire plus de tort que de bien à la religion* [...]. *En perdant ainsi l'abbé de Prades et en faisant passer sa thèse pour impie, le dessein de la cabale était de faire tomber l'entreprise du dictionnaire de l'Encyclopédie*[35]. »

Au même moment, la thèse de Prades est de nouveau condamnée. Le professeur Hooke, qui l'avait approuvée, est suspendu pour deux ans de sa chaire à la Sorbonne[524].

La suspension

Le jeune Malesherbes, directeur de la Librairie, qui ne souhaite pas avoir à décider une révocation du privilège de l'*Encyclopédie*, intervient. Il retire l'affaire au Parlement et la transmet au Conseil du roi, qui, le 7 février, interdit la vente, la diffusion et la réédition des deux premiers volumes de l'*Encyclopédie*, et ordonne la destruction des exemplaires non encore diffusés[138]. Rien n'est dit pour la suite. L'*Encyclopédie* est suspendue, elle n'est pas interdite.

L'avocat Barbier y voit un signe positif[35] : « *Il y a apparence que cet arrêt du Conseil n'a été donné que pour apaiser les criailleries des jésuites et autres religieux, qui se trouvent blessés dans ces deux tomes, et pour contenter M. l'Archevêque de Paris, pour justifier son mandement. On croit même qu'on a voulu, par cette suppression, prévenir le Parlement qui aurait peut-être voulu censurer ce dictionnaire et qui l'aurait peut-être fait plus sévèrement*[35]. »

En revanche, pas de pitié pour Prades, contre qui est lancée une lettre de cachet. Le 11 février, ce dernier comprend qu'on va l'arrêter et fuit à Berlin, où Frédéric II en fait son lecteur[549], en charge de l'achat de livres.

Le bruit court alors que Diderot va être lui aussi arrêté et qu'il s'apprête à émigrer[549]. Voltaire demande alors à Mme de Puisieux de transmettre son soutien à Denis. Le 15 février, elle lui répond[506] qu'elle n'est pas en mesure de porter les compliments de Voltaire « *à cet homme célèbre, car je ne le vois point* [...] *depuis près de trois ans*[296] » et les « *procédés équivoques*[296] » de ce dernier le lui ont d'ailleurs rendu, dit-elle, « *fort indifférent*[296] ».

Quelques jours plus tard, Malesherbes visite les ateliers de Le Breton et se fait remettre tous les exemplaires invendus des deux premiers tomes ; selon certaines sources[138], il les aurait alors mis en sûreté chez son père, Guillaume de Lamoignon, devenu chancelier en 1750 à la suite de la démission de d'Aguesseau. Il applique ainsi les directives du Conseil du roi telles qu'il les a lui-même reçues, mais en les interprétant à sa façon : rien n'est détruit, ni les exemplaires des deux premiers tomes, ni les manuscrits des articles prévus pour les suivants.

La cour ne peut en rester là. Il faut soit décider l'interdiction définitive, soit autoriser la publication de la suite. Malesherbes fait tout ce qu'il peut pour que l'interdiction ne soit pas décidée. À la cour, le débat fait rage entre les alliés des jésuites, qui se portent candidats pour reprendre l'édition, et Mme de Pompadour, qui n'apprécie pas la Compagnie de Jésus et est plutôt favorable à l'*Encyclopédie*[549].

Denis entreprend alors une démarche qui ne lui est nullement habituelle : il se rend à Versailles pour essayer de rencontrer la Pompadour et tenter d'en obtenir qu'elle décroche l'autorisation de reprendre la publication. Il la connaît un peu pour être venu dîner chez son médecin, Quesnay, à l'étage au-dessus de son appartement. Le maître à penser de l'école des physiocrates organise en effet dans ses appartements de Versailles des dîners où se retrouvent régulièrement d'Alembert, Helvétius, Turgot et Buffon[340]. Diderot y était allé une fois, le mois précédent. La marquise était alors descendue le rencontrer. En février 1752, il arrive sans rendez-vous, se fait annoncer, mais la favorite refuse de le recevoir, faisant dire qu'elle n'y est pour personne. Denis rentre à Paris et lui écrit[143] : « *J'ai été surpris de ne pouvoir pénétrer chez vous dans un moment où j'étais sûr que vous voyiez du monde. Vous ne nous avez point accoutumés à cette rigueur*[143]. » Preuve, sans doute, qu'elle l'a déjà reçu. Dans cette même lettre, il lui explique alors pourquoi il a essayé de forcer sa porte[143] : « *Une société d'hommes laborieux, et qui n'ont d'autre prétention que celle d'être utiles à leurs semblables, consacrent plusieurs années à la rédaction d'un ouvrage qui doit être le dépôt des connaissances humaines. Tout ce qu'il y a de plus honnête et de plus instruit dans toutes les classes de la société contribue avec empressement à ce travail important* [...]. *Nous ne voulons point de défenseurs ; nous ne voulons que des juges. Soyez le nôtre, Madame, et soyez en même temps notre avocat, si vous trouvez que cela convienne ; et rien ne me paraît plus convenable. La vérité et la philosophie n'auront plus d'adversaire si l'esprit et la beauté se chargent de les défendre*[143]. »

Elle lui répond immédiatement : « *Je ne puis rien dans l'affaire du Dictionnaire Encyclopédique : on dit qu'il y a dans ce livre des maximes contraires à la religion et à l'autorité du roi. Si cela est, il faut brûler le livre : si cela n'est pas, il faut brûler les calomniateurs*[320]. »

Il semble cependant qu'elle intervienne en faveur de l'*Encyclopédie*, sans vouloir le reconnaître.

Un compromis est décidé : la cour autorise Malesherbes à annoncer à Diderot et aux libraires que la suite de l'*Encyclopédie* pourra être autorisée, mais avec de nouveaux censeurs plus exigeants, qui devront viser chaque page des épreuves juste avant l'impression (et non sur manuscrit[138]). Malesherbes propose même à Mgr Boyer, précepteur du Dauphin, de nommer lui-même des théologiens censeurs.

Madame de Pompadour s'attribue le mérite de cet accord et on trouve dans le journal du marquis d'Argenson, à la date du 7 mai, cette note laconique, sans autre précision[18] : « *Madame de Pompadour et quelques ministres font solliciter d'Alembert et Diderot de se redonner* *au travail de l'*Encyclopédie *avec la réserve nécessaire en tout ce qui touche la religion et l'autorité*[18]. »

« *Font solliciter* »...

D'Alembert écrira, avec une prudence toute scientifique, dans l'« Avertissement » du tome III : « *Le Gouvernement a paru désirer qu'une entreprise de cette nature ne fût point abandonnée*[179]. »

Vers la Société Royale de Londres

L'orage est passé. L'aventure peut continuer, au grand soulagement des libraires et de Denis. Mais d'Alembert, lui, se fait prier pour reprendre : comme s'il avait escompté que la suspension lui fournirait un bon prétexte pour arrêter ce travail qui lui prend trop de temps et l'éloigne de ses chères mathématiques. Il hésite à revenir à la tâche, mais, l'*Encyclopédie* n'étant pas interdite, il ne peut faire autrement que de continuer.

Un an plus tard, il racontera ainsi la situation à Voltaire, alors à Berlin[537] : « *Je me suis bien douté qu'après nous avoir aussi maltraités qu'on a fait, on reviendrait nous prier de continuer, et cela n'a pas manqué. J'ai refusé pendant six mois* [...] *et je puis dire que je ne me suis rendu qu'à l'empressement extraordinaire du public*[537]. »

Pour Diderot, c'est la saison des honneurs : le 9 juillet, une dizaine de personnalités, dont Buffon, d'Alembert, La Condamine, Clairaut, présentent sa candidature à la Société royale de Londres[507], la plus prestigieuse société savante d'Europe, qui, depuis sa fondation en 1660, a accueilli les plus grands savants et philosophes anglais et européens (Berkeley, Locke, Voltaire, Réaumur, Leibniz, etc.) ; Isaac Newton l'a présidée pendant un quart de siècle ; on y croise l'élite scientifique européenne, et on peut même publier dans le journal de la société, les très réputées *Philosophical Transactions*. Le nombre des membres a augmenté, et ceux-ci sont moins prestigieux qu'aux débuts : la société juge les candidats en fonction de leurs parrains davantage que selon leurs mérites propres. Mais les parrains de Diderot sont on ne peut plus prestigieux et il doit donc être admis. Tout le monde considère cela comme acquis. Pour le jeune Langrois dépourvu de formation scientifique, venu en somme de nulle part, ce serait une formidable marque de reconnaissance.

Denis et Toinette à Langres

En juillet 1752, le calme semble revenu. L'*Encyclopédie* peut se poursuivre. Denis peut écrire pour lui. Il partage son temps entre la grande entreprise collective, nombre de manuscrits et les salons. Il fréquente beaucoup Rousseau.

Toinette est aussi épuisée que déprimée. La mort de leurs trois enfants l'a brisée comme elle a brisé leur couple.

Denis se décide : près de dix ans après son évasion d'un couvent de Langres et son mariage, après la mort de trois enfants, il emmène Toinette dans sa ville natale, pour qu'elle y rencontre son père, veuf depuis quatre ans. Il y reste brièvement et y laisse Toinette pour deux mois.

Étrange rencontre : Denis n'a toujours pas dit à son père qu'il était marié depuis dix ans, ni qu'il a eu des enfants. Didier le sait par des Langrois de Paris.

L'entrevue entre Toinette et son beau-père se passe bien. Elle fait aussi la connaissance de Denise, la sœur, qui ne s'est pas mariée et continue de tenir la maison du père. Grimm écrira à son propos : « *Une fille d'un cœur excellent et d'une fermeté de caractère peu commune, qui, dès l'instant de la mort de sa mère, se consacra entièrement au service de son père et de sa maison, et refusa par cette raison de se marier*[235]. » Le frère cadet de Denis, Didier, prêtre depuis six ans, refuse de voir Toinette. Grimm dira plus tard de lui : « *Un des grands saints du diocèse. C'est un homme d'un esprit bizarre, d'une dévotion outrée et à qui je crois peu d'idées et de sentiments justes*[235]. »

Denis met aussi Toinette en contact avec un ami langrois rencontré à Paris dix ans plus tôt, Nicolas Caroillon, devenu Nicolas Caroillon La Salette après avoir épousé Simone La Salette, fille d'un maître de forges. Denis a demandé à Simone, si l'on en croit la lettre de remerciement[143] qu'il lui adresse le 25 août suivant, d'expliquer à sa femme combien il importe qu'elle se montre plus aimable...

Toinette fait aussi la connaissance de deux des quatre fils du couple Caroillon (qui, selon la tradition, accolent à leur patronyme le nom de leurs terres, situées dans les alentours de Langres), encore tout jeunes : Claude-Xavier, l'aîné, dit Caroillon-des-Tillières, et Abel Caroillon de Vandeul. Abel est alors un enfant de six ans, qui épousera la fille – pas encore née – de Toinette et de Denis.

La « querelle des Bouffons » : première brouille avec Rousseau

Le 1er août, à l'initiative de la reine Marie Leszczynska, l'Académie royale de musique invite à Paris une troupe napolitaine dirigée par Eustachio Bambini[125] afin de distraire le public, qui s'éloigne de la musique française, jugée trop froide, abstraite, compliquée. Les Italiens jouent *La Serva Padrona* de Pergolèse[125], à la partition aussi simple que mélodieuse. Ce premier opéra *buffa* (« drôle » ou « bizarre » en italien) déclenche une véritable guerre, qu'on nommera la « querelle des Bouffons ». Elle oppose la reine, pour la première fois du côté des modernistes, à la favorite, Mme de Pompadour, pour une fois du côté des traditionalistes.

Dans le « coin de la reine », situé au parterre, au-dessous de la loge de la reine, favorable aux Italiens[125], se regroupent Diderot, d'Alembert, Rousseau, d'Holbach, Grimm. Dans le « coin du roi », situé aussi au parterre, sous la loge du souverain, se retrouvent les conservateurs[125] (Cazotte, Fréron, Palissot et le neveu de Rameau, que Denis n'a pas encore rencontré). Le chauvinisme s'en mêlant, le « coin de la reine » passe pour un repaire de mauvais Français. Denis, plutôt du « coin de la reine », explique qu'il apprécie aussi la musique française. La bataille n'est pas que musicale : c'est la raison du plus fort contre la liberté de créer.

Rousseau racontera la scène dans *Les Confessions* en ne manquant pas cette occasion de dire du bien de lui-même : « *Tout Paris se divisa en deux partis plus échauffés que s'il se fût agi d'une affaire d'État ou de religion. L'un plus puissant, plus nombreux, composé des grands, des riches et des femmes, soutenait la musique française ; l'autre, plus vif, plus fier, plus enthousiaste, était composé des vrais connaisseurs, des gens à talents, des hommes de génie*[450]. » Dont lui, évidemment !

Le 5 septembre, soit près d'un an après la parution du premier tome de l'*Encyclopédie*, Voltaire, dans une lettre écrite[537] de Potsdam où il séjourne depuis deux ans, félicite d'Alembert et Diderot pour cet « *ouvrage qui sera la gloire de la France*[537] ». Compliment de façade et du bout des lèvres, car Voltaire déteste les livres collectifs, dont tous les collaborateurs ne peuvent à l'évidence être géniaux. Pas question pour lui d'y figurer, malgré la demande instante de Diderot, à laquelle il n'a pas même répondu.

Denis est alors introduit chez Louis-Philippe, duc d'Orléans, mécène avisé qui a réuni une magnifique collection au Palais-Royal ; mais il ne rencontre pas le duc. Au même moment, rare présence de Diderot à Versailles : il dîne une nouvelle fois chez Quesnay, médecin de la Pompadour. Denis, qui comme tout bon éditeur profite de toute rencontre pour trouver des rédacteurs, demande alors à Quesnay de donner des articles pour l'*Encyclopédie* (« Fermier[189] » et « Grain[189] », notamment). Quesnay accepte. De même à Buffon (depuis treize ans l'intendant du Jardin du roi[528] et qui a publié son *Histoire naturelle*[68] en 1749, malgré la censure de la faculté de théologie de Paris) pour l'article « Nature ». Denis se flatte alors que Buffon « [l'] *aime beaucoup*[549] ».

Rousseau a, lui aussi, ses entrées à la cour : le 18 octobre, *Le Devin du village*, opéra en un acte dont il a composé la musique et le livret, est présenté au château de Fontainebleau[507], où le souverain se rend tous les ans entre la mi-octobre et la mi-novembre (notamment pour chasser[528]). L'opéra conte les amours d'une bergère (Colette) et d'un berger (Colin). Enthousiaste, le roi convie Rousseau à revenir le lendemain pour une audience lors de laquelle il lui sera octroyé une pension. Mais Rousseau n'y va pas, et s'en vante. Denis, qui apprend la nouvelle le jour même, s'en offusque.

Deux jours plus tard, sortant de son appartement de la rue de la Vieille-Estrapade et circulant en fiacre[450], Denis croise Jean-Jacques qui vit depuis trois ans avec Marie-Thérèse Le Vasseur et la mère de celle-ci dans un appartement de l'hôtel de Languedoc, rue de Grenelle. Denis s'arrête, aborde Jean-Jacques et lui reproche d'avoir refusé la pension du roi. Jean-Jacques répond qu'il est timide, qu'il a eu peur de se ridiculiser devant le roi et qu'il ne veut d'ailleurs pas d'une pension, qui lui ferait perdre sa liberté et son indépendance. « *Mais enfin*, répond Diderot, *cela t'aurait permis de donner à Thérèse et à sa mère de quoi vivre !* » Le ton monte. Rousseau demande à Denis de ne pas se mêler de ses affaires ; il lui reproche de l'avoir écarté des autres encyclopédistes et d'être jaloux de lui[506].

Première dispute entre les deux hommes[450], pourtant inséparables depuis six ans. Une « *dispute très vive*[450] », dira Rousseau dans *Les Confessions*[450].

D'Alembert estime alors que l'*Encyclopédie*, qui n'a été sauvée que de justesse, reste menacée, et qu'il vaudrait mieux aller la continuer à Berlin, écrit-il à Voltaire, « *sous les yeux et avec la protection et les lumières de votre prince philosophe*[537] ». Frédéric II est alors considéré comme un « despote éclairé », engagé vis-à-vis de ses sujets par un contrat implicite. Le 5 septembre, Voltaire lui répond qu'il est préférable de renoncer à cette idée : « *Les secours manquent ici totalement. Il y a prodigieusement de baïonnettes et fort peu de livres. Le roi a fort embelli Sparte, mais il n'a transporté Athènes que dans son cabinet*[537]. »

Cette année-là, d'Holbach publie un livre innocent[92], *L'Art de la verrerie*, traduit de l'allemand, et commence à se faire connaître comme l'un des hommes les plus instruits de son temps, et pas seulement en chimie. Le salon de son épouse réunit deux soirs par semaine, le dimanche et le jeudi, Rousseau, Helvétius, Suard, Marmontel, Saint-Lambert[92]. Tous ces personnages ont déjà joué ou joueront des rôles importants dans la vie de Diderot.

Toinette enceinte pour la quatrième fois

En octobre 1752, l'évêque (janséniste) d'Auxerre ayant publié une *Instruction pastorale* condamnant de nouveau la thèse de l'abbé de Prades, celui-ci rédige une réponse depuis Berlin[549]. Diderot défend son auteur et écrit une « *suite de l'Apologie de M. l'abbé de Prades… troisième partie*[155] ». Il félicite la Sorbonne pour avoir d'abord approuvé la thèse de Prades, comme le firent nombre de théologiens célèbres. Et il argumente : le fait qu'on ne puisse acquérir des connaissances que par les sens ne contredit pas nécessairement la foi ; ce n'est pas Prades qui ridiculise l'Église, mais les prétendus miracles des convulsionnaires de Saint-Médard, que les jansénistes révèrent pourtant à l'égal de ceux de Jésus-Christ.

Le 4 novembre, Denis remercie Pierre La Salette, qui lui a envoyé pour l'*Encyclopédie* un mémoire sur la ganterie[507]. En janvier 1753, son fils Nicolas Caroillon La Salette demande à Denis d'intervenir afin de lui faire obtenir le poste (c'est-à-dire la régie) d'« entreposeur des tabacs à Langres[549] ». Diderot demande à Buffon et Quesnay d'intercéder auprès de la Pompadour. Il obtient gain de cause et écrit à Nicolas : « *Vous êtes enfin entreposeur de Langres ; vos provisions sont actuellement entre les mains de M. de Lalanne et elles seront tout à l'heure entre les miennes. Marquez-moi par quelle voie il faut vous faire parvenir ces très précieux papiers*[143]. »

Des années plus tard, Denis interviendra de nouveau pour que cette régie des tabacs obtenue pour Nicolas soit transférée à son fils aîné, qui a alors sept ans et épousera un jour sa propre fille.

Car justement, en ce début d'année 1753, Toinette est enceinte pour la quatrième fois. Diderot peut encore espérer avoir un descendant, après la mort d'une fille et de deux fils.

Refus de Londres

Le 8 février, alors que le deuxième tome de l'*Encyclopédie* rencontre dans toute l'Europe un tel succès que des libraires, à Londres, envisagent d'en publier une édition pirate, à la surprise générale la candidature de Diderot à la Royal Society est rejetée par 50 voix contre 18[507]. Motif officiel : les sociétaires n'ont pas une connaissance suffisante du candidat. Motif réel : ils lui reprochent d'avoir prétendu, dans sa *Lettre sur les aveugles,* que le célèbre mathématicien aveugle Nicholas Saunderson était mort athée, et d'avoir inventé sa conversation avec un pasteur. C'est un incroyable affront : Diderot est à peu près le seul parmi les grands noms du XVIIIe siècle européen à être ainsi refusé, alors que bien d'autres encore après lui seront acceptés, tels l'abbé Raynal et même le chevalier de Jaucourt.

Une semaine plus tard, le 17 février, Denis, qui n'en semble pas spécialement affecté, écrit à Nicolas Caroillon, à Langres, avec qui il semble de plus en plus proche : « *Mon très humble respect à Mme Caroillon, et mille compliments de ma femme qui n'a pu répondre à sa lettre obligeante, parce que, depuis environ deux mois, elle ne fait qu'une chose, c'est de vomir, de ce vomissement qui dure quelquefois neuf mois tout de suite*[143]. »

Il s'intéresse au déclin des sociétés et écrit, pour le troisième tome dont la confection touche à sa fin, l'article « Citoyen », texte bien plus audacieux que l'article « Autorité politique » du premier tome, et qui ouvre en termes explicites la voie à la révolution : « *Dans les temps de troubles, le citoyen s'attachera au parti qui est pour le système établi ; dans les dissolutions des systèmes, il suivra le parti de sa cité, s'il est unanime ; et s'il y a division dans la cité, il embrassera celui qui sera pour l'égalité des membres et la liberté de tous*[189]. »

Cette année-là, la situation se durcit : en mai, le parlement de Paris est exilé à Pontoise pour avoir refusé de reconnaître la décision de l'archevêque de Paris faisant de la reconnaissance de la bulle *Unigenitus* une condition indispensable à la communion. Cette année-là encore, un édit royal interdit les représentations d'opéras-bouffes et provoque le retour en Italie des « bouffons ». Au même moment, Rameau, soutenu par la Pompadour, triomphe avec *Castor et Pollux.* Son neveu Jean-François écrit, en collaboration avec un mécène, Bertin de Blagny, et avec Charles Palissot de Montenoy, un journaliste ennemi de Diderot, un vaudeville contre celui-ci et contre « les Philosophes du siècle »[329]. L'ouvrage sera chanté en intermède à la Comédie-Française[329].

Un événement vient troubler le monde des salons parisiens : la marquise du Deffand devient aveugle, et l'atmosphère de la rue Saint-Dominique se fait mélancolique[143]. Les gens fréquentent moins ses soirées ; même d'Alembert s'en éloigne.

Madame d'Épinay

En mai 1753, Jean-Jacques Rousseau rencontre Charles Louis Claude Dupin de Francueil, fermier général, futur grand-père de George Sand. Dupin lui présente sa maîtresse, Louise d'Épinay, dont il vient d'avoir un deuxième enfant illégitime[32]. Elle a vingt-sept ans ; elle est d'une rare beauté. Elle est née Louise Florence Pétronille Tardieu d'Esclavelles. Son père, brigadier des armées du roi, est mort quand elle était encore enfant, et sa tante (la mère de celle qui va devenir Sophie d'Houdetot et du futur mari de Louise, Denis) l'a recueillie, puis mariée à l'âge de dix-neuf ans à son fils, Denis de La Live d'Épinay[528]. Le couple a deux enfants, dont une fille qui succombe en bas âge. Son cousin et époux dilapidant sa fortune, elle a obtenu une séparation de biens en 1749[576]. Elle devient l'amie de Jean-Jacques, qui cherche à la séduire, mais en vain. Et quand Rousseau lui présente Grimm, c'est le jeune Allemand (il a trois ans de moins qu'elle) qui l'éloigne de Charles Dupin et devient son amant. Grimm écrira d'elle : « *Ce qui distinguait particulièrement l'esprit de madame d'Épinay, c'était une droiture de sens fine et profonde. Elle avait peu d'imagination ; moins sensible à l'élégance qu'à l'originalité, son goût n'était pas toujours assez sûr, assez difficile, mais on ne pouvait guère avoir plus de pénétration, un tact plus juste, de meilleures vues avec un esprit de conduite plus ferme et plus adroit*[235]. »

Elle jouera un rôle considérable dans la vie de Diderot, qui ne la rencontrera que trois ans plus tard.

Naissance de la Correspondance littéraire

Grimm est à l'affût de la fortune. Conscient de ses limites intellectuelles, ayant assuré son assise sociale en devenant l'amant d'une femme riche, Mme d'Épinay, il décide de commercialiser les productions littéraires de ceux qu'il croise dans les salons. Il a tant d'entregent, de séduction, qu'il pense obtenir d'eux des inédits. Mais pas question, pour Grimm, de devenir éditeur. Il n'en a ni les moyens, ni la compétence ; aussi développe-t-il un projet qui va faire sa fortune et qui a toute sa place dans la suite de notre histoire. Pas question non plus de se contenter de la fortune confortable de sa nouvelle maîtresse, madame d'Épinay.

Apprenant que l'abbé Raynal envoie depuis six ans à intervalles réguliers des lettres écrites en français à la duchesse Louise-Dorothée de Saxe-Gotha, sous le titre *Nouvelles littéraires,* pour la tenir au courant de ce qui se passe à Paris[475], Grimm a l'idée d'en faire un commerce à plus grande échelle : envoyer tous les quinze jours, de façon confidentielle, ce qu'il nommera la *Correspondance littéraire philosophique et critique adressée à un souverain d'Allemagne*[235], aux princes et monarques d'Europe avides de nouvelles de Paris, la capitale intellectuelle de l'Europe. Il entend y rassembler des articles sur la vie parisienne, des potins, et, si possible, à chaque fois, au moins un manuscrit inédit d'un auteur français : ce sera souvent Diderot, qui accordera tout ce qu'il veut à Grimm sans jamais se faire payer.

Pour Denis comme pour les autres écrivains français, c'est une occasion unique d'être un peu lus, malgré la censure, et de faire sortir leurs textes de France. Le coup de génie de Grimm vient de ce qu'il s'agit d'un courrier *manuscrit* en français[475] (ce qui lui permet à la fois de ne pas avoir à demander d'autorisation à la censure et de donner à ses clients l'image d'un service exclusif).

L'idée prend aussitôt. L'Europe des cours parle et vit en français. Tout le monde a les yeux tournés vers Paris et souhaite absolument savoir ce qu'on y dit et ce qui s'y trame. Aussi Grimm va-t-il gagner, année après année, une clientèle composée de tout le gotha européen[475] : la duchesse Louise-Dorothée de Saxe-Gotha (qu'il vole à l'abbé Raynal), est II de Saxe-Gotha, Gustave III de Suède, Henri de Prusse, Maria-Antonia, électrice douairière de Saxe, les comtes palatins de Deux-Ponts Christian IV et Frederick Michael, Stanislas Auguste Poniatowski, Léopold, grand-duc de Toscane (et futur Léopold II du Saint-Empire), le margrave d'Ansbach, Charles Frédéric Alexandre, neveu de Frédéric de Prusse, Louise Ulrique, reine de Suède (et sœur cadette de Frédéric II), ainsi que Gustave III, son fils, enfin et surtout Catherine II de Russie, dont on aura à reparler[475].

Par souci d'économies, Grimm copie d'abord lui-même les différents exemplaires, puis, quand l'argent rentre, il les fait calligraphier par les meilleurs copistes d'Europe[475]. Le prix annuel de l'abonnement est variable (de 400 à 1 500 livres)[557] et Grimm veille jalousement à ce que ces lettres ne soient pas recopiées – « piratées », dirait-on aujourd'hui[475].

Naissance d'Angélique

Le 2 septembre 1753 naît Marie-Angélique, quatrième enfant de Toinette et Denis, seule survivante de leur progéniture. Denis a si peur de ce qui peut arriver à cet enfant inespéré que, pour la première fois, il fuit le domicile conjugal lors de l'accouchement. Il écrira plus tard à son gendre[143] : « *Le seul de mes enfants que je n'aie pas vu naître, c'est ta femme, et je n'en ai pas moins souffert. J'étais allé coucher au bas de la rue Saint-Jacques, et je l'entendais crier jusque-là*[143]. »

Dès sa naissance, Toinette l'habille toujours de blanc et veut en faire une religieuse[518]. Denis laisse faire, mais, mi-sérieux, mi-plaisantin, promet à Grimm de lui donner un jour cette fille en mariage. Devenu l'amant de Mme d'Épinay, Grimm s'étonne qu'on puisse seulement formuler une pareille idée : il n'entend pas se marier et, s'il le voulait, il viserait au moins une princesse de sang royal.

Toujours paradoxal, Voltaire consentira à collaborer un peu à l'*Encyclopédie*. Il envoie à d'Alembert (pas à Diderot, qu'il n'a jamais vu) quelques « *cailloux pour fourrer dans quelques coins de mur*[537] ». En fait de cailloux, il fournira une cinquantaine d'articles, mais aucun qui soit engagé : principalement orientés vers les belles-lettres, dont « Histoire » et « Goût » (celui-ci écrit conjointement avec Jaucourt).

Le 5 septembre meurt Francois Adam d'Holbach, l'agent de change enrichi par Law[92]. Paul-Henri Thiry, devenu son fils adoptif, reçoit la moitié de l'énorme fortune accumulée à partir de la banque de Law, le titre et le nom[92]. Il achète une charge de secrétaire du roi. L'autre moitié de l'héritage va à la fille adoptive (Suzanne Daine) et aux deux filles du défunt (Basile Geneviève et Charlotte Suzanne Daine), que Paul-Henri épousera successivement[92], pour ne pas disperser l'héritage...

Écrire librement devient de plus en plus difficile : le 8 octobre 1753, une déclaration royale interdit d'imprimer quoi que ce soit sur la querelle avec les jansénistes, en particulier sur la bulle *Unigenitus* émise par le pape quarante ans plus tôt. Plus question de faire paraître un article de l'*Encyclopédie* sur le sujet. Il faut donc vraiment éliminer du quatrième volume l'article « Constitution » rédigé par l'abbé Mallet.

Paraît alors le tome III de l'*Encyclopédie*, tiré cette fois à 3 100 exemplaires[524] ; il va de « Cha » à « Consécration ». Les articles sont de plus en plus longs. Il est maintenant clair que les huit volumes de textes prévus au départ n'y suffiront pas.

D'Holbach (qui signera plus de 420 articles dans les domaines les plus divers, allant de la minéralogie et de la pharmacie à l'histoire et à la politique, et qui écrira de nombreux articles politiques et religieux sans les signer[280]) accepte cette fois, sur l'insistance de Diderot et d'Alembert, d'être cité dans l'« Avertissement » : « *M. le baron d'Holbach* [...] *s'occupe de faire connaître aux Français les meilleurs auteurs allemands qui aient écrit sur la chimie*[92]. »

Et pour bien signifier que la suspension est terminée, la réimpression des deux premiers tomes est autorisée (sans l'article de Prades, « Certitude ») à 4 225 exemplaires, ce qui, décide-t-on, sera le tirage pour tous les volumes à venir[524].

De l'interprétation de la nature

En décembre 1753, un des quatre libraires, Briasson, demande l'autorisation de faire paraître anonymement un ouvrage intitulé *De l'interprétation de la nature*[156]. L'autorisation est accordée par Malesherbes et le livre publié avec une « permission tacite » de la Librairie[380]. Pas dupe, l'inspecteur de police Joseph d'Hémery, qui avait arrêté Denis quatre ans plus tôt, l'attribue « *au Diderot*[549] ». Malesherbes, avant d'autoriser le livre, avait sans doute compris qu'il en était l'auteur.

De fait, Denis l'a rédigé rapidement, l'année précédente, après avoir lu la *Dissertatio* de Maupertuis en même temps qu'il préparait le tome III de l'*Encyclopédie.* C'est un texte très important, qui, comme beaucoup d'autres sortis de l'esprit de Diderot, reste aujourd'hui encore à découvrir.

Dans la lettre qui lui sert de préface, il glisse une critique de Spinoza et de La Mettrie : « *Aie toujours présent à l'esprit que la* Nature *n'est pas* Dieu [ce qui vise Spinoza], *qu'un* homme *n'est pas une* machine [ce qui vise La Mettrie], *qu'une* hypothèse *n'est pas un* fait *; et sois assuré que tu ne m'auras point compris partout où tu croiras apercevoir quelque chose de contraire à ces principes*[156]. »

Il explique ensuite qu'il a écrit ce texte au fil de la plume et que ce n'est pour lui, comme toujours, qu'une façon de mettre de l'ordre dans sa pensée. Divisé en 58 chapitres, l'ouvrage révolutionne la philosophie des sciences et ouvre même, avec plus de deux siècles d'avance, à la physique nucléaire et aux neurosciences !

Diderot commence par critiquer Maupertuis, qui imagine, comme beaucoup d'autres depuis Démocrite, des « molécules » constituant un minima vivant, entités dotées chacune de désir, d'aversion, de mémoire, d'intelligence et de sensibilité ; distinguant les molécules vivantes et les molécules inertes. Puis il ajoute : « *Nous avons trois moyens principaux : l'observation de la nature, la réflexion et l'expérience. L'observation recueille les faits, la réflexion les combine, l'expérience vérifie le résultat de la combinaison... Mais comment se peut-il faire que la matière ne soit pas une, ou toute vivante, ou toute morte*[156] *?* »

Il imagine des unités élémentaires non vivantes, constituées de matière et de mouvement, se regroupant en assemblages de plus en plus complexes (des « organisations »), jusqu'à atteindre le niveau du vivant, puis celui du désir.

Pour lui, la science va bientôt s'orienter vers l'étude de ces unités élémentaires et de leurs « organisations », et les autres sciences vont s'effacer : « *Nous touchons au moment d'une grande révolution dans les sciences. Au penchant que les esprits me paraissent avoir à la morale, aux belles-lettres, à l'histoire de la nature et à la physique expérimentale, j'oserai presque assurer qu'avant qu'il soit cent ans, on ne comptera pas trois grands géomètres en Europe. Cette science s'arrêtera tout court où l'auront laissée les Bernoulli, les Euler, les Maupertuis, les Clairaut, les Fontaine, les d'Alembert et les La Grange. Ils auront posé les colonnes d'Hercule. On n'ira point au-delà. Leurs ouvrages subsisteront dans les siècles à venir, comme ces pyramides d'Égypte dont les masses chargées d'hiéroglyphes réveillent en nous une idée effrayante de la puissance et des ressources des hommes qui les ont élevées*[156]. »

Diderot ne s'est pas trompé de beaucoup dans sa prévision : cent seize ans plus tard, Dimitri Mendeleïev établira le tableau de classement périodique des éléments.

Diderot s'aventure alors dans l'étude des origines de la vie et des différences entre espèces, et esquisse les prémisses d'une théorie de l'évolution. Mais, prudent, pour ne pas paraître contredire directement la Bible, il feint de se contenter de réfuter Maupertuis, dans un texte d'une audace inouïe que la censure, à l'évidence, n'a pas perçue : « *De même que dans les règnes animal et végétal, un individu commence, pour ainsi dire, s'accroît, dure, dépérit et passe, n'en serait-il pas de même des espèces entières*[156] *?* »

Il écrit alors avec un humour dissimulé : « *Si la foi ne nous apprenait que les animaux sont sortis des mains du Créateur tels que nous les voyons ; et s'il était permis d'avoir la moindre incertitude sur leur commencement et sur leur fin, le philosophe abandonné à ses conjectures ne pourrait-il pas soupçonner que l'animalité avait de toute éternité ses éléments particuliers, épars et confondus dans la masse de la matière, qu'il est arrivé à ces éléments de se réunir, parce qu'il était possible que cela se fît*[156] *?* »

Qu'il a dû rire en écrivant ces mots ! Trop hermétiques pour qu'un censeur comprenne leur portée. Trop révolutionnaires, même, pour que quiconque, sur l'instant, ose les comprendre. Aujourd'hui encore, qui peut dire mieux ?

Il développe enfin tout un programme de recherche pour l'avenir : « *Quand je tourne mes regards sur les travaux des hommes et que je vois des villes bâties de toutes parts, tous les éléments employés, des langues fixées, des peuples policés, des ports construits, les mers traversées, la terre et les cieux mesurés, le monde me paraît bien vieux.*

« *Lorsque je trouve les hommes incertains sur les premiers principes de la médecine et de l'agriculture, sur les propriétés des substances les plus communes, sur la connaissance des maladies dont ils sont affligés, sur la taille des arbres, sur la forme de la charrue, la terre ne me paraît habitée que d'hier.*

« *Et si les hommes étaient sages, ils se livreraient enfin à des recherches relatives à leur bien-être, et ne répondraient à mes questions futiles que dans mille ans au plus tôt : ou peut-être même, considérant sans cesse le peu d'étendue qu'ils occupent dans l'espace et dans la durée, ils ne daigneraient jamais y répondre*[156]. »

L'ouvrage passe quasi inaperçu, si ce n'est par un article, court et dithyrambique, signé Grimm, en date du 15 décembre 1753 dans la très confidentielle *Correspondance littéraire*[505], et par un article de son ami l'abbé Raynal (qui n'est plus abbé, mais qu'on continue à appeler ainsi) dans le *Mercure de France*[549]. Le livre, qui aurait dû le renvoyer en prison et que personne, pour sa grande chance, n'a compris, reste anonyme. Sauf pour les lecteurs de la *Correspondance littéraire*, puisque l'article de Grimm se termine par la phrase suivante : « *Cet* Enchiridion *du philosophe est de M. Diderot*[505]. »

L'ennemi Fréron

Début février 1754 surgit un nouvel ennemi nommé Fréron. Ce Breton du même âge que Diderot, ancien élève des jésuites de Quimper puis de Louis-le-Grand, défenseur du trône et de l'autel tout en étant franc-maçon, informateur de la police, est l'une des meilleures plumes de son temps. Toute sa vie, il poursuivra Diderot de sa vindicte.

Il écrit alors, dans le premier numéro de son journal (*L'Année littéraire*), juste après la publication de l'*Interprétation de la nature*, un article acerbe sur la « métaphysique impénétrable[505] » de l'auteur, penseur creux, prétentieux et dangereux, mais sans attribuer pour autant le livre à Diderot.

Le 3 février, chez d'Holbach, nouvel incident avec Rousseau, dont les troubles mentaux commencent à se manifester en public. Diderot a invité un certain abbé Petit, alors curé d'un village de Normandie, à lire une tragédie que l'ecclésiastique vient d'écrire, intitulée *David et Bethsabée*[413]. Pendant la lecture, les spectateurs chuchotent ; certains se moquent ouvertement. D'Holbach raconte : « *J'avouerai même que, moitié riant, moitié gravement, je persiflai le pauvre curé ; Jean-Jacques n'avait pas dit le mot, n'avait pas souri un instant, n'avait pas remué de son fauteuil ; tout à coup, il se lève comme un furieux, et, s'élançant vers le curé, il prend son manuscrit, le jette à terre, et dit à l'auteur effrayé : "Votre pièce ne vaut rien, votre discours est une extravagance, tous ces messieurs se moquent de vous. Sortez d'ici, et retournez vicarier dans votre village !" Le curé se lève alors, non moins furieux, vomit toutes les injures possibles contre son trop sincère avertisseur, et des injures il aurait passé aux coups et au meurtre tragique si nous ne les avions séparés. Rousseau sortit dans une rage que je crus momentanée, mais qui n'a pas fini, et qui même n'a fait que croître depuis*[235]. »

Pendant ce temps, Malesherbes, authentique défenseur de la liberté d'expression, accorde des permissions tacites à des livres qui n'auraient pu obtenir le privilège du roi, ainsi qu'il l'a fait pour *De l'interprétation de la nature*. Dans une lettre dont on connaît un brouillon daté de janvier 1754, il explique à Voltaire[380] : « *Vous savez mieux que moi qu'il n'y a point en France de ministère de la littérature. M. le Chancelier est chargé de la Librairie, c'est-à-dire que c'est sur son attache que se donnent les privilèges ou permissions d'imprimer ; il m'a confié ce détail non pour y décider arbitrairement, mais pour lui rendre compte de tous les ordres que je donnerais. Ce n'est ni une charge, ni une commission, c'est une pure marque de confiance dont il n'existe ni provisions ni brevet, et que je tiens uniquement de sa volonté*[380]. »

Comme toujours, Diderot remanie sans cesse ses textes, et le livre est republié l'année suivante, toujours anonymement, dans une édition augmentée, sous le titre *Pensées sur l'interprétation de la nature*. Aucune réaction de la censure.

« Indignation » et « Ressentiment »

Sans se laisser détourner par d'autres tâches, Denis continue de travailler nuit et jour à l'*Encyclopédie* ; il traite en particulier de deux mots : « Indignation » et « Ressentiment ». Ces deux notions imprègnent bien des articles de l'*Encyclopédie*, constituant le fil conducteur de son analyse politique, éléments structurants, annonciateurs des temps à venir, perçant par les interstices de ce que lui laisse exprimer la censure. Il est ainsi le premier à faire du devoir d'indignation un fondement de la souveraineté populaire.

Dans l'article « Droit naturel », il élabore ce principe d'indignation, dont il fera la base de la volonté générale, et donc de la démocratie : « *Où est le dépôt de cette volonté générale ? Où pourrai-je la consulter ?... Dans les principes du droit écrit de toutes les nations policées ; dans les actions sociales des peuples sauvages et barbares ; dans les conventions tacites des ennemis du genre humain entr'eux ; et même dans l'indignation et le ressentiment, ces deux passions que la nature semble avoir placées jusque dans les animaux pour suppléer au défaut des lois sociales et de la vengeance publique*[189]. »

Le ressentiment, sentiment universel – « *une passion que la nature a placée dans les êtres pour leur conservation*[189] » –, naît du mouvement de colère et d'indignation qui s'élève en nous lorsque nous subissons une injustice ; il est donc d'une évidence morale immédiate, puisqu'il clarifie « *la distinction que nous faisons naturellement du juste et de l'injuste*[189] ». Si les individus sont encore capables d'éprouver de l'indignation et du ressentiment, ils ont le droit de s'opposer à un État violent et despotique. Toute législation doit donc sauvegarder le droit des individus à contrôler le bien-fondé et la légitimité du pouvoir : la souveraineté doit prévaloir sur l'administration. Le droit de s'insurger est le fondement de la démocratie.

Diderot complète sa réflexion à ce sujet dans l'article « Corruption politique » : « *Elle a deux sources : l'inobservation des bonnes lois ; l'observation des lois mauvaises. Il m'a toujours semblé plus difficile de faire observer rigoureusement de bonnes lois que d'en abroger de mauvaises. L'abrogation est l'effet de l'autorité publique. L'observation est l'effet de l'intégrité particulière*[189]. »

Dans l'article « Fait », il explique que la politique doit se fonder sur l'acceptation des différences entre les hommes, et ne pas croire en l'uniformité de leurs réactions : « *Il n'y a pas deux hommes sur la terre qui se ressemblent soit par l'organisation, soit par les lumières, soit par l'expérience ; il n'y a pas deux hommes sur lesquels ces symboles fassent exactement la même impression*[189]. » Pour atteindre à la paix sociale, il faut donc maintenir et protéger les spécificités individuelles.

Le 11 juillet, Malesherbes écrit à Diderot pour le mettre en garde à propos de l'article que doit contenir le tome IV, sur la constitution *Unigenitus*, c'est-à-dire sur le jansénisme, alors qu'un décret royal a interdit de faire paraître quoi que ce soit là-dessus. Il écrit : « *Il serait imprudent et peu convenable de placer dans l'*Encyclopédie *une matière aussi importante et aussi délicate. D'ailleurs, il est expressément défendu dans le Royaume de rien écrire, imprimer et faire imprimer sur ce sujet et l'intention de M. le Chancelier est de tenir la main à l'exécution du jugement*[138]. » (Il y aura pourtant bien, au final, un article « Unigenitus » dans l'*Encyclopédie* : il sera écrit par le chevalier de Jaucourt et figurera dans le dix-septième tome[189].)

Aider les autres à écrire

À l'été 1754, Charles de Brosses, magistrat dijonnais que lui a présenté Helvétius, parle à Diderot d'un nouveau concours de l'Académie de Dijon : « *Quelle est l'origine de l'inégalité parmi les hommes ? Est-elle autorisée par la loi naturelle*[549] ? » Denis renonce à concourir, estimant que la question ne peut être traitée sérieusement dans un pays où les écrits sont si étroitement contrôlés. Il en parle néanmoins à Jean-Jacques, qui, pour sa part, se lance comme il l'a fait quatre ans plus tôt à propos d'un concours de la même académie, sur un autre sujet.

Diderot l'y aide, tout comme il l'avait fait en 1749, et il rédige même certains passages de son texte « Sur l'origine et les fondements de l'inégalité parmi les hommes »[453], comme le reconnaîtra Rousseau dans les *Confessions*, alors qu'il n'avait point ébruité le rôle de Diderot dans sa précédente réponse à l'académie de Dijon : « *De ces méditations résulta le* Discours sur l'inégalité, *ouvrage qui fut plus du goût de Diderot que tous mes autres écrits, et pour lequel ses conseils me furent le plus utiles, mais qui ne trouva dans toute l'Europe que peu de lecteurs qui l'entendissent*[450]. »

Et il ajoute à sa manière cette reconnaissance encore plus explicite : « *Dans le temps que j'écrivais ceci, je n'avais encore aucun soupçon du grand complot de Diderot et de Grimm, sans quoi j'aurais aisément reconnu combien le premier abusait de ma confiance pour donner à mes écrits ce ton dur et cet air noir qu'ils n'eurent plus quand il cessa de me diriger*[450]. »

Il confirmera encore cette influence de Diderot dans une lettre à M. de Saint-Germain, seize ans plus tard : « *Cette imitation de mon style peut être surtout facile à Diderot dont j'étudiais particulièrement la diction quand je commençai d'écrire, et qui a même mis dans mes premiers ouvrages plusieurs morceaux qui ne tranchent point avec le reste et qu'on ne saurait distinguer, du moins quant au style ; quant aux pensées, celles qu'il a eu la bonté de me prêter et que j'ai eu la bêtise d'adopter sont bien faciles à distinguer des miennes, comme on peut le voir dans celles du philosophe qui s'argumente en enfonçant son bonnet sur ses oreilles* (Discours sur l'inégalité) : *car ce morceau est de lui tout entier*[426]. »

En 1769, Condillac discute également de ses textes avec lui et publie un *Traité des sensations*[106] dans lequel il affirme que celles-ci sont à l'origine non seulement des idées, comme l'écrivirent Locke et Hume, mais aussi de toutes les facultés humaines, et qu'elles sont susceptibles d'un progrès infini, tout comme la connaissance : « *C'est donc des sensations que naît tout le système de l'homme, système complet dont toutes les parties sont liées et se soutiennent mutuellement*[106]. » Le progrès humain semble donc infini.

Cette année-là encore, François Véron Duverger de Forbonnais, conseiller au parlement de Metz, économiste critique des physiocrates, publie les *Éléments du commerce*[208], version augmentée de son article de l'*Encyclopédie*, après en avoir discuté avec Diderot.

Rien ne fait obstacle à son plaisir d'aider les autres à écrire. Même quand celui qui lui demande son aide est un maître chanteur, comme dans cette scène extraordinaire que racontera sa fille[518] :

Un jeune inconnu débarque un jour chez lui, rue de la Vieille-Estrapade, avec un manuscrit et demande conseil à Denis, qui le lit et y découvre une virulente critique de ses propres livres.

Diderot lui dit : « *Monsieur,* [...] *je ne vous connais point, je n'ai jamais pu vous désobliger : pourriez-vous m'apprendre le motif qui vous a déterminé à me faire lire une satire pour la première fois de ma vie ? Je jette ordinairement ces espèces d'ouvrages dans mon seau*[518]. »

Le jeune homme répond : « *Je n'ai pas de pain, j'ai espéré que vous me donneriez quelques écus pour ne pas l'imprimer*[518]. »

Diderot : « *Vous ne seriez pas le premier auteur dont on paierait volontiers le silence ; mais vous pouvez tirer un meilleur parti de cette rhapsodie. Le frère de M. le duc d'Orléans est retiré à Sainte-Geneviève ; il est dévôt ; il me hait ; dédiez-lui votre satire, faites-la relier avec ses armes ; portez-lui cet ouvrage un matin, et vous en obtiendrez quelques secours*[518]. »

Le jeune homme : « *Mais je ne connais point ce prince, et l'épître dédicatoire m'embarrasse*[518]. » Diderot : « *Asseyez-vous là, et je vais vous la faire*[518]. »

Angélique conclura : « *Mon père écrit l'épître ; l'auteur l'emporte, va chez le prince, en reçoit vingt-cinq louis et revient quelques jours après remercier mon père qui lui conseilla doucement de prendre un genre de travail moins avilissant*[518]. »

Les conseils de Denis ne se limitent pas à la rédaction ou à la relecture des textes : le 27 août 1754, la mort de sa femme, Basile-Geneviève Daine, âgée de vingt-cinq ans, plonge d'Holbach dans une profonde détresse[92] ; Diderot lui suggère de mesurer son malheur à l'aune de celui des autres. Il écrira plus tard : « *Je disais au baron, lorsqu'il perdit sa première femme et qu'il croyait qu'il n'y avait plus de bonheur pour lui dans la vie : sortez de chez vous, courez après les malheureux, soulagez-les, et vous vous plaindrez après de votre sort, si vous l'osez*[143]. » Il va jusqu'à lui organiser un petit tour de France, dont le baron revient consolé[506].

Retour à Langres, nouveau contrat

En octobre 1754 paraît le tome IV de l'*Encyclopédie*, qui va de « Conseil » à « Saint-Dizier ». L'article « Constitution », initialement écrit par l'abbé Mallet, ne parle pas d'« Unigenitus » ; celui sur « Cynique », rédigé par Denis, décrit, sans nommer Rousseau, des philosophes dont « *la bizarrerie* [...] *consistait principalement à transporter au milieu de la société les mœurs de l'état de nature*[189] ». Il ajoute, visant toujours Jean-Jacques, qu'il compare à une pâle imitation du Romain Caton : « *Je voudrais bien être Caton ; mais je crois qu'il m'en coûterait beaucoup, à moi et aux autres, avant que je le fusse devenu. Les fréquents sacrifices que je serais obligé de faire au personnage sublime que j'aurais pris pour modèle me rempliraient d'une bile âcre et caustique qui s'épancherait à chaque instant au-dehors. Et c'est là peut-être la raison pour laquelle quelques sages et certains dévôts austères sont si sujets à la mauvaise humeur. Ils ressentent sans cesse la contrainte d'un rôle qu'ils se sont imposé... Il n'appartient pas à tout le monde de se proposer Caton pour modèle*[189]. » Rousseau se sait visé et prend très mal la chose.

Mme du Deffand, presque aveugle, fait alors de Julie de Lespinasse, – sa nièce de vingt-deux ans, fille illégitime de la comtesse d'Albon de Saint-Forgeux –, sa lectrice et dame de compagnie[528]. D'Alembert, qui continue avec de plus en plus de réticence à écrire les articles de mathématiques pour l'*Encyclopédie*, s'éprend d'elle, au grand dam de Mme du Deffand, dont il est la principale attraction du salon.

En novembre, grand événement : Denis retourne à Langres à l'occasion du baptême du deuxième fils de Nicolas Caroillon La Salette. Naturellement, l'enfant porte son prénom, Denis[507]. Denis promet à Nicolas, d'un ton mi-sérieux, mi-blagueur, de donner sa propre fille, alors âgée d'un an, en mariage à son fils, Caroillon de Vandeul, alors âgé de huit ans. Promesse, on l'a vu, qu'il a déjà faite peu auparavant à Grimm ! À ceci près que, cette fois, c'est sérieux.

Il revoit son père, qu'il trouve bien fatigué. L'un et l'autre sont très émus. Denis fera un peu plus tard, dans un texte sur son père, cette réflexion pudique qui montre la nature de leurs relations : « *Le père aimait son fils aîné d'inclination et de passion ; sa fille, de reconnaissance et de tendresse ; et son fils cadet, de réflexion, par respect pour l'état qu'il avait embrassé*[235]. » Tout est dit : son père l'admire, mais ne peut en convenir.

Il discute avec le mari de la marraine de Denis Caroillon, le notaire Dubois, de son contrat avec l'*Encyclopédie*[549] signé sept ans plus tôt et révisé trois ans plus tôt, qu'il trouve désormais insuffisant pour assurer, le jour venu, une bonne dot à sa fille. Ce contrat lui garantit 1 200 livres à la publication du premier volume ; 500 livres par trimestre. Dubois lui explique qu'il doit pouvoir obtenir bien davantage : les libraires impliqués ne peuvent à l'évidence plus terminer l'*Encyclopédie* sans lui ; et il rédige les articles d'un nouveau contrat[549].

Denis quitte Langres avec regret, inquiet à propos de l'état de son père, se demandant si ce n'est pas la dernière fois qu'il le revoit. Il promet de lui écrire souvent, d'abord pour le tenir au courant des négociations portant sur son contrat et promettant que, si elles échouent, il reviendra vivre à Langres.

De retour à Paris, il soumet le projet d'accord aux libraires, qui le refusent. Diderot menace alors de retourner vivre à Langres ; s'écoulent quinze jours sans que Denis se manifeste. Affolés, les libraires négocient, puis consentent, « *moitié de force, moitié de gré*[143] », à parapher un nouvel accord daté du 20 décembre[143].

Denis écrira alors avec affection à son père pour lui faire part du succès de sa négociation. Il est heureux d'avoir retrouvé leur ancienne connivence : « *Ma femme, qui est quelquefois de bon conseil, me persuada qu'il était à propos d'affecter sur la conclusion le désintéressement le plus grand. Ils crurent de leur côté qu'il leur convenait de jouer le même rôle, et nous restâmes les uns et les autres pendant une quinzaine de jours sans faire aucun mouvement. Je ne sais comment, dans* *cet intervalle, l'impatience ne me prit pas, et je ne les envoyai pas à tous les diables, eux, l'*Encyclopédie, *leurs papiers et leur traité. Un peu plus de confiance dans la probité de mon collègue* [d'Alembert] *et c'en était fait* [...]. *Nous décidâmes d'abord d'un commun accord de ce que je pouvais abandonner et de ce qu'il fallait qu'on m'accordât. Ils prirent note des mes prétentions. Ils assemblèrent les libraires, et ils les amenèrent moitié de force, moitié de gré, au traité que voici*[143]. »

Notable changement : Diderot touchera donc 2 500 livres par volume de l'*Encyclopédie* à partir du cinquième tome, et un bonus de 20 000 livres à la publication du dernier, soit au total plus de dix fois ce que lui garantissait son premier contrat[143]. Et puis – clause apparemment anodine – il obtient de conserver, à la fin de l'entreprise, tous les livres achetés par la société pour la documentation. Il sait déjà qu'il pourra revendre cette bibliothèque. Encore faut-il qu'il vive les dix ans vraisemblablement nécessaires à l'achèvement de l'entreprise...

Le 28 novembre, d'Alembert, avec l'appui de Mme du Deffand et de Montesquieu (après avoir échoué lors d'une première tentative et s'être retiré lors d'une seconde devant Piron, appuyé par la Pompadour), est élu à l'Académie française[581]. Il prononce son discours de réception le 19 décembre.

Fréron, dans son journal *L'Année littéraire*, critique cette élection en dénonçant la minceur des écrits de d'Alembert[33].

Très vite, Malesherbes, toujours fidèle à l'*Encyclopédie*, qu'il est pourtant chargé de surveiller étroitement, interdit le journal de Fréron[33]. Étrange jeu d'alliances...

Chapitre 6

Un coup de foudre : Sophie Volland 1755-1757

En Chine, le grand empereur Qianlong, au pouvoir depuis vingt ans, maître de ce qui est encore la première puissance mondiale, écrase les Mongols, connus alors en Europe sous le nom d'« Éleuthes ».

En Inde comme en Amérique du Nord, la guerre coloniale reprend, à l'initiative de la Grande-Bretagne, avide de coton. En Inde, la Compagnie anglaise des Indes orientales force les chefs du Bengale, du Bihar et de l'Orissa à reconnaître la domination britannique et impose aux Bengalis des prix si bas, pour leur coton, que la famine tue près de dix millions de personnes. En Amérique, les Anglais tentent de chasser du Canada les colons français, réfugiés en Nouvelle-France après avoir été évincés d'Acadie, de Terre-Neuve et de la baie d'Hudson par le traité d'Utrecht. En juillet 1755, les Anglais saisissent trois cents bateaux de commerce français, puis signent avec Frédéric II, allié de la France, la convention de Westminster qui garantit sa neutralité.

Les Anglais prennent ainsi progressivement le contrôle de toutes les mers, en particulier celui des routes du commerce de métaux précieux d'Amérique que les Hollandais avaient arraché aux Espagnols cent cinquante ans plus tôt.

La France reste extérieure à cette bataille, alors même qu'elle se croit encore le centre du monde, parce que toutes les cours et toutes les chancelleries s'expriment dans sa langue. Les marchands y sont marginalisés ; les élites ne s'y livrent pas au commerce ni à l'industrie ; ses ports restent de faible capacité. Des villes, telle Bordeaux, connaissent une croissance spectaculaire ; des progrès sont faits dans l'agriculture. Cependant, tout se joue encore à Paris, entre grands seigneurs, tandis que règne partout une ambiance de peur à laquelle seuls échappent les grands et leurs amis.

Toinette l'ennuie...

Toinette n'est plus la jeune et jolie lingère d'il y a dix ans ; Jean-Jacques, qui la voit souvent, avec Thérèse, la traitera dans *Les Confessions* de « *pie grièche et harengère*[450] ». Elle harcèle Denis de questions ; elle déteste ses idées autant que ses amis. Elle est jalouse, et les « *orages domestiques*[143] », comme il qualifie leurs disputes, sont fréquents. Un haut fonctionnaire ami de Denis, Jean Devaines, dépeindra « *cette femme impayable avec son petit bonnet, sa robe à plis, sa figure bourgeoise, ses poings sur les côtés et sa voix criarde*[506] ».

Une seule chose les rassemble : Angélique, alors âgée de trois ans – leur seul enfant survivant – la quatrième Angélique dans la vie de Denis après sa mère, sa sœur et sa première fille. La santé, fragile, de la fillette obsède leurs jours et leurs nuits. Toinette ne se préoccupe que de cela à coups de messes et de linge blanc[518]. Denis n'est pas souvent là, travaille beaucoup, et désespère de la formation que va lui donner sa mère, qui sait à peine lire et la destine au couvent.

Cette année-là, Denis travaille aux planches de l'*Encyclopédie* et, pour ce faire, s'intéresse de plus en plus à la technique. C'est aussi façon de rendre hommage à son père, dont la santé décline, comme le lui disent les lettres venues de Langres. Il travaille même à ce moment à des planches particulièrement soignées concernant la coutellerie, où l'on retrouve le dessin d'un atelier qui pourrait être celui de son père.

Le 6 janvier, après ses négociations avec les éditeurs, il propose d'envoyer à son père l'original de son nouveau contrat[143]. Sa lettre est d'une grande tendresse, preuve de l'amour qui les lie par-delà les ans et les mots : « *Je m'étais opiniâtré à ne vous écrire que quand cette affaire serait rompue ou terminée. Rompue, pour vous apprendre en même temps et sa rupture et mon retour ; terminée, pour vous annoncer la fin de mes inquiétudes, le commencement de mes espérances, la durée de mon séjour ici, et les raisons qui peuvent vous le faire agréer. Toutes ces tracasseries éternelles n'ont pas laissé que d'influer sur ma santé et sur celle de ma femme. La mienne n'était déjà pas trop bonne, mais elle se refait de jour en jour. Le repos est ma vie ; les inquiétudes me tuent. Mais je n'en ai plus aucune, et je vais continuer mon ouvrage avec une perspective très agréable : le plaisir d'aller vivre à côté de vous, et de vous porter, outre quelque réputation légitimement acquise, une marque un peu plus substantielle et plus solide du bon emploi que j'ai fait de mon temps, de la vie que je vous dois, et de l'éducation que vous m'avez donnée. N'est-il pas vrai, cher père, que cet avenir sera fort doux*[143] *?* »

Puis, dans un accès d'affection auquel on ne s'attend guère après tout ce qui les a si longtemps séparés, il reproche à son père d'être trop pieux aux dépens de sa santé : « *Raccourcissez vos prières et multipliez vos aumônes. Achetez l'oraison du pauvre ; c'est la plus agréable que Dieu puisse entendre* [...]. *J'aimerais mieux que vous comptassiez le soir le nombre de ceux que vous aurez soulagés, que le nombre des messes que vous aurez entendues ou des psaumes que vous aurez récités*[143]. »

Enfin, il lui annonce l'envoi du quatrième tome de l'*Encyclopédie*, avec quelques autres cadeaux destinés à sa sœur Denise : « *Le manchon, le sac d'ours ; des bas ; une calotte ; de la pluche pour un jupon ; votre manchon, Sœurette*[143]. » Et puis « *des fontanges pour ma commère Dubois ; quelques fafieuts, comme on dit à Langres, pour les petites racines*[143] [les enfants] ».

C'est à la même époque que Denis se lie d'amitié avec le premier maître d'hôtel du duc d'Orléans, Didier-François d'Arclais de Montamy, chimiste de haut niveau qui vient de décrypter le secret de la fabrication de la porcelaine de Chine que tous recherchaient en Europe, notamment Réaumur. Montamy rédigera la partie consacrée à l'émail de l'article « Porcelaine[189] » de l'*Encyclopédie*[281]. Au même moment, le vétérinaire Claude Bourgelat (auteur et censeur à la fois) soumet à Malesherbes les articles sur le cheval qu'il a écrits pour Diderot avant même de les montrer à celui-ci.

Au même moment, Jean-Jacques continue d'abandonner ses enfants les uns après les autres, il refuse encore d'épouser Thérèse et écrit à une amie, Mme Dupin de Francueil (fille naturelle du maréchal de Saxe, grand-mère de George Sand et épouse du premier amant de Mme d'Épinay) : « *Que ne me suis-je marié, me direz-vous ? Demandez à vos injustes lois, madame. Il ne me convenait pas de contracter un engagement éternel, et jamais on ne me prouvera qu'aucun devoir m'y oblige*[456]. »

À Paris, le 10 février, meurt subitement en pleine gloire, à soixante-six ans, Montesquieu, sept ans après la parution de l'*Esprit des lois*[359], d'une fièvre contractée quelques jours auparavant. Diderot est le seul parmi les philosophes à assister à ses obsèques, le lendemain. Rousseau, qui se trouvait « *à la campagne quand* [Montesquieu] *mourut*[456] », écrit à un ami : « *De tous les gens de lettres dont Paris fourmille, le seul M. Diderot avait accompagné son convoi ; heureusement, c'était aussi celui qui laissait le moins apercevoir l'absence des autres*[456]. » Grimm use presque de la même formulation dans la *Correspondance littéraire*[235] : « *Son convoi funéraire s'est fait sans personne. M. Diderot est, de tous les gens de lettres, le seul qui s'y soit trouvé*[235]. » Rien ne laisse pourtant supposer que le défunt et Diderot se soient rencontrés ou aient même entretenu une correspondance, alors que Montesquieu correspondait avec d'Alembert, qui lui avait même demandé des articles pour l'*Encyclopédie*[281] (il se borna à rédiger une partie de l'article « Goût[189] » et refusa à Diderot de traiter de ceux portant sur la démocratie et le despotisme[281]). D'Alembert non plus n'assiste pas aux obsèques.

En rentrant des funérailles, Denis note dans l'article « Éclectisme » : « *J'écrivais ces réflexions le 11 février 1755, au retour des funérailles d'un de nos plus grands hommes, désolé de la perte que la nation et les lettres faisaient en sa personne et profondément indigné des persécutions qu'il avait essuyées*[189]. »

Rencontre avec Sophie Volland

Au printemps 1755, Jean-Jacques Rousseau présente à Denis un certain Nicolas Vallet de La Touche[524], qui a épousé la fille de Samuel Bernard, banquier de Louis XIV[143]. Son frère, Pierre Vallet de Salignac, receveur des finances du duc d'Orléans[524], a épousé Marie-Jeanne, l'aînée des sœurs Volland[524].

Contrairement à ce que racontera plus tard leur fille Angélique, Toinette n'est pas absente de Paris à cette époque[549]. Denis rencontre ensuite la femme du même Pierre Vallet, née Marie-Jeanne Volland, puis, chez elle, rue des Vieux-Augustins, la mère de cette dernière, femme d'une grande autorité, Élisabeth Françoise Brunel de La Carlière, épouse Volland. Elle a d'abord été l'épouse d'un médecin du roi, Claude Berger[143], puis d'un avocat au Parlement de Paris et inspecteur général des fermes, M. Volland. Elle vit la plus grande partie de l'année (au moins l'été) dans son château d'Isle, en Champagne, à dix lieues de celui de Voltaire à Cirey. Elle a trois filles : Marie-Jeanne (épouse Vallet), Marie-Charlotte (épouse Legendre), et une troisième, célibataire, Louise-Henriette, qui vit avec elle.

Denis la rencontre au printemps de 1755 chez sa mère, près du Palais-Royal, rue des Vieux-Augustins (à l'emplacement des rues Hérold et d'Argout[524]), autour d'une table couverte d'un tapis vert dont il se souviendra toute sa vie.

C'est en effet le coup de foudre.

Louise-Henriette a alors trente-huit ans ; si elle est célibataire, c'est sans doute par décision de sa mère, dont elle est à la fois la dame de compagnie et la souffre-douleur. Louise passe la moitié de l'année au moins avec elle en Champagne. Louise ne ressemble pas aux femmes qui intéressent d'ordinaire Denis, dotées de poitrines opulentes sur lesquelles on peut « *se rouler*[524] ». Sophie a, dit-il, une « *méchante petite poitrine de chat*[143] ». Elle est sèche et maigrichonne, et porte des lunettes[524]. Il semble même qu'elle soit plus attirée par les femmes, en particulier par l'une de ses propres sœurs, Mme Legendre, que par les hommes. Il n'existe plus aujourd'hui de portrait d'elle (non plus que de Toinette), bien que Denis en ait possédé deux[317], dont un, enchâssé dans un exemplaire d'Horace, qu'il baisait « *le matin en [se] levant et le soir en [se] couchant*[143] ».

Denis l'appellera bientôt « Sophie », synonyme de sagesse. Méfiante, Mme Volland mère, qui veut avoir sa fille sous la main partout où elle va, surveille leurs premières rencontres, furtives, dans les jardins du Palais-Royal, au théâtre, puis au domicile de Sophie, dans le même immeuble que celui de sa mère, laquelle a vue sur l'escalier qui les sépare.

Étienne Damilaville, aiguilleur des lettres

Entre leurs rencontres et pour les organiser, il faut s'écrire : mais comment s'y prendre quand on est surveillé par la mère de l'une et par l'épouse de l'autre ?

Un ami commun va bientôt servir de boîte aux lettres : Étienne Damilaville, qui jouera un grand rôle dans la suite de la vie et même dans l'œuvre de Diderot. Devenu cette année-là premier commis (c'est-à-dire directeur général adjoint) du bureau du « vingtième[280] » (l'impôt sur le revenu), il travaille sous les ordres d'un autre ami commun aux Volland et à Diderot, Gaudet[524]. Avantage annexe : Damilaville dispose, en tant que haut fonctionnaire, de la franchise postale[80] ; privilège on ne peut plus précieux, car c'est le destinataire qui paie l'acheminement des lettres, très coûteux hors de Paris. Et Damilaville est déjà au service d'autres philosophes, dont Voltaire, pour faire passer leurs lettres sous son couvert, évitant ainsi le coût et surtout, pour le riche Voltaire, la censure.

Les lettres entre Denis et Sophie commencent ainsi à circuler dans les deux sens, chacun envoyant chez Damilaville un commissionnaire ou allant lui-même quérir celles de l'autre et déposer les siennes. L'envoi des lettres, leur lenteur, le risque de les perdre, les erreurs des commissionnaires, le risque d'être lu par des yeux indiscrets, ceux de la censure ou de la famille, l'interminable attente d'une réponse, les silences parfois interprétés à tort comme des bouderies, les impatiences, les incompréhensions quand l'un reçoit une réponse à une lettre alors qu'il en a envoyé déjà deux autres – toutes ces péripéties et vicissitudes vont désormais jalonner leur relation.

Quand Sophie séjournera à Isle, Damilaville s'arrangera pour bénéficier de la complicité du directeur du « vingtième » pour la Champagne, M. Duclos, qui servira de boîte à lettres pour celles que Denis adresse à Sophie, et pour celles que Sophie destine à Denis[143]. On retrouvera bientôt cet homme complaisant, ou plutôt son épouse, qui deviendra bientôt la maîtresse de Damilaville...

Denis écrira ainsi à Sophie 553 lettres[524], qui comptent parmi les plus belles lettres d'amour de toute l'histoire de la littérature. Il le fait au moins deux fois par semaine, le jeudi et le dimanche[67]. Toutes sont numérotées, comme le sont aussi celles de Sophie afin de s'assurer que leur destinataire les aura reçues[524]. On ne connaît que 187 de ces lettres de Denis[524] ; malheureusement aucune jusqu'au 10 mai 1759[143], sûrement parmi les plus enflammées – détruites bien plus tard, on verra dans quelles circonstances. On ne connaît hélas aucune de celles émanant de Sophie, et il faut deviner ce qu'elle y a dit à partir de ce que Denis en cite dans ses propres lettres pour lui répondre ; et on ne connaît son écriture que par quelques lignes de son testament[549].

Non seulement Sophie réclamera sans répit de Denis qu'il lui dise et répète qu'il l'aime, mais, recluse par sa mère au moins six mois par an en province, elle demande qu'il lui narre ses rencontres, qu'il lui détaille les potins des salons, qu'il lui fasse un compte rendu des derniers ouvrages qu'il écrit ou lit. Un peu plus tard, elle voudra même pouvoir lire ses lettres dans son salon provincial[524] et devenir ainsi ce que fut Mme du Châtelet pour Voltaire pendant les seize ans que durèrent leurs relations[32], jusqu'à la mort de celle-ci en 1749.

Sans doute Denis est-il alors son amant, même si aucune des lettres conservées ne le dit clairement.

Encyclopédiser, tome V

Le 1er juillet 1755, Denis, se sentant financièrement plus à l'aise grâce aux termes de son nouveau contrat, quitte son logement de la rue de l'Estrapade pour la rue Taranne[507] (aujourd'hui disparue, sise non loin de l'actuelle statue de Denis Diderot, face au 145, bd Saint-Germain). Toujours en location, il s'y installe avec sa femme et sa fille au troisième étage au-dessus de l'entresol, dans un vaste appartement de six pièces, avec jouissance d'un grenier et d'une cave pour un loyer annuel de 400 livres. Il dispose d'un cabinet pour écrire et de beaucoup d'espace pour entasser ses livres. Là comme ailleurs, avant, il ne reçoit jamais, hormis les amis de sa femme. Il quittera parfois cet appartement pour des jours, des mois entiers même, afin de séjourner chez des amis, en particulier dans les châteaux d'Holbach à Grandval, de Mme d'Épinay à la Chevrette, chez le libraire Le Breton à Massy, chez le bijoutier Belle à Sèvres ou, plus tard, chez Mme de Maux, à Boulogne.

Cet été-là, tout ébloui de Sophie, il n'en travaille pas moins d'arrache-pied. Il entend faire de l'*Encyclopédie* un monument à la gloire de l'humanité. En septembre, il finit de rédiger l'article « Encyclopédie », occasion pour lui d'expliquer une nouvelle fois son projet, mettant l'homme au centre de tout (« *C'est la présence de l'homme qui rend l'existence des êtres intéressante.* [...] *Pourquoi n'introduirions-nous pas l'homme dans notre ouvrage comme il est placé dans l'univers ? Pourquoi n'en ferons-nous pas un centre commun*[189] *?* »), visant à rassembler toutes les connaissances et à en assurer la transmission aux générations suivantes, « *afin que les travaux des siècles passés n'aient pas été des travaux inutiles pour les siècles qui succéderont*[189] ».

Toujours cette obsession de la postérité, même si la censure l'empêche toujours de publier ses propres livres !

Diderot imagine de même, toujours dans l'article « Encyclopédie », qu'« *un idiome commun serait l'unique moyen d'établir une correspondance qui s'étendît à toutes les parties du genre humain, et qui les liguât contre la Nature, à laquelle nous avons sans cesse à faire violence, soit dans le physique, soit dans le moral. Supposé cet idiome admis et fixé, aussitôt les notions deviennent permanentes ; la distance des temps disparaît ; les lieux se touchent ; il se forme des liaisons entre tous les points habités de l'espace et de la durée, et tous les êtres vivants et pensants s'entretiennent*[189]. »

La vocation et le fonctionnement de l'Encyclopédie tels qu'ils sont décrits par Diderot ne sont par ailleurs pas sans rappeler ceux du Web[54] : « *Le but d'une Encyclopédie est de rassembler les connaissances éparses sur la surface de la terre ; d'en exposer le système général aux hommes avec qui nous vivons, et de le transmettre aux hommes qui viendront après nous* [...]. *Par le moyen de l'ordre encyclopédique, de l'universalité des connaissances et de la fréquence des renvois, les rapports augmentent, les liaisons se portent en tout sens, la force de la démonstration s'accroît, la nomenclature se complète, les connaissances se rapprochent et se fortifient*[189]. »

Il tombe alors malade. C'est le début de l'angine de poitrine dont il ne pourra plus se défaire : « *J'ai été et suis encore bien mal dans mes affaires. J'ai eu la poitrine tout entreprise. Toux sèche. Sueurs terribles. Difficulté de parler et de respirer. Mais cela va beaucoup mieux, moyennant un cruel remède : du pain, de l'eau et du lait pour toute nourriture*[143] », écrit-il, le 22 septembre, à Nicolas Caroillon La Salette, son ami langrois, pour qui il obtient au même moment de son ami Montamy, premier maître d'hôtel du duc d'Orléans, la succession de son beau-père Pierre La Salette, qui vient de succomber, comme engagiste (tenancier à bail – on dirait aujourd'hui concessionnaire) des forges de Montigny-le-Roi, propriété du duc[143]. Cette fonction assure un revenu considérable à celui qu'il voit déjà en futur beau-père de sa fille.

Le 1er novembre 1755, alors qu'à Lisbonne un terrible tremblement de terre fait 30 000 morts et détruit 9 000 édifices, paraît le cinquième tome de l'*Encyclopédie* (contenant la fin de la lettre D et la lettre E jusqu'à Es). Diderot s'y est chargé entre autres des articles « Droit naturel », « Éclectisme », « Éléates », « Égyptiens », « Épicurisme »,

« Encyclopédie ». Le tome s'ouvre sur un « Éloge de M. le Président de Montesquieu », par d'Alembert[189]. La vie entière du disparu a, selon celui-ci, « *été la méditation continuelle* [de l'*Esprit des lois*]. *D'abord il s'était fait en quelque façon étranger dans son propre pays, afin de le mieux connaître. Il avait ensuite parcouru toute l'Europe, et profondément étudié les différents peuples qui l'habitent* [...]. *Enfin, il avait, si on peut parler ainsi, interrogé et jugé les nations et les hommes célèbres qui n'existent plus aujourd'hui que dans les annales du monde. Ce fut ainsi qu'il s'éleva par degrés au plus beau titre qu'un sage puisse mériter, celui de législateur des nations* [...]. *L'amour du bien public, le désir de voir les hommes heureux, s'y montrent de toutes parts ; et n'eût-il que ce mérite si rare et si précieux, il serait digne, par cet endroit seul, d'être la lecture des peuples et des Rois*[189]. »

Plus encore que les précédents, ce tome connaît un fabuleux succès. Même Voltaire, qui vient de s'installer à Genève, y applaudit. Le 9 décembre, il écrit à d'Alembert[537] : « *Tant que j'aurai un souffle de vie, je suis au service des illustres auteurs de l'*Encyclopédie *: je me tiendrai très honoré de pouvoir contribuer, quoique faiblement, au plus grand et au plus beau monument de la nation et de la littérature*[537]. »

Denis le lui avait demandé cinq ans plus tôt, et sa requête était restée sans réponse. Les deux hommes ne se sont toujours pas rencontrés et ne s'écrivent qu'à peine.

Jean-Jacques s'installe à l'Ermitage

L'année 1756 semble bien commencer pour Denis : l'état de santé de sa fille Angélique ne donne pas de souci ; Sophie occupe tout son esprit ; l'*Encyclopédie* avance à grands pas.

Les encyclopédistes portent alors une attention particulière aux métiers et aux techniques, comme le montre une remarque du chevalier de Jaucourt dans l'article « Héraldique » : « *Il n'y a pas une seule brochure sur l'art de faire des chemises, des bas, des souliers, du pain ; l'*Encyclopédie *est le premier et l'unique ouvrage qui décrive ces arts utiles aux hommes, tandis que la libraire est inondée de livres sur la science vaine et ridicule des armoiries*[189]. »

En février 1756, le grand savant Ferchault de Réaumur, qui n'est pas parvenu à mener à bien le projet de *Description générale des Arts et Métiers de France* dont l'avait chargé l'Académie des sciences quarante-sept ans plus tôt, évoque dans une lettre à Formey, à Berlin, le prétendu « *vol* » de ses planches par Diderot, écrivant[243] : « *L'infidélité et la négligence de mes graveurs, dont plusieurs sont morts, ont donné la facilité à gens peu délicats sur les procédés de rassembler des épreuves de ces planches ; et on les a fait graver de nouveau pour les faire entrer dans le dictionnaire encyclopédique. J'ai appris un peu tard que le fruit d'un travail de tant d'années m'avait été enlevé. J'ai mieux aimé paraître l'ignorer que de troubler mon repos en revendiquant mon bien*[549]. » On y reviendra.

Jean-Jacques, lui, continue à mener sa vie étrange avec Thérèse et sa mère. En avril 1756, Mme d'Épinay lui offre un havre de paix dans le parc de son château, la Chevrette, à Montmorency, où elle vit avec son époux (dont elle est séparée) et son fils. Il raconte ainsi, dans *Les Confessions*, la façon très pique-assiette dont il s'est imposé[450] : « M. *d'Épinay, voulant ajouter une aile qui manquait au château de la Chevrette, faisait une dépense immense pour l'achever. Étant allé voir un jour, avec madame d'Épinay, ces ouvrages, nous poussâmes notre promenade un quart de lieue plus loin, jusqu'au réservoir des eaux du parc, qui touchait la forêt de Montmorency, et où était un joli potager, avec une petite loge fort délabrée qu'on appelait l'Ermitage* [...]. *Il m'était échappé de dire dans mon transport : "Ah ! Madame, quelle habitation délicieuse ! Voilà un asile tout fait pour moi !" Madame d'Épinay ne releva pas beaucoup mon discours ; mais, à ce second voyage, je fus tout surpris de trouver, au lieu de la vieille masure, une petite maison presque entièrement neuve, fort bien distribuée et très logeable pour un petit ménage de trois personnes*[450]. »

Il ajoute que ses amis se sont moqués de sa volonté de quitter Paris et de s'installer hors de la capitale : « *Les sarcasmes tombèrent sur moi comme la grêle*[450]. » Ce lieu jouera un rôle important par la suite.

Au début, Denis ne vient pas le voir : il ne supporte plus ses méchancetés et se méfie de Mme d'Épinay, qu'il ne connaît pas encore. Peut-être même est-il jaloux d'elle, qui est devenue la maîtresse de son ami Grimm ? Rousseau se plaint de ses réticences à venir le retrouver. Toujours dans *Les Confessions*, il se dira « *ennuyé de tant de rendez-vous donnés et manqués de sa part, et de sa fantaisie d'en donner toujours de nouveaux pour y manquer derechef ; gêné de l'attendre inutilement trois ou quatre fois par mois, les jours marqués par lui-même, et de dîner seul le soir après être allé au-devant de lui jusqu'à Saint-Denis, et l'avoir attendu toute la journée : j'avais déjà le cœur plein de ses torts multipliés*[450]. »

Témoignage contraire, quoique moins crédible[518] : Mme de Vandeul, la fille de Denis, racontera que celui-ci allait souvent visiter Rousseau : « *Tout le temps qu'il a demeuré à Montmorency, mon père avait la constance d'y aller une ou deux fois la semaine, à pied, pour dîner avec lui*[518]. »

Ainsi coupé de Rousseau, Denis laisse d'Alembert, poussé par Voltaire, rédiger l'article « Genève » qui aurait dû être proposé à Jean-Jacques, Genevois de naissance. Quand il en est informé, Jean-Jacques entre dans une fureur noire. D'Alembert, de son côté, s'aventure ainsi pour la première fois hors de son univers mathématique pour un article mêlant théologie et sociologie. Mais qui résisterait, en dehors de Diderot, à une sollicitation du grand Voltaire ?

Les attaques contre l'*Encyclopédie* redoublent : le 6 juin, dans *L'Année littéraire*, Fréron la traite d'« *ouvrage très scandaleux* », et Diderot d'« *écrivain séditieux*[380] ». Un des amis dijonnais de Fréron, un certain Charles Palissot de Montenoy, fils d'un conseiller du duc de Lorraine et membre de l'Académie nancéienne, auteur de théâtre[132], ami, on l'a vu, du neveu de Rameau, fait jouer en présence du roi Stanislas, à l'occasion de l'inauguration de la place Louis-XV, à Nancy, une comédie, *Les Originaux ou le Cercle*[402], qui moque Rousseau et les philosophes[132]. Pendant ce temps, Formey, qui a vendu ses premiers manuscrits à l'*Encyclopédie* à ses débuts, revient à la charge et cherche à nouveau à réunir les moyens de financer une *Encyclopédie* concurrente, dénonçant celle de Diderot comme pleine d'erreurs et trop coûteuse[97].

À la demande de Malesherbes qui n'apprécie pas ce concert de critiques, Fréron est renvoyé du *Journal étranger* qu'il dirige depuis l'année précédente[33] ; Malesherbes le fait remplacer par Alexandre Deleyre[33], jeune auteur de trente ans, protégé de Diderot, qui vient d'ailleurs d'écrire pour l'*Encyclopédie* l'article « Fanatisme[189] » après avoir publié, un an auparavant, une *Analyse de la philosophie du chancelier François Bacon*[133] en hommage au « Discours préliminaire » de l'*Encyclopédie* et à son « *système figuré des connaissances humaines* », inspiré justement du *Novum Organum scientiarum*[25] du grand philosophe anglais… celui-là même que Fréron vient d'accuser Diderot d'avoir plagié !

Jeu subtil de Malesherbes, qui protège ceux qu'il doit surveiller et condamne ceux qui veulent les faire interdire…

La Lettre à Landois *: garder son calme*

D'Alembert, qui supporte toujours aussi mal les critiques, se plaint de Fréron à Malesherbes. Il rédige par ailleurs un éloge du chevalier Chesneau Dumarsais, qui vient de mourir ; cet éloge paraîtra dans un peu plus d'un an en ouverture du tome VII de l'*Encyclopédie*[189].

Un autre auteur on ne peut plus obscur compte alors parmi les correspondants de Diderot : il s'agit de Paul Landois, auteur dramatique, contributeur de l'*Encyclopédie*, dont on ne connaît même pas les dates de naissance et de mort. Ce Landois est alors, selon Denis, « *triste, mélancolique, inquiet, injurieux, vagabond, moribond*[143] ».

Le 29 juin, Denis lui écrit une lettre d'une modernité stupéfiante. Reprenant par un autre biais la doctrine janséniste qui nie toute liberté humaine et fait tout dépendre de la grâce divine, Denis dénie lui aussi à l'individu tout libre arbitre, sauf que, pour lui, les hommes sont déterminés non par la grâce, mais par leur environnement, et ne peuvent donc se glorifier d'aucune vertu : « *Le mot liberté est un mot vide de sens ;* […] *il n'y a point, et* […] *il ne peut y avoir d'êtres libres ;* […] *nous ne sommes que ce qui convient à l'ordre général, à l'organisation, à l'éducation et à la chaîne des événements. Voilà ce qui dispose de nous invinciblement.* […] *Ce qui nous trompe, c'est la prodigieuse variété de nos actions, jointe à l'habitude que nous avons prise, tout en naissant, de confondre le volontaire avec le libre* […]*. Mais s'il n'y a point de liberté, il n'y a point d'action qui mérite la louange ou le blâme ; il n'y a ni vice ni vertu, rien dont il faille récompenser ou châtier* […]*. Qu'est-ce qu'un homme vertueux ? C'est un homme vain de cette espèce de vanité, et rien de plus. Tout ce que nous faisons, c'est pour nous. Nous avons l'air de nous sacrifier lorsque nous ne faisons que nous satisfaire*[143]. »

Puis cette incise qui reflète sa maîtrise de soi, sa tolérance, son refus absolu de céder à la colère : « *Ne rien reprocher aux autres ; ne se repentir de rien ; voilà les premiers pas vers la sagesse. Ce qui est hors de là est préjugé, fausse philosophie*[143]. »

Le 26 juillet, en application de ces principes, il écrit à son frère, à propos d'une obscure affaire qui oppose Didier au chevalier de

Piolenc, au sujet de l'attribution de l'abbaye de Rimaucourt[143]. Une lettre qui montre sa volonté de tout faire pour ne pas envenimer leurs relations : « *Vous m'avez écrit la lettre d'un plaideur et d'un fanatique. Si ce sont là les deux qualités que donne votre religion, je suis très content de la mienne, et j'espère n'en point changer. Quant au besoin que vous croyez qu'on en a pour être honnête homme, si vous sentez ce besoin, tant pis pour vous. Arrangez maintenant votre affaire tout comme il vous plaira : surtout, ne la croyez pas merveilleuse, car vous pourriez avoir à déchanter. Si l'événement vous est favorable, je m'en réjouirai ; et cela sans intérêt, comme vous l'éprouverez avec le temps. Si vous perdez, je serai peut-être assez sot pour en être fâché*[143]. »

Au même moment, Diderot reçoit de François Quesnay les articles « Fermiers » et « Grains[189] ». Le médecin, devenu économiste, y exprime les aspirations des grands propriétaires, désireux d'améliorer le rendement de leurs terres, mais on mesure combien il néglige les découvertes techniques, les vertus de l'artisanat, les nouvelles machines qui annoncent la naissance de l'industrie et celle d'une bourgeoisie, quand on lit sous sa plume cette phrase qui résume bien le contresens que fait alors la France depuis des siècles et pour des siècles encore[427] : « *La terre est l'unique source des richesses, et* [...] *c'est l'agriculture qui les multiplie*[427]. » Il reçoit aussi l'article « Forge » de Bouchu[189]. Il ignore la fonte au coke, connue en Angleterre depuis plus de trente ans, et que les autorités avaient chargé Duhamel d'étudier outre-Manche un an avant que le tome VII de l'*Encyclopédie* ne soit publié[227].

L'article « Genève »

Deux jours plus tard, soit le 28 juillet, d'Alembert écrit à Voltaire pour lui annoncer, avec son insondable prétention, qu'il va se rendre à Genève[537] : « *Puisque la montagne ne veut pas venir à Mahomet, il faudra donc, mon cher et illustre confrère, que Mahomet aille trouver la montagne*[537]. » Il arrive aux Délices le 10 août et y reste jusqu'au 30[579]. Voltaire l'aide à rédiger – et peut-être même écrit en partie – l'article sur Genève. Il lui vante le christianisme rationnel de théologiens protestants comme Jacob Vernet, qui ne croient pas à la Trinité et, pour lui, Voltaire, sont, à son exemple, des déistes.

Les pasteurs genevois se précipitent pour rencontrer le codirecteur de l'*Encyclopédie* persécutée, comme eux, par le Vatican[506]. D'Alembert propose alors à Voltaire, qui s'est récemment porté volontaire, d'écrire deux « entrées » proposées par Diderot : « Imagination » et « Idole ». Voltaire accepte.

L'article sur Genève signé d'Alembert, beaucoup plus long que ceux que l'*Encyclopédie* consacre d'ordinaire aux États[549], dresse un portrait très favorable de la ville (qu'il décrit comme « *industrieuse, riche et commerçante*[189] », avec une situation géographique « *très agréable*[189] ») et approuve son régime politique, lequel présente « *tous les avantages et aucun des inconvénients de la démocratie*[189] » et a aboli la terrible « *question*[189] ». Genève est alors une petite république indépendante qui « *compte à peine 24 000 âmes*[189] », selon l'article. C'est une véritable cité internationale où l'on distingue « *quatre ordres de personnes : les citoyens qui sont fils de bourgeois et nés dans la ville – eux seuls peuvent parvenir à la magistrature ; les bourgeois qui sont fils de bourgeois ou de citoyens, mais nés en pays étranger, ou qui, étant étrangers, ont acquis le droit de bourgeoisie que le magistrat peut conférer – ils peuvent être du Conseil général, et même du Grand-Conseil appelé des Deux-Cents ; les habitans* [qui] *sont des étrangers, qui ont permission du magistrat de demeurer dans la ville et qui n'y sont rien autre chose ; enfin les natifs* [qui] *sont les fils des habitans – ils ont quelques privilèges de plus que leurs pères, mais ils sont exclus du gouvernement*[189] ».

D'Alembert s'étonne seulement que la ville n'ait pas de théâtre, alors même que, selon Voltaire, on est « *fou du spectacle dans le pays de Calvin* »[537]. D'Alembert « [engage la ville] *à permettre les spectacles*[189] » théâtraux : « *On ne souffre point à Genève de comédie ; ce n'est pas qu'on y désapprouve les spectacles en eux-mêmes, mais on craint, dit-on, le goût de parure, de dissipation et de libertinage que les troupes de comédiens répandent parmi la jeunesse. Cependant, ne serait-il pas possible de remédier à cet inconvénient par des lois sévères et bien exécutées sur la conduite des comédiens*[189] *?* »

Il émet aussi des commentaires sur les armoiries de Genève, sur l'inscription latine figurant « *entre les deux portes de l'hôtel-de-ville*[189] », sur la qualité des chants à l'office, ou encore sur Calvin, qu'il décrit comme « *un jurisconsulte habile et théologien aussi éclairé qu'un hérétique le peut être*[189] ». Il ajoute : « *Plusieurs pasteurs de Genève n'ont d'autre religion qu'un socinianisme parfait, rejetant tout ce qu'on appelle mystères et s'imaginant que le premier principe d'une religion véritable est de ne rien proposer à croire qui heurte la raison*[189]. »

Cet article va entraîner une succession de catastrophes.

Quand commence la guerre de Sept Ans

Le 26 août 1756, on l'a vu, commence en Europe une nouvelle guerre qui va durer sept ans. Frédéric-Auguste II, roi de Saxe et souverain de Pologne sous le nom d'Auguste III, se laisse entraîner par Marie-Thérèse d'Autriche dans une politique antiprussienne. Frédéric II réagit et envahit la Saxe, puis la Bohême. Au même moment, sans aucune relation avec ce conflit, débute un affrontement entre la Grande-Bretagne et la France en Amérique du Nord et en Inde. Comme la Prusse a passé un pacte de neutralité avec l'Angleterre, l'Autriche de Marie-Thérèse se rapproche de la France et de la Russie. La guerre affecte dès lors l'ensemble du continent.

En septembre, Alexandre Deleyre, le jeune protégé de Diderot nommé par Malesherbes à la direction du *Journal étranger*, publie à Paris, sous une fausse adresse londonienne, avec « permission tacite » de la Librairie, une *Revue des feuilles de M. Fréron*[133] sans périodicité ni dates de livraisons définies[380], où il attaque Fréron : « *Les auteurs de* l'Encyclopédie *sont bien mal au cœur du périodiste, surtout MM. D'Alembert et Diderot ; leur réputation, qui croît de jour en jour, allume sa bile* [...]. *Il crèvera de dépit si on ne lui donne pas la permission de les déchirer à son gré*[133]. » Il publie un extrait des *Pensées sur l'interprétation de la nature* que Diderot lui a confiées[380], et des comptes rendus de livres de collaborateurs de l'*Encyclopédie*. Fréron est présenté comme une « *marionnette ridicule*[380] », un « *hibou de la littérature* »[133], dont les « *feuilles charmantes* »[133] suscitent un « plaisir »[133] qui (selon une formule sûrement dictée par Diderot, qui deviendra célébrissime) « *a fait crever de jalousie un nain, deux singes et trois perroquets*[133] ».

Cette année-là, le tout premier responsable pressenti pour diriger l'*Encyclopédie*, l'abbé Gua de Malves, qui s'est ruiné à chercher des paillettes d'or dans les torrents des Cévennes ou à forger des martingales pour gagner à la Loterie[564], est arrêté à Paris chez une femme de petite vertu, la Roisin, rue du Foin, en compagnie d'une autre fille qu'il reconnaîtra avoir « *vue* [...] *trois fois ce soir-ci charnellement*[56] ».

Débuter enfin au théâtre : Le Fils naturel

Depuis longtemps, Denis rêve de théâtre. Tout jeune, à Paris, il y passait ses soirées et finissait la nuit au Procope en devisant des pièces en particulier, et de l'art dramatique en général. Il sait que le théâtre, à Paris, est le plus sûr moyen d'accéder à la gloire et à la fortune. Voltaire et Marivaux, qu'il n'a jamais rencontrés, sont alors au sommet de leur gloire théâtrale. Il hésite, puis se lance.

En août et septembre 1756, il passe trois semaines à Massy, dans la maison de son éditeur, Le Breton, à travailler à l'*Encyclopédie*[507] ; il s'amuse à faire semblant de courtiser Mme Le Breton tout en pestant une fois de plus contre sa vulgarité et sa pingrerie[143]. Il lit *Il Vero Amico*[232], pièce écrite cinq ans plus tôt à Venise par Goldoni (alors critiqué pour son réalisme). Pour Denis, voilà ce qui s'appelle du théâtre ! Il s'en pense capable, décide de s'y mettre et compose en quelques jours *Le Fils naturel ou les Épreuves de la vertu*[156].

Il situe l'action de la pièce à Saint-Germain-en-Laye en 1757. L'intrigue est simple : Clairville, jeune homme vertueux à la naissance obscure, doit épouser Rosalie, qui vient de perdre sa mère et ne connaît pas son père. Un ami de Clairville, Dorval, secrètement amoureux de Rosalie, renonce à rivaliser avec son ami (« *Ô vertu, qu'es-tu, si tu n'exiges aucun sacrifice*[156] *?* »). Coup de théâtre final : de retour d'Amérique, un marchand révèle qu'il n'est autre que le père de Rosalie et de Dorval. Clairville épouse Rosalie et Dorval épouse Constance, la sœur de Clairville.

Dans le prologue, Diderot raconte qu'il a rencontré ce Dorval à la campagne et qu'il a fait jouer leurs propres vies aux personnages réels de l'histoire[156]. Rien n'établit que ce soit vrai.

Diderot est en fait plus attiré par la théorie que par la pratique. En même temps que la pièce, il écrit trois *Entretiens sur le Fils naturel*[156], exposant une nouvelle théorie de l'art dramatique : le premier entretien critique les conventions théâtrales du moment (la loi des trois unités, le rejet de la double intrigue, les coups de théâtre, la décence) ; le deuxième porte sur le choix des sujets (« *Les grands intérêts, les grandes passions : voilà la source des grands discours, des discours vrais*[156] ») ; sur l'amélioration nécessaire à apporter à la condition des comédiens pour attirer vers ce métier des gens cultivés ; sur l'importance de la pantomime, des silences, des phrases inachevées, aussi expressifs que les grandes tirades déclamées ; sur la nécessité de vastes salles permettant de représenter plusieurs actions simultanées et de « [produire] *sur nous des effets terribles*[156] ». Pour lui, la mission du théâtre ne consiste pas à produire « *de ces petites impressions passagères qui se dissipent dans la gaieté d'un souper*[156] », écrira-t-il un peu plus tard. Il oppose la force, l'émotion bouleversante des tragiques grecs et de Shakespeare au raffinement et à la délicatesse de Racine, qu'il admire aussi, en particulier *Athalie*, sa pièce préférée[143].

Le troisième entretien définit un genre théâtral nouveau, qu'il nomme « *sérieux*[156] » (ni comédie ni tragédie, mais peinture réaliste des « *conditions*[156] », c'est-à-dire des statuts sociaux : le père de famille, le juge, le commerçant, l'avocat, le financier, le grand seigneur) : « *Ce genre établi, il n'y aura point de conditions dans la société, point d'actions importantes dans la vie qu'on ne puisse rapporter à quelque partie du système dramatique*[156]. »

Déception : malgré l'intercession du duc d'Orléans, sa pièce est considérée comme injouable par les comédiens-français, en particulier par Charles-François Racot de Grandval, auteur et comédien qui règne alors en maître sur la troupe[423] ; la pièce ne sera représentée qu'un peu plus tard, et seulement deux fois, à Saint-Germain-en-Laye, où l'intrigue est supposée se dérouler, dans le théâtre privé de l'hôtel de Noailles de Jean Paul François, duc d'Ayen, futur maréchal de France[423]. Le duc lui-même, dont on ne sait comment il s'intéressa à la pièce, y tient alors un rôle[423]. *Le Fils naturel* sera ensuite joué assez souvent en France, en Hollande, en Allemagne et en Autriche.

Lisant cette pièce dans sa tanière de l'Ermitage, dont il n'entend plus sortir, Rousseau n'en retient qu'une phrase (« *Il n'y a que le méchant qui soit seul*[450] »), qu'il s'applique sans hésiter à lui-même.

Tome VI

En octobre 1756 paraît le tome VI de l'*Encyclopédie*. Il va de « Et » à « Fné » et comporte quinze articles de Voltaire[549] (notamment : « Facile », « Faction », « Fantaisie », « Faveur », « Favori, favorite », « Fécond », « Fierté »), d'autres de Turgot (« Étymologie », « Expansibilité », « Existence[281] »), de Quesnay (« Fermier[281] »). Il sera celui qui suscitera le moins de polémiques[549].

Le 2 octobre, Denis écrit à son ami le sculpteur Jean-Baptiste Pigalle après avoir vu, au Louvre, la maquette de son monument au maréchal de Saxe[143], le vainqueur de Fontenoy, mort en duel six ans plus tôt[143] : « *Ce casque dont vous aurez couvert la tête de cet enfant restera et diminuera ce contraste du doux et du terrible que quelques anciens ont si bien connu, et qui produit toujours le frémissement dans ceux qui sont faits pour admirer leurs ouvrages*[143]. » Pigalle retirera le casque en question. La statue se trouve aujourd'hui à Strasbourg, dans le temple protestant dit de Saint-Thomas.

Le deuil de sa femme dissipé, d'Holbach reprend les dîners, qu'il donne chez lui, à Paris, deux fois par semaine, les jeudi et dimanche. Ils rassemblent jusqu'à vingt convives. La société de d'Holbach reste confidentielle et discrète. On ne reçoit jamais d'inconnus. On évite ainsi l'infiltration de mouchards. En être est un honneur : on y vient de toute l'Europe ; on y verra Hume, Wilkes, Sterne, Galiani, Beccaria, Franklin. L'été, il reçoit pour de longs séjours au château de Grandval, près de Boissy-Saint-Léger, propriété de sa belle-mère et cousine, Mme Daine[143]. Denis y passera de pleines journées, parfois des semaines, voire des mois. Il y discute et réécrit en particulier les articles que d'Holbach s'est remis à écrire pour l'*Encyclopédie*. Tel l'article « Représentants[472] », un des rares sortis de la plume de son hôte à ne pas être une simple compilation.

Pour lui, « *dans les monarchies tempérées, le souverain n'est dépositaire que de la puissance exécutrice, il ne représente sa nation qu'en cette partie, elle choisit d'autres représentants pour les autres branches de l'administration*[189] » ; « *il faut que chaque classe ait le droit de choisir ses organes ou ses représentants*[189] ». Ceux-ci seraient pour l'essentiel des notables, puisque « *c'est la propriété qui fait le citoyen*[189] ». Ils seraient élus périodiquement et, nantis d'un mandat impératif, auraient voix consultative : « *Si la nation n'est point représentée, comment son chef peut-il être instruit de ces misères de détail que, du haut de son trône, il ne voit jamais que dans l'éloignement, et que la flatterie cherche toujours à lui cacher*[189] ? » Car enfin, « *nul homme, quelles que soient ses lumières, n'est capable, sans conseils, sans secours, de gouverner une nation entière*[189]. » Toute la doctrine de la Révolution française est en germe dans ce texte.

Le 29 octobre, soit deux ans et deux mois après le décès de sa première femme, d'Holbach se remarie avec la sœur cadette de la défunte, Charlotte-Suzanne Daine, qui est donc aussi sa nièce par alliance[92]. Manière élégante de ne pas disperser l'héritage de l'oncle richissime qui avait adopté l'un et la mère des deux autres… Diderot et Grimm sont ses témoins[92]. Dans ses lettres à Sophie Volland, Denis décrit longuement la nouvelle baronne d'Holbach : une jeune femme légère, joyeuse, volontiers aguicheuse avec les amis de son époux, dont lui, Diderot, Grimm et Damilaville.

Dans la nuit du 31 octobre au 1er novembre 1756, a lieu la plus célèbre évasion d'une prison du XVIIIe siècle : celle de Casanova qui s'échappe des Plombs à Venise.

Damiens et le complot imaginaire

Survient alors un fait divers aux énormes conséquences : le 5 janvier 1757, à Versailles, vers six heures du soir, au pied du petit escalier donnant sur la cour de marbre, le roi, qui s'apprête à monter en carrosse, est frappé au flanc d'un léger coup de canif par un déséquilibré, Robert François Damiens.

La police est persuadée qu'il y a un complot. Malgré la torture, Damiens jure qu'il a agi seul et ne voulait qu'alerter le roi sur les malheurs du peuple. On fouille sa vie : il avait fréquenté les jésuites à Arras et avait été valet au collège des jésuites de Louis-le-Grand, à Paris. On accuse aussitôt les jésuites, puis les Anglais, les parlementaires – donc les jansénistes –, d'avoir fomenté l'attentat. D'autres insinuent que le bras de Damiens a été armé par les encyclopédistes – au premier chef par Diderot –, qui ont légitimé l'« indignation » et le « ressentiment ».

Louis XV renvoie le comte d'Argenson (à qui le premier tome de l'*Encyclopédie* était dédié), alors ministre d'État et secrétaire d'État à la Guerre, parce que ami des jésuites. Il lui écrit : « *Votre service ne m'étant plus nécessaire, je vous ordonne de me remettre la démission de votre charge de secrétaire d'État de la Guerre et de vos autres emplois et de vous retirer à votre terre des Ormes*[104]. »

À la fin de janvier, Rousseau, installé à l'Ermitage, toujours obsédé par lui-même, fait porter à Diderot le premier jet d'un nouveau roman, *Julie ou la Nouvelle Héloïse*[455]. C'est un récit épistolaire qui raconte l'histoire d'une passion amoureuse contrariée par la société, puis sublimée par la renonciation, inspirée de celle d'Héloïse et Abélard.

Le 28 février, Voltaire écrit à Diderot, qu'il n'a toujours pas rencontré et qui lui a envoyé le texte de sa pièce : « *L'ouvrage* [Le Fils naturel] *que vous m'avez envoyé, Monsieur, ressemble à son auteur. Il me paraît plein de vertus, de sensibilité et de philosophie. Je pense comme vous qu'il y aurait beaucoup à réformer au théâtre de Paris*[539]. » Venant du plus célèbre auteur dramatique du moment, le compliment paraît bien froid. Diderot, lui, en est très flatté.

Le 1er mars, Grimm rédige pour la très confidentielle *Correspondance littéraire* un compte rendu élogieux de la pièce de Diderot et des *Entretiens sur le Fils naturel*[235]. En avril, le *Mercure de France*, où écrit toujours Raynal, juge que « *les* Entretiens [...] *forment une nouvelle poétique*[505] ».

Le 10 avril, Nicolas-Claude Thieriot, écrivain et ami proche de Voltaire, écrit à ce dernier : « *La comédie de M. Diderot est si fort déchue, malgré tous les applaudissements dans les bureaux d'esprit, qu'ils ont abandonné le dessein et les démarches qu'ils ont faits pour la faire représenter.* [...] *Il ne connaît ni le théâtre, ni le style de la Comédie*[80]. »

Fréron, lui, s'entête à poursuivre Diderot de sa vindicte et écrit à Malesherbes : « *M. Diderot et ses adhérents sont des novateurs très dangereux en matière de littérature et de goût.* [...] *Si on laisse faire M. Diderot et ses semblables, et les lettres et le goût seront anéantis en France avant dix ans*[33] » ; « *Il ne faut pas avoir la vue bien longue pour voir que M. Diderot vise à l'Académie française, et que ceux qui lui veulent du bien appréhendent avec raison que je ne démontre* [...] *que son* Fils naturel, *le seul ouvrage qu'il ait écrit du genre de l'Académie, est une pièce détestable*[29]. » Malesherbes, qui décidément le déteste, interdit à Fréron de publier sa lettre.

Au même moment paraissent les *Nouvelles pièces de clavecin* de « M. Rameau le Neveu », imprimées aux frais de son principal mécène, Bertin, trésorier des parties casuelles du roi (formule qui désigne les revenus que le roi reçoit des offices vénaux non héréditaires)[329]. Ces six suites sont remarquées, et on demande à leur auteur d'écrire des symphonies pour le Concert spirituel du roi, au Louvre[329]. Diderot, qui va s'emparer du personnage, n'en est pas informé.

Deuxième brouille avec Jean-Jacques

Le 10 mars 1757, soit un peu plus d'un mois après avoir reçu *La Nouvelle Héloïse*, Denis répond à Jean-Jacques qu'il a lu et annoté en détail le manuscrit, et l'invite à venir le voir à Paris pour en discuter[143]. Le lendemain, Rousseau refuse[143] : « *Je ne veux plus aller à Paris. Je n'irai plus. Pour cette fois, je l'ai résolu.* » Diderot répond calmement deux jours plus tard : « *Vous ne reprocherez point au Ciel de vous avoir donné des amis. Que le Ciel vous pardonne leur inutilité*[143] *!* » Puis, grande concession, Denis propose à Jean-Jacques de venir le voir le 19 à l'Ermitage[143], chez Mme d'Épinay, qu'il ne connaît pas encore et qu'il ne tient pas spécialement à rencontrer. Le 16 mars, Rousseau prie Mme d'Épinay d'empêcher Diderot de venir[507]. Mme d'Épinay fait donc savoir à Denis que ce n'est pas la peine de se déranger. Vers le 22, Diderot devine que la consigne a été donnée par Jean-Jacques et lui renvoie son manuscrit, toujours sans se fâcher : « *Mon ami, croyez-moi, n'enfermez point avec vous l'injustice dans votre asile : c'est une fâcheuse compagnie. Une bonne fois pour toutes, demandez-vous à vous-même : Qui est-ce qui m'a soutenu quand j'ai été attaqué ? Qui est-ce qui s'est intéressé vivement à ma gloire ? Qui est-ce qui s'est réjoui de mes succès ? Répondez-vous avec sincérité, et connaissez ceux qui vous aiment* [...] *Oh ! Rousseau, vous devenez méchant, injuste, cruel, féroce, et j'en pleure de douleur.* [...] *Jugez quel mal vous me faites. Mais je crains que les liens les plus doux ne vous soient devenus fort indifférents*[143]. »

Rousseau consent alors à convier Diderot à l'Ermitage. Le 3 avril, Denis se rend à son invitation[317] et fait à Rousseau des commentaires détaillés sur *Héloïse*, dont celui-ci prend note consciencieusement. En particulier, il lui fait remarquer les similitudes avec l'*Histoire de Miss Clarisse Harlowe*[440] de l'écrivain anglais Richardson.

Quand Denis rentre à Paris, l'atmosphère y est détestable : quelques jours après que l'auteur de l'attentat contre le roi, Damiens, a été horriblement torturé et exécuté (sans qu'aucun philosophe, ni Diderot, ni Rousseau, ni Voltaire, ait pu s'élever contre cette barbarie : c'eût été se condamner soi-même à mort), le Conseil du roi cherche les organisateurs d'une conjuration derrière son auteur. La police le met au compte des idées nouvelles véhiculées par des ouvrages interdits.

Alors que les querelles religieuses s'éternisent, que la levée du nouvel impôt, le « vingtième », entraîne protestations et révoltes, le 16 avril, une *Déclaration du roi* aux conseillers du parlement de Paris dénonce encore la multiplication inquiétante d'ouvrages clandestins[507]. La *Déclaration* du 16 avril dénonce « *la licence effrénée des écrits qui se répandent dans le royaume* [...] [et qui tendent] *à attaquer la religion, à émouvoir les esprits, à donner atteinte à l'autorité royale*[248] ». Le 21, les conseillers, en accord avec le monarque, pour une fois, proclament un *Édit concernant l'impression et la vente des ouvrages imprimés sans permission*[507], qui prévoit des sanctions allant des galères à perpétuité à la peine de mort pour tout auteur, imprimeur, diffuseur d'ouvrages attaquant ou contestant la religion, les autorités religieuses et l'autorité royale[507]. Cette fois, c'est du sérieux !

La peur s'installe dans Paris.

En juin, Fréron, qui ne lâche pas Diderot, va expliquant dans les salons que sa pièce est un plagiat de celle de Carlo Goldoni, *Il Vero Amico*, et souligne que la deuxième et dernière représentation de la pièce à Saint-Germain s'est faite presque sans spectateurs[549]. Il fait même circuler dans Paris, le 10 juillet, une fausse lettre de Goldoni adressée à une inconnue parisienne, dans laquelle on peut lire : « *Ayant reçu, Monsieur, votre très gracieuse lettre avec la réimpression de mon* Véritable Ami *sous le nom de* Fils naturel[65]... » Quand Goldoni, alors venu s'installer à Paris, apprend cette manœuvre, il fait savoir haut et fort que Diderot ne l'a nullement plagié.

Affecté par ces attaques, Diderot travaille à ce moment à une nouvelle pièce de théâtre, *Le Père de famille*[156], et à un nouveau discours théorique sur le théâtre, *De la poésie dramatique*[156]. L'action de la pièce, qui se déroule en vingt-quatre heures, raconte les amours contrariées de Saint-Salbin, fils d'un « père de famille » (monsieur d'Orbesson), et de Sophie, ouvrière tisserande d'origine inconnue, récemment arrivée à Paris. Saint-Albin souhaite épouser Sophie ; son père refuse et propose de l'argent à Sophie si elle renonce à son fils. Avec l'aide de sa sœur, Saint-Albin décide de cacher Sophie chez le fils d'un ami de son père, cependant que le beau-frère du « père de famille », ancien militaire de haut rang (le commandeur d'Auvillé), tente de faire enfermer Sophie au couvent par lettre de cachet. L'intrigue se conclut encore une fois par un coup de théâtre : le commandeur se rend compte que Sophie est sa propre nièce ; et le mariage peut avoir lieu.

Mise au courant de l'intrigue, Toinette n'appréciera pas que Denis ait donné le nom de sa maîtresse à un personnage dont la vie ressemble à la sienne.

Rompre avec Rousseau

En juillet 1757, Rousseau se rend enfin à Paris pour y passer deux nuits. Il loge rue Taranne, chez Diderot[507]. D'après Jean-Jacques, c'est pour lui manifester son soutien face aux accusations de plagiat. En réalité, il a encore besoin de Denis et lui fait, pendant trois jours et deux nuits, la lecture d'une nouvelle version d'*Héloïse*[549]. Denis commente de nouveau en détail. Au terme de la troisième journée, Diderot souhaite en échange consulter Rousseau sur sa nouvelle pièce, *Le Père de famille*, mais celui-ci lui répond qu'il est bien tard : « *J'ai envie de dormir, allons nous coucher*[549]... »

Puis Jean-Jacques lui fait une confidence : il vient de tomber éperdument amoureux de la belle-sœur de Mme d'Épinay, la comtesse Sophie d'Houdetot, qui ne vit pas loin de l'Ermitage, à Montmorency[549]. La comtesse est la maîtresse du marquis de Saint-Lambert, officier et poète, alors en campagne au Hanovre pour le compte du roi de France[549]. Saint-Lambert est un séducteur : à la cour de Lunéville, il avait déjà séduit Émilie du Châtelet, qui entretenait alors une relation avec Voltaire et qui mourut à quarante-trois ans en accouchant d'un enfant de Saint-Lambert[549].

Diderot racontera qu'il conseille alors à Rousseau d'écrire à Saint-Lambert, de tout lui dire et « *de s'éloigner de Mme d'Houdetot*[549] ». Rousseau promet, mais n'en fait rien.

En août, le père de Denis sent son état s'aggraver. Il aspire à connaître son unique petite-fille. Denis hésite, puis envoie Toinette et Angélique à Langres – sans lui[507]. Cinq ans après le premier voyage de Toinette, la fillette (elle a quatre ans) et sa mère sont bien reçues et s'installent là quelques mois (jusqu'en novembre[507]).

Le 4 septembre, Rousseau se résout à écrire à Saint-Lambert[549], comme le lui a conseillé Diderot, mais il le fait de façon si alambiquée que le marquis ne comprend pas que Rousseau lui avoue être amoureux de sa maîtresse.

À la mi-octobre, alors que disparaît Réaumur, Denis, tout comme Mme d'Houdetot, exhorte Jean-Jacques à accompagner à Genève

Mme d'Épinay qui doit aller se faire soigner pour de longs mois par le célèbre docteur Tronchin[549]. Il refuse : il est bien à l'Ermitage, pas question d'en bouger. Et puis, il y a Mme d'Houdetot dont il est épris et qui est seule, puisque son amant court toujours les champs de bataille… Denis écrit alors à Jean-Jacques : « *Ne craignez-vous point qu'on ne mésinterprète votre conduite ? On vous soupçonnera ou d'ingratitude ou d'un autre motif secret. Je sais bien que, quoi que vous fassiez, vous aurez pour vous le témoignage de votre conscience ; mais ce témoignage suffit-il seul ? Et est-il permis de négliger jusqu'à un certain point celui des autres hommes*[143] *?* »

Rousseau prend mal cette insistance et y voit un complot destiné à l'éloigner de Mme d'Houdetot, ce qu'il écrit aussitôt à Mme d'Épinay dans une lettre d'une incroyable paranoïa[192] : « *Madame d'Houdetot me parla mardi beaucoup de ce voyage et m'exhorta à vous accompagner presque aussi vivement qu'avait fait Diderot. Cet empressement à me faire partir* […] *me fit soupçonner une espèce de ligue dont vous étiez le mobile. Je n'ai ni l'art ni la patience de vérifier les choses, et ne suis pas sur les lieux ; mais j'ai le tact assez sûr, et je suis très certain que le billet de Diderot ne vient pas de lui*[192]. »

Le 19 octobre, Rousseau ose alors écrire à Grimm, amant de son hôtesse, une lettre encore plus extravagante où il explique que les deux ans déjà passés à l'Ermitage ont été pour lui « *deux ans d'esclavage*[461] » : « *Comparez les bienfaits de madame d'Épinay avec mon pays sacrifié et deux ans d'esclavage, et dites-moi qui, d'elle ou de moi, a le plus d'obligation à l'autre*[461]. » Et il ajoute : « *Il faut être pauvre, sans valet, haïr la gêne, et avoir mon âme, pour savoir ce que c'est pour moi que de vivre dans la maison d'autrui. J'ai pourtant vécu deux ans dans la sienne, assujetti sans relâche avec les plus beaux discours de liberté, servi par vingt domestiques, et nettoyant tous les matins mes souliers, surchargé de tristes indigestions, et soupirant sans cesse après ma gamelle*[461]. »

Le 20 octobre, Rousseau apprend par Deleyre que Diderot, malade, ne peut venir le voir et qu'il l'invite à Paris[507] : pas question pour lui de quitter l'Ermitage.

À la fin du mois, Mme d'Épinay part pour Genève avec son époux, dont elle est pourtant séparée, son fils Louis et le précepteur de Louis, Jean de Linant, pour consulter le docteur Tronchin[411] ; elle y restera deux ans, laissant son amant, Friedrich Melchior Grimm, qui prévoit de la rejoindre dès que possible. Il ne viendra qu'en février 1759[507], quinze mois plus tard.

Les Cacouacs

En novembre, les attaques contre Diderot ne se relâchent pas.

C'est d'abord un certain Odet de Vaux de Giry, abbé de Saint-Cyr et confesseur du Dauphin, qui publie dans le *Mercure de France* l'« Avis utile ou Premier mémoire sur les Cacouacs[229] ». Il a inventé ce mot (du grec *kakos*, « méchant ») pour désigner les encyclopédistes, qu'il assimile à une secte dangereuse et apatride. C'est une épithète particulièrement grave en ces temps où la guerre de Sept Ans vire au désavantage de la France, dont les troupes, supérieures en nombre, commandées par le maréchal de Soubise, enregistrent une cuisante défaite à Hossbach, en Saxe, face aux Prussiens de Frédéric II.

Puis Palissot réitère et moque, sans le nommer, dans le *Supplément d'un important ouvrage*[406], les prétentions à la nouveauté théâtrale de Diderot et son apologie de la pantomime : « *Ne négligez pas d'avoir un théâtre cinq à six fois plus grand que les nôtres : qu'est-il besoin qu'on y entende, puisque vous ne faites plus parler vos acteurs que par signes*[406] ? » Il accuse encore les encyclopédistes de plagier Bacon, d'énoncer des évidences, de compliquer inutilement des vérités élémentaires[404].

Au début de novembre 1757, Toinette et Angélique reviennent à Paris, comblées de cadeaux.

Rousseau fait alors part à Mme d'Houdetot de son vœu de quitter l'Ermitage pour s'installer près d'elle à Montmorency[549]. Mme d'Houdetot, qui ne veut pas de lui, écrit à Diderot de bien vouloir venir à la Chevrette l'aider à convaincre Rousseau de rester chez Mme d'Épinay, partie à Genève[549]. Diderot prétexte le retour de Toinette et Angélique pour émettre une réponse évasive : « *Je ne sais point encore le jour où je pourrai faire le voyage de l'Ermitage. Je sais seulement que je suis attiré vers mon triste ami, de manière à ne pouvoir résister longtemps à ses sollicitations et à son besoin*[143]. »

Le 14, Denis écrit à Jean-Jacques : « *Pourquoi délogez-vous de l'Ermitage ? Si c'est impossibilité d'y subsister, je n'ai rien à dire. Mais toute autre raison d'en déloger est mauvaise* [...]. *Votre séjour à Montmorency aura mauvaise grâce. Eh bien ! Quand je me mêlerais encore ici de vos affaires sans les connaître assez, qu'est-ce que cela signifierait ? – Rien. Ne suis-je pas votre ami ? N'ai-je pas le droit de vous dire tout ce qui me vient en pensée ? N'ai-je pas celui de me tromper ? Vous communiquer ce que je croirai qu'il est honnête de faire, n'est-ce pas mon devoir ? Adieu, mon ami. Je vous ai aimé, il y a longtemps. Je vous aime toujours. Si vos pensées sont attachées à quelque incertitude sur mes sentiments, n'en ayez plus : ils sont les mêmes*[143]. » Le 23, Rousseau écrit à Mme d'Épinay : « *J'ai voulu quitter l'Ermitage, et je le devais. Mais on prétend qu'il faut que j'y reste jusqu'au printemps ; et puisque mes amis le veulent, j'y resterai, si vous y consentez*[456]. »

Le 29, Diderot apprend par sa sœur Denise que sa première pièce, *Le Fils naturel*, a déplu à son frère Didier-Pierre. Toujours soucieux de satisfaire ses proches, il écrit au chanoine sans se démonter : « *J'apprends, cher frère, que mon dernier ouvrage vous a donné beaucoup de chagrin. Si cela est, je voudrais ne l'avoir point fait. Je ne suis pas assez jaloux de la gloire littéraire pour préférer cette fumée à la tranquillité d'un frère. Soyez sûr que l'approbation de tout l'univers sur une chose aussi indifférente qu'une comédie, n'équivaut pas, à mon jugement, un moment de votre peine. Mais que peut-il y avoir dans la mienne qui vous ait offensé ? Pour votre satisfaction et pour la mienne, mettez-moi à portée de me défendre, ou de m'accuser. Dites-moi avec franchise ce qui vous a déplu. On en fera incessamment une seconde édition, et j'aurai certainement tous les égards possibles pour vos considérations. Ne vous attendez pas que je cède sans coup férir*[143]. »

Cette lettre restera sans réponse.

Denis travaille encore à sa deuxième pièce, *Le Père de famille*[156], et au texte sur la poésie dramatique[156] qui l'accompagne. Il peine[448] : « *J'ai fait le plan de ma pièce, mais j'en suis resté là. La première m'avait donné tant de tracasseries que j'ai été vingt fois sur le point d'abandonner la seconde*[448] », écrit-il le 28 novembre à Antoine Bret, contributeur à la *Gazette de France*, censeur royal pour les opéras.

Tome VII, peut-être le dernier…

Alors que la situation des écrivains à Paris se révèle de plus en plus difficile après l'attentat de Damiens, les libraires, se pensant protégés par leurs amitiés à la cour, se risquent à publier le septième tome de l'*Encyclopédie*.

Il commence à « Foang » et s'arrête à « Gythium[189] ». Turgot (à trente ans, celui-ci est maître des requêtes au parlement de Paris, a déjà écrit des *Lettres à un grand-vicaire sur la tolérance*[513] et travaille à des *Réflexions sur la formation et la distribution des richesses*[514]) y publie les articles « Fondation », « Foires et marchés » et Quesnay écrit l'article « Grains ». On peut y lire une juste description de la situation économique du pays, où la baisse du prix du blé a ruiné les paysans : « *Nous nous sommes livrés à une industrie qui nous était étrangère ; et on y a employé une multitude d'hommes dans le temps que le royaume se dépeuplait et que les campagnes devenaient désertes. On a fait baisser le prix de nos blés afin que la fabrication et la main-d'œuvre fussent moins chères que chez l'étranger : les hommes et les richesses se sont accumulés dans les villes*[189]. »

Ce septième volume contient aussi l'article « Genève » de d'Alembert, que les pasteurs et les autorités de la ville prennent très mal. Toujours soucieux d'appuyer là où ça fait mal, Grimm écrira dans la *Correspondance littéraire* : « *Je ne dis pas combien tout l'article était déplacé dans l'*Encyclopédie, *où la ville de Genève doit occuper l'espace de trois ou quatre lignes, et point du tout des colonnes entières pour nous apprendre ce qu'elle doit ou ne doit pas faire : chose absolument étrangère aux arts et aux sciences qui font l'objet de ce dictionnaire*[235]. »

Avec le tome VII est envoyé un avis aux souscripteurs pour les avertir qu'on ne pourra s'en tenir aux huit tomes prévus au départ, qu'il y en aura sans doute dix de plus et qu'il leur faudra payer 24 livres chaque tome à venir, avec au moins deux volumes de planches supplémentaires, soit mille planches au lieu de six cents prévues initialement.

Mais chacun sent bien que la censure est de plus en plus féroce et que ces volumes ne paraîtront peut-être jamais…

Ultime rendez-vous avec Rousseau

Le 5 décembre 1757, Diderot rend enfin visite à Rousseau à l'Ermitage[507]. Ce dernier est plus calme. Il a accepté de demeurer encore un peu à l'Ermitage sans payer ni loyer ni gages à personne. Tous deux parlent de Grimm, de Mme d'Épinay, de Thérèse Le Vasseur et de sa mère, de la volonté de Jean-Jacques de quitter les lieux au printemps, de l'article sur « Genève » rédigé par d'Alembert pour l'*Encyclopédie*[549]. De ce rendez-vous, Rousseau écrira : « *Dans la* *dernière visite que Diderot m'avait faite à l'Ermitage, il m'avait parlé de l'article "Genève", que d'Alembert avait mis dans l'*Encyclopédie *: il m'avait appris que cet article, concerté avec des Genevois du haut étage, avait pour but l'établissement de la comédie à Genève ; qu'en conséquence les mesures étaient prises, et que cet établissement ne tarderait pas d'avoir lieu. Comme Diderot paraissait trouver tout cela fort bien, qu'il ne doutait pas du succès, et que j'avais avec lui trop d'autres débats pour disputer encore sur cet article, je ne lui dis rien ; mais, indigné de tout ce manège de séduction dans ma patrie, j'attendais avec impatience le volume de l'*Encyclopédie *où était cet article, pour voir s'il n'y aurait pas moyen d'y faire quelque réponse qui pût parer ce malheureux coup*[450]. »

Cette rencontre entre Diderot et Rousseau se passe plutôt bien. Rien ne laisse présager qu'elle sera la dernière.

Rousseau écrira dans *Les Confessions* : « *J'aimais tendrement Diderot, je l'estimais sincèrement, et je comptais avec une entière confiance sur les mêmes sentiments de sa part. Mais, excédé de son infatigable obstination à me contrarier éternellement sur mes goûts, mes penchants, ma manière de vivre, sur tout ce qui n'intéressait que moi seul ; révolté de voir un homme plus jeune que moi vouloir à toute force me gouverner comme un enfant ; rebuté de sa facilité à promettre, et de sa négligence à tenir*[450]*...* »

Le 10, Rousseau reçoit une lettre de Mme d'Épinay, envoyée de Genève le 1er décembre, dont il rapporte le contenu dans *Les Confessions* : « *Après vous avoir donné, pendant plusieurs années, toutes les marques possibles d'amitié et d'intérêt, il ne me reste qu'à vous plaindre. Vous êtes bien malheureux. Je désire que votre conscience soit aussi tranquille que la mienne. Cela pourrait être nécessaire au repos de votre vie. Puisque vous vouliez quitter l'Ermitage et que vous le deviez, je suis étonnée que vos amis vous aient retenu. Pour moi, je ne consulte point les miens sur mes devoirs, et je n'ai plus rien à vous dire sur les vôtres*[450]. »

Rousseau en conclut qu'il lui faut « *sortir sur-le-champ*[450] » de chez Mme d'Épinay.

Mme d'Houdetot, qui ne veut surtout pas de lui près d'elle, lui propose alors de s'installer chez Diderot à Paris[549]. Rousseau trouve l'idée excellente, mais objecte : « *Connaissez-vous assez bien ma situation, la sienne, l'humeur de sa femme, pour être sûre que cela fût praticable*[549] *?* » Il semble qu'en définitive il ait estimé que ce n'était pas « *praticable* », et il n'est même pas sûr qu'il en ait parlé à Diderot. Le 15 décembre, revenant à son idée initiale, et contre l'avis de tout le monde, il s'installe avec Thérèse à Montmorency, près de chez Mme d'Houdetot, dans une dépendance aimablement prêtée par M. Mathas, procureur fiscal du prince de Condé[313].

Au même moment, Grimm, l'amant de Mme d'Épinay, rompt toute relation avec Jean-Jacques, dont il est l'ami depuis huit ans, et écrit à Diderot[192] : « *Avec un homme de ce caractère, il ne faut pas tergiverser. Je me garderai bien de communiquer sa lettre* [d'octobre, où il critique Mme d'Épinay et parle de "*deux ans d'esclavage*[461]" en évoquant son séjour à l'Ermitage] *à madame d'Épinay* ; *je craindrais, dans l'état où elle est, qu'une ingratitude aussi monstrueuse ne lui fît une trop forte impression ; mais je ne lui cacherai pas cependant qu'elle n'a plus rien à ménager avec un si grand fourbe*[192]. »

Rousseau écrira : « *Monsieur Grimm ne sera pas content lui-même qu'il ne m'ait ôté tous les amis que je lui ai donnés*[456]. »

Le 23 décembre, la candidature de Denis Diderot est présentée à l'Académie des sciences pour « *la place d'associé mécanicien vacante par la promotion de Monsieur l'abbé Nollet*[549] ». L'Académie l'élit avec le mécanicien Jacques de Vaucanson[549]. Mais le roi, dont l'agrément est nécessaire, ne retient que Vaucanson[549]. Le patron de l'*Encyclopédie* sent le soufre. Diderot en gardera toute sa vie une vive amertume.

Le 30 décembre, Denis écrit au docteur Tronchin, qui soigne Mme d'Épinay à Genève et a protesté contre l'article « Genève » rédigé par d'Alembert. Dans cette lettre, il expose bien les limites de leur collaboration : « *Nous sommes, M. d'Alembert et moi, coéditeurs de l'*Encyclopédie. *Nous avons, en cette qualité, quelque autorité sur les ouvrages des autres ; aucune de réciproque sur les nôtres. Tout ce que nous nous permettons se réduit à de simples représentations. Cela fait, l'article reste au gré de celui qui l'a composé. Son nom, mis à la fin, lui assure la louange qu'il a méritée ou le blâme qu'il a bien voulu encourir. L'article "Genève" est dans ce cas* [...]. *Comment est-il arrivé à M. d'Alembert, qui ne cesse depuis son voyage à Genève de louer les mœurs, le gouvernement, l'affabilité, les connaissances des habitants de cette ville libre et heureuse, de leur avoir déplu*[143] *?* »

Tandis que les attaques contre les encyclopédistes continuent, l'attentat perpétré par Damiens n'a pas fini de faire des vagues. On cherche partout des complices, des instigateurs. Jacob Nicolas, avocat au parlement d'Aix, écrit[506] un *Nouveau mémoire pour servir à l'histoire des Cacouacs*[229]. Dans les « *coffres* » qui contiennent la matière de leur sagesse, les Cacouacs entassent, écrit-il, « *un assemblage confus des matières les plus hétérogènes : de la poudre d'or mêlée avec la limaille du fer et les scories du plomb ; des diamants à demi cachés dans des monceaux de cendres*[229] ». L'un des Cacouacs, dit-il en visant Diderot, a composé des « *Nouvelles découvertes sur la tragédie, ou l'art de composer de très belles scènes de grimaces*[229] ».

Jamais encore l'*Encyclopédie* ne s'est trouvée aussi menacée.

Chapitre 7

La Religieuse
1758-1760

Une étrange période commence, plus créative que jamais, en même temps qu'on ne peut plus précaire, tant pour la France en général que pour Denis Diderot, ses amours, son travail.

Il vit à Paris entre la rue Taranne, avec Toinette, la rue des Vieux-Augustins, avec Sophie (quand elle est à Paris, mais sans qu'il passe jamais, semble-t-il, une seule nuit entière avec elle), et quelques maisons accueillantes : à Massy chez l'imprimeur Le Breton, à Sèvres chez le bijoutier Belle, à la Chevrette chez Mme d'Épinay, à Grandval chez le baron d'Holbach. Toutes très belles demeures ou grands châteaux.

Dans cette France de plus en plus tendue, crispée, où toute personne qui veut penser, et plus encore écrire, libre est surveillée, censurée, parfois emprisonnée, voire pire, Diderot continue de bâtir son œuvre, sans savoir si elle sera jamais lue. Une œuvre en trois parties : les textes qu'il écrit pour lui-même, juste pour mettre sa pensée au clair, sans intention de les publier ; ceux qu'il aimerait voir publier, mais qu'il n'essaie même pas de soumettre à la censure en raison de leur audace, et qui sont accessibles, pour certains d'entre eux, à l'infime et prestigieuse audience de la *Correspondance littéraire* ; enfin, ceux qu'il veut absolument faire publier, comme ses pièces de théâtre, dont il espère tirer gloire, et l'*Encyclopédie*, qu'il continue d'élaborer et de diriger avec le risque permanent d'être interrompu par la censure.

La plupart des écrivains français de l'époque estiment que cet état de chose ne finira jamais, qu'ils ne connaîtront jamais la liberté d'expression, que les générations suivantes vivront elles aussi sous un régime de plomb où il sera à jamais interdit de lire leurs livres les plus audacieux. Ils s'y résignent, à moins de camoufler des bribes de critique sociale dans d'aimables histoires d'amour, comme le fait Marivaux, ou de fuir carrément le pays, comme le fait Voltaire. Ou d'oser, au risque de la prison, comme va le faire Diderot de plus en plus.

C'est au cours de ces trois années exceptionnelles que Diderot va parachever seul l'*Encyclopédie*, tâche colossale, et écrire bien d'autres textes, dont la célébrissime et sulfureuse *Religieuse*.

*D'Alembert quitte l'*Encyclopédie

À l'orée de 1758, cédant aux pressions et blessé par les critiques, touché en particulier par le mémoire sur les « Cacouacs » qui le mettait directement en cause, d'Alembert décide de démissionner de ses fonctions de co-directeur de l'*Encyclopédie* et de ne plus y contribuer[549], même pour les articles traitant des mathématiques. Il en fait part à Voltaire, qui essaie d'abord de l'en dissuader. Il lui écrit, le 8 janvier 1758 : « *Ne vous découragez pas dans une si belle carrière. Je voudrais que vous et M. Diderot, et tous vos associés, protestassent qu'en effet ils abandonneront l'ouvrage, s'ils ne sont libres* [...]. *Mais que vous seul renonciez à ce grand ouvrage, tandis que les autres le continueront* [...] *c'est ce que je ne souffrirai jamais*[537]. » Puis d'Alembert s'ouvre de son intention aux quatre imprimeurs, qui essaient de le retenir[317] : ils ont besoin de lui, au moins pour rédiger la partie mathématique ; au surplus, il est le garant scientifique du projet ; si lui s'en va, beaucoup d'autres auteurs le suivront, et le projet s'effondrera.

D'Alembert persiste. Il en informe Malesherbes qui lui répond, le 16 février 1758, qu'il comprend que ces critiques l'aient affecté, mais qu'il « [met] *une grande différence entre ce qui* [lui] *déplaît, ou même ce* [qu'il] *désapprouve comme particulier, et ce* [qu'il doit] *empêcher comme homme public*[363] » et qu'« *en général la critique littéraire est permise*[363]. » Malesherbes avertit Diderot que d'Alembert, qui ne lui en a encore rien dit, cherche un prétexte pour le laisser tomber. De Genève, Voltaire écrit plusieurs fois[317] à Diderot pour lui demander de lui renvoyer ses articles, adressés à d'Alembert l'année précédente et non encore publiés, afin, dit-il, de les parfaire – en réalité pour les retirer. Diderot fait la sourde oreille.

Début février, les libraires publient un *Mémoire des libraires associés à l'*Encyclopédie *sur les motifs de la suspension actuelle de cet ouvrage*[348], dans lequel ils invoquent le dommage causé aux souscripteurs, à eux-mêmes et aux ouvriers, par l'incertitude qui plane sur l'avenir du projet. Ils y disent le plus grand bien de d'Alembert, espérant ainsi le convaincre de continuer.

Mais les attaques contre ce dernier continuent de fuser. Le 10 février, la Compagnie des pasteurs de Genève proteste publiquement contre son article sur « Genève[507] », paru dans le tome VII, le dernier paru. D'Alembert est ulcéré. Voltaire le conjure de ne pas répondre : « *Fanatiques papistes, fanatiques calvinistes, tous sont pétris de la même m... détrempée de sang corrompu... Laissez-les protester et moquez-vous d'eux*[537] *!* » Et il lui répète qu'il n'a rien à gagner à continuer de collaborer à l'*Encyclopédie.*

Informé par d'Alembert de son intention, Rousseau écrit à Diderot pour lui conseiller, de renoncer, lui aussi ; Denis ne répond pas[549] et Jean-Jacques écrit trois jours plus tard à Mme d'Houdetot, qu'il harcèle de ses déclarations d'amour : « *Il* [Diderot] *n'a pas même daigné me répondre, et laisse ainsi dans l'adversité l'ami qui partagea si vivement la sienne. En voilà assez de sa part, cet abandon me dit plus que tout le reste. Je ne puis cesser de l'aimer, mais je ne le reverrai de ma vie*[549]. »

Le même jour, Voltaire conseille aussi en termes virulents au comte de Tressan, académicien, spécialiste des romans de chevalerie, collaborateur de l'*Encyclopédie* pour les tomes VI et VII, de quitter le navire : « *D'Alembert fait bien de quitter, et les autres font lâchement de continuer* [...] *Il est infâme de travailler à un tel ouvrage comme on rame aux galères*[537]. »

Imperturbable, Denis continue d'« encyclopédiser », comme il dit ; il termine ainsi l'article « Journalier », à la teneur si en avance sur son temps : « *Ouvrier qui travaille de ses mains et qu'on paie au jour la journée. Cette espèce d'hommes forme la plus grande partie d'une nation ; c'est son sort qu'un bon gouvernement doit avoir principalement en vue. Si le journalier est misérable, la nation est misérable*[189]. » Il travaille aussi à l'article « Propriété », définie comme « *le droit que chacun des individus dont une société civile est composée a sur les biens qu'il a acquis légitimement*[189] ». Il introduit l'idée d'une propriété collective dans l'article « Législateur » : « *Le législateur, dans tous les climats, dans toutes les circonstances, dans tous les gouvernements, doit se proposer de changer l'esprit de propriété en esprit de communauté : les législations sont plus ou moins parfaites selon qu'elles tendent plus ou moins à ce but ; et c'est à mesure qu'elles y parviennent le plus, qu'elles procurent le plus de sécurité et de bonheur possibles*[189]. »

Défier Voltaire

Le 19 février 1758, soit sept semaines après sa première demande, Diderot répond à Voltaire par une lettre magnifique dans laquelle il lui explique son intention de poursuivre l'*Encyclopédie* envers et contre tout, et, au passage, écarte l'idée de lui renvoyer ses textes. Il réplique aussi indirectement à d'Alembert, qui ne lui a toujours rien dit et dont il n'ignore pas que Voltaire est l'inspirateur.

Le ton de sa lettre est si libre, si vivant qu'on croit l'entendre parler : « *Je vous demande pardon, Monsieur et cher maître, de ne vous avoir pas répondu plus tôt. Quoi que vous en pensiez, je ne suis que négligent. Vous dites donc qu'on en use avec nous d'une manière odieuse, et vous avez raison. Vous croyez que j'en dois être indigné, et je le suis* [...] *Que faire donc ? Ce qui convient à des gens de courage : mépriser nos ennemis, les poursuivre, et profiter, comme nous l'avons fait, de l'imbécillité de nos censeurs. Faut-il que, pour deux misérables brochures, nous oubliions ce que nous nous devons à nous-mêmes et au public ? Est-il honnête de tromper l'espérance de quatre mille souscripteurs, et n'avons-nous aucun engagement avec les libraires ? Si d'Alembert reprend et que nous finissions, ne sommes-nous pas vengés ?* [...] *D'après tout cela, vous croirez que je tiens beaucoup à l'*Encyclopédie*, et vous vous tromperez. Mon cher maître, j'ai la quarantaine passée ; je suis las de tracasseries. Je crie depuis le matin jusqu'au soir : le repos, le repos ! Et il n'y a guère de jour que je ne sois tenté d'aller vivre obscur et mourir tranquille au fond de ma province*[143]. »

Après quoi vient cette remarque si insolente de l'inconnu face au maître : « *Il vient un temps où toutes les cendres sont mêlées. Alors, que m'importera d'avoir été Voltaire ou Diderot, et que ce soient vos trois syllabes ou les trois miennes qui restent ? Il faut travailler, il faut être utile, on doit compte de ses talents*[143]. »

Puis, comme saisi de remords de s'être pris un instant au sérieux, il ajoute aussitôt : « *Être utile aux hommes ? Est-il bien sûr qu'on fasse autre chose que les amuser, et qu'il y ait grande différence entre le philosophe et le joueur de flûte ? Ils écoutent l'un et l'autre avec plaisir ou dédain, et demeurent ce qu'ils sont. Les Athéniens n'ont jamais été plus méchants qu'au temps de Socrate, et ils ne doivent peut-être à son existence qu'un crime de plus*[143]. »

Enfin, il lui parle sèchement de ses articles, principal objet de la lettre de Voltaire : « *Je n'ai pas vos articles ; ils sont entre les mains de d'Alembert, et vous le savez bien*[143]. »

La rupture avec Rousseau

Le 28 février, Diderot charge Deleyre de dire à l'auteur de *La Nouvelle Héloïse* (désormais installé au Montlouis, à Montmorency, grâce au procureur fiscal du prince de Condé) qu'il pense à lui « *avec tendresse*[507] » et qu'il « *est inquiet aussi bien* [...] *sur les ressources qui vous restent pour subsister*[549] ». Pour toute réponse, Rousseau accuse Diderot de le noircir et de lui imputer des « *horreurs*[456] ».

C'est alors, à la fin du mois de mars, que survient l'incident irréversible qui met un terme à leurs relations. L'incident nous paraît dérisoire, mais, selon le code d'honneur de l'époque, il prendra des proportions considérables.

Après des mois passés à guerroyer, comme colonel des armées du roi de France, dans la campagne de Hanovre, le poète-soldat Saint-Lambert, blessé, est renvoyé chez lui. Il débarque à Montmorency, chez Mme d'Houdetot, sa maîtresse depuis six ans[549]. Il rencontre Diderot à Paris, qui lui demande plusieurs articles pour l'*Encyclopédie.* Puis celui-ci parle au soldat de l'amour que porte à la même Mme d'Houdetot Jean-Jacques[549], qui vient justement de s'installer à côté d'eux pour être plus proche d'elle !

Diderot agit-il de propos délibéré pour nuire à Rousseau ou pour prévenir Saint-Lambert de l'existence d'un rival ? Ou, comme il le prétendra par la suite, ne fait-il qu'en parler incidemment, parce qu'il est convaincu que Rousseau, comme il le lui avait promis l'été de l'année précédente, a écrit à Saint-Lambert pour lui en faire l'aveu[549] ? Denis racontera : « *Persuadé que Rousseau lui avait écrit sur le ton dont nous étions convenus, je lui parlai de cette aventure comme d'une chose qu'il devait savoir mieux que moi ; point du tout :*

c'est qu'il ne savait les choses qu'à moitié, et que par la fausseté de Rousseau je tombai dans une indiscrétion[235]*.* »

Furieux de découvrir qu'on profite de son absence pour courtiser sa maîtresse, Saint-Lambert exige alors de celle-ci de rompre tout contact avec Rousseau. Elle l'accepte et fait savoir à Jean-Jacques qu'elle ne veut plus le voir[202]. Jean-Jacques est fou de rage. Il accuse d'abord Mme d'Épinay, qui se trouve à Genève, d'avoir parlé à Saint-Lambert[235]. Puis il comprend que l'indiscret n'est autre que Diderot[450]. Quand celui-ci lui explique, par lettre, n'avoir parlé à Saint-Lambert que parce qu'il était convaincu que lui, Jean-Jacques, avait fait part à son rival de sa flamme pour Mme d'Houdetot[235], Rousseau est hors de lui : au grand jamais, prétend-il, il ne s'était engagé à en faire état auprès de Saint-Lambert ! Comment Diderot a-t-il pu se comporter ainsi vis-à-vis de lui ? ! Oubliant qu'il avait écrit à Saint-Lambert sur ce sujet d'une façon volontairement obscure[549], Jean-Jacques modifie alors la préface au manuscrit de sa *Lettre à d'Alembert sur les spectacles*[452], qui marque la fin – encore confidentielle – de son amitié pour Diderot : « *J'avais un Aristarque sévère et judicieux, je ne l'ai plus, je n'en veux plus*[452] » ; suit en latin une citation de l'Ecclésiaste : « *Si tu as tiré l'épée contre ton ami, ne te désespère pas : il peut revenir ; si tu as ouvert la bouche contre ton ami, ne crains pas : une réconciliation est possible ; sauf le cas d'outrage, mépris, trahison d'un secret, coup perfide, car alors ton ami s'en va*[549]*.* » Et Rousseau de conclure : « *Je le regretterai sans cesse, et il manque bien plus encore à mon cœur qu'à mes écrits*[452]*.* »

Frédéric II accepte au même moment d'accueillir l'*Encyclopédie* et de l'imprimer à Berlin[524] ; d'Alembert, désormais moins réticent à l'égard du prince prussien, est d'accord pour qu'on l'y transporte. Mais, comme l'a prévu Denis, les libraires, propriétaires des textes, refusent[143]. Diderot lui-même ne souhaite pas s'y rendre. Il n'aime pas Fréderic, qui n'est libéral que pour satisfaire sa propre curiosité et maintient son peuple sous la même oppression que le roi de France.

D'Alembert décide alors de mettre sa menace à exécution : il prend prétexte d'une invitation à la cour de Mannheim pour faire savoir à Diderot qu'il se retire de la direction de l'*Encyclopédie* et n'y donnera plus d'articles, si ce n'est qu'il pourrait peut-être, pour ne pas nuire à la poursuite du projet, conserver la responsabilité de la partie mathématique[549].

Deuxième renégociation du contrat avec les libraires

Fin mars, Diderot est désormais seul à la tête de l'entreprise. Il réclame une nouvelle modification de son contrat. Il ne veut plus être payé seulement à la publication de chaque tome, trop aléatoire, mais de façon régulière, quelle que soit la date de publication de chacun des volumes. Les quatre libraires confient alors à celui d'entre eux qu'ils pensent être le plus proche de Diderot, Michel Antoine David, le soin de négocier avec lui. David est aussi un expert en droit d'auteur. Il a rédigé en la matière quelques articles de l'*Encyclopédie* (« Catalogue », « Droit de copie[280] »). Les pourparlers sont rapides : il est convenu que Diderot recevra, en sus des 2 500 livres par volume, 500 livres par semestre pendant dix ans, à valoir sur les 20 000 livres qui devaient lui être versées, aux termes du précédent contrat, trois mois après la sortie du dernier tome[143]. Le risque des libraires est donc plus élevé au cas où l'entreprise serait, à un moment ou un autre, interrompue par la censure ou par toute autre raison.

De fait, le sort de l'*Encyclopédie* est encore en suspens. Début avril 1758, Malesherbes écrit au cardinal de Bernis, jadis condisciple de Diderot au collège, devenu secrétaire d'État aux Affaires étrangères, pour lui demander de se joindre à lui afin de protéger l'*Encyclopédie.* Texte très habile[243] : « *Monsieur Diderot* [...] *a fait des fautes et il en a été puni sévèrement, mais* [...] *les disgrâces qu'il a déjà éprouvées et celle qu'il éprouve encore, puisque l'entrée des académies lui est interdite pour le moment présent ne sont-elles pas suffisantes ?* [...] *Je crois que le meilleur parti à prendre vis à vis des auteurs de l'*Encyclopédie *serait de leur déclarer* [...] *qu'ils seront responsables de leur attitude, mais, en même temps, de faire exposer à M. Diderot que, s'il achève l'ouvrage sans donner aucun sujet de plainte, il pourra prétendre aux grâces du roi.* » Outre l'allusion à son échec à l'Académie, ce plaidoyer signifie : au lieu de menacer Diderot, ce qui ne mènera à rien, promettons-lui des faveurs, et il se conduira bien.

Le cardinal de Bernis, qui par ailleurs écrit une fort belle langue dont témoignent ses passionnants Mémoires[51], répond à Malesherbes de façon contournée mais favorable[243] : « *Je crois avec vous, Monsieur, que les moyens que vous prenez pour empêcher que le Dictionnaire de l'Encyclopédie ne mérite le reproche qu'il s'est attiré, pour bons, et doivent produire l'effet que vous en attendez.* » On peut traduire en français moderne par : « *Les moyens que vous proposez d'employer pour que le Dictionnaire de l'Encyclopédie ne soit plus critiquable sont les bons.* » Autrement dit encore : « *Promettez à Diderot nos faveurs, et ne le menacez plus de nos foudres.* »

Toujours pas d'interdiction, mais pas vraiment d'autorisation non plus. On continue donc, avec le risque permanent d'être sanctionné à chaque volume si un seul article vient à déplaire, et avec Diderot, pas spécialement conciliant, comme seul maître à bord.

Le sort de l'*Encyclopédie* est donc à la merci du moindre incident. Celui-ci va arriver, d'un auteur qui n'a jamais rien écrit pour elle.

Le livre qui va tout déclencher

En effet, sans que personne ne voie venir l'événement, la publication d'un livre va faire tomber la foudre sur l'*Encyclopédie* : *De l'esprit*[253], manuscrit antireligieux et antimonarchique d'Helvétius[92].

Helvétius est pourtant bien en cour auprès de la reine ; son père en était le médecin, et, pour sa part, il occupe une charge de maître d'hôtel auprès d'elle[92]. Mais il veut davantage. Il aspire à devenir célèbre, fût-ce au prix d'une violente critique de la cour. Il ne fait pas partie des encyclopédistes, qui ne l'aiment pas. Il a en plus une réputation d'obsédé sexuel, et, à la cour, on murmure à son propos des histoires de perversion : il aime, dit-on, se faire fouetter[92]. Voltaire, qui n'est pas athée, suggère à Helvétius de rédiger un ouvrage qui montrerait les incohérences de la théologie chrétienne. Helvétius s'y lance et rédige ce livre dont il espère la célébrité : *De l'esprit*[253].

Il y explique que Dieu n'existe sans doute pas, et qu'on peut à la rigueur l'accepter comme une hypothèse temporaire, en attendant de progresser dans la connaissance de l'Univers. De plus, ajoute-t-il, nous vivons dans un monde sans morale où la religion n'a pas sa place, où seule compte la réussite, quels qu'en soient les moyens : « *Un père* [...] *dit en général et en maxime* [à ses enfants] *: "Soyez vertueux." Mais il leur dit, en détail et sans le savoir : "N'ajoutez nulle foi à ces maximes, soyez un coquin timide et prudent ; et n'ayez d'honnêteté, comme le dit Molière, que ce qu'il en faut pour n'être pas pendu*[253]*."* » Pour lui, seule une révolution politique, et non pas le respect de l'Église, pourra restaurer une morale individuelle : « *L'art de former les hommes est, en tout pays, si étroitement lié à* *la forme du gouvernement, qu'il n'est peut-être pas possible de faire aucun changement considérable dans l'éducation publique sans en faire dans la constitution même des États*[253]. » Il attaque donc à la fois et l'Église et le roi.

En avril, selon certains, Helvétius vient montrer son manuscrit à Diderot, comme beaucoup d'autres écrivains de son temps. Les deux hommes ne s'aiment pas. Diderot se défie de cet héritier qui ne pense qu'à sa propre gloire, et il ne lui a jamais demandé le moindre article pour l'*Encyclopédie*[549]. Helvétius, lui, reproche à Denis de privilégier la forme sur le fond[92] et lui en veut de ne pas l'avoir sollicité. Denis le lit. Même s'il partage l'essentiel de ses conclusions, il pense que le livre est semé d'erreurs ; en outre, il s'étonne qu'Helvétius puisse espérer pouvoir publier sous son nom un texte aussi violemment antichrétien. Il lui fait des commentaires détaillés qu'Helvétius ne retient qu'en petit nombre.

Helvétius, pensant tenir son heure de gloire, décide de publier et envisage même[92] de se défaire de sa charge à Versailles, qui, dit-il, lui prend beaucoup trop de temps. Puis, inquiet des conséquences de son texte, il se ravise et conserve sa charge sous prétexte de ne point se montrer ingrat vis-à-vis de la reine. En fait, pour garder sa protection. Il envoie son manuscrit à l'imprimeur Durand, qui l'adresse, à Malesherbes. Mais Helvétius a assez parlé de son livre à tout un chacun pour qu'on sache qu'il est de lui. Malesherbes le confie à un fonctionnaire des Affaires étrangères, Tercier, censeur royal[92].

Tercier n'est pas n'importe qui : premier commis des Affaires étrangères, agent du Secret du roi[528]. Ami du roi Stanislas, père de la reine de France, il organise les relations secrètes entre la reine Élisabeth de Russie et le roi de France[528]. Après un dîner avec Mme Geoffrin, Tercier approuve le texte d'Helvétius sans réclamer aucun changement majeur. Prudent, Malesherbes désigne un second censeur, l'abbé Barthélemy, un ami de Choiseul, et ordonne à Durand de suspendre l'impression en attendant ce second avis[92]. L'abbé, moins indulgent que Tercier, recommande d'apporter des modifications au texte, mais l'approuve[92]. Singulière erreur de deux censeurs supposés avoir lu un traité athée et hostile à la monarchie ! Peut-être ont-ils été soudoyés par le richissime Helvétius ? Tercier a sans doute été abusé par la relation du père d'Helvétius avec la reine, à qui Tercier est particulièrement fidèle ; il est aussi le pensionné de son père, le roi Stanislas. Toujours est-il que le livre obtient, fin mai, le privilège royal, c'est-à-dire l'autorisation de paraître[380]. Le bruit se répand alors que Diderot serait le véritable auteur de l'ouvrage, ce qui n'est peut-être pas tout à fait faux.

Cependant, Voltaire, encore fâché de l'impertinence de ce dernier, écrit de nouveau à son ami, le comte d'Argental[537] : « *Entre nous, il est plus aisé de faire le métier de Diderot que celui de Racine*[537]. » Puis, en juin, sentant que l'*Encyclopédie* est attaquée, et ne voulant pas être rangé du côté des censeurs, Voltaire fait volte-face et demande à Diderot s'il accepterait à nouveau des articles de lui. Il lui en envoie même quelques-uns par M. d'Argental, qu'il avait chargé, quelques mois auparavant, de récupérer ses manuscrits ! Diderot lui répond que ses articles sont les bienvenus (« *Si je veux de vos articles, Monsieur et cher maître ? Est-ce qu'il peut y avoir de doute à cela*[143] *?* »). Et il ajoute, ironique : « *M. d'Argental, qui a de la bonté pour moi parce qu'il me voit un attachement peu commun pour vous, m'a remis les morceaux que vous aviez préparés pour le VIII*e *volume. Acceptez le remerciement que je vous en fais. Surtout, pardonnez-moi ma paresse*[143]. » Il l'informe de la décision de d'Alembert de ne plus assurer que la prise en charge de la partie mathématique de l'ouvrage. Voltaire non seulement le sait, mais a fini par y encourager d'Alembert. Diderot, qui ne l'ignore pas non plus, s'amuse à avancer une autre raison au départ de d'Alembert. Merveille d'humour : « *Il faut qu'il se promène. Il est tourmenté du désir de voir l'Italie. Qu'il aille donc en Italie. Je serai content de lui s'il revient heureux*[143]. »

Dans cette même lettre, Diderot informe Voltaire qu'un nouveau contrat a été conclu avec les libraires : « *Nous avons fait ensemble un beau traité, comme celui du diable et du paysan de La Fontaine. Les feuilles sont pour moi, le grain est pour eux ; mais, au moins, ces feuilles me sont assurées. Voilà ce que j'ai gagné à la désertion de mon collègue*[143]. »

La « désertion » finalement encouragée par lui, Voltaire…

Helvétius en avant, en arrière…

Ayant obtenu l'invraisemblable accord de la censure, le livre d'Helvétius, *De l'esprit*, paraît le 27 juillet chez Durand, anonymement, même si l'auteur, fier de lui, ne fait rien pour dissimuler qu'il est de sa plume[92]. Malesherbes, qui le lit enfin, comprend que la censure a été bernée. Le procureur général Omer Joly de Fleury intime à

Malesherbes l'ordre de suspendre la vente du livre (le 6 août) et, le lendemain, demande que le privilège soit annulé[92]. Fleury obtient du Conseil du roi, le 10 août, que le privilège accordé au livre soit suspendu[549]. D'aucuns réclament déjà le renvoi de Malesherbes, qui risque d'être tenu pour responsable de cette bévue. Sa jeunesse et l'influence de son père l'en protègent.

Là commence une terrible attaque, dont l'*Encyclopédie*, avec laquelle Helvétius n'a pourtant aucun rapport, sera finalement la principale victime.

Furieux que la publication d'un tel livre ait été rendue possible, fût-ce l'espace d'une semaine, le Vatican demande au roi de France de prendre des mesures beaucoup plus sévères pour contrôler ceux qui s'expriment, et d'abord les athées les plus connus : Diderot, d'Alembert, Helvétius et Rousseau. Le Parlement, avec à sa tête le procureur général Joseph-Omer Joly de Fleury, et la Sorbonne se joignent à l'offensive. Le jésuite Berthier, qui dirige le *Journal de Trévoux*, dénonce Helvétius et les encyclopédistes.

Diderot commente alors le livre d'Helvétius pour la *Correspondance littéraire*[235], dont tous ceux qui comptent en Europe ont connaissance. Il y relève quatre principes faux (« *quatre grands paradoxes*[156] ») et une « *infinité de vérités de détail*[156] ». Il avait selon certaines sources adressé ces griefs à Helvétius, mais celui-ci n'en avait tenu aucun compte. Toutefois, il conclut positivement : « *Tout considéré, c'est un furieux coup de massue porté sur les préjugés en tout genre. Cet ouvrage sera donc utile aux hommes* [...], *et, quoiqu'il n'y ait pas le génie qui caractérise l'*Esprit des lois *de Montesquieu et qui règne dans l'*Histoire naturelle *de Buffon, il sera pourtant compté parmi les grands livres du siècle*[156]. » Défense fatale à l'*Encyclopédie*, puisqu'elle laisse entendre que Diderot et Helvétius ont partie liée.

Les attaques continuent, de plus en plus virulentes. La reine réclame à présent une rétractation de son ancien protégé[92] ; le marquis de Mirabeau, économiste et philosophe, père du révolutionnaire, lui conseille aussi de se rétracter[92]. La mère d'Helvétius intervient en sa faveur auprès de la souveraine, en vain[92]. Helvétius commence à prendre peur. Avoir contre soi l'Église et la cour, cela fait beaucoup... Il comprend que même sa fortune et sa position ne vont pas suffire à le protéger. Que la prison, voire un pire châtiment, ne sont pas exclus. Il n'ose plus se montrer à Versailles et part se faire oublier dans son château de Voré[92].

La peur le fait même se rétracter le 24 août[507]. D'abord par une lettre qui ressemble plus à une justification. Deux semaines plus tard, quand le Parlement exige davantage, il condamne explicitement son propre livre : « *Il est bien cruel et bien douloureux pour moi d'avoir alarmé, scandalisé, révolté même des personnes pieuses, éclairées, respectables* [...] *et de leur avoir donné lieu de soupçonner mon cœur et ma religion.* [...] *Je n'ai voulu attaquer aucune des vérités du christianisme, que je professe sincèrement dans toute la rigueur de ses dogmes et de sa morale*[291]. » On songe au climat des procès soviétiques, deux siècles plus tard...

Cette rétractation scandalise Diderot, qui écrira dix ans plus tard à Mme de Maux, rencontrée sans doute deux ans plus tard[524] : « *Quand on ne se sent pas le courage d'avouer ses discours, il n'y a qu'à se taire.* [...]. *Je ne saurais souffrir qu'un homme qui se laisse appeler philosophe, préfère sa vie, sa misérable vie, au témoignage qu'il doit à la vérité. Je ne veux pas qu'on mente devant la justice. Je ne saurais souffrir qu'on imprime blanc et qu'on parle noir* [...]. *Croyez-vous que cet acte de fermeté ne donne pas une sanction plus forte aux discours ? Les lignes tracées avec le sang du philosophe sont bien d'une autre éloquence*[143]. »

Diderot, qui n'avait pourtant pas montré beaucoup plus de courage quand il était en prison neuf ans plus tôt (il était même allé jusqu'à dénoncer ses propres imprimeurs !), semble maintenant prêt à toutes les audaces. D'autres, au contraire, comme Voltaire et d'Holbach, approuvent l'autocritique d'Helvétius. Voltaire parce qu'il n'est pas athée. D'Holbach parce qu'il est prudent. Grimm écrit, dans la *Correspondance littéraire*, en août 1758, qu'on a fait signer à Helvétius une rétractation « *si humiliante, qu'on ne serait point étonné de voir un homme se sauver plutôt chez les Hottentots que de souscrire à de pareils aveux*[235]. » Rousseau, toujours logé au Montlouis, à Montmorency, sans plus être autorisé à voir Mme d'Houdetot, se tait, puis condamne l'athéisme d'Helvétius ; il écrit à Alexandre Deleyre : « *Il est vrai, M. Helvétius a fait un livre dangereux et des rétractations humiliantes.* [...] *il a dans plus d'une occasion soulagé les malheureux ; ses actions valent mieux que ses écrits*[461]. » Et il condamne le livre tout en précisant qu'il ne l'a pas lu[461]...

Helvétius se sent lâché par tous et menacé du pire, malgré sa rétractation. Choiseul, son lointain parent, tente d'intervenir auprès du Parlement afin d'en faire interrompre les poursuites, et auprès du nonce apostolique pour rassurer Rome[92]. En vain. La Pompadour intervient elle aussi[92], mais la reine ne veut rien entendre et contraint Helvétius à vendre sa charge de maître d'hôtel à la cour[291]. Il perd alors tout lien avec la cour. Helvétius songe alors à s'enfuir à Londres, où David Hume fait son éloge, puis il décide de rester terré à Voré, tout en craignant à chaque instant de voir débarquer des forces de police[92].

Cette offensive n'empêche pas – au contraire, même – son livre de se répandre comme une traînée de poudre dans toute l'Europe. Helvétius est célèbre. Proscrit, lâche, mais célèbre !

Les sept scélératesses du citoyen Rousseau

En août 1758, toujours à la recherche d'une gloire théâtrale, Diderot soumet sa deuxième pièce, *Le Père de famille*, à la censure. En septembre, Louis-Anne Lavirotte, l'un des dix-huit censeurs royaux (choisi par Malesherbes parce qu'il est un ami de Denis : il a rédigé des articles sur la médecine pour l'*Encyclopédie*[280]), déclare à Malesherbes que la pièce est inoffensive : « *Cette comédie pourrait même au besoin se lire au prône*[179]. » Malesherbes fait appel à de nouveaux censeurs.

Début septembre, Jean-Jacques Rousseau publie sa *Lettre à d'Alembert sur les spectacles*[452], avec la préface accusant Diderot de trahison à propos de la petite affaire d'indiscrétion de l'année précédente. Accusé sans pouvoir se défendre, à moins de trahir pour de bon les secrets de ses amis, Diderot écrit alors, pour se défouler, sans penser à jamais le publier, un texte vengeur[202] : *Les Sept Scélératesses du citoyen Rousseau* (le mot « citoyen » est alors réservé aux habitants de Genève).

Écrire sera souvent pour lui un moyen de mettre de l'ordre dans ses idées et d'évacuer une colère. Toute sa vie, il sera obsédé par l'idée de ne pas user publiquement de la force des mots pour blesser.

Le texte commence par : « *Le citoyen Rousseau a fait sept scélératesses à la fois qui ont éloigné de lui tous ses amis*[235]. » Il revient sur l'incident : « *Persuadé que Rousseau lui avait écrit sur le ton dont nous étions convenus, je lui parlai de cette aventure* [...] *et* [...] *par la fausseté de Rousseau, je tombai dans une indiscrétion* [...]. *Sa note est d'autant plus vile qu'il savait que je n'y pouvais répondre sans compromettre cinq ou six personnes*[235]. » Puis tout y passe : il accuse Jean-Jacques d'ingratitude vis-à-vis de Mme d'Épinay, d'hypocrisie envers Grimm, de l'avoir longtemps exploité, lui : « *Il me suçait, il employait mes idées, et il affectait presque de me mépriser. En vérité, cet homme est un monstre.* [...] *Il suit de là que cet homme faux est vain comme Satan, ingrat, cruel, hypocrite et méchant*[235]... »

Denis ne publiera pas ce texte. Ne songera jamais à le faire. Il utilise l'écriture comme défouloir de la violence, et ne fait pas, comme tant d'écrivains avant et après lui, de sa colère ou de sa rancœur un moteur de son œuvre, de sa renommée et de son ambition.

Car la gloire, il la recherche ailleurs. Et comme souvent chez les gens de génie, ce n'est pas dans le domaine où il montre le plus de talent : le théâtre !

Quatre censeurs pour un Père de famille

La situation politique est très tendue. Les libraires s'inquiètent de tout ce qui peut attirer l'attention sur eux et sur l'*Encyclopédie*. Quant à la censure, furieuse de s'être fait berner par Helvétius, elle devient très tatillonne.

Début octobre, Le Breton, qui a pourtant déjà reçu de la censure l'autorisation de faire paraître le texte de la pièce de Diderot, décide d'en renvoyer les épreuves à Malesherbes[507]. Celui-ci, pensant que des changements sont intervenus depuis le texte visé par la censure, les renvoie pour examen à un nouveau censeur, Gibert[507], qui relève cette fois dans la pièce une tirade du père de famille invoquant Dieu, des allusions peut-être au gouvernement, une critique violente des couvents, « *tombeaux d'une jeunesse infortunée* » (Denis a évidemment songé à sa sœur), et une critique des lettres de cachet[507]. « *Tu n'as pas entendu les gémissements des infortunées dont tu irais augmenter le nombre. Ils percent la nuit et le silence de leurs prisons. C'est alors, mon enfant, que les larmes coulent amères et sans témoin, et que les couches solitaires en sont arrosées... Mademoiselle, ne me parlez jamais de couvent... Je n'aurai point donné la vie à un enfant* [...] *pour le laisser descendre tout vif dans un tombeau*[156]. »

Malesherbes, qui ne veut plus d'histoires après l'affaire Helvétius, demande alors à Denis de couper au moins la tirade. Diderot refuse et adresse à Malesherbes, le 20 octobre, une lettre révélatrice de la difficulté d'écrire sous un régime dans lequel un ministre, lui-même amical, cultivé et tolérant, n'en doit pas moins intervenir pour discuter du maintien ou du retrait d'une simple tirade dans une pièce de théâtre : « *Cette prière est vraie. Elle est pathétique* [...]. *Permettez que mon ouvrage paraisse, et ne contraignez pas l'artiste à toucher à la figure principale contre son propre goût. Vous ne vous bornerez pas toujours à protéger les lettres. Peut-être un jour écrirez-vous aussi. Alors, s'il arrive que l'ami que vous consulterez vous conseille une chose que vous ne puissiez sentir, vous connaîtrez toute la force de ma répugnance, et vous l'excuserez*[143]. »

Malesherbes renvoie alors la pièce à un troisième censeur, Bonamy, lequel n'y voit rien de répréhensible[507] et la transmet à un quatrième censeur, nommé Moncrif, qui, lui non plus, n'y trouve rien à reprendre, mais... souhaite ne pas avoir à se prononcer et repasse le dossier à Bonamy[507]. Celui-ci relit l'œuvre et n'ose pas, lui non plus, décider : « *N'y aurait-il point quelque malignité cachée aux pages 63 et 64 ?* [...] *Mais ce n'est qu'un soupçon...* » Bonamy écrit à Malesherbes : « *Je dirai au libraire que j'ai eu l'honneur de vous renvoyer l'ouvrage comme étant au-dessus de mes forces et de mes lumières pour en porter mon jugement, ce que j'avoue être vrai*[549]. »

Les censeurs eux-mêmes sont terrorisés par ceux qui les nomment... Ainsi fonctionnera partout la censure jusqu'au XXIe siècle à Berlin, Moscou, Pékin, Cuba ou Téhéran.

Malesherbes tranche et, bien qu'affaibli par l'affaire Helvétius, autorise début novembre la publication et la représentation de la pièce[507]. Denis, comblé par cette autorisation, écrit une épître dédicatoire de sa pièce à une princesse de Nassau-Sarrebrück, choisie par Grimm[549], dont elle est cliente pour la *Correspondance littéraire.* Denis y expose l'importance d'enseigner aux enfants la haine du mensonge et les plaisirs de la volupté. La princesse accepte la dédicace en s'en disant flattée, mais prie l'auteur, d'une phrase délicieuse, de supprimer de la dédicace le passage sur la volupté[317] : « *Je suis fort éloignée d'être d'un sentiment contraire ; mais* [...] *le monde corrompu confond si aisément la volupté avec son ennemie mortelle, la débauche, qu'on ne saurait être trop circonspecte sur le sujet*[317]. » Voilà qui est si joliment dit.

L'affaire des dédicaces

Personne, pourtant, ne se précipite pour jouer la pièce de Diderot, qui paraît enfin, début novembre, chez Michel Lambert, libraire parisien[286] de la rue des Fossés-Saint-Germain, accompagnée de la version française de deux pièces de Goldoni : *Il Vero Amico*[232], traduit par l'économiste Forbonnais (qui vient de faire paraître le premier ouvrage historique sur les finances de la France[528]), et *Il Padre di Famiglia*[231] (même titre que la pièce de Diderot), traduit par Deleyre. Le nom de l'éditeur est celui, imaginaire, d'un libraire de Liège, supposé se nommer Étienne Bleichnarr (« Pâle Sot » en allemand : allusion évidente à Palissot[549]), avec une dédicace énigmatique pour chacune des pièces de Goldoni : « à la comtesse *** » pour l'une, « à la princesse ***[549] » pour l'autre. Aussitôt, deux femmes connues dans Paris pour être des protectrices de Palissot[132] (la comtesse de La Marck et la princesse de Robecq) se reconnaissent[549]. C'est gravissime : toute attaque personnelle paraissant dans un livre autorisé par la censure semble validée par le gouvernement. Les deux femmes portent plainte pour diffamation, ne voulant pas voir leur nom associé à ce méchant jeu de mots sur le patronyme de Palissot.

Deleyre et Forbonnais expliquent qu'ils ne sont pas responsables de ces dédicaces glissées dans le livre après qu'ils ont rendu leurs traductions[132]. Diderot est alors soupçonné parce qu'il a eu leurs manuscrits en sa possession pendant quelques jours. Denis proteste de son innocence et s'en explique avec la comtesse de La Marck, qui – selon la rumeur propagée par Grimm – reçoit sa confession écrite et s'en satisfait[132]. Au même moment, Voltaire, à qui Diderot a envoyé sa pièce, lui répond par une lettre assassine : « *Permettez-moi de vous dire que je suis affligé de vous voir faire des pièces de théâtre qu'on ne met point au théâtre*[539]. »

Furieux de voir deux innocents, Deleyre et Forbonnais, accusés, Malesherbes, malgré son amitié pour Diderot, prie la comtesse de La Marck d'exiger une confession de l'auteur des dédicaces, si elle le connaît, sans quoi il transmettra l'affaire au lieutenant général de police[132] ; puis, il met en demeure la comtesse de La Marck et Diderot d'innocenter publiquement Deleyre et Forbonnais. Ce dernier accuse pour sa part Grimm : il a vu un de ses laquais lui apporter un spécimen des épreuves des traductions[549].

Diderot publie alors dans *L'Observateur littéraire*, puis dans le *Mercure de France*, un texte innocentant les traducteurs, sans reconnaître sa propre culpabilité, puisqu'en fait il connaît le coupable[549] : Grimm, qui, dans la *Correspondance littéraire* du mois de décembre suivant, écrira d'un ton faussement innocent : « *On n'a pu découvrir le véritable auteur de ces épîtres qui ont fait bien plus de bruit qu'elles ne valent*[235]. »

Plus de vingt ans plus tard, à l'heure des règlements de comptes, Diderot écrira à Grimm dans une philippique que, là encore, comme celle adressée à Rousseau, il n'enverra pas[155] : « *Et les épîtres dédicatoires à Mme de La Marck et à Mme de Robecq, est-ce de lâcheté ou de folie qu'elles vous accusent ?... Mon ami, vous avez la gangrène.* »

Brûler De l'esprit

La rétractation d'Helvétius n'a pas mis fin aux attaques. Le 22 novembre 1758, Christophe de Beaumont, archevêque de Paris, dans un mandement qui équivaut à une excommunication, qualifie Helvétius de « *Prince des ténèbres*[92] » : « *Nous condamnons ledit Livre, comme contenant une doctrine abominable, propre à renverser la Loi naturelle, et à détruire les fondements de la Religion Chrétienne, comme adoptant pour principe la Doctrine détestable du Matérialisme ; détruisant la liberté de l'homme ; anéantissant les notions primitives de vertu et de justice*[42]. » Pas question, comme le prétend Helvétius, de laisser croire qu'il appartient au politique de faire la loi.

Le 26 décembre, *De l'esprit* est renvoyé à l'Inquisition[92]. Le Parlement demande une rétractation plus précise encore, que le procureur général, Omer Joly de Fleury, dicte à Helvétius[92] ; elle se termine par : « *Je regarde mon livre* De l'esprit *comme une production des ténèbres que je voudrais pouvoir anéantir et que je supplie tous les hommes de condamner à un mépris éternel*[92]. » Helvétius la signe[92].

Le 23 janvier 1759, *De l'esprit* est condamné par le Parlement de Paris[92]. Le 31, Clément XIII condamne le livre, qui est lacéré et brûlé en place publique le 10 février[92].

Pourtant, il continue de circuler, même dans Paris : il en paraît cette année-là au moins sept éditions clandestines[92]. Helvétius a atteint son but : une renommée européenne et l'admiration de têtes couronnées comme la princesse de Hesse-Darmstadt et Ivan Chouvalov, président de l'Académie des arts de Saint-Pétersbourg[92]. La critique de la religion commence à gagner tous les milieux.

En février, Choiseul annonce à Tercier, le premier censeur à s'être montré bien indulgent vis-à-vis du livre d'Helvétius, qu'il a reçu l'ordre du roi de le démettre de sa charge de premier commis aux Affaires étrangères[92]. Tercier s'exécute et reste discrètement à la tête du Secret[528].

*La révocation du privilège de l'*Encyclopédie

L'attaque ne s'arrête pas à Helvétius. Ce n'est qu'un petit gibier. L'Église pense qu'elle a enfin trouvé un bon prétexte pour en finir avec les encyclopédistes. La rumeur, peut-être fondée, laisse entendre que Diderot a d'ailleurs écrit une partie du livre d'Helvétius. Grimm la dément dans la *Correspondance littéraire*[235] : « *Pour perdre M. Diderot, on a publié partout qu'il était l'auteur de tous les morceaux qui avaient révolté dans l'ouvrage de M. Helvétius, quoique ce philosophe n'ait aucune liaison avec le dernier et qu'ils ne se rencontrent pas deux fois par an*[235]. »

Denis ne comprend pas que l'association de son nom à celui d'Helvétius puisse être dangereuse pour lui et l'*Encyclopédie*. Il ne subodore pas que l'*Encyclopédie* risque d'être emportée par la même opprobre que l'auteur de *De l'esprit*. Il ne pense encore qu'à se défendre des accusations de trahison portées par Rousseau, qui lui semblent beaucoup plus graves. Il écrit à Jacob Vernet, pasteur genevois, ami de Jean-Jacques, qui a fondé la revue *Choix littéraire* et avec qui il entretient une correspondance[448] : « *C'est une action atroce que d'accuser publiquement un ancien ami, même lorsque cet ami est coupable. Mais quel nom lui donner encore, si l'accusateur s'avouait au fond de son cœur l'innocence de celui qu'il osait accuser ?* [...] *Il m'avait appris pendant vingt ans à pardonner les injures particulières ; mais celle-ci est publique, et je n'y sais plus de remède*[549]. »

Au début de 1759, il sollicite à nouveau des articles de Turgot, alors obscur maître des requêtes, rapporteur au sein du Conseil du roi et membre de droit du Parlement. Et il se prépare à publier le huitième tome de l'*Encyclopédie*. Il écrit à Turgot : « [L'*Encyclopédie*] *renaît ; le succès de sa continuation dépendra de celui du volume que je vais publier. Voyez ce que vous pouvez faire pour moi. Si vous vous sentez le courage de travailler quelques articles, marquez-le-moi par un mot de réponse que mon parent me rapportera*[143]. » Le parent n'est autre que Caroillon La Salette, pour lequel il lui demande encore une faveur : « *Je vous suis infiniment obligé de l'intérêt que vous avez bien voulu prendre à l'affaire de mon parent. Si vous la finissez, il vous devra son état*[143]. »

Dès la fin janvier 1759, l'attaque contre Helvétius se retourne bel et bien contre l'*Encyclopédie* ; le procureur général Omer Joly de Fleury, le même qui a rédigé les rétractations successives d'Helvétius, accuse l'*Encyclopédie* devant le parlement de Paris de complot contre la religion et l'État : « *Peut-on dissimuler qu'il n'y ait un projet conçu, une société formée pour soutenir le matérialisme, pour détruire la religion, pour inspirer l'indépendance et nourrir la corruption des mœurs ?* [...] *La Société, l'État, la Religion se présentent aujourd'hui au tribunal de la justice pour porter leurs plaintes*[317]. »

Le Parlement décrète alors de nouveau la suspension de la vente de l'*Encyclopédie*, en attendant l'examen des sept volumes déjà parus par une commission d'enquête composée de trois docteurs en théologie, trois avocats, deux professeurs de philosophie, un académicien[309]. Le père de Malesherbes, le chancelier Guillaume de Lamoignon de Blanc-Mesnil, prend alors parti contre son fils et propose de révoquer le privilège de l'*Encyclopédie*[138]. Malesherbes est obligé de suivre et prépare, avec son père, la décision d'interdiction ; il tente de préserver l'avenir en permettant, un jour d'utiliser une permission tacite à un livre publié hors de France[309].

Au même moment, à Lucques, un libraire, Ottaviano Diodati, commence une édition pirate des sept premiers volumes, avec le soutien des autorités de la république de Lucques[136].

Fin février, Grimm part enfin rejoindre Mme d'Épinay à Genève[475], où elle séjourne pour se soigner depuis dix-sept mois. Il passe par Langres, y voit le père de Denis, qu'il trouve bien fatigué. Il écrira plus tard : « *Je m'applaudirai toute ma vie d'avoir connu ce vieillard respectable*[235]. »

Le 4 mars, les tomes parus de l'*Encyclopédie* sont mis à l'Index[507]. Turgot, Morellet et Marmontel s'en retirent[549]. Le 8, le pire arrive, malgré les interventions de Malesherbes, très affaibli : la suspension ne suffit plus, le privilège de l'*Encyclopédie* est révoqué par le Conseil du roi, la publication interdite[309]. Les manuscrits prévus pour les prochains tomes doivent être récupérés et détruits.

Mi-mars, Malesherbes rassure Diderot : la décision n'est pas définitive. Il conseille à Denis de ne remettre à la police que les volumes de planches, pas ceux des textes.

Malesherbes, amer, écrit alors un *Mémoire sur la librairie* à l'attention du Dauphin Louis Ferdinand (qui ne régnera pas, mais sera le père des futurs Louis XVI, Louis XVIII et Charles X). Il aura plus tard cette phrase si lucide et si insolente à l'égard de sa propre fonction[331] : « *Un homme qui n'aurait jamais lu que les livres qui dans leur origine ont paru avec l'attache expresse du gouvernement, comme la loi le prescrit, serait en arrière de ses contemporains presque d'un siècle*[331]. »

Le dîner du 30 mars 1759 : la décision

Le 30 mars à 16 heures, Diderot réunit chez Le Breton tous ceux qui comptent : les quatre libraires, d'Holbach, Jaucourt et d'Alembert[143]. Réunion historique dont dépend le sort de l'*Encyclopédie*. Que faire ? Se plier à la décision du roi ? Tout arrêter ? Renoncer ? Partir à l'étranger pour continuer ? Lors du déjeuner, Diderot dévoile son plan : continuer à Paris, clandestinement. Tout écrire, tout imprimer à toute vitesse, puis attendre et tout publier en même temps le jour où l'ambiance se sera un peu calmée. Il évalue ce qui reste à finir à sept tomes[143] : ce n'est pas le bout du monde. Et on peut compter sur le soutien de Malesherbes. « *On finira en moins de deux ans, si on s'y met tous.* » D'Alembert traite le projet de pure folie, d'Holbach se retient de frapper d'Alembert, Jaucourt reste coi[143]. D'Alembert promet néanmoins, avec beaucoup de réticence, de donner en deux ans tous les articles qu'il lui reste à écrire, mais rien de plus, et il quitte la réunion[143]. Nul ne pense qu'il va aller les dénoncer : c'est un homme d'honneur, et lui-même aurait trop à y perdre.

Après des heures de discussion, on décide de poursuivre et d'achever l'*Encyclopédie* en deux ans ; et, si nécessaire, d'aller l'imprimer en Hollande[143]. Il est convenu que, par prudence, Diderot se montrera le moins possible dans les ateliers, et que le libraire David assurera les communications entre les libraires et lui[143].

Un mois plus tard, Diderot racontera à Grimm ce déjeuner capital : « *Nous nous mîmes à table à quatre heures du soir. On fut gai. On but, on rit, on mangea ; et, sur le soir, la grande affaire s'entama. J'expliquai le projet de compléter le manuscrit. Je ne saurais vous dire avec quelle surprise et quelle impatience mon cher collègue* [d'Alembert] *m'écouta. [...] Il est sûr que l'*Encyclopédie *n'a point d'ennemi plus décidé que cet homme-là. Il ne s'agissait pas de le rembarquer dans le travail de l'édition. La proposition qu'on lui en faisait n'était qu'une politesse indispensable dont il avait la sottise de se défendre sérieusement [...]. Et notre ami le baron [...] se tourmentait sur sa chaise. Je tremblais à tout moment que les sots propos de d'Alembert ne le missent hors des gonds et qu'il ne lui rompît en visière. Cependant, il se contint. [...] D'Alembert, après avoir encore balbutié, sacré, pirouetté, s'en alla, et je n'en ai pas entendu parler depuis. Quand nous fûmes libres de ce petit fou, nous revînmes sur le projet qui nous rassemblait. Nous l'examinâmes par tous ses côtés ; on prit des arrangements ; on s'encouragea ; on jura de voir la fin de l'entreprise ; on convint de travailler les volumes suivants avec la liberté des premiers, au hasard d'imprimer en Hollande ; et l'on se sépara*[143]. »

Une semaine plus tard, les libraires décident de modifier le mode de rémunération de Diderot, toujours sans l'augmenter. Comme l'*Encyclopédie* ne paraîtra qu'en un seul bloc, il est convenu qu'il touchera les sommes promises non pas à la publication de chaque tome, mais à la fin de la préparation de chaque lettre de l'alphabet. Diderot percevra donc 500 livres par semestre, plus 15 000 livres versées par tranches d'un seizième à la livraison de chacune des lettres restantes, et les 10 000 livres prévues pour être versées à la fin seront réglées par tranches d'un septième par livraison de groupes de lettres : la première tranche serait versée pour les lettres H, I, K, la deuxième pour les lettres L et M, la troisième pour les lettres N et O, etc[143].

Reste aux libraires à trouver l'argent, puisqu'ils ne peuvent plus recevoir celui des souscripteurs.

Diderot ne voit pas qu'il y a quelque chose de louche, d'un peu trop généreux et audacieux même dans l'attitude de Le Breton : on va vraiment lui laisser écrire tout ce qu'il veut, et tout publier d'un bloc, sans visa de censure ? Trop beau pour être vrai...

En avril, la situation nouvelle perturbe tant Denis qu'il en tombe malade. Inquiète, Sophie envoie prendre de ses nouvelles. Sa femme tombe sur la lettre. Il raconte à Grimm : « *L'écriture de la carte fut reconnue. On reconnut aussi le laquais ; et il s'ensuivit de là un incendie domestique qui jette encore des étincelles. En vérité, cette femme* [Toinette] *a l'âme féroce. Voyez quelles circonstances elle choisit pour me tourmenter. Si elle me rend ma maison fâcheuse, où veut-elle que j'aille vivre*[143] *?* »

Séduire la sœur de Sophie

Comme souvent dans les régimes de dictature, les relations sentimentales et amoureuses occupent une place considérable dans la vie des gens. Denis, que rien ne peut empêcher de chercher à séduire, rencontre alors à Paris la deuxième sœur de Sophie, Marie-Charlotte, épouse d'un architecte, M. Legendre, dont elle a quatre enfants, et qui vit à Châlons-sur-Marne[143]. Denis aime les femmes intelligentes, raffinées, pas nécessairement d'une prime jeunesse. Il écrit à Grimm qui vient d'arriver à Genève : « *Sa sœur est à Paris. C'est une femme charmante de figure, d'esprit et de caractère. On n'a pas plus de raison et de sensibilité. Un spectacle qui vous toucherait sûrement, c'est celui de la tendresse réciproque de ces deux sœurs et de l'attention continuelle qu'elles ont pour leur mère. Leurs yeux sont sans cesse attachés sur elle ; et c'est à qui sera la plus intelligente à connaître ses volontés et la plus prompte à les satisfaire. Il ne tiendrait qu'à cette femme d'être adorée.* [...] *Ma Sophie est jalouse, mon ami. Je viens d'en faire la découverte, et cela me fâche. Je suis sincère ; je suis franc ; et je n'aime point à être soupçonné*[143]. » En fait, Sophie n'a pas tort d'être jalouse : Denis est séduit par Charlotte, dont il devine d'ailleurs qu'elle préfère les femmes, tout comme, pense-t-il, Sophie...

Nouvel incident, début avril : la Librairie reçoit anonymement un *Mémoire pour Abraham Chaumeix contre les prétendus philosophes D. et d'Alembert*[362]. Abraham Chaumeix est un critique littéraire connu pour avoir publié l'année précédente les *Préjugés légitimes contre l'Encyclopédie, et essai de réfutation de ce dictionnaire, avec un examen critique du livre* De l'esprit[89]. Ce mémoire, prétendument de Chaumeix, ridiculise ce critique. Le même jour, Chaumeix dépose plainte et accuse Diderot d'en être l'auteur. Celui-ci s'en défend auprès de Malesherbes : « *J'apprends de tous côtés que l'on m'attribue une brochure intitulée* Mémoire pour Abraham Chaumeix. *Je vous proteste sur tout ce que les hommes ont de plus sacré que je n'y ai aucune part, soit directe, soit indirecte*[143]. » En fait l'auteur est l'abbé Morellet, un encyclopédiste particulièrement véhément, qui s'est retiré un mois plus tôt quand le privilège a été retiré. Mais, une nouvelle fois, Denis est inquiété.

Nouvelle affaire, nouvelle accusation mensongère, à l'instar de celle des dédicaces : cela commence à faire beaucoup.

La perquisition

La prison redevient possible. Denis se refuse à s'exiler. Il s'en tient à son plan. Maintenant animé d'un grand courage qu'il n'avait pas eu dix ans auparavant, il écrit à Grimm, toujours à Genève : « *Au reste, on n'a rien épargné pour m'intimider et me mettre en fuite ; mais j'ai tenu bon, en dépit du baron, du Malesherbes, du Turgot, du d'Alembert et du Morellet, qui tous prétendaient que dans une affaire criminelle, le plus sûr était de plaider de loin. Oui, le plus sûr. Mais le plus honnête, c'est de ne pas s'accuser quand on est innocent*[143]. »

Vers la fin avril, la police apprend que l'*Encyclopédie* continue à s'imprimer et cherche l'auteur du mémoire contre Chaumeix ; elle cherche et découvre chez un libraire un article d'un tome encore à venir, en train d'être composé. C'est bien la preuve que l'entreprise se poursuit. On se prépare à perquisitionner chez Denis quand Malesherbes le prévient et prend chez lui les manuscrits. Denis fuit son domicile dans la nuit, mais est quand même arrêté et interrogé. Il ne dit mot, se bornant à affirmer qu'il n'a nulle intention de s'exiler et reste à la disposition de la police. Celle-ci ne trouve rien de plus. Personne n'a parlé. L'orage passe.

D'après Mme de Vandeul, qui rapporte l'épisode[518] : « *M. de Malesherbes prévint mon père qu'il donnerait le lendemain ordre d'enlever ses papiers et ses cartons. "Ce que vous m'annoncez là me chagrine horriblement ; jamais je n'aurai le temps de déménager tous mes manuscrits, et d'ailleurs il n'est pas facile de trouver en vingt-quatre heures des gens qui veuillent s'en charger et chez qui ils soient en sûreté. – Envoyez-les tous chez moi, lui répondit M. de Malesherbes, l'on ne viendra pas les y chercher." En effet, mon père envoya la moitié de son cabinet chez celui qui en ordonnait la visite*[518]. »

Diderot raconte aussi l'aventure à Grimm, le 1er mai : « *Il a fallu tout à coup enlever pendant la nuit les manuscrits, se sauver de chez soi, découcher, chercher un asile, et songer à se pourvoir d'une chaise de poste et à marcher tant que la terre me porterait.* [...] *On est à la poursuite des auteurs de ce malheureux papier. On a découvert l'imprimerie ; on a pris deux imprimeurs, une femme avec un quidam qu'on ne nomme point*[143]. » Il précise que, interrogé, il n'a cédé sur rien : « *J'ai dit que je n'avais aucune part, ni directe ni indirecte, au papier en question ; que je resterais sur ma chaise ; et que, quelles que puissent être les suites de cette aventure, on me trouverait chez moi*[143]. »

Cet engagement de rester chez lui va, on va le voir, lui coûter cher. Malesherbes lui-même, dans son *Mémoire sur la liberté de la presse*, fera aussi allusion, de façon extrêmement précise, à l'aide qu'il a apportée ce jour-là à Diderot, comme il l'a fait en d'autres occasions pour d'autres : souvent, « *on prenait le parti de dire à un libraire qu'il pouvait entreprendre son édition, mais secrètement ; que la police ferait semblant de l'ignorer, et ne la ferait pas saisir ; et comme on ne pouvait pas prévoir jusqu'à quel point le clergé et la justice s'en fâcheraient, on lui recommandait de se tenir toujours prêt à faire disparaître son édition dans le moment qu'on l'en avertirait, et on lui promettait de lui faire parvenir cet avis avant qu'il ne fût fait des recherches chez lui*[331] » – ce qu'il fit en effet à coup sûr pour Diderot.

Sophie et Melchior

Diderot s'en veut de ne point se précipiter pour rendre visite à son père malade, à l'instar de Grimm, qui est finalement parti rejoindre à Genève Mme d'Épinay, elle aussi souffrante. Mais il ne peut pas : après la perquisition, il s'est engagé à ne pas prendre le large (« *J'ai dit que* [...] *je resterais sur ma chaise ; et que, quelles que puissent être les suites de cette aventure, on me trouverait chez moi*[143] »). Il est aussi absorbé par les démarches destinées à protester de son innocence dans l'affaire du *Mémoire pour Abraham Chaumeix* : « *Il a fallu courir chez le lieutenant de police, chez le procureur et les avocats généraux ; se montrer, aller, venir, écrire, protester. Vous qui me connaissez, jugez combien ces démarches contraires à mon caractère ont dû me coûter*[143] », écrit-il encore à Grimm dans cette même lettre du 1er mai 1759[143]. Lui-même est par ailleurs malportant à cette époque : « *J'ai été accablé de tant de chagrins et de fatigues à la fois que je n'en serai pas remis de deux mois. J'ai la poitrine embarrassée d'un rhume de chaleur que je ne saurais déloger de là. J'ai au-dessus du sternum une sensation de la largeur d'un écu qui ressemble à la brûlure d'un fer chaud*[143]. »

Toujours dans la même lettre, il écrit à Grimm à propos de son père : « *Il est bien malade, n'est-ce pas ? bien vieux, bien cassé ?* [...] *J'étais absent quand ma mère mourut. Mon père mourra sans m'avoir à côté de lui. Dans dix ans d'ici, je chercherai dans ma mémoire son image, et je ne l'y trouverai plus. Ah ! Mon ami, que fais-je ici ? Il me désire, il touche à ses derniers moments, il m'appelle, et je reste*[143]. »

Si importante pour tout ce qu'elle nous apprend, cette lettre du 1er mai 1759 adressée à Grimm, alors installé à Genève, sans doute pour des mois, est aussi émouvante par ce qu'elle dit de la place qu'occupe dorénavant celui-ci dans la vie de Denis : « *Je vais donc passer la matinée à causer avec vous ; oui, mon ami, la matinée tout entière. J'ai tout plein de choses à vous dire, mais la plus pressée, celle que je sens à chaque instant, c'est qu'il n'y a personne ici depuis que vous n'y êtes plus. Je n'ai personne à qui je puisse parler d'elle* [Sophie] *; qu'elle à qui j'aime à parler de vous ; mais je la vois bien rarement, et dans la suite je la verrai bien encore moins ; et puis je ne la verrai plus*[143]. » Sophie et Melchior…

Mort du père

Dix jours plus tard, il écrit à Sophie pour la cent trente-cinquième fois[549], mais c'est la première lettre connue de leur correspondance ; il s'agit du récit d'une promenade à Marly avec d'Holbach, qu'il racontera aussi une semaine plus tard à Grimm[143]. Insolite promenade alors que l'*Encyclopédie* est passée dans la clandestinité, qu'il est menacé d'arrestation, et que son père est mourant. Sans doute, comme il l'indique, a-t-il cherché là une occasion de se distraire. Mais aussi de parler à l'écart des oreilles indiscrètes[67] : « *Nous sommes en train de faire des voyages. Le baron me promène et il ne sait pas la bonne œuvre qu'il fait. Nous avons été à Versailles, à Trianon, à Marly*[143]. ». À moins qu'il n'ait planqué là quelques manuscrits ou presses à imprimer…

Par ailleurs, il ne pense qu'à son père : le même jour, il écrit au docteur Tronchin, à Genève, chez qui se trouve Mme d'Épinay, pour le prier de se rendre à Langres soigner son père : « *J'ôterais à mes jours pour ajouter à ceux de mon père, et personne au monde n'a plus de confiance en vos lumières que moi. Je n'ai qu'un regret : c'est de ne pouvoir aller m'établir à côté du vieillard, veiller moi-même à sa santé, et exécuter tout ce que vous avez prescrit pour sa conservation*[143]. » Il ajoute qu'il pense pouvoir enfin se reposer puisque l'*Encyclopédie* est définitivement interrompue : « *Enfin le calme commence à renaître. Je vais rentrer dans l'obscurité et recouvrer le repos. Heureux celui que les hommes ont oublié et qui peut s'échapper de ce monde sans être aperçu.*

Vous pensez que le bonheur est au-delà du tombeau ; moi, je crois qu'il est sous la tombe ; voilà toute la différence de nos systèmes[143]. »

Il écrit encore à Grimm : « *J'écrirai incessamment à M. Tronchin pour le remercier* [d'avoir préparé une ordonnance pour son père]. *Sa consultation sauverait mon père, si j'étais là pour la faire exécuter ; mais, mon ami, je suis un mauvais fils. Je ne saurais m'arracher d'ici*[143]. »

Tronchin n'ira pas à Langres.

Quelques jours plus tard, Denis écrit à Sophie, rentrée à Paris depuis plusieurs semaines, pour lui donner rendez-vous[143], sans doute au Palais-Royal[524], comme à leur habitude, après toute une série de rencontres manquées parce que la mère de Sophie la monopolise[143] ; et il lui parle de sa sœur Marie-Charlotte Legendre : « *Je serai demain à midi où vous m'attendez. J'y serai sans faute. Combien je sacrifie de moments doux à votre mère ! J'ai un peu rêvé à la répugnance de votre sœur. Elle ne m'estime donc pas assez pour me voir enfermé dans la même boîte avec elle ? Mais ce n'est pas cela, ma Sophie. Peut-être craint-elle qu'un jour que vous serez ou que vous ne serez plus cette boîte*[143]. » D'une phrase étrange montrant qu'il a pleinement conscience de son importance future, il conseille à Sophie de dire du bien de lui à sa sœur : « *Dites-lui que la plus grande considération dans la mémoire des hommes m'est assurée*[143]. » Enfin, il s'inquiète de l'affection de Sophie pour Marie-Charlotte ; il laisse entendre que leur relation est homosexuelle : « *Ne la regardez pas plus tendrement que moi. Ne la baisez pas plus souvent. Si cela vous arrive, je le saurai*[143]. »

Le 3 juin, après un inutile voyage aux eaux de Bourbonne-les-Bains, juste à côté de Langres, Didier Diderot meurt à Langres[507]. Son testament révèle bien des choses sur l'homme qu'il était[143] : « *Je ne dois rien ; mais, mes enfants, s'il se présente quelqu'un qui demande, payez. Il vaut mieux qu'on ait quelque chose à moi dans ce monde, que moi aux autres dans celui où je vais. Vous assurerez du pain à Hélène, qui est dans la maison avant vous. Vous remettrez une pistole à chacun de mes ouvriers. Vous ne presserez le paiement d'aucun de mes fermiers, l'année de mon décès. Vous donnerez mon linge à celui-ci, mes habits de travail à celui-là, mes autres habits à un autre.* [...] *Mes enfants, je vous recommande surtout le soulagement des pauvres. N'aliénez pas, autant que vous le pourrez, les fonds que je vous laisse. Je les ai acquis pour vous ; laissez-les à vos héritiers légitimes. Aimez-vous. Vivez dans l'union, et que la bénédiction du Ciel soit avec vous*[143]. »

Longtemps après, Denis écrira sur son père : « *Mon père, homme d'un excellent jugement, mais homme pieux, était renommé dans sa province pour sa probité rigoureuse. Il fut plus d'une fois choisi pour arbitre entre ses concitoyens* [...]. *Lorsqu'on sut qu'il approchait de sa fin, toute la ville fut attristée. Son image sera toujours présente à ma mémoire ; il me semble que je le vois dans son fauteuil à bras, avec son maintien tranquille et son visage serein ; il me semble que je l'entends encore*[157]. »

Le Juge de Kent

Décidément, ce mois de juin est affreux : son père est mort, Grimm parti, Sophie est amoureuse de sa sœur, lui est assigné à résidence. Alors il travaille à l'*Encyclopédie*, de chez lui ou d'ailleurs, sans se faire remarquer ; et il entame une nouvelle pièce qu'il entend intituler *Le Commissaire de Kent*. Par le théâtre, il pense encore trouver la gloire, même si sa première pièce n'a pas été un succès, loin de là, et si la deuxième, autorisée avec peine, a été jouée à Bordeaux et Toulouse en avril.

Diderot décrit ainsi sa peine à Grimm : « *Je n'aurai vu mourir ni mon père, ni ma mère. Je ne vous cacherai point que je regarde cette malédiction comme celle du Ciel*[143]. » Et il ajoute dans une autre lettre : « *J'encyclopédise comme un forçat. Au milieu de ce ravaudage, comme vous l'appelez, le toupet se redresse et* Le Commissaire de Kent *prend contour. Ah ! Mon ami, l'étrange et belle besogne ! Le ton est pris ; plusieurs scènes sont dessinées dans ma tête et sur le papier. Cela se fait sans que je m'en occupe, dans la rue, à la promenade, en fiacre ; je sens tantôt ici, tantôt là, un fil des cordes qui me garrottent se briser, et j'use bien vite de cet instant de liberté*[143]. »

Trois semaines plus tard, il écrit encore à Grimm : « *Combien j'ai souffert depuis deux ans*[143] *!* » Puis : « *Je m'ennuie, je m'ennuie partout* [...]. *Je suis d'une telle lassitude qu'il faudrait qu'on m'entendît sans que je parlasse, que mes lettres se fissent sans que j'écrivisse, et que j'arrivasse où je veux sans me mouvoir*[143]. » Il semble avoir abandonné l'*Encyclopédie* et n'être plus occupé qu'à écrire cette pièce : « *La grande besogne* [l'*Encyclopédie*] *est bien loin de ma tête. Heureusement, j'ai quelque avance. Pour* Le Juge de Kent, *c'est maintenant un travail qui m'effraie. Imaginez quarante-six scènes à écrire, toutes* *d'enthousiasme et de chaleur. Le plan n'a rien perdu de sa simplicité ; mais j'en ai fait éclore, en le couvant, quelques circonstances terribles. Vous serez content du lieu de la scène*[143]. »

Puis vient cette phrase : « *Quand je veux m'occuper de mon travail, mon esprit s'égare, et* [...] *ce n'est plus le Juge de Kent, mais le coutelier de Langres que je vois*[143]. »

Pris d'une frénésie de théâtre, il esquisse une autre pièce, qu'il intitule *Train du monde, ou des mœurs honnêtes comme elles le sont*[143], dont il attend beaucoup, mais qui semble le dépasser. Il en fera état à Grimm une semaine plus tard : « *Ou je me trompe fort ou c'est la plus forte machine qu'il y ait peut-être sur aucun théâtre. Treize à quatorze personnages principaux, sans valet, sans suivante, je n'en ai point ; mais bien deux ou trois rôles épisodiques et de passage, qui ne sont pas du fond ni du compte de mes treize autres*[143]. »

En finir avec le théâtre

Diderot désespère : il se rend compte que, s'il tient une intrigue, il ne saura en faire une pièce : « *Ô mon ami, qui est-ce qui mettra cela en scène ? Qui est-ce qui divisera ce roman en actes ? Qui est-ce qui remplira les scènes et les caractères ? Qui est-ce qui fera marcher tout cela ? Ce n'est pas moi. Une débauche de tête, une violente effervescence fait éclore un plan de cette nature. C'est un jet de tête comme on en a quelquefois. Mais l'exécution et les détails demandent une tenue que je n'ai plus. Deux ans, et deux ans de mon bon temps, n'y auraient pas suffi*[143]. »

Il est sur le point d'y renoncer. Il en parle à Sophie et à sa sœur, qui lui proposent d'écrire sous sa dictée, pour lui faire gagner du temps[143] : « *Je dictai environ une douzaine de pages de suite ; mais elles ne purent jamais me suivre ; et, depuis, elles ont relu ce qu'elles ont écrit sans y voir guère plus clair. Pour moi, j'y vois ; surtout la nuit. Parmi ces treize principaux personnages, il n'y a pas un grain d'honnêteté ; pas même un remords, si ce n'est, de temps à autre, dans une fille de joie que Nature semblait avoir faite pour être une créature charmante ; mais la nécessité, les circonstances, le monde et le diable*[143]... »

Le 15 juillet, il écrit à Sophie, qu'il a vue la veille[67] : « *N'avez-vous pas remarqué quelquefois, à la campagne, le silence subit des oiseaux, s'il arrive que, dans un temps serein, un nuage vienne à s'arrêter sur un endroit qu'ils faisaient retentir de leur ramage ? Un habit de deuil dans la société, c'est le nuage qui cause en passant le silence momentané des oiseaux. Il passe, et le chant recommence... Comment vous portez-vous, aujourd'hui ? Avez-vous bien dormi ? Dormez-vous quelquefois comme moi, les bras ouverts ? Que vos regards étaient tendres, hier*[143] *!* »

Trois jours plus tard, revirement : il n'arrive décidément pas à écrire pour le théâtre. Il fait part à Grimm de sa décision d'abandonner l'écriture du *Juge de Kent* : « *Le voilà renfermé dans le petit carton pour longtemps. De longtemps je ne vous en parlerai, ni n'y penserai*[143]. » Grimm, lui, le pousse à reprendre et à écrire d'autres pièces (dont *L'Honnête Femme* et *La Jalouse*[143]), parce qu'il y voit une occasion, pour Denis, de faire fortune[143]. Et pour lui aussi, par la même occasion, en les publiant dans la *Correspondance littéraire.*

Denis n'y croit plus guère. Il va se rendre à Langres, à présent que la situation avec la police s'est quelque peu calmée, et le théâtre, comme le reste, lui semble bien vain : « *Il faut que je sorte de là, afin que dans mon voyage* [à Langres] *je puisse m'occuper du plan de* L'Honnête Femme ; *et puis en venir à cette* Jalouse *qui vous tient tant à cœur. Vous voyez que je ne perds pas de vue le projet d'être riche. Et puis, quand nous aurons bien travaillé et que nous serons riches... nous mourrons*[143]. »

À Langres pour la succession

Près de deux mois après la mort de son père, à la fin juillet 1759, ayant expliqué à la police qu'il n'a pas du tout l'intention de quitter le pays, il part pour Langres afin de régler la succession paternelle[507]. On le laisse aller tout en ne le quittant pas des yeux. Et s'il allait continuer l'*Encyclopédie* ailleurs ?

À la veille de son départ, il écrit encore à Grimm qu'il ne restera pas longtemps hors de Paris : « *Ne croyez pas que mon absence soit longue. J'aurai une chaise de renvoi*[143]. » Puis il lui parle des sœurs Volland, qu'il voit tous les jours[143] et souhaite retrouver au plus vite : « *Ce sont des journées bien douces* [...] *Ah ! Grimm, quelle femme ! Combien cela est tendre, doux, honnête, délicat, sensé ! Le mal est que je ne sais quand on serait heureux. Cela réfléchit ; cela aime à réfléchir. Nous n'en savons pas plus qu'elle en mœurs, en sentiments, en usages, en une infinité de choses importantes*[143]. »

À Langres, Denis découvre que leur père a laissé à ses trois enfants une vraie fortune[67] : « *Trente mille livres en contrats ; environ cent émines en grains, ou la valeur de quarante mille ; à quoi il faut ajouter les maisons de Langres, de Chassigny et de Cohons, les vignes, les effets mobiliers, la coutellerie* », et, écrit-il à Toinette, « *les rentes échues et quelques autres dettes peu considérables : les unes bonnes, les autres mauvaises*[143] ».

Les discussions avec ses frère et sœur se passent bien. Denis propose de « *laisser le tout en masse, de vivre sur la masse, de diviser le reste en trois portions, et de m'en envoyer une à la fin de l'année. Par cet arrangement, les risques et périls se répandant sur tous les trois, aucun ne serait écrasé, et je m'acquitterais avec mon frère et avec ma sœur de la gestion onéreuse de mon héritage*[143] ». Didier et Denise acceptent. Il écrit à Toinette : « *Nos partages seront bientôt faits et ne feront aucune difficulté. Mon frère et ma sœur y apportent tout l'esprit d'équité et d'amitié que j'attendais d'eux. Ils se sont fort informés de vous et d'Angélique. Ils me chargent de leurs amitiés pour vous*[143]. »

Son séjour se prolonge. Il raconte à Grimm, son confident en tout : « *Imaginez que j'ai toujours été assis à table vis-à-vis d'un portrait de mon père, qui est mal peint mais qu'on a fait tirer il y a seulement quelques années, et qui ressemble assez ; que nos journées ont été employées à lire des papiers de sa main, et que ces derniers moments se passent à remplir des malles de hardes qui ont été à son usage et qui peuvent être au mien. Toutes ces relations qui lient les hommes entre eux d'une manière si douce, ont pourtant des instants bien douloureux*[143]. »

Sophie lui répond qu'elle s'inquiète de l'intérêt qu'il porte à sa sœur, et ajoute : « *Mon bonheur, ma vie sont liés à la durée de votre tendresse*[143]. » Il proteste : « *Ne craignez rien, ma Sophie. Elle durera et vous vivrez, et vous vivrez heureuse. Je n'ai point encore commis le crime, et je ne commencerai pas à le commettre ; je suis tout pour vous, vous êtes tout pour moi ; nous supporterons ensemble les peines qu'il plaira au sort de nous envoyer. Vous allégerez les miennes, j'allégerai les vôtres.* […] *Regardez au-dedans de vous-même. Voyez-vous bien ; voyez combien vous êtes digne d'être aimée, et connaissez combien je vous aime. C'est là qu'est la mesure invariable de mes sentiments*[143]. »

Rembourser les souscripteurs

Au même moment, la sape systématique du projet encyclopédique continue. Pour s'assurer que les libraires ne persistent pas à y travailler en fraude, un arrêt du Conseil d'État du roi leur ordonne de rendre leur argent (72 livres) à chaque souscripteur[549]. Les libraires ne peuvent évidemment rembourser ces sommes dont ils ne disposent plus, d'autant qu'il leur faut à l'inverse trouver des fonds pour poursuivre la fabrication clandestine des tomes à venir.

Une fois de plus, Malesherbes, qui feint de ne pas savoir qu'ils poursuivent leur travail, va les aider. À sa demande, le 1er août, Marc-Antoine Laugier, l'éditeur de la *Gazette de France*, sorte de journal officiel de l'époque, avise Malesherbes qu'il ne va pas prévenir tout de suite les souscripteurs qu'ils peuvent réclamer leur dû aux imprimeurs : « *Il ne sera fait mention dans la* Gazette de France *de l'arrêt* [ordonnant de rendre 72 livres aux souscripteurs] *qui concerne les libraires associés pour l'*Encyclopédie *que lorsque vous le jugerez* convenable[380]. »

Mais comment aller de l'avant, comment payer les ouvriers et les auteurs si tout est interdit et que, par-dessus le marché, il faut un jour rembourser les souscripteurs ? Les libraires décident alors d'emprunter à Jaucourt, l'infatigable auteur de milliers d'articles. Sans hésiter, Jaucourt vend une de ses maisons à Paris et prête le nécessaire pour payer les secrétaires[235]. La maison est achetée par… Le Breton, avec l'argent gagné par l'*Encyclopédie*, donc par le travail bénévole de Jaucourt[235] !

Selon certains[246], la très riche Mme Geoffrin aurait aussi versé en secret à ce moment cent mille écus aux libraires[238]. De sa part, la chose n'est pas impossible : elle aime les philosophes, même si elle n'aime pas trop qu'on les associe à elle. Elle n'apprécie point trop de les voir chez elle. Un soir de ce même été 1759, alors que la guerre fait rage en Europe depuis trois ans, elle voit Diderot et quelques autres la quitter pour rejoindre Turgot aux Tuileries, où le roi loge alors quelques courtisans et artistes[528]. Elle devine qu'ils vont y débattre de leur opposition à cette guerre. L'abbé Morellet racontera dans ses passionnants *Mémoires*[363] : « *"Je parie, disait-elle, que vous allez aux Tuileries faire votre sabbat* […]. *Je ne veux pas que vous vous en alliez ensemble", et elle en gardait un. Puis elle se ravisait : "Bon, que je suis sotte ! Je ne gagne rien à vous retenir, il vous attend sûrement en bas de l'escalier !" Et cela était vrai, et nous lui en faisions l'aveu, et de rire*[363]. »

Ménage à trois

Fin juillet 1759, Maupertuis (contre qui Diderot a écrit un de ses textes majeurs) meurt à Bâle chez son ami le mathématicien Bernoulli, Denis, toujours à Langres, écrit à Sophie et lui parle ouvertement de son amour pour sa sœur : « *Que je serais content si je lui avais inspiré pour moi la plus petite partie des sentiments que j'ai pris pour elle. En vérité, c'est une femme rare. Ne lui lisez pas cela, je vous en prie*[143]. » Deux jours plus tard, il écrit à sa femme, qui s'indigne de ses absences et sait fort bien qu'il est épris ailleurs, une lettre qui sonne encore juste de nos jours : « *Je ne suis pas parfait ; vous n'êtes pas parfaite non plus. Nous sommes ensemble, non pour nous reprocher nos défauts avec aigreur, mais pour les supporter réciproquement. Il ne faut pas mettre de l'importance à ce qui n'en a point, et réduire l'important à rien ; or l'important, c'est mon sort ; c'est le vôtre ; c'est celui de votre fille. Vous avez le bonheur de tous les trois entre vos mains* [...] *Nanette, quand vous m'aurez mis au tombeau, vous n'en serez pas plus avancée*[143]. »

Il explique à son ami Caroillon La Salette que l'obligation de rembourser les souscripteurs peut conduire à tout arrêter ; et, par là, le pousser à s'installer à Langres. L'idée le prend parfois, quand rien ne va plus, de revenir s'installer là où son père est mort : « *Je vous informerai des suites d'une affaire qui ne peut que me rapprocher de ceux qui me sont chers, plus tôt encore que je ne l'espérais*[143]. »

Il parle aussi à Sophie de sa ville natale, toujours avec les mêmes allusions à sa sœur, comme s'il voulait l'amener à accepter une sorte de ménage à trois[67] : « *Nous avons ici une promenade charmante* [...]. *Mes yeux errent sur le plus beau paysage du monde* [...]. *Je passe dans cet endroit des heures à lire, à méditer, à contempler la nature et à rêver à mon amie*[143]. » Puis cette allusion à Charlotte : « *Oh ! Qu'on serait bien, trois sur ce banc de pierre !* [...] *Adieu, mon amie ; j'approche mes lèvres des vôtres ; je les baise ; dussé-je y trouver la trace des baisers de votre sœur ; mais non, il n'y a rien. Les siens sont si légers, si superficiels*[143]*...* » Et encore sur les Langrois : « *Avec une rapidité* *surprenante dans les mouvements, dans les désirs, dans les projets, dans les fantaisies, dans les idées, ils* [les Langrois] *ont le parler lent* [...]. *Pour moi, je suis de mon pays : seulement, le séjour de la capitale et l'application assidue m'ont un peu corrigé*[143]. »

Le 14 août, après trois semaines passées à Langres, il se décide à rentrer à Paris en passant par la maison d'Isle où Sophie va bientôt s'installer pour de longs mois, puis par celle de Marie-Charlotte, à Châlons ; il résume ainsi la situation à Grimm : « *Avant que de me retrouver auprès de vous, j'aurai vu le séjour qu'habitera, peut-être pour n'en plus revenir, la femme du monde que j'aime le plus, et le séjour qu'habite une femme que j'estime autant que j'aime la première ; et ces femmes, ce sont les deux sœurs*[143]. » Preuve que son séjour à Langres s'est vraiment bien passé, il parle à Sophie de son frère presque avec tendresse[67] : « *En vérité, il n'y a pas un homme de sa robe que j'estime plus que lui. Il est sensible ; il est vrai qu'il se le reproche ; il est honnête, mais dur. Il eût été bon ami, bon frère si le Christ ne lui eût ordonné de fouler aux pieds toutes ces misères-là*[143]. »

Trois jours plus tard, d'une auberge de Saint-Dizier où il fait étape, il lâche un curieux aveu à Sophie : à Langres, une marquise de La Fare lui a fait des avances, mais il n'a pas « *osé* » y répondre, explique-t-il, par prudence, non par vertu : le mari de la dame, libertin, ne se porte pas bien[143] ; autrement dit, il est atteint d'une maladie vénérienne. Cette lettre a été écrite, comme souvent, à une heure avancée de la nuit : « *Mais j'y serai encore à demain* [à ma lettre] *si je m'y opiniâtre ; c'est comme si j'étais à côté de vous ; combien de fois je me suis levé et vous ai dit bonsoir à neuf heures, et n'étais pas encore parti à minuit ! On n'entend rien aux amants*[143]. »

Arrivé à Isle, il écrit de nouveau à Sophie une lettre pleine de sous-entendus sur ses relations avec sa sœur : « *Demain, nous irons nous emmesser à Vitry et passer le reste du jour dans l'habitation de la chère sœur. J'aime les lieux où ont été les personnes que je chéris ; j'aime à toucher ce qu'elles ont approché ; j'aime à respirer l'air qui les environnait. Seriez-vous jalouse même de l'air*[143] *?* » Et, de nouveau, sur son aventure langroise : « *Je n'ai point commis d'imprudences, là-bas. Rassurez-vous. J'ai quelquefois souri à certains propos, mais c'est tout* [...] *Non, mademoiselle : je n'aime que vous ; je n'aimerai jamais que vous, et je ne laisserai jamais croire à une autre que je la trouve aimable sans me le reprocher*[143]. » Il se le reproche, en effet, ce qui ne l'empêche nullement de le faire...

Premier Salon : invention du métier de critique d'art

À Paris où il arrive le 22 août 1759, le bruit court qu'il n'est pas allé à Langres pour régler la succession de son père, mais qu'il est parti pour Amsterdam y mettre la dernière main à l'*Encyclopédie*. La police, elle, qui l'a fait suivre, n'a pas de ces doutes.

Chez lui, rien ne va. Sophie n'est pas là. Or il a besoin de calme pour travailler. Il décide de s'installer pour un long séjour chez le baron d'Holbach, dans son château de Grandval, en Seine-et-Oise, près de Sucy-en-Brie, alors à deux heures et demie de Paris en carrosse. Là, il dispose de tout l'espace et du confort pour « encyclopédiser » tranquillement, sans risquer une descente de police.

Avant de partir pour Grandval, il visite l'exposition de peinture qui se tient tous les deux ans en cette saison, depuis un quart de siècle, dans le Salon carré du Louvre[567] ; il raconte ce qu'il y ressent, en voyant les tableaux, dans une lettre à Grimm, alors à Genève, que celui-ci, qui avait rendu compte du Salon précédent, s'empresse de publier – sans le payer – dans la *Correspondance littéraire*. C'est un grand moment : Denis jette ainsi les bases de ce que sera l'esthétique pour lui.

Il analyse quarante-cinq des cent quarante-six tableaux exposés, ainsi que trois sculptures[571]. « *Beaucoup de tableaux, mon ami, beaucoup de mauvais tableaux. J'aime à louer, je suis heureux quand j'admire, je ne demandais pas mieux que d'être heureux et d'admirer*[156]*...* » Ce qui ne l'empêche pas de se montrer parfois sévère. Il évoque ainsi en ces termes trois tableaux de Jean Restout, une *Annonciation*, un *Aman* et une *Purification de la Vierge* : « *Nulle expression, point de distance entre les plans, une couleur sombre, des lumières de nuit. Cet artiste use plus d'huile à sa lampe que sur sa palette*[156]. » Il se moque aussi de la manière dont Carle Van Loo a peint le combat de Jason et Médée : « *L'imbécile tire son épée contre une magicienne qui s'envole dans les airs, qui est hors de sa portée et qui laisse à ses pieds ses enfants égorgés*[156]*...* » ; plus loin, sur un autre tableau du même peintre : « *Elle a les doigts recourbés. Pourquoi ne les avoir pas étendus ? La figure serait mieux appuyée sur le plat de la main, et cette main aurait été d'un meilleur choix*[156] ». Sur un tableau de Lagrenée : « *Si j'avais eu à peindre la descente de Vénus dans les forges de Lemnos, on aurait vu les forges en feu sous des masses de roches*[156]. » Ou encore, sur un autre peintre,

peintre de fleurs qui présente une *Résurrection* : « *Monsieur Bachelier, croyez-moi, revenez à vos tulipes ; il n'y a ni couleur, ni composition, ni expression, ni dessin dans votre tableau*[156]. »

En conclusion : « *Nous avons beaucoup d'artistes, peu de bons, pas un excellent ; ils choisissent de beaux sujets, mais la force leur manque. Ils n'ont ni esprit, ni élévation, ni chaleur, ni imagination. Presque tous pèchent par le coloris. Beaucoup de dessin, point d'idée*[156]. » Tous les critiques d'art après lui s'inspirent de ce compte rendu d'un Salon.

Arrivée à Grandval

Début septembre 1759, dix jours à peine après son retour de Langres et au lendemain de sa visite au Salon, il arrive à Grandval en diligence avec peu de vêtements mais beaucoup de livres, d'encre, de plumes et de papier. La propriété, magnifique château entouré d'un vaste parc (aujourd'hui l'un et l'autre disparus), hébergeant une foultitude de serviteurs, appartient à la belle-mère du baron, Mme Daine, qui laisse son gendre y recevoir en maître de maison. Lequel gendre est aussi, on l'a vu, son frère adoptif, puisqu'ils ont tous deux été adoptés par le baron d'Holbach, grand bénéficiaire de l'escroquerie de John Law[92].

Denis se rendra désormais souvent à Grandval et y passera des semaines, voire des mois à écrire. Les hôtes y observent un programme bien réglé : le matin, chacun travaille pour lui-même ; Denis se lève vers six heures du matin et travaille jusqu'à une heure de l'après-midi[143] ; puis c'est le dîner (notre déjeuner) ; l'après-midi, promenades et conversations. Le soir, souper et jeux de cartes[143]. Après quoi chacun retourne travailler dans son appartement. Denis lit alors Horace et Homère, et se couche vers onze heures et demie.

Des dizaines de valets, de servantes, de maîtres-queux, de jardiniers, d'intendants, de palefreniers, de cochers, de commissionnaires, payés grâce aux profits issus du scandale de Law, assurent la bonne marche de la vie du château et les plaisirs des initiés.

Denis y retrouve en général Mme d'Houdetot et son amant Saint-Lambert, ainsi que Mme Geoffrin, sans compter nombre d'étrangers de passage, tels le père Hoop, médecin d'Édimbourg, ou l'abbé italien Ferdinando Galiani, auteur d'un *Traité de la monnaie*[218], qui vient de débarquer en France comme secrétaire d'ambassade du royaume des

Deux-Siciles (dont la capitale est à Naples) et qu'on invite partout, car c'est un merveilleux conteur (« *Les contes de l'abbé sont bons, mais il les joue supérieurement. On n'y tient pas. Vous auriez trop ri de lui voir tendre son col en l'air, et faire la petite voix pour le rossignol* [...]. *C'est qu'il est pantomime depuis la tête jusqu'aux pieds*[143] »). Denis y rencontre aussi Jean-Armand, baron de Dieskau, commandant des troupes régulières françaises au Canada et de leurs alliés indiens, qui évoque des épisodes atroces de la guerre qui sévit sur les rives du Saint-Laurent[143]. Denis est heureux d'entendre quelqu'un qui pense comme lui qu'on ne saurait parler de « bon sauvage », parce que nul homme n'est naturellement bon et que nul homme n'est sauvage.

Il y rencontre aussi une amie de Mme d'Épinay, Jeanne de Maux, alors âgée de trente-quatre ans. Fille de deux comédiens amis de Diderot (Quinault-Dufresne et Melle de Seine), nièce de Melle Quinault, l'actrice qui recevait chez elle, quinze ans plus tôt, les membres de la « Société du bout du banc » dont Denis, tout jeune arrivé à Paris[524]. Elle est mariée depuis vingt ans avec François de Maux, avocat au parlement de Paris[143]. Pour Diderot, sa conversation est un enchantement. Elle est très belle. Il est sous son charme, pour la première fois intimidé par une femme. Encore une femme d'âge mûr pour l'époque, brillante, belle et sévère. Tout à fait son genre...

Les échanges sont très libres : aucun mouchard à redouter. Les discussions tournent autour de l'Église, des jésuites, de Dieu, de l'islam, de la Chine, de la définition du citoyen et de celle de l'État. Dans ce « salon » en campagne, qu'on surnomme « la Boulangerie » ou « la Synagogue[92] », se tiennent parfois des propos « *à faire tomber cent fois le tonnerre sur la maison*[363] », dira Morellet ; mais d'Holbach sait qu'il peut compter sur la discrétion de ses invités.

Denis parle beaucoup de l'*Encyclopédie* avec d'Holbach, qui rédigera pas moins de quatre cents articles traitant de la chimie, la métallurgie, la minéralogie, la géographie physique (« Volcans », « Montagnes », « Glaciers », « Tremblements de terre », etc.), sans compter un certain nombre de textes sur la politique et la religion[280]. Souvent de mauvaise humeur, très marqué par la mort de sa première épouse, agacé que l'on courtise sa seconde femme, jaloux du succès d'Helvétius, d'Holbach demande alors à Denis son avis sur un manuscrit qu'il vient d'écrire, lui aussi d'une rare violence contre la religion : *Le Christianisme dévoilé*[264]. Denis le lit, le commente et lui explique que ce n'est vraiment pas le moment de le publier[549]...

Le 8 septembre, toujours grâce à Malesherbes, l'étau semble se desserrer quelque peu : les libraires obtiennent le droit de fabriquer et vendre les planches, qui ne gênent personne, et de considérer les 72 livres payées par chaque souscripteur, qui n'ont pas encore été remboursées, comme un acompte pour l'acquisition de ces *Planches*[549]. C'est un grand soulagement. Tout n'est pas perdu, et on continue de fabriquer à marche forcée et en grand secret les dix tomes restants de textes.

Un temps avec Sophie…

Le 15 septembre, à Grandval, Denis apprend que Sophie, qui espérait encore y passer pour une fois l'hiver avec lui, va devoir partir pour Isle sur ordre de sa mère, pour « *six mois,* […] *un an,* […] *deux ans peut-être* »[143]. Tous deux sont désespérés. Il écrit à Grimm : « *Il lui semble qu'elle s'en aille à sa dernière demeure. C'est ainsi qu'elle en parle. Elle dépérit à vue d'œil. Le sentiment s'éteint dans son âme. Elle est tombée dans un abattement, une indifférence, un détachement qui désole sa sœur*[143]. »

Il a visité le Salon de peinture avec Mme Legendre. Sophie est venue mais n'est pas restée, trop triste de devoir quitter Paris. Il écrit le 21 à Grimm, toujours à Genève auprès de Mme d'Épinay[143] : « *On* [Sophie] *a de la gaieté, ou l'on en simule. On accepte les amusements que je propose ; on m'invite à ceux qu'on projette. Quelquefois ma Sophie se laisse entraîner ; quelquefois aussi elle se refuse. Elle ne se gêne plus. Elle passe des heures entières au milieu de nous sans parler, les yeux fermés, et la tête penchée sur le dos de son fauteuil. Si quelqu'un lui reproche sa mélancolie, elle ne prend pas la peine de s'excuser. Entend-elle mon pas quand j'arrive, elle dit à sa sœur : "Ma sœur, c'est lui." J'entre ; elle ne se dérange pas ; elle se contente de me sourire un peu et de me regarder avec des yeux où je vois, même dans l'instant de la sérénité, la tristesse intime et profonde qui la pénètre. Si je lui demande : "Mon amie, à quoi pensez-vous ?", elle me répond : "Je pense que vous serez tous heureux quand je n'y serai plus" ; et puis elle se lève et s'en va dans une garde-robe pleurer de toute sa force* […] *Nous nous en apercevons, sa sœur et moi, et nous nous communiquons par nos regards la peine qui nous souffrons et la pitié qu'elle nous fait*[143]. »

Une semaine plus tard, il repart pour un dîner à Grandval, puis revient à Paris dès le lendemain pour faire ses adieux à Sophie qui quitte Paris, avant de regagner Grandval le même jour. Toinette pense qu'il ne tardera pas à revenir à Paris parce qu'elle ignore que Sophie en est partie. Le 1er octobre, Denis écrit à celle-ci[67] : « *Madame fut un peu surprise de la quantité de livres, de hardes et de linge que j'emportais. Elle ne conçoit pas que je puisse durer loin de vous huit jours*[143]. »

Ils organisent leurs échanges pour les mois à venir quand elle sera à Isle. Les lettres passeront par Damilaville, haut fonctionnaire aux Finances, qui utilise sa position pour endosser les lettres des philosophes, dont celles de Voltaire, et maintenant celles de Diderot[143]. Il les enverra au directeur des impôts de Champagne, juste à côté d'Isle[143]. Diderot explique à Sophie[67] : « *Un domestique qui me sert portera mes lettres à Charenton. Vous adresserez les vôtres au directeur de la Poste, pour m'être rendues, et le même domestique les prendra. Voilà qui est arrangé. Demain, je saurai le nom de ce directeur. Il sera prévenu. Mercredi ou jeudi, vous saurez mon adresse, et nous tâcherons de réparer le temps perdu* [...]. *Je travaille beaucoup, mais c'est avec peine. Il est une idée qui se présente sans cesse et qui chasse les autres ; c'est que je ne suis pas où je veux être. Mon amie, il n'y a de bonheur pour moi qu'à côté de vous*[143]. »

Le directeur de la poste en question est Duclos[143]. Damilaville le connaîtra si bien qu'on retrouvera plus loin, on l'a dit, la femme du même Duclos... dans le lit de Damilaville !

Sans Sophie, avec Grimm

Commence avec Sophie une longue correspondance bihebdomadaire, étalée sur plusieurs mois, dans laquelle Denis va lui faire part jour après jour de ses réflexions, de ses idées, de ce qui se passe autour de lui... Comme on ne dispose pas des lettres de Sophie, il nous faut deviner ce à quoi il répond, qu'il cite parfois. La lecture de ces lettres est d'autant plus passionnante qu'on l'entend sans apprêt, écrivant comme il pense – en même temps qu'il pense.

Ce jour-là, 1er octobre il raconte à Sophie une journée à Grandval, et ces lignes méritent d'être amplement citées pour ce qu'elles révèlent, grâce à son talent littéraire, de l'ambiance de l'époque[67] :

« *On m'a installé dans un petit appartement séparé, bien tranquille, bien gai et bien chaud.* [...] *À une heure et demie je suis habillé et je descends dans le salon où je trouve tout le monde rassemblé. J'ai quelquefois la visite du Baron ; il en use à merveilles ; s'il me voit occupé, il me salue de la main et s'en va ; s'il me trouve désœuvré, il s'assied et nous causons. La maîtresse de la maison ne rend point de devoirs, et n'en exige aucun : on est chez soi et non chez elle. Il y a ici une Mme de Saint-Aubin qui a eu autrefois d'assez beaux yeux. C'est la meilleure femme du monde ; nous faisons ordinairement ensemble un trictrac, soit devant, soit après dîner. Elle joue mieux que moi ; elle aime à gagner ; moi, je ne me soucie pas de perdre beaucoup ; elle gagne donc ; je ne perds que le moins que je peux, et nous sommes contents tous les deux. Nous dînons bien et longtemps. La table est servie ici comme à la ville, et peut-être plus somptueusement encore. Il est impossible d'être sobre, et il est impossible de n'être pas sobre et de se bien porter. Après dîner, les dames causent ; le Baron s'assoupit sur un canapé ; et moi, je deviens ce qu'il me plaît. Entre trois et quatre, nous prenons nos bâtons et nous allons promener ; les femmes de leur côté, le Baron et moi du nôtre ; nous faisons des tournées très étendues. Rien ne nous arrête, ni les coteaux, ni les bois, ni les fondrières, ni les terres labourées. Le spectacle de la nature nous plaît à tous deux. Chemin faisant, nous parlons ou d'histoire, ou de politique, ou de chimie, ou de littérature, ou de physique, ou de morale. Le coucher du soleil et la fraîcheur de la soirée nous rapprochent de la maison où nous n'arrivons guère avant sept heures. Les femmes sont rentrées et déshabillées. Il y a des lumières et des cartes sur une table. Nous nous reposons un moment, ensuite nous commençons un piquet. Le Baron nous fait la chouette. Il est maladroit, mais il est heureux. Ordinairement, le souper interrompt notre jeu. Nous soupons. Au sortir de table, nous achevons notre partie ; il est dix heures et demie ; nous causons jusqu'à onze, à onze heures et demie nous sommes tous endormis, ou nous devons l'être. Le lendemain, nous recommençons*[143]. »

Dans cette lettre, on voit que Denis, quoiqu'issu d'un milieu relativement populaire, est aveugle aux gens qui rendent cette belle vie possible : il n'a pas un mot sur ceux qui servent, débarrassent, préparent les repas, font le ménage, installent les tables de jeu. Pas un mot sur le « peuple » : il n'existe pas. Pas encore...

Denis est morose. L'absence de Grimm, depuis plusieurs mois à Genève, lui est insupportable. Il lui est désormais indispensable. Le

8 octobre, Grimm revient enfin de Genève avec Mme d'Épinay, en meilleure forme physique, et il débarque à Grandval – sans elle[143].

Le lendemain, Denis raconte cette arrivée à Sophie avec un enthousiasme pour le moins étonnant, comme s'il parlait à sa maîtresse… de son amant ! Il le reconnaît d'ailleurs avec une franchise désarmante[67] : « *Nous étions au dessert quand on l'annonça : "C'est monsieur Grimm – C'est monsieur Grimm !" repris-je avec un cri ; et je me levai, et je courus à lui, et je sautai à son col. Il s'assit, il dîna mal, je crois. Pour moi, je ne pus desserrer les dents ni pour manger, ni pour parler. Il était à côté de moi. Je lui tenais la main et je le regardais* […]. *On en a usé avec nous comme avec un amant et une maîtresse pour qui on aurait des égards. On nous a laissés seuls dans le salon. On s'est retiré ; le baron même. Comment cet homme a-t-il eu la délicatesse de sentir qu'il était lui-même de trop ? Il faut que notre entrevue l'ait singulièrement frappé*[143]*…* »

« *On en a usé avec nous comme avec un amant et une maîtresse*[143] » : et c'est à sa propre maîtresse qu'il écrit en ces termes…

En finir avec d'Alembert

Le 10 octobre, d'Alembert vient rue Taranne aviser Diderot qu'il a de nouveau changé d'avis et veut aussi arrêter de rédiger les articles de mathématiques si les librairies ne l'augmentent pas à mille écus[143]. Diderot sait que tel n'est pas le vrai motif de son attitude : depuis la mort de Maupertuis, d'Alembert, qui l'avait autrefois refusé[52], rêve de le remplacer à la tête de l'Académie de Berlin[143]. Un grand mathématicien à la place d'un grand physicien. Denis rapporte leur conversation à Sophie et on entend le formidable dialogue des deux fondateurs de l'*Encyclopédie*, compagnons de jeunesse mais pas vraiment amis[67] :

« *Savez-vous, d'Alembert, à qui il appartient de juger entre eux* [les libraires] *et vous ? Au public. S'ils faisaient un manifeste et qu'ils le prissent pour arbitre, croyez-vous qu'il prononçât en votre faveur ? Non, mon ami ; il laisserait de côté toutes les minuties, et vous seriez couvert de honte.*

– *Quoi, Diderot, c'est vous qui prenez le parti des libraires ?*

– *Les torts qu'ils ont avec moi ne m'empêchent pas de voir ceux que vous avez avec eux. Après toute cette ostentation de fierté, convenez que le rôle que vous faites à présent est bien misérable. Quoi qu'il en soit, votre demande me paraît vile, mais juste* [...] *S'ils vous refusent les mille écus dont il s'agit, moi je vous les offre.*

– *Vous vous moquez. Vous êtes-vous attendu que j'accepterais ?*

– *Je ne sais, mais ils ne vous aviliraient pas, de ma main.*

– *Dites* [aux libraires] *que je ne m'engage que pour ma partie.*

– *Ils n'en veulent pas davantage, ni moi non plus.*

– *Plus de préfaces.*

– *Vous en voudriez faire pour la suite, que vous n'en seriez pas le maître.*

– *Et pourquoi cela ?*

– *C'est que les précédentes nous ont attiré toutes* [les] *haines dont nous sommes chargés. Qui est-ce qui n'y est pas insulté ?*

– *Je reverrai les épreuves à l'ordinaire, supposez que j'y sois. Maupertuis est mort. Les affaires du roi de Prusse ne sont pas désespérées. Il pourrait m'appeler.*

– *On dit qu'il vous nomme à la présidence de son Académie.*

– *Il m'a écrit ; mais cela n'est pas fait.*

– *Au temps comme au temps. Bonsoir*[143]. »

Comme toujours, il termine par une déclaration d'amour à Sophie : « *Il y a quatre ans que vous me parûtes belle ; aujourd'hui, je vous trouve plus belle encore. C'est la magie de la constance, la plus difficile et la plus rare de nos vertus*[143]. »

Et, alors qu'elle a dû lui demander s'il la trompait avec les femmes de Grandval, il lui répond : « *Il y a plus loin de notre état d'innocence actuelle à une première faute, que d'une première faute à une seconde, et que de celle-ci à une troisième. Si je vous trompais une fois, je pourrais vous tromper mille ; mais je ne vous tromperai jamais*[143]. »

Il a recouvré son entrain et s'est remis au travail. Le 13 octobre, il écrit à Sophie qu'il a fini d'écrire et de corriger tous les articles de philosophie[143]. Ce n'est pas tout à fait exact, puisque restent en chantier au moins deux articles importants : « Leibnizianisme » et « Intolérance[549] ».

Amour, farce et solitude

Cette semaine de la fin octobre 1759, il rapporte encore à Sophie d'autres conversations entendues chez d'Holbach, comme s'il les avait enregistrées. Chaque fois, c'est aussi une façon de lui parler de son amour. À propos de la mort d'une petite chienne, par exemple, il improvise[67] : « *La seule différence que je connaisse entre la mort et la vie, c'est qu'à présent vous vivez en masse, et que, dissous, épars en molécules, dans vingt ans d'ici vous vivrez en détail.* [...] *Ceux qui se sont aimés pendant leur vie et qui se font inhumer l'un à côté de l'autre ne sont peut-être pas si fous qu'on pense.* [...] *Peut-être n'ont-elles* [leurs cendres] *pas perdu tout sentiment, toute mémoire de leur premier état ? Peut-être ont-elles un reste de chaleur et de vie dont elles jouissent à leur manière au fond de l'urne froide qui les renferme.* [...] *S'il y avait dans nos principes une loi d'affinité, s'il nous était réservé de composer un être commun, si je devais dans la suite des siècles refaire un tout avec vous, si les molécules de votre amant dissous venaient à s'agiter, à se mouvoir et à rechercher les vôtres éparses dans la nature ! Laissez-moi cette chimère, elle m'est douce ; elle m'assurerait l'éternité en vous et avec vous*[143]. »

Phrase d'une extrême modernité à laquelle Sophie ne répond pas. Denis l'a-t-il choquée par ce qu'il croyait être sa plus belle déclaration d'amour ?

Il lui écrit encore trois jours plus tard : « *Les hommes jouent au billard, les femmes sont autour d'une table verte, et moi je ne sais que faire*[143]. » Sophie ne lui répond toujours pas. Il s'en plaint : « *Je veux lire de vos lettres ; mais il n'en viendra point. Je me le dis, j'en suis convaincu. Avec cela, j'en attends toujours. Non, je n'en attends plus. Vous me faites passer de cruels moments*[143]. »

Deux jours plus tard, sur le coup de minuit, ayant enfin vu rappliquer un commissionnaire porteur d'une lettre de Sophie, le voici fou de joie, soulagé, et il lui écrit : « *Vous vous portez bien ; vous pensez à moi ; vous m'aimez ; vous m'aimerez toujours. Je vous crois. Me voilà tranquille. Je renais, je puis jouer, me promener, causer, travailler, être tout ce qu'il leur plaira. Ils ont dû me trouver, ces deux ou trois derniers jours, bien maussade*[143]... »

Il travaille d'arrache-pied à l'*Encyclopédie*, sur des sujets qu'il connaît mal. Il a par exemple de la peine à comprendre et expliquer le platonisme et le pythagorisme, la pensée étrusque et celle des Romains, la philosophie arabe. Il écrit notamment l'article « Ordre » : « *Depuis que le travail des mains a été méprisé, les religieux rentés se sont abandonnés la plupart à la paresse dans les pays chauds, et à la crapule dans les pays froids. Tant de relâchements a nui à tous les*

Chrétiens catholiques, qui ont cru pouvoir se permettre quelque chose de plus que les moines. L'affaiblissement de la Théologie morale est venu de la même source[189]. » Il a emporté quantité de livres, les lit puis envoie les projets d'articles à Sophie dans une longue lettre datée du 30 octobre, stupéfiant exercice de mémoire où il raconte en outre une conversation futile et le détail d'une scène érotique au cours de laquelle Mme Daine se livre en public à des exercices bien particuliers avec un jeune abbé :

« *Le croque-Dieu ne hait pas les femmes ; il leur ferait volontiers cet honneur.* [...] *Mme d'Aine, invitée par la commodité de sa posture et la largeur de sa croupe, prend un fauteuil, l'approche de lui, lui dit : "L'abbé, tiens-toi bien", et, d'un saut, elle enfourche l'abbé, jambe de çà, jambe de là ; et de le piquer des talons, de l'exciter de la voix et des doigts ; et lui de hennir, de regimber, de ruer, et son habit de remonter vers ses épaules, et les cotillons de la dame de se relever devant et derrière, en sorte qu'elle était presque à poil sur sa monture, et sa monture à cru sous elle ; et nous de rire ; et la dame de rire, et de rire plus fort, et de rire plus fort encore, et de se tenir les côtes, et enfin de s'étendre en devant sur l'abbé et de s'écrier : "Miséricorde, miséricorde, je n'y tiens plus, tout va partir, l'abbé, ne remue pas !" Et l'abbé, qui n'y entendait rien encore, de ne pas remuer et de se laisser inonder d'un déluge d'eau tiède qui entrait dans ses souliers par la ceinture de sa culotte, et de crier à son tour : "Au secours, au secours, je me noie." Et chacun de nous de tomber sur les canapés et d'étouffer. Cependant, Mme d'Aine, toujours en selle, d'appeler sa femme de chambre : "Anselme, Anselme, tirez-moi de dessus ce prêtre ! L'abbé, mon petit abbé, console-toi, tu n'en as pas perdu une goutte."* [...] *Mme d'Aine est honorable. Le petit prêtre est pauvre. Dès le lendemain, il y eut ordre d'acheter un habit complet. Comment trouverez-vous cela, mesdames de la ville ? Pour nous, grossiers habitants du Grandval, il ne nous en faut pas davantage pour nous amuser et le jour et le lendemain*[143]. » « Anselme », rare prénom d'une servante mentionnée dans toute sa correspondance.

Alors que la situation financière du royaume s'aggrave en raison de la poursuite de la guerre contre l'Angleterre, le ministre des Finances, M. de Silhouette, multiplie les « papiers royaux » (rentes d'État), et Denis surprend alors d'Holbach, le richissime d'Holbach, disant à sa femme, qui dépense sans compter[67] : « *Écoutez, ma femme, si cela continue, je mets bas l'équipage, je vous achète une belle capote avec un beau parasol, et nous bénirons toute notre vie M. de Silhouette qui nous aura délivrés des chevaux, des laquais, des cochers, des femmes de chambre, des cuisiniers, des grands dîners, des faux amis, des ennuyeux et de tous les autres privilèges de l'opulence*[143] *!* »

Il se plaint auprès de Sophie de sa solitude[67] : « *Peines à la campagne ; peines à la ville ; peines partout. Celui qui ne connaît pas la peine n'est pas à compter parmi les enfants des hommes. C'est que tout s'acquitte : le bien par le mal, le mal par le bien, et que la vie n'est rien.* [...] *Je n'ai presque rien fait aujourd'hui. La matinée s'est échappée je ne sais comment, et je vous écris un mot ce soir pour me raccommoder avec moi-même. Je n'aurai pas perdu la journée si j'en ai employé un quart d'heure à causer avec vous*[143]. »

Il se plaint aussi d'une lettre précédente dans laquelle Sophie a dû lui rendre sa liberté et l'encourager à en aimer d'autres qu'elle : « *Il serait bien plus simple de me dire : "Le sentiment que j'avais est usé ; j'ai pesé la peine et le plaisir, et le plaisir m'a paru léger ; comme je n'aimais plus, j'ai conçu que ma sœur avait raison. Je vous estimerai toujours." Et j'entendrais tout cela bien mieux que : "Je ne veux point le gêner ; je ne veux point l'être ; je n'empêche point qu'il saisisse l'amusement qui se présente, et j'espère qu'il approuvera que je le cherche." On n'a tant d'indulgence que quand on n'a plus d'amour. Avec l'habitude que vous avez de regarder au fond de votre âme, voilà ce que vous y deviez voir. Avec l'habitude de dire ce que vous y voyez, c'est ainsi que vous auriez dû me parler. Si vous saviez le mal que vous m'avez fait*[143] *!* »

Plagier les planches ?

Le 23 novembre 1759, l'architecte Patte, remercié après avoir travaillé deux ans pour les planches de l'*Encyclopédie*, révèle que les descriptions des arts mécaniques figurant dans les sept premiers volumes et qui renvoient à des tomes de planches à venir, autorisées, ne s'appuient pas sur des planches originales gravées par l'entreprise encyclopédique, mais sur celles réalisées par Réaumur à l'occasion du travail commandé par l'Académie des sciences, lesquelles, depuis le décès de l'académicien, appartiennent à celle-ci[549]. Pierre Patte cite un témoin qui aurait été soudoyé par Diderot, un dénommé Lucas, et affirme avoir lui-même vu les épreuves ainsi volées, placées dans les portefeuilles de l'*Encyclopédie*, et donne la liste des estampes en précisant leur nombre : plus de 73[268]. Plus grave encore, il affirme que pendant deux années on l'a chargé de contrefaire les planches de Réaumur[268]. Cette histoire traîne depuis longtemps. Et, on l'a vu, Denis en a déjà été accusé[549].

Diderot est embarrassé : il reconnaît avoir eu l'intention d'utiliser certaines planches de Réaumur, mais en aucun cas la totalité.

Sa crédibilité de directeur de l'*Encyclopédie* est entachée. Fréron triomphe, dénonçant l'affaire dans *L'Année littéraire* ; il estime à 300 000 livres l'économie ainsi réalisée.

Le 14 décembre 1759, l'Académie des sciences dépêche chez Briasson une commission d'enquête de quatre membres : Joseph Jérôme Lefrançois de Lalande, Antoine Deparcieux, l'abbé Nollet et Sauveur-François Morand[268] ; les libraires disent détenir quarante épreuves de Réaumur[268], mais sont disculpés. L'Académie, dont d'Alembert est membre, se trouve dans une position délicate. Malesherbes demeure silencieux. Le 16 janvier 1760, la commission écrira avoir « *vu, examiné et vérifié*[268] » six cents dessins et gravures et qu'ils n'en ont reconnu aucun « *qui ait été copié d'après les planches de M. de Réaumur*[268] ». Les enquêteurs soulignent dans leurs attendus les différences entre les planches de Réaumur et celles imprimées par l'*Encyclopédie*. L'affaire est classée[268]. De nos jours, les tribunaux condamneraient sans doute l'*Encyclopédie* parce que, dans leur jurisprudence, ils négligent les différences au profit des similitudes.

Début 1760, de retour rue Taranne, Denis s'occupe peu de sa fille : elle n'a que six ans. Les scènes de ménage reprennent. En février, il écrit : « *Je sors d'un orage domestique dont je suis trempé jusqu'aux os*[143]. »

Il reçoit sans relâche des gens qui lui demandent son aide littéraire. Sa fille écrira : « *Les trois quarts de sa vie ont été employés à secourir tous ceux qui avaient besoin de sa bourse, de ses talents et de ses démarches : j'ai vu son cabinet pendant vingt-cinq ans n'être autre chose qu'une boutique où les chalands se succédaient*[518]. »

Sophie rentre elle aussi à Paris, et ils se revoient. Les lettres s'interrompent provisoirement.

Une plaisanterie : La Religieuse

Au cours de ce même mois de février 1760, Denis est confronté à une aventure qui va lui inspirer un de ses livres les plus célèbres : *La Religieuse*[149].

Un de ses amis, lié aussi à Grimm et à Mme d'Épinay, Marc Antoine Nicolas marquis de Croismare, seigneur de Lasson – le « *charmant marquis*[156] », comme il l'appelle –, se bat depuis trois ans pour faire sortir du couvent une jeune religieuse, Marguerite Delamarre, enfermée contre son gré en 1720, à l'âge de trois ans, par son père, riche joaillier, qui l'y a oubliée. Marguerite a été déboutée par la justice de l'Église, l'Officialité, en 1757, et a interjeté appel devant le parlement de Paris. Sans la connaître, Croismare est intervenu pour la faire libérer[156], sans succès : le 17 mars 1758, la cour a rejeté la requête de la religieuse. Le marquis s'est alors retiré en Normandie dans son château de Lasson[156].

Pour persuader Croismare de revenir à Paris, Grimm prétendra avoir eu l'idée d'un « *horrible complot dont j'ai été l'âme, de concert avec M. Diderot et deux ou trois autres bandits de cette trempe de nos amis intimes*[156] ». En fait, c'est Mme d'Épinay, sa maîtresse rentrée de Genève avec lui, qui a eu l'idée de lui adresser une lettre prétendument écrite par la religieuse, lui annonçant qu'elle s'est enfuie de son couvent, qu'elle est seule à Paris et a besoin de son aide, lui laissant une adresse pour répondre. Les « bandits » conjurés pensent que le marquis va se précipiter à Paris, où ils feront alors tout pour le retenir[156].

En fait, c'est Denis qui rédige la lettre supposée écrite par la religieuse[524]. Le sujet est évidemment cher à son cœur, car il lui rappelle sa sœur Angélique, entrée malgré l'opposition de ses parents chez les ursulines de Langres et morte folle à vingt-sept ans, douze ans auparavant. Denis a d'ailleurs du mal à se retenir de pleurer en écrivant[317].

Mais Croismare, à la réception de cette lettre, ne revient pas à Paris et répond, par une lettre à l'adresse fournie, qu'il offre à la religieuse une place de lingère dans son château normand[317].

Diderot doute de ses amis ; il pense que la réponse du marquis de Croismare est de la main de Mme d'Épinay et qu'il est en fait, lui, la victime du canular. Il lui écrit : « *Le marquis a répondu ! Et cela est bien vrai ? Son cœur est-il bien fou ? Sa tête est-elle bien en l'air ? N'y a-t-il point là-dedans quelque friponnerie ? Car je me méfie un peu de vous tous. Quoi que vous fassiez, il est sûr que je vous aime et que je vous aimerai toujours à la folie*[143]. »

Grimm a le plus grand mal à le persuader que la lettre émane vraiment du marquis. Denis répond alors, comme s'il était la religieuse. Il évoque tout ce qu'il sait des ravages de l'enfermement : son frère, enfermé dans sa foi ; sa sœur, enfermée dans un couvent. La correspondance se poursuit jusqu'au mois de mai, où les comploteurs font savoir au baron que Marguerite est morte[549]. D'après Grimm, le marquis ne s'est jamais douté de la supercherie[156].

Diderot reprend alors le texte des lettres en un livre tout en se détachant de l'histoire réelle : sa « religieuse », qu'il prénomme Suzanne, est très jeune, alors que Marguerite Delamarre a plus de quarante ans. Quand Suzanne veut sortir du couvent avant de prononcer ses vœux, sa mère, sur son lit de mort, lui dit[149] : « *Songez, mon enfant, que le sort de votre mère dans l'autre monde dépend beaucoup de la conduite que vous tiendrez dans celui-ci*[149]. » Puis Suzanne est transférée dans un autre couvent, où elle est confrontée aux désirs homosexuels de la supérieure, laquelle devient folle et trépasse au bout de quelques mois. Suzanne dit : « *Placez un homme dans une forêt, il y deviendra féroce ; dans un cloître où l'idée de nécessité se joint à celle de servitude, c'est pis encore : on sort d'une forêt, on ne sort plus d'un cloître ; on est libre dans la forêt, on est esclave dans le cloître*[149]. » Suzanne s'enfuit du couvent et part pour Paris ; elle travaille pour une blanchisseuse tout en s'évertuant à dissimuler qu'elle est une religieuse évadée, craignant sans cesse d'être trahie par ses réflexes (faire le signe de la croix, s'agenouiller, dire « Ave » quand on frappe à la porte, répondre aux questions en disant « Chère mère » ou « Ma sœur[149] »).

Le livre s'achève par un appel au secours, sans doute tiré de la première lettre adressée au marquis, par la « vraie » religieuse : « *Monsieur, hâtez-vous de me secourir.* [...]. *Mon ambition n'est pas grande. Il me faudrait une place de femme de chambre ou de femme de charge, ou même de simple domestique, pourvu que je vécusse ignorée dans une campagne, au fond d'une province, chez d'honnêtes gens qui ne reçussent pas un grand monde* [...] *J'ignore quel est le destin qui m'est réservé ; mais s'il faut que je rentre un jour dans un couvent, quel qu'il soit, je ne réponds de rien ; il y a des puits partout. Monsieur, ayez pitié de moi, et ne vous préparez pas à vous-même de longs regrets*[149]. »

Denis va mal. Sa force vitale lui nuit : il mange trop, trop vite, et se gave parfois jusqu'à l'indigestion. Il a des maux de tête, de la fièvre, des coliques : « *Je suis goulu, je mange vite et sans mâcher*[143] », explique-t-il au docteur Tronchin, de Genève, qu'il consulte par lettre, le 15 mars[507]. Le praticien diagnostique une « *colique spasmodique*[72] », fréquente, dit-il, chez les gens de lettres, qui mangent trop sans prendre d'exercice ; il lui conseille d'écrire debout, de bouger, de prendre des laxatifs doux[72]. Denis s'empresse de ne pas suivre ses prescriptions, aujourd'hui encore si sensées.

Voltaire, mouche du coche

Sans avoir l'aval de Diderot, Voltaire présente sa candidature à l'Académie française, moins pour lui faire plaisir, ou parce qu'il croit en son talent, que pour riposter à des attaques d'un autre « immortel » récemment élu, Le Franc de Pompignan, qui, dans son discours de réception, s'en était pris à lui, Voltaire[549]. Ce dernier, exilé à Ferney depuis l'année précédente, entend bien montrer, ce faisant, qu'il est le maître à l'Académie, capable de faire élire qui il veut, y compris un encyclopédiste et un philosophe. D'Alembert ne le soutint pas ; la candidature de Denis n'alla pas à son terme. Selon Mme de Vandeul, le roi lui-même aurait dit : « *Il a trop d'ennemis*[518]. »

Diderot en veut à Voltaire de l'avoir entraîné dans cette humiliation sans l'avoir préalablement consulté. Dans une lettre du 25 avril 1760 à d'Alembert, alors à Paris, Voltaire, lui, s'étonne encore de la faible rémunération que perçoit Diderot pour l'*Encyclopédie* : « *Est-il vrai que de cet ouvrage immense et de douze ans de travaux, il reviendra vingt-cinq mille francs à Diderot, tandis que ceux qui fournissent du pain à nos armées gagnent vingt mille francs par jour*[537] *?* »

Début mai, la cour, plus que jamais aux mains des ennemis de Diderot et des Lumières, impose aux comédiens-français de jouer *Les Philosophes modernes*[405], pièce de Charles Palissot de Montenoy, qui poursuit Diderot de sa vindicte depuis 1755. Dans cette pièce, Diderot est présenté, sous le nom de « Dortidius », comme un personnage malhonnête, susceptible, infidèle, cupide, opportuniste et sans talent, qui tient de grands discours parfaitement incohérents. L'auteur ridiculise aussi Mme Geoffrin, dont le rôle est joué par une célèbre actrice, Mlle Dumesnil : « *La vieille Dumesnil a trouvé le secret de s'habiller et coiffer comme Mme Geoffrin, ce qui a fait beaucoup rire ceux qui connaissent cette dame*[405] », écrira un témoin.

Quelques jours plus tard circule dans Paris une réponse à cette pièce de Palissot sous le titre *Préface à la Comédie des Philosophes*[364]. Comme on l'accuse de l'avoir écrite, Diderot dément une nouvelle fois auprès de Malesherbes, le premier dimanche de juin, être l'auteur d'un texte polémique contre un de ses adversaires : « *Je n'ai point été à la pièce des* Philosophes. *Je ne l'ai point lue. Je n'ai point lu la* Préface *de Palissot, et je me suis interdit tout ce qui a trait à cette indignité*[143]. » Depuis Genève, Voltaire proteste alors auprès de Palissot : « *Sans jamais avoir vu M. Diderot* [...], *j'ai toujours respecté ses profondes connaissances*[539]. » Et lui-même y riposte par une pièce, *Le Café ou l'Écossaise*[543].

Le texte de la *Préface* est en fait de Morellet : il attaque Mme de Robecq, l'une des protectrices de Palissot (une des deux protagonistes involontaires de l'affaire des dédicaces du *Père de famille*) allant jusqu'à annoncer sa mort : « *Et on verra une grande dame, bien malade, désirer pour toute consolation, avant de mourir, d'assister à la première représentation, et disant : "C'est maintenant, Seigneur, que Vous laissez aller votre servante en paix, car mes yeux ont vu la vengeance*[364]*."* » Malesherbes, dont la tolérance a des limites, expédie Morellet pour deux mois à la Bastille en ces termes[549] : « *Il faut mettre une grande différence entre le délit des gens de lettres qui se déchirent entre eux, et l'insolence de ceux qui s'attaquent aux personnes les plus considérables de l'État*[549]. »

Tout pour être joué au théâtre !

En août, comme chaque année, Mme Volland mère, après avoir prié Denis d'intervenir auprès de Damilaville pour faire réduire ses impôts, emmène Sophie à Isle pour plusieurs mois[143]. Nouvelle séparation, toujours aussi déchirante.

Denis, lui, poursuit clandestinement l'*Encyclopédie* en prenant bien des risques pour recruter de nouveaux auteurs. Cet été-là, par exemple, chez Mme d'Épinay, il rencontre le comte polonais Oginski, qui l'invite à venir l'écouter jouer de la harpe, instrument dont Denis n'a jamais entendu le son[143]. Immédiatement, il demande à Oginski de rédiger un article sur cet instrument pour l'*Encyclopédie*[143].

Il rencontre à Grandval le père anglais Hoop et s'entretient longuement avec lui de la Chine. Il raconte à Sophie avec ironie les bévues de d'Alembert, avec qui il n'a plus le moindre contact : « *D'Alembert a prononcé à la clôture de l'Académie française un discours sur la poésie fort blâmé des uns, fort loué des autres. On m'a dit que l'*Iliade *et l'*Enéide *y étaient traitées d'ouvrages ennuyeux et insipides, et* La Jérusalem délivrée *et* La Henriade *préconisées comme les deux seuls poèmes épiques qu'on pût lire de suite. Voilà ce que c'est de parler de ce qu'on n'a pas bien appris. Il est difficile de ne pas dire quelque sottise. Cet homme ne sait pas un mot du langage d'Homère* [...] *Qu'il s'en tienne donc aux équations : c'est son lot. Cela me rappelle ce froid géomètre qui, las d'entendre vanter Racine qu'il ne connaissait que de réputation, se résolut enfin à le lire ; à la fin de la première scène de* Phèdre *: "Eh bien, dit-il, qu'est-ce que cela prouve ?" Si j'avais été là, je lui aurais répondu : "Que tu ne sens rien, grosse souche*[143] *!"* »

Fin août, Denis fait la fête à Paris et le rapporte à Sophie, toujours recluse à Isle. Toujours le goût du théâtre[67] : « *Mme d'Épinay exigea de moi que je dînerais chez elle. J'y allai. J'y trouvai Grimm* [...]. *Nous dînâmes. Après dîner, M. le chevalier de Valori, Mme d'Épinay, Mlle de Valori, l'abbé Galiani, l'ami d'Alainville, nous menèrent à la Comédie-Italienne* [rue Étienne-Marcel], *où nous eûmes un plaisir infini à* La Guinguette, *à la troupe nouvelle, et à* La Soirée des boulevards[143]. »

Il ne renonce pas à faire jouer à Paris sa propre pièce, *Le Père de famille*, dont Grimm lui dit alors méchamment qu'il la déteste. Elle vient enfin d'être jouée à Toulouse, Bordeaux et Baden[507]. La Comédie-Française envisage de la monter : sortant de chez l'acteur Blainville, qu'il vient de convaincre d'en faire au moins une lecture, Denis lui écrit, par l'intermédiaire de Mme d'Épinay, pour le remercier et lui laisser choisir les acteurs : « ... *que je suis très flatté que messieurs ses confrères aient pensé que ma pièce pourrait réussir au théâtre. Qu'on ne peut être plus sensible que je le suis à l'attention qu'ils ont eue de m'inviter à la lecture qu'ils se proposent d'en faire, et que je leur demande en grâce d'y admettre à ma place ou mon ami M. Grimm, ou M. d'Argental, ou tous les deux.* [...] *Je ne prétends rien du tout au produit des représentations. Des privilèges d'auteur, le seul que je prierais ces messieurs de me laisser, c'est celui de me* [laisser] *choisir des acteurs*[143]. »

Le 2 septembre, pour les sept ans de sa fille, qui commence à l'intéresser, il écrit à Sophie, qui se languit à Isle, une phrase indiquant pour la première fois qu'il aurait rêvé avoir des enfants d'elle : « *Ce 2 septembre, le jour de la naissance d'un joli enfant. Que n'est-il de toi*[143] *?...* » Puis vient une autre phrase laissant entendre qu'ils auraient fait l'amour, dans le passé, ou à tout le moins qu'il aurait joui dans ses bras : « *Patience, chère amie, patience. Ils reviendront, ces moments où tu reverras mon ivresse et où je te forcerai de prononcer au fond de ton cœur que les faveurs d'une honnête femme sont toujours précieuses, et que c'est elle dont les charmes ne passent jamais. Je te baise partout. Tu es et tu seras toujours toute belle pour moi. Adieu, adieu*[143]. »

Une fête à la Chevrette

La semaine suivante, à la mi-septembre 1760, il part pour « la Chevrette », le château où Mme d'Épinay s'est réinstallée à son retour de Genève, dans la vallée de Montmorency, et où Grimm reçoit ses amis[507]. Il écrit à Mme d'Épinay pour lui parler, fait très rare, d'un livre qu'il est en train d'écrire : « *Je me suis mis à faire* La Religieuse *et j'y étais encore à 3 heures du matin. Je vais à tire-d'aile. Ce n'est plus une lettre, c'est un livre. Il y aura là-dedans des choses vraies, de pathétiques*[143]. »

Il lui raconte en termes magnifiques une fête à la Chevrette. C'est aussi une des rares fois où l'on voit vivre le peuple dans ses lettres. Dans le même temps, il explique qu'il ne sait résister à une bouderie d'un ami : « *C'était hier la fête de la Chevrette. Je crains la cohue. J'avais résolu d'aller à Paris passer la journée ; mais M. Grimm et Mme d'Épinay m'arrêtèrent. Lorsque je vois les yeux de mes amis se couvrir et leurs visages s'allonger, il n'y a répugnance qui tienne, et l'on fait de moi ce qu'on veut. Dès le samedi au soir, les marchands forains s'étaient établis dans l'avenue sous de grandes toiles tendues d'arbre en arbre. Le matin, les habitants des environs s'y étaient rassemblés ; on entendait des violons ; l'après-midi, on jouait, on buvait, on chantait, on dansait, c'était une foule mêlée de jeunes paysannes proprement atournées et de grandes dames de la ville avec du rouge et des mouches, la canne de roseau à la main, le chapeau de paille sur la tête et l'écuyer sous le bras*[143]*...* »

Puis il revient vite à son monde et le peuple disparaît de ses lignes : « *Vers la fenêtre qui donne sur les jardins, Grimm se faisait peindre et Mme d'Épinay était appuyée sur le dos de la chaise de la personne qui le peignait.* [...] *M. de Saint-Lambert lisait dans un coin la dernière brochure que je vous ai envoyée. Je jouais aux échecs avec Mme d'Houdetot. La vieille et bonne Mme d'Esclavelles, mère de Mme d'Épinay, avait autour d'elle tous les enfants, et causait avec eux et avec leurs gouverneurs. Deux sœurs de la personne qui peignait mon ami brodaient, l'une à la main, l'autre au tambour. Et une troisième essayait au clavecin une pièce de Scarlatti* [...]. *L'heure du dîner vint. Au milieu de la table c'étaient d'un côté Mme d'Épinay et de l'autre M. de Villeneuve ; ils prirent toute la peine et de la meilleure grâce du monde. Nous dînâmes splendidement, gaiement et longtemps. Des glaces, ah mes amies, quelles glaces ! C'est là qu'il fallait être pour en prendre de bonnes, vous qui les aimez. Après dîner, on fit un peu de musique. La personne dont je vous ai déjà parlé, qui touche si légèrement et si savamment du clavecin, nous étonna tous, eux par la rareté de son talent, moi par le charme de sa jeunesse, de sa douceur, de sa modestie, de ses grâces et de son innocence* [...]. *Je la regardais et je pensais au fond de mon cœur que c'était un ange, et qu'il faudrait être plus méchant que Satan pour en approcher avec une pensée déshonnête. Je disais à M. de Villeneuve : "Qui est-ce qui oserait changer quelque chose à cet ouvrage-là ? Il est si bien." Mais nous n'avons pas, M. de Villeneuve et moi, les mêmes principes. S'il rencontrait des innocentes, lui, il aimerait assez à les instruire ; il dit que c'est un autre genre de beauté*[143]. »

Enfin, comme toujours, une allusion lancinante à l'homosexualité des deux sœurs : « *Où êtes-vous ? Est-ce à Chalons ? M'oubliez-vous là dans le tumulte des fêtes et dans les bras de votre sœur ? Madame, ménagez un peu sa santé, et songez que le plaisir a aussi sa fatigue*[143]. » Il ajoute même, pour une fois explicitement sensuel : « *Je ne sais quand je retrouverais la voix et quand je prendrais une de vos mains et que je la pourrais porter à ma bouche, à mes yeux, à mon cœur. J'éprouve, à vous entretenir de ce moment et à l'imaginer, un frissonnement dans toutes les parties de mon corps et presque la défaillance* [...] *Si j'étais à côté de vous, je crois... – Eh bien ! Que feriez-vous ? – Je devrais vous gronder, et je vous baiserais*[143]... »

Deux jours plus tard, il réitère son obsession de l'amour qu'il perçoit entre les deux sœurs Volland[67] : « *Je vois* [...] *que Mme Le Gendre est ou sera incessamment avec vous. Je suis devenu si ombrageux, si injuste, si jaloux ; vous m'en dites tant de bien* [...]. *Madame votre mère prétend que votre sœur aime les femmes, et il est sûr qu'elle vous aime beaucoup* [...], *et puis, cette manière voluptueuse et tendre dont elle se penche quelquefois sur vous, et puis ces doigts singulièrement pressés entre les vôtres*[143]. » Voilà qui pourrait expliquer, pense-t-il, le manque d'ardeur de Sophie : « *Je suis un homme, et vous les méprisez tous*[143] *!* »

Le 30 septembre, toujours depuis la Chevrette, il parle pour une fois d'Helvétius, isolé à Voré : « *Cela me fait craindre que M*me *Helvétius ne soit fort mal. Elle a quitté la campagne pour faire ses couches à Paris, et la voilà non accouchée et attaquée d'une fièvre putride. C'est une femme très aimable et qui s'est fait un caractère qui l'a affranchie au milieu de ses semblables, toutes esclaves*[143]. » Mme Helvétius donnera naissance quelques jours plus tard au dernier de ses quatre enfants, sa fille Béatrix (morte peu après), et se rétablit[92].

La dépression où le plonge l'absence de Sophie lui rappelle cette anecdote : « *Cela me rappelle un mot plaisant du peintre Greuze, contre M*me *Geoffrin qui l'avait bien ou mal à propos contristé : "Mordieu, disait-il, si elle me fâche, qu'elle y prenne garde : je ne la peindrai plus !" Moi, je dis le contraire* [...] *Je philosopherai le soir. Je vous regretterai tous les matins, et maintes fois dans la journée. Je soupirerai indiscrètement. M*me *d'Holbach s'en apercevra, et s'en rira. M*me *d'Aine dira que si cela dure, il faudra qu'elle me fasse noyer par pitié*[143]. »

L'art de la conversation orale

De retour à Paris pour quelques jours en ce mois d'octobre 1760, il travaille encore à *La Religieuse* et détaille à Mme d'Épinay son emploi du temps, celui d'un écrivain : « *Il n'est pas possible de se mettre au lit à neuf heures, vous en conviendrez. Je fis mettre une bonne chaufferette sous mes pieds, et puis je repris ma* Religieuse *que je tracassai jusqu'à onze heures. À onze heures, un petit verre de vin de malaga rouge, délicieux : c'est le baron qui me l'a envoyé. Ensuite un bon oreiller sur lequel cette mauvaise tête s'est reposée tranquillement jusqu'à neuf heures*[143]. »

De Paris, le 7 octobre : « *Le bonheur de votre vie est entre mes mains ; le bonheur de la mienne est entre les vôtres*[143]. »

Puis, le 8, veille de sa fête et d'un nouveau départ pour Grandval, il lui raconte comment sa fille va lui fêter son anniversaire : « *Demain matin, la petite fille viendra me présenter un bouquet et m'embrasser, et tout sera fini. Si vous y étiez, vous ! Mais vous êtes loin. Je ne recevrai pas même demain les souhaits que vous aurez faits pour moi*[143]. »

À Grandval, il a une longue conversation avec Hoop sur le Parlement anglais[143], puis sur l'art de s'enrichir : « [J'avais dit] *à un jeune ambitieux qui ne savait par où débuter : "Vous savez lire ? lui dis-je – Oui. – Écrire ? – Oui. – Un peu calculer ? – Oui. – Et vous voulez être riche à quelque prix que ce soit ? – À peu près. – Eh bien, mon ami, faites-vous laquais d'un fermier général*[143]*."* »

Au même moment, alors que la pluie interdit toute promenade, il raconte en ces termes le spectacle de la vie au château de Grandval : « *Mme d'Holbach s'use la vue à broder ; Mme d'Aine digère, étalée sur des oreillers. Le père Hoop, les yeux à moitié fermés, la tête fichée sur ses deux épaules et les mains collées sur ses deux genoux, rêve, je crois, à la fin du monde. Le baron lit, enveloppé dans une robe de chambre et renfoncé dans un bonnet de nuit. Moi, je me promène en long et en large, machinalement... Je vais à la fenêtre voir le temps qu'il fait ; je vois que le ciel fond en eau, et je me désespère*[143]. »

Et il ajoute cette anecdote grivoise : « *Un jour, Saint-Évremond s'endormit entre deux femmes qui se disputaient sur ce qu'il faut appeler de beaux yeux.* [...] *Saint-Évremond, qui goûtait au milieu de la dispute le sommeil le plus doux, fut pris pour juge. Une des deux femmes, le tirant par le bras, lui dit : "À votre avis, quels sont les plus beaux ?" Saint-Évremond, se frottant les yeux, leur dit : "Les plus beaux !... Ce sont les petits et ridés. – Les yeux petits et ridés sont les plus beaux ? Y pensez-vous ? – Ah ! Ah ! Vous parlez d'yeux ! Ma foi, j'ai cru que deux femmes de cour s'entretenaient d'autre chose." Et voila Mme d'Holbach qui baisse les yeux et qui joue l'inattention, et Mme d'Aine qui se met à rire comme une folle en disant : "C'est une bonne connaissance à avoir !"* [...] *Voilà encore un endroit qu'il ne faut pas lire à notre sœur Uranie*[143] [« uraniste » signifie « homosexuel » à l'époque] *!* »

Le 19 octobre, il renvoie à Damilaville ses corrections apportées à des articles rédigés pour l'*Encyclopédie* (« Moûture », « Population » et « Vingtième[280] ») : « *Souffrez, mon ami, que je vous apprenne quelque chose en littérature. Ne serez-vous pas assez fier d'être mon maître en morale, et surtout en morale pratique ? Vous savez faire le bien ; vous le savez faire mieux que moi ; c'est vous qui êtes l'homme, et c'est moi qui suis la cigale et le bruit qui se fait dans la campagne*[143]. »

Il adresse une lettre plus longue encore à Sophie sur mille et un sujets, de la Russie à Buffon, du cours de ses journées à son embonpoint excessif[143]. Il rapporte le « *babil de dessous la cheminée*[143] » du baron d'Holbach avec Mme Geoffrin, Grimm, l'abbé Galiani et quelques autres.

Puis il réfléchit à cet art majeur : celui de la conversation, qu'il pratique sans cesse à Grandval et dont il est maître[67] : « *C'est une chose singulière que la conversation, surtout lorsque la compagnie est un peu nombreuse. Voyez les circuits que nous avons faits ; les rêves d'un malade en délire ne sont pas plus hétéroclites. Cependant, comme il n'y a rien de décousu ni dans la tête d'un homme qui rêve, ni dans celle d'un fou, tout tient aussi dans la conversation ; mais il serait quelquefois bien difficile de retrouver les chaînons imperceptibles qui ont attiré tant d'idées disparates* [...]. *La folie, le rêve, le décousu de la conversation consistent à passer d'un objet à un autre par l'entremise d'une qualité commune*[143]. »

L'art de la conversation épistolaire

Il s'impatiente au même moment des retards de la poste, qui ruinent toute conversation épistolaire : « *Je cause un peu avec vous, comme ce voyageur à qui son camarade disait : "Voilà une belle prairie", et qui lui répondait au bout d'une lieue : "Oui, elle est fort belle*[143]*."* » Et encore : « *Sera-ce à la Toussaint ou à la Saint-Martin que les affaires me ramèneront celle que j'aime et que les mauvais temps lui rendront son philosophe*[143] *?* »

Tout en écrivant à Sophie, il taquine sa sœur Marie-Charlotte à propos d'un de ses soupirants, M. Marson, qui vient de mourir sans avoir été son amant. Humour noir plus que marivaudage : « *Je vous prie de demander à Mme Legendre, à présent que M. Marson est mort, si elle ne serait pas plus contente d'elle-même de l'avoir rendu heureux seulement une fois.* [...] *Il s'en serait allé son débiteur, et elle reste sa créancière. Vous seriez bien étonnée qu'elle ne l'eût refusé quelquefois, que par la crainte qu'il ne vécût trop longtemps. Si un homme était destiné à expirer entre les bras d'une femme, mais expirer tout à fait, et que le moment du plus grand plaisir de la vie en fût aussi le dernier moment, c'est aux indifférents, aux ennuyeux, aux odieux qu'on réserverait ses faveurs*[143]. »

Il laisse ensuite s'exprimer son inextinguible confiance en la nature humaine : « *J'ai défié le baron de me trouver dans l'histoire un scélérat si parfaitement heureux qu'il ait été, dont la vie ne m'offrît les plus fortes présomptions d'un malheur proportionné à sa méchanceté ; et un homme de bien, si parfaitement malheureux qu'il ait été, dont la vie ne m'offrît les plus fortes présomptions d'un bonheur proportionné à sa bonté*[143]. »

Dernière conséquence de l'article « Genève » : Voltaire, accusé par les pasteurs de l'avoir inspiré et de donner des représentations théâtrales aux Délices, sa maison de Genève, doit quitter la ville pour Ferney, à cheval sur la frontière. Il est en France. Prêt à passer en Suisse au moindre problème.

Le 1er novembre, alors qu'il se prépare à rentrer à Paris et s'inquiète de ce qu'il va retrouver chez lui, Denis écrit à Sophie, toujours éloignée à Isle : « *Il y a vingt jours que je n'ai entendu parler de Mme Diderot, ni elle de moi. Je me doute pourtant qu'il m'est survenu des affaires, qu'on m'a fait des visites, qu'elle a reçu des papiers, et qu'il y a à présent sur ma table une vingtaine de lettres. Mais cela la touche peu, apparemment, et je ne lui en sais pas trop mauvais gré. Je me suis un peu catéchisé sur son compte ; encore une promenade avec moi et je réponds que, quoi qu'elle fasse et dise, elle ne m'arrachera pas un mot d'impatience*[143]. »

Premières anecdotes pour Jacques le Fataliste

Il rentre à Paris pour l'hiver et travaille douze heures par jour à l'*Encyclopédie* dans l'atelier de Le Breton, alors qu'il était convenu qu'il n'y mettrait plus les pieds ; il rédige aussi, pour la *Correspondance littéraire*, des notices et comptes-rendus ; il y analyse *La Mort d'Abel*, poème de Salomon Gessner, *L'Art de peindre* de Watelet, les *Amours de Carite et de Polydore* de l'abbé Barthélemy[507] ; il écrit sur l'architecture à propos de l'aménagement de la place de Reims que prépare le mari de Charlotte, M. Legendre[156]. À présent, il peut voir souvent Sophie, de retour à Paris, mais aussi sa sœur…

Un nouveau livre prend forme dans son esprit : *Jacques le Fataliste*, un voyage en neuf jours, suivi d'un épilogue deux semaines plus tard. Un maître et son valet chevauchent de conserve et font halte dans des auberges. Diderot placera au milieu de l'œuvre deux longs récits : l'histoire de Mme de La Pommeraye et du marquis des Arcis, racontée par l'hôtesse du Grand-Cerf, et celle de Richard et de Hudson, racontée par le marquis des Arcis. Il intercalera neuf interruptions de l'hôtesse et plusieurs récits annexes. Il laisse toute liberté à ses personnages, qui dialoguent avec l'auteur aussi bien qu'avec le lecteur[156] : « *Vous voyez, lecteur, combien je suis obligeant ; il ne tiendrait qu'à moi* [...]. *Mais, pour cela, il faudrait mentir, et je n'aime pas le mensonge*[156]*...* » ; et encore : « *Qu'est-ce qui m'empêcherait de marier le maître et de le faire cocu*[156] *?* » ; enfin : « *Si cela vous fait plaisir, remettons la paysanne en croupe derrière son conducteur, laissons-les aller et revenons à nos deux voyageurs*[156]*...* »

Au début, le maître sera falot, le valet plus important, puis le premier deviendra plus subtil et bon. On verra peu à peu surgir ses modèles : Jacques, c'est Damilaville ; le maître, c'est Grimm. Denis lui-même est tantôt le maître avec Damilaville, tantôt Jacques avec Grimm[70].

Il y introduit faits et personnages réels, histoires entendues à Grandval : ainsi une histoire de fiacre renversé, une mésaventure du père Hudson, un poète de Pondichéry, un chien amoureux sous la fenêtre de sa belle[156].

Il écrit ainsi à Damilaville, début novembre 1760, cette anecdote canine qu'il reprendra dans *Jacques le Fataliste* : « *J'ai vu un amant, par la pluie, le vent, le temps affreux qu'il faisait, oublier son repos, la maison, tous les besoins de la vie, et s'en venir gémir, soupirer, se coucher et passer les nuits sous les fenêtres de l'objet chéri. Vous croirez peut-être que ce galant-là est tout au moins un Espagnol ? Point du tout. C'est un chien*[143] *!* »

À l'intention de Sophie, le même jour, il revient sur la même idée : « *Taupin est le chien du meunier. Ah ! Ma bonne amie, respectez Taupin, s'il vous plaît ! Je croyais savoir aimer ; Taupin m'a appris que je n'y entendais rien, et j'en suis bien humilié. Vous vous croyez peut-être aimée ; Taupin, si vous l'aviez vu, vous aurait donné quelque souci sur ce point.* [...] *Or, imaginez que par le temps qu'il faisait, tous les jours il venait à la porte s'étendre dans le sable mouillé* [...], *les yeux attachés vers nos fenêtres, tenant ferme dans son poste incommode*[143]. »

Ce qui devient dans le roman[156] : « *Je voudrais bien que vous connussiez celui* [le chien] *du meunier.* [...] *Il vient, dès la pointe du jour de plus d'une lieue, il se plante devant cette fenêtre, ce sont des soupirs, et des soupirs à faire pitié. Quelque temps qu'il fasse, il reste, la pluie lui tombe sur le corps, son corps s'enfonce dans le sable* [...]. *En feriez-vous autant pour la femme que vous aimeriez le plus*[156] ? »

Toujours à Sophie, dans la même lettre, il confie que Grimm est son maître : « *Je vous en prie, mon amie, plus de comparaison entre Grimm et moi. Je me console de sa supériorité en la reconnaissant*[143]. » Il ajoute encore : « *J'ai voulu vous rendre compte de tous les instants d'une vie qui vous appartient, et vous faire lire au fond d'un cœur où vous régnez*[143]. »

Il ne sait sans doute pas que Jean-François Rameau, dont il n'a pour l'instant jamais entendu parler, est nommé inspecteur et contrôleur de la communauté des maîtres à danser et joueurs d'instruments de la Ville et Faubourgs de Paris grâce à Bertin, son mécène[329]. C'est le même Rameau dont il fera le principal personnage d'un autre de ses livres, *Le Neveu de Rameau*[156], qui sera encore plus secret que *Jacques le Fataliste.*

« *Nous jetterons tout à la fois onze volumes in-folio sur nos ennemis* »

Cinq ans après la mort de Saint-Simon, Choiseul, secrétaire d'État aux Affaires étrangères depuis deux ans, craignant que les indiscrétions commises par le duc puissent nuire à la diplomatie française, fait saisir les manuscrits des *Mémoires*. Denis s'inquiète : voilà qui pourrait fort bien arriver à ses propres manuscrits. Tous ces textes qu'il accumule en secret… Il songe à les faire sortir de France.

Le 8 novembre, longue lettre à Sophie sur l'homosexualité féminine, sur l'Écosse, l'Angleterre, la Chine, sur Racine[143]. Le 10, il lui parle de Voltaire, d'Angélique et de Toinette : « *L'enfant à qui la mauvaise santé ne peut ôter ni la sérénité ni la sensibilité, me jeta ses petits bras autour du col et m'embrassa en disant : "C'est mon papa, c'est mon petit papa !" La mère ne me dit rien. Je passai dans mon cabinet où je trouvai une pile de lettres. Je les lus. On servit, et* [nous] *nous mîmes à table sans mot dire. Mais il y a plus : c'est que nous ne nous sommes pas encore parlé*[143]. »

Dix jours plus tard, Sophie Volland se prépare à repartir une fois encore et pour longtemps à Isle, et Denis pense une fois de plus ne plus jamais la revoir : « *Vous ne reviendrez plus ; il n'y faut plus penser. Le plus court est de chercher par-ci, par-là, quelque consolation* […] *Adieu, mon amie. Je vous écrirai toujours que je vous aime, et jamais plus je ne vous le dirai*[143]. »

Son rôle d'éditeur pour l'*Encyclopédie*, dont il peut alors craindre qu'elle ne reverra sans doute jamais le jour, se révèle de plus en plus écrasant : il lui faut corriger des milliers d'articles ; recruter toujours, en grand secret, de nouveaux auteurs. Il pressent ainsi, pour l'article sur les maladies vénériennes, un personnage étonnant : Antonio Nuñes Ribeiro Sanchez, Portugais et « nouveau chrétien », médecin de la cour de Russie où il a soigné la jeune femme du tsarévitch, la future Catherine II[281]. Désormais installé à Paris, il est ami de Buffon, de Daubenton, de d'Holbach et de d'Alembert.

La pression policière est plus sévère. Les libraires, très surveillés, pensent imprimer clandestinement à l'étranger les tomes restants[507]. Denis s'en ouvre à Sophie : « *Il est décidé que nous imprimerons en pays étranger, et que je n'irai pas. Ma présence ici donnera le change à nos ennemis, et rien n'empêchera, avec trois ou quatre contreseings dont nous disposons, que les feuilles ne nous viennent et que nous ne puissions revoir l'ouvrage à notre aise*[143]. » Car Denis tient absolument à vérifier que le texte imprimé est bien celui qu'il a revu. Pas question que nul le modifie après lui !

Grimm se montre désormais odieux avec Mme d'Épinay. Denis, qui témoigne beaucoup de tendresse pour l'une et d'indulgence pour l'autre, écrit à Sophie en date du 25 novembre : « *Il s'ennuie. Il ne lui parle point quand il la voit. Il ne la voit qu'à son corps défendant. Il lui fait de petits mensonges qui abusent sa confiance. Il va passer à l'Opéra ou à la Comédie des heures qu'il pourrait lui donner. Il devient vain. Il aime la parure. Il cherche la dissipation*[143]. »

Quasi simultanément, il écrit une lettre pleine d'ironie à Voltaire, où, à mots couverts, il lui annonce que les volumes de textes de l'*Encyclopédie*, puis les planches, vont bientôt être prêts : « *Mais est-ce que je finirai cette causerie sans vous dire un mot de la grande entreprise ? Incessamment, le manuscrit sera complet, les planches gravées ; et nous jetterons tout à la fois onze volumes in-folio sur nos ennemis*[143]. »

Juste après Noël, il écrit à son frère pour le féliciter d'avoir reçu la responsabilité de la « propagation de la foi » dans le diocèse de Langres, et pour lui envoyer l'article « Intolérance » qu'il vient de terminer[143]. Il ajoute : « *Si l'on peut arracher un cheveu à celui qui pense autrement que nous, on pourra disposer de sa tête, parce qu'il n'y a point de limites à l'injuste. Ce sera ou l'intérêt, ou le fanatisme, ou le moment, ou la circonstance qui décidera du plus ou du moins.* [...] *Voilà, cher frère, quelques idées que j'ai recueillies et que je vous envoie pour vos étrennes. Méditez-les, et vous abdiquerez un système atroce qui ne convient ni à la droiture de votre esprit, ni à la bonté de votre cœur. Opérez votre salut, priez pour le mien, et croyez que tout ce que vous vous permettrez au-delà est d'une injustice abominable aux yeux de Dieu et des hommes*[143]. » Il aurait pu aussi lui envoyer ce qu'il écrit alors pour l'article « Raison » : « *Nous sommes hommes avant que d'être chrétiens*[189]. »

Chapitre 8

Le Neveu de Rameau
1761-1764

Depuis la révocation de son privilège, deux ans plus tôt, l'*Encyclopédie* s'est officiellement et définitivement interrompue après le septième volume, au mot « Gythium ». Pourtant, les libraires et Diderot continuent clandestinement de préparer à marche forcée les dix autres volumes, pariant qu'ils pourront les publier un jour, quand la censure se sera faite plus clémente, et en une seule fois afin de réduire au maximum les occasions de susciter des démêlés avec la police. Ils y sont encouragés, au moins implicitement, par Malesherbes, toujours directeur de la Librairie, qui leur redit sans cesse de ne pas désespérer et les protège avec le concours d'éléments de la police qui ferment les yeux. Les risques sont néanmoins énormes : risque financier, car les éditeurs risquent la ruine ; risque personnel, aussi, car s'ils sont démasqués, fabriquant des livres interdits, auteurs et éditeurs risquent la prison, sinon la mort.

Denis assure toujours seul la direction et l'édition de l'ensemble. Il rédige des centaines d'articles sur tous les sujets. Il en relit plusieurs dizaines de milliers, d'abord sur manuscrit puis sur épreuves avant de donner le bon à tirer. Il tient à ce que personne ne relise après lui pour éviter des changements qu'il n'aurait pas contrôlés.

On a peu de traces de cet immense travail, car presque tous les brouillons et toutes les épreuves des articles sont systématiquement détruits par les libraires par mesure de sécurité[549]. Un des rares articles dont le brouillon ait été conservé (onze cahiers de quatre pages chacun[382]) porte sur le « Luxe », prévu pour le tome IX. Il a d'abord été rédigé par Forbonnais, refusé par Diderot, repris par Saint-Lambert, sans plus mentionner Forbonnais, avec qui Diderot vient de se brouiller dans la ténébreuse affaire dite des « dédicaces », au cours de laquelle chacun estimait que l'autre ne l'avait pas assez défendu[280]. Puis encore recorrigé par Diderot[382].

Denis termine aussi l'article « Société » et y introduit une idée majeure, élémentaire, qu'on va retrouver dans toutes les déclarations révolutionnaires à venir, à commencer par celle des États-Unis d'Amérique : « *Toute l'économie de la société humaine est appuyée sur ce principe général et simple : je veux être heureux, mais je vis avec des hommes qui, comme moi, veulent être heureux également, chacun de leur côté ; cherchons le moyen de procurer notre bonheur en procurant le leur, ou du moins sans y jamais nuire*[189]. »

En dépit de l'immensité de la tâche, à laquelle il consacre souvent plus de douze heures par jour, où qu'il soit, il persiste à travailler à d'autres textes sans songer à jamais les publier et continue de rêver à un triomphe au théâtre.

Représentation du Père de famille

Début 1761, Denis obtient enfin, après deux ans d'échec, que sa deuxième pièce, *Le Père de famille*, soit jouée par les comédiens-français. Pour y parvenir, Denis accepte tout : il ne choisit pas les interprètes comme il l'avait pourtant souhaité[549] ; il les laisse faire toutes les coupes qu'ils veulent. Il assiste, mi-ravi, mi-consterné, aux répétitions d'un texte qui n'est plus tout à fait le sien[549]. Mais il est si heureux d'être joué ! Pour la première fois, on sent chez lui un désir puéril de succès, une attention prêtée au moindre compliment, un désir de prendre pour argent comptant l'admiration des autres, la volonté de faire croire qu'il n'a rien fait pour être joué, et ne s'en soucie guère. Comme bien d'autres auteurs, avant et après lui…

Du 18 février au 4 mars 1761, les comédiens-français donnent sept représentations du *Père de famille*[507]. Mort de trac, Denis ne va pas au théâtre, mais se cache chez Damilaville[143], qui habite alors rue de la Femme-sans-Tête, sur l'île Saint-Louis[526], non loin de l'endroit où est installée à l'époque la Comédie-Française, rue des Fossés-Saint-Germain (aujourd'hui rue de l'Ancienne-Comédie[143]).

La première représentation fait salle comble. La deuxième aussi. Au soir de la troisième, Diderot se calfeutre encore chez Damilaville et écrit, pour tromper sa fébrilité, une de ses rares lettres à… Voltaire[143] ! Étrange lettre à un improbable destinataire qu'il n'a toujours pas rencontré et à qui il ne s'est jamais véritablement livré. À un maître aussi connu, alors surtout pour son théâtre, qui n'a pas aimé sa pièce et le lui a écrit très sévèrement ; et dont il a, pour une fois, l'occasion de se montrer le rival sur son terrain de prédilection.

C'est un tout autre Diderot que l'on découvre alors, avec cette fausse modestie un tantinet ridicule de tant d'hommes de lettres : « *Ce n'est pas moi qui l'ai voulu, mon cher maître, ce sont eux* [les comédiens-français] *qui ont imaginé que l'ouvrage pourrait réussir au théâtre ; et puis les voilà qui se saisissent de ce triste* Père de famille *et qui le coupent, le taillent, le châtrent, le rognent à leur fantaisie. Ils se sont distribué les rôles entre eux et ils ont joué sans que je m'en sois mêlé*[143]. »

Comme tous les orgueilleux, il fait passer les compliments qu'il s'adresse à lui-même pour l'avis d'un autre : « *Tandis qu'on me joue pour la troisième fois, je suis à la table de mon ami Damilaville et je vous écris sous sa dictée que si le jeu des acteurs eût un peu plus répondu au caractère de la pièce, j'aurais été ce qu'ils appellent aux nues, et que, malgré cela, j'aurai le succès qu'il faut pour contrister mes ennemis. Il s'est élevé du milieu du parterre des voix qui ont dit : Quelle réplique à la satire des* Philosophes *! Voilà le mot que je voulais entendre. Je ne sais quelle opinion le public prendra de mon talent dramatique et je ne m'en soucie guère, mais je voulais qu'on vît un homme qui porte au fond de son cœur l'image de la vertu et le sentiment de l'humanité profondément gravés, et on l'aura vu. Ainsi Moïse peut cesser de tenir les mains élevées vers le ciel. On a osé faire à la reine l'éloge de mon ouvrage. C'est Brizard* [un comédien-français, qui joue l'un des rôles principaux dans *Le Père de famille*.] *qui m'a apporté cette nouvelle de Versailles*[143]. »

Lui, Diderot, se pavaner parce qu'un courtisan a parlé de sa pièce à la reine !

Et, pour finir, cette phrase si touchante, quand on sait la sévérité du jugement de Voltaire à l'égard du théâtre de Diderot : « *Adieu, mon cher maître, je sais combien vous avez désiré le succès de votre disciple, et j'en suis touché. Mon attachement et mon hommage pour toute ma vie. On revient de la troisième représentation. Succès, malgré la rage de la cabale*[143]. »

En fait, de représentation en représentation, la fréquentation baisse ; à la sixième, l'avant-dernière, la salle est seulement à demi remplie[549]. Fréron, qui ne le lâche pas, répandra l'idée que c'est un échec total, et il écrit qu'elle « *n'a eu que six ou sept représentations médiocrement applaudies*[549] ».

Diderot est finalement déçu, d'autant plus qu'au même moment Rousseau, avec qui il est définitivement brouillé, connaît un immense succès avec *La Nouvelle Héloïse*[455], son roman épistolaire, dont Denis a relu et parfois commenté nombre de pages. Le plus grand succès commercial de l'édition sous l'Ancien Régime[124], avant l'*Encyclopédie*...

Le Neveu de Rameau

Une rencontre fortuite va alors marquer sa vie et lui valoir sa place en littérature bien plus que ne le fera jamais son théâtre.

En avril 1761, alors qu'il attend, comme souvent, Sophie dans les jardins du Palais-Royal, et que, comme souvent, elle ne vient pas, étant retenue par sa mère, Diderot va en face, au café de la Régence, jouer aux échecs[156]. Il y rencontre un étrange personnage, Jean-François Rameau. Ce dernier est très lié au clan des « Dijonnais » (Piron, Bret, Cazotte), qui détestent Diderot[329]. Denis ne le verra qu'une fois et ne cherchera jamais à le revoir[549]. Pourtant, le neveu va l'accompagner tout au long de sa vie.

Denis racontera cette unique rencontre dans un texte célébrissime, qui ouvre un livre qu'il écrira en secret au fil des années et sera publié bien après sa mort sous le titre *Le Neveu de Rameau*[156], alors qu'il ne l'a écrit que pour lui-même et sous le seul titre, figurant sur le manuscrit original, de *Satire seconde*[147], accompagné d'une épigraphe énigmatique d'Horace : « *Vertumnis quotquot sunt, natus iniquis*[156] » (« Né sous la malice de tous les changements de temps réunis »).

Dans cette œuvre capitale pour l'histoire de la littérature, il réglera une bonne fois tous ses comptes avec les autres et avec lui-même, se dédoublant, inventant mieux que quiconque des arguments pour se contredire. Un dialogue étincelant sur la vie, la mort, l'éducation, la liberté, qu'il nourrira au fil des nuits et des jours, des mois et des années, de ses colères et de ses contradictions. Une façon magique de penser contre lui-même, pour se donner une obligation de rigueur absolue. Ce dialogue imaginaire, il n'en fera pourtant jamais aucune mention à personne, pas même dans ses lettres, alors qu'il y travaillera sans relâche, comme à un journal intime. Un journal intime littéraire écrit pour nous, deux siècles après lui.

Il commence par ce récit de sa seule et unique rencontre, en ce début de printemps 1761, avec le neveu[156] :

« *Qu'il fasse beau, qu'il fasse laid, c'est mon habitude d'aller sur les cinq heures du soir me promener au Palais-Royal. C'est moi qu'on voit toujours seul, rêvant sur le banc d'Argenson. Je m'entretiens avec moi-même de politique, d'amour, de goût ou de philosophie ; j'abandonne mon esprit à tout son libertinage ; je le laisse maître de suivre la première idée sage ou folle qui se présente, comme on voit, dans l'allée de Foi, nos jeunes dissolus marcher sur les pas d'une courtisane à l'air éventé, au visage riant, à l'œil vif, au nez retroussé, quitter celle-ci pour une autre, les attaquant toutes et ne s'attachant à aucune. Mes pensées, ce sont mes catins.*

« *Si le temps est trop froid ou trop pluvieux, je me réfugie au café de la Régence. Là, je m'amuse à voir jouer aux échecs. Paris est l'endroit du monde, et le café de la Régence est l'endroit de Paris où l'on joue le mieux à ce jeu* [...]. *Un après-dîner, j'étais là, regardant beaucoup, parlant peu et écoutant le moins que je pouvais, lorsque je fus abordé par un des plus bizarres personnages de ce pays où Dieu n'en a pas laissé manquer. C'est un composé de hauteur et de bassesse, de bon sens et de déraison.* [...] *Rien ne dissemble plus de lui que lui-même. Quelquefois, il est maigre et hâve, comme un malade au dernier degré de la consomption ; on compterait ses dents à travers ses joues. On dirait qu'il a passé plusieurs jours sans manger, ou qu'il sort de la Trappe. Le mois suivant, il est gras et replet, comme s'il n'avait pas quitté la table d'un financier, ou qu'il eût été renfermé dans un couvent de Bernardins. Aujourd'hui en linge sale, en culotte déchirée, couvert de lambeaux, presque sans souliers, il va la tête basse, il se dérobe, on serait tenté de l'appeler pour lui donner l'aumône. Demain, poudré, chaussé, frisé, bien vêtu, il marche la tête haute, il se montre, et vous le prendriez à peu près pour un honnête homme. Il vit au jour la journée ; triste ou gai, selon les circonstances.* [...] *C'est le neveu de ce musicien célèbre qui nous a délivrés du plain-chant de Lulli que nous psalmodiions depuis plus de cent ans, qui a tant écrit de visions inintelligibles et de vérités apocalyptiques sur la théorie de la musique, où ni lui ni personne n'entendit jamais rien et de qui nous avons un certain nombre d'opéras où il y a de l'harmonie, des bouts de chants, des idées décousues, du fracas, des vols, des triomphes, des lances, des gloires, des murmures, des victoires à perte d'haleine, des airs de danse qui dureront éternellement et qui, après avoir enterré le Florentin, sera enterré par les virtuoses italiens, ce qu'il pressentait et qui le rendait sombre, triste, hargneux, car personne n'a autant d'humeur, pas même une jolie femme qui se lève avec un bouton sur le nez, qu'un auteur menacé de survivre à sa réputation ; témoins Marivaux et Crébillon le fils*[156]. »

« *Personne n'a autant d'humeur* [...] *qu'un auteur menacé de survivre à sa réputation*[156] » ! Cette dernière phrase, si subtilement ironique, pourrait bien s'appliquer à son propre rapport, si sensible, exactement au même moment, à l'art dramatique...

Puis il se lance dans un dialogue entre un philosophe sérieux, qu'il appelle « Moi », et un être amoral, qu'il appelle « Lui », qui entend mettre fin à « *cette fastidieuse uniformité que notre éducation, nos conventions de société* [...] *ont introduite*[156] ».

« Lui » et « Moi » sont deux aspects de lui-même, Denis. Il n'est pas entièrement derrière le « Moi ». Très souvent, en fait, il est d'accord avec « Lui ». Comme le seront Jacques et son maître dans l'autre conversation qu'il continuera de rédiger, en même temps, sur plus de vingt ans, sous le nom de *Jacques le Fataliste*.

Mais « Moi » n'est pas la même chose que le maître, et « Lui » n'est pas la même chose que le valet. « Moi » est sage et rationnel. « Lui » est cynique (« *je suis envieux*[156] » ; « *je suis médiocre*[156] »). « Lui » ironise sur le passé de bohème de « Moi », quand le « *gros monsieur*[156] » faisait « *triste figure*[156] ». Pour « Lui », écrire est juste un moyen de réussir à la cour. Entre « Moi », « Lui », « Jacques » et « le Valet », il existe cependant bien des ponts.

Défilent toute une série de gens qu'on ne connaît plus aujourd'hui ; ses ennemis d'un moment auxquels il règle leur compte en passant, comme pour se défouler : une fois de plus, écrire pour expulser toute violence. L'abbé Le Blanc (qui a brigué l'Académie sans succès pendant trente ans et est devenu historiographe des bâtiments du roi) est un « *vieux perroquet sur son bâton*[156] » ; l'abbé de La Porte, collaborateur puis adversaire de Fréron, est un « *petit prêtre avare, puant et usurier*[156] ». Lorsque « Lui » prétend que Fréron travaille avec La Porte, « Moi » répond : « *Cela ne se peut. Ils se détestent*[156]. » « Lui » réplique : « *Tous les gueux se réconcilient à la gamelle*[156]. » Et « Moi » ajoute ce trait d'une insupportable impertinence : « *Le roi prend une position devant sa maîtresse et devant Dieu : il fait son pas de pantomime. Le ministre fait le pas de courtisan, de flatteur, de valet et de gueux devant son roi. La foule des ambitieux danse* [...] *devant le ministre*[156]. »

Naturellement, tout cela est impubliable. Mais ce n'est pas fait pour être publié. Denis y travaillera toute sa vie, ajoutant, retranchant, donnant de la consistance à ce « neveu » qu'il ne cherchera jamais à revoir, parce qu'il est désormais en lui-même. Le Neveu, c'est aussi lui. Sans jamais en parler à personne, pas même dans ses lettres les plus intimes, comme il l'a fait pour son texte sur Rousseau ou son texte sur Grimm et comme il le refera souvent. Comme il le fit peut-être avec d'autres textes à jamais disparus.

Scènes de ménage

Au même moment – avril 1761 –, Denis s'occupe aussi de mathématiques et fait paraître anonymement dans les *Mémoires de Trévoux* un article sur la loi de l'attraction des corps ; il soutient que la formule de l'inverse du carré de la distance, établie par Newton pour les corps célestes, vaut aussi pour les corps terrestres[549]. Il est le premier à le démontrer par un étrange raisonnement géométrique. Son intuition ne sera confirmée que quarante ans plus tard par Cavendish[549]. Preuve de l'universalité de sa curiosité et de ses dons.

Il travaille à d'autres questions de mathématiques soulevées par d'Alembert dans ses *Opuscules mathématiques*[10], en particulier à la quadrature du cercle – sujet alors très à la mode[272] et qui l'obsédera longtemps, auquel il sera même persuadé d'avoir apporté une réponse – et à une machine de cryptage des messages.

Au même moment paraît également le terrible pamphlet antichrétien de d'Holbach, *Le Christianisme dévoilé*[264], en Hollande ou à Londres, sous la signature d'un certain Nicolas Boulanger, ingénieur des ponts et chaussées, admiré de Diderot et contributeur de l'*Encyclopédie*, opportunément décédé au moment de la parution de ce texte[280].

Le livre fait scandale à Paris. Il est considéré par Bachaumont comme « *le livre le plus terrible contre la religion*[92] ». Une récompense est offerte par la police à qui aidera à identifier l'auteur. Les rumeurs en attribuent la paternité à Voltaire, à Damilaville ou à Diderot[92], qui serait, dit-on, opportunément parti pour Langres afin d'échapper aux poursuites. Nul ne songe à d'Holbach, qui n'est donc pas inquiété ; il en est d'ailleurs un peu fâché. Voltaire, qui condamne l'athéisme de l'ouvrage, le range malgré tout parmi les « *bons livres*[92] ».

Denis termine alors la relecture des manuscrits des dix volumes encore inédits de l'*Encyclopédie*. Il écrit à Sophie Volland, début septembre, pour se plaindre des libraires, ces « *corsaires*[143] » qui l'exploitent[67] : « *Cette terrible révision est finie. J'y ai passé vingt-cinq jours de suite, à dix heures de travail par jour. Mes corsaires* [les libraires, donc] *ont tous leur manuscrit sous les yeux. C'est une masse énorme qui les effraie*[143]. » Il ne croit pas si bien dire, comme il le constatera un peu plus tard.

De surcroît, il s'inquiète pour sa situation financière : les libraires ont grand mal à le payer, car il n'y a plus de rentrées d'argent depuis la suppression du privilège. Denis commence à songer à vendre sa bibliothèque, ou à en tirer à tout le moins une rente viagère.

On assiste alors à un grand tournant dans la « bataille » entre auteurs et éditeurs : dans le conflit qui oppose les petites-filles de La Fontaine à la Compagnie des libraires de Paris, le roi juge le 14 septembre 1761 que les œuvres « *appartiennent naturellement* [à ses petites-filles] *par droit d'hérédité*[214] ». Cette date marque le début de la reconnaissance de la transmissibilité du droit d'auteur.

Quand Denis séjourne chez lui, rue Taranne, ce qui est de plus en plus rare, les querelles domestiques redoublent ; il mange désormais seul dans son cabinet de travail et se plaint de l'éducation que Toinette dispense à Angélique[143]. Il se confie à ce sujet à Sophie[67] : « *Il y avait environ vingt-cinq jours que je n'avais aperçu mon enfant.* [...] *Je l'ai trouvée tout à fait empirée. Elle grasseye ; elle minaude ; elle grimace ; elle connaît tout le pouvoir de son humeur et de ses larmes ; et elle boude et pleure pour rien. Elle a la mémoire pleine de sots rébus ; elle dit des mots des rues ; elle est dégingandée ; on n'en peut venir à bout ; le goût du travail et de la lecture, qui lui était naturel, se perd*[143]. »

Une semaine plus tard, il se confie davantage encore à Sophie et, fait nouveau, lui parle de Toinette[67] : « *Il a fallu en supporter un débordement qui a duré plus de deux heures à s'écouler. Mais dites-moi quel avantage il en reviendra à cette femme lorsqu'elle m'aura fait rompre un vaisseau dans la poitrine ou dérangé les fibres du cerveau ? Oh, que la vie me paraît dure à passer ! Combien de moments où j'en accepterais la fin avec joie*[143] *!* »

Encenser Richardson

Il fait part à Sophie de sa passion pour l'écrivain anglais Samuel Richardson, qui vient de mourir, surtout pour son roman *Clarissa Harlowe*[440]. C'est le premier romancier à l'avoir vraiment intéressé ; il entreprend d'en rédiger l'éloge et y fait celui du réalisme en littérature : « *Le monde où nous vivons est le lieu de sa scène ; le fond de son drame est vrai ; ses personnages ont toute la réalité possible ; ses caractères sont pris du milieu de la société ; ses incidents sont dans les mœurs de toutes les nations policées ; les passions qu'il peint sont telles que je les éprouve en moi*[156]. »

Il ajoute : « *Par un roman, on a entendu jusqu'à ce jour un tissu d'événements chimériques et frivoles dont la lecture était dangereuse pour le goût et pour les mœurs. Je voudrais bien qu'on trouvât un autre nom pour les ouvrages de Richardson, qui élèvent l'esprit, qui touchent l'âme, qui respirent partout l'amour du bien, et qu'on appelle aussi les romans.* [...] *Peintres, poètes, gens de goût, gens de bien, lisez Richardson ; lisez-le sans cesse. Sachez que c'est à cette multitude de petites choses que tient l'illusion*[156]. »

Pour lui, encenser Richardson est aussi un moyen indirect de critiquer Rousseau qui, comme Denis le lui avait dit lors de l'une de leurs dernières rencontres, s'est grandement inspiré de *Clarissa Harlowe* dans *La Nouvelle Héloïse*[455]. Le premier est, comme le second, un roman épistolaire. Les deux héroïnes, Clarisse et Julie, sont protestantes[498]. Toutes deux ont un père qui entend leur imposer un époux et s'efforcent de résister aux sentiments qu'elles éprouvent pour un autre homme : Lovelace dans *Clarissa Harlowe*, Saint-Preux dans *La Nouvelle Héloïse*[498]. Les deux héroïnes meurent à la fin du roman[498]. Rousseau lui-même a comparé les deux personnages : « *Si Julie n'a point les sublimes vertus de Clarisse, elle a une vertu plus sage et plus judicieuse, qui n'est pas soumise à l'opinion : si on lui ôte cet équivalent, il ne lui reste qu'à se cacher devant l'autre ; quel droit a-t-elle de se montrer*[498] *?* » – et il avait expliqué, dans sa *Lettre sur les spectacles*, que personne n'avait encore écrit, « *en quelque langue que ce fût, de roman égal à* Clarisse, *ni même approchant*[498] ».

Après avoir reçu un nouveau mot méchant de Grimm, qui lui réclame sans ménagement en septembre un texte sur le Salon comme il en a eu l'idée l'année précédente, Denis le rédige sans plaisir, harassé de travail[143]. Il se plaint à Sophie : « *Non, ce ne sont point des indigestions, mais des ardeurs d'entrailles que je prends, courbé des journées entières sur un bureau*[143]. »

Comme elle l'interroge sur ce que ses ennemis ont désigné comme *les Cacouacs*, il lui explique : « *C'est ainsi qu'on appelait, l'hiver passé, tous ceux qui appréciaient les principes de la morale au taux de la raison, qui remarquaient les sottises du gouvernement et qui s'en expliquaient librement* [...]. *Tout cela bien compris, vous comprendrez encore que je suis cacouac en diable, que vous l'êtes un peu, et votre sœur aussi, et qu'il n'y a guère de bon esprit et d'honnête homme qui ne soit plus ou moins de la clique*[143]. »

Faire payer les libraires

Denis en a assez de travailler pour rien, d'avancer même de l'argent aux libraires pour payer les auteurs des planches et nourrir les contributeurs. Fin septembre 1761, il va trouver Le Breton à Massy et en obtient une modeste rémunération supplémentaire pour les planches : « *Les libraires ont rougi de leur dureté. Je crois qu'ils m'accorderont pourtant par volume de planches le même honoraire mesquin qu'ils me font par volume de discours. Si je ne m'enrichis pas, au moins je ne m'appauvrirai pas*[143]. »

Le 2 octobre 1761, il raconte à Sophie son séjour chez Le Breton : « *Madame Le Breton est mille fois plus folle qu'il ne convient à son âge, à sa piété et à son caractère* [...]. *Je m'amuse quelquefois à jouer le passionné auprès d'elle ; elle ne s'y méprend pas, ni le mari non plus, et cela donne un tour plaisant et gai à la conversation* [...]. *Je ne sortirai pas de Paris cet automne. Les ennuis succèdent aux ennuis. J'use mes yeux sur des planches hérissées de chiffres et de lettres, et, au milieu de ce pénible travail, la pensée amère que des injures, des persécutions, des tourments, des avanies en seront le fruit ; cela n'est-il pas agréable*[143] *?* »

Le même jour, de nouveau à court d'argent, les libraires empruntent encore 12 000 livres à Jaucourt qui continue à rédiger des centaines d'articles gratuitement[507]. Denis, lui, pense avoir vendu sa bibliothèque à un ami de Turgot, François Fargès de Polisy, intendant des Finances et conseiller d'État, mais le marché ne se conclut pas[143].

Marier sa fille

Angélique, qui n'a que huit ans, commence à empiéter sur son indépendance. Alors qu'il se prépare à partir de nouveau pour Grandval, elle s'y oppose[67] : « *J'annonçai mon voyage. Au premier mot, je vis le visage de la mère et celui de l'enfant s'allonger. L'enfant avait un compliment tout prêt ; et il ne fallait pas que la peine de l'avoir appris fût perdue ; et la mère avait projeté un grand dîner pour le dimanche. Tout s'est arrangé. J'ai fait mon voyage et je suis revenu pour me faire haranguer et fêter. L'enfant a prononcé sa petite harangue à ravir ; au milieu, comme il se trouvait quelques mots de prononciation difficile, elle s'est arrêtée et m'a dit : "Mon papa, c'est que je suis brèche-dent."* [...] *Nous dînâmes hier en grande compagnie. Madame avait rassemblé toutes ses amies. Je fus très gai, je bus, je mangeai. Je fis à merveille les honneurs de ma table. Au sortir de table, je jouai. Je ne sortis point. Je reconduisis tout le monde entre onze et minuit. Je fus charmant, et si vous saviez avec qui : quelles physionomies ; quelles gens ; quels discours*[143]*...* »

Lui qui sut se montrer si rebelle, dans sa jeunesse, commence à penser sérieusement à marier sa très jeune fille. Comme Sophie s'en étonne, il lui explique : « *Il faut seulement jeter les yeux à quelque temps de soi ; prévoir le moment où les yeux de ma petite fille s'ouvriront, où sa gorge s'arrondira, où sa gaieté tombera, où elle commencera à devenir soucieuse, où il s'élèvera dans ses sens un trouble inconnu, dans son cœur un je ne sais quel désir. Ce sera alors aussi le temps des rêves pendant la nuit, des soupirs étouffés, des regards furtifs sur les hommes pendant le jour ; et celui de partager ma petite fortune en deux. Il faudra que ce que je lui en céderai suffise à son aisance, et que ce qui m'en restera suffise à la mienne. C'est encore cinq ou six cents livres de rente à gagner*[143]. »

Refait surface l'idée qu'il va gagner de l'argent grâce au théâtre : « *Une ou deux comédies, une ou deux tragédies, trois ou quatre bons mariages de théâtre*[143]*...* »

Il conclut en s'adressant à la fois aux deux sœurs, dont il est désormais ouvertement amoureux : « *Adieu, mes bonnes amies* [...]. *Je vous embrasse de toute mon âme. Les sentiments de tendresse et d'amitié que vous m'avez inspirés font et feront à jamais la partie la plus douce de mon bonheur*[143]. »

Quand Sophie le critique encore de vouloir séduire sa sœur, il lui fait une apologie du libertinage : « *On est, on a été, et peut-être un jour sera-t-on libertin. Que cela soit ou non, on a été tenté de l'être. À tout hasard, une femme est bien aise de savoir que, si elle se résout, il y a là un homme tout prêt qui ménagera sa vanité, son amour-propre, sa vertu prétendue, et qui se chargera de toutes les avances ; c'est trop peu, de la violence même qu'on souhaite pour excuse*[143]. »

L'affaire Sirven, l'affaire Calas

Deux affaires viennent alors rallumer les luttes confessionnelles en France. Le 4 janvier 1762, le corps d'Élisabeth Sirven, une jeune protestante, est retrouvé au fond d'un puits à Saint-Alby, dans le Tarn. Des religieuses accusent son père, Pierre-Paul Sirven, de l'avoir tuée pour l'empêcher de se convertir au catholicisme ; le 19 janvier, la police ordonne l'arrestation de toute la famille Sirven. Prévenus à temps, ceux-ci s'enfuient à Lausanne. Par contumace, le père est condamné à être brûlé vif, et la mère pendue ; tous leurs biens sont confisqués.

Deux mois après, une autre affaire du même genre éclate à Toulouse : un autre protestant, marchand d'étoffes, Jean Calas, est accusé d'avoir étranglé son fils, retrouvé pendu dans sa boutique, parce qu'il aurait voulu, lui aussi, se convertir au catholicisme. Et d'avoir maquillé le meurtre en suicide. Lui ne fuit pas : il est arrêté. Il nie. Il est condamné à mort le 9 mars par le parlement de Toulouse. Le lendemain, il est torturé, étranglé, et son corps brûlé. Sa femme et ses enfants sont bannis de Toulouse.

Au même moment, chez d'Holbach, Diderot rencontre le grand romancier anglais Laurence Sterne, de passage à Paris[549]. Denis, qui n'a encore rien lu de lui, lui fait lire *Le Fils naturel*, et les deux hommes sympathisent[549].

Il continue à venir en aide aux écrivains en mal d'inspiration. Sa fille écrira : « *Il faisait des épitres dédicatoires pour les musiciens ; j'en ai deux ou trois. Il faisait un plan de comédie pour celui qui ne savait qu'écrire ; il écrivait pour celui qui n'avait que le talent des plans ; il faisait des préfaces, des discours, selon le besoin de l'auteur qui s'adressait à lui. Un homme vint un jour le prier de lui écrire un avis au public pour de la pommade qui faisait croître les cheveux ; il rit beaucoup, mais il écrivit sa notice*[518] *!* »

En avril, Denis rejoint souvent Sophie, tard le soir, chez elle, rue des Vieux-Augustins. Un soir qu'il ne peut venir, il lui écrit qu'il part passer une journée à Massy et s'annonce pour la nuit du lendemain : « *J'aurai sûrement du plaisir à voir la campagne. Mais soyez sûre que je ne compare point cela au plaisir de passer deux heures avec vous. Ne m'attendez donc pas aujourd'hui. Mais, demain, je vais dîner chez le Montamy. C'est à votre porte. Ainsi je serai rue des Vieux-Augustins sur les onze* [heures] *au plus tard*[143]. » Sans doute y passe-t-il alors la nuit.

C'est à cette époque que sont publiés en Hollande[313] l'*Émile*[454] et *Du contrat social*[451]. Rousseau, qui vit encore au Montlouis, y propose d'organiser la société autour de la participation de représentants élus par le peuple : « *Renoncer à sa liberté, c'est renoncer à sa qualité d'homme, aux droits de l'humanité, même à ses devoirs. Il n'y a nul dédommagement possible pour quiconque renonce à tout. Une telle renonciation est incompatible avec la nature de l'homme, et c'est ôter toute moralité à ses actions que d'ôter toute liberté à sa volonté*[451]. » Le livre est interdit en France et à Genève. Le « Petit Conseil » de Genève estime que le *Contrat social* et l'*Émile* sont deux ouvrages « *téméraires, scandaleux, impies, tendant à détruire la religion chrétienne et tous les gouvernements*[511] », et décide qu'ils doivent être déchirés, puis brûlés devant l'hôtel de ville[313].

Sterne, qui se trouve encore à Paris, fait alors envoyer à Denis, par son libraire londonien, les six premiers tomes de son roman *Vie et opinions de Tristram Shandy, gentilhomme*[493], dont la publication a commencé deux ans plus tôt[549]. C'est une autobiographie fictive où le narrateur, Tristram Shandy, interrompt son récit par des histoires parallèles ; il interpelle le lecteur, lui promet des rebondissements, l'intègre au roman. Denis s'enthousiasme : il avait eu la même idée en travaillant à *Jacques le Fataliste*.

En juin 1762, la publication dans l'*Émile* de la *Profession de foi du vicaire savoyard*, où Rousseau prône la religion naturelle et explique que « *le culte essentiel est celui du cœur*[454] », est condamnée par l'archevêque de Paris, par la Sorbonne et par le Parlement[511]. Jean-Jacques doit quitter la France. Il abandonne Montlouis, près de Montmorency, où il vit depuis décembre 1757, sans pour autant pouvoir revenir à Genève. Il s'installe à Môtiers, dans le comté de Neuchâtel (qui dépend alors de Frédéric II de Prusse[313]). Denis écrit alors à propos de Rousseau, qu'il n'a pas revu depuis plus de quatre ans[143] : « *Rien ne tient dans ses idées. C'est un homme excessif, qui est ballotté de l'athéisme au baptême des cloches. Qui sait où il s'arrêtera*[143] *?* »

Les lettres : un projet littéraire

Entre-temps se produit en Russie un coup d'État qui va ébranler l'Europe et aura de sérieuses répercussions sur la vie de Diderot.

Le 27 juin du calendrier julien (7 juillet du calendrier grégorien), soit six mois après le début de son règne et à l'approche de la Saint-Pierre, le tsar de Russie, Pierre III, neveu d'Elisabeth Petrovna qui l'a précédé à la tête de la Russie, part s'installer avec une partie de sa cour dans sa résidence royale d'Oranienbaum, à l'ouest de Saint-Pétersbourg, sur le golfe de Finlande. Le lendemain, son épouse Sophie, princesse de Saxe, née Sophie-Augusta, princesse d'Anhalt-Zerbst, rebaptisée Catherine Alexeievna lors de son mariage, dix-sept ans plus tôt, incite la Garde, dont le chef de file est le commandant des forces navales, Grégoire Orlov, son amant, à se révolter. Elle dépose Pierre III et se fait proclamer tsarine sous le nom de Catherine II. Une semaine plus tard, Pierre III est arrêté et assassiné par ses gardes. Le bulletin officiel rédigé par Catherine II annonce que le tsar est mort « *d'hémorroïdes et d'une colique*[74] »...

À partir de juillet 1762, à la demande expresse de Sophie Volland, les lettres de Denis deviennent « *histoires de mes moments*[524] », « *agenda*[524] », « *nouvelles* », chroniques d'un milieu, reproductions de longs dialogues où il éprouve son extraordinaire mémoire[524]. Il sait, sans l'approuver, que Sophie les lit devant ses amis de province quand elle se trouve à Isle, et qu'elle entend les faire connaître autant que celles de Voltaire à Madame du Châtelet[524].

Peu à peu, il accepte de faire de ses lettres un projet littéraire du même type que ce qu'entreprend au même moment, évidemment sans lui en parler, Rousseau dans ses *Confessions*[450]. Il ose et dit tout dans ce qui va se présenter comme un extraordinaire voyage au cœur d'une destinée humaine. Sinon que, encore une fois, il n'a pas l'intention de les publier.

Le 14 juillet, il écrit ainsi à Sophie une de ses lettres les plus intimes, comportant un étonnant aveu de ses propres tentations homosexuelles[67] : « *La destination que vous avez faite de mes lettres va me contraindre, parce que ce n'est plus à vous seule que je parlerai, et cela n'en sera pas plus mal* [...]. *Mais il faudrait bien du courage pour ne rien celer. On s'accuserait peut-être plus aisément du projet d'un grand crime que d'un petit sentiment obscur, vil et bas. Il en coûterait peut-être moins pour écrire sur son registre : "J'ai désiré le trône aux dépens de la vie de celui qui l'occupe", que pour écrire : "Un jour que j'étais au bain parmi un grand nombre de jeunes gens, j'en remarquai un d'une beauté surprenante, et je ne pus jamais m'empêcher de m'approcher de lui." Cette espèce d'examen ne serait pas non plus sans utilité pour soi*[143]. »

Après cette lettre dont deux pages sont consacrées à « *l'ami Grimm* », il confesse le 25 juillet, en songeant à l'affaire Calas et à toutes les tragédies inhérentes à la dictature, auxquelles il cherche à ne pas songer pour pouvoir continuer de vivre, qu'il préfère les imaginer... en miniature : « *Je ne veux voir les scènes de la vie qu'en petit, afin que celles qui ont un caractère d'atrocité soient réduites à un pouce d'espace et à des acteurs d'une demi-ligne de hauteur, et qu'elles ne m'inspirassent plus des sentiments d'horreur ou de douleur violents. Mais n'est-ce pas une chose bien bizarre que la révolte que l'injustice nous cause soit en raison de l'espace et des masses ? J'entre en fureur si un grand animal en attaque injustement un autre. Je ne sens rien si ce sont deux atomes qui se blessent ; combien nos sens influent sur notre morale*[143] *!* »

Denis raconte alors à Sophie une anecdote immémoriale, moyennant, comme toujours, une arrière-pensée sur leurs relations : « *Une femme sollicite un emploi très considérable pour son mari ; on le lui promet, mais à une condition que vous devinez de reste. Elle a six enfants, peu de fortune, un amant, un mari ; on ne lui demande qu'une nuit. Refusera-t-elle un quart d'heure de plaisir à celui qui lui offre en échange l'aisance pour son mari, l'éducation pour ses enfants, un état convenable pour elle ? Qu'est-ce que le motif qui la fit manquer à son mari, en comparaison de ceux qui la sollicitent de manquer à son amant ?* [...] *Comme tout se fait ici ! Un poste vaque, une femme le sollicite ; on lève un peu ses jupons ; elle les laisse retomber, et voilà son mari, de pauvre commis à cent francs par mois, M. le Directeur à quinze ou vingt mille livres par an. Cependant, quel rapport entre une action juste ou généreuse, et la perte voluptueuse de quelques gouttes d'un fluide ? En vérité, je crois que Nature ne se soucie ni du bien ni du mal. Elle est toute à deux fins : la conservation de l'individu, la propagation de l'espèce*[143]. »

L'abbé Raynal, son ami, qui devine qu'il a des problèmes d'argent, vient lui proposer de lui faire une rente de 1 500 livres par an pour fournir un article par mois au *Mercure de France* que dirige à présent Pierre-Antoine de La Place[549]. Denis est fou de joie : ce serait un revenu complémentaire significatif qui le mettrait à l'abri du besoin. Mais l'offre ne se confirme pas[549].

Un des fils de Jean Calas, Donat, vient alors trouver Voltaire à Ferney[237]. Celui-ci, non seulement le recueille avec sa mère et son frère, mais il les interroge et étudie les pièces du dossier pendant trois mois d'affilée. Il en conclut que Jean Calas est innocent et décide, comme il l'écrit dans une lettre, de « *tirer la vérité du puits du Parlement toulousain. Il faut soulever l'Europe entière, et que ses cris tonnent aux oreilles des juges*[237]. » Avec les avocats des Calas, Voltaire, bien à l'abri à Ferney, entame une véritable campagne pour obtenir la révision du procès. Aidé à Paris par Damilaville, il envoie des lettres à toutes les personnalités influentes de France et d'Europe, interpelle Versailles, mobilise l'opinion autour d'un mot d'ordre forgé à cette occasion : « *Écrasez l'Infâme*[237] *!* » (le mot désigne le fanatisme religieux). Voltaire rédige durant l'été 1762 l'*Histoire d'Elisabeth Canning* (qui révèle la force du système britannique, capable d'éviter une erreur judiciaire) *et de Jean Calas*[532], et charge Damilaville de faire imprimer et distribuer dans Paris les *Pièces originales concernant la mort des sieurs Calas et le jugement rendu à Toulouse* qu'il a réunies[237] : « *Faites-les imprimer ; criez, je vous en prie, et faites crier ! Il n'y a que le cri public qui puisse nous obtenir justice. Les formes ont été inventées pour perdre les innocents*[539] *!* » Il sollicite aussi l'aide de d'Alembert. Mais pas celle de Diderot, qui le boude. Peut-être ce dernier le regrette-t-il lorsqu'il fait dire à « Moi » dans *Le Neveu de Rameau* : « *Je connais telle action que je voudrais avoir faite pour tout ce que je possède ;*

c'est un sublime ouvrage que Mahomet [pièce de Voltaire écrite en 1736, aujourd'hui insupportable], *j'aimerais mieux avoir réhabilité la mémoire des Calas*[156]. »

Penser à la dot

Diderot s'inquiète de plus en plus pour ses revenus. Il ne se contente pas de la maigre augmentation qu'il a obtenue des libraires. Il escompte davantage, dans la mesure où sa charge de travail est bien plus élevée depuis le départ de d'Alembert. Il en reparle aux libraires : « *J'ai représenté aux libraires que je portais seul un fardeau que je partageais auparavant avec un collègue ; que ma sujétion s'était accrue, et qu'il ne fallait pas que mon sort empirât. Nous en sommes aux couteaux tirés*[143]. »

En juillet, les libraires cèdent et lui accordent, outre une rente de 1 500 livres (16 940 euros) par an, 350 livres (3 953 euros) pour chaque volume de planches ; 350 livres pour chacun des dix volumes de discours, plus les 500 livres par volume de discours naguère promis à d'Alembert (donc, au total, 850 livres, 9 600 euros, par volume de discours[143]) ; le contrat précédent prévoyait par volume de l'*Encyclopédie* des montants répartis par tranches correspondant à des lettres, et non pas versés par annuités, et il ne mentionnait pas les volumes de planches. Il estimait par ailleurs qu'il restait sept volumes à publier, alors qu'en définitive il y en aura encore dix de textes et onze de planches. Au total, Diderot aura gagné 80 000 livres[524].

Denis découvre alors que sa femme correspond avec son frère Didier en vue d'organiser l'entrée d'Angélique dans un couvent[524]. Furieux, il s'y oppose, demande à son frère de ne point se mêler des affaires de sa famille, et passe de plus en plus de temps avec sa fille afin qu'elle ne verse pas dans le même délire que sa sœur à lui, portant le même prénom, partie se cloîtrer et mourir dans un couvent contre la volonté de son père.

Il en parle à Sophie[67] : « *La jolie femme que ce serait un jour ! Mais cela n'entend du soir au matin que des quolibets, des sottises. Quoi que j'en fasse dans la suite, il restera toujours quelque vestige de cette première incrustation mauvaise. Si cela appartenait à M*[me] *Legendre, quelle joie elle éprouverait lorsque cette enfant se jetterait à son col, les bras ouverts, en lui disant : "Maman, baisez-moi ! Hé ! Je vois bien que vous êtes encore fâchée, car vous ne me baisez pas de bon cœur*[143] *!"* » Et il conclut comme dans chacune de ses lettres par un joli compliment : « *Adieu, ma bonne amie ; n'oubliez pas celui que rien ne distrait de vous*[143]. »

En juillet, toujours soucieux de constituer une dot pour sa fille afin de mieux la soustraire au couvent, il fait évaluer sa bibliothèque par la librairie Pissot : 13 185 livres, soit environ 149 000 euros d'aujourd'hui[143].

Les potins de chez d'Holbach

Une lettre de ce mois d'août 1762 à Sophie reflète la rare confiance qui les unit et le caractère très physique de leurs relations à cette époque : « *Venez me faire des jours heureux ; venez me dire que vous m'aimez ; venez me le prouver*[143]*...* »

Il lui rapporte tous les potins entendus chez d'Holbach : Mme d'Holbach courtise Grimm devant Mme d'Épinay qui en est très affligée[143]. Grimm croit devenir aveugle et en a assez de Mme d'Épinay. Denis pense que « *la dame d'Épinay*[143] » invente peut-être cette jalousie parce que, « *trompée et craignant qu'il ne devînt en effet aveugle, elle* [cherche] *à s'en défaire avant que d'être obligée, par décence, de le garder*[143] ».

Le 6 août, conséquence de l'attentat perpétré contre le roi par Damiens cinq ans auparavant, le parlement de Paris dissout la Compagnie de Jésus. Les jésuites deviennent des prêtres comme les autres. Denis en dira bientôt : « *Me voilà délivré d'un grand nombre d'ennemis puissants. Qui est-ce qui aurait deviné cet événement il y a un an et demi ? Ils ont eu tant de temps pour prévenir ce coup qu'il fallait ou qu'ils eussent bien peu de crédit, ou que le Roi eût bien résolu leur destruction*[143]. »

À Langres comme ailleurs, les jésuites doivent quitter le collège et sont remplacés par des prêtres diocésains. Denis écrira dans le *Voyage à Langres*[518], parlant de son ancien lycée : « *Aux jésuites ont succédé des gens sans mœurs et sans lumières ; et les habitants font étudier leurs enfants à Metz. À l'expulsion des jésuites, nous croyions toucher au moment de la restauration des bonnes études ; mais les magistrats qui nous ont débarrassés de mauvais instituteurs n'ont pas songé à nous en donner de meilleurs. C'est que ce n'est pas le zèle du bien public, mais de petites haines particulières qui les ont dirigés*[518]. »

Denis fait part deux jours plus tard à Sophie de son admiration pour l'action de Voltaire en faveur de la révision du procès Calas et regrette, comme il vient de le noter pour *Le Neveu de Rameau*, de ne pas y avoir été associé : « *Il faut que cet homme ait de l'âme, de la sensibilité ; que l'injustice le révolte, et qu'il sente l'attrait de la vertu. Car que lui sont les Calas ? Qu'est-ce qui peut l'intéresser pour eux ? Quelle raison a-t-il de suspendre des travaux qu'il aime, pour s'occuper de leur défense ? Quand il y aurait un Christ, je vous assure que Voltaire serait sauvé*[143]. »

Et il ajoute, donnant cette fois le sentiment que Sophie et lui n'ont jamais fait l'amour, ou à tout le moins qu'elle n'a jamais éprouvé de plaisir physique : « *Mourrez-vous sans savoir ce que c'est que de faire un heureux ? Hélas oui*[143] *!* » Il n'en continue pas moins de lui dire son amour et, quand elle est jalouse et s'inquiète, il la rassure : « *Si je vous aime* ? – *De toute mon âme ; oui, de toute mon âme, et j'éprouve, en vous le disant, une émotion au fond de mon cœur qui m'assure que je vous dis vrai. Vous connaissez bien cet oracle-là*[143]. »

Il en est pour l'instant à rêver d'une sorte de trio idéal : « *Je vous aime toutes les deux à la folie. Amant de l'une, il est certain qu'il m'eût fallu l'autre pour amie*[143]. » Il n'ira jamais, dans ses lettres, au-delà de ces allusions, même s'il semble établi qu'il est alors au moins l'amant de l'une, tout en soulignant qu'il pense que Charlotte et Sophie couchent ensemble. Charlotte, qu'il nomme maintenant Uranie et dont il est tout aussi épris : « *Quand le Diogène sera parti, vous me céderez à Uranie, auprès de laquelle je serai sylphe pendant cinq ou six ans ; au bout desquels, la tête s'affaiblissant, les préjugés renaissant sur les ruines du sens commun et de la raison, les cheveux blanchissant, le dos se courbant, je donnerai le bras à l'aînée pour aller pleurer à l'église toutes les douces folies que j'aurai dites à la cadette et toutes celles que j'aurais voulu faire avec leur sœur* [madame Vallet, la première des trois sœurs qu'il a rencontrée][143]. »

Car il n'est pas seulement question d'un trio : en octobre, M. Vallet de Salignac, receveur des finances du duc d'Orléans, mari de Marie-Jeanne Élisabeth Vallet, sœur aînée de Sophie, par qui Diderot est entré en contact avec la famille, fait faillite et prend la fuite[524]. On ne le reverra jamais. La honte tombe sur la famille. Sa femme, Marie-Jeanne, prend le nom de Blacy, petit village situé sur la rive gauche de la Marne[524].

Denis s'éprend aussi d'elle et devient vraisemblablement en même temps l'amant ou l'ami de cœur des trois sœurs Volland : Sophie, Charlotte et Marie-Jeanne.

La tentation de Pétersbourg

À Saint-Pétersbourg, Catherine II prépare son couronnement. Elle essaie d'attirer les philosophes français, qui vont lui ouvrir, pense-t-elle, le cœur des élites influentes en Europe[74].

Comme les princes et princesses allemands, elle parle parfaitement le français, pratiqué dès l'enfance avec sa gouvernante française. Grâce au baron Axel de Mardefeld (ambassadeur de Frédéric II à la cour de Russie), elle a lu le *Dictionnaire historique et critique* de Pierre Bayle pendant deux ans, scrupuleusement, de la première à la dernière ligne, puis l'*Esprit des lois* de Montesquieu et l'*Essai sur les mœurs* de Voltaire[74]. Elle s'est abonnée à la *Correspondance littéraire* de Grimm et lui a demandé d'acheter pour elle livres anciens et objets d'art.

Le 20 août 1762, avant même son couronnement, qui doit avoir lieu deux jours plus tard, elle propose à Diderot, par l'intermédiaire de Voltaire qui vient de refuser son invitation d'assister à la cérémonie, d'installer une imprimerie à Riga pour achever l'*Encyclopédie*[549]. Une fois de plus, comme il l'avait déjà fait savoir à Frédéric, Denis répond que ce n'est pas possible, sans révéler pour autant que les tomes inédits sont pratiquement prêts à être imprimés quelque part en France.

En fait, l'*Encyclopédie* n'intéresse pas vraiment la tsarine. Elle veut bien, comme Frédéric, écouter les philosophes et avoir leur soutien, mais elle ne tient pas à ce que leurs idées se diffusent chez elle. À Paris, ce jour-là, une fête est donnée par l'ambassadeur russe Soltykof, qui commande des œuvres à Jean-François Rameau, le Neveu[329].

Catherine ne renonce pas à avoir son philosophe français. Après le refus de Voltaire, elle invite d'Alembert à venir se charger de l'éducation de son fils Paul. D'Alembert refuse au motif qu'il reçoit déjà une pension de Frédéric II. Le véritable motif – qu'il confie avec beaucoup d'humour à Voltaire – est qu'il est « *trop sujet aux hémorroïdes, et elles sont trop sérieuses dans ce pays*[74] » (allusion à la mort de Pierre III).

Autre vœu de Catherine : elle souhaite faire ériger une statue géante de Pierre le Grand, son modèle. Elle songe à un sculpteur français. Qui ? Pigalle ? Falconet ? Houdon ? Justement, au même moment, Falconet vient proposer à Denis de faire son buste. Denis dessine alors pour Falconet, dont il a remarqué les œuvres aux salons et qu'il voit de plus en plus, son meilleur autoportrait[143] : « *Grimm m'a dit plusieurs fois que j'avais été fait pour un autre monde. Je ne sais si cela est vrai, mais ce qu'il y a de certain, c'est qu'il y a bientôt cinquante ans que je suis étranger dans celui-ci, que je vis d'une vie imitative qui n'est pas la mienne, que je me plie sans cesse à l'allure des autres et que je suis comme un chien qu'on apprend à marcher sur deux pattes. De là une démarche tantôt originale et tantôt gauche. Ce qui s'échappe de moi ne vaut jamais ce qui s'y passe. Je ne parle bien qu'avec moi, ou avec les autres quand je n'y pense pas. Plus j'écris vite, mieux j'écris. Quand il m'arrive d'avoir de l'esprit, j'en ai beaucoup.* [...] *Ce que j'ai une fois admiré, je l'admire toujours. Je fais peu de cas de ce qui ne saurait répondre à mon cœur. C'est pourquoi j'aime mon semblable de préférence à tout. Faites, si vous pouvez, que ce morceau de marbre jouisse de ma surprise et je ne m'en séparerai jamais. C'est pourquoi deux yeux tendres m'offrent un plus beau spectacle que l'univers*[143]. »

Un enfant de Sophie...

Alors qu'il signe l'acte mettant fin à l'indivision avec son frère et sa sœur, Denis travaille au deuxième volume de planches et au huitième volume de textes de l'*Encyclopédie*. Il vient trouver Antoine Sartine (un de ses anciens camarades de classe, qui avait assisté à l'enterrement de la première épouse du baron d'Holbach), devenu lieutenant général de police de Paris, pour une sombre histoire de manuscrit confié à un certain Glénat, son copiste depuis quatre ans, dont il découvre alors qu'il l'espionne pour le compte de... Sartine[549] ! Éclats de rire. Sartine et lui renouent et deviennent amis. Plus tard, Sartine remplacera Malesherbes et l'aidera...

Le 16 septembre, une de ses lettres nous confirme qu'il a demandé à Sophie de lui faire un enfant, ce qu'elle a refusé. Il écrit[67] : « *L'honnêteté, le bon sens, la raison, le devoir d'homme et de femme, la nature, la sensibilité voulurent une fois faire un enfant et vous vous y opposâtes. Vous voulûtes qu'il n'y eût pas sur la surface de la terre un seul homme qui n'eût été fait comme le petit d'un animal. J'en suis fâché pour vous : c'est un grand homme ; c'est plus peut-être : c'est un homme de bien que vous étouffiez*[143]. »

Dans la même lettre, il livre une notation terrible sur sa fille et sa femme : « *Dans sa mauvaise humeur, elle dit à son enfant des choses, cela ne se peut répéter et cela me tue. En vérité, si cette enfant était enlevée par quelque maladie violente, je ne sais si je la regretterais. Il vaudrait mieux qu'elle fût morte que d'être abandonnée à la merci de cette mère-là*[143]. »

Sans cesse, il parle d'amour à Sophie, même quand c'est pour lui annoncer qu'il a réussi à obtenir par Damilaville une réduction de l'impôt du « vingtième » dû par Mme Volland sur ses propriétés ; il termine par cette jolie pirouette : « *Tenez-moi pour mort, ou pour moribond du moins, l'une et l'autre, lorsque je n'aurai pas la plus grande peine ou le plus grand plaisir à penser à vous*[143]. »

« L'une et l'autre » : les deux sœurs...

Penser l'avenir

Il se moque de d'Holbach qui donne à lire son livre, supposément anonyme et dont la police cherche encore l'auteur, à tout le monde[67] : « *Le baron est allé à Voré voir Helvétius, à ce qu'il dit ; mais c'est lire son ouvrage au seul homme de sa connaissance à qui il lui restait de le lire*[143] *!* »

Il finit de dévorer le roman de Sterne, *Tristram Shandy*[493], qu'il décrit à Sophie comme « *si fou, si sage, et si gai* [...], *le Rabelais des Anglais.* [...] *Il est impossible de vous en donner une autre idée que celle d'une satire universelle*[143] ». Rabelais, l'inspirateur commun de Sterne et de Diderot, à la source du roman...

Le 29 septembre, il informe en secret Voltaire, *via* Damilaville, que l'impression de l'*Encyclopédie* s'achève : « *Au moment où je vous parle, on l'imprime ici et* [...] *j'en ai des épreuves sous mes yeux. Mais chut !* [...] *Notre devise est : sans quartier pour les superstitieux, pour les fanatiques, pour les ignorants, pour les fous, pour les méchants et pour les tyrans ; et j'espère que vous le reconnaîtrez en plus d'un endroit*[143]. »

En octobre, Grimm part en Westphalie retrouver un ami blessé, M. de Castries[475]. Denis se plaint : « *Il est parti sans que j'aie eu le temps de l'embrasser, à deux heures du matin, sans domestique, sans*

Image de saint Denis donnée à Denis Diderot par le père Couder en août 1728, pour le féliciter d'un exposé en latin.

Probablement portrait du père de Denis.

"Imaginez que j'ai toujours été assis à table vis-à-vis d'un portrait de mon père (...) qui ressemble assez..."

Le collège où Diderot a étudié à Langres.

Portrait de Diderot. Gravure d'après un portrait de Garand.

"Celui qui voit mon portrait par Garand me voit."

Denis Diderot, buste par Houdon (détail).

Denis Diderot, écrivain par Louis-Michel Van Loo. Paris, musée du Louvre.

Statue de Diderot à Langres, par Auguste Bartholdi.

Statue de Diderot, boulevard Saint-Germain, Paris. Sculpture en bronze de Jean Gautherin.

“ C’est un homme excessif (…) Qui sait où il s’arrêtera… ”

Jean-Jacques Rousseau par Maurice-Quentin de La Tour.

Portrait de Voltaire. Peinture de Jacques-Augustin-Catherine Pajou. Paris, Comédie-Française.

“ Il vient un temps où toutes les cendres sont mêlées. Alors que m’importera d’avoir été Diderot ou Voltaire ? ”

Portrait de Paul Henri Thiry, baron d'Holbach. Aquarelle de Carmontelle. Chantilly, musée Condé.

“Il n'y a personne ici depuis que vous n'y êtes plus.”

Friedrich Melchior, baron von Grimm. Gravure de Cochin.

“Il est sûr que l’Encyclopédie n’a point d’ennemi plus décidé que cet homme-là.”

Portrait de Jean le Rond d’Alembert.
Peinture de Louis Tocque.
Versailles, musée Lambinet.

Portrait de Julie de Lespinasse par Carmontelle, musée Condé.

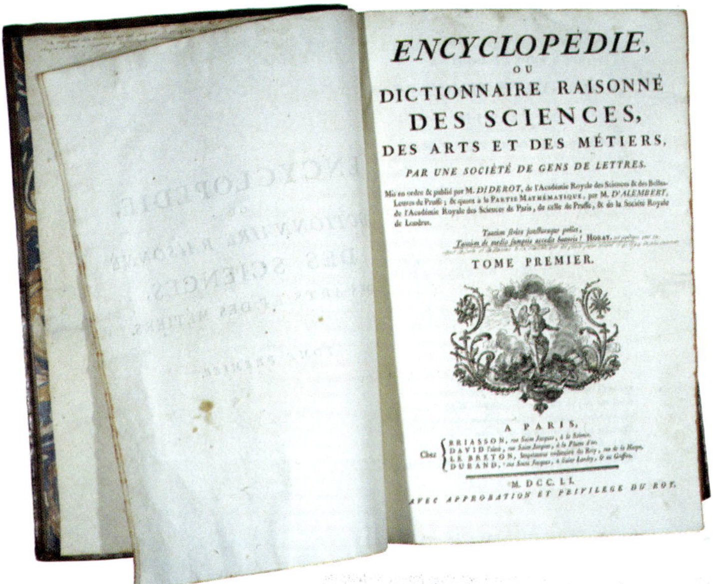

Page de titre de l'*Encyclopédie* de Diderot et d'Alembert, 1751.

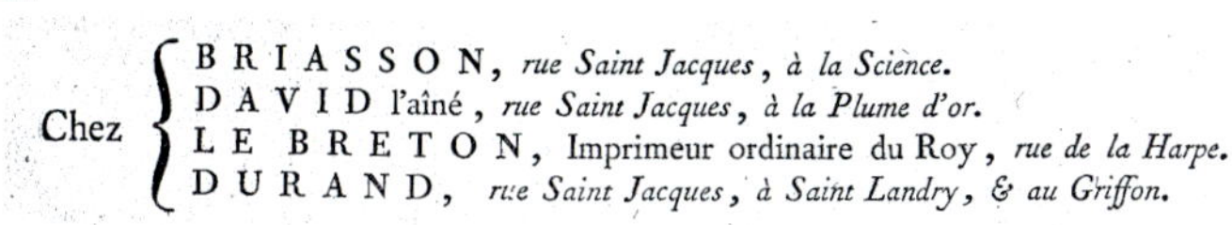

Chez { BRIASSON, *rue Saint Jacques, à la Science.*
DAVID l'aîné, *rue Saint Jacques, à la Plume d'or.*
LE BRETON, Imprimeur ordinaire du Roy, *rue de la Harpe.*
DURAND, *rue Saint Jacques, à Saint Landry, & au Griffon.*

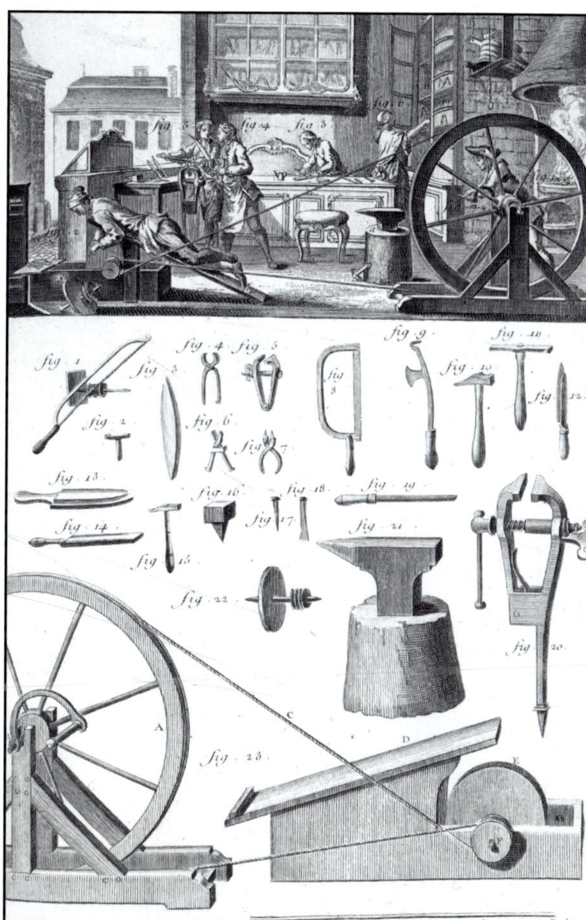

Fabrique de coutellerie. Planche tirée de l'*Encyclopedie* de d'Alembert et Diderot, vers 1751-1765.

Antoine de Sartine.
Peinture à l'aquarelle de Joseph Boze, 1787.
Versailles, musée du Château.

« Ce qui convient à des gens de courage : mépriser nos ennemis, les poursuivre et profiter, comme nous l'avons fait, de l'imbécillité de nos censeurs. »

Portrait de Chrétien
Guillaume de Malesherbes.
Peinture de Jean Valade, 1755.
Paris, musée Carnavalet.

Henri-François d'Aguesseau,
par Rigaud Hyacinthe.
Versailles, châteaux de Versailles et de Trianon.

Madame du Deffand par Richard Bull.

Portrait de madame Geoffrin.
Peinture de Jean Francois Colson.
Musée Carnavalet.

Madame d'Épinay, d'après Liotard Jean-Etienne.
Versailles, châteaux de Versailles et de Trianon.

Étienne-Maurice Falconet.
Marbre de Marie-Anne Collot, 1773.
Musée de l'Hermitage, Saint-Pétersbourg.

"Le Jean-Jacques Rousseau de son art."

"L'âme de Brutus avec les charmes de Cléopâtre."

Portrait de l'impératrice Catherine II de Russie.
Peinture de Fedor Stepanovitch Rokotov, 1770.
Moscou, musée National d'Histoire.

Marie Angélique Caroillon de Vandeul, fille de Diderot. Buste par Augustin Pajou.

“Je suis fou à lier de ma fille.”

“Monsieur Naigeon (...) aura pour un homme qu'il a tendrement aimé et qui l'a bien payé de retour le soin d'arranger, de revoir et de publier tout ce qui lui paraîtra ne devoir nuire à ma mémoire ni à la tranquillité de personne.”

Monsieur Naigeon, ami de Diderot. Aquarelle de Carmontelle. Chantilly, musée Condé.

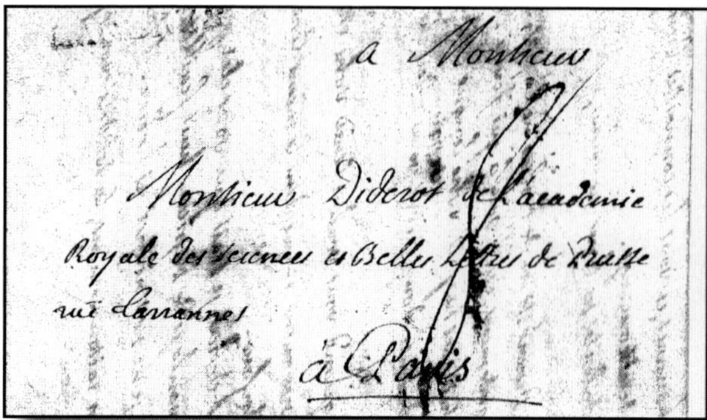

a Monsieur

Monsieur Diderot de l'academie
Royale des sciences et Belles Lettres de Prusse
rue Taranne
à Paris

Lettre adressée à Diderot par son frère chanoine.

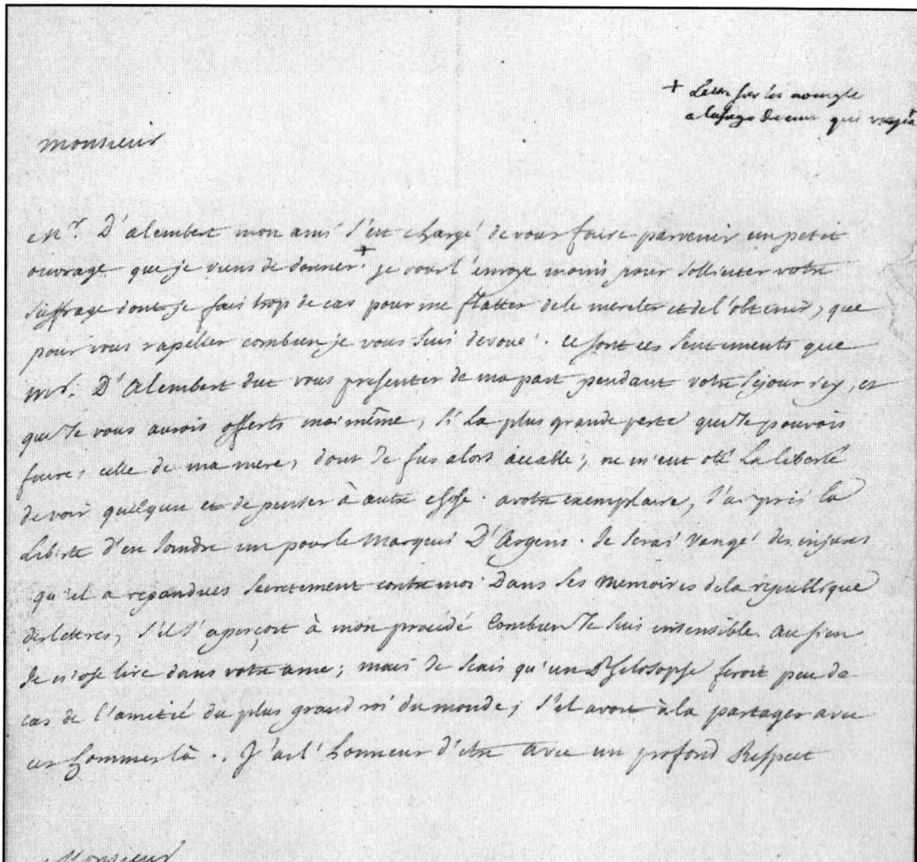

+ Lettre sur les aveugles à l'usage de ceux qui voyent

monsieur

M^r. D'alembert mon ami s'est chargé de vous faire parvenir un petit ouvrage que je viens de donner.+ je vous l'envoye moins pour solliciter votre suffrage dont je fais trop de cas pour me flatter de le meriter et de l'obtenir, que pour vous rapeller combien je vous suis devoué. ce sont ces sentiments que M^r. D'alembert dut vous presenter de ma part pendant votre sejour icy, et que je vous aurois offerts moi même, si la plus grande perte que je pouvois faire, celle de ma mere, dont je fus alors accablé, ne m'eut oté la liberté de voir quelqu'un et de penser à autre chose. avec votre exemplaire, j'ai pris la liberté d'en joindre un pour le Marquis D'Argens. je serai vangé des injures qu'il a repandues secretement contre moi dans ses memoires de la republique des lettres, s'il s'apercoit à mon procedé combien je suis insensible au sien. je n'ose lire dans votre ame; mais je sais qu'un philosophe feroit peu de cas de l'amitié du plus grand roi du monde, s'il avoit à la partager avec ces hommes là. j'ai l'honneur d'être avec un profond Respect

Monsieur

à Paris ce 12 Juin 1749

votre très humble et très obeissant serviteur
Diderot

Vieille-estrapade au coin de la rue neuve S^te geneviève. chez madame Chesel.

Lettre de Diderot à Maupertuis, accompagnant l'envoi de la *Lettre sur les aveugles*.

avoir mis ordre à aucune de ses affaires, ne voyant que la distance des lieux et le péril de son ami[143]. » Toinette est malade, Sophie à Isle ; Denis se trouve encore seul à Paris[143]. L'ambassadeur russe à Paris, le prince Dimitri Alexeievitch Galitzine, lui renouvelle l'invitation de Catherine à aller finir l'*Encyclopédie* à Pétersbourg[143]. Mme d'Épinay se propose de prendre en charge Angélique avec deux de ses quatre enfants (un de son époux, Louis, et un de Dupin, Pauline ; un autre est mort à l'âge d'un an ; le quatrième deviendra évêque)[576]. Denis a de plus en plus la hantise de l'avenir et s'en ouvre à Sophie[67].

Sur l'avenir d'Angélique : « *Mon Angélique n'ira point au couvent ; cela est arrêté dans ma tête. Je crois qu'elle deviendra clavecinière, car elle a de l'oreille et aura des doigts*[143]. »

Sur celui de l'*Encyclopédie* : « *Cet ouvrage produira sûrement avec le temps une révolution dans les esprits, et j'espère que les tyrans, les oppresseurs, les fanatiques et les intolérants n'y gagneront pas. Nous aurons servi l'humanité ; mais il y aura longtemps que nous serons réduits dans une poussière froide et insensible lorsqu'on nous en saura quelque gré*[143]. »

Il se donne un programme de vie pour le temps qui lui reste : « *J'ai déjà arrangé ma vie en conséquence de la vôtre. Je ne sortirai plus, je ne verrai personne. J'accélérerai mon ouvrage. Il n'y a plus qu'un homme au monde pour moi* [c'est Grimm] *; il n'y a plus de femme. Votre absence ne me détachera point. Je m'imposerai la loi de vous écrire tous les jeudis et tous les dimanches. J'avancerai assez l'éducation de ma fille pendant les trois ou quatre ans que mon ouvrage et mes engagements me retiendront encore à Paris, pour que je puisse sans regret pour elle ni pour moi quitter Paris et me réfugier en province. Je ne vous verrai pas davantage, mais j'abrégerai du moins des deux tiers la distance qui nous séparera*[143]. » Langres, on le verra, est tout près d'Isle.

Revoir ses textes

Il retravaille deux textes anciens : il ajoute à ses *Pensées philosophiques* une « Addition » plus radicale, et retravaille *La Promenade du sceptique* et *De la suffisance de la religion naturelle*[156] : « *Ne pourrait-on pas dire que toutes les religions du monde ne sont que des sectes de la religion naturelle, et que les juifs, les chrétiens, les musulmans, les païens mêmes ne sont que des naturalistes hérétiques et schismatiques*[156] *?* » Bien sûr, il ne publie rien de cela.

Accablé de solitude, il dîne chez d'Holbach et raconte, en rentrant, dans une lettre à Sophie : « *Marmontel y était. On disputa à perte d'haleine sur l'harmonie des langues, sujet qui comporte bien de la délicatesse, sur la versification française, sur notre prosodie, sur le caractère des ouvrages faits pour le chant ou pour la déclamation. On n'a pas plus d'esprit, de connaissance et de logique que Marmontel ; mais pourquoi gâter tout cela par une suffisance et une dureté qu'on ne saurait supporter*[143] *?* »

En octobre, sans plus la moindre prudence, et contrairement aux règles qu'il s'était fixées, il travaille à nouveau tous les après-midi chez Le Breton[143]. Il corrige des épreuves et relit des textes. Et quels textes ! Les plus subversifs… Il se penche sur les articles « Oppression » et « Oppresseur », et décrit comment le peuple passera de la soumission à la révolution : « *À la longue, on perd tout sentiment ; on s'abrutit, et l'on en vient jusqu'à adorer la tyrannie, et à diviniser ses actions les plus atroces. Alors il n'y a plus de ressource pour une nation que dans une grande révolution qui la régénère. Il lui faut une crise*[189]. » Moins de trente ans plus tard, elle aura lieu…

Il travaille aussi à l'article « Vingtième », écrit par Damilaville, sur les impôts : « *L'autorité des abus ne peut rien contre le droit naturel, universel, inaliénable, que tous reconnaissent, et qu'il ne dépend de personne d'annuler*[189]. »

Il relit et corrige l'article « Représentants » qu'a écrit d'Holbach[48] et se déclare en faveur d'une constitution « libérale ». Il reconnaît le peuple comme sujet souverain, les droits de l'homme comme imprescriptibles, mais seulement envisageables dans le cadre d'un discours républicain.

Il adresse encore à Sophie et à sa sœur Marie-Charlotte cette très jolie lettre d'amour : « *Vous ravir à tout l'univers, vous transporter dans quelque recoin du monde où je puisse vous voir, vous entendre, vous aimer, vous adorer, vous avoir tout entières, être tout entier à vous : voilà la vision qui ne me quitte point*[143]. »

Ce qui ne l'empêche pas, dans la même lettre, de parler sexe avec Marie-Charlotte, censée lire par-dessus l'épaule de sa sœur : « *Si j'étais à côté d'Uranie,* […] *comme je l'embrasserais, comme elle m'abandonnerait sa main* […]. *Faites et recevez ces caresses pour moi*[143]. » Puis l'allusion de circonstance à son amour pour les deux sœurs : « *Qu'il est heureux, qu'il doit être vain, celui qui a pu devenir l'objet de l'estime et de la tendresse de ces deux sœurs, et le sujet de leur entretien. Si vous parlez de moi quelquefois, sans cesse je pense à vous*[143]. » Il ajoute à propos de quelque mondanité : « *J'ai vu aujourd'hui M. de Sartine qui m'a fait mille amitiés. S'il devenait quelque chose, je crois que j'en tirerais parti*[143]. »

Le dernier grand amour

Mais voici qu'il revoit en novembre 1762, chez d'Holbach, celle qui sera plus tard son dernier grand amour : Jeanne de Maux, rencontrée deux ans avant chez Mme d'Épinay[143]. Denis, à quarante-neuf ans, se croit désormais à l'abri de tout nouveau coup de cœur. Il est déstabilisé.

Ce qui ne l'empêche pas, le 7 novembre, de se montrer, dans une lettre à Sophie, on ne peut plus grivois. Il explique qu'il a été malade pour être « *demeuré courbé sur* [son] *bureau plusieurs jours de suite*[143]... », mais que, « *si je ne craignais de scandaliser Uranie, je vous dirais franchement que je me porterais mieux si j'étais resté penché sur une femme une portion du temps que je suis resté penché sur mes livres*[143] ».

Le 10 février 1763, deux jours avant la mort de Marivaux, que Diderot n'a jamais rencontré, la guerre de Sept Ans se termine enfin par une défaite sans précédent de la France. Un traité est signé à Paris entre la France, l'Espagne, l'Angleterre et le Portugal. L'Espagne recouvre Cuba et les Philippines. La France cède à l'Angleterre le Canada, où des Français vivent depuis deux siècles, et toutes ses possessions à l'est du Mississippi ; elle abandonne une grande partie de la Louisiane à l'Espagne en guise de compensation pour la cession de la Floride à l'Angleterre par Madrid. Elle ne garde que Belle-Île, la Martinique, la Guadeloupe, les Mascareignes et ses comptoirs d'Afrique et d'Inde. C'est la ruine du premier empire colonial français. C'est une humiliation militaire et diplomatique pour la France, qui se voit rabaissée politiquement à son vrai rang, économiquement secondaire.

Le 15 février, la paix d'Hubertsbourg, complémentaire du traité de Paris, confirme la possession définitive de la Silésie par la Prusse, qui devient une puissance européenne.

Pour financer ses dettes de guerre, le gouvernement de Londres impose dans les colonies britanniques un droit de timbre sur tous les actes juridiques, les journaux et les cartes à jouer. D'où le mécontentement des colons de Nouvelle-Angleterre, première étape d'une rupture qui conduira à la naissance des États-Unis d'Amérique.

Le 7 mars, soit près d'un an après le procès Calas, suivi des mois de campagne de Voltaire et de Damilaville en faveur de sa révision, le Conseil du roi ordonne au parlement de Toulouse de lui communiquer les pièces du procès, ce que la juridiction toulousaine se refuse à faire.

Diderot rencontre nombre d'Anglais chez d'Holbach, rue Royale-Saint-Roch[92] (aujourd'hui une portion de l'actuelle rue des Moulins, pas très loin du Palais-Royal) : David Hume, l'auteur des *Essais philosophiques sur l'entendement humain*[270], alors secrétaire de l'ambassadeur d'Angleterre à Paris ; John Wilkes, député anglais, en exil en France pour avoir osé critiquer le roi ; l'acteur Garrick, célèbre interprète de Shakespeare, qui lui inspirera le *Paradoxe sur le comédien*[92]. Il y fréquente aussi des Italiens comme le juriste Beccaria, l'ambassadeur du royaume des Deux-Siciles Caraccioli et son secrétaire l'abbé Galiani[92].

Le 11 mai 1763 meurt son libraire préféré, Laurent Durand, qui a publié son dictionnaire de James, vingt ans plus tôt, et fut le parrain de son second fils, Denis-Laurent, mort d'un accident lors de son baptême[286].

Au même moment, la jeune Julie de Lespinasse est renvoyée par sa tante, Mme du Deffand, définitivement aveugle, qui ne la supporte plus[528]. L'ambitieuse songe à créer son propre salon avec d'Alembert, devenu son amant[52].

En septembre, Denis rend compte pour la troisième fois du « Salon » de l'année et commence d'abord par théoriser le métier de critique. Il y faut de l'empathie, pas du parti pris[156]. Une capacité à être en symbiose avec toutes les formes d'art, sans grille de lecture[156]. « *Pour décrire un Salon à mon gré et au vôtre,* [il faut] *pouvoir être grand ou voluptueux avec Deshays* [Jean-Baptiste Deshays de Colleville, peintre d'histoire], *simple et vrai avec Chardin, délicat avec Vien* [Joseph-Marie Vien, maître de Jacques-Louis David], *pathétique avec Greuze, produire toutes les illusions possibles avec Vernet*[156]. » Il critique Boucher, l'une des gloires de la peinture française : « *Toujours le même feu, la même facilité, la même fécondité, la même magie et les mêmes défauts qui gâtent un talent rare*[156]. » Il s'en prend plus sévèrement à Challe, ne résistant pas, cette fois, au plaisir d'un mot méchant : « *Mais, dites-moi,*

Monsieur Challe, pourquoi êtes vous peintre ? Il y a tant d'autres états dans la société où la médiocrité même est utile[156] *!* » Il est séduit par *La Piété filiale* de Greuze : « *Lorsque je vis ce vieillard éloquent et pathétique, je sentis* [...] *mon âme s'attendrir et des pleurs prêts à tomber de mes yeux*[156]. » Il s'extasie devant la « *noblesse*[156] » de *L'Évanouissement d'Esther* de Poussin : « *La belle douleur que celle d'Esther*[156] *!* » Et il ajoute sur *Le Mariage de la Vierge* de Deshays : « *Voyez tout ce que Raphaël et d'autres grands maîtres ont tiré de Moïse, des prophètes et des évangélistes. Est-ce un genre stérile pour le génie qu'Adam, Ève, sa famille, la postérité de Jacob et tous les détails de la vie patriarcale*[156] *?* »

À la fin du paragraphe consacré au *Mariage de la Vierge* de Deshays, il glisse cet implacable constat : « *Jamais aucune religion ne fut aussi féconde en crimes que le christianisme ; depuis le meurtre d'Abel jusqu'au supplice de Calas, pas une ligne de son histoire qui ne soit ensanglantée*[156]. »

Enfin, comme en écho au fait qu'il se sent vieillir, commentant un tableau de Carle Van Loo où figurent trois Grâces peu vêtues, il écrit[156] : « *Où est le temps où mes lèvres suivaient sur la gorge de celle que j'aimais ces traces légères qui partaient des côtés d'une touffe de lis et qui allaient se perdre vers un bouton de rose*[156] *?* » Allusion sans doute à sa rencontre avec Jeanne de Maux et à la prise de conscience de son âge, pourtant encore peu avancé : il va fêter son cinquantième anniversaire.

Le commerce de librairie

Le 3 octobre 1763, sous l'influence de la Pompadour, le roi demande sa démission, en raison de son âge (quatre-vingts ans), à Guillaume de Lamoignon de Blancmesnil, père de Malesherbes, grand chancelier donc inamovible, lequel refuse de la donner et se retire dans son château[528]. Par solidarité avec son père, Malesherbes, qui a tant défendu l'*Encyclopédie*, démissionne de sa charge de directeur de la Librairie. Voltaire dit alors de lui : il « *n'avait pas laissé de rendre service à l'esprit humain en donnant à la presse plus de liberté qu'elle n'en a jamais eu*[138]. » Le jeune Malesherbes (quarante-deux ans) reste néanmoins premier président de la Cour des aides de Paris.

C'est une catastrophe pour les encyclopédistes : celui avec qui ils entretenaient tant de connivences n'est plus là pour les protéger. Que va-t-il leur arriver ? Vont-ils devoir tout arrêter si près du but… ?

Les sceaux sont alors remis à René Nicolas Charles Augustin de Maupeou, président du parlement de Paris, tenant de la manière forte[138]. Et le 27 octobre, c'est Sartine, alors lieutenant de police de Paris, qui remplace Malesherbes aux fonctions de directeur de la Librairie : un dur[138]. Denis est pourtant soulagé : il le connaît bien et pense avoir avec lui d'aussi bonnes relations qu'avec son prédécesseur. Le processus d'édition de l'*Encyclopédie* se poursuit donc dans la clandestinité.

Sartine demande d'ailleurs d'emblée à Diderot son avis sur la marche de la librairie. Toujours syndic de la corporation des libraires, Le Breton voit là une bonne occasion d'obtenir ce qu'il souhaite depuis longtemps, à savoir que le privilège des libraires ne soit plus limité dans le temps, mais devienne leur propriété absolue, permanente et transmissible. Diderot rédige donc cette note à l'intention de Sartine, en espérant surtout défendre l'*Encyclopédie*[330] et obtenir qu'elle puisse reparaître et ne soit pas copiée à l'étranger, comme c'est déjà le cas à Lucques.

Cette réflexion deviendra la *Lettre historique et politique adressée à un magistrat sur le commerce de la librairie, son état ancien et actuel, ses règlements, ses privilèges, les permissions tacites, les censeurs, les colporteurs, le passage des points et autres objets relatifs à la police littéraire*[156].

Pour l'élaborer, Diderot demande conseil à l'éditeur David, auteur de l'article « Droit de copie » paru dans le tome V de l'*Encyclopédie*[214], et il renoue avec Forbonnais, ancien conseiller du contrôleur général des Finances Étienne de Silhouette, qui vient d'être éloigné par la Pompadour.

Il commence par préciser à Sartine qu'il n'est pas sous l'influence des libraires : « *Je vous dirai* […] *d'abord qu'il ne s'agit pas simplement ici des intérêts d'une communauté. Eh, que m'importe qu'il y ait une communauté de plus ou de moins, à moi qui suis un des plus zélés partisans de la liberté prise dans l'acception la plus étendue*[156] *!* » Il poursuit par un historique de la censure et recommande la généralisation de la permission tacite, sans limitation de durée, donc sans nécessité de renouvellement.

La première version de ce texte ne plaît pas aux libraires-éditeurs, qui estiment que Diderot se fait bien plus l'avocat des droits des auteurs que celui de leurs intérêts à eux. Ils lui demandent de prendre plus explicitement parti contre le droit des auteurs et de leurs héritiers après que les descendantes de La Fontaine se sont vu reconnaître un droit sur les ouvrages de leur aïeul. Il cède en partie et en ressent beaucoup d'amertume[214]. Les libraires lui sont si nécessaires...

Mozart à Paris

Tout cet hiver a lieu un événement majeur dans la vie parisienne : le très jeune (il a sept ans) Wolfgang Amadeus Mozart vient à Paris dans le cadre d'une tournée européenne, accompagné de son père Léopold et de sa sœur aînée Maria-Anna. Les Mozart résident à l'hôtel de Beauvais, chez le comte Van Eyck, ambassadeur de Bavière, où Grimm, ami de tous les diplomates allemands à Paris, a ses entrées. Le jeune prodige donne plusieurs concerts privés dont Grimm fait un compte rendu dithyrambique dans la *Correspondance littéraire*[475]. Le 1er janvier 1764, les Mozart sont conviés à assister à un concert d'orgue à la Chapelle royale de Versailles et sont présentés au roi et à la reine, à la Pompadour et à Choiseul. Ils rencontrent le compositeur Johann Schobert (claveciniste et compositeur du prince de Conti), d'Alembert, Helvétius, Van Loo et sans doute Diderot.

Malheureusement, l'épisode coïncide avec une lacune dans la correspondance de Diderot : en particulier, il manque vingt-cinq lettres à Sophie (dont on a les numéros, entre novembre 1762 et le 23 février 1765[143]), à qui il aurait pu, suivant son habitude, raconter cette rencontre. Le 10 mars suivant, les Mozart donnent un premier concert public au Palais-Royal.

Le mémoire de Diderot est entre-temps remis à Sartine, qui le fait étudier par l'inspecteur général de la Librairie, Joseph d'Hémery[330], qui avait arrêté Diderot en 1749. Celui-ci n'est évidemment pas dupe. Il comprend que le texte défend les intérêts des libraires. Et il ne conseille pas de renoncer au pouvoir d'attribution et de renouvellement des privilèges. Il écrit[330] : « *M. de Sartine ayant demandé à M. Diderot un mémoire sur la librairie, il lui a donné celui-ci qu'il n'a sûrement composé que d'après le conseil des libraires et des matériaux que M. Le Breton, ex-syndic de la librairie, lui a fournis, et dont les principes sont absolument contraires à la bonne administration des privilèges et des grâces dont ils doivent faire partie*[330]. »

Sartine reprend à son compte l'avis d'Hémery dans sa recommandation au chancelier de Maupeou et écrit[330] : « *Il suffit de remarquer que les libraires voudraient faire regarder les privilèges non comme une grâce que vous pouvez accorder, refuser ou transmettre à votre gré, mais comme un bien acquis dont vous ne pourriez les dépouiller sans injustice. Dans cette idée, ils ont vendu jusqu'à ce jour et des privilèges entiers et des portions de privilèges, et, s'appropriant vos bienfaits, ils en ont trafiqué comme d'un effet de commerce*[330]. »

Les efforts des libraires pour obtenir des privilèges permanents restent donc vains[330].

De plus en plus inquiet pour sa liberté, qu'il estime menacée, Helvétius décide de quitter Voré pour Londres, où il est chaleureusement reçu[92]. Il est présenté au roi et à la reine[92]. Il recommande le jeune Mozart au comte de Huntingdon, premier gentilhomme de la Chambre du roi, qui le fait venir : le 27 avril, Mozart se produit devant la famille royale britannique[92].

Voltaire publie alors sous pseudonyme le *Traité sur la tolérance*[535], réquisitoire contre le fanatisme religieux et la superstition, inspiré par l'affaire Calas. Il constitue à Genève un comité de soutien chargé de recueillir des fonds pour secourir la famille Calas. Frédéric II et Catherine y participent[237].

Nouveaux salons à Paris

Le 15 avril 1764, Mme de Pompadour meurt. Son cercueil quitte Versailles à l'aube, sans convoi. Elle laisse un grand vide politique, ayant exercé pendant près de vingt ans et jusqu'à la fin de sa vie une grande influence sur le choix des ministres et des alliés (notamment l'Autriche), la protection de certains artistes ou philosophes, et même les questions religieuses (dissolution de la Compagnie de Jésus[528]). Diderot l'avait rencontrée au moins deux fois chez Quesnay et elle avait joué un rôle non négligeable dans la survie de l'*Encyclopédie*.

Durant la seconde quinzaine d'avril, Julie de Lespinasse, chassée par sa tante, Mme du Deffand, chez qui elle a fait la connaissance de d'Alembert – devenu, on l'a vu, son amant –, ouvre son propre salon rue de Bellechasse[528]. Sa tante l'accuse de lui « voler son protégé[385] » ! Julie se place alors sous la protection de Mme Geoffrin, trop heureuse de pouvoir nuire à sa grande rivale, et elle attire dans son salon bon nombre d'habitués de la rue Saint-Dominique : la maréchale de Luxembourg, la comtesse de Boufflers, la duchesse de Châtillon, Condillac, Turgot, Diderot, sans compter nombre de femmes du monde, de ministres et d'écrivains[91]. Marmontel écrira dans ses si savoureux *Mémoires*[340] : « *Elle les avait pris çà et là dans le monde, mais si bien assortis que lorsqu'ils étaient là, ils s'y trouvaient en harmonie comme les cordes d'un instrument monté par une habile main* [...]. *Et remarquez bien que les têtes qu'elle remuait à son gré n'étaient ni faibles ni légères : les Condillac et les Turgot étaient du nombre ; d'Alembert était auprès d'elle comme un simple et docile enfant*[340]. »

Cette même année, Mme Necker (mère de la future Germaine de Staël), femme de Jacques Necker, qui vient de redresser la Compagnie des Indes, ouvre elle aussi un salon au Marais dans l'intention de pousser la carrière de son « grand homme ». La « *belle Hypatie*[536] », comme Voltaire la surnomme, reçoit le vendredi, entre les lundi et mercredi de Mme Geoffrin et les jeudi et dimanche de d'Holbach[22]. Elle accueille Diderot, Buffon, Galiani, Grimm, Marmontel, Morellet, Raynal, Suard, La Harpe. Plus question de frivolités[115]...

Le 4 juin 1764, grande victoire de Voltaire : quatre-vingts juges réunis à Versailles cassent l'arrêt du parlement de Toulouse et ordonnent la révision du procès Calas. Début juillet, Voltaire fait paraître anonymement à Genève (mais marqué « à Londres ») son *Dictionnaire philosophique*[529]. L'ouvrage, très critique de la religion, suscite aussitôt le scandale : à Genève, on le décrit comme « *destructif de la Révélation*[578] ». Interdit en Suisse, en Hollande, en France, mis à l'Index, il est condamné à être brûlé par le parlement de Paris.

Le 6 septembre, Stanislas II Poniatowski, ancien amant de Catherine II, devient roi de Pologne. Le 12 meurt le Grand Rameau ; son testament ne prévoit rien pour son neveu, désormais seul et sans ressources[329]. Denis continue d'écrire sur lui, sans le revoir ni en parler à personne.

La trahison de Le Breton

Au matin du 11 novembre 1764, Denis, désireux de corriger une toute dernière fois, avant impression, un article qu'il a déjà revu et pour lequel il a donné le bon à tirer à Le Breton, demande à revoir les épreuves. Il y découvre, grâce à sa formidable mémoire, que l'imprimeur l'a modifié sans lui en parler juste avant que l'article ne soit imprimé[549].

Fou d'inquiétude, Denis demande à examiner le reste. Il découvre que, dans les volumes déjà imprimés et qu'il n'a pas encore tenus en main, Le Breton a modifié, sans le lui dire, plusieurs autres articles, rédigés par lui ou d'autres contributeurs, par crainte d'une censure au moment de la sortie. Diderot est immédiatement persuadé que Le Breton a modifié la totalité des articles. Rage. Consternation. Ce sont des heures, des jours, des années de travail qui sont définitivement gâchées ou perdues. Il entre dans une terrible colère. Le Breton nie. Il n'y a plus de trace : le libraire a détruit manuscrits et épreuves sous prétexte de ne compromettre personne en cas de perquisition[549].

En fait, on sait aujourd'hui qu'au moins quarante et un articles (surtout de la plume de Diderot) ont été modifiés ; trois purement et simplement supprimés (dont deux : « Théologie scolastique » et « Tolérance », de Jaucourt), soit quelque 300 pages modifiées ou coupées sur environ 9 400[549]. Pour le reste, comme on ne dispose plus d'aucune trace des épreuves ou des brouillons, il est impossible de rien en dire.

Les changements introduits par Le Breton sont chaque fois aussi précis que subtils[122]. Ainsi, dans l'article « Luxure », de Diderot, il a supprimé la seconde partie de la phrase : « *Dans la religion chrétienne, la luxure est un des sept péchés capitaux ; qu'on juge combien il y a de damnés, puisque le moindre péché de cette espèce damne*[549]... » Dans l'article « Infidélité », là encore de Diderot, il a supprimé : « *Le prêtre a beau dire au pied des autels à deux êtres qui n'ont point été faits l'un pour l'autre : "Je vous unis et rien ne vous séparera", la Nature donne le démenti au prêtre, et prend l'homme ou la femme par la main, et le promène partout où il lui plaît*[549]. » Dans un autre article, il a biffé une phrase contre la révocation de l'édit de Nantes[549]. Dans l'article « Socratique (philosophie) », il a coupé ce passage : « *L'ignominie qui est retombée sur ceux qui l'ont condamné doit encourager tout philosophe à dire hardiment la vérité, rendre les gens du monde qui prononcent si légèrement sur leur conduite, et qui blâment en nous ce qu'ils admirent en Socrate, plus conséquents et plus circonspects*[549]. »

Déjà fâché avec Le Breton après que l'association des libraires a modifié sa lettre à Sartine, il songe à démissionner et à dénoncer publiquement le libraire, mais il a tôt fait de réaliser qu'il serait la première victime du scandale.

Le soir même, Briasson vient le voir, lui jure qu'il n'était pas au courant, et le supplie de ne pas faire de vagues, et de finir le travail[549]. Diderot refuse. Pourquoi continuer un projet défiguré par un éditeur qui lui avait fait croire qu'il aurait le courage de résister à la censure et qui, lâchement, sans le prévenir, s'est lui-même transformé en censeur ? Vingt ans de travail réduits à néant !

Le libraire argumente : pourquoi faire un scandale ? Ce serait avouer qu'il a lui-même violé le décret royal en continuant de rédiger clandestinement l'*Encyclopédie*, ce qui le contraindrait au mieux à l'exil. Au demeurant, presque rien n'a été modifié. Son travail, pour l'essentiel, dit-il, est intact. Personne ne s'en rendra compte. Il hésite, puis cède : il achèvera le travail commencé.

Dans la soirée, Denis écrit à Le Breton une longue lettre dans laquelle il accepte de continuer tout en le prévenant qu'inévitablement le scandale éclatera, même si lui-même se tait. Il l'envoie le lendemain, 12 novembre 1764 : « *Je suis blessé pour jusqu'au tombeau* [...]. *Voilà donc ce qui résulte de vingt-cinq ans de travaux, de peines, de dépenses, de dangers, de mortifications de toute espèce !* [...] *Vous avez massacré ou fait massacrer par une bête brute le travail de vingt honnêtes gens qui vous ont consacré leur temps, leurs talents et leurs veilles gratuitement, par amour du bien et de la vérité, et sur le seul espoir de voir paraître leurs idées et d'en recueillir quelque considération qu'ils ont bien méritée* [...]. *Vous m'avez mis dans le cœur un poignard que votre vue ne peut qu'enfoncer davantage* [...]. *Vous serez traîné dans la boue avec votre livre, et l'on vous citera dans l'avenir comme un homme coupable d'une infidélité et d'une hardiesse auxquelles on n'en trouvera point à comparer* [...]. *Pour moi, quoi qu'il en arrive, je serai à couvert. On n'ignorera pas qu'il n'a été en mon pouvoir ni de pressentir, ni d'empêcher le mal, quand je l'aurais soupçonné. On n'ignorera pas que j'ai menacé, crié, réclamé* [...]. *Vous nous avez rendus insipides et plats. Vous avez banni de votre livre ce qui en a fait, ce qui en aurait fait encore l'attrait, le piquant, l'intéressant et la nouveauté. Vous en serez châtié par la perte pécuniaire et par le déshonneur ; c'est votre affaire : vous étiez d'âge à savoir combien il est rare de commettre impunément une vilaine action ; vous l'apprendrez par le fracas et le désastre que je prévois* [...]. *J'oubliais de vous avertir que je vais rendre la parole à ceux à qui j'avais demandé et qui m'avaient promis des secours, et restituer à d'autres les articles qu'ils m'avaient déjà fournis et que je ne veux pas livrer à votre despotisme. C'est assez des tracasseries auxquelles je serai bientôt exposé, sans encore les multiplier de propos délibéré*[143]. »

Et lorsque l'*Encyclopédie* sera publiée, si elle l'est jamais, les collaborateurs « *iront aux articles de leur composition et* [...] *voyant de leurs propres yeux l'injure que vous leur avez faite, ils ne se contiendront pas, ils jetteront les hauts cris*[143]. »

Ni lui ni personne, ni à ce moment ni plus tard, ne pense que Le Breton a peut-être protégé ses arrières et que cette pré-censure n'est peut-être pas de son seul fait, mais l'œuvre de Malesherbes, puis de Sartine, beaucoup plus présents qu'on ne le croit dans cette affaire. La suite, on va le voir, justifie à mon sens cette hypothèse, qui m'est venue à l'esprit...

Chapitre 9

Jacques le Fataliste
1765-1768

En cette année 1765, la première puissance mondiale, la Chine, commence à décliner. Elle ne donne toujours pas signe de vie en Europe. Les relations entre elle et le reste du monde demeurent limitées, pour l'essentiel, à des échanges diplomatiques entre monarques ; encore sont-ils plus artistiques que géopolitiques. En outre, le courant des technologies s'inverse. Exemple : l'empereur chinois Qianlong, au pouvoir depuis trente ans, emmène quatre missionnaires occidentaux (Giuseppe Castiglione, Jean-Denis Attiret, Ignaz Sichelbarth et Jean Damascène) dans ses campagnes militaires en Asie centrale contre les « Éleuthes », nom alors donné aux Mongols occidentaux ; il charge ces jésuites de dessiner les esquisses préparatoires à seize peintures sur papier illustrant les poèmes écrits de sa main et racontant ces batailles. Il envoie ensuite ces esquisses à Louis XV pour les faire graver sur cuivre, procédé alors inconnu en Chine, et les exposer ensuite dans son palais, à Pékin. Les gravures sont livrées avec deux presses à taille-douce précisément pour diffuser le procédé en Chine. C'est là une des premières techniques que la Chine importe d'Europe.

Au même moment, en Europe, surtout en Grande-Bretagne, les changements technologiques s'accélèrent : une nouvelle machine à tisser, inventée par un entrepreneur autodidacte, Richard Arkwright, et fonctionnant à l'énergie produite par le courant des rivières, améliore significativement la productivité de l'industrie textile.

En Russie, Catherine continue de penser à ses réformes. Comme bien des tyrans, elle aime à lire les auteurs les plus libéraux[74]. Elle a lu l'*Esprit des lois*[359] de Montesquieu, le « Droit naturel »[427] (article de François Quesnay paru cette année-là dans le *Journal de l'agriculture, du commerce et de la France*) et le *Traité des délits et des peines*[44] du juriste italien Beccaria. Mais pas question, pour l'heure, d'en appliquer chez elle les recommandations : à ses yeux, la Russie doit rester pendant très longtemps encore une dictature. Même si le pays est « *une puissance européenne*[74] », son souverain ne peut être qu'un « *autocrate, car aucun autre pouvoir que celui qui est réuni en une seule personne ne peut agir dans les conditions imposées par l'étendue de ce si grand État*[74] ». Et si les paysans doivent un jour devenir propriétaires (« *L'agriculture ne saurait prospérer là où nul ne possède rien*[74] »), cela ne peut pas advenir avant un siècle ; avant cela, il faut s'assurer la loyauté des grands seigneurs en leur laissant droit de vie et de mort sur leurs paysans. Tout l'avenir de la Russie est dans ce texte...

En France, la situation politique semble un peu se détendre, comme en témoigne le dénouement de l'affaire Calas : en février 1765, le capitoul de Toulouse, David de Beaudrigue, à l'origine de l'inculpation et de la condamnation de Calas, est destitué. La veuve de Calas, qui, depuis la condamnation de son mari, passe de couvent en couvent, est reçue triomphalement à Versailles par Louis XV, qui lui accorde une pension annuelle de 36 000 livres, soit environ 400 000 euros actuels. Le 9 mars 1765, trois ans jour pour jour après la condamnation à mort de Jean Calas, sa famille et lui sont entièrement réhabilités.

Le pays est en paix. Le moment semble proche, pour les libraires, où ils pourront oser publier les derniers volumes de l'*Encyclopédie*, malgré l'interdiction, six ans plus tôt, de les écrire et plus encore de les faire paraître. Ils accélèrent donc la fabrication clandestine, à Paris, de 4 000 exemplaires de chacun des dix tomes restants. Mais comment stocker 40 000 volumes en feuillets, brochés ou reliés sans se faire remarquer ?

Malesherbes, qui a vécu et protégé les libraires durant l'essentiel de cette période, écrira à ce sujet, plus tard, dans ses *Mémoires sur la liberté de la presse* : « *Les libraires prirent un parti qu'ils auraient dû prendre plus tôt : ils firent imprimer sans censure, ou en pays étranger, ou secrètement dans le Royaume (je n'ai pas cherché à pénétrer ce mystère), et ils firent imprimer tout l'ouvrage à la fois, pour n'avoir plus de querelle à essuyer à chaque tome*[331]. »

« *Je n'ai pas cherché à pénétrer ce mystère*[331] »... Façon de dire qu'il a laissé faire et que son successeur en a fait autant ! Et que, sans doute, la connivence est même allée jusqu'à la police, dont les intérêts commencent à ne plus être totalement alignés sur ceux de l'Église.

Vendre sa bibliothèque

Denis, lui, manque toujours cruellement d'argent et se demande de quoi il vivra quand l'*Encyclopédie* sera publiée, si elle l'est jamais. Il cherche toujours à vendre sa bibliothèque, qui, selon le contrat qu'il a passé en décembre 1754 avec les libraires, lui reviendra sitôt après la publication des derniers volumes de l'*Encyclopédie*. Elle atteint maintenant des proportions considérables et occupe l'essentiel des pièces de l'appartement de la rue Taranne : plus de 2 900 volumes acquis par lui ou par les libraires, ou offerts par divers auteurs.

Melchior Grimm, qui achète désormais des œuvres d'art et des livres pour le compte de Catherine II, propose alors au général Betzki (ancien attaché d'ambassade russe en France que Grimm a rencontré dans le salon de Mme Geoffrin et qui vient d'être nommé par la tsarine directeur des Bâtiments impériaux, soit l'équivalent d'alors d'un ministre de la Culture[143]) de racheter cette bibliothèque[502] ; sans lui préciser qu'elle ne sera disponible et livrable qu'à la fin de la parution de l'*Encyclopédie* ; la réponse est immédiate et généreuse : le 16 mars, Catherine II propose de la payer 15 000 livres, soit environ 170 000 euros, et de nommer Denis bibliothécaire, moyennant une pension annuelle de 1000 livres (12 000 euros[502]). Sa générosité va jusqu'à proposer de ne récupérer les livres qu'à la mort de Denis...

Pariant sur le fait que l'*Encyclopédie* paraîtra de son vivant, ce qui lui assurera la propriété de ses livres, Denis accepte le marché. La tsarine achètera aussi la bibliothèque de Voltaire (7 000 ouvrages), celle de Galiani, ainsi que celle du prince Chtcherbatov, éminent historien de la Russie (1 290 ouvrages en langue russe et 7 340 en langues étrangères), comme s'il s'agissait pour elle d'accumuler un savoir auquel elle n'autorise pas l'accès à son peuple[74].

Cette année-là, les initiatives de Catherine irritent Frédéric II, qui se pensait seul capable d'attirer les élites intellectuelles françaises. De fait, la tsarine reçoit à sa cour de nombreux visiteurs : peintres, sculpteurs, économistes en quête d'honneurs, de missions, de prébendes.

Son favori, Grégoire Orlov, invite même Rousseau[74], alors à Bâle après avoir dû quitter Môtiers ; Jean-Jacques ne donne pas suite.

Denis, lui, est saisi de panique à la perspective de voir l'*Encyclopédie* se terminer. Que va-t-il faire ? À quoi va-t-il occuper son temps ? Il travaille, entre autres, à *Jacques le Fataliste*[156] et à ce journal intime qu'il n'a pas l'intention de publier et qu'on intitulera après lui *Le Neveu de Rameau*[156].

Il passe aussi beaucoup de temps en conversations, au grand plaisir de ceux qui l'écoutent. Un soir, chez d'Holbach, il improvise brillamment sur le théâtre de l'écrivain latin Térence, qu'il apprécie tant depuis sa jeunesse. Jean-Baptiste Suard, qui dirige la *Gazette de France* et la *Gazette littéraire de l'Europe*, lui suggère de jeter ses propos sur le papier[549]. Denis s'exécute et Suard publie son texte dans la *Gazette littéraire de l'Europe* sous le titre « Sur Térence[549] » : « *Térence était esclave du sénateur Terentius Lucanus. Térence esclave ! Un des plus beaux génies de Rome*[156] *!* » Diderot livre là une subtile analyse des textes et des personnages de cet auteur dont il vante le réalisme, mais aussi et en même temps une première critique publique de l'esclavage, encore omniprésent dans les colonies françaises (aux Antilles, en Louisiane, au Sénégal, dans les cinq comptoirs de l'Inde) et anglaises. L'esclavage qui bientôt va l'occuper…

L'amant de Marie-Charlotte

Sa vie privée est toujours aussi dispersée, et il vit dans deux univers radicalement différents : rue Taranne et ailleurs.

Avec Toinette, aucune conversation n'est possible. Il la respecte, la soigne ; il est parfois son infirmier, et même, en certaines occasions dont il parle en détail dans ses lettres à Sophie, son masseur. Il lui arrive même parfois de lui lire certains de ses textes ; mais elle, si dévote, est à des années-lumière de son univers, qu'elle n'aime pas. Elle lui interdit même de recevoir ses amis chez lui, en particulier Grimm, qu'elle déteste. Elle entend lui imposer ses restaurants, ses cafés. Il ne passe chez lui que parce qu'il y trouve un certain confort pour écrire, parce qu'il adore sa fille, qui l'intéresse de plus en plus, et parce qu'il se sent aussi attaché à Toinette par un lien qu'il n'entend pas défaire. Il accepte même de dîner avec ses amies à elle et y fait bonne figure[143].

Mais, à cinquante ans à peine passés, il n'a nullement renoncé à tomber amoureux. Il est certainement encore l'amant de Marie-Charlotte Legendre. Il la voit en tête-à-tête à son domicile, à Paris, rue des Vieux-Augustins, dans le même immeuble que Sophie et Mme Volland mère (souvent absente de Paris avec celle-ci). Son mari, Jean-Gabriel Legendre, réputé sévère et ombrageux, sûrement pas informé de leurs relations, est lui aussi souvent en déplacement en province, en particulier pour la réalisation de la place Royale de Reims[524]. Quand d'aventure il est à Paris, Denis bavarde avec lui ; il se passionne pour l'architecture, non par opportunisme, mais parce que le sujet l'intéresse. Il fréquente d'ailleurs aussi Victor Louis, l'architecte du duc d'Orléans, chargé de rénover le Palais-Royal, et Germain Soufflot, surintendant des Bâtiments du roi, architecte d'une église encore en cours, qui doit être dédiée à sainte Geneviève[525]. Pour Denis, l'architecture est à la fois une branche des mathématiques et un art qui dépend du climat et de la religion du pays considéré[525].

Sophie est sans doute au courant qu'il est l'amant de sa sœur, même s'il ne lui en parle jamais de manière tout à fait explicite. Le 15 mai, il lui reproche encore de ne pas faire l'amour avec lui. Comme elle a eu le front de lui écrire que « *la physionomie d'un homme transporté d'amour et de plaisir est* [...] *belle à voir*[143] », il lui réplique : « *Pourquoi vous en privez-vous ?* [...] *Tout vous annonce un bonheur infiniment plus grand, tout vous y convie et vous ne voulez pas mourir et faire mourir de plaisir ? Vous vous refusez à un moment qui a bien aussi son délice*[143] *!* » Sans doute ont-ils naguère fait l'amour, mais ne le font-ils plus depuis longtemps. Sans doute lui a-t-elle donné plus de plaisir qu'elle n'en a pris...

Il n'empêche qu'elle reste sa confidente, et il lui décrit en long et en large l'échec de son mariage[67] : « *On se marie ; on prend un emploi ; on a une femme, des enfants, avant que d'avoir le sens commun. Ah ! Si c'était à recommencer ! C'est un mot de repentir qu'on a perpétuellement à la bouche et que j'ai dit de tout ce que j'ai fait ; excepté, chère et tendre amie, de la liaison douce que j'ai formée avec vous. Si je regrette quelque chose, ce sont tous les instants qui lui sont ravis*[143]. » Puis, peu après, il lui rappelle les souvenirs qui ont marqué les débuts de leur liaison : « *J'aime, après huit ou neuf ans, avec la même passion qu'elle m'inspira le premier jour que je la vis.* [...] *Je me souviens de ce que je vous disais, de ce que vous me répondîtes. Oh, l'heureux temps que celui de cette table verte*[143] *!* »

Cette table autour de laquelle ils firent connaissance, dix ans plus tôt, dans l'appartement de la mère de Sophie...

La peur du vide....

En novembre, Helvétius passe de Londres à Berlin, où il est reçu par Frédéric, qu'il qualifie de « *plus grand des monarques*[92] », oubliant tout ce qu'il avait naguère écrit contre les dictatures. À la demande de son parent Choiseul, qui cherche à le réhabiliter, il se fait l'intermédiaire d'un rapprochement entre la Prusse et la France et obtient de Frédéric II un échange d'ambassadeurs[92].

Dans un climat très lourd avec les imprimeurs, remâchant sa colère contre Le Breton, Denis continue à surveiller l'impression de l'*Encyclopédie* pour éviter que de nouvelles corrections n'y soient introduites sans son accord. On sent que cette fin de l'entreprise suscite à la fois en lui du soulagement, la peur du vide, une rage contenue contre ce projet qui a accaparé son temps. Affolé à l'idée que l'aventure se termine, angoissé à l'idée de vivre sans elle, il se révèle, comme le sera Marx avec *Le Capital*, un siècle après lui, absolument incapable de lâcher son œuvre.

En mai 1765, Catherine II fait savoir qu'elle souhaite également lui acheter ses manuscrits. Il les lui accorde avec beaucoup d'élégance lors d'une conversation avec le prince Galitzine (ambassadeur russe à Paris), qu'il rapportera un peu plus tard à Sophie Volland[67] : « [...] *après la vente de ma bibliothèque, l'impératrice m'a fait proposer par le prince Galitzine la vente de mes manuscrits.*

« – *La vente de mes manuscrits ? répondis-je au prince. Monsieur, j'en suis fâché, mais cela ne se peut plus.*

« – *Et pourquoi ?*

« – *C'est que je les ai vendus.*

« – *Vendus ? Eh ! Monsieur, comment voulez-vous que j'écrive cela ?*

« – *Rien de plus facile, monsieur : je les ai vendus avec mes livres.*

« – *Monsieur, cela est charmant, et je manderai la chose comme vous me la dites*[143]. »

Et Denis de conclure : « *Il l'a fait ; et l'impératrice a répondu que ce procédé ne la surprenait point, et qu'elle ne demeurerait pas en reste*[143]. »

Denis ne devine sans doute pas que ce geste généreux et improvisé permettra, deux siècles plus tard, de retrouver des manuscrits qui, autrement, auraient disparu, dont une part essentielle de son œuvre qu'il ne se sera pas soucié de faire publier.

Au début du printemps, d'Holbach s'apprête à partir pour Londres en tant qu'éclaireur de Wilkes, ce membre des Communes exilé en 1763 pour avoir blâmé le discours du trône et avoir accusé le monarque de mensonge dans un numéro de son journal, *The North Briton*[92]. Ce dernier souhaite retourner dans son pays, les libéraux semblant prendre le dessus sur le roi George III.

Chez d'Holbach, à Grandval, Denis trouve deux tomes (le 7 et le 8) de *Tristram Shandy*, de Sterne, qu'il n'avait pas encore lus. Il tombe dans le volume 8 sur une anecdote contant la blessure au genou du héros, le caporal Trim, et le récit de ses amours avec la jeune béguine qui le soigne. Il l'utilise au début et à la fin de *Jacques le Fataliste*[549]. *Jacques le Fataliste* se nourrira désormais surtout de tout ce qui advient dans la vie de Diderot, et les personnages eux-mêmes ressembleront de plus en plus à ceux de sa vie personnelle : il est lui-même comme le valet de Grimm et le maître de Damilaville[432]...

Denis revoit Helvétius, qui revient furtivement à Paris, en juin de cette année 1765, avant de retourner se terrer à Voré[92].

Début juillet, l'ex-abbé Raynal, comme tant d'autres avant et après lui, vient solliciter son avis sur un manuscrit[143] : une *Histoire philosophique et politique des établissements et du commerce des Européens dans les deux Indes*[434] ; énorme essai sur le commerce européen en Asie et dans le Nouveau Monde qui entend montrer l'influence exercée par les grandes découvertes sur les civilisations. Comme il le demande à d'autres (d'Holbach, Naigeon, Deleyre), Raynal le prie de l'aider à compléter son ouvrage par des fiches sur la religion, la politique, la guerre, le commerce, la philosophie morale, les belles-lettres, la littérature – bref, à en faire une sorte d'*Encyclopédie* miniature. Denis n'a pas du tout l'esprit à cela et laisse le manuscrit, avec d'autres, sur une pile à côté de son bureau[143].

En août, Sophie n'est pas là. Elle est encore partie à Isle. Il se sent vide et entouré de vide. Il lui écrit que les gens ne se résignent parfois à se montrer altruistes que parce que le bonheur leur est en réalité impossible : « *Si* [la vie] *était un fil de bonheur pur et sans mélange, qui est-ce qui voudrait l'exposer pour sa patrie, la sacrifier pour son père, sa mère, sa femme, ses enfants, son ami, sa maîtresse ? Personne. Les hommes ne seraient qu'un vil troupeau d'êtres heureux. Plus d'actions héroïques. Ils vivraient ivres et mourraient enragés*[143]... »

Nouvelles rencontres

Plusieurs rencontres importantes adviennent en cet été 1765 : d'abord celle de Julie de Lespinasse, la maîtresse de d'Alembert[549] ; puis celle de Suzanne Curchod, devenue l'année précédente Mme Necker[22].

À l'été 1765, il rencontre Jacques André Naigeon, qui a vingt-cinq ans de moins que lui. Rencontre très importante : ce Naigeon deviendra si proche qu'il sera son exécuteur testamentaire.

Naigeon occupe alors une charge d'officier, garde-magasin du Roi, après avoir été tenté par la carrière de peintre, élève de Van Loo et de Lemoyne, puis y avoir renoncé ; Diderot lui demande d'écrire des articles pour les tout derniers tomes : « Richesse », « Unitaires[281] ». Naigeon est un athée, très radical, très hostile à l'Église[281]. Très engagé dans l'affaire Calas, il entraîne d'abord Diderot, avec Damilaville, dans une souscription lancée par Voltaire pour vendre au bénéfice des Calas deux estampes de Carmontelle représentant de manière pathétique les « Adieux de Calas à sa famille », puis « La malheureuse famille Calas[563] ». Voltaire souscrit lui-même pour douze exemplaires[563] ; Helvétius, Mme Geoffrin, Léopold Mozart et les abonnés de la *Correspondance littéraire*, relancés par Grimm à la demande de Diderot, comptent aussi parmi les premiers à souscrire[235].

Enfin, le 24 juillet, il est présenté par Grimm à la spirituelle princesse de Nassau-Sarrebrück, à qui il a dédié *Le Père de famille* lors de sa parution en novembre 1758[143].

Le lendemain – « *dimanche ; non, c'est un jeudi que j'ai pris pour un dimanche*[143] » –, il apprend qu'il ne reste plus que quatorze cahiers de l'*Encyclopédie* à imprimer et que c'en sera fini dans les dix jours[143].

Oubliant tout le plaisir qu'il a puisé dans cette grande aventure, la fierté qu'il en a tirée, lui, le dernier homme à recueillir tout le savoir de son temps, il est effrayé par le vide de l'horizon qui s'ouvre désormais devant lui.

Il rédige alors un résumé mélancolique de cette entreprise qui vient d'absorber vingt ans de sa vie. Il n'en perçoit plus que les contraintes, l'obligation de la mener à bien pour nourrir sa famille : « *Je n'y viendrai plus guère dans ce maudit atelier où j'ai usé mes yeux pour des faquins* [les libraires] *qui ne me donneraient pas un bâton pour me conduire.* [...] *Le sacrifice des talents au besoin serait moins commun s'il n'était question que de soi. On se résoudrait plutôt à boire de l'eau, à manger des croûtes et à suivre son génie dans un grenier. Mais, pour une femme, pour des enfants, à quoi ne se résout-on pas ? Si j'avais à me faire valoir, je ne leur dirais pas : "J'ai travaillé trente ans pour vous", mais je leur dirais : "J'ai renoncé pour vous, toute ma vie, à la vocation de nature, et j'ai préféré de faire, contre mon goût, ce qui vous était utile à ce qui m'était agréable. Voilà la véritable obligation que vous m'avez et à laquelle vous ne pensez pas*[143]. » Les coupes de Le Breton lui ont fait oublier le bonheur qu'il a trouvé à écrire et diriger l'*Encyclopédie*.

Au même moment – août 1765 –, à Abbeville, un incident parmi d'autres rappelle que la dictature religieuse qu'abrite la monarchie est toujours aussi féroce : un jeune homme de vingt ans, François-Jean Lefebvre, chevalier de La Barre, est accusé sur délation d'avoir dégradé une statue du Christ et d'avoir entonné des chansons libertines au passage d'une procession. Il a beau nier, il est arrêté et menacé d'être condamné à mort.

La maladie de Damilaville

Damilaville, qui n'a alors que quarante-deux ans, souffre affreusement du ventre ; impossible d'en diagnostiquer la cause. Les meilleurs médecins de Paris pensent à la syphilis, mais aucun traitement ne fait effet. Voltaire, dont Damilaville est proche depuis qu'il l'a aidé dans l'affaire Calas, l'invite alors à Ferney pour se faire soigner par le docteur Tronchin[549], qui est aussi alors premier médecin du duc d'Orléans, dont il a prévenu les enfants contre la variole, en les inoculant d'une forme bénigne, comme on commence à le faire. C'est ce même docteur Tronchin qui soigna Mme d'Épinay quelques années plus tôt.

Le 31 juillet, à la veille de son départ pour Ferney, une soirée un peu morose rassemble chez Damilaville tous ses amis, dont sa maîtresse, Mme Duclos, femme du directeur du « vingtième » en Champagne, qui sert de boîte aux lettres à Diderot quand Sophie séjourne à Isle (elle y est à ce moment). Ils assistent à un incident que Denis note et rapporte à Sophie, et qu'il réutilise aussitôt dans *Jacques le Fataliste*, dont Damilaville est décidément de plus en plus le modèle : une femme défaille au sortir de l'église des Carmes. « *Un d'entre nous accourt. Il frappe à la porte du couvent. Le portier ouvre. "Mon père, vite, une goutte de votre eau de mélisse. C'est pour une femme qui est là, qui se meurt." Le moine répond froidement : "Il n'y en a point", et ferme la porte*[143]. »

Le lendemain, d'Holbach part pour Londres[143]. Déçu par les institutions anglaises, il critique l'enthousiasme qu'ont manifesté pour elles Voltaire et Montesquieu[92]. Pour lui, ce pays est corrompu, les élections y sont truquées, les communes sans pouvoir, l'amour de la patrie une illusion ; l'essentiel des richesses appartient à « *deux cents seigneurs*[143] », à un « *clergé nombreux qui possède comme le nôtre un quart des biens de l'État*[143] » et à des « *commerçants d'une opulence exorbitante*[143] ». D'Holbach explique à Denis : « *Ils ont des jardins publics qui sont peu fréquentés ; mais, en revanche, le peuple n'est pas plus serré dans les rues qu'à Westminster, célèbre abbaye décorée des monuments funèbres de toutes les personnes illustres de la nation.* [...] *Un peuple qui croit que c'est la croyance d'un Dieu, et non pas les bonnes lois, qui font les honnêtes gens, ne me paraît guère avancé*[143]. »

En septembre, alors que Damilaville lui écrit de Ferney qu'il n'a pour tout traitement qu'un régime très strict, Diderot lui répond à mots couverts : « *Le grand et maudit ouvrage est fini*[143] », et il rédige l'avertissement au tome VIII, premier de la nouvelle série.

De plus en plus terrifié par l'absence de perspective qui l'attend après la fin du grand œuvre, son moral ne s'améliore guère ; il écrit à Sophie, toujours à Isle[67] : « *Sommes-nous faits pour attendre toujours le bonheur, et le bonheur est-il fait pour ne venir jamais*[143] *?* »

En septembre toujours, alors que la maison de Rousseau à Môtiers est lapidée à l'instigation des pasteurs locaux et qu'il doit quitter la ville[450], Diderot, comme une année sur deux depuis six ans, visite le Salon, avec Naigeon, après y avoir été avec Mme Legendre, qu'il voit beaucoup. Il décrit ce nouvel ami à Damilaville, toujours à Ferney, comme le « *misothée Naigeon*[143] » (mot inventé pour qualifier et masquer son athéisme).

Ce Salon le distrait, et il remercie cette fois Grimm de l'en avoir chargé après avoir tant pesté contre cette tâche. En fait, il est heureux d'avoir quelque chose de fixe et de régulier à faire alors que l'*Encyclopédie* touche à sa fin[156] : « *C'est la tâche que vous m'avez proposée qui a fixé mes yeux sur la toile et qui m'a fait tourner autour du marbre*[156]. » Il rend compte avec bonheur et grande justesse de ce qu'il voit : « *Greuze s'est fait peintre prédicateur des bonnes mœurs, Baudouin, peintre prédicateur des mauvaises : Greuze peintre de famille et d'honnêtes gens, Baudouin peintre de petites-maisons et de libertins*[156]. » Il ose critiquer le puissant Boucher, qui fut professeur de dessin de Mme de Pompadour, directeur de la manufacture de Beauvais, directeur de l'Académie de peinture et de sculpture, et qui vient d'être nommé premier peintre du roi : « *J'ose dire que cet homme ne sait vraiment ce que c'est que la grâce* [des femmes] ; *j'ose dire qu'il n'a jamais connu la vérité* [des femmes]. [...] *Il y a trop de mines, de petites mines, de manière, d'afféterie pour un art sévère. Il a beau me les montrer nues, je leur vois toujours le rouge, les mouches, les pompons et toutes les fanfioles de la toilette*[156]. »

Comme il n'a plus de quoi s'occuper et devient d'autant plus irritable, rien ne va plus avec Toinette. Il s'ennuie affreusement. Mais comment la quitter ? Impossible. Il redit à Sophie sa haine du mariage : « *Une notion excellente pour trois ou quatre têtes bien faites, mais funeste pour la généralité. Le vœu du mariage indissoluble fait et doit faire presque autant de malheureux que d'époux*[143]. »

À la même époque, en Amérique du Nord, des colons représentant neuf des treize colonies britanniques se réunissent le 7 octobre à New York et refusent le *Stamp Act*, le droit de timbre promulgué par le roi George III et qui taxe les actes légaux, la publicité et la presse dans les colonies américaines. Des émeutes, réprimées dans le sang par les forces britanniques, aboutissent, le 19 octobre de cette année 1765, à l'adoption de la *Declaration of Rights and Grievances* et à l'envoi d'une pétition au roi d'Angleterre réclamant notamment l'abrogation du *Stamp Act*.

Denis travaille presque tout le mois d'octobre, sans sortir de chez lui, à *Jacques Le Fataliste* et au *Neveu de Rameau*. Étrange multiplication de sa personnalité : il y est au moins quatre personnes. Le dimanche 20, il écrit à Sophie sans préciser de quel manuscrit il parle : « *L'ouvrage avance ; il est sérieux, il est gai. Il y a des connaissances, des plaisanteries, des méchancetés, de la vérité. Il m'amuse moi-même. J'en ai pris un goût si vif pour l'étude, l'application et la vie avec moi-même, que je ne suis pas loin du projet de m'y tenir*[143]. » Jamais il ne citera le titre de ces deux livres dans ses lettres...

Le même jour, un éclair de joie : Damilaville revient de Genève en meilleure forme. Denis donne de ses nouvelles à Sophie : « *Damilaville est arrivé, le col un peu gros encore, mais en train de guérir pourvu que la vie de Paris ne s'y oppose. Ni femmes, ni veilles, ni table, ni vin ; cela est bien dur*[143]... »

Preuve nouvelle qu'il travaille alors à *Jacques le Fataliste*, il y réutilise cette description : « *D'ailleurs je le vois, ce pauvre Jacques, le cou entortillé d'un large mouchoir ; sa gourde, ci-devant pleine de bon vin, ne contenant que de la tisane*[156]. » Damilaville s'impose ainsi de plus en plus comme le modèle de Jacques, tout comme Grimm est celui du Maître[432].

De l'amour chez les autres...

Au même moment, en Bretagne, le duc d'Aiguillon, commandant en chef de la province[528], prétend faire construire par des forçats un réseau de routes militaires ; les états de Bretagne y voient une violation de leurs droits provinciaux ; le procureur général du parlement de Rennes, La Chalotais, janséniste, qui a chassé les jésuites de la région, soutient les parlementaires. Il est aussi lecteur des philosophes et se pique de littérature (sans talent : Voltaire dit qu'il écrit « *avec un cure-dents, gravé pour l'immortalité*[537] »). En novembre 1765, Choiseul fait arrêter La Chalotais. Plusieurs parlements de France s'unissent pour le défendre, contestant ainsi l'autorité royale. Vingt-cinq ans plus tard, cet incident aura si bien grossi qu'il contribuera à déclencher la Révolution...

Pendant que l'Histoire se met ainsi en branle, Denis se sent toujours bien seul. Alors il parle des amours des autres. Le 17 novembre, alors que Sophie se plaint qu'il lui écrit trop peu, il lui raconte sur six pages une sublime histoire – vraie, dit-il –, celle d'un homme qui n'aime plus une femme, mais refuse de laisser un de ses amis la séduire[143] ; c'est sans doute là, à mon sens, une des plus jolies nouvelles du XVIIIe siècle, destinée à une seule lectrice et jamais reprise dans aucun de ses livres... Peut-être faut-il y voir une allusion à sa propre incapacité de choisir entre les deux sœurs ? À moins que cela soit l'esquisse de ce qui deviendra l'histoire de Madame de la Pommeraye, dans *Jacques le Fataliste*[319].

Puis vient une réflexion sur les réalités de l'amour à partir de ce qui survient à d'autres. Il lui narre la suite des aventures de Wilkes, l'ancien parlementaire britannique exilé pour avoir offensé le roi : parvenu à Naples, venant de Paris, il a été séduit par une courtisane qui lui a tout pris et s'est enfuie[143]. Il ne l'a pas poursuivie ; elle est revenue ensuite à lui avec un enfant ; il lui a laissé tout ce qu'il avait et il est rentré en France[143]. Wilkes aimait-il vraiment ? Était-il seulement fasciné par sa marginalité ?

Déprimé, toujours en proie au sentiment d'être désoccupé et à l'angoisse de l'être bientôt davantage, Denis ajoute, pas vraiment sérieux, qu'après tout il aurait mieux valu qu'il se fasse religieux[67] : « *Je vous jure que si le prieur des Chartreux m'avait pris au mot, lorsque à l'âge de dix-huit à dix-neuf ans* [en fait, il en avait vingt-cinq], *j'allai lui offrir un novice, il ne m'aurait pas fait un trop mauvais tour. J'aurais employé une partie de mon temps à tourner des manches à balai, à bêcher mon petit jardin, à observer mon baromètre, à méditer sur le sort déplorable de ceux qui courent les rues, boivent de bons vins, cajolent de jolies femmes, et l'autre partie à adresser à Dieu les prières les plus tendres et les plus ferventes, l'aimant de tout mon cœur comme je vous aime*[143]. »

Puis, alors que Sophie se plaint qu'il l'aime moins qu'avant, il lui reproche d'être trop parfaite : « *Il est bien triste de s'être attaché à une créature à laquelle on ne saurait promettre d'avoir jamais le moindre reproche à faire : ni infidélité, ni dégoût, ni travers sur lesquels on puisse compter. N'avoir ni le courage de lui manquer, ni la moindre espérance qu'elle nous manquera ; se trouver dans la nécessité ou de se haïr soi-même, ou de l'adorer tant qu'on vivra ; cela est à désespérer*[143]. »

Comme toujours, pour se distraire, il va au théâtre. Le 2 décembre, il s'enthousiasme pour une pièce de Michel-Jean Sedaine, tailleur de pierres devenu librettiste et auteur d'une pièce, *Le Philosophe sans le savoir*[479] ; il y voit une application de ses principes et la défense du Tiers État contre l'oppression que leur fait subir le système aristocratique. Car tel est, en fait, le vrai ressort de son théâtre : faire surgir dans l'Histoire une autre classe sociale. Celle, justement, qui fera la Révolution.

Denis, de son côté, semble recouvrer son énergie et sa confiance en soi. Il écrit à Grimm, le 3 décembre, cette phrase si étrange : « *Je sens bien, je juge bien ; et le temps finit toujours par prendre mon goût et mon avis. Ne riez pas : c'est moi qui anticipe sur l'avenir et qui sais sa pensée*[143]. »

Commence alors une longue conversation avec son ami rencontré dans les salons, le sculpteur Étienne Maurice Falconet, sur la postérité, dont le sculpteur dit ne pas se préoccuper[549]. Falconet a cinquante ans et il est alors très célèbre, grand maître du baroque, directeur des ateliers de sculpture à la manufacture de Sèvres, dont il organise la production des « biscuits ». C'est l'occasion pour Denis de montrer que, si la célébrité de son vivant ne l'intéresse pas lui non plus (mis à part, on l'a vu, pour ce qui relève du théâtre), il se montre en fait fort attentif à sa propre image à venir, en somme à sa postérité : « *L'éloge payé comptant, c'est celui qu'on entend tout contre, et c'est celui des contemporains. L'éloge présumé, c'est celui qu'on entend dans l'éloignement, et c'est celui de la postérité. Mon ami, pourquoi ne voulez-vous accepter que la moitié de ce qui vous est dû ? Ce n'est ni moi, ni Pierre, ni Paul, ni Jean qui vous loue, c'est le bon goût, et le bon goût est un être abstrait qui ne meurt point. Sa voix se fait entendre sans discontinuer par des organes successifs qui se remplacent les uns les autres. Cette voix immortelle se taira sans doute pour vous quand nous ne serons plus. Mais c'est elle que vous entendez, à présent ; elle est immortelle malgré vous ; elle s'en va et s'en ira disant toujours : Falconet, Falconet*[143] *!* »

Cette lettre n'est que la première d'une longue série d'échanges passionnants entre le philosophe et le sculpteur, portant sur la place de l'artiste dans l'histoire humaine.

Le 20 décembre, le Dauphin meurt de la tuberculose, à trente-six ans. Ce jeune homme qui semblait de grande valeur intellectuelle et morale aurait pu, s'il avait vécu, infléchir le cours de l'histoire de France. Son fils n'a alors que onze ans. Charles Nicolas Cochin, dessinateur et garde des dessins du Cabinet du roi, demande alors à Denis de rédiger un projet de thème pour le tombeau. Denis élabore cinq projets dont l'un est accepté[506], et à cette occasion écrit de nouveau longuement à Falconet sur le thème de la postérité.

Le même jour, Denis fait tout pour rester occupé, travaillant à améliorer les textes des autres alors que l'*Encyclopédie* s'éloigne de son horizon. Il feint de s'en plaindre : « *Les occupations se succèdent sans interruption, et je commence à me désabuser de la chimère du repos. Il y avait avant-hier sur mon bureau une comédie, une tragédie, une traduction, un ouvrage politique et un mémoire.* [...] *L'ouvrage politique est de ce pauvre abbé Raynal que je fais sécher d'impatience et d'ennui depuis six mois*[143]. » Le manuscrit de Raynal sur l'*Histoire des deux Indes*... Il s'y met et va y consacrer un temps considérable au fil de plusieurs années. Il en co-écrira trois éditions successives. Ce sera même l'aboutissement de sa réflexion sur la nature humaine et la nécessaire révolte contre l'oppression : « *Ressentiment* » et « *indignation* ».

Entre-temps, Helvétius, revenu se terrer dans son château de Voré depuis la condamnation de son livre *De l'esprit* et sa rétractation, travaille en secret à la rédaction d'un nouvel ouvrage tout aussi anticlérical, *De l'homme*[254], qu'il souhaite maintenant faire publier après sa mort.

En décembre 1765, après la lapidation de sa maison à Môtiers, Rousseau passe par Paris avant de se rendre en janvier suivant en Angleterre à l'invitation de Hume, alors secrétaire d'ambassade à Paris[574]. Ni Denis ni lui ne cherchent à renouer le contact.

*Publier l'*Encyclopédie*, enfin*

L'*Encyclopédie* est à présent terminée et tous ses volumes sont imprimés, vingt-cinq ans après que l'idée en a vu le jour. Tous les protagonistes du début sont encore de ce monde, sauf le libraire Durand. Fin décembre 1765, les trois libraires survivants se décident : ils considèrent que la situation politique est devenue suffisamment stable (pas de guerres, pas de révoltes, pas de changements ministériels en vue, même si les parlements s'agitent beaucoup) pour oser faire savoir aux souscripteurs des premiers volumes que les 4 000 exemplaires des dix derniers tomes de l'*Encyclopédie* sont disponibles – au moins là où rien ne leur a été clairement interdit : c'est-à-dire hors de Paris[549].

En janvier 1766, ils diffusent donc auprès des souscripteurs l'avis suivant[549] : « *Samuel Fauche, libraire à Neufchâtel, en Suisse, donne avis au public qu'il a achevé d'imprimer la suite de l'*Encyclopédie. [...] *Ceux qui désireront s'en procurer la suite sont priés de prendre chez les imprimeurs de Paris un écrit par lequel il soit constaté qu'ils ont souscrit pour cet ouvrage. Et les dix nouveaux volumes seront délivrés en feuilles au porteur de cet écrit, moyennant 200 livres*[238]. »

Faire croire que les volumes ont été imprimés à l'étranger est un artifice qui leur permet de bénéficier d'une autorisation tacite. Le marquis de Sartine, directeur de la Librairie depuis un an et demi, n'est pas dupe, mais laisse faire.

Les souscripteurs se font donc connaître chez les trois libraires, qui leur remettent un « bon à enlever » leur permettant de prendre les livres (en feuilles ou brochés) quelque part en province. Comme l'affaire est alors on ne peut plus secrète, on n'en sait pas beaucoup plus long, aujourd'hui encore, si ce n'est que les livraisons et les expéditions s'effectuent rapidement : un millier de ballots de livres sont acheminés en l'espace de trois semaines[549]. Les souscripteurs de Paris et de la cour vont eux aussi les chercher et les rapportent dans la capitale à leurs risques et périls[549]. Reste encore à leur livrer les sept volumes de planches qui ne sont pas achevés[507].

Dans les dix derniers volumes de textes, le nombre d'articles anonymes est plus élevé encore que dans les tomes précédents. Diderot écrit dans l'« Avertissement » du premier tome de cette dernière salve, le VIII : « *Tous nos collègues se sont empressés à nous seconder ; et c'est lorsque nos ennemis se félicitaient de nous avoir accablés que nous avons vu des hommes de lettres et des gens du monde, qui s'étaient jusqu'alors contentés de nous encourager et de nous plaindre, venir à notre secours et s'associer à nos travaux*[189]. » Il fait en particulier l'éloge du chevalier de Jaucourt, véritable éditeur des derniers articles et financier des dernières années : « *Si nous avons poussé le cri de joie du matelot lorsqu'il aperçoit la terre après une nuit obscure qui l'a tenu égaré entre le ciel et les eaux, c'est à M. le chevalier de Jaucourt que nous le devons. Que n'a-t-il pas fait pour nous, surtout dans ces derniers temps !* [...] *C'est à chaque feuille de cet ouvrage à suppléer ce qui manque à notre éloge : il n'en est aucune qui n'atteste et la variété de ses connaissances et l'étendue de ses secours*[189]. »

Paraissent aussi des articles dépassés, tels « Lin », et, à l'article « Laiton » : « *Il ne faut avoir égard à ces prix que relativement au temps où nous avons obtenu le mémoire, je veux dire le commencement de cet ouvrage*[189]. » D'autres, comme ceux sur le « Feu », n'ont pas vu la portée de la machine à vapeur, qui commence à se faire ressentir[227]. Denis en prévient le lecteur ; décrivant une exploitation de calamine proche de Namur, il précise : « *Lorsque nous écrivions ce mémoire, etc.*[189] »

Voyant que le chevalier de La Barre, dont on a évoqué plus haut l'arrestation pour sacrilège, incarcéré depuis plus de trois mois, est menacé de mort, Voltaire conjure Diderot de se cacher[549]. Denis craint lui aussi la réaction du pouvoir. Elle ne vient pas. Sartine ne bouge pas. Le pouvoir a d'autres sujets de préoccupation avec l'agitation des parlements. À moins que l'autocensure des libraires n'ait été efficace.

Ou même – hypothèse personnelle – que Le Breton ait tout négocié en secret avec Malesherbes, puis avec Sartine... Denis exulte et écrit à Sophie, fin janvier de cette année 1766 : « *Notre ouvrage paraît en Angleterre, en Allemagne, en Portugal, en Espagne, dans toutes les provinces de France, excepté à Paris où il n'aura pas plus tôt fait sa sensation que je serai libre et que je t'apparaîtrai. Combien je t'aimerai. Et vous donc, vous ne m'aimerez pas*[143] *?* »

Le même jour, il écrit à Falconet une lettre qui montre que son optimisme est revenu : « *Je ne me repentirai point, du moins, d'avoir vécu si j'ai vécu de manière à me rendre témoignage que je ne suis pas né en vain*[143]. »

Les libraires exultent eux aussi : le projet n'a pas seulement été une formidable aventure intellectuelle et technique, c'est une excellente affaire financière : en vingt-cinq ans, ils ont empoché 2 500 000 livres (soit plus de 28 millions d'euros) avec un investissement de 70 000 livres, soit 790 000 euros[524]. Très bel investissement !

Diderot, lui, aura gagné au total 80 000 livres (soit près d'un million d'euros[524]), soit douze fois plus que ce que stipulait son premier contrat. Il bénéficie en outre de la générosité de Catherine II et de l'usufruit de l'héritage de son père. Il a largement de quoi assurer l'avenir de sa fille qu'il songe maintenant à promettre en mariage…

L'*Encyclopédie* aura été, à ce moment, un formidable éveilleur de consciences ; elle aura permis de rompre les secrets des confréries et des artisans, accentuant les innovations[524]. Même si elle sera passée à côté de grandes idées, comme celles de Galilée et de Bruno. Ou de grandes technologies, comme la machine à vapeur[227].

Mort des puissants

En février 1766, à la mort du roi Stanislas Leszczynski, la Lorraine, comme prévu par les « préliminaires de Vienne » paraphés trente ans plus tôt, revient à la France. Denis se tient au chevet de Marie-Charlotte, atteinte de phtisie[524], dans son nouvel appartement de la rue Sainte-Anne, au coin de la rue du Clos-Georgeot[526]. Il la trouve, écrit-il à Sophie, « *grave, sérieuse, noble et pensante*[143] ».

Le Christianisme dévoilé[264] de d'Holbach, ce livre d'une rare violence contre la religion, attribué à un mort, Nicolas Boulanger, et publié à Londres, circule beaucoup en France ; la police continue d'en chercher activement l'auteur, en vain. À la différence de l'*Encyclopédie*, elle fait tout pour en arrêter la diffusion[92].

L'agitation qui sévit au parlement de Bretagne gagne les autres juridictions, dont celle de Paris. Le 3 mars, « Jour de la Flagellation de Jésus », selon le calendrier, le roi vient faire lire au parlement de Paris, par un parlementaire, un important discours dit de la « Flagellation ». Louis XV y réaffirme les principes du despotisme monarchique[528] : « *Les droits et les intérêts de la Nation dont on ose faire un corps séparé du monarque sont nécessairement unis avec les miens et ne reposent qu'en mes mains*[528]. » Le conflit avec les parlements est désormais ouvert. Il ne cessera plus.

Vers la même époque, le neveu de Rameau, qui vivote à Paris des pièces de musique à programme qu'il compose et des cours de musique qu'il dispense, écrit en vers une « Histoire de sa vie[329] » imprimée par permission tacite sous le titre *La Raméide*[430]. Denis n'est sans doute pas au courant de ce qui advient à celui qu'il n'a vu qu'une fois et qui est, depuis lors, son compagnon en d'interminables conversations imaginaires.

La diffusion de l'*Encyclopédie* se poursuit sans heurt. Une annonce parue dans les Affiches de Lyon en mars 1766 précise : « *MM. Les Souscripteurs sont avertis que le tome 4 des figures et les tomes 8 à 17 de la matière de leur souscription sont actuellement à Lyon ; ils peuvent envoyer chez J. Deville, Libraire, rue Merciere, et on les leur délivrera en feuilles ou brochés ; ceux qui les voudront reliés, lui enverront un de leurs volumes pour les faire assortir. Les personnes qui ne voudront pas retirer ces volumes, et qui préféreront de se défaire des premiers, pourront en traiter avec ce Libraire qui les achètera*[2]. »

Cependant, les libraires en prennent trop à leur aise : le 23 avril, Louis Phélypeaux, comte de Saint-Florentin, chargé de l'administration et de la police de Paris et des pays d'États, apprend que Le Breton est venu en personne au château de Versailles livrer une vingtaine de séries de volumes à des souscripteurs de la cour[238] ! C'est, pour le pouvoir, un formidable camouflet. Saint-Florentin mène une enquête, trouve les noms des souscripteurs, se fait rapporter les volumes, fait arrêter Le Breton et l'expédie à la Bastille[238]. Pas au régime sévère : il y va avec son valet de chambre… Diderot, surmontant sa colère contre le libraire, intervient auprès de son ami Sartine, qui élargit Le Breton au bout de huit jours[549]. Sartine, sans doute au courant de tout depuis le début… Sans doute le vrai censeur caché derrière Le Breton…

Rien à voir avec le sort qui attend d'autres victimes de la police : le 1er juillet 1766, malgré (ou peut-être à cause) du soutien du parlement de Paris (où l'avocat et gazetier Linguet et l'abbesse de Willancourt ont obtenu qu'il ne soit condamné qu'aux galères), François-Jean Lefebvre, chevalier de La Barre, est décapité, sur ordre personnel du roi ; pour avoir, selon l'accusation, plaisanté au passage d'un cortège religieux. Alerté par Diderot, Voltaire tente alors – en vain – de le faire réhabiliter en écrivant *Le Cri du sang innocent*[540].

Denis est horrifié. Impossible de réagir publiquement sans s'exposer au pire. Il est désormais persuadé qu'il est le prochain à figurer sur la liste[143] et qu'on va l'arrêter en dépit de l'amitié que lui porte Sartine. Il est convaincu qu'on ne laissera pas impunie la publication de l'*Encyclopédie*. Il songe à partir. Mais où ? et comment laisser sa fille, si jeune et menacée du couvent par sa mère ?

Falconet à Saint-Pétersbourg

En avril 1766, Catherine lance un projet qu'elle mûrit depuis longtemps : faire ériger à Pétersbourg, sur la place du Sénat, une statue équestre géante de Pierre le Grand, le grand tsar dont elle se veut la continuatrice, sur un monolithe de granit de 1500 tonnes, soit un monument de 13 mètres de haut. Le sculpteur qui sera choisi devra y consacrer de nombreuses années puisqu'il faudra non seulement réaliser la statue, mais la concevoir de façon telle qu'elle résiste aux changements climatiques. Aucun artiste russe n'en semble capable. Nicolas-François Gillet, sculpteur français, appelé à la cour de Russie par Élisabeth Ire huit ans plus tôt pour fonder une académie, se porte candidat. La tsarine hésite. D'autres candidats russes et non russes se bousculent, dont Étienne Maurice Falconet et Jean-Baptiste Pigalle, tous deux amis de Diderot. Celui-ci choisit de soutenir le premier.

Falconet est encore directeur des ateliers de sculpture de la manufacture de Sèvres[549] ; parmi ses œuvres, on compte un *Milon de Crotone* (aujourd'hui au Louvre). Denis plaide pour lui auprès de Betzki qui s'est occupé de l'achat de sa bibliothèque (« *Surtout, que Votre Excellence ne confonde pas mon artiste avec la foule des artistes communs*[143] »), et emporte la décision.

Mais Falconet se refuse à partir sans sa jeune maîtresse, laquelle est aussi son élève, Marie-Anne Collot, que Denis surnomme « Mlle Victoire[156] ». Pour la garder près de lui, Falconet l'empêche même d'entrer à l'Académie des beaux-arts de Paris, où elle est une des rares femmes à avoir été admise. Denis négocie avec Betzki la rémunération de Falconet et celle de Marie-Anne, il choisit leur résidence et discute du nombre d'artisans fondeurs français que Falconet pourra emmener avec lui[143].

À la fin de l'été, avant de partir, Falconet achève un buste de Denis, qui, déçu, s'en plaindra : « *Je dirai cependant de ce mauvais buste qu'on y voyait les traces d'une peine d'âme secrète dont j'étais dévoré lorsque l'artiste le fit*[155]. » La cause de cette peine n'est autre que la fin de l'*Encyclopédie*. Falconet détruira son buste quand il verra celui qu'a fait Marie-Anne[155].

Quand Falconet quitte Paris après une grande fête, il laisse son atelier de la rue d'Anjou à Denis et lui fait promettre de vider sa cave à sa santé[143]. Denis promet de n'y pas manquer. Damilaville, qui n'a pourtant pas le droit de boire, selon ses médecins, jure qu'il veut en être ! Falconet déclare d'autre part à Diderot qu'il souhaiterait publier leur volumineuse correspondance sur la postérité ; Denis lui fait promettre de ne pas le faire sans son accord[143].

En passant par Berlin, Falconet écrit à Denis une lettre où il décrit les juifs de cette ville[143]. Denis répond qu'il est « *bien aise et peu surpris que ces juifs ne soient pas aussi maussades qu'on nous les peint*[143] ». « Maussade », à l'époque, signifie « déplaisant ». Rousseau a écrit dans l'*Émile* un texte dans le même esprit, expliquant qu'on ne pourra juger des qualités et des défauts du peuple juif que quand celui-ci aura son propre État[454].

Vivre avec la peur, ou s'exiler ?

Denis hésite à son tour à partir. Tout l'appelle en Russie : l'argent, la gloire, peut-être même aussi la possibilité de mener à bien un projet qui affleure à son esprit : une réédition de l'*Encyclopédie* afin de corriger les erreurs, réparer les effets de la censure et de l'intervention de Le Breton, tenir compte de tout ce que la science a apporté depuis que les premiers tomes sont parus. Mais peut-être aussi, et surtout, pour ne pas lâcher cette œuvre qui fait si intimement partie de sa vie.

De plus, la peur ne le quitte plus. De la police. De la prison. De la torture. De la mort. Le 8 octobre, il adresse à Voltaire, qui l'invite à venir le rejoindre à Ferney, une longue réflexion sur la peur qui l'obsède dans cette dictature à la française, surtout depuis l'exécution du chevalier de La Barre[143].

Lettre d'abord codée pour le cas où la censure l'ouvrirait : « *Je sais bien que, quand une bête féroce* [le parlement de Paris] *a trempé sa langue dans le sang humain* [celui du chevalier de La Barre], *elle ne peut plus s'en passer*[143]... »

Puis, oubliant toute prudence, il y ajoute un paragraphe d'une grande importance pour la compréhension de ce qu'était vraiment la France au temps dit des Lumières. Un texte qui aurait pu être signé par un intellectuel communiste dans l'Allemagne nazie ou par un dissident russe sous le régime soviétique, et par tant d'autres encore sous d'autres régimes tyranniques d'hier et d'aujourd'hui :

« *Je sais bien que cette bête manque d'aliment, et que, n'ayant plus de jésuites à manger, elle va se jeter sur les philosophes. Je sais bien qu'elle a les yeux tournés sur moi, et que je serai peut-être le premier qu'elle dévorera. Je sais bien qu'un honnête homme peut en vingt-quatre heures perdre ici sa fortune, parce qu'ils sont gueux ; son honneur, parce qu'il n'y a point de loi ; sa liberté, parce que les tyrans sont ombrageux ; sa vie, parce qu'ils comptent la vie d'un citoyen pour rien, et qu'ils cherchent à se tirer du mépris par des actes de terreur. Je sais bien qu'ils nous imputent leurs désastres parce que nous sommes seuls en état de remarquer leurs sottises. Je sais bien qu'un d'entre eux a l'atrocité de dire qu'on n'avancera rien tant qu'on ne brûlera que des livres. Je sais bien qu'ils viennent d'égorger un enfant pour des inepties qui ne méritaient qu'une légère correction paternelle.* [...] *Je sais bien que nous sommes enveloppés des fils imperceptibles d'une masse qu'on appelle Police, et que nous sommes entourés de délateurs. Je sais bien* [...] *que, quand ils voudront me perdre, je serai perdu.* [...] *Dans un autre moment, on se dit à soi-même : ils n'auront pas le front de persécuter un homme qui a consumé ses plus belles années à bien mériter de son pays ; n'est-ce pas assez qu'ils aient laissé à d'autres le soin de l'honorer, de le récompenser, de l'encourager ? S'ils ne m'ont pas fait de bien, ils n'oseront me faire du mal. C'est ainsi qu'on est alternativement dupe de sa modestie et de son orgueil*[143]. »

Lettre à portée universelle dont pas un mot (si ce n'est l'allusion aux jésuites) ne serait à changer aujourd'hui.

Partir ? Mais où ? Le 30 octobre, pour l'attirer à Pétersbourg, Catherine II lui fait un très beau cadeau : en retard dans le versement de la rente due à son « bibliothécaire » depuis mars, elle lui fait régler cinquante annuités d'avance[507], soit l'équivalent de 600 000 euros d'aujourd'hui ! Betzki écrit : « *Sa Majesté Impériale ayant été informée, par une lettre que j'ai reçue du prince Galitzine, que M. Diderot n'était pas payé de sa pension depuis le mois de mars dernier, m'a ordonné de lui dire qu'elle ne voulait pas que les négligences d'un commis pussent causer quelque dérangement à sa bibliothèque ; que, pour cette raison, elle voulait qu'il fût remis à M. Diderot pour cinquante années d'avance ce qu'elle destinait à l'entretien et à l'augmentation de ses livres, et qu'après ce terme échu, elle prendrait des mesures ultérieures. À cet effet, je vous envoie la lettre de change ci-jointe*[502]. »

Ironie et élégance de la formule : « *après ce terme échu*[502] » veut dire que rendez-vous est pris pour en reparler en 1815…

Bouleversé par ce geste inattendu qui fait sa fortune, Denis demande au général Betzki « *de fermer pour moi la main bienfaisante de l'Impératrice. Je n'ai qu'un enfant et j'ai plus de quatre mille six cents livres de rente. Si elle ne sait pas être heureuse avec deux fois plus de revenu que son aïeul n'en a laissé à son père, c'est qu'elle sera folle, et il n'y a point de bonheur pour les fous*[143] ».

Conversations chez Damilaville

Denis passe à présent beaucoup de temps en compagnie d'Étienne Damilaville, dont rien ne vient apaiser les douleurs. Le haut fonctionnaire n'est plus seulement le confident de ses relations avec Sophie, il est devenu un ami, et Denis est toujours présent quand un ami tombe malade.

Chez Damilaville, on se réunit désormais dans la chambre du malade, de moins en moins mobile. En novembre, on y parle du départ de Louis Antoine de Bougainville, ancien aide de camp de François Chevert et de Montcalm, qu'il a soutenus dans la colonisation ratée du Canada, à bord de la frégate *La Boudeuse* pour accomplir un des premiers périples français autour du monde.

À la mi-décembre, Denis consacre du temps, comme promis à Falconet, à vider sa cave, et il y convie Damilaville (au grand dam de ses médecins) ; il raconte à Falconet : « *Le vin du sculpteur va grand train ; je ne sais si vous vous portez mieux de tant de santés bues* […]. *Vous dormez tandis que nous causons tendrement de vous*[143]… »

Catherine continue à faire en sorte de l'attirer et, le 10 janvier 1767, l'Académie impériale des arts de Pétersbourg l'élit à l'unanimité membre d'honneur, cependant que Falconet ainsi que Mlle Collot ne sont désignés que comme membres associés étrangers[507]. Denis écrira dans sa lettre de remerciement : « *Si l'Académie de Paris avait été libre, il y a longtemps que son choix aurait justifié le vôtre*[549]. » Il fait ici référence à son élection à l'Académie française, qui, dix ans auparavant, n'avait pas été agréée par le roi ; il n'a pas oublié.

Grimm et d'Holbach, qui n'aiment guère Damilaville, sont mécontents de voir Diderot perdre ainsi son temps avec quelqu'un qu'ils estiment dénué d'importance : ni noble, ni riche, ni philosophe.

À l'orée de 1767, Jeanne de Maux se joint parfois à leurs soirées. Ses deux parents, les comédiens Quinault-Dufresne et Mlle de Seine, que Denis appréciait beaucoup, meurent cette année-là[143]. Ce double deuil les rapproche.

Mais, en fait, Jeanne de Maux est attirée par le charme de Damilaville[524], chez qui les discussions se font grivoises. On parle sexe, érotisme, on épilogue sur qui couche avec qui. On rit beaucoup. On parle aussi de *L'Ordre naturel et essentiel des sociétés politiques*[316] de Le Mercier de La Rivière, ouvrage pour lequel Denis obtient de Sartine qu'il le laisse paraître[549]. Conseiller au Parlement, économiste réputé, nommé intendant de la Martinique grâce à la Pompadour, La Rivière y défend le « *despotisme légal* » et l'ordre monarchique. Diderot n'est en rien d'accord avec ces thèses, mais trouve l'ouvrage clair et méritant d'être publié. On se moque d'Helvétius, de nouveau terré dans son château de Voré, qui y travaille à son nouveau livre et pense que tous les hommes jouissent indifféremment des mêmes capacités intellectuelles : « *Helvétius*, écrit alors Denis à Sophie, *la tête enfoncée dans son bonnet, décompose des phrases et s'occupe à sa terre à prouver que son valet de chiens aurait tout aussi bien fait le livre* De l'esprit *que lui*[143]. »

On se moque aussi de Grimm, qui continue à faire prospérer sa *Correspondance littéraire* : il obtient des abonnements de Stanislas Auguste Poniatowski à Varsovie et du grand-duc de Toscane[475]. Au grand dam de Mme d'Épinay, sa maîtresse, Grimm songe lui aussi à partir pour la Russie afin d'y gagner de l'argent.

On parle de Falconet et de Saint-Pétersbourg, où Denis est de plus en plus tenté d'aller éditer une nouvelle version de l'*Encyclopédie*[143]. On discute de Catherine, qui continue de promulguer ses réformes. Elle annonce la convocation dans deux ans d'une « Commission législative », esquisse de Parlement (représentant toutes les classes, hormis les serfs), et rédige à son intention un traité de philosophie politique, le *Nakaz* ou « Instruction. » Ce Nakaz jouera un rôle important dans la suite de cette histoire. On discute encore de la nouvelle invitation que lui envoie en mars Catherine II[549]. Denis tergiverse. Puis refuse : il doit encore surveiller l'impression des planches auxquelles il tient tant. Et il ne veut surtout pas quitter Damilaville et les femmes de sa vie[549] : Toinette, Angélique, Sophie, Marie-Charlotte, Marie-Jeanne. Sans compter une toute nouvelle qui vient de paraître à son horizon : Jeanne de Maux.

Avouer toutes ses amours : féminines, masculine...

Denis va désormais écrire souvent à Falconet à Pétersbourg, comme à un confident, ce qu'il devait être à Paris lors de leurs longues soirées arrosées. Il lui livrera des aveux encore jamais faits jusqu'ici à personne.

Ainsi, quand Falconet, fort bien reçu, lui conseille de venir le rejoindre, Denis refuse, mettant en avant son amour pour Sophie (de même que Falconet n'a pas voulu laisser Marie-Anne à Paris), et parle d'elle avec une passion débordante. Rien ni personne ne compte plus pour lui : « *Tenez, Falconet, je pourrais voir ma maison tomber en cendres sans en être ému ; ma liberté menacée, ma vie compromise, toutes les sortes de malheurs s'avancer sur moi, sans me plaindre, pourvu qu'elle me restât. Si elle me disait : donne-moi de ton sang, j'en veux boire, je m'en épuiserais pour l'en rassasier* [...]. *J'atteste le Ciel* [...] *que depuis que je l'ai connue, elle a été la seule femme qu'il y eût au monde pour moi. Et tu veux qu'un jour, que demain je me jette à son insu dans une chaise de poste, que je m'en aille à mille lieues d'elle, et que je la laisse seule, désolée, accablée, désespérée. Le ferais-tu ? Et si elle en mourait*[143] *?* »

Un amour sans égal, certes, même s'il parle de leurs relations physiques au passé : « *Entre ses bras, ce n'est pas mon bonheur, c'est le sien que j'ai cherché*[143]. » Mais, dans les faits, il n'est pas seulement amoureux de Sophie, il aime aussi ses deux sœurs, et commence à être épris de Mme de Maux, tout en ne s'avouant pas un amour bien plus étonnant qu'il finit par dévoiler implicitement à Falconet : celui qu'il porte à Melchior Grimm.

Sans que jamais cette relation soit dite explicitement homosexuelle, car, pour lui, l'amour n'est pas nécessairement physique, il aime Grimm, qui est sur le point de s'installer rue Sainte-Anne, auprès de Mme d'Épinay[475]. Sensible à son charme, il le surnomme « *mon*

Hermaphrodite » et confie en juillet au même Falconet : « *Il est un homme, à côté de moi, aussi supérieur à moi que j'ose me croire supérieur à d'Alembert ; aux qualités que j'ai, en réunissant une infinité d'autres qui me manquent, plus sage* [que] *moi, plus prudent que moi, ayant une expérience des hommes et du monde que je n'aurai jamais ; obtenant sur moi cet empire que je prends quelquefois sur les autres. Ce que la plupart des hommes sont pour moi : des enfants, je le deviens pour lui. Je l'ai nommé mon Hermaphrodite, parce qu'à la force d'un des sexes il joint la grâce et la délicatesse de l'autre*[143]. » En août, quand Falconet insiste encore plus que jamais pour le faire venir à Pétersbourg, comme Le Mercier qui vient d'entreprendre le voyage[549], à la suggestion de Diderot, pour conseiller l'impératrice, celui-ci le prie de conseiller à Catherine II d'inviter Grimm à sa propre place[143].

Grimm qu'il aime tant et qui, assuré de l'emprise qu'il exerce sur lui, se montre parfois si méchant à son endroit… Ainsi, quand Denis refuse de l'accompagner dans l'un ou l'autre salon, Grimm ne sait pas résister à un mot désobligeant. Denis écrit ainsi à Sophie, le 19 septembre, une lettre dans laquelle affleure comme jamais son amour pour Grimm[67] : « *Ce qui surtout m'avait ulcéré, c'est un mot de Grimm qui me dit que, puisqu'il ne pouvait plus m'écrire sans me dire la vérité, et que la vérité me faisait tant de mal, il ne m'écrirait plus. – Et voilà, disais-je au marquis, ces hommes qui se piquent de délicatesse. Ils me désespèrent ; et quand je me plains des peines qu'ils me causent, ils y mettent le comble en me disant froidement qu'ils ne m'en donneront plus*[143]. »

Une histoire de robe de chambre

Alors que le frère de Diderot, Didier, est nommé chanoine de la cathédrale de Langres[524], poste tant espéré pour Denis par leur père trente ans plus tôt, Le Mercier, arrivé à la cour de Russie, demande à la souveraine des émoluments considérables, quand Catherine avait cru voir en lui un philosophe désintéressé[502].

Dans une lettre à Sophie, une remarque incidente de Denis donne à penser que celle-ci n'a jamais fait vraiment l'amour avec un homme[67] : « *Je serai placé tout au moins au dixième ciel du paradis des amants, parmi les vierges où j'espère vous trouver, et cela pour cause que vous savez*[143]. »

C'est à cette époque que Mme Geoffrin lui offre de nouveaux meubles et une magnifique robe de chambre rouge pour le remercier d'avoir servi d'arbitre dans un contentieux avec un de ses intendants, à Gisors[143], « *une robe de chambre de ratine* [étoffe de laine, sorte de tissu éponge] *d'écarlate, neuve du jour*[235] », raconte Grimm, qui se moque de lui (« *un Diogène travesti en Sardanapale*[506] »).

Toujours fâché avec lui, Denis lui envoie quelques jours plus tard ses « Regrets sur ma vieille robe de chambre[156] » que Grimm, toujours à l'affût de copie, s'empresse de publier dans sa *Correspondance littéraire*[507]. C'est un des plus connus parmi les rares textes de Diderot publiés de son vivant ; il décrit très bien son ambiance de travail : « *Pourquoi ne l'avoir pas gardée ? Elle était faite à moi, j'étais fait à elle. Elle moulait tous les plis de mon corps sans le gêner.* [...] *L'autre, raide, empesée, me mannequine. Il n'y avait aucun besoin auquel sa complaisance ne se prêtât* [...]. *Un livre était-il couvert de poussière ? Un de ses pans s'offrait à l'essuyer. L'encre épaissie refusait-elle de couler de ma plume ? Elle présentait le flanc. On y voyait, tracés en longues raies noires, les fréquents services qu'elle m'avait rendus. Ces longues raies annonçaient le littérateur, l'écrivain, l'homme qui travaille. À présent, j'ai l'air d'un riche fainéant* [...]. *J'étais le maître absolu de ma vieille robe de chambre ; je suis devenu l'esclave de la nouvelle*[156]. »

Portraits, portraits

Toujours à la demande de Grimm, toujours sans être payé, Denis travaille sans grand enthousiasme, pour la *Correspondance littéraire*, à un compte rendu du Salon de 1767 qu'il visite une douzaine de fois[155]. Il y envoie Naigeon, sans lui, et le charge de l'essentiel des recherches, puis ajoute au compte rendu de nombreuses et précieuses notations personnelles sans relation aucune avec les œuvres exposées.

On trouve d'abord dans ce salon de 1767 la seule et unique référence, dans tout ce qu'il a écrit, y compris sa correspondance, à Jean-François, le neveu de Rameau, sujet sur quoi il doit alors travailler : « Quisque suos patimur manes, *dit Rameau le fou*[155] ». Un vers de Virgile qui se traduirait par « Chacun subit ses mânes, son destin. » Rien de plus que cette ligne abstruse.

Puis il revient sur son refus des voyages : « *C'est une belle chose, mon ami, que les voyages ; mais il faut avoir perdu son père, sa mère, ses enfants, ses amis, ou n'en avoir jamais eu, pour errer, par état, sur la surface du globe*[155]. »

Il s'interroge ensuite : « *Quel est le premier objet à connaître ? Moi. Que suis-je ? Qu'est-ce qu'un homme ?... Un animal ?... Sans doute, mais le chien est un animal aussi ; le loup est un animal aussi ; mais l'homme n'est ni un loup ni un chien. Quelle notion précise peut-on avoir du bien et du mal, du beau et du laid, du bon et du mauvais, du vrai et du faux, sans une notion préliminaire de l'homme... ? Mais si l'homme ne se peut définir... tout est perdu*[155]. »

La source de la raison gît dans l'enthousiasme ; le vrai et le bonheur ne sont pas des aspirations contradictoires.

Il parle aussi de l'abbé Gua de Malves, l'éphémère éditeur de l'*Encyclopédie*, qu'il semble avoir récemment croisé : « *Ce vieil abbé qu'on voit dans nos promenades, vêtu de noir, tête hérissée de cheveux blancs, l'œil hagard, la main appuyée sur une petite canne, rêvant, allant, clopinant, c'est l'abbé de Gua de Malves. C'est un profond géomètre, témoin son* Traité des courbes du troisième et quatrième genre [...]. *Cet homme, placé devant sa table, enfermé dans son cabinet, peut combiner une infinité de quantités ; il n'a pas le sens commun dans la rue. Dans la même année, il embrassera ses revenus de délégations ; il perdra sa place de professeur au Collège royal ; il s'exclura de l'Académie, et achèvera sa ruine par la construction d'une machine à cribler le sable, et n'en séparera pas une paillette d'or ; il s'en reviendra pauvre et déshonoré ; en s'en revenant, il passera sur une planche étroite ; il tombera et se cassera une jambe*[155]. »

Enfin, cette remarque sur les portraits de lui qui se multiplient : « *Je n'ai jamais été bien fait que par un pauvre diable appelé Garand, qui m'attrapa, comme il arrive à un sot qui dit un bon mot. Celui qui voit mon portrait par Garand, me voit*[155]. »

Il conclut : « *N'oubliez pas que je ne garantis ni mes descriptions, ni mon jugement sur rien ; mes descriptions, parce qu'il n'y a aucune mémoire sous le ciel qui puisse rapporter fidèlement autant de compositions diverses ; mon jugement, parce que je ne suis ni artiste ni même amateur. Je vous dis seulement ce que je pense et je vous le dis avec toute ma franchise. S'il m'arrive d'un moment à l'autre de me contredire, c'est que d'un moment à l'autre, j'ai été diversement affecté, également impartial, quand je loue et que je me dédis d'un éloge, quand je blâme et que je me dépars de ma critique. Donnez un signe d'approbation à mes remarques, lorsqu'elles vous paraîtront solides, et laissez les autres pour ce qu'elles sont. Chacun a sa manière de voir, de penser, de sentir. Je ne priserai la mienne, que quand elle se trouvera conforme à la vôtre ; et cela bien dit une fois, je continue mon chemin sans me soucier du reste*[155]. » En octobre, le peintre Louis-Michel Van Loo brosse aussi son portrait[143]. Denis place la toile au-dessus du clavecin de sa fille, alors que Toinette s'attendait qu'il le donnât « *à quelqu'un ou quelqu'une*[143] ». Il en parle le 11 octobre à Sophie[67] : « *Mme Diderot prétend qu'on m'a donné l'air d'une vieille coquette qui fait le petit bec et qui a encore des prétentions. Il y a bien quelque chose de vrai dans cette critique*[143]. » Il ajoute dans le « Salon de 1767[155] » que le portrait est « *assez ressemblant* [...] *; très vivant ; c'est sa douceur, avec sa vivacité ; mais trop jeune, tête trop petite, joli comme une femme, lorgnant, souriant, mignard, faisant le petit bec, la bouche en cœur ;* [...] *et puis un luxe de vêtement à ruiner le pauvre littérateur si le receveur de la capitation vient l'imposer sur sa robe de chambre*[155] *!* ».

Puis, comme s'il se regardait depuis l'au-delà, obsédé en fait par la postérité : « *Mais que diront mes petits-enfants lorsqu'ils viendront à comparer mes tristes ouvrages avec ce riant, mignon, efféminé, vieux coquet-là ? Mes enfants, je vous préviens que ce n'est pas moi ! J'avais en une journée cent physionomies diverses selon la chose dont j'étais affecté. J'étais serein, triste, rêveur, tendre, violent, passionné, enthousiaste ; mais je ne fus jamais tel que vous me voyez là. J'avais un grand front, des yeux très vifs, d'assez grands traits, la tête tout à fait du caractère d'un ancien orateur, une bonhomie qui touchait de bien près à la bêtise, à la rusticité des anciens temps*[155]. »

En ce mois de décembre 1767, le prince Galitzine perd son poste d'ambassadeur russe à Paris à cause de sa liaison tapageuse avec une ravissante figurante des ballets de l'Opéra, Mlle Sire, surnommée « la Dornet », fille d'un employé aux Fermes (impôts), qui compte plusieurs autres « protecteurs » qui la sortent de l'Opéra et dont elle exige, de chacun, 25 louis (soit environ 6 700 euros) par mois[143]...

S'occuper d'Angélique

Désormais, Denis va s'occuper de plus en plus d'Angélique. Elle a maintenant quatorze ans. Il lui donne l'éducation qu'il aurait rêvé d'avoir. Il l'initie aux mathématiques ; il la confie à un grand professeur de musique qu'il paie à prix d'or, Antoine Bemetzrieder, pour lui apprendre le clavecin et l'harmonie[549], et assiste à toutes ses leçons. « *Avez-vous entendu la petite marmotte ? Elle joue à ravir* », commentera-t-il dans *Le Neveu de Rameau*[156].

C'est à ce moment qu'il rédige un passage sur l'éducation des filles pour ce manuscrit dont il ne parle jamais à personne et qui deviendra, bien après sa mort, *Le Neveu de Rameau*[156]. Peut-être le fait-il, comme souvent, pour fixer ses propres idées en exposant sous forme de dialogues les idées contradictoires qui lui viennent à l'esprit ?

« Lui : *Et que lui apprendrez-vous donc, s'il vous plaît ?*

« Moi : *À raisonner juste, si je puis, chose si peu commune parmi les hommes, et plus rare encore parmi les femmes.*

« Lui : *Eh ! Laissez-la déraisonner tant qu'elle voudra, pourvu qu'elle soit jolie, amusante et coquette.*

« Moi : *Puisque la nature a été assez ingrate envers elle pour lui donner une organisation délicate avec une âme sensible, et l'exposer aux mêmes peines de la vie que si elle avait une organisation forte et un cœur de bronze, je lui apprendrai, si je le puis, à les supporter avec courage.*

« Lui : *Eh ! Laissez-la pleurer, souffrir, minauder, avoir des nerfs agacés comme les autres, pourvu qu'elle soit jolie, amusante et coquette. Quoi, point de danse ?*

« Moi : *Pas plus qu'il n'en faut pour faire une révérence, avoir un maintien décent, se bien présenter et savoir marcher.*

« Lui : *Point de chant ?*

« Moi : *Pas plus qu'il n'en faut pour bien prononcer.*

« Lui : *Point de musique ?*

« Moi : *S'il y avait un bon maître d'harmonie, je la lui confierais volontiers deux heures par jour, pendant un ou deux ans ; pas davantage.*

« Lui : *Et à la place des choses essentielles que vous supprimez...* ?

« Moi : *Je mets de la grammaire, de la fable, de l'histoire, de la géographie, un peu de dessin et beaucoup de morale*[156]. »

*Refaire l'*Encyclopédie, *ou l'*Encyclopædia *?*

Denis, on l'a vu, commence à s'intéresser de près à Jeanne de Maux et débute désormais ses lettres à Sophie plus froidement par « *Mesdames et bonnes amies*[143] ».

En janvier 1768, alors que paraît le tome V des planches (il y en aura finalement onze), Diderot souffre de différents maux : mal de poitrine, douleurs d'estomac, coliques, une fluxion d'oreilles qui le rend sourd.

Le 18 mars meurt l'écrivain anglais Laurence Sterne, qui a, un an avant, abandonné sa femme et sa fille pour Eliza Draper, jeune femme née dans le comptoir anglais d'Anjinga, sur la côte de Malabar, fille du secrétaire du directeur de la Compagnie des Indes orientales, mariée à quatorze ans à Daniel Draper, secrétaire du gouvernement de Bombay, qu'elle a quitté pour rejoindre Sterne, à Londres, l'année précédente. Elle s'en retourne près de son mari après la mort de son amant. Denis, comme toute l'Europe intellectuelle, a suivi tous les détails de cette histoire.

Au printemps, quatre ans après la mort de la Pompadour, Jeanne Bécu, comtesse du Barry, devient, à vingt-cinq ans, favorite du roi. Elle-même ne fait pas de politique, à la différence de la Pompadour, mais elle est de la coterie du duc d'Aiguillon et du maréchal de Richelieu, et donc contre Choiseul.

La même saison, une épidémie de variole se déclare en Russie ; Catherine II fait venir un médecin anglais, le « *fameux docteur Dimsdale* », qui prône l'inoculation, déjà pratiquée, entre autres, par Tronchin. Catherine décide de faire vacciner ses sujets – idée encore révolutionnaire pour l'époque. Elle se propose même comme cobaye. Ses conseillers s'y opposent. Frédéric II traite de pure folie l'intention de Catherine[74].

Un nouveau lien se tisse alors entre Denis et la tsarine : Falconet, à qui elle a demandé de lui acheter des tableaux à Paris, transmet la demande à Denis[143], au grand dam de Grimm, qui voit une source de commissions lui échapper.

Le 15 mai, alors que Choiseul achète la Corse à la République de Gênes, commence à paraître à Édimbourg, en anglais, l'*Encyclopædia Britannica*, ou « Dictionnaire des arts et des sciences compilé selon un nouveau plan », plus de quinze ans après le début du projet français. Elle est dirigée et publiée par un certain Colin Macfarquhar, par Andrew Bell, graveur et imprimeur, et par Archibald Constable, patron de presse et éditeur. Pas de grandes signatures. Beaucoup moins d'ampleur que l'*Encyclopédie* : elle comportera trois volumes. Seul atout, essentiel, par rapport à la française : ses promoteurs songent tout de suite à une réédition.

Survient une contrariété familiale : la sœur et le frère de Denis souhaitent le forcer à leur céder la maison et la vigne qu'il a héritées de leur père en échange d'une autre dont il ne veut pas[507].

Sa santé s'altère. D'autant plus qu'il est toujours enclin à être déprimé, en été, quand Sophie s'éloigne pour plusieurs mois (« *Vous auriez aussi quelque pitié de moi si vous sçaviez l'état misérable d'anéantissement où je suis tombé depuis votre départ*[143] », lui écrit-il le 24 août). Il se distrait dans la compagnie de deux Anglais qu'il doit promener dans Paris[143]. Ils parlent de l'écrivain Sterne, dont les amis ont lancé une souscription pour liquider ses dettes et subvenir aux besoins de sa veuve et de sa fille. Denis pense alors d'autant plus à sa propre succession que ses amis à lui sont malades.

Rester auprès du malade

Incapable de vivre sans le travail acharné que réclamait l'*Encyclopédie*, il traîne. Il passe une partie de l'été à soutenir Damilaville qui souffre affreusement, marche à peine et quitte l'île Saint-Louis pour s'installer rue Saint-Honoré[143].

Chez Damilaville, on discute de la façon dont l'état civilisé succède à l'état sauvage ; Dom Pernety, ancien aumônier de la frégate *L'Aigle*, vient raconter la première expédition aux Malouines où il a établi une colonie en 1763.

Les médecins se bousculent maintenant chez le patient ; ils s'empiffrent, boivent et se chamaillent sur le meilleur traitement à lui prodiguer. En rentrant ce soir-là, 24 août, Denis écrit à Sophie[67] : « *Tronchin travaille à fondre les obstructions. Bordeu et Roux disent qu'on ne les fondra pas sans établir une suppuration intérieure qui sera suivie d'une fièvre lente et de la mort. Ceux-ci ordonnent la douche et les eaux de Bourbonne. Celui-là crie qu'il ne soutiendra pas la fatigue du voyage et que les eaux lui seront au moins inutiles. C'est aussi l'avis de Mme de Maux et du malade*[143]. »

Car il y a là aussi, à côté de Mme Duclos, maîtresse en titre de Damilaville, Jeanne de Maux qui le devient[143].

Une fois sa lettre rédigée, Denis reprend le manuscrit de *Jacques le Fataliste* et y glisse la même scène, avec des mots à peine différents : « *Quel parti un autre n'aurait-il pas tiré de ces trois chirurgiens, de leur conversation à la quatrième bouteille, de la multitude de leurs cures merveilleuses* [...], *des propos de nos Esculapes de campagne autour du genou de Jacques, de leurs différents avis, l'un prétendant que Jacques était mort si l'on ne se hâtait de lui couper la jambe* [...]. *Le troisième chirurgien aurait gobe-mouché jusqu'à ce que la querelle se fût élevée entre eux, et que des invectives on en fût venu aux gestes*[156]. »

« *Gobe-mouche de la philosophie*[235] » : c'est ainsi que Grimm et d'Holbach surnomment alors, pour se moquer, Damilaville, n'admettant pas que Denis le leur préfère.

C'est à ce moment qu'un ancien jésuite, Luneau de Boisjermain, professeur de grammaire et d'histoire à Paris, entreprend de publier une édition de luxe des œuvres de Racine, mort soixante-neuf ans plus tôt, qu'il fait imprimer après obtention du privilège royal et dont il lance des souscriptions pour la diffuser à partir de son domicile[549]. La corporation des libraires et des marchands de livres de Paris proteste contre cette concurrence qu'ils jugent illicite[549]. Luneau explique que le privilège n'est plus valable depuis la mort de Racine. Enjeu majeur pour l'édition. Excités par Le Breton, leur syndic, certains libraires débarquent en force chez Luneau pour saisir les exemplaires imprimés[549]. La bataille judiciaire va durer douze ans, et Diderot s'en mêlera.

Et Denis parle à nouveau de Grimm à Falconet dans une lettre où affleurent encore plus nettement ses tentations homosexuelles : « *Celui que j'aime, celui qui a la mollesse des contours de la femme et, quand il lui plaît, les muscles de l'homme, ce composé rare de la Vénus Médicis et du Gladiateur, mon Hermaphrodite, vous l'avez deviné, c'est Grimm*[143]. » Mon hermaphrodite...

Puis il s'emporte contre le sculpteur, qu'il juge désormais trop prétentieux : « *Tenez, mon ami, je pense que vous n'avez rien, mais rien du tout de ce qui peut faire pardonner la supériorité de talent. On dirait que l'habitude continuelle de vous adresser au marbre vous a fait oublier que nous sommes de chair. Vous brusquez, vous blessez, vous avez sans cesse sur la lèvre ou le sarcasme ou l'ironie. Ils ont dit que vous étiez le Jean-Jacques de la sculpture, et cela ne ressemble pas mal, à la probité près, que vous avez et que l'on croit à l'autre.* [...] *Si vous vous en tenez au rôle de grand artiste, si vous n'êtes point courtisan, si vous n'ambitionnez aucune faveur, si vous ne demandez aucune grâce ni pour vous ni pour d'autres, si vous n'entrez dans aucune tracasserie de cour, si vous n'entretenez l'impératrice que d'arts et de science, l'envie se taira et vous serez aimé, estimé, honoré comme vous le méritez*[143]. »

Ces conseils, Falconet s'empressera de ne pas les suivre.

Le 14 septembre, Guillaume Lamoignon de Blanc-Mesnil, père de Malesherbes, remet enfin sa démission de la charge inamovible de chancelier, cinq ans après avoir effectivement quitté son poste. René Charles de Maupeou est nommé chancelier pour une journée (à des fins honorifiques), et son fils René Nicolas, alors président du parlement de Paris, prend officiellement sa succession. Le pouvoir ne va pas tarder à durcir son attitude vis-à-vis des parlements.

La semaine suivante, Denis retrouve chez Damilaville, de plus en plus malade, à la fois Mme Duclos et Mme de Maux, dont il est maintenant épris, comme le lui fait remarquer, moqueur, le mourant dont elle est devenue la maîtresse. Autour du lit du malade, on raconte des tas d'histoires lestes que Damilaville encourage et que Denis réutilisera dans *Jacques le Fataliste* : ainsi la métaphore érotique de la Gaine et du Coutelet (qui renvoie aussi à son père), ou l'histoire de la perte du pucelage de Jacques. Diderot écrit à Sophie[67] : « *On y trouve excellente compagnie* [...]. *Le plaisir le trouve toujours prêt. Il* [Damilaville] *a aussi ses petites peines auxquelles il a bientôt donné le change.* [...] *Il a le ton fort leste.* [...] *C'est vraiment l'homme de Rabelais*[143]. »

Petit canular : en septembre, le prince Galitzine, qui vient de se marier avec la comtesse Amélie de Schmettau, fille d'un général prussien, souhaite récupérer ses portraits laissés chez son ancienne maîtresse, « la Dornet[549] ». Pour le débarrasser d'elle (car elle est tenace), Diderot obtient que Sophie l'invite à Isle et la retienne tout le temps nécessaire[524]. L'amitié de Galitzine lui sera bientôt très utile...

Une effrayante histoire

En France, la répression politique est de plus en plus implacable. Quiconque vend, achète ou lit des livres interdits peut s'attendre au pire. Ainsi, Denis raconte, glacé d'effroi – car il sait que la pareille peut lui arriver à chaque seconde –, l'histoire d'un apprenti, « *garçon épicier*[143] », qui « *avait reçu en paiement ou autrement, d'un colporteur appelé Lescuyer, deux exemplaires du* Christianisme dévoilé [le livre interdit de d'Holbach, paru anonymement] *et* [qui] *avait vendu un de ces exemplaires à son maître. Celui-ci le défère au lieutenant de police. Le colporteur, sa femme et l'apprenti sont arrêtés tous les trois, et ils viennent d'être piloriés, fouettés et marqués, et l'apprenti condamné à neuf ans de galère, le colporteur à cinq, et la femme à l'hôpital pour toute sa vie*[143]. » Diderot commente : « *Une petite aventure qui prouve que tous nos beaux sermons sur la tolérance n'ont pas encore porté de grands fruits*[143]. »

À la mi-octobre, la querelle familiale portant sur la maison de Langres s'envenime : Denise, qui vit maintenant chez leur frère Didier, menace de ne plus s'occuper des vignes de Cohons, qui appartiennent à Denis, s'il refuse d'en faire don à son frère[143]. Il écrit à sa sœur[143] : « *Je vous promets que s'il ose m'envoyer une assignation, il s'en ressouviendra toute sa vie. J'aurai la satisfaction d'exposer aux yeux du public le tableau de ses procédés envers vous et envers moi, et pour pendant de ce tableau, celui de vos procédés et des miens envers lui. J'y mettrai toute la sauce qu'il faudra.* [...] *Je risque de perdre soixante et dix mille francs. C'est une affaire assez importante pour la suivre à vue.* [...] *Si vous continuez à me tourmenter, un beau matin je prends mes jambes à mon col, je laisse là femme, enfant, frère, sœur, et je m'en vais mourir tranquillement dans les glaces du Nord où l'on n'a qu'un cri continu pour m'appeler*[143]. »

Encore l'idée de partir s'installer à Pétersbourg... Décidément, l'idée fait son chemin...

Se brouiller avec Grimm

Denis fait décidément passer l'amitié avant tout et, pour ne pas abandonner Damilaville, il refuse pour la première fois de passer l'automne à Grandval. Grimm et d'Holbach, on l'a vu, lui tiennent rigueur de préférer la compagnie d'un « *gobe-mouche de la philosophie*[235] » à la leur. Denis écrit à Sophie à propos de d'Holbach : « *Je vois qu'il ne me pardonne pas la solitude dans laquelle je l'ai laissé. Cela s'entend ; il fallait laisser souffrir Damilaville tout seul à Paris, et m'en aller passer gaiement un ou deux mois au Grandval. Avez-vous jamais vu des têtes fagotées comme cela ? Je ne m'aperçois pas de sa bouderie. Elle finira quand il en sera las*[143]. »

Fin octobre 1768, Grimm insiste encore pour que Denis rencontre un jeune prince allemand, le futur Ernest II de Saxe-Gotha, client de la *Correspondance littéraire,* dont lui, Grimm, rêve de devenir le chambellan[143]. Denis, « *excédé de ces sortes de corvées*[143] », refuse, mais Melchior ruse et introduit le prince rue Taranne en le présentant comme un écrivain suisse[549]. Deux jours plus tard, Denis se rend rue Saint-Roch, chez d'Holbach, revenu à Paris pour l'occasion[549]. Il y découvre le prince et se rend compte qu'on s'est joué de lui. Il se dispute avec Grimm qui lui répond des propos très rudes qui le bouleversent, ainsi qu'il le rapporte à Sophie : « *Je suis brouillé avec Grimm.* [...] *Je me console du mal que me fait cette brouillerie par la certitude que nous nous raccommoderons, et l'espérance qu'il n'y reviendra plus*[143]. »

Puis, ainsi qu'il l'écrit à Mme d'Épinay, « *il m'a blessé mortellement. J'ai vu que je n'avais pas dans son esprit le rang que je croyais ; car il faut bien que j'en juge par la manière dont il m'a traité. C'est ainsi qu'il parle à son valet quand il en est mécontent*[143]... ».

Un « valet » : exactement le rôle que Denis tient vis-à-vis de Grimm dans *Jacques le Fataliste.* Denis y est bien le valet, et Grimm le maître[432]. Tout comme, inversement, Denis est le maître et Damilaville le valet.

Denis résume la situation à Sophie : « *J'avais trois amis. J'étais froidement avec l'un* [d'Holbach] ; *presque brouillé avec l'autre* [Grimm] ; *le troisième était malade à mourir* [Damilaville]. *Cette position m'avait causé un tel dégoût des hommes que j'ai été sur le point de me claquemurer*[143]. »

Désir de partir, de s'isoler, de quitter ce monde de vanités si éloigné de ses préoccupations, qu'il réitère quelques jours plus tard et qui va devenir chez lui une obsession : « *Ces gens-là ne veulent pas que je sois moi. Je les planterai tous là, et je vivrai dans un trou. Il y a longtemps que ce projet me roule par la tête*[143]. »

Fuir les mondanités

En novembre 1768, Denis passe l'essentiel de son temps chez Damilaville. Même s'il se plaît encore à rencontrer parfois quelques personnalités étrangères de passage, ne serait-ce que pour se prouver à lui-même qu'il compte intellectuellement de plus en plus à leurs yeux. Il accepte de rencontrer le roi du Danemark en voyage à Paris « *afin*, dira-t-il à Sophie, *de montrer à ces ânes-là que l'on fait ailleurs quelque cas de nous*[143] ». La rencontre, encore une fois organisée par Grimm et d'Holbach chez le baron de Gleichen, ambassadeur danois à Paris, est néanmoins remise, Christian VII (écrit Denis à Sophie) étant « *tombé malade, excédé de fêtes et d'ennui*[143] ». L'entrevue a lieu le lendemain à l'hôtel d'York[235].

Denis a toujours aussi peur, pour lui comme pour les autres, face à la brutalité de la police. Il s'inquiète en particulier pour Naigeon et d'Holbach, qui traduisent et publient des livres anglais subversifs[507] : *Lettres philosophiques sur l'origine des préjugés, du dogme de l'immortalité de l'âme, de l'idolâtrie, etc.*, de Toland[501] ; *La contagion sacrée, ou Histoire naturelle de la superstition,* de J. Trenchard[504] ; *Examen des prophéties qui servent de fondement à la religion chrétienne,* d'Anthony Collins[103] ; *Vie de David, ou de l'homme selon le cœur de Dieu,* par Peter Annet[15].

Denis écrit à ce propos : « *Il pleut des bombes dans la maison du Seigneur. Je tremble toujours qu'un de ces téméraires artilleurs-là ne s'en trouve mal*[143]. » Surtout après l'épouvantable histoire qu'il vient de raconter, de gens condamnés aux galères simplement pour avoir eu entre les mains des livres interdits.

Denis met alors la main sur le manuscrit d'un livre beaucoup moins sulfureux : les *Dialogues sur le commerce des blés*[219], de Galiani. Brillant représentant de l'école napolitaine d'économie, élève de Genovesi, Galiani, qui travaille dans l'ambassade napolitaine à Paris, est hostile aux physiocrates et à la liberté de circulation des grains (il a été témoin de la terrible famine qui a sévi à Naples en 1764 et en était la conséquence[549]). Galiani prône la libre circulation intérieure et une taxe (50 sous par sétier) sur les exportations pour les dissuader[524]. Diderot l'approuve : il estime qu'il convient d'appliquer la méthode expérimentale à l'économie politique et s'oppose aux idéologues du libéralisme, tels Choiseul et Trudaine, favorables au libre-échange et ignorant tout de ses conséquences sur la vie des paysans. Il entend faire publier le livre de Galiani : « *Je me suis prosterné devant lui pour qu'il publiât ses idées*[143]. »

Si l'envie de partir est désormais omniprésente chez lui, elle est tout aussi impossible à mettre en œuvre. Parce qu'il y a Angélique. Denis en parle à Sophie comme il n'a encore jamais fait[67] : « *Je suis fou à lier de ma fille. Elle dit que sa maman prie Dieu et que son papa fait le bien ; que ma façon de penser ressemble à mes brodequins qu'on ne met pas pour le monde, mais pour avoir les pieds chauds ; qu'il en est des actions qui nous sont utiles et qui nuisent aux autres, comme de l'ail qu'on ne mange pas, quoiqu'on l'aime, parce qu'il infecte ; que quand elle regarde ce qui se passe autour d'elle, elle n'ose pas rire des*

Égyptiens ; que si, mère d'une nombreuse famille, il y avait un enfant bien méchant, bien méchant, elle ne se résoudrait jamais à le prendre par les pieds et à lui mettre la tête dans un poêle. Et tout cela en [une] *heure et demie de causerie en attendant le dîner*[143] *!* »

En décembre, inspiré par l'*Encyclopædia Britannica*, dont les instigateurs commencent à préparer une réédition, et par le succès de l'*Encyclopédie*, dont des éditions pirates paraissent à Lucques et à Genève, un ambitieux libraire lillois, Charles Panckoucke, achète à Le Breton les droits du *Discours* et les cuivres des planches de l'*Encyclopédie*, pour 200 000 livres, en vue d'une nouvelle édition, augmentée d'un « Supplément[122] ». Denis est furieux que Le Breton ait passé ce marché sans lui en parler – ce qui est pourtant légal –, alors qu'il songe lui-même à refaire l'*Encyclopédie*, peut-être en Russie. Et doublement furieux que tout l'argent tiré de cette cession aille au libraire.

Quand Panckoucke le contacte après avoir acheté les droits, Denis hésite, veut l'aider, puis le renvoie avec fracas. Pas question de travailler avec lui. Il aurait dû le voir avant de parler aux libraires ! Il écrira à Sophie, le 31 août suivant[67] : « *Ce petit Panckoucke, enflé de l'arrogance d'un nouveau parvenu* [...], *s'est avisé de s'échapper chez moi* [...] *; me levant brusquement, je l'ai pris par la main ; je lui ai dit : "M. Panckoucke* [...], *il faut toujours parler honnêtement* [...]. *Allez vous faire f..., vous et votre ouvrage*[143] *!* » D'Alembert refuse lui aussi et ne promet à Panckoucke que « *de lui donner quelques additions pour les articles de mathématiques et pour quelques-uns de physique*[537] ».

Denis devine que les motivations de Panckoucke sont largement commerciales. Il ne se trompe pas : le Lillois écrira un peu plus tard à Marc-Michel Rey[506] : « *Il ne faudra point se permettre aucune hardiesse impie qui puisse effrayer les magistrats. Au contraire, il faudra que tout l'ouvrage soit écrit avec beaucoup de sagesse, de modération, qu'il puisse même mériter les encouragements de votre gouvernement.* [...] *C'est ici une affaire d'argent où tout le monde peut s'intéresser*[122]. »

Mort d'un ami

Damilaville agonise gaiment. Au cours de ce mois de novembre et au début décembre 1768, Denis se distrait en achetant pour Catherine II – au grand dam de Grimm qui se croyait seul en charge de ces acquisitions –, avec un goût très sûr, les plus beaux tableaux de diverses collections : celle de Louis-Jean Gaignat, receveur général des requêtes du Palais, amateur d'art, dont il a fréquenté l'hôtel particulier, où il pouvait admirer « *un Murillo, trois Gérard Dou, et un Jean-Baptiste Van Loo*[143] », et celle de Crozat, composée de huit Rembrandt, cinq Raphaël, sept Van Dyck, trois Le Corrège, dix Titien, deux Dürer, douze Rubens, six Poussin et trois Le Lorrain. Diderot trouve, négocie et achète ainsi quelques-unes des plus belles pièces exposées aujourd'hui au musée de l'Ermitage[502].

Au même moment, Denis envoie le *Salon de 1767* à Mme Necker et lui écrit une jolie lettre comportant un délicieux aphorisme par où l'on voit que Dieu n'a pas disparu de son paysage intellectuel[143] : « *Combien de choses vous y trouverez* [dans ce texte] *qui n'auraient jamais été ni pensées ni écrites si j'avais eu l'honneur de vous connaître plus tôt.* [...] *Un homme honnête* [...], *un homme qui connaît le vrai but des lettres et qui ne veut pas prostituer son talent, ne compose rien que Dieu et vous ne puissiez regarder avec complaisance*[143]. » Il use ensuite de cette belle métaphore, sans doute en songeant à Damilaville : « *Dieu lisait un jour la vie d'un homme de bien, c'est-à-dire une vie mêlée de bonnes et de mauvaises actions. Il avait l'ange Gabriel à sa droite et le Diable à sa gauche. Satan appuyait du doigt sur toutes les lignes accusatrices et souriait ; l'Ange pleurait, et chacune de ses larmes, en tombant sur le feuillet, en effaçait la ligne qui faisait sourire Satan. Vous auriez trop pleuré si chaque sottise de mon papier vous avait coûté une larme*[143]. »

Le 13 décembre, Damilaville meurt, à l'âge de quarante-cinq ans. Juste avant de s'éteindre, toujours souriant malgré la douleur, il demande à Denis de prendre soin de son ultime maîtresse, Mme de Maux, et même de la consoler. Denis est bouleversé.

Un autre regrette Damilaville : apprenant son décès, Voltaire écrit à d'Alembert, à propos de celui qui fut son compagnon de lutte dans l'affaire Calas : « *Je regretterai Damilaville toute la vie. J'aimais l'intrépidité de son âme ; j'espérais qu'à la fin il viendrait partager ma retraite*[537]. » Signalant au passage que Damilaville, que tout le monde croyait célibataire, avait été marié, mais que sa femme l'avait quitté douze ans plus tôt[537], Voltaire terminera une autre lettre à d'Alembert par ces mots : « *Mon cœur est à vous jusqu'au moment où j'irai trouver Damilaville*[537]. »

Melchior Grimm rédige alors pour la *Correspondance littéraire* une épouvantable notice nécrologique sur Damilaville[235] : « *Le baron d'Holbach l'appelait plaisamment le Gobe-mouche de la philosophie. Comme il n'avait pas fait ses études, il n'avait dans le fond aucun avis à lui, et il répétait ce qu'il entendait dire aux autres ; mais sa liaison étroite avec M. de Voltaire, qui le lia avec MM. Diderot et d'Alembert, et avec les plus célèbres philosophes de la nation, lui donna une espèce de présomption qui ne contribua pas à le rendre aimable.* [...] *C'est une chose bien digne de remarque que cet homme est mort sans être regretté de personne, et que, malgré cela, durant tout le cours de sa longue et cruelle maladie, son lit n'a cessé d'être entouré par tout ce que les lettres ont de plus illustre et de plus estimable ; il en a éprouvé jusqu'au dernier moment les soins les plus assidus et les plus touchants*[235]. »

Il place cet horrible texte (« *cet homme est mort sans être regretté par personne*[235] ») dans la même page que son compte rendu du tour qu'il a joué à Denis lors de la visite du prince de Saxe-Gotha...

Chapitre 10

Dernières amours
1769-1773

À la mort de Damilaville, Denis passe beaucoup de temps auprès de Jeanne de Maux. Elle le fascine et, après tout, il a reçu mission de son ami de s'occuper d'elle, de la rendre heureuse. Elle se laisse courtiser sans vouloir vraiment comprendre que Denis est épris d'elle. Lui continue de penser en termes d'amours multiples. Comme toujours depuis son mariage, il ne songe pas une seule seconde à quitter sa femme ; et il reste lié à Sophie. Marie-Charlotte meurt à ce moment, on ne sait ni comment ni où, Denis fait sans doute encore l'amour avec Mme de Blacy. Il s'occupe beaucoup des études de sa fille, lui enseigne les mathématiques, surveille ses lectures. Il s'inquiète parce qu'il la trouve trop jeune (elle a quinze ans) pour lire le *Candide* de Voltaire[524].

L'*Encyclopédie* est achevée. Reste à finir les planches. Denis pourrait se sentir soulagé. Mais, comme tous les écrivains, il a le plus grand mal à se détacher de son œuvre et à se résoudre à passer à autre chose. Pourtant, tant de manuscrits traînent sur son bureau ! Il écrit, écrit, écrit. Avec rage : pour venir à bout de tout ce qu'il a commencé. Pour ne plus penser à l'*Encyclopédie*. Et, si possible, préparer maintenant une publication de la plupart de ses textes. Lesquels ? Il hésite. Et où ? En France, impossible ! Mais publier ailleurs, est-ce possible sans trop de risque ? Pas davantage, à l'évidence. Seule solution : partir. Mais cela, il ne veut pas en entendre parler : pour Sophie, pour Angélique. Et, à présent, pour Jeanne.

Consoler Jeanne

Denis parle à Jeanne de Maux de son amour éternel avec des mots proches de ceux qu'il employait peu auparavant pour Sophie : « *J'enrage d'être empêtré d'une diable de philosophie que mon esprit ne peut s'empêcher d'approuver, et mon cœur de démentir. Je ne puis souffrir que mes sentiments pour vous, que vos sentiments pour moi soient assujettis à quoi que ce soit au monde, et que Naigeon* [son ami, qui croit à l'influence des étoiles sur les sentiments] *les fasse dépendre du passage d'une comète. Peu s'en faut que je ne me fasse chrétien pour me promettre de vous aimer dans ce monde tant que j'y serai ; et de vous retrouver, pour vous aimer encore dans l'autre*[143]. »

En mai, Denis discute avec Jeanne du progrès de la civilisation, sujet qui va bientôt l'occuper à plein, à partir d'une question : l'homme européen, qui commence à découvrir le monde, est-il supérieur aux autres ? Il lui écrit : « *Croyez-vous que les hommes s'amendent jamais ? Il est bien sûr que nous ne sommes pas aussi barbares que nos pères. Nous sommes plus éclairés. Sommes-nous meilleurs ? C'est autre chose. Je leur fis* [aux amis avec qui il est allé à Saint-Cloud] *sur les préjugés une fable qui leur plut, et qui vous plaira, parce qu'elle est simple et qu'elle a de la finesse. Un jour, leur disais-je, un philosophe demandait à un homme du monde : "Si le bal de l'Opéra durait toute l'année, que pensez-vous qu'il en arrivât ? – Ce qui arriverait, c'est que tous les masques se reconnaîtraient. – Eh bien ! Ces masques-là sont les symboles de nos erreurs. Priez Dieu que le bal dure, et ils finiront tous par être reconnus*[143]*."* »

Dernière fâcherie avec les éditeurs à propos des planches

Bernard de Jussieu, naturaliste, botaniste et démonstrateur au Jardin du roi depuis 1722, vient expliquer à Diderot que les gravures représentant les animaux dans le sixième volume de planches, encore à paraître, sont de très mauvaise facture[549].

Denis les fait alors refaire par Louis Daubenton[549], médecin et zoologiste, démonstrateur au Cabinet du roi, auquel il promet pour cette tâche 6 000 livres (70 000 euros) et un exemplaire complet de l'*Encyclopédie*[143]. Daubenton s'exécute. Informé, Le Breton reproche à

Diderot de s'être engagé sans lui en avoir parlé, et refuse de payer[549]. Denis riposte qu'il s'agit d'un énorme travail, que Daubenton est le meilleur et qu'il en a assez de payer de sa poche ce qui est à la charge des libraires[143]. Le Breton répond que Diderot n'a jamais rien payé de sa poche. Denis explose. C'est l'occasion, pour lui, de dire leur fait aux libraires dans une lettre du 4 mars 1769 plus sereine qu'au moment de la découverte de la censure exercée par Le Breton. Non sans mépris, il dresse le bilan de tout le travail concret, y compris matériel, peu visible, qu'il a accompli depuis vingt ans[143] :

« *Vous me demandez, monsieur, quand j'ai supporté les charges de l'ouvrage dont avez le profit. Puisque vous avez l'indiscrétion de m'en faire la demande, je n'aurai pas la délicatesse de vous en épargner la réponse : C'est quand j'ai fait travailler toutes mes connaissances et tous mes amis gratuitement. C'est lorsque j'ai procuré gratuitement l'asile, la nourriture, les instructions, pendant des mois entiers, et gratuitement, vous dis-je, à votre dessinateur chez moi, chez mes connaissances, et chez mes amis. C'est lorsque j'ai donné non seulement les deux exemplaires que je tenais de vous, mais ceux qui m'étaient dus, à ceux qui travaillaient pour vous. C'est lorsque je faisais pour la perfection de l'ouvrage bien plus que mon devoir pur et simple d'éditeur ne l'exigeait.* [...] *Je ne finirais point, monsieur, si je voulais pousser ce détail ; et quand il vous plaira d'en savoir davantage, je me charge de vous prouver que je vous ai épargné cinquante mille francs, et qu'il m'en a coûté pour mon compte plus* [de] *dix mille.* [...] *Si je puis vous être utile, je ne* [me] *vengerai qu'en vous servant ; si cette sorte de vengeance n'est pas faite pour tout le monde, c'est la mienne*[143]. »

Travailler pour Melchior

En mai, avant de partir pour l'Allemagne afin d'y séjourner cinq mois (il va voir ses clients, et sa mère à Ratisbonne[475]), Grimm augmente massivement le coût de l'abonnement à la *Correspondance littéraire*, qui passe d'une moyenne de 400 livres à plus de 1200 livres (soit environ 14 000 euros d'aujourd'hui) par an pour une vingtaine de manuscrits parfois très brefs. Tarif énorme, même pour une clientèle exclusivement princière. Il laisse à Diderot et à Mme d'Épinay, pendant son absence, le soin de s'en occuper[411].

Le 30 juin, Denis écrit ainsi à Sophie Volland : « *Je travaille comme un diable*[143] » ; puis, le 15 juillet : « *Je suis seul. Grimm court les champs, comme vous le savez. Madame d'Épinay est enfermée aux Ternes* [elle est malade, chez elle] – *Le petit abbé* [Galiani, reparti à Naples] *nous a dit adieu* [...]. *Grimm me prend tout mon temps*[143]. » Le 24 juillet, aux dames Volland, probablement à Isle : « *Joignez à l'accablement du travail celui de la chaleur ; je ne crois pas avoir autant travaillé de ma vie. Je me couche de bonne heure ; je me lève de grand matin ; et tant que la journée dure, je suis attaché à mon bureau*[143]. » Il travaille aussi énormément aux planches de l'*Encyclopédie* et relit le livre de Galiani. Il écrit le 24 juillet : « *Mes libraires veulent publier deux volumes à la fois ; ainsi voyez-moi entouré de planches de la tête aux pieds. L'absence de Grimm me donne une peine que je ne connaissais pas. Je ne voudrais pas, pour autant d'or que je suis gros, continuer cette corvée le reste de ma vie. Et puis, l'ouvrage de l'abbé Galiani qu'il a fallu lire, relire et corriger*[143] *!* »

Grimm ne donne pas de nouvelles. Le 31 juillet, Diderot le relance : « *Je vous pardonne de ne m'avoir pas donné le moindre signe de vie, si vous avez été heureux*[143]. » Il lui parle de Jeanne : « *Dans une heure d'ici, ce billet sera enfermé dans une lettre de M*me *de Maux, à moins que je n'oublie de le lui donner ; car, à vous parler vrai, j'oublie beaucoup de choses auprès d'elle ; et quelque plaisir qu'elle ait à s'entretenir de vous, je ne vous laisse d'elle que ce que je ne saurais vous dérober. Nous nous portons tous assez bien. Je ne l'en excepte pas. J'ai pris à tâche de lui faire un avenir plus doux ; mais cela n'est pas aisé. Elle a été si malheureuse qu'il est difficile de lui faire croire au bonheur*[143]. »

Il travaille sans plus sortir de chez lui, en robe de chambre, pendant des jours d'affilée. Il travaille à corriger le manuscrit de ce qui deviendra la première édition de l'*Histoire des deux Indes* de l'abbé Raynal[434]. Il ajoute des réflexions sur la prostitution rituelle des vestales au Japon, sur la Russie, sur les pirates, sur les colonies, sur l'interdiction d'émigrer, sur le statut des déserteurs[510]. Il écrit pour la *Correspondance littéraire*. Il se plaint à Sophie[67] : « *Il est temps que Grimm arrive et que je lui remette le tablier de sa boutique* [...]. *On me donnerait aussi gros d'or que moi, et je ne suis pas des plus minces, que je ne voudrais pas continuer.* [...] *Je vis beaucoup dans ma robe de chambre ; je lis, j'écris ; j'écris d'assez bonnes choses à propos de fort mauvaises que je lis. Je ne vois personne, parce qu'il n'y a plus personne à Paris. M. Bouchard* [un ami de la famille Volland, directeur des Fermes] *m'a fait une visite, et j'ai été fort aise de le voir. Venir de la rue des Vieux-Augustins rue Taranne, grimper à un quatrième étage, c'est la tâche d'un homme en train de se bien porter*[143]. »

Et puis, parce que rien n'est sérieux sauf penser, il avoue faire des faux, inventant des livres qui n'existent pas pour en faire la critique dans la *Correspondance* ; il en a écrit des passages et se critique lui-même : « *Lorsqu'il n'y a point de livres nouveaux dont je puisse rendre compte, je fais des extraits de livres qui ne sont pas, en attendant qu'on les fasse*[143]. » Parfois, quand il manque de textes d'autrui, ou quand inventer des auteurs ne l'amuse plus, il signe de son nom quelques-uns de ces textes : « *Quand cette ressource, qui est assez féconde, me manque, j'en ai une autre : c'est de faire de petits ouvrages*[143]. »

Enfin, il reçoit des nouvelles de Grimm, qu'il transmet aussitôt à Sophie, le 16 octobre[67] : « *Le roi de Prusse l'a arrêté trois jours de suite à Potsdam, et il a eu l'honneur de causer avec lui deux heures et demie chaque jour. Il en est enchanté ; mais le moyen de ne pas l'être d'un grand prince quand il s'avise d'être affable ? Au sortir du dernier entretien, on lui présenta, de la part du roi, une belle boîte d'or. Cela est fort bien. Le prince de Saxe-Gotha a fait encore mieux. Il lui a donné un titre, je ne sais quel, et il a attaché à ce titre une pension de douze cents livres*[143]. »

Grimm devient en effet, à la suite de ce voyage, conseiller de la légation (l'ambassade) du prince de Saxe-Gotha à Paris[475]. Son rêve se réalise : il est un diplomate allemand.

Le rêve de d'Alembert

Puis, Denis se mêle d'écrire sur un sujet qui, au fond, est celui qui lui tient le plus à cœur et qui fut le ressort de l'*Encyclopédie* : assembler tous les savoirs de sa vie en une science totale qui unirait la matière et l'esprit. À l'issue d'une conversation avec Angélique, qui l'interroge sur ce que deviennent les gens après la mort et sur la nature de l'âme, il rédige pour elle un texte sur les relations entre la vie et la matière[143]. Ce sera *Le Rêve de d'Alembert*[156], un texte d'une très grande audace.

C'est un ensemble de trois conversations entre lui, un médecin, une femme cultivée et d'Alembert, dont il s'est pourtant beaucoup éloigné. Au fil du texte, on comprend que le praticien n'est autre que le docteur Bordeu, son médecin de famille, qui a rédigé l'article « Crise » pour l'*Encyclopédie*, et que la « femme cultivée » n'est autre que Mlle de Lespinasse, la maîtresse de d'Alembert depuis quatre ans, la nièce de Mme du Deffand dont elle a vidé le salon quand celle-ci est devenue aveugle.

Denis y reprend, avec bien plus d'audace, ses intuitions sur la nature de la matière, développées seize ans plus tôt dans son livre contre Maupertuis, les *Pensées sur l'interprétation de la nature*[156]. Son ambition reste inchangée : démontrer que l'existence de la vie ne présuppose pas l'existence de Dieu. À cette fin, il émet des hypothèses qui en font un précurseur des sciences les plus modernes : la vie résulte, écrit-il, d'un assemblage particulier de molécules ; dans chaque être vivant, des entités microscopiques en décrivent l'identité. Il imagine ainsi les chromosomes, qui ne seront découverts que plus d'un siècle plus tard, et les cellules souches, qui ne seront conceptualisées que plus de deux siècles après[549].

Il commence par un dialogue entre d'Alembert et lui sur la matière et la vie. Il affirme que la matière est constituée de molécules dotées d'un mouvement qu'il appelle « *sensibilité*[156] ». Il distingue la « *sensibilité inerte*[156] » (celle des statues) et la « *sensibilité active* » (celle du vivant). La « sensibilité inerte » peut devenir « active » en étant ingérée par le vivant. (Il va jusqu'à montrer qu'il peut « *rendre le marbre comestible*[156] » en le pilant et en le réduisant en poussière.) La vie est dès lors un assemblage particulier de matière. Son aboutissement est la pensée, qui, dit-il, transforme la matière en conscience par le biais de la mémoire. Puis il énonce cette phrase étonnante, si en avance sur son temps, alors que personne n'a encore parlé de neurosciences : « *Si donc un être qui sent et qui a cette organisation propre à la mémoire, lie les impressions qu'il reçoit, forme par cette liaison une histoire qui est celle de sa vie, et acquiert la conscience de lui, il nie, il affirme, il conclut, il pense*[156]. »

Cependant que Diderot explique, d'Alembert proteste et le contredit point par point. Puis, resté seul avec la jeune femme, d'Alembert s'endort à côté d'elle ; il rêve à voix haute et défend des points de vue encore plus matérialistes que ceux de Diderot, qu'il désapprouvait pourtant un peu plus tôt[549]. Dans son rêve, d'Alembert compare par exemple le vivant à une agrégation d'abeilles[156] : « – *Avez-vous vu quelquefois un essaim d'abeilles s'échapper de leur ruche ?* [...] *Le monde, ou la masse générale de la matière, est la ruche* [...]. *Les avez-vous vues s'en aller former à l'extrémité de la branche d'un arbre une longue grappe de petits animaux ailés, tous accrochés les uns aux autres par les pattes*[156] *?* »

Puis la jeune femme, qui a pris en note tout ce que disait d'Alembert en dormant, en discute avec un médecin qui lui explique : « *Je gage, Mademoiselle, que vous avez cru [avoir été] fœtus une petite femme, dans les testicules de votre mère une femme très petite.* [...] *Rien cependant n'est plus faux que cette idée. D'abord, vous n'étiez rien. Vous fûtes, en commençant, un point imperceptible formé de molécules plus petites éparses dans le sang, la lymphe de votre père ou de votre mère ; ce point devint un fil délié, puis un faisceau de fils.* [...] *Chacun des brins du faisceau de fils se transforma par la seule nutrition et par sa conformation en un organe particulier*[156]. » C'est là l'intuition des chromosomes, puis des cellules souches et de la façon dont elles se différencient[549].

Le médecin et la jeune femme conversent ensuite en tête à tête sur des sujets de plus en plus osés – le désir, la masturbation, l'homosexualité –, sans tabou, en utilisant des métaphores on ne peut plus concrètes : une toile d'araignée et ses vibrations, un mécanisme de clavecin, etc.

Cette même image de la toile d'araignée est utilisée pour expliquer la transmission aux « méninges » des « sensations[156] » : « Mademoiselle de Lespinasse *: Docteur, approchez-vous. Imaginez une araignée au centre de sa toile. Ébranlez un fil, et vous verrez l'animal alerte accourir. Eh bien ! si les fils que l'insecte tire de ses intestins, et y rappelle quand il lui plaît, faisaient partie sensible de lui-même ?...* Bordeu *: Je vous entends. Vous imaginez en vous, quelque part, dans un recoin de votre tête, celui, par exemple, qu'on appelle les méninges, un ou plusieurs points où se rapportent toutes les sensations excitées sur la longueur des fils*[156]. »

Enfin d'Alembert revient et se mêle à la conversation, qui prend alors un tour extrêmement scabreux, avec les noms des protagonistes :

« D'Alembert *: Je crois que vous dites des ordures à mademoiselle de Lespinasse.*

« Bordeu *: Quand on parle science, il faut se servir des mots techniques.*

« D'Alembert *: Vous avez raison ; alors ils perdent le cortège d'idées accessoires qui les rendraient malhonnêtes. Continuez, docteur. Vous disiez donc à Mademoiselle que la matrice n'est autre chose qu'un scrotum retourné de dehors en dedans, mouvement dans lequel les testicules* *ont été jetés hors de la bourse qui les renfermait et dispersés de droite et de gauche dans la cavité du corps ; que le clitoris est un membre viril en petit ; que ce membre viril de femme va toujours en diminuant à mesure que la matrice ou le scrotum retourné s'étend, et que...*

« Mademoiselle de Lespinasse : *Oui, oui, taisez-vous, et ne vous mêlez pas de nos affaires*[156]. »

Quand le journaliste Jean-Baptiste Suard avertit Julie de l'existence de ce manuscrit, que Denis n'a montré qu'à quelques amis – pas même à sa fille, qui lui en a donné l'idée – sans jamais envisager de le publier, elle est horrifiée[506] : « *Monsieur Diderot, d'après l'expérience qu'il en a, devrait, ce me semble, s'interdire de parler ou de faire parler des femmes qu'il ne connaît pas*[549]. »

Elle en prévient, furieuse, son amant d'Alembert, qui exige de Diderot qu'il détruise ce manuscrit[549].

Diderot promet. On verra bien plus tard qu'il n'en a rien fait.

Puis il rédige un résumé de toute l'histoire, montrant l'importance qu'il attache au fait d'écrire pour lui-même, simplement pour coucher ses pensées sur le papier : « *Le plaisir de se rendre compte à soi-même de ses opinions* [...] *avait* [produit ces dialogues] *; l'indiscrétion de quelques personnes les tira de l'obscurité ; l'amour alarmé en désira le sacrifice ; l'amitié tyrannique l'exigea ; l'amitié trop facile y consentit ; ils furent lacérés*[549]. »

Un peu après, il expliquera à Sophie, en ces termes, la raison d'être du *Rêve de d'Alembert*[67] : « *Il n'est pas possible d'être plus profond et plus fou. J'y ai ajouté après coup cinq ou six pages capables de faire dresser les cheveux à mon amoureuse, aussi ne les verra-t-elle jamais*[143]. » Il justifiera ainsi le choix de personnages vivants : « *Si j'avais voulu sacrifier la richesse du fond à la noblesse du ton, Démocrite, Hippocrate et Leucippe auraient été mes personnages ; mais la vraisemblance m'aurait renfermé dans les bornes étroites de la philosophie ancienne, et j'y aurais trop perdu*[143]. » Et il conclura, tant fier de lui : « *Cela est de la plus haute extravagance et tout à la fois de la philosophie la plus profonde. Il y a quelque adresse à avoir mis mes idées dans la bouche d'un homme qui rêve. Il faut souvent donner à la sagesse l'air de la folie afin de lui procurer ses entrées. J'aime mieux qu'on dise : Mais cela n'est pas si insensé qu'on croirait bien, que de dire : Écoutez-moi, voici des choses très sages*[143]... »

*Refaire l'*Encyclopédie *?*

Il écrit à Falconet qu'il irait volontiers exprimer de vive voix sa gratitude à Catherine II[143]. La raison en fait est autre : il n'a pas du tout envie de tourner le dos à l'*Encyclopédie* et aspire à la refaire librement. Sans ce Charles-Joseph Panckoucke, ce libraire lillois, devenu libraire de l'Imprimerie royale et de l'Académie royale des sciences, qui lui a proposé d'en diriger une nouvelle édition et qui, sans lui, en prépare bien une, à Paris, avec l'accord de Briasson et Le Breton, alors que disparaît le deuxième des quatre libraires d'origine, Michel-Antoine David.

Retour au théâtre : le Paradoxe sur le comédien

Le 9 août, *Le Père de famille*, sa deuxième pièce, est reprise à la Comédie-Française ; avec succès, cette fois : douze représentations, dont une à laquelle assiste Angélique[549]. Denis en est très fier. Le 23 août, il en fait part à Sophie, montrant qu'il a suivi en détail, encore une fois, les répétitions et la mise en scène[67] : « *On l'a donc joué, ce* Père de famille *! Molé Saint-Albin est sublime ; Brizard est passable ; Cécile, Mme Préville, est assez bien ; Germeuil est mauvais. Le Commandeur, Augé, médiocre, excepté dans quelques scènes. Mme Doligny, Sophie, presque rien. Mais une justice que je leur dois à tous, c'est d'y avoir mis tout leur savoir-faire, et de jouer avec un concert si parfait que l'ensemble répare les défauts du détail*[143]. »

Une nouvelle fois, comme toujours quand il est question de théâtre, on devine ici chez lui une irrépressible vanité d'auteur[67] : « *Et puis, je vous le dis sans partialité, l'ouvrage est si rapide, si violent, si fort qu'il est impossible de le tuer. Enfin, il a été senti, et il a obtenu les applaudissements. Je ne sais quelle épithète leur donner, à ces applaudissements. Ç'a été, et c'est à toutes les représentations, un monde et un tumulte épouvantables. On n'a pas mémoire d'un succès pareil, surtout à la première représentation où la pièce était, pour ainsi dire, presque nouvelle. Il n'y a qu'une voix, à laquelle je ne saurais m'empêcher de joindre la mienne ; c'est, je vous assure, un très grand et très bel ouvrage*[143]. »

Ivre de joie, il écrit encore à ce propos, le 7 septembre, à Falconet : « *On vient de remettre au théâtre* Le Père de famille, *en été, avec un succès dont il n'y a pas d'égal. Nous en sommes à la douzième représentation et la salle ne désemplit pas. Je vous apprends cela afin que vous vous en réjouissiez*[143]... » Il exagère tant il est heureux, car c'est en fait la neuvième qui a eu lieu la veille[507].

Ce succès ne lui suffit pas. Après avoir théorisé l'art d'écrire pour le théâtre, il entend théoriser l'art de jouer, dont il a vu de désastreux exemples dans l'interprétation de sa pièce. En octobre, il commence à travailler sur ce qui deviendra le *Paradoxe sur le comédien*[156] par un compte rendu de lecture d'un livre, *Garrick ou Les acteurs anglais*[494], qu'il fera paraître un an plus tard dans la *Correspondance littéraire*[507]. Garrick est ce comédien anglais, grand acteur shakespearien, qu'il a bien connu chez d'Holbach. Pour bien jouer, écrit Diderot, il faut surtout ne pas tenter d'incarner le personnage, mais le jouer de façon totalement froide ; un comédien doit rester extérieur aux émotions de ses personnages, et non les vivre ; moins on ressent, plus on fait ressentir. Pour cela, il faut que le comédien contrôle son mental et sa respiration. Il propose la création d'un conservatoire d'art dramatique et précise dans une lettre à Grimm datée du 14 novembre : « Garrick ou du jeu théâtral *m'a fait faire un morceau qui mériterait bien d'être mis dans un meilleur ordre.* [...]. *Avec un peu de soin, je n'aurais peut-être jamais rien écrit où il y eût plus de finesse et de vue. C'est un beau paradoxe. Je prétends que c'est la sensibilité qui fait les comédiens médiocres ; l'extrême sensibilité, les comédiens bornés ; le sens froid et la tête, les comédiens sublimes*[143]. »

Cette mise « *dans un meilleur ordre*[143] », Diderot la réalisera quatre ans plus tard en transformant son compte rendu en un dialogue qui deviendra le *Paradoxe sur le comédien*[156].

Il continue de travailler à *Jacques le Fataliste* et y reprend des textes qu'il entend lire à voix haute dans le salon de Mlle de Lespinasse : l'un sur Mme Geoffrin qui reçoit des vases livrés par deux ouvriers qui en accusent un troisième d'avoir brisé un des couvercles et qui charge son valet d'aller dédommager ce troisième, injustement attaqué[235] ; un autre dans lequel Mme Geoffrin offre deux vaches à sa laitière dont la bête est morte, l'une pour remplacer celle qu'elle a perdue, l'autre pour la consoler de la douleur qu'elle a ressentie[235]. Il en fait une histoire que raconte Jacques, lequel revient dans son village après avoir fait l'aumône à une femme qui a cassé sa cruche, puis se fait attaquer par trois brigands qui l'ont vu faire l'aumône et le croient par là très riche.

C'est à cette époque qu'ont lieu deux événements apparemment dénués d'importance, dont l'un au moins jouera pourtant un rôle majeur dans sa vie et l'autre dans son œuvre :

Fin septembre, le prince Galitzine est nommé ambassadeur de Russie à La Haye[507], poste alors plus éminent que celui de Paris qu'il occupait quelques années plus tôt. Denis commente à Sophie : « *Le voilà riche et paresseux à jamais.* [...] *Je suis sûr que la tête lui en tourne. Il part de Pétersbourg avec sa femme qui fera ses couches à Berlin, d'où ils se rendront en Hollande*[143]. » C'est là qu'il recevra bientôt Denis.

Au même moment, le neveu de Rameau est arrêté à la demande de sa famille. Il est amené au couvent des Bons-Fils, prison et asile de fous. Il n'en ressortira plus[329]. Denis, qui travaille encore en secret au livre dont ce neveu est le héros imaginaire, l'aura-t-il su ?

Un dîner à Grandval

Mi-octobre, comme tous les ans à pareille époque, Denis part pour Grandval, chez d'Holbach[507]. Il y écrit à Jeanne de Maux un très joli texte où apparaît l'idée de la symbiose de l'homme avec la nature, notion là encore bien en avance sur son temps : « *Est bien mal né, est bien méchant, est bien profondément pervers celui qui médite le mal au milieu des champs. Il lutte contre l'impulsion de la nature entière qui lui répète à voix basse et sans cesse, qui lui murmure à l'oreille : "Demeure en repos, demeure en repos, reste comme tout ce qui t'environne,* [...] *jouis doucement comme tout ce qui t'environne,* [...] *laisse aller les heures, les journées, les années comme tout ce qui t'environne, et passe comme tout ce qui t'environne." Voilà la leçon continue de la nature*[143]. »

Il rentre à Paris pour accueillir Grimm, qui vient de rentrer de Berlin, et ils repartent ensemble le 17 octobre à Grandval pour la soirée. Ce jour-là, pour lui, l'essentiel n'est pas tant le dîner que le temps qu'il aura passé en tête à tête avec Grimm en voiture : « *Nous avons eu deux heures et demie en allant et autant en revenant. Très douces*[143]. »

Autour de la table du dîner, ce soir-là, on parle du chariot à vapeur de Cugnot, du poème philosophique de Saint-Lambert, *Les Saisons*[468], que Voltaire (dont Saint-Lambert avait séduit longtemps avant la maîtresse, Mme du Châtelet) applaudit et que Diderot n'aime point, jugeant la langue française impropre à servir un poème de ce genre[549]. On y parle aussi de Galiani, que Choiseul a expulsé à Naples, la police ayant intercepté une lettre dans laquelle il critiquait le « pacte de famille » (alliance entre la France, l'Espagne et le royaume de Naples), et qui vient de partir en laissant à Denis le soin de faire publier à Paris ses *Dialogues sur le commerce des blés*[219], ce que Diderot se promet de faire, avec l'accord de Sartine[549]. On cite Terray, nommé contrôleur général des Finances, qui hérite d'une situation « *dans le plus affreux délabrement* », selon les termes de son prédécesseur Maynon d'Invault[528]. On évoque Bougainville, qui, revenu de son périple autour du monde, promène dans tout Paris un Tahitien nommé Aotourou que Louis XV et le duc de Choiseul reçoivent, et qui va à l'Opéra, au Jardin royal, chez Julie de Lespinasse. On parle de l'admission, dans le salon de Mme d'Épinay et de Grimm, de nouveaux hôtes, dont quelques ambassadeurs (le comte de Creutz, le baron de Gleichen, le comte de Fuentes), des dignitaires français (Sartine, le baron de Montyon...), qui viennent s'ajouter aux habitués (Diderot, d'Holbach, d'Alembert, Sedaine, Saint-Lambert, Suard, Raynal[411]).

Se battre pour les droits des auteurs

Denis est alors mêlé à deux affaires de droits d'auteur initiées par Pierre Joseph François Luneau de Boisjermain, cet homme de lettres dont il a été question plus haut. D'une part, Luneau est attaqué par les libraires pour avoir publié une édition posthume de Racine[549]. D'autre part, il attaque les libraires de l'*Encyclopédie* (Le Breton et Briasson), parce que le prix de la souscription à l'*Encyclopédie* a notablement augmenté par rapport au prix initial[549].

Dans la première affaire, Diderot prend parti pour Luneau dans une lettre à Sartine datée du 13 octobre 1769[143]. Il y cite l'exemple de l'*Encyclopédie* pour montrer à quel point les libraires accaparent les richesses tirées de l'édition d'un livre, dénonçant « *ces gens dont nous faisons la fortune et qui nous ont condamnés à mâcher des feuilles de laurier*[143] », et il demande à Sartine de « [faire] *bonne et prompte justice de* [leurs] *prétentions, aussi ridicules qu'elles sont injustes.*[...] *N'est-il pas bien étrange que j'aie travaillé trente ans pour les associés de l'*Encyclopédie*, que ma vie soit passée, qu'il leur reste deux millions, et que je n'aie pas un sol ? – À les entendre, je suis trop heureux d'avoir vécu*[143] *!* ».

À cette occasion, Diderot parle à Luneau du « *charpentage*[549] » (c'est-à-dire de la censure exercée par Le Breton) de l'*Encyclopédie* (une confidence qu'il va regretter par la suite[549]...).

Dans la seconde affaire, Luneau fait resurgir de vieux griefs au sujet de l'*Encyclopédie.* Il ressort les accusations de plagiat au sujet des planches[287].

Diderot lui demande de ne pas se servir de ces arguments dans son procès contre les libraires de l'*Encyclopédie* (demande dont Luneau ne tiendra pas compte).

On commence à présent à parler du droit des auteurs. Dans la bataille entre Luneau et les libraires, on peut lire dans un pamphlet dirigé contre ces derniers, l'*Avis aux gens de lettres*, écrit par un certain Fenouillot de Falbaire[199] : « *Tout le monde connaît ce grand monument qui vient d'être élevé chez nous à la gloire des sciences et des arts ; ce monument où toutes les connaissances humaines enchaînées ensemble ont été mises en dépôt, pour qu'assurées désormais de ne pas se perdre dans l'abîme des temps, elles n'eussent plus rien à redouter de la succession des siècles ni des révolutions des empires. Eh bien, il faut que la France, il faut que l'Europe entière sache que l'*Encyclopédie *n'a valu que cent pistoles de rente à l'Auteur célèbre qui l'a entreprise, dirigée et surtout achevée seul ; qui y a consacré vingt-cinq années de veilles et de soins* [...] *pendant qu'il est démontré que ses Libraires gagnent plus de deux millions* [...]. *Il est temps enfin de déchirer les vêtements de tous les Gens de Lettres pour montrer les morsures de ces sangsues attachées à leur corps et gonflées de leur sang. Voici le moment où il faut que les Auteurs se réunissent pour secouer un joug aussi honteux que tyrannique ; le moment où ils devraient tous former entr'eux une société typographique pour s'aider mutuellement dans l'impression et le débit de leurs ouvrages, et pour donner des secours aux jeunes gens qui entrent avec du talent dans la même carrière*[199]. »

Germe donc déjà ici l'idée d'une société destinée à protéger le droit d'auteur, que Beaumarchais reprendra à son compte sept ans plus tard en créant une Société des auteurs dramatiques, ancêtre de la S.A.C.D[575].

Écrire contre un tyran

Le pouvoir en place insupporte de plus en plus Denis, qui se sent toujours menacé. Chaque année, l'Épiphanie est pour lui l'occasion d'une colère particulière. En janvier 1770, il la fête chez lui en compagnie de quelques amis ; c'est lui qui a la fève ; il est couronné roi, et c'est pour lui l'occasion d'écrire contre les monarques un distique de son cru, *Le Code Denis*[549] : « *Signé Denis sans terre ni château / Roi par la grâce du gâteau.* » Grimm, pour qui tout est bon, le publie le 15 janvier dans la *Correspondance* en expliquant que c'est en France un « *usage antique et solennel*[235] » de servir, le jour des Rois, un gâteau dans lequel est dissimulée une fève.

Au même moment paraît sous le nom de Du Marsais, cet auteur de l'article « Philosophe » de l'*Encyclopédie* que tous ont beaucoup pillé, un texte du baron d'Holbach, *Essai sur les préjugés ou de l'influence des opinions sur les mœurs et sur le bonheur des hommes*[265], où l'auteur s'en prend aux privilèges de la noblesse, réclame l'instauration d'une instruction publique et soutient que le pouvoir doit la vérité au peuple sous peine de perdre le soutien des philosophes.

Frédéric II, roi « philosophe », réplique au texte de d'Holbach par un brutal *Examen de « l'Essai sur les préjugés*[211] ». Il qualifie l'auteur de « *philosophe enthousiaste et fanatique*[211] ». La réponse du roi de Prusse contient d'ailleurs des attaques plus générales contre les philosophes : « *Les plus grandes folies que l'imagination en délire ait enfantées dans tous les âges sont sorties du cerveau des philosophes* [...]. *Convaincu de la faiblesse de l'entendement humain, et frappé des erreurs de ces célèbres philosophes, je m'écrie : Vanité des vanités, vanité de l'esprit philosophique*[211] *!* »

Diderot résume ainsi le texte de Frédéric II[549] : « *Qu'ai-je donc appris dans ce livre ?* [...] *Que l'homme n'est pas fait pour la vérité, ni la vérité pour l'homme : que nous sommes condamnés à l'erreur ; que la superstition a son bon côté ; que les guerres sont une bonne chose, etc., etc., et que Dieu nous préserve d'un souverain qui ressemble à cette sorte de philosophe-ci*[549]. »

Puis il prend la défense de d'Holbach, tant du point de vue personnel (« *Je crois connaître l'auteur de l'*Essai *et pouvoir dire à son critique qu'il n'ambitionne rien, qu'il n'a aucune grâce à solliciter, qu'il n'a jamais approché les grands que par la considération qu'il en a obtenue sans la mendier*[155] ») que du point de vue des idées contenues dans l'ouvrage (notamment la nécessité de dire la vérité aux hommes au lieu de les entretenir dans la superstition et l'obscurantisme[549]). Faisant semblant d'ignorer que l'auteur de ce texte est roi de Prusse, il lui répond comme à un égal, et avec quelle violence polémique[549] : « *L'auteur de la critique est un grand seigneur, du moins il plaide la cause des aïeux comme s'il en avait.* [...] *Je n'en souffrirai pas plus patiemment un faquin titré qui m'insulte parce qu'il est le dernier de sa race, moi qui suis peut-être le premier de la mienne. Je vois tant d'illustres fainéants se déshonorer sur les lauriers de leurs ancêtres que je fais un peu plus de cas du bourgeois ou du roturier ignoré qui ne se gonfle point du petit mérite d'autrui*[155]. »

Choisir le mari de sa fille

Denis est hanté par ce qui est advenu à sa sœur et ne veut pas que sa fille, une autre Angélique, soit, comme elle, tentée par le couvent, ce à quoi la pousse encore Toinette. Il note alors, pour *Jacques le Fataliste*[156] : « *Il vient un moment où presque toutes les jeunes filles et les jeunes garçons tombent dans la mélancolie ; ils sont tourmentés d'une inquiétude vague qui se promène sur tout et qui ne trouve rien qui la calme. Ils cherchent la solitude ; ils pleurent ; le silence des cloîtres les touche ; l'image de la paix qui semble régner dans les maisons religieuses les séduit*[156]. »

Il a depuis longtemps choisi son futur époux : Abel, fils de Nicolas Caroillon La Salette, repéré dès 1754 quand il n'avait que huit ans[524], venu à Paris voir Denis avec son père à l'âge de dix-sept ans à la fin de 1763[507].

Le 5 mars 1770, Denis demande à sa sœur d'accompagner le jeune Abel à Paris[143]. La sœur refuse : leur frère Didier, chez qui elle vit, allègue que chez Caroillon on n'est pas dévôt et qu'elle ne saurait appuyer une telle union. Abel Caroillon de Vandeul revient donc seul à Paris ; il a maintenant vingt-quatre ans. Denis le présente à

Angélique, qui en a seize. Les jeunes gens se plaisent. Abel, qui semble ambitieux et s'intéresse à l'argent de Diderot beaucoup plus qu'à son œuvre, comprend que la dot risque d'être considérable, et demande à Diderot la main de sa fille. Denis exige que les fiançailles officielles n'aient lieu que lorsque Angélique atteindra ses dix-neuf ans, soit trois ans plus tard[143]. Durant ce laps de temps, il ne considérera aucune autre proposition, tout en admettant que les jeunes gens, eux, pourront parfaitement changer d'avis[143].

Le 23 mars 1770, Denis, qui semble avoir oublié les circonstances de son propre mariage, écrit à sa sœur : « *Nous* [Toinette et lui-même] *avons permis qu'il vît notre enfant afin que notre enfant le vît et qu'ils commençassent à se connaître*[143]. »

Se réconcilier avec son frère

En mai 1770, Diderot tente d'obtenir que son frère vienne à Paris célébrer le mariage de sa fille[524]. Le chanoine exige en contrepartie que Denis s'engage à ne plus écrire contre la religion[518]. Denis accepte[143] : il n'a d'ailleurs rien publié de tel depuis l'interdiction de *La Promenade du sceptique*, vingt-trois ans plus tôt. Didier demande alors que cet engagement de son frère soit rendu public, avec rétractation de tout ce qu'il a précédemment écrit sur le sujet[518]. Denis refuse et adresse à son frère une lettre qui fait le point sur son propre rapport à la foi : « *Si je n'écris point de religion, j'en parle aussi peu, à moins que je n'y sois entraîné par des docteurs de Sorbonne, par des personnages instruits avec lesquels je puis m'expliquer sans conséquence ; et lorsque cela m'arrive, c'est toujours avec gaieté, sans fiel, sans amertume, sans injure, avec le ton de bienséance qui convient entre d'honnêtes gens qui ne sont pas du même avis* [...]. *Il y a sur la terre une infinité de cultes différents ; mais, cher frère, il n'y a qu'une morale* [...]. *Bonjour, cher frère, portez-vous bien. Embrassez notre sœur ; venez embrasser votre frère, votre belle-sœur et votre nièce qui vous accueilleront comme si elles n'avaient aucune raison de se plaindre d'un oubli qui a duré si longtemps* [...]. *Vous savez la démarche de Caroillon. Il sera bon que nous causions ensemble là-dessus. Vous devez mieux connaître le jeune homme que je ne le connais*[143]. »

Pas de réponse du chanoine.

En France, tout va de mal en pis : le prix des grains augmente, provoquant une agitation populaire à Paris et en province. Mme du Barry, la jeune maîtresse de Louis XV, commence à se mêler de politique. Elle provoque la disgrâce de son ennemi Choiseul, qu'elle fait remplacer par son principal soutien, le duc d'Aiguillon. Le 30 mai 1770, le Dauphin (futur Louis XVI) épouse à quinze ans Marie-Antoinette, fille de Marie-Thérèse d'Autriche. Pour l'occasion, Goldoni écrit *Le Bourru bienfaisant*[230], qui sera représenté à la Comédie-Française. Un feu d'artifice organisé place Louis-XV – aujourd'hui place de la Concorde –, près du chantier de la future église de la Madeleine, fait 133 morts. Mauvais présage…

« *Les philosophes ne sont rien aujourd'hui, mais ils auront leur tour*[156] »

À deux reprises, cette année-là, Diderot est appelé à jouer le rôle de censeur, à la demande de Sartine.

La première fois, parce que Choiseul suscite une réfutation des *Dialogues sur le commerce des blés*[219] de Galiani, parus en janvier à l'initiative de Diderot, par son homme à tout faire, l'abbé Morellet, ami de Denis, qui écrit une *Réfutation des dialogues de M. l'abbé Galiani*[366]. Un censeur conseille de ne pas la publier. Sartine demande son avis à Denis[549]. Le 10 mars, celui-ci conseille à Sartine de laisser paraître ce livre qui contredit ses propres idées : « *Vous désirez savoir mon sentiment sur l'ouvrage que vous avez bien voulu me confier, et que je vous renvoie. Le voici : je le trouve dur, sec, plein d'humeur et pauvre d'idées. L'auteur ne me paraît ni assez pourvu d'expérience, ni assez fort de raisons pour briser son adversaire comme il se l'est promis* […]. *Quoi qu'il en soit, comme censeur, je n'y vois rien qui puisse en empêcher l'impression, sans même en excepter quelques paragraphes dont un examinateur précédent paraît s'être effarouché*[143]. »

La seconde fois, en juin, Sartine demande à Denis son avis sur *Le Satirique ou l'Homme dangereux*[403], pièce en vers anonyme (Diderot écrit à Sartine : « *je ne crois pas que la pièce soit de* [Palissot][143] ») qui s'en prend aux philosophes. Cette fois, Denis demande à Sartine de ne laisser ni paraître ni jouer. Là encore apparaît la vanité qui l'envahit quand il est question de théâtre, et l'attention qu'il prête à sa gloire future, qu'il pense assurée. Si la pièce était jouée, dit-il, cela reviendrait à, « *avec votre permission,* [insulter] *en public ceux de vos concitoyens qu'on honore dans toutes les parties de l'Europe ; dont les ouvrages sont dévorés de près et au loin ; que les étrangers révèrent, appellent et récompensent ; qu'on citera, et qui conspireront à la gloire du nom français quand vous ne serez plus, ni eux non plus ; que les voyageurs se font un devoir de visiter à présent qu'ils sont, et qu'ils se font honneur d'avoir connus lorsqu'ils sont de retour dans leur patrie* [...]. *Il ne faut pas que des polissons fassent une tache à la plus belle magistrature, ni que la postérité, qui est toujours juste, reverse sur vous une petite portion du blâme qui devrait résider tout entier sur eux. Pourquoi leur serait-il permis de vous associer à leurs forfaits*[143] *?* ».

Puis il se place dans une perspective historique longue, comme il le faisait dans ses échanges avec Falconet, et s'en sert habilement pour convaincre Sartine. Texte révélateur : « *Les philosophes ne sont rien aujourd'hui, mais ils auront leur tour. On parlera d'eux ; on fera l'histoire des persécutions qu'ils ont essuyées ; de la manière indigne et plate dont ils ont été traités sur les théâtres publics ; et si l'on vous nomme dans cette histoire, comme il n'en faut pas douter, il faut que ce soit avec éloge*[143]. »

Sartine suit son avis. La pièce est interdite ; elle ne sera jouée que douze ans plus tard[549].

Les Deux Amis de Bourbonne

Denis se sent vieux, plus qu'il ne l'est, et, pour la première fois, une femme, Jeanne de Maux, qu'il aime, lui échappe. Il devient cynique.

Le 30 juin, il passe la journée, commencée à quatre heures du matin, dans une chapelle de Saint-Sulpice avec l'architecte du roi de Pologne et Mlle Bayon, claveciniste, amie d'Angélique, qui se marient[143]. Il a cette phrase terrible qui tranche avec son optimisme d'antan : « *Il faut soupirer au mariage des pères, pleurer à la naissance des enfants et se réjouir peut-être à la mort des hommes, bons ou méchants : méchants, parce qu'un enterré, un de moins ; bons, parce qu'ils ont échappé au danger de devenir méchants*[143]. »

Jeanne de Maux l'obsède. Il est décidément amoureux fou d'elle. Peut-être parce qu'elle lui échappe, qu'il se sent seul et adore sa conversation. Quand elle lui annonce qu'elle passera l'été à Bourbonne-les-Bains, à une dizaine de lieues de Langres, sa ville natale, pour accompagner sa fille, Mme de Prunevaux, qui va y prendre les eaux, il bondit sur l'occasion et propose de l'y rejoindre[549]. Elle sourit, ne dit pas non. Il est heureux.

Et c'est ainsi qu'il va se retrouver au cœur d'un vaudeville fort déplaisant.

Le 4 août, il réussit à entraîner Grimm et débarque à Langres avec lui, sous prétexte de convaincre son frère de venir célébrer le mariage d'Angélique, en réalité pour rejoindre Jeanne[524]. En arrivant dans sa province, il se moque de Grimm, si mal assorti à ce lieu, si loin des cours qu'il fréquente. Il prétend par ironie le fiancer à sa sœur Denise et écrit, à la demande de Grimm, insatiable, deux petits textes d'une dizaine de pages pour la *Correspondance littéraire*, les *Voyages à Bourbonne* et à *Langres*[518], dans lesquels il esquisse un portrait des deux villes[507]. Il constate la misère autour de lui, celle des paysans et des artisans. Le commerce de coutellerie est « *tombé par la jalousie des ouvriers des autres provinces*[518] ». La conciliation avec son frère se passe mal[549]. Grimm ne reste qu'une nuit sur place (il déteste ces endroits bons pour des paysans !) et part pour Bourbonne[507]. Denis l'y rejoint le 10 août[507]. Bourbonne est alors – et est encore – une ville de cure, où l'on traite en particulier les problèmes de sciatique.

Il y surprend alors Jeanne en compagnie d'un inconnu, un écuyer du duc de Chartres, frère du roi, un certain Foissy, qu'elle vient de rencontrer. Encore jeune, l'homme (il a trente-six ans) est venu lui aussi prendre les eaux pour soigner une sciatique[549]. Denis ne sait trop si Foissy, son cadet de vingt ans et le cadet de Jeanne (âgée de quarante-cinq ans), s'intéresse à la fille (vingt-six ans) ou à la mère[549]. Mais il est là. Tout le monde s'en trouve embarrassé. Chacun empêche l'autre de faire sa cour à l'une ou à l'autre.

Puis Denis comprend : Foissy est attiré par Jeanne, pas par sa fille.

Il souffre. Il se trouve vieux, il la trouve jeune, elle qui est aimée d'un homme de dix ans de moins qu'elle. Denis fait bonne figure. Jeanne de Maux et sa fille lui montrent les contes qu'elles ont écrits pour passer le temps et lui en lisent un autre, de Saint-Lambert, qu'elles viennent de recevoir par l'entremise de Naigeon[549] : *Les Deux Amis, conte iroquois*[467]. Denis le trouve bien fade et, en quelques heures, en improvise un autre pour elles sur le même thème : *Les Deux Amis de Bourbonne*[155].

Ce conte n'est pas dénué d'importance ; Denis y raconte dans une prose volontairement naïve l'histoire de Félix et Olivier, deux amis de Bourbonne. C'est une révolution dans l'art de la fiction, car Denis y met en scène des héros d'un genre nouveau, dont nul n'a encore parlé en littérature : des pauvres sans éducation, violents, hors-la-loi, mais dotés d'un grand sens moral, et dont la violence n'est que le produit de l'ordre social.

Lui-même sait que ce qu'il écrit est subtil. Quelques jours plus tard, le 8 septembre, il écrira à Grimm, rentré à Paris dès le 14 août[507] : « *Une des bonnes œuvres de notre vie, c'est la visite de soixante et dix lieues que nous avons faite à ces deux pauvres malheureuses. Elles ont vécu pendant près d'un mois sur le plaisir de nous attendre, et près d'un mois encore sur le plaisir de nous posséder.* [...] *Sous les noms d'Olivier et de Félix, je fais une critique des* Deux Amis *de Saint-Lambert, si fine que lui-même peut-être ne s'en apercevrait pas ; mais vous, pardieu, vous la sentirez de reste*[143] *!* » Et comme il ne peut s'empêcher de théoriser, il ajoute deux pages de digression sur les différents genres romanesques, et distingue « *trois sortes de contes*[156] » : le conte merveilleux (« *La nature y est exagérée, la vérité y est hypothétique*[156] »), le conte historique (le conteur historique est « *un menteur plat et froid*[156] »), et le conte plaisant (le conteur « *s'élance dans les espaces imaginaires*[156] »).

Quand il acceptera que ce conte soit publié, il écrira en conclusion de son texte : « *Comment s'y prendra donc ce conteur-ci pour vous tromper ? Le voici. Il parsèmera son récit de petites circonstances si liées à la chose, de traits si simples, si naturels, et toutefois si difficiles à imaginer que vous serez forcé de vous dire en vous-même : Ma foi, cela est vrai, on n'invente pas ces choses-là* [...]. *Je dirai donc à nos conteurs historiques : Vos figures sont belles, si vous voulez ; mais il y manque la verrue à la tempe, la coupure à la lèvre, la marque de petite vérole à côté du nez, qui les rendraient vraies*[156]. »

Il comprend alors que Foissy n'est pas indifférent à Jeanne de Maux et qu'elle le laisse lui faire sa cour[549]. Il en est affreusement malheureux.

Misère...

Le 18 août, se sentant de trop à Bourbonne, Denis revient à Langres[507]. Un abbé local, Gauchat, tente encore de réconcilier les deux frères[549]. En vain : Didier refuse même de voir son aîné.

Pris par des obligations auprès de la famille Caroillon et par l'attente d'une très hypothétique réconciliation avec son frère, Denis reste encore à Langres et travaille à un projet de réponse à la *Réfutation*[366] par Morellet des *Dialogues sur le commerce des blés*[219] de Galiani.

Le 23 août, il écrit à Sophie une lettre qui révèle son amertume et sa déception : « *Bourbonne est un séjour triste le jour par la rencontre des malades, triste la nuit par le fracas de leur arrivée ; et puis, nulle promenade, un pavé détestable, des environs arides et déplaisants ; des habitants que cinquante mille écus ne peuvent enrichir tous les ans, parce que les denrées de consommation en emportent les deux tiers au loin ; point de vivres, même pour de l'argent ; des logements très chers ; des hôtes avides qui regardent les malades comme les Israélites regardaient les cailles et la manne dans le désert*[143]. »

Il parle en ces termes de son frère : « *Toute la ville était en attente sur l'entrevue des deux frères, qui ne se sont pas encore aperçus. Ce n'a pas été faute d'allées, de venues, de pourparlers, de négociateurs mâles et femelles. La fin de tout cela, c'est que les deux frères ne se seront point raccommodés, et que la sœur et le frère, qui étaient bien ensemble, seront brouillés. Cela me peine beaucoup. Je n'ai trouvé qu'un moyen de m'étourdir là-dessus : c'est de travailler du matin au soir. C'est ce que je fais et continuerai de faire*[143]. »

Il lui fait aussi passer un message à l'intention de Mme de Blacy, qui lui a fait dire de revenir vite pour la guérir : message assez sec, montrant qu'il est passé à autre chose : « *Je vous prie de dire à mon amoureuse que je ne me ferai jamais à ces sortes d'alarmes. Il faut pour mon bonheur ou qu'elle se porte bien, ou que j'ignore qu'elle se porte mal. L'honneur de sa guérison serait bien capable d'abréger mon séjour ici ; mais je ne croirai pas aisément que ma personne fasse un miracle que celles d'une bonne sœur et d'une maman comme je n'en connais point ne sauraient faire. Elle sera guérie quand j'arriverai, et je n'aurai qu'à jouir de sa bonne santé*[143]. »

Par opposition, il évoque les paysans qu'il voit souffrir de la sécheresse : « *Croiriez-vous bien qu'au milieu de mes soucis, je n'ai pas cessé de souffrir de l'incertitude des récoltes ? Il faisait des pluies continuelles. Je voyais des champs couverts, et je ne savais si l'on recueillerait un épi. Joignez à cette idée le spectacle présent de la misère. Je commence à me rassurer depuis que je vois la terre se dépouiller* [des couvertures mises pour protéger les récoltes] *; et, à en juger par le soulagement que j'éprouve, il fallait que la crainte de la disette pour mes semblables* *entrât considérablement dans mon malaise. Maman* [la mère de Sophie], *consolez-vous de vos mauvaises récoltes ; nous aurons la soupe et le bouilli*[143]. »

Enfin, il fait une brève allusion à Jeanne de Maux, comme pour ne pas dissimuler qu'il se passe quelque chose de nouveau dans sa vie, mais sans vraiment lui en parler : « *Je ne vous dirai rien de la santé de Madame de Maux et de sa fille, que vous ne connaissez point et qui ne peuvent vous inspirer un grand intérêt*[143]. » Mais Sophie est déjà au courant, ce qui explique sans doute qu'elle lui écrit très peu à cette époque.

Il conclut ce séjour manqué à Langres, dont il mesure la distance avec son univers mental, par une lettre à Grimm datée du 24 août : « *Je soupe, je dîne de tous côtés ; et ces soupers, ces dîners-là sont à crever un Crotoniate. J'ai mes matinées libres, et j'en use bien.* [...] *Les soirées, la famille de mon gendre futur en dispose. Ce sont de bonnes gens, tous taillés de la même étoffe que ma sœur, qui s'accommodent fort de moi, qui m'accommode fort d'eux. Il y a quinze jours que le rapprochement d'un certain prêtre hargneux et d'un certain philosophe qui ne l'est point tient en l'air tous les honnêtes gens de la ville. Le prêtre se fait tirailler tant qu'il peut ; moi, je n'avance ni ne recule. Je traite cette affaire-là comme celle d'un autre*[143]. »

Souffrir d'amour

Et puis, heureuse surprise : Jeanne lui demande de le rejoindre à Châlons, le 21 septembre[549]. Plein d'espoir, il quitte Langres le 12 septembre, passe par Isle où il rend visite à Sophie, et se précipite à Châlons où il débarque le 21, si heureux de retrouver sa nouvelle passion[507].

Mais, en pénétrant dans la maison, il y découvre Foissy qu'elle a aussi invité[549] ! Aimablement, Foissy se confie à Denis[143] : oui, on l'a convié. Oui, il a fait sa déclaration. Oui, on lui a permis de faire sa cour. Oui, il s'est engagé à ne pas tenter de l'embrasser[143]. Denis prend sur lui, explique à son rival que Mme de Maux va vite se lasser d'attendre et les exhorte tous deux à se rapprocher[143].

Il racontera cet épisode un mois plus tard à Grimm, convaincu que Foissy et Jeanne seront amants dans les quinze jours[143] ; ce joli texte forme un roman qu'il ne peut s'empêcher d'écrire, même s'il en est le héros involontaire, faisant comme s'il se sentait libre de toute attache :

« *Réjouissez-vous ; je touche au moment de ma liberté, de l'emploi de mon temps et d'un nouvel ordre de vie. Je me suis bien tâté ; je ne souffre point ; je ne souffrirai point* [...]. *Mais on est donc enfant toute la vie ? C'est un plaisir comme je les encourage, l'un à aller à toutes jambes vers l'autre, l'autre à aller à toutes jambes vers l'un ; et comme ils y vont ! Et notre amie a ce mot : "Mais il a des désirs... des désirs... – Des désirs ? Hé oui, madame... – Ce n'est pas là notre arrangement." Et puis la satisfaction qui perce par tous les points du visage* [...]. *Si tout cela n'est pas à bonne fin avant quinze jours, le philosophe y perdra son latin*[143]. »

Denis souffre, repart de Châlons le 24 septembre et arrive à Paris le surlendemain[507].

Jeanne rentre aussi et le prie de venir la voir trois fois par semaine. Il est heureux. Mais il découvre qu'elle voit Foissy tous les jours sous un autre toit[143].

Il est torturé. Parfois il pense pouvoir la conquérir. Parfois il se résigne à s'effacer devant Foissy.

Le 13 octobre, il part pour Grandval, d'où il écrit à Grimm, qui séjourne à La Briche, un domaine de Mme d'Épinay, au nord de Paris[143]. Il enrage : « *Et mon bonheur et ma tranquillité, que deviennent-ils dans le courant de cette menée ? Si l'on avait projeté de me rendre fou, dites-moi ce qu'on pourrait faire de mieux. Et son bonheur et sa tranquillité, que deviendront-ils lorsqu'elle aura sous les yeux le spectacle assidu d'un malheureux qu'elle aura fait ? Se donne-t-on ce passe-temps-là à l'âge de quarante-cinq ans ? Une femme qui ne veut pas aimer, et qui n'en a pas assez des visites journalières qu'on est libre de lui rendre chez elle, et qui s'arrange pour voir un homme dont elle est éperdument aimée trois fois la semaine dans une autre maison ; et cette femme-là en use bien ? Et cette femme-là connaît le fond de son cœur ? Et cette femme-là garde quelque mesure avec son ami ? Convenez, mon ami, que je suis au moins traité très légèrement, convenez qu'il n'y a dans cette conduite pas une ombre de délicatesse*[143]. »

Il espère encore en Jeanne de Maux et décrypte les billets qu'elle lui envoie, y cherchant désespérément des raisons de continuer d'espérer : « *Je viens de recevoir une lettre d'elle où je lis : "Que votre travail ne soit point troublé par l'idée d'une peine qui n'existe encore que dans votre tête" ; et ailleurs : "Personne n'a encore le droit de tracasser mon âme*[143]*."* » Cet « *encore* » lui donne de l'espoir : « *Ou je ne sais pas lire, ou ce n'est pas le langage d'une femme sûre d'elle ; je n'entends rien de rien, ou cela signifie : Attendez*[143]. »

Pour la première fois, il est quémandeur. Pour la première fois, il peut être quitté. (Sans doute l'avait-il déjà été par Mme de Puisieux, vingt ans plus tôt, mais il préfère reconstruire autrement cette histoire.) Il n'aime pas cela. Tout lui échappe : Jeanne, Angélique qui va se marier, l'*Encyclopédie* terminée. Que faire… ?

Vers la mi-novembre, il revient pour quelques jours à Paris, rencontre chez elle, rue de Grenelle, la princesse Ekaterina Romanova Daschkoff, dame d'honneur de la tsarine, qui a pris part au coup d'État de Catherine II et qui voyage en Europe[549]. Elle se passionne pour les questions politiques et d'organisation de la société. Ils passent plusieurs soirées en tête à tête. Denis la dissuade de rencontrer Mme Necker et Mme Geoffrin, qui risqueraient de la compromettre en exigeant d'elle « *qu'elle parlât en chef de conspiration*[549] ». Désormais, il pense décidément à se rendre à Pétersbourg…

En décembre, pendant que paraît la première édition de l'*Histoire des deux Indes*[434], de l'abbé Raynal, à laquelle il a collaboré, il incite Falconet à accepter d'accueillir son fils Pierre-Étienne, peintre difficile qui aspire à rejoindre son père à Pétersbourg. Il écrit à Falconet et à Mlle Collot, le 29 décembre 1770 : « *J'ai causé avec ton fils qui aurait pu se faire recevoir à l'Académie s'il avait suivi le conseil des artistes par qui il a fait juger quelques-uns de ses tableaux.* […] *Il ne se refuserait pas à un voyage à Pétersbourg s'il pouvait se promettre que tu trouvasses, à l'embrasser, la moindre partie du plaisir qu'il aurait à se trouver entre tes bras. Il ne fera cependant rien sans ton aveu. Je lui ai promis que je t'en parlerais et que je lui enverrais mot à mot ta réponse*[143]. »

Le père accepte. Cette visite du fils Falconet ne restera pas, on le verra, sans conséquences inattendues sur l'existence des uns et des autres…

Le coup de force de Maupeou

En France, la situation politique ne fait que se durcir par suite de la situation économique désastreuse, dont Denis a été le témoin à Langres. Maupeou exerce désormais l'intégralité du pouvoir aux côtés du duc d'Aiguillon, devenu secrétaire d'État aux affaires étrangères, et du contrôleur général des Finances Terray. Maupeou veut briser la rébellion des parlements, en particulier celui de Paris, qui multiplie les remontrances et refuse d'enregistrer certaines lois, notamment celles ayant trait à l'impôt.

Tout rebondit à partir du parlement de Bretagne, qui s'était déjà trouvé au cœur d'une première rébellion, cinq ans plus tôt, contre l'envoyé du roi, le duc d'Aiguillon. En décembre 1770, ce parlement ose instruire un procès à l'encontre du duc d'Aiguillon. Comme ce dernier est pair, la procédure doit être transférée à Paris. Le procès s'ouvre à la cour des pairs, en présence du roi et du Dauphin, le 4 avril ; tout est réuni pour étouffer l'affaire, qui, à travers le duc, s'en prend au monarque. Le parlement de Rennes continue à se démener et entre dans un affrontement très dur avec le chancelier Maupeou, avant de se séparer le 6 septembre pour trois mois de vacances judiciaires.

Le lendemain de la reprise des délibérations, le 7 décembre, un lit de justice fait enregistrer un édit de discipline limitant le droit de remontrance du Parlement et interdisant à celui de Paris de se liguer avec ses homologues de province. L'édit est lu au parlement par Maupeou en personne : « *Nous ne tenons notre couronne que de Dieu. Le droit de faire des lois* [...] *nous appartient à nous seuls, sans dépendance et sans partage*[131]. » Le même jour, les parlementaires suspendent leurs travaux. Maupeou va mettre cette occasion à profit.

Au même moment, l'abbé Terray interdit l'exportation des grains pour faire baisser les prix et éviter une pénurie. Denis doit du coup modifier sa réponse à l'attaque de Morellet contre Galiani. Ses *Notes sur un ouvrage intitulé « Réfutation de l'ouvrage qui a pour titre Dialogues sur le commerce des blés »* deviennent l'*Apologie de l'abbé Galiani*[155]. Diderot reproche notamment à Morellet de faire passer la propriété avant les droits humains[549] : « *Ce principe est un principe de Tartare, de cannibale, et non d'un homme policé. Est-ce que le sentiment d'humanité n'est pas plus sacré que le droit de propriété qu'on enfreint en paix, en guerre, en une infinité de circonstances, et pour lesquels M. l'abbé nous prêche le respect jusqu'à nous exposer à nous tuer, à nous égorger, à mourir de faim*[155] *?* »

À l'Épiphanie, pendant que la tension entre la cour et le Parlement est à son apogée, la fève lui échoit encore et Denis compose un poème (« *Après avoir été deux fois roi de la fève*[156] »).

Dans la nuit du 19 au 20 janvier 1771, Maupeou envoie des mousquetaires intimer l'ordre aux membres du parlement de Paris de reprendre leurs travaux. Ceux qui refusent (plus de 160, soit presque tous) sont éloignés de Paris[528]. Le 23 février, Maupeou fait racheter leurs charges par l'État, instaurant la gratuité de la justice, avec des juges nommés, rémunérés et révocables par le roi, opérant dans de nouvelles cours de justice. Le parlement de Paris conserve un pouvoir d'enregistrement des lois et un droit de remontrance, mais confidentiel. Le reste de son champ de compétences est subdivisé en six conseils supérieurs (les « parlements Maupeou »).

Toute l'élite gronde ; certains sont favorables à ces mesures, tel Voltaire, et applaudissent à la disparition des parlementaires au nom de la puissance de l'État (« *J'aime mieux obéir à un beau lion qui est né beaucoup plus fort que moi qu'à deux cents rats de mon espèce*[539]*.* »). D'autres crient au coup d'État. Hostile à ces décisions, Malesherbes rédige alors des *Remontrances*[31] à Louis XV, qu'il diffuse clandestinement, critiquant l'absolutisme royal et l'omnipotence des ministres. Elles lui valent la disgrâce et l'exil par lettre de cachet dans son château, à soixante-dix kilomètres au sud de Paris[138].

Confessions, contre-confessions

En février 1771, Rousseau, revenu à Paris après d'innombrables errances, commence à lire des extraits de ses *Confessions*[450] en différents salons (notamment devant le prince de Suède, Gustave, et chez la comtesse d'Egmont[507]). Il cherche à dévoiler un complot que la « *coterie holbachique*[450] », dirigée par Diderot et Grimm, aurait ourdi contre lui. Et il livre sa version des événements qui ont conduit à sa rupture avec Diderot et Mme d'Épinay à la fin de l'année 1757, faisant remonter leurs dissensions aux honneurs que lui a valus sa pièce, *Le Devin du village*, dont Denis aurait été jaloux : « *Elle fut le germe des secrètes jalousies qui n'ont éclaté que longtemps après. Depuis son succès, je ne remarquai plus ni dans Grimm, ni dans Diderot, ni dans presque aucun des gens de lettres de ma connaissance, cette cordialité, cette franchise, ce plaisir de me voir que j'avais cru trouver en eux jusqu'alors. Dès que je paraissais chez le baron, la conversation cessait d'être générale. On se rassemblait par petits pelotons, on se chuchotait à l'oreille, et je restais seul sans savoir à qui parler*[450]. »

Mme d'Épinay, informée, s'en plaint au mois de mai à Sartine[411], demandant que la police mette fin à la lecture de ces calomnies. En guise de riposte, elle se hâte de rédiger ses propres « contre-confessions[127] » sous le titre *Histoire de madame de Montbrillant*[191], qu'elle élabore avec Grimm et Diderot sous la forme de mémoires romancés (écrits sous une forme épistolaire, certaines lettres étant véritables, d'autres inventées), dans lesquels elle raconte l'histoire d'« Émilie de Montbrillant » et celle de personnages inspirés de son entourage : Grimm (sous le nom de « Volx »), Diderot (« Garnier ») et Rousseau (« René[549] »). Elle y expose, entre autres, pourquoi elle en est venue à tromper son époux, dont elle était séparée. Diderot y glisse un portrait à charge de Jean-Jacques[549]. Sainte-Beuve dira de ces mémoires, soixante-dix ans plus tard : « *Il n'y a pas de livre qui nous peigne mieux le* XVIIIe *siècle, la société d'alors et les mœurs, que les mémoires de Madame d'Épinay*[127]. »

Le voyage de Bougainville

Un événement important retient l'attention de Denis : le 27 février 1771, Louis Antoine de Bougainville fait paraître à Paris, chez Saillant et Nyon, un récit de son voyage[507] : *Voyage autour du monde par la frégate du roi* La Boudeuse *et la flûte* L'Étoile *pendant les années 1766-67-68-69*[57]. C'est un récit honnête, intelligent et modeste, bien documenté.

Diderot est passionné par ce livre et en rédige un compte rendu pour la *Correspondance littéraire*[507]. Il s'agit d'un ouvrage savant, explique-t-il, qui exige cependant d'« *être familier avec la langue des marins auxquels il me paraît que l'auteur l'a spécialement destiné, à en juger par le peu de soins qu'il a pris d'en rendre la lecture facile aux autres*[156] ». Il lui reproche de ne point parler du sort des jésuites portugais (qui ont converti 140 000 Indiens dans trente missions), expulsés au moment de son voyage de 1768 à la demande du marquis de Pombal, alors à la tête du gouvernement portugais : « *M. de Bougainville se tire avec une impartialité très adroite de l'expulsion des jésuites du Paraguay, événement dont il a été témoin. Il ne dit pas sur ce fait tout ce qu'il sait*[156]. » Il repense à la liberté sexuelle des insulaires, qu'il a déjà évoquée dans *Les Bijoux indiscrets*[156] (notamment les mariages de l'île de Cyclophile au chapitre XVIII, « Des voyageurs[156] ») et qui ressemble fort à la sienne. Et il s'intéresse aux menaces que fait planer la colonisation européenne, dont il a eu connaissance en travaillant deux ans plus tôt sur le manuscrit de l'*Histoire des deux Indes*[434], de l'abbé Raynal. Il reproche encore à Bougainville d'avoir dérangé les Tahitiens : « *Ah, Monsieur de Bougainville, éloignez votre vaisseau des rives de ces innocents et fortunés Tahitiens ; ils sont heureux et vous ne pourrez que nuire à leur bonheur. Ils suivent l'instinct de la nature, et vous allez effacer ce caractère auguste et sacré. Tout est à tous, et vous allez leur porter la funeste distinction du tien et du mien* [...]. *Cet homme dont vous vous emparez* [...], *quel droit avez-vous sur lui ? Laissez-lui ses mœurs, elles sont plus honnêtes et plus sages que le vôtres* [...]. *Il ne connaissait point une vilaine maladie, vous la lui avez portée, et bientôt ses jouissances seront affreuses*[156]. »

Il ne va plus lâcher ce sujet qui, au fond, porte sur la question de l'unité de l'espèce humaine et sur les droits et devoirs de chaque être humain.

Tout relire, tout finir au plus vite

Il continue à retravailler ses manuscrits dialogués : *Le Neveu de Rameau, Jacques le Fataliste* et un *Entretien entre d'Alembert et Diderot*[156]. Il relit et révise des textes philosophiques (*Principes philosophiques sur la matière et le mouvement*[156]), scientifiques (*Éléments de physiologie*[156]), économiques (*Apologie de l'abbé Galiani, brochure sur le commerce des grains*[155] et *Lettre à M. de Sartine sur le commerce de la librairie*[156]).

Au même moment, mars 1771, audace sans précédent, il fait dispenser à sa fille des cours d'anatomie par Marie-Catherine Biheron, modeleuse de cires anatomiques qui a fabriqué une maquette ouvrable de corps de femme, avec les organes visibles à l'intérieur[549].

Cependant, entre la cour et les parlements, la bataille politique ne se relâche pas. Le 3 avril, Denis analyse à mots couverts les événements pour la princesse Daschkoff[143] : c'est le premier texte dans lequel, bien avant tout le monde, il pressent la révolution à venir. Ce ne sera pas, sous sa plume, le dernier. Il prend parti contre la dissolution des parlements. Il faut méditer ce texte écrit à la volée en gardant à l'esprit qu'il a été rédigé vingt ans avant la Révolution française : « *Chaque siècle a son esprit qui le caractérise. L'esprit du nôtre semble être celui de la liberté* [...]. *Nous touchons à une crise qui aboutira à l'esclavage ou à la liberté ; si c'est à l'esclavage, ce sera un esclavage semblable à celui qui existe au Maroc ou à Constantinople. Si tous les parlements sont dissous, et la France inondée de petits tribunaux composés de magistrats sans conscience comme sans autorité, et révocables au premier signe de leur maître, adieu tout privilège des états divers formant un principe correctif qui empêche la monarchie de dégénérer en despotisme.* [...] *On ne permettrait plus d'écrire, nous n'oserions même plus penser ; bientôt, il deviendrait impossible de lire ; car auteurs, livres et lecteurs seraient également proscrits* [...]. *Il est mille fois plus facile, j'en suis persuadé, pour un peuple éclairé de retourner à la barbarie que pour un peuple barbare d'avancer d'un seul pas vers la civilisation*[143]. »

Le 13 avril, Maupeou parachève sa réforme et fait nommer par le roi les magistrats inamovibles, rétribués par l'État, dont il avait annoncé la venue deux mois plus tôt. Aux yeux de certains, un État moderne, sur le modèle prussien, semble naître, débarrassé des intérêts corporatifs. Pour d'autres, dont Denis, c'est une dictature qui se met en place.

Le 26 avril, Falconet et Mlle Collot sont fâchés. Elle demande un congé d'un an « *au bout duquel elle reviendra sans faute, à moins qu'elle ne meure en chemin*[437] ». Puis ils se réconcilient : elle reste[437].

Rien ne va plus avec le futur gendre

Abel ne semble plus vraiment à Denis le gendre idéal. D'abord parce qu'il parle de s'installer avec Angélique à Langres après leur mariage. Ensuite parce qu'il est financièrement très gourmand : la dot (composée des 1 500 francs de la rente que les libraires versent à Diderot pour l'*Encyclopédie* et des sommes versées par la cour de Russie pour sa bibliothèque) est considérable[524]. Il envoie à Abel un projet de contrat de mariage. Le jeune homme fait répondre par sa mère qu'il faut stipuler dans le contrat que, à la mort d'Abel, tout son héritage, hormis la dot de sa femme, ira aux Caroillon, et rien à Angélique[143].

Denis enrage : « *Ou je ne m'y connais pas, ou il n'est guère possible de rien proposer de plus malhonnête et de plus ridicule* [...]. *S'il y a un million de biens acquis pendant le mariage, la pauvre veuve qui l'aura amassé, gardé, conjointement avec son mari, n'a qu'à s'en lécher les doigts. C'est coucher à bon compte avec une jolie femme, riche et bien élevée ; en faire sa ménagère et risquer d'être un jour propriétaire d'une centaine de milliers d'écus, sans y mettre beaucoup du sien*[143]. » Denis souhaiterait qu'elle rompe, mais n'en parle pas à sa fille, heureuse de son futur mariage.

Le 21 août 1771, il écrit à Falconet, agressif avec sa compagne et avec Diderot : « *La solitude de Pétersbourg et la faveur d'une grande souveraine vous corrompent. Vous êtes menacé de devenir méchant, car le premier pas est de voir la méchanceté où elle n'est pas*[143]. »

La semaine suivante, il prie encore sa sœur Denise de parler aux Caroillon afin qu'ils changent d'attitude : « *Cet homme ne sait pas que, quand il me plaira, je trouverai ici un gendre riche et qui me laissera le maître absolu des articles matrimoniaux* [...]. *Cet homme entend trop bien son intérêt pour être amoureux. S'il se propose de faire de ma fille une spéculation d'intérêt, il se trompe. Je le démêlerai, et quand je l'aurai démêlé je le traiterai comme il le mérite* [...]. *Je crois que Caroillon n'aime pas ta nièce. Les parents de ma femme firent dresser notre contrat, et je le signai sans le lire ; c'est que je l'aimais. Il croit que je cherche à me dégager de lui, et il me l'écrit au moment où je viens de payer les habits de noce. Fais finir toutes ces bêtises-là, je t'en prie*[143]. »

Les Caroillon cèdent alors et acceptent le contrat de mariage proposé par Denis, qui protège au mieux les intérêts d'Angélique.

Cet été-là, Denis lit à Grimm, pendant plus de deux heures d'horloge, la première version de *Jacques le Fataliste*[156]. Il commence par : « *Lorsque le maître fut un peu revenu de sa chute et de son angoisse, il se remit en selle et appuya cinq ou six coups d'éperon à son cheval, qui partit comme un éclair ; autant en fit la monture de Jacques, car il y avait entre ces deux animaux la même intimité qu'entre leurs cavaliers : c'étaient deux paires d'amis*[156]. »

On y retrouve trace de ses relations avec Damilaville, qui était Jacques, et avec Grimm, qui est le maître, Denis étant tour à tour l'un et l'autre[432]. Grimm, qui n'aime pas trop ce texte, plein d'incidents et d'aventures multiples, veut absolument le publier dans la *Correspondance.* Denis hésite.

Mort d'Helvétius

Fin août vient au rôle de la justice le procès de Luneau de Boisjermain contre Le Breton[507]. L'objet en est le nombre de volumes de l'*Encyclopédie* finalement publiés et l'augmentation du prix de la souscription qui en a découlé. Contre la volonté de Diderot, Luneau se sert comme argument au cours du procès de l'altération des articles par Le Breton, ce que personne, contrairement à la prédiction de Denis, n'avait jusque-là remarqué[549].

Denis prend cette fois parti pour les libraires et écrit une lettre (datée du 31 août 1771) dans laquelle il explique que l'augmentation du prix de l'*Encyclopédie* a résulté de ses propres décisions[549] ; il revendique par là même la responsabilité directoriale de l'entreprise encyclopédique, reléguant les libraires à un rôle de simples exécutants de ses décisions.

Luneau s'emploie alors à critiquer à la fois les libraires et Diderot. Ce dernier expliquera plus tard son intervention à Grimm en ces termes : « *J'ai fait tout ce que j'ai pu pour défendre des gens que je méprise, mais qui ont raison, contre un insigne gredin que je voudrais écraser comme il le mérite*[143]. » L'affaire sera tranchée par la justice en faveur des libraires, ce qui reviendra à reconnaître la responsabilité de Denis sur l'ensemble de l'*Encyclopédie*[287].

À l'automne, Helvétius, toujours à Voré, se sachant atteint d'une maladie mortelle, forme sévère d'arthrite (qu'on appelle alors « goutte remontée »), retravaille à son traité *De l'homme* et à un essai, *Du bonheur*, commencé en 1740[92]. Il meurt le 26 décembre de cette même année 1771, à Paris, à l'âge de cinquante-six ans, après avoir refusé l'extrême-onction[92]. Sa femme le soutient dans ce choix[92]. Le lendemain, il est inhumé à l'église Saint-Roch[92], qui accueille philosophes et artistes.

Grimm fait alors courir le bruit qu'il a succombé à son insatiable appétit sexuel[92]...

Étrangler les rois avec les entrailles des prêtres

Denis continue d'écrire : pour lui, pour ne pas penser à ses amours, et pour épauler les autres.

Il travaille en particulier à des lettres que lui demande de rédiger une femme oubliée de son amant, le duc de la Vrillière, pour obtenir de lui qu'il lui vienne en aide[518]. Elle les signe. Il écrit donc au duc, sous la signature de la dame[518] : « *La malheureuse que vous avez si longtemps aimée est sur le point d'expirer dans un grenier. Je ne vous demande point, monseigneur, de prolonger une existence que vous m'avez rendue si cruelle. Je vous demande un lit aux Incurables où je puisse aller mourir. Si vous ne m'accordez pas cette retraite si honteuse pour tous deux, je me ferai porter à l'hôpital, j'y expirerai avec vos lettres à la main, et c'est de ce lieu qu'elles vous seront renvoyées*[518]. »

Le duc s'empressera de donner suite à sa requête[518]...

Ses relations avec Mme de Maux se sont apaisées. Début janvier 1772, chez elle, à Boulogne, il est le roi de la fève pour la troisième année consécutive[524] ! Et il compose un nouveau poème sur la royauté, qu'il intitule *Les Eleuthéromanes ou les Furieux de la liberté*[150]. Cette fois, c'est plus sérieux : sur un mode grave et radical, il donne un manifeste politique s'inspirant de Meslier, qui célèbre la liberté des hommes et les droits naturels, dénonce les mauvais gouvernements et appelle clairement, à la fin, au tyrannicide. Le roi de la fève y décide d'abdiquer et de déclarer ouvert le règne de la liberté dans les domaines de la politique et des arts. Il écrit dans un « Argument » qui précède le poème[150] : « *Trois années de suite, le sort me fit roi dans la même société. La première année, je publiai mes lois sous le nom de* Code Denis. *La seconde, je me déchaînai contre l'injustice du destin qui déposait encore la couronne sur la tête la moins digne de la porter. La troisième, j'abdiquai et j'en dis mes raisons dans ce dithyrambe qui pourra servir de modèle à un meilleur poète*[150] ». Il décrit les Eleuthéromanes comme « *trois Furies acharnées sur un coupable, et se relayant pour le tourmenter*[150]. » Le poème semble même, dans certains passages, avant-coureurs, annoncer la Révolution[150] :

> « *Je veux, lâche oppresseur, insulter à ta rage.*
> *Le jour, j'attacherai la crainte à ton côté.*

La haine s'offrira partout sur ton passage ;
Et la nuit, poursuivi, troublé,
Lorsque de ses malheurs ton esclave accablé
Cède au repos qui le soulage,
Tu verras la révolte aux poings ensanglantés
Tenir à ton chevet ses flambeaux agités.
....
Éveille-toi, tu dors au sein de la tempête ;
Éveille-toi, lève la tête ;
Écoute, et tu sauras qu'en ton moindre sujet,
Ni la garde qui t'environne,
Ni l'hommage imposant qu'on rend à ta personne
N'ont pu de s'affranchir étouffer le projet[150]. »

Puis vient ce quatrain audacieux[150] :

« *C'est alors qu'un trône vacille ;*
Qu'effrayé, tremblant, éperdu,
D'un peuple furieux, le despote imbécile
Connaît la vanité du pacte prétendu[150]. »

L'Ancien Régime céderait alors la place à une période de liberté propice aux arts et au bonheur :

« *Assez et trop longtemps une race insensée*
De ses forfaits sans nombre a noirci ma pensée.
Objets de haine et de mépris,
Tyrans, éloignez-vous. Approchez, jeux et ris ;
....
Vite, qu'on m'apporte une lyre.
....
Le sceptre des rois sous le pied,
Je veux chanter un autre empire :
C'est l'empire de la Beauté.
....
La bonté, la vertu, la beauté, les talents
Seront pour nous, qu'un goût plus sûr éclaire,
Les seules grandeurs sur la terre
Dignes qu'en leur faveur on distingue des rangs ;
Tout le reste n'est que chimère.
Issus d'un même sang, enfants d'un même père,
Oublions en ce jour toute inégalité[150] *!* »

Il ajoute enfin : « *Et ses mains ourdiraient les entrailles du prêtre / Au défaut d'un cordon pour étrangler les rois*[150] », reprenant là différemment une phrase de Meslier qui avait écrit « *que tous les nobles fussent pendus et étranglés avec des boyaux de prêtres*[233] *!* ».

Cette dernière phrase lui sera reprochée plus d'un siècle durant et pèsera longtemps sur la postérité de son œuvre.

Sur les femmes…

Ses relations avec les femmes évoluent. En mars, il revoit Jeanne de Maux. Avec elle, il parle de Hobbes, pour lui plus important que Locke, car à ses yeux c'est la violence qui est le moteur de l'Histoire[143]. En avril meurt Mme Volland mère[507]. Sophie et sa sœur aînée, Mme Vallet, devenue Mme de Blacy depuis la fuite de son époux en faillite, déménagent alors rue Montmartre[526]. Elles ne vont plus à Isle. Ils continuent à se voir et ne s'écrivent plus, sauf quand Denis est en voyage.

Et Denis, pour l'instant, ne veut pas voyager. Chargé par Falconet d'acquérir pour Catherine le cabinet de Pierre Crozat, collectionneur de tableaux (dont la collection, augmentée par ses descendants, connue sous le nom de « Galerie du baron de Thiers[143] », regroupe alors des Raphaël, des Guido, des Titien, des Carrache, des Poussin, des Van Dyck), il refuse de les escorter à Saint-Pétersbourg[143]. Au fond, il est bien chez lui et chez ses amis. Pourquoi aller au loin ?

Pour faire le point sur ses propres relations avec les femmes, il rédige un compte rendu d'un livre d'Antoine Léonard Thomas, ecclésiastique et académicien, un *Essai sur le caractère, les mœurs et l'esprit des femmes des différents siècles*[499]. Pour lui, Diderot, les femmes sont « *organisées tout au contraire de nous*[156] » : « *Plus civilisées que nous en dehors, elles sont restées de vraies sauvages en dedans*[156]. »

Il y ajoute des histoires récoltées pour l'*Histoire des deux Indes* de Raynal[434] : ainsi du discours sur les femmes de l'Orénoque, qui vise à illustrer l'idée que « *la femme, malheureuse dans les villes, est plus malheureuse encore au fond des forêts*[156] » : « *Il est triste pour la pauvre Indienne de servir son mari comme une esclave, aux champs accablée de sueurs et au logis privée de repos ; mais il est affreux de le voir, au bout de vingt ans, prendre une autre femme plus jeune, qui n'a point de jugement. Il s'attache à elle. Elle nous frappe, elle frappe nos enfants, elle nous commande, elle nous traite comme ses servantes*[156]… »

Se méfier de Grimm

Le 19 octobre 1771, Diderot écrit à John Wilkes, qui, après toute une série de péripéties et de séjours en prison, est devenu *sheriff* de Londres, pour lui demander s'il a vu Grimm, en voyage dans la capitale britannique avec le prince de Hesse-Darmstadt[143]. Il lui écrit une lettre qui dit beaucoup sur son intuition de la révolution à venir et de ce qui y attend les philosophes : « *Que faites-vous à Londres à présent ? Vous qui savez si bien réveiller dans les âmes le démon patriotique, que n'êtes-vous ici ? L'homme qui sait susciter de grands mouvements aime à être le spectateur des grandes révolutions. Il n'y a que deux instants intéressants dans la durée des empires : celui de leur grandeur et celui de leur décadence, surtout lorsque cette décadence naît de petites causes imprévues et s'accélère avec une grande rapidité. Imaginez un palais immense dont l'aspect majestueux et solide vous en imposait, promettant à votre imagination une durée éternelle. Imaginez ensuite que ses fondements s'ébranlent et que vous voyez tout à coup ses murs énormes se séparer et se disjoindre. Voilà précisément le spectacle que nous offririons à votre spéculation. Alors les beaux-arts se sauvent de chez un peuple, comme on voit par un instinct divin les rats sortir d'une maison qui menace ruine. Le philosophe, moins sage que l'habitant à museau pointu et à longue queue, reste jusqu'à ce qu'un moellon de l'édifice lui casse la tête*[143]. »

Une fois retrouvée sa trace, il demande à Grimm de lui rapporter, pour Angélique, un piano-forte de Johannes Zumpe[143], instrument léger, en vogue à l'époque, qui comptait dix-huit touches au lieu de douze par octave. (Le premier solo de piano interprété à Londres l'a d'ailleurs été sur un piano de Zumpe trois ans plus tôt par Johann Christian Bach[568].)

Les relations avec Grimm deviennent néanmoins plus difficiles. Le nouveau diplomate allemand commence à se méfier du radicalisme de Diderot. Dans ce monde d'espions et de mouchards, plus personne n'est sûr, plus personne n'a confiance en personne. Premier accroc avec Grimm : la *Correspondance littéraire*[235] refuse de publier l'article louangeur de Denis sur le *Voyage autour du monde* de Bougainville[156].

Diderot écrit à sa sœur Denise, il décrit *Athalie* comme « *une pièce sainte. La poésie en est incomparable. Je voudrais la savoir en entier.*

Je serais bien aise que mon enfant l'eût apprise par cœur. [...] *Je lis* Athalie *tous les ans une fois, et mon esprit, mon goût et mes mœurs s'en trouvent bien*[143]. »

Le 15 mai 1772, nouvel accroc avec Grimm. Il lui adresse une véritable lettre d'amour où l'on sent poindre l'inquiétude d'une trahison, voire d'une dénonciation : « *Mon tendre, mon unique ami, vous qui l'avez toujours été, qui le serez toujours, même quand vous me tueriez de votre propre main, car j'aimerais mieux supposer que c'est pour mon bien que de vous imputer le moindre tort* [...], *je me sens uni à vous d'une telle puissance que je n'ai jamais séparé vos actions, bonnes ou mauvaises, des miennes* [...], *que, quoi que vous pensiez, vous disiez, vous fassiez, c'est moi qui dis, qui pense et qui fais. Il y a vingt ans que je me crois un en deux personnes*[143]. »

Le 26 mai, Denis se méfie et lui ment en lui jurant qu'il n'a pas travaillé avec Raynal à son livre : « *Celle-ci de l'abbé est très sérieuse, et je vous proteste que je n'y ai pas la moindre part*[143]. »

Il sent que tout cela finira mal, et qu'ils se brouilleront à ce propos.

Ils ne rompent pourtant pas encore. En août, il se plaint de nouveau à Grimm de son futur gendre, trop mondain. Au cours d'une promenade avec Grimm autour de la maison de Mme d'Épinay, à Boulogne, il commence à caresser l'idée de se rendre à Saint-Pétersbourg[143]. Ils en parleront désormais dans leurs lettres comme de leur « *projet du bois de Boulogne*[143] », pour que Toinette, qui lit parfois ses lettres, ne puisse comprendre.

Il écrit à Grimm, le 15 août 1772 : « *À mesure que le deux de septembre, jour de la naissance de mon enfant, approche, mon cœur souffre. Il me semble que l'avenir s'avance vers moi avec un cortège infini de peines*[143]. » Et il évoque dans une lettre à Grimm du 2 septembre 1772, « *les soins qu'il* [son futur gendre] *se donne pour arranger la cage de son oiseau* [Angélique][143]. » : « *Cette cage sera fort belle. Je suis touché des attentions qu'il a prises pour que sa femme ait toutes ses petites commodités*[143]. » Sentiments mitigés, donc...

Retravailler au livre de Raynal

En août, Raynal sollicite à nouveau son aide pour une refonte de son *Histoire des deux Indes*[435]. Il accepte : écrire dans le livre de Raynal lui permettra de penser libre. Le 15, Denis se borne à confier à Grimm, en passant, qu'il va simplement lire le livre de Raynal[143]. Pour réfléchir à ce qu'il veut y ajouter, comme il fait souvent, il rédige trois feuillets, connus sous le titre *Court essai sur le caractère de l'Homme sauvage*[156], où il médite sur la question si à la mode à l'époque : « *L'homme sauvage est-il plus ou moins heureux que l'homme policé*[156] *?* » Il écrit pour commencer : « *Si les prétendus avantages de l'homme en société abrègent sa durée, si la misère apparente de l'homme des bois allonge la sienne, c'est que l'un est plus fatigué* [...] *par ses commodités que l'autre ne l'est par ses fatigues* [...]. *N'y a-t-il pas parmi nous plus de maladies héréditaires et accidentelles, plus d'êtres viciés et contrefaits*[156] *?* » Pour lui, l'enthousiasme est la seule source de la Raison, seule capable d'établir un plan de société où les relations entre les hommes deviendraient compatibles avec les forces de la nature. La tâche de la philosophie est, pour lui, de s'interroger non plus seulement sur les modalités de la connaissance, mais aussi sur les formes de l'action humaine, c'est-à-dire sur la politique[435]. Il faut donc changer le monde. Aussi la stabilité sociale, encore possible chez des peuples qui vivent hors de l'Histoire, comme les Tahitiens avant l'arrivée de Cook, est-elle désormais impossible dans les sociétés d'Occident, où l'instabilité est une conséquence inévitable de la demande de liberté[435].

Denis déclare alors à Grimm qu'il livre ces réflexions à Raynal pour éclairer « *par-ci par-là les endroits gris de son livre*[143] ». En fait, il revoit toute la première édition, pour en préparer une deuxième, et en transmet quelques éléments à Grimm. Ce dernier en profite pour en publier de longs extraits dans la *Correspondance littéraire* du 15 août au 15 novembre 1772[235].

Le premier fragment traite du rapport entre morale et religion ; les suivants portent sur la morale universelle, le bonheur, la démocratie, le despotisme, l'administration. Autres thèmes : « Sur les cruautés exercées par les Espagnols en Amérique » ; « Du goût antiphysique des Américains » ; « De l'anthropophagie » ; « Court essai sur le caractère de l'homme sauvage » ; « Rêveries à l'occasion de la révolution de Suède » ; « Sur les Chinois » ; « Des mines » ; « Sur la Russie[438] ».

Il ne croit ni au despote éclairé ni à l'idéal d'une monarchie tempérée par l'opinion. Ce qui l'intéresse, comme toujours, ce sont les particularités des peuples et des nations. Il ne croit pas non plus au

« bon sauvage ». Il ne prescrit pas de « civiliser » le sauvage, ni aux civilisés d'imiter aveuglément l'homme sauvage.

Grimm publie ces notes et résume son propre point de vue dans un texte de présentation dans la *Correspondance littéraire*[235] : « *L'auteur serait tenté de prononcer contre l'homme civilisé ; mais, en appliquant le principe établi dans ce fragment aux faits, il sera obligé de changer d'avis. À tout prendre, l'homme en société, l'homme policé vit plus nombreux et plus longtemps que l'homme sauvage*[235]. »

Mariage d'Angélique

Le 8 septembre 1772 est signé le contrat de mariage d'Angélique avec Abel Caroillon de Vandeul[507]. Après maintes réticences, et malgré l'opposition de son frère Didier, Denise Diderot accepte de constituer sa nièce sa légataire universelle[549]. Denis demande encore à son frère Didier, le chanoine, de venir co-célébrer la messe de mariage à Paris, à l'église Saint-Sulpice[549]. Didier refuse à nouveau et écrit à Angélique pour lui demander de rompre avec son père[549]. De son côté, Toinette refuse qu'aucun des amis « mal-pensants » de Denis, en particulier Grimm, assiste au mariage[549].

Le 9 septembre, la bénédiction est donnée en l'église Saint-Sulpice[507]. Angélique s'évanouit durant la cérémonie[143]. Denis dit songer au suicide[143].

Une semaine plus tard, il écrit une lettre magnifique à la nouvelle épouse : « *À Madame Caroillon, née Diderot :* [...] *Vous ne sauriez montrer trop d'estime pour votre mari ; c'est un moyen sûr d'éloigner de vous les hommes sans mœurs. Quant aux témoignages secrets de votre tendresse, gardez-les pour la solitude de votre maison* [...]. *Soyez surtout en garde contre les premiers jours de votre union. Une passion nouvelle entraîne à des indiscrétions qui se remarquent et qui deviennent le germe d'une indécence qui dégénère en habitude* [...]. *Mon enfant, j'ai tant pleuré, tant souffert depuis que je suis au monde. Console-moi. Dédommage-moi. Je te laisser aller avec une peine que tu ne saurais concevoir. Je te pardonne bien aisément de ne pas éprouver la pareille. Je reste seul, et tu suis un homme que tu dois adorer. Du moins, au lieu de causer avec toi comme autrefois, quand je causerai seul avec moi, que je me puisse dire en essuyant mes larmes : Je ne l'ai plus, il est vrai ; mais elle est heureuse* [...]. *Ne négligez pas votre talent.*

C'est le seul côté par lequel vous puissiez peut-être vous distinguer sans qu'il vous en coûte aucun sacrifice essentiel [...]. *Je vous ordonne de serrer cette lettre et de la relire au moins une fois par mois. C'est la dernière fois que je vous dis Je le veux. Adieu, ma fille, adieu, mon cher enfant. Viens que je te presse encore une fois contre mon sein. Si tu m'as trouvé quelquefois plus sévère que je ne devais, je t'en demande pardon. Sois sûre que les pères sont bien cruellement punis des larmes, justes ou injustes, qu'ils font verser à leurs enfants. Tu sauras cela un jour, et c'est alors que tu m'excuseras. Si tu profites de ces conseils, ils seront le plus précieux de tous les biens que tu puisses obtenir de moi. Je te bénis dix fois, cent fois, mille fois ; va, mon enfant. Je n'entends rien aux autres pères. Je vois que leur inquiétude cesse au moment où ils se séparent de leurs enfants ; il me semble que la mienne commence. Je te trouvais si bien sous mon aile ! Dieu veuille que le nouvel ami que tu t'es choisi soit aussi bon, aussi tendre, aussi fidèle que moi. Ton père*[143]. »

Le 19 septembre, il écrit à Grimm, dont il refuse de voir qu'il s'éloigne de lui : « *Mon ami, j'ai depuis huit jours l'âme navrée de tant de douleurs, j'ai reçu tant de coups violents que je ne sais quand j'en reviendrai. Je n'aurais pas voulu mourir la veille du mariage de ma fille, car ce mariage ne se serait pas fait. Mais j'avais tant besoin de repos, le lendemain, que celui qui finit tout et qui ne finit point m'aurait semblé un grand bonheur* [...]. *Je n'oublierai jamais l'instant de la cérémonie ; mon enfant, qui ne manque ni de raison ni de courage, perdit la tête et se trouva mal à plusieurs reprises. Je vous laisse à penser ce que je devins. Il n'y eut que sa mère qui se posséda. Elle aime cependant sa fille*[143]... »

Trois contes contre la fidélité en amour

Après le mariage de sa fille, Denis est dans un grand désarroi. Il se sent vieux et seul. Il écrit rageusement trois textes contre le mariage, et contre la fidélité en amour.

D'abord, le 23 septembre, quinze jours après les noces de sa fille, il fait porter deux contes à Grimm ; un troisième suivra quelques jours plus tard[507]. Leurs titres : *Ceci n'est pas un conte, Madame de La Carlière, Supplément au Voyage de Bougainville*[156].

Il écrit : « *Lorsqu'on fait un conte, c'est à quelqu'un qui l'écoute ; et pour peu que le conte dure, il est rare que le conteur ne soit pas interrompu quelquefois par son auditeur. Voilà pourquoi j'ai introduit dans le récit qu'on va lire, et qui n'est pas un conte, ou qui est un mauvais conte, si vous vous en doutez, un personnage qui fasse à peu près le rôle du lecteur*[156]. [...] »

On retrouve en filigrane, dans ces textes, l'évocation de ses propres amours.

Le premier, *Ceci n'est pas un conte*[156], met en scène les amours contrariées de Tanié, soumis à une tyrannique Mme de Reymer, et de Mlle de la Chaux, sous l'emprise d'un certain Gardeil. Le récit commence comme la lettre à Grimm : « *Lorsqu'on fait un conte, c'est à quelqu'un qui l'écoute ; et pour peu que le conte dure, il est rare que le conteur ne soit pas interrompu quelquefois par son auditeur. Voilà pourquoi j'ai introduit dans le récit qu'on va lire, et qui n'est pas un conte, ou qui est un mauvais conte, si vous vous en doutez, un personnage qui fasse à peu près le rôle du lecteur ; et je commence*[156]. »

Le deuxième, *Madame de La Carlière*[156], narre l'histoire d'une « *hautaine bégueule*[156] » qui refuse de pardonner une infidélité à son mari[156] : « *Et puis j'ai mes idées, peut-être justes, à coup sûr bizarres, sur certaines actions que je regarde moins comme des vices de l'homme que comme des conséquences de nos législations absurdes, sources de mœurs aussi absurdes qu'elles, et d'une dépravation que j'appellerais volontiers artificielle. Cela n'est pas trop clair, mais s'éclaircira peut-être une autre fois*[156]. » *Madame de la Carlière* se termine par : « *Voilà le jour qui tombe et la nuit qui s'avance avec ce nombreux cortège d'étoiles que je vous avais promis*[156]. »

Avec l'envoi d'un troisième conte, le 7 octobre, deux semaines après celui de *Madame de La Carlière*, Denis écrit à Grimm : « *Je rentrai. Je me mis en robe de chambre et je regrattai un peu le troisième conte qui était fait ; ainsi le papier sur Bougainville est venu tout à temps*[143]. »

C'est le *Supplément au Voyage de Bougainville,* avec pour sous-titre : *Dialogue entre A. et B. sur l'inconvénient d'attacher des idées morales à certaines actions physiques qui n'en comportent pas*[156]. Il commence par[156] : « *Cette superbe voûte étoilée, sous laquelle nous revînmes hier et qui semblait nous garantir un beau jour, ne nous a pas tenu parole*[156] » – termes voisins à la fin de la discussion entre les deux amis dans *Madame de La Carlière*[156].

Dans ces pages, Diderot prend ses distances avec tout ordre politique : « *Méfiez-vous de celui qui veut mettre de l'ordre ; ordonner, c'est toujours se rendre le maître des autres en les gênant*[156] », et, hostile à toute tentative pour imposer un ordre étranger à un peuple, il prône « *une espèce de société moitié policée, moitié sauvage* », dans laquelle l'homme civilisé retrouverait les pulsions de la nature. Il fait l'éloge de la polygamie, plaide pour les droits des peuples à disposer d'eux-mêmes, contre l'esclavage et la domination de l'Occident. Même le progrès, à ses yeux, ne doit pas être imposé aux autres, s'ils n'en veulent pas.

Pour mieux s'expliquer, il met en scène un vieillard indigène demandant à Bougainville de ne pas tenter d'imposer la propriété privée : « *Ici, tout est à tous ; et tu nous as prêché je ne sais quelle distinction du* tien *et du* mien. [...] *Laisse-nous nos mœurs ; elles sont plus sages et plus honnêtes que les tiennes*[156]. » Il défend le droit à la subversion politique contre un tyran. Il plaide pour l'égalité des chances grâce à l'instruction.

Un autre Tahitien, nommé Orou, dit à l'aumônier français : « *Hier, en soupant, tu nous as entretenus de magistrats et de prêtres ; je ne sais quels sont ces personnages que tu appelles magistrats et prêtres, dont l'autorité règle votre conduite ; mais, dis-moi, sont-ils maîtres du bien et du mal ? Peuvent-ils faire que ce qui est juste soit injuste, et que ce qui est injuste soit juste*[156] *?* »

Grimm acceptera ce conte, après bien des hésitations, et le publiera dans la *Correspondance littéraire*[235]. Mais il présentera ainsi l'ouvrage, l'année suivante, avec grande prudence : « *Le conte que l'on va lire est de M. Diderot, il sera suivi de plusieurs autres du même auteur. On ne verra qu'à la fin du dernier la morale et le but secret qu'il s'est proposé*[235]. »

Quand ses amours s'en vont...

Denis doit alors affronter la brouille entre Toinette et Angélique, alors que lui-même fait tout pour demeurer très proche de sa fille. Le 25 septembre 1772, il écrit à Mme Caroillon La Salette, la belle-mère d'Angélique : « *Mme Diderot* [Toinette] *a une âme si difficile à apaiser qu'il est impossible de lui proposer de visiter ses enfants* [...]. *Ils n'auront à l'avenir, comme il leur arrive aujourd'hui, qu'un souci, c'est de mettre eux-mêmes des bornes à ma tendresse. Je veux qu'en attendant que je puisse placer Caroillon à mon gré et au sien, lui et sa femme soient aisés ; je veux qu'une fois Caroillon placé, ils soient riches ; du moins plus riches que je l'ai jamais été. Je suis obligé de les aimer pour deux, et je me sens en fonds pour cela. J'aurai pour eux la tendresse et la bienfaisance d'un beau-père et d'une belle-mère à la fois*[143]. »

Le même jour, il crie à sa sœur Denise sa solitude et son désir d'engloutir tout son argent pour le bonheur de sa fille, qu'il couvre de cadeaux : « *Je n'ai plus d'enfant, je suis seul, et ma solitude m'est insupportable* [...]. *Il n'y a plus personne ici. Nous rôdons, Mme Diderot et moi, l'un autour de l'autre, mais nous ne nous sommes rien. Comment parler à une femme pleine d'humeur et toujours prête à s'enflammer pour un rien ? Je n'ai trouvé qu'un moyen de distraction, et ce moyen sera bien selon ton cœur : c'est de faire ma visite dans le nid des jeunes oiseaux et d'y porter la plume ou le brin de paille qui y manque* [...]. *Je n'enrayerai, bon gré mal gré qu'ils en aient, que quand j'en serai au dernier écu, et que quand je les aurai mieux pourvus en commençant que je ne l'ai été et ne le serai jamais de ma vie*[143]. »

Il se fâche encore avec son gendre. Le 9 octobre, il écrit à Grimm : « *Ce petit monsieur* [Vandeul] *veut que, dès le matin, sa femme soit parée comme une poupée, et qu'elle passe la journée en décoration pour lui plaire* [...]. *Mon ami, j'ai donné ma fille à un personnage moitié grave et moitié freluquet* [...]. *On travaille à faire de mon enfant une sotte petite, plate, impertinente, qui incessamment ne saura rien que bien placer un pompon, minauder, médire et sourire. Cela me désole*[143]... » Angélique fait une fausse couche qui le consterne[507].

Il ne lui reste que Jeanne de Maux. En octobre, il lui écrit une merveilleuse lettre, moins d'amour que sur l'amour. Il aime ce qu'il écrit. Lui qui a si bien disserté sur l'amour, qui a tant parlé d'amour à tant de femmes, explique qu'on fait d'autant plus serment d'aimer qu'on aime moins : « *D'abord il n'y eut qu'un mot ; ensuite il fallut dire et redire sans cesse pour être cru. On pensa que ce que l'on se plaisait à répéter, c'était la vérité, et l'on eut raison. On se dit en soi-même : si tu ne m'aimes pas, ô ! combien je te vais faire mentir. Il se mêla à tout cela bien d'autres motifs, parmi lesquels il y en eut sans doute de fort délicats. S'il y eut des doutes réels, il y en eut aussi de simulés. On se fit tranquilliser sur des craintes qu'on n'avait pas. Ce fut une chose si douce que le premier aveu qu'on ne se lassa point d'y revenir. Ce fut une chose si douce que le premier moment qu'on alla toujours le recherchant. On serra toujours contre son sein celui qu'on aime, et l'art d'écrire n'est que l'art d'allonger ses bras*[143]. »

Et, pour la première fois, il s'applaudit lui-même : « *C'est un si joli texte que celui-ci, que je ne finirais point s'il me prenait en fantaisie de le suivre jusqu'où il pourrait me mener*[143]. »

En finir avec son frère

La brouille avec son frère se révèle définitive. Le 13 novembre, il lui écrit : « *Si j'avais été chrétien, j'aurais fait tout ce que j'ai fait et rien presque de ce que vous faites. Mon cher abbé, je ne mettrai pas dans un des plats de la balance vos bonnes œuvres et dans l'autre les miennes. Tout ce que je puis vous dire, c'est que je ne changerai pas, dussé-je y gagner ! Soyez bien sûr que j'ai aussi envoyé ma provision de voyage dans mon tombeau, au cas que j'en sorte, avec cette différence que je n'ai pas prêté à usure et que je n'ai pas dit à Dieu : Donne-moi Ton Paradis pour un milliard !* [...]. *Monsieur l'abbé, je ne suis nullement votre serviteur. Je suis un bon philosophe, indigné de l'outrage, sensible à l'injure, à l'injustice, à la dureté, à la noirceur ; mais tout prêt à recevoir son frère sans aigreur, sans reproches, sans ressentiment, lorsqu'il lui plaira de se remontrer. Jusqu'à ce moment,* paix et silence. *Plus de lettres à recevoir. Plus de réponses à faire*[143]. »

L'abbé répond : « *M. le Philosophe, vous avez raison pour cette fois, il ne faut jamais se presser d'écrire quand on n'a que des injures à dire. Si la Plaisanterie et la Gaieté consistent à dire des sottises, vous êtes l'homme le plus plaisant, le plus gai que je connaisse...* »

Diderot renvoie la lettre sans même ouvrir le pli cacheté, sur lequel il écrit : « *M. l'abbé, si j'étais sûr de retrouver mon frère dans cette lettre, je l'ouvrirais, et je ne la lirais pas sans verser des larmes de joie. Mais j'aime mieux vous la renvoyer toute cachetée et m'épargner deux peines : l'une, d'entendre, l'autre de répondre des choses déplaisantes*[143]... »

Le 9 décembre, il est décidé à partir en Russie et écrit enfin à Grimm : « *Partons, partons vite, et allons oublier bien loin des enfants qui ne valent pas la peine qu'on s'en souvienne*[143] *!* »

Partir, mais avec Grimm.

*Aller réécrire l'*Encyclopédie *à Pétersbourg*

Plus rien ne le retient. Sa fille s'est mariée. Mme de Maux l'a quitté. Falconet lui répète que Catherine II est désireuse de faire imprimer une nouvelle version de l'*Encyclopédie* en Russie. Elle lui aurait dit[437] : « *Je ne puis quitter ce livre, c'est une source inépuisable d'excellentes choses où cependant il y a, par-ci par-là, de grandes inexactitudes*[437] ».

Elle est surtout très mécontente de l'article de Jaucourt sur la Russie[502], lequel a puisé nombre de ses informations dans le livre de l'abbé Chappe d'Auteroche que Catherine II déteste au point qu'elle a rédigé un pamphlet contre lui, *L'Antidote*[79]. Elle désire donc que, dans une nouvelle édition de l'*Encyclopédie*, la Russie soit mieux traitée.

Grimm se prépare à partir en Allemagne pour accompagner le fils de la princesse de Hesse-Darmstadt dont il est devenu le chambellan et dont la sœur, Wilhelmine, doit épouser, le 9 octobre, le grand-duc Paul Petrovič, fils de l'impératrice Catherine II[475]. Jusqu'au dernier moment, Grimm continue de veiller à ses intérêts financiers : le 16 avril, il s'inquiète auprès du comte de Schulembourg de ce qu'il est « *fortement menacé de voir paraître en Saxe une partie de* [ses] *feuilles imprimées*[234] ».

Le 23 avril, Grimm part donc pour l'Allemagne, abandonnant Mme d'Épinay, très malade, avec sa fille devenue Mme de Belsunce, venue aider sa mère[411]. Il confie à un nouvel ami, l'écrivain suisse Wilhelm Meister et à Mme d'Épinay le soin de maintenir la *Correspondance littéraire*[411]. Il est plus inquiet pour celle-ci que pour l'état de sa maîtresse. Il écrira ainsi à Meister, de Berlin, le 1er juin 1773[411] : « *Mes inquiétudes sur madame d'Épinay sont extrêmes, et si cet état empire, vous resterez seul chargé de tout le fardeau de cette Correspondance*[411]*...* »

Fin avril, Denis se décide enfin : il part pour la Russie alors même que sa fille est de nouveau enceinte[507]. Il souhaite voir la tsarine, mais aussi et peut-être surtout, même s'il ne l'avoue à personne, y retrouver Grimm, qui y va... Le 30 mai, il annonce à Falconet qu'il va enfin venir le rejoindre à Pétersbourg : « *Écoutez et réjouissez-vous. Demain, oui demain, je pars pour La Haye ; et quand j'aurai embrassé le prince Galitzine pendant une quinzaine de jours, qui sait ce que je deviendrai ? Le plus léger choc de sa part pourrait me jeter tout au beau milieu de votre atelier. Cependant je laisse ma femme, ma sœur, mon gendre, ma fille, ma fille grosse ; tenez, puisqu'en y pensant, cela me fait un si grand mal, n'y pensons plus ; et parlons d'autre chose. Parlons de mon vieil ami M. Grimm qui est à présent à Potsdam, qui accompagne Mme la princesse d'Amstad, qui s'achemine peut-être à présent vers Pétersbourg, et avec lequel vous aurez peut-être bu à ma santé avant que cette lettre vous soit parvenue*[143]. »

Le 3 juin, il donne procuration à sa femme pour la gestion de ses biens et constitue Naigeon, son homme à tout faire, fidèle d'entre les fidèles, gestionnaire de ses manuscrits au cas où il mourrait en voyage, avec mission de les publier : « *Comme je fais un long voyage, et que j'ignore ce que le sort me prépare, s'il arrivait qu'il disposât de ma vie je recommande à ma femme et à mes enfants de remettre tous mes manuscrits à Monsieur Naigeon qui aura, pour un homme qu'il a tendrement aimé et qui l'a bien payé de retour, le soin d'arranger, de revoir et de publier tout ce qui lui paraîtra ne devoir nuire ni à ma mémoire ni à la tranquillité de personne. C'est ma volonté, et j'espère qu'elle ne trouvera aucune contradiction. Diderot*[143]. »

Chapitre 11

Conseiller le prince, publier et mourir
1773-1784

Le 10 juin 1773, veille de son départ pour la Russie, Denis hésite encore à quitter sa fille, de nouveau enceinte. Aucune autre femme ne le retient. Ni Toinette, ni Sophie Volland, ni sa sœur, ni Jeanne de Maux dont il s'est résigné à n'être plus que l'ami : peut-être même pense-t-il qu'il lui faut partir pour l'oublier, admettre qu'il est passé de l'âge de l'amour à celui de l'amitié. Craignant de laisser sa fille entre les mains d'un mari trop intéressé et d'une mère trop envahissante, il la confie à tous ses amis, en particulier à Mme d'Épinay[143].

Ce dernier soir à Paris, il ne tient pas à rester chez lui, il sort dîner avec des amis (Sophie, peut-être...) et rentre tard. À son retour, Toinette et Angélique lui font une scène. Il racontera : « *Je viens de subir la scène la plus cruelle pour un père et pour un époux. Ma femme, ma fille. Ah, comment me séparer d'elles après avoir vu leur douleur déchirante*[101] *?* » Survient alors Jean-Baptiste Devaines, que Denis aidera à passer premier commis des Finances sous Turgot, et qui raconte : « *Nous vîmes entrer Mme Diderot, et la scène changea. Il me semble qu'elle est encore là, sous mes yeux, cette femme impayable, avec son petit bonnet, sa robe à plis, sa figure bourgeoise, ses poings sur les côtés et sa voix criarde : "Eh bien, eh bien, monsieur Diderot, s'écria-t-elle, que faites-vous là ? Vous perdez votre temps à conter des balivernes, et vos paquets, vous les oubliez. Vous devez pourtant partir de grand matin ; mais bon ! Vous êtes toujours occupé à faire des phrases éternelles, et les affaires deviennent ce qu'elles peuvent. Voilà* *ce que c'est, aussi, que d'être allé dîner dehors au lieu de rester en famille* [...] *Ah ! Quel homme*[101]*..."* »

Le lendemain, Denis, angoissé, torturé, résiste à l'envie d'annuler son voyage et part seul, en voiture publique, pour La Haye où il est attendu chez le prince Dimitri Galitzine, nouvel ambassadeur de Russie, qu'il a bien connu quand il était en poste à Paris, et où il doit retrouver l'envoyé de Catherine II chargé de l'accompagner jusqu'à Saint-Pétersbourg.

Un printemps à La Haye

Quatre jours plus tard, Diderot débarque aux Provinces-Unies, alors gouvernées par Guillaume V d'Orange-Nassau, stathouder héréditaire. Il arrive à l'ambassade russe. Galitzine l'y installe[549]. Mauvaise nouvelle : celui qui doit le convoyer n'est pas encore arrivé d'Aix-la-Chapelle, où il prend les eaux.

Un siècle et demi après avoir installé leur hégémonie au cœur du continent, les Provinces-Unies sont en déclin. Les navires de guerre hollandais ne sont plus les plus puissants, les mers ne leur sont plus aussi sûres, la défense des routes commerciales leur coûte de plus en plus cher ; leur principale source d'énergie – le bois des forêts, qui sert aussi à construire les bateaux – s'épuise ; leurs technologies ne progressent plus, les conflits internes s'exacerbent, les prix et les salaires s'élèvent[21]. Ils ne sont même plus le principal centre de l'édition européenne. Seul Marc-Michel Rey, éditeur genevois installé à Amsterdam depuis trente ans, conserve son rôle de fournisseur en pornographie et en philosophie, imprimant essentiellement des œuvres en français, dont celles de Voltaire, d'Holbach et Rousseau.

Le jour même de son arrivée, il voit la mer pour la première fois, puis visite des musées. Une semaine plus tard, ayant compris qu'il va lui falloir attendre encore quelques semaines, il décide de tout comprendre du pays où il se trouve, et d'écrire, enfin tranquille. Il écrit à Sophie Volland et à une de ses sœurs, Mme de Blacy (en fait, Marie Jeanne Vallet, qui a changé de nom après la faillite et la fuite de son mari). La lettre est brève, tout juste tendre. Il a tant d'autres choses à faire[67] : « *Nous* [l'ambassadeur et lui] *avons des projets de toute couleur. Si nous les remplissons, je verrai beaucoup, je ne manquerai pas d'amusement. Je résiderai peu et je ne travaillerai guère. Je voudrais pourtant bien travailler. Je ne vous écris qu'un mot. Je serai même, à l'avenir, aussi laconique. Je réserverai tout pour les moments doux que nous passerons encore ensemble. Je vous salue. Je vous embrasse tendrement toutes deux. Je garderai pour vous, Mademoiselle Volland, mes premiers sentiments tant que je vivrai. Conservez-vous, je vous en conjure, tendre amie. Nous nous reverrons, et ce temps n'est peut-être pas fort éloigné*[143]. »

À La Haye, Diderot se promène, en attendant de plus en plus impatiemment celui qui doit l'escorter. Il est stupéfait de croiser, marchant à pied dans la rue, le « Pensionnaire », autorité civile suprême du pays, désormais largement affaiblie face au stathouder, autorité militaire devenue héréditaire. Il commence à songer à publier toutes ses œuvres à La Haye. Il rencontre l'éditeur Marc-Michel Rey, le philosophe spiritualiste François Hemsterhuis ; il revoit le banquier Isaac de Pinto, déjà rencontré à Paris[549]. Il rencontre des professeurs de l'université de Leyde, alors encore la plus prestigieuse d'Europe[549].

Puis, la semaine suivante, il écrit aux mêmes deux sœurs, un peu plus longuement, conscient qu'il risque de rester aux Provinces-Unies plus longtemps que prévu : « *Plus je connais ce pays-ci, mieux je m'en accommode. Les soles, les harengs frais, les turbots, les perches, et tout ce qu'ils appellent* waterfish, *sont les meilleurs gens du monde. Les promenades sont charmantes ; je ne sais si les femmes sont bien sages, mais, avec leurs grands chapeaux de paille, leurs yeux baissés, et ces énormes fichus étalés sur leur gorge, elles ont toutes l'air de revenir du salut ou d'aller à confesse*[143]. »

Le même jour, il écrit à Mme d'Épinay, seule à Paris, abandonnée par Grimm qui est en route pour l'Allemagne, puis la Russie : « *J'ai retrouvé ici un nommé de Pinto, juif. Il était fort libertin à Paris, et il n'est pas trop sage à La Haye. Il a une petite maison où il n'aurait tenu qu'à moi de faire connaissance avec le sexe iduméen. Mais ces cours de physique n'ont jamais été de mon goût, et ne sont plus de mon âge*[143]. » « Iduméen » désigne alors une sexualité à plus de deux partenaires.

Il se renseigne sur le fonctionnement des écluses. Il lui vient, en observant l'emploi du temps de Galitzine, une jolie description des diplomates : des « *gens qui s'épient, se craignent, se mentent, se traitent poliment et froidement, s'ennuient ensemble, s'ennuient seuls, ont des maîtresses, Dieu sait quelles, et se voient peu*[143]. »

L'envoyé de la tsarine tarde encore à venir. Tout en s'impatientant, Denis écrit beaucoup, retravaille au *Neveu de Rameau,* à *Jacques le Fataliste*, et au *Paradoxe sur le comédien*[156] à partir de son article paru dans la *Correspondance.* Il découvre dans la bibliothèque de Galitzine le *De l'homme*[254] d'Helvétius, qui vient de paraître sous son nom à La Haye. Il apprend qu'Helvétius, mort à Voré depuis presque deux ans, en avait confié le manuscrit au diplomate russe, pour qu'il en fasse faire l'impression à La Haye[549]. La préface dit : « *C'était sous un faux nom que je voulais donner ce livre au public*[254]. »

Diderot en félicite l'ambassadeur, puis, une fois le livre lu, il change d'avis ; il écrit à Mme d'Épinay[143] : « *J'ai lu trois fois le posthume d'Helvétius. C'est, ma foi, un excellent ouvrage, plein de réflexions fines qu'il n'est pas donné à tout le monde de trouver, et d'inconséquences que tout le monde corrigerait d'un trait de plume. Cet ouvrage fera bien autant de besogne que de bruit. Et je vous promets qu'il fera grand bruit ; à moins que les intéressés, ne pouvant plus nuire à l'auteur qui leur a sagement échappé, ne rongent leur frein sans mot dire*[143]. » Comme toujours, il rédige pour lui-même une note de commentaires et une liste des erreurs qu'il y a relevées. Cela devient un très long texte, plein de souvenirs personnels. Bien après sa mort, quand on cherchera à publier tous ses écrits, cela deviendra la *Réfutation d'Helvétius*[156].

À Paris, le livre d'Helvétius et son poème *Du Bonheur*, publié au même moment, ont tôt fait d'arriver d'Amsterdam. Ils sont mal reçus. Les critiques fusent de partout, y compris même des amis du défunt : de Condorcet (qui devient cette année-là, à l'âge de trente ans, secrétaire perpétuel de l'Académie des sciences), de Turgot, de Julie de Lespinasse[92]. Voltaire écrit à d'Alembert, sur *De l'homme :* « *Ce livre m'a paru du fatras, et j'en suis bien fâché. Il faut faire de grands efforts pour le lire ; mais il y a de beaux éclairs. Que vous dirai-je ? Cela m'a semblé audacieux, curieux en certains endroits, et en général ennuyeux. Voilà peut-être le plus grand coup porté contre la philosophie. Si les gens en place ont le temps et la patience de lire cet ouvrage, ils ne nous pardonneront jamais. Nous sommes comme les apôtres, suivis par le petit nombre, et persécutés par le grand. Vous voyez qu'on arrive au même but par des chemins contraires*[537]. »

Au même moment, d'Holbach publie anonymement à Londres, en français, le *Système social*[267], avec en sous-titre : *Principes naturels de la morale et de la politique.* Après une vaste critique du pouvoir absolu, il propose un système de partage du pouvoir entre le souverain et des représentants des citoyens.

Les auteurs de l'*Encyclopédie* et les philosophes des Lumières se montrent de plus en plus audacieux. Ils parlent de plus en plus souvent politique. Diderot le fait depuis Paris, mais sans publier. Les autres, s'ils publient, le font à l'étranger ; soit en choisissant d'y déménager, comme Voltaire, soit encore, comme d'Holbach, en s'y faisant simplement éditer anonymement, soit, s'ils publient sous leur nom, en se terrant en province, comme Helvétius, ou en fuyant, comme Rousseau ou comme, on le verra, Raynal.

À Pétersbourg, l'impératrice rédige[74] alors une *Instruction au prince Saltykov*, qu'elle vient de nommer précepteur de ses enfants, les grands-ducs, en s'inspirant, entre autres, des *Essais* de Montaigne ; elle rédige aussi des *Mémoires relatifs à l'histoire russe*[74], et compose des contes pour enfants parmi les premiers écrits en russe.

À la même époque, à Calcutta, Warren Hastings est nommé gouverneur général de l'Inde pour lutter contre les gaspillages et la corruption qui sévissent au sein de la Compagnie. Enfin, cédant au roi de France, le pape Clément XIV dissout la Compagnie de Jésus : victoire posthume des jansénistes…

« *La loi des homogènes*[143] »

Jeanne de Maux s'installe à distance dans la vie de Denis, non comme sa maîtresse, mais comme l'interlocuteur intellectuel au féminin qu'il cherchait depuis toujours et que Sophie n'est jamais parvenue à être. Il lui adresse une jolie réflexion sur la vanité de l'amour, comme pour rationaliser sa propre résignation à leur amitié : « *Tenez, voilà un mot qui m'a toujours fait grand plaisir. C'est celui d'une femme à un homme dont elle était passionnément aimée et qui lui refusait du retour : "Pour une soixantaine d'années que nous avons à vivre, ce n'est pas la peine." Ce serait sans doute être bien dupe que de se soustraire à une peine qui nous en occasionnerait des milliers, mais ce serait l'être bien davantage que de se livrer à un plaisir qui nous occasionnerait mille peines. La valeur de la vie et celle de l'amitié, c'est la même chose. Si la vie est une bonne chose, l'amitié est un pacte avantageux. Si c'en est une mauvaise, l'amitié est un pacte fatal. Disons, mon amie, que ce n'est point une affaire de calcul, mais de sympathie, mais d'attraction morale, mais de nécessité. Les âmes s'approchent par la loi des homogènes. C'est que c'est elle, c'est que c'est moi. C'est que j'étais destiné à devenir le satellite qui la suivrait dans sa course et qui l'éclairerait dans ses nuits*[143]. »

Il invente ainsi une sorte d'astronomie de l'amour, fondée sur une « *attraction morale*[143] » ; c'est sans doute ce à quoi se résume sa relation avec Jeanne dont il s'éloigne, par ce voyage, peut-être justement pour trouver la force de se détacher d'elle.

Le 22 juillet, attendant toujours à La Haye, il se console du temps qui passe en écrivant. Il note, dans une lettre aux « Dames Volland » : « *C'est ici qu'on emploie bien son temps ; point d'importuns qui viennent vous prendre toutes vos matinées ; le malheur est qu'on se couche fort tard et qu'on se lève de même. Notre vie est tranquille, sobre et très retirée*[143]. »

Il indique aussi à Sophie qu'il travaille à « *deux ou trois petits ouvrages assez gais*[143] », dont sans doute ce qui deviendra *Le Neveu de Rameau*[156], qu'il s'obstinera toute sa vie à ne pas nommer.

Le 10 août, enfin, avec deux mois de retard, alors qu'à Langres ferme le collège jésuite de son enfance, Alexis Narichkine, le chambellan de Catherine II qu'il avait déjà rencontré à Paris, arrive à La Haye pour le chercher. Et il apprend par lui que Grimm, retenu à Berlin, ne viendra sans doute pas en Russie[143], alors que c'est le départ de celui-ci pour la cour de Catherine qui avait déclenché sa propre décision de quitter Paris…

Désespéré, il pense un moment rejoindre Melchior à Berlin. Mais non, jamais il ne se rendra chez Frédéric[502].

« *Un demi-diamètre terrestre*[143] »

Le 13, soit deux mois après son départ de Paris, il prévient Sophie qu'il quitte enfin La Haye pour Pétersbourg, se rassurant lui-même : « *Doucement, commodément, à petites journées, nous arrêtant partout où le besoin de repos ou la curiosité nous le conseillera*[143]. » Il songe à son retour, prévu pour le mois de janvier suivant, montrant ainsi que le voyage déjà lui pèse : « *Au mois de janvier prochain, une autre bonne voiture où je m'assiérai à côté du frère du prince de Galitzine et de sa femme, qui font le voyage de France, me déposera au coin de la rue Taranne*[143]. » Il ne sait pas qu'en janvier la Russie sera encore prise dans les glaces et que tout voyage sera impossible.

Ce soir-là, comme pris de panique, dans sa chambre de l'ambassade russe, il écrit toute la nuit de nombreuses lettres. D'abord à Mme d'Épinay, de plus en plus malade, pour la consoler en lui disant que Grimm va vite revenir à Paris, « [...] *vous le reverrez incessamment. Je m'en réjouis sincèrement. Sa présence vous est nécessaire. Je renonce volontiers à un plaisir fort doux lorsque ma privation vous soulagera d'une grande peine, et peut-être activera votre convalescence*[143] ». Pour lui soutenir le moral, il lui dit que tout ce qu'il a écrit à La Haye lui sera envoyé pour la *Correspondance*, dont elle s'occupe maintenant avec Meister : « *J'ai des notes assez intéressantes sur les habitants. J'ai barbouillé toutes les marges du dernier ouvrage d'Helvétius. Un certain pamphlet sur l'art de l'acteur est presque devenu un ouvrage. Je me suis amusé à écrire une petite satire dont j'avais le projet lorsque je quittai Paris. Je vous fournirais, je crois, de quoi soutenir la* Correspondance *de Grimm pendant deux ou trois mois au moins ; mais la copie de ces papiers-là me prendrait huit ou dix jours, et je n'en ai pas quatre a rester ici, et ce court intervalle sera employé à écrire à tous mes amis*[143]. »

Il lui répète qu'il souhaite qu'elle s'occupe d'Angélique : « *Auriez-vous la bonté de l'inviter quelquefois à passer une ou deux heures avec vous ? Vous en serez satisfaite lorsque votre affabilité l'aura mise à son aise et coupé ses lacets*[143]... » Puis il se lâche : « *À vous parler vrai, je ne suis pas gai. J'ai l'âme troublée. Je souffre à mettre entre mes amis et moi un demi-diamètre terrestre. Mais le sort en est jeté et il est trop tard pour regarder en arrière*[143]. »

En route pour Pétersbourg

Le 20 août, sans enthousiasme particulier, il part pour la Russie avec Narichkine, évitant Berlin et passant par la Saxe[549]. Ils visitent des musées à Dresde et à Leipzig sous la conduite d'Hagedorn, directeur des Académies des beaux-arts de ces deux lieux, auteur d'*Observations sur la peinture*[245] considérées alors comme un ouvrage de référence en Europe[549]. Puis ils traversent Riga (où il rêve que sa fille meurt en accouchant[143]), et Narva, au nord-est de l'Estonie, sur la frontière russe. Au total, plus de 3000 kilomètres sur de très mauvaises routes.

Il ne sait pas qu'au même moment, en Ukraine, un certain Emelian Pougatchev, cosaque illettré de trente ans, ancien soldat des troupes impériales, se fait proclamer empereur et se fait passer pour Pierre III, le mari assassiné de Catherine ; il regroupe des troupes composées de serfs et de cavaliers tatars, et progresse rapidement vers Moscou, profitant du regroupement des troupes russes sur le front turc.

Pendant son long voyage en berline, ignorant ces événements qui mobilisent l'attention de la cour de Russie, Denis prépare ses entretiens avec l'impératrice. Il se rêve en conseiller d'un prince, comme voulurent l'être Hobbes, Locke, Swift et Newton en Angleterre, Montesquieu en France. Mais aussi ceux qui voulurent l'être en d'autres pays que le leur, comme le fut le cardinal de Mazarin en France ou comme rêve de l'être Voltaire en Prusse.

Denis ne connaît de la Russie que ce que Galitzine, Narichkine, Betzki et la comtesse Daschkoff ont pu ou voulu lui en dire. Il n'a pas entendu parler de la révolte de Pougatchev. Il sait que Catherine est prête à tout, depuis le premier jour, pour attirer chez elle des artistes et philosophes français. Il pense qu'elle veut, comme Pierre le Grand, faire entrer son pays d'adoption dans l'Europe civilisée, et qu'elle souhaite des informations précises sur les institutions et l'administration françaises. Il croit qu'elle a retenu de l'œuvre de Montesquieu la théorie des climats, la légitimation de la monarchie par l'honneur (« *point de noblesse, point de monarque*[359] ») et l'importance attachée aux corps intermédiaires[502]. Il sait aussi qu'elle connaît la théorie de la proportionnalité des châtiments aux crimes (idée puisée chez Beccaria, que Narichkine connaît bien) et qu'elle préfère avoir une administration fiscale plutôt que de confier la perception des impôts à des fermiers généraux[502]. Il sait qu'elle a lu et reçu, à son initiative, les physiocrates (Le Mercier de La Rivière, Guillaume François Le Trosne, qui a écrit pour elle un *De l'Esprit de l'Instruction de S.M. l'Impératrice de Russie pour la formation d'un code de lois*[74]).

Mais, en fait, il y a entre eux un malentendu : si elle a étudié toutes ces théories, c'est par curiosité intellectuelle, pas pour les mettre en pratique. Comme Frédéric en Prusse, elle estime en fait que les idées des philosophes français sont totalement inapplicables à la Russie. Alors que lui, Diderot, qui refuse de rencontrer Frédéric pour cette raison même, vient précisément expliquer à la tsarine comment en faire des lois russes.

Tout en voyageant, il prépare donc un rapport sur la situation de la France. Il n'y est pas particulièrement élogieux. Pour lui, la France n'est pas un modèle à imiter. Il évoque la suppression, deux ans plus tôt, par le chancelier Maupeou, des parlements, avec ses avantages (l'affaiblissement des intérêts particuliers) et ses inconvénients (la remise en cause des libertés individuelles) ; il dénonce les déficits de l'État et la richesse du clergé ; il explique que le système français d'éducation, encore totalement entre les mains de l'Église, ne vaut pas les nouvelles institutions russes en la matière (l'École des cadets créée par l'impératrice Anne en 1731, la maison des Enfants-Trouvés et le Couvent des demoiselles créés par Catherine II). De fait, il ne considère comme institutions françaises méritant d'être imitées en Russie que le tribunal de commerce, la police et… l'éclairage des rues de Paris[502].

Il se prépare, enfin et surtout, à lui parler d'un autre rêve bien plus important pour lui : la convaincre de financer la réécriture de l'*Encyclopédie*, complètement, librement, sans censure aucune : pour revenir sur les erreurs et les coupes de Le Breton, qui l'obsèdent ; pour faire en Russie ce qu'il vient de refuser de faire en France avec Panckoucke ; pour le faire, espère-t-il, avec beaucoup plus de moyens financiers et sans le contrôle d'un imprimeur français dont il a déjà souffert.

Se loger à Pétersbourg

Le 8 octobre, en arrivant à Pétersbourg, trois jours après son soixantième anniversaire, malade de dysenterie, Denis reçoit deux mauvaises et deux bonnes nouvelles.

Première mauvaise nouvelle : Falconet, dont il avait mis sur pied la mission, le contrat et le séjour, refuse de le loger sous son toit, sous prétexte que la chambre qu'il lui avait promise est à présent occupée par son fils Pierre-Étienne[549]. Impardonnable muflerie : c'est Denis qui a obtenu que Catherine l'invite et lui fasse réaliser son grand œuvre, et c'est encore Denis qui a poussé le sculpteur à inviter son fils dans une maison évidemment assez grande pour recevoir l'un et l'autre. En fait, Falconet est inquiet de l'influence que pourrait exercer Diderot sur Catherine et ne tient pas à ce qu'il s'éternise en Russie. Sans doute aussi ne veut-il pas que Denis se rende compte que Marie-Anne Collot, sa maîtresse, est maintenant éprise de son fils…

Deuxième mauvaise nouvelle : il apprend que Grimm est en fait arrivé à Pétersbourg trois semaines avant lui, le 17 septembre, alors qu'il ne devait plus y venir[475] ! Mais il n'a pas le temps de le rencontrer et ne propose pas non plus de le loger : Melchior est très pris, prétexte-t-il, par le mariage du grand-duc, fils de l'impératrice, avec une des filles de la princesse de Hesse-Darmstadt, Wilhelmine, du frère de laquelle il est le chambellan[143]. Grimm dont le départ pour Pétersbourg, rappelons-le encore une fois, fut la raison inavouée de son propre départ…

Que faire ? Loger dans une auberge est impossible. Perdu, il en informe le chambellan Narichkine[502].

Première bonne nouvelle : Narichkine offre aussitôt de le loger chez lui, beaucoup plus fastueusement qu'il ne l'aurait été ailleurs[502].

Deuxième bonne nouvelle : il apprend que sa fille a accouché sans problème, fin septembre, d'une fille qu'on prénommera Marie-Anne. C'est sa première petite-fille. Son cauchemar n'était donc pas prémonitoire. Et Pigalle, l'autre grand sculpteur, rival de Falconet, a accepté, comme Toinette le lui a demandé, d'être son parrain[549].

Le 9 octobre, il raconte à Toinette pour la rassurer : « *J'avais deux ressources, et il était impossible qu'elles me manquassent toutes deux ; c'étaient Grimm et M. de Narichkine*[143]. » Façon indirecte de reconnaître que Grimm s'est mal conduit. « *Sois donc tout à fait tranquille ; me voilà quitte des dangers du voyage ; il ne me reste plus que les dangers du retour. Je te répète, parce que c'est la vérité, qu'une promenade au bois de Boulogne à pied m'aurait beaucoup plus fatigué que ces huit cents lieues de poste par des chemins effroyables*[143]. »

Étonnante comparaison que de mettre ainsi en parallèle son voyage avec une « *promenade au bois de Boulogne*[143] », ce qui est justement le nom de code qu'il employait avec Grimm pour parler de son projet de voyage en Russie ! Façon aussi – inconsciemment, sans doute – de parler à nouveau de Grimm, à qui il pardonne encore, dans cette lettre, de ne pas trouver le temps de le rencontrer alors qu'il séjourne dans la même ville que lui : « *Je lui ai écrit ce matin ; je ne l'ai point encore vu, et je n'en suis point du tout surpris. Attaché, presque en qualité de gouverneur, au frère de la mariée, il doit avoir eu plus d'affaires aujourd'hui qu'en aucun autre jour de sa vie* […][143]. »

Et cette fin stupéfiante : « *Adieu, ma femme ; ma bonne femme. Je compte encore sur le bonheur avant que de mourir. Je suis bien pressé de voir Grimm*[143]. » Le bonheur, c'est donc Grimm…

« *L'âme de Brutus avec les charmes de Cléopâtre*[143] »

Ses entretiens avec la tsarine commencent une semaine plus tard. Les audiences ont lieu en tête à tête ; elles sont quotidiennes, de trois à six heures de l'après-midi, dans le « cabinet d'étude[549] » de l'impératrice, au palais Peterhof, à Saint-Pétersbourg, puis au « palais Catherine », à Tsarkoïe Selo, à vingt-cinq kilomètres de Saint-Pétersbourg[502]. Il en va ainsi pendant sept semaines, ce qui représente environ cent trente heures de tête-à-tête.

Denis, très libre, ne s'embarrasse d'aucun protocole ni dans ses paroles, ni dans sa façon de se vêtir toujours de noir[502]. Melchior Grimm, qu'il n'a toujours pas vu, s'indigne, comme beaucoup d'autres à la cour, de sa familiarité ; l'impératrice, elle, ne s'en offusque pas.

Il lui parle d'emblée de son désir de refaire l'*Encyclopédie*[502] ; elle acquiesce, pensant en tirer gloire, et corriger, lui dit-elle, l'image désastreuse que donne de son pays l'article « Russie », écrit par Jaucourt à partir du livre *Voyage en Sibérie*[88] de l'abbé Chappe d'Auteroche, décrivant la Russie comme un pays arriéré. Elle le renvoie pour le financement sur le général Betzki. Denis demande alors quarante mille roubles au général[502], lequel donne son accord. En tout cas, son accord de principe. Car, au même moment, l'insurrection de Pougatchev n'incite pas vraiment la cour de Russie à mettre en œuvre les principes des Lumières.

Catherine, elle, interroge avant tout Denis sur les institutions monarchiques françaises : de quelle manière sont-elles nées, comment se sont-elles développées, quelles difficultés ont-elles connu, comment et pourquoi Maupeou a-t-il liquidé les parlements ?

Ces tête-à-tête quotidiens font évidemment fantasmer les courtisans : cet inconnu, ce Français, grand, gros, blond, mal habillé, toujours vêtu de noir, qui ne cherche pas à les rencontrer et parle d'on ne sait quoi à leur souveraine…

Insupportable !

L'ambassadeur de France, Durand de Distroff, enrage lui aussi, parce que Diderot refuse de lui rendre compte de ces entretiens, et plus encore de défendre devant l'impératrice les positions du ministère des Affaires étrangères[549]. Denis avait d'ailleurs averti Falconet, à son départ, de ne point se montrer avec l'ambassadeur de France, de peur d'être considéré par les Russes comme un espion[143]. Seule exception peut-être : si l'on en croit le témoignage de sir Grunning, le ministre britannique à Pétersbourg, informé par le comte Panine, ministre russe des Affaires étrangères, Diderot aurait accepté de transmettre à l'impératrice un document remis par Durand et proposant des solutions à la guerre contre la Turquie favorables à la France[549]. Catherine II aurait jeté le document au feu et demandé à Diderot de ne plus recommencer et de dire à l'ambassadeur ce qu'elle avait fait de son document[549].

Il prépare pour chaque séance un canevas de conversation qu'il complète le soir même, après l'entretien, et remet à la souveraine au début de l'audience suivante, comme un compte rendu de la réunion précédente[549]. Dans ces notes, il commence par rappeler ses principes fondamentaux : « *Tout gouvernement arbitraire est mauvais ; je n'en excepte pas le gouvernement arbitraire d'un maître bon, ferme, juste et éclairé* [...]. *Le droit d'opposition me semble, dans une société d'hommes, un droit naturel, inaliénable et sacré*[502]. »

Il explique à Catherine qu'elle doit abolir le servage et créer un Parlement sur le modèle britannique ; qu'elle doit aider à la naissance d'une classe moyenne urbaine, faire nettoyer les villes, installer un traitement des eaux usées, ramener la capitale de Saint-Pétersbourg à Moscou, inciter les marchands russes à utiliser les lettres de change[502]. Elle l'écoute poliment. Il lui pose mille questions qu'il a préparées sur le statut des juifs dans son empire, enfermés alors dans un vaste ghetto à l'ouest du pays, sur la population de la Russie, sur la possibilité pour les marchands étrangers de s'installer dans le pays, sur le commerce de grains[502]. Elle répond patiemment.

Le 23 octobre, il écrit brièvement à Sophie ; et, le même jour, très longuement à sa fille et à sa femme. À sa fille : « *Je ne me repentirai jamais d'avoir fait ce voyage contre lequel vous vous êtes tous si déchaînés. J'en aurai du bien à dire tant que je vivrai ; et je ne mourrai pas ingrat*[143]. »

Puis, fin octobre, s'adressant à Toinette, il montre qu'il est fasciné par l'impératrice : « *Sais-tu que j'ai mes entrées, tous les jours à trois heures, chez Sa Majesté Impériale ? Pense donc que c'est une faveur insigne, et qu'il ne m'est pas permis de n'en pas sentir tout le prix. Je te jure que l'impératrice, cette femme étonnante, fait tout ce qui dépend d'elle pour se rabaisser jusqu'à moi ; mais c'est dans ce moment même que je lui trouve cent coudées de haut*[143]. »

En fait, si Catherine l'écoute avec intérêt, elle n'entend absolument pas mettre en œuvre ses recommandations. Pas question, par exemple, de remettre en cause le servage, car la distribution de domaines avec leurs serfs aux grands seigneurs lui assure la loyauté de ceux-ci. Ni ramener sa capitale à Moscou, alors qu'elle entend marcher sur les pas de Pierre le Grand[74]. Elle laisse dire, sans relever. Denis se croit entendu.

À partir de décembre, elle ne le reçoit plus que deux fois par semaine[143]. Le reste du temps, il voit beaucoup Nicolas Clerc, médecin des armées françaises au début de la guerre de Sept Ans, devenu médecin de l'hetman des cosaques en 1759, en poste à la cour de Russie depuis quatre ans, qui sert aussi de traducteur à Catherine[502]. Il voit aussi un peu Grimm, suroccupé avec son prince ; Denis s'en plaint ; il comprend que Melchior, qui est allemand, après tout, s'est déjà échappé dans une autre vie, celle d'un diplomate au service des petites cours d'Allemagne.

Il croise enfin Falconet, qui, pressé de le voir repartir, lui demande de parler de lui en France. Diderot, qui se souvient de la façon dont le sculpteur l'a éconduit à son arrivée, lui rappelle qu'il se moquait de la postérité, quelques années plus tôt, et ajoute : « *N'allez pas pourtant vous imaginer que je parlerai d'abord de votre ouvrage en remettant le pied en France. Il se passera bien du temps avant que j'aie épuisé ce que j'ai à dire de la grande Souveraine*[143]. »

La veille de Noël, Denis raconte ses rencontres avec l'impératrice à la princesse Daschkoff, alors encore à Paris : « *J'ai eu l'honneur d'approcher Sa Majesté Impériale aussi souvent que je pouvais le désirer ; plus souvent peut-être que je n'eusse osé l'espérer. Je l'ai trouvée telle que vous me l'aviez peinte à Paris : l'âme de Brutus avec les charmes de Cléopâtre. Si elle est grande sur le trône, ses attraits, comme femme, auraient fait tourner la tête à des milliers de gens*[143]... »

Puis il émet une remarque, en passant, sur sa façon d'apprendre, importante pour qui veut le comprendre. Il y a deux moyens d'apprendre, dit-il : « *Le premier, c'est d'interroger toujours quand on ignore les choses.* [...] *Le second, c'est de chasser la folie qui a pris possession de votre cerveau ; car une fois la fantaisie mise dehors, vous fermez la porte et l'empêchez de rentrer jamais*[143]. ». Penser, c'est d'abord reconnaître ce qu'on ne sait pas et s'en tenir, autant qu'il est possible, à la raison.

À deux mille lieues de là, en Amérique, la contestation antifiscale se durcit avec la *Boston Tea Party :* le 16 décembre 1773, les Américains jettent à la mer le thé soumis par les Anglais à une nouvelle taxe.

Quitter Pétersbourg ?

Les entretiens avec l'impératrice continuent au ralenti en janvier 1774, et Denis ne prévoit plus de rentrer à Paris début février : le climat ne le permet pas. Sans impatience : il décrit à la princesse Daschkoff le tableau de ce qu'il craint de retrouver en France : « *Une femme qui me jettera dans le délire sitôt que je m'approcherai d'elle ;* [...] *quelques pestes d'enfants qui me donneront fort à faire pour m'accommoder à leurs folies ;* [...] *des amis qui, dix contre un, m'imposeront un mois de peine pour un seul jour de plaisir ;* [...] *des connaissances qui chanteront, riront, pousseront des cris de joie, comme si ma présence, dont ils se sont merveilleusement bien passés, était essentielle à leur bonheur ;* [...] *mes concitoyens, dont une moitié se couche accablée sous sa ruine et l'autre moitié au désespoir jusqu'à ce qu'elle se lève pour contempler ce spectacle*[143]. »

Décidément, rien ne l'attire plus à Paris, pas même Jeanne de Maux avec qui il correspond. Au demeurant, il entend rester à Pétersbourg le temps nécessaire à l'obtention du financement destiné à la réfection de l'*Encyclopédie.* Il tient d'autant plus à l'actualiser que les Anglais, de leur côté, actualisent la *Britannica.* Et, qui sait, peut-être même pourra-t-il la refaire sur place ? Ou du moins, après l'avoir faite à Paris, pourra-t-il revenir à Pétersbourg avec les premiers exemplaires ? Au surplus, l'hiver, qui gèle routes et fleuves, ne permet pas encore d'entreprendre le voyage de retour.

Les audiences s'interrompent à la fin février, sans amertume. Ils ont donc passé au total plus de deux cents heures en tête à tête. Il lui laisse une copie de l'ensemble des textes préparatoires à leurs entretiens et leurs comptes rendus, qu'il mettra plus tard au net dans les *Mélanges philosophiques, historiques, etc., adressés à Catherine II*, connus aussi sous le tire d'*Entretiens avec Catherine II*[155].

Elle lui demande de faire publier à Amsterdam une édition française des statuts des différents établissements scolaires qu'elle a créés « *dans l'empire, pour le bien et la gloire de ses sujets*[143] », et de travailler pour elle sur d'autres thèmes qu'il décrira comme suit : « *Elle a désiré, je crois, que je lui ébauchasse le plan de deux comédies de caractère ; que je lui arrangeasse un petit théâtre honnête à l'usage de ses enfants ; que je lui fisse passer les règlements de notre justice consulaire, notre code criminel, nos lois sur les eaux et forêts, et ce qu'on peut savoir de notre police*[143]. » Il promet de rédiger tout cela pendant le chemin de retour et de les laisser à l'ambassadeur de Russie à La Haye[143].

Il racontera un peu plus tard à Toinette son ultime conversation avec Catherine[143] :

« *Êtes-vous riche ?*

« – *Non, madame, lui dis-je ; mais je suis content, ce qui vaut mieux.*

« – *Que ferai-je donc pour vous ?*

« – *Beaucoup de choses : Premièrement, Votre Majesté, qui ne voudrait pas m'ôter pour deux ou trois ans l'aisance que je lui dois, acquittera les dépenses de mon voyage, de mon séjour et de mon retour, observant qu'un philosophe ne voyage pas en grand seigneur* [...]

« – *Combien voulez-vous ?*

« – *Je crois que quinze cents roubles me suffiront.*

« – *Je vous en donnerai trois mille.*

« – *Secondement, Votre Majesté m'accordera une bagatelle qui tienne tout son prix d'avoir été à son usage.*

« – *J'y consens, mais dites-moi quelle est la bagatelle que vous désirez.*

« – *Votre tasse et votre soucoupe.*

« – *Non, cela se casserait, et vous en auriez du chagrin ; je penserai à autre chose.*

« – *Troisièmement, de m'accorder un de vos officiers qui me reconduise et me remette sain et sauf dans mon foyer, ou plutôt à La Haye où je passerai trois mois pour le service de Votre Majesté.*

« – *Cela sera fait.*

« – *Quatrièmement, de recourir à Votre Majesté en cas que je vinsse à être ruiné par les opérations du gouvernement ou par quelque autre accident.* [...]

« – *Mon ami, comptez sur moi, vous me trouverez en toute occasion, en tout temps.* [...] *Quand partez-vous ?*

« – *Lorsque la saison le permettra.*

« – *Ne me faites point d'adieux, parce que les adieux chagrinent*[143]. »

L'impératrice lui fait porter une pierre gravée montée sur bague avec son portrait[549]. Il racontera[143] : « *En présence de sa cour, elle a tiré de son doigt une bague qu'elle m'a fait remettre par son chambellan Narichkine à qui elle a dit tout haut : "Il a voulu une bagatelle et c'en est une. Il a voulu que cette bagatelle ait été à mon usage, et vous lui direz que je l'ai portée. Je suis sûre qu'il en sera content." C'était son portrait*[143]. »

Elle lui trouve un compagnon de voyage, un officier de sa cour parlant français, nommé Bala, et lui offre une voiture particulièrement confortable[549].

Diderot ne renonce pas au projet de refaire l'*Encyclopédie* ; il en espère toujours le financement russe, mais Betzki ne lui répond pas. Alors, pour forcer le destin, le 22 février 1774, encore à Pétersbourg, attendant impatiemment le dégel pour reprendre la route vers La Haye, il écrit à l'impératrice, comme s'il prenait acte d'un refus, en avouant renoncer au projet qu'il avait formé de revenir dans cinq ans avec l'*Encyclopédie* refaite : « *J'avais l'espérance de revoir Votre Majesté dans cinq ou six ans au plus tard ; mais cet honnête homme* [le général Betzki] *qui, entre mille excellentes qualités, a le défaut, si c'en est un, d'osciller sans cesse entre le oui et le non, n'y consent pas, et nous lui devrions tous les deux un remerciement : Votre Majesté, dont il refuse un présent de quarante mille roubles ; moi, à qui il restitue l'offre d'un travail de douze ans.* L'Encyclopédie *ne se refera pas, et ma belle dédicace restera dans ma tête ; car quelle apparence que votre Sphinx* [le général Betzki] *et moi, n'ayant pu nous arranger en cinq mois de temps, l'un à côté de l'autre, nous nous arrangions mieux à la distance de huit cents lieues*[143] *?* »

Il ajoute : « *Vous m'avez défendu les adieux. Il faut se conformer à vos ordres et vous épargner le spectacle d'une grande peine* [...]. *Toute ma vie je me féliciterai du voyage de Pétersbourg. Toute ma vie je me rappellerai ces moments où Votre Majesté oubliait la distance infinie qui me séparait d'elle et ne dédaignait pas de s'abaisser jusqu'à moi pour me dérober ma petitesse. Je brûle du désir d'en entretenir mes compatriotes*[143]. »

Elle ne lui répond pas. Il en déduit que le projet est enterré. Il lui faut partir.

Un voyage périlleux

Il convient maintenant de choisir le trajet de retour. Frédéric II a insisté, par l'intermédiaire de Grimm et du comte Goertz, envoyé spécialement à cette fin à Pétersbourg, pour qu'il vienne le voir à

Berlin[549]. Il refuse de nouveau et ne répond pas non plus à l'invitation du roi de Suède, Gustave III, transmise par l'ambassadeur Nolcken[549]. Denis veut rentrer et insiste à son tour pour que Grimm rentre avec lui à Paris. En vain. Melchior est pour longtemps attaché à son prince et doit repasser par Berlin et par Varsovie[475].

Le 5 mars, le dégel étant bien amorcé, Denis quitte Pétersbourg pour La Haye, puis Paris[507]. Il rapporte d'innombrables cadeaux pour sa femme, pour sa fille, pour Sophie, des échantillons de marbre de Sibérie demandés par Pigalle et par le comte d'Angiviller et des échantillons de minéraux attendus par Jean Darcet, chimiste français à qui l'on doit, entre autres, l'art de fabriquer la porcelaine[502]. Cette fois, il décide de contourner Berlin par le nord[549]. Son voyage est plus malaisé qu'à l'aller, car l'Europe orientale est en plein dégel, et les routes sont encore peu praticables.

Pour éviter Berlin, il passe par Narva, Königsberg, Dantzig, Stettin[549]. Quatre voitures, dont la merveille offerte par Catherine, cassent dans des accidents, dont un très grave, en Courlande[549]. Il le racontera aux « dames Volland » : « *J'ai pensé me briser un bras et une épaule en passant dans un bac à Mittau où une trentaine d'hommes étaient occupés à porter en l'air notre voiture, au hasard de tomber et de nous précipiter tous pêle-mêle dans la rivière*[143]. »

Après vingt-cinq jours d'un voyage souvent périlleux, ayant perdu une partie de ses bagages et des cadeaux qu'il rapportait, il arrive à Hambourg, y rencontre Carl Philipp Emanuel Bach, deuxième fils de Jean-Sébastien, le musicien favori de Frédéric II[549]. Il en obtient des partitions inédites pour Angélique[549].

Le 30 mars 1774, dans une lettre aux sœurs Volland, il reprend en la déformant à propos de Catherine II une formule entendue de la comtesse Daschkoff : « *C'est l'âme de César* [et non pas Brutus] *avec toutes les séductions de Cléopâtre*[143]. » César au lieu de Brutus : il est sous le charme.

*Refaire l'*Encyclopédie *depuis La Haye ?*

De retour le 5 avril chez le prince Galitzine, à La Haye, Denis se réinstalle pour finir les textes que lui a confiés l'impératrice et pour faire imprimer, par Rey, les *Plans et statuts des établissements pour l'éducation de la jeunesse* qu'elle a créés. Il est bien reçu par Galitzine, à qui l'impératrice a donné l'ordre de le surveiller étroitement.

Grande nouvelle : il trouve chez lui une lettre de son ami Nicolas Clerc, médecin et traducteur de Catherine II, lui disant de la part de Betzki que la nouvelle édition pourra se faire à condition que la susceptibilité du gouvernement français et celle des religions soient ménagées dans les textes[143].

Les 8 et 9 avril, il écrit cinq lettres. D'abord à l'impératrice : « *Au moment où j'allais fermer ma lettre, j'en reçois une du Dr Clerc qui me ferait presque espérer le bonheur que je désirais, de consacrer à Votre Majesté Impériale le reste de ma vie en préparant une nouvelle édition de l'*Encyclopédie*; ainsi soit-il*[143] *!* » Tout est dans le « presque », car rien n'est encore assuré.

Il répond ensuite au Dr Clerc, acceptant platement les conditions posées par le général, dans un texte qui n'est vraiment pas à sa gloire, et où on le devine prêt à tout pour refaire l'*Encyclopédie* : « *Quant à l'article des gouvernements, il y aurait bien de la folie à parler mal de celui d'un pays où l'on se propose de passer le reste de sa vie ; sans compter que je suis bon français, nullement frondeur, et que la nature de l'ouvrage ne comporte que des textes généraux comme Monarchie, Oligarchie, Aristocratie, Démocratie, etc., textes sur lesquels on peut prêcher à sa fantaisie, et cela sans offenser ni se compromettre. L'affaire des religions est purement historique. J'en chargerai un habile docteur de Sorbonne que j'empêcherai d'être ni fou, ni intolérant, ni atroce, ni plat*[143]. » Sans doute se dit-il que, une fois qu'il aura l'argent, il en fera à sa guise.

Diderot écrit aussi le lendemain à Sophie, à Toinette et à Mme d'Épinay[143].

À Sophie, il s'abstient de parler du projet de refonte de l'*Encyclopédie*[67] : « *Quand aurons-nous la douceur de nous revoir ? – Peut-être sous quinzaine ; peut-être aussi beaucoup plus tard. L'impératrice m'a chargé de l'édition des Règlements de ses nombreux et utiles établissements. Si le libraire hollandais est un arabe, à son ordinaire, je le plante là et je viens imprimer à Paris. Si j'en puis obtenir un traitement raisonnable, je reste jusqu'à la fin de cette tâche qui ne sera pourtant pas éternelle*[143]. »

À Toinette, il confirme au contraire que la refonte de l'*Encyclopédie* va pouvoir se faire et évoque ce que cela va lui rapporter, qu'il n'entend pas donner à leur gendre, si intéressé par l'argent :

« *Au moment où je t'écris, ce ministre me fait dire qu'incessamment il me fera passer les fonds pour aller en avant. Ces fonds seront très considérables. Il ne s'agit pas moins que de quarante mille roubles, ou deux cent mille francs dont nous aurions la rente en tout d'abord et ensuite en partie, à peu près pendant six ans ; c'est-à-dire environ dix mille francs pendant quinze mois, cinq mille francs pendant les quinze mois suivants, etc., ce qui, joint à notre revenu courant, arrangerait très bien nos affaires. Mais il faut garder un profond silence là-dessus ; premièrement, parce que la chose, quoique vraisemblable, n'est pas sûre ; secondement, c'est que, quand les fonds seraient arrivés et que la chose serait sûre, il faudrait encore s'en taire à cause de nos enfants qui nous tourmenteraient pour avoir de nous des fonds qu'il faudrait regarder comme un dépôt sacré.* [...] *Cette fois-ci, cette Encyclopédie me vaudra quelque chose et ne me causera aucun chagrin, car je travaillerai pour une cour étrangère et sous la protection d'une souveraine*[143]*...* »

Il écrit encore, le même jour, à Mme d'Épinay, lui parlant de son amant à elle, Grimm, qui la délaisse pour longtemps encore : « *J'ai laissé Grimm à Pétersbourg, parce que le moment de son départ devenait trop incertain, et que nous ne revenions pas par la même route. Il devait passer à Berlin, à Gotha, à Varsovie, à Darmstadt, que sais-je où encore. Moi, j'étais bien résolu d'arriver par le plus court chemin, de ne me point arrêter, et surtout d'éviter le roi de Prusse qui ne m'aime pas, à qui je le rends bien, dont le bon accueil ne m'aurait pas fait grand plaisir, et dont une froideur marquée m'aurait singulièrement mortifié*[143]. »

En fait, Denis prend son temps à La Haye. Rien ne le rappelle à Paris. Il songe maintenant à y préparer une édition complète de ses œuvres chez Marc-Michel Rey[549]. Et il attend l'argent de Betzki pour commencer l'*Encyclopédie*.

À la fin d'avril 1774, Grimm part pour Varsovie, puis se rend à Berlin où il est reçu par Frédéric et suit (sur le conseil de ce dernier) une cure à Carlsbad[475]. Rentrer à Paris n'est pas, pour lui, une urgence...

Écrire encore, en attendant

À La Haye, Denis rencontre un certain Robert Jacob Gordon, officier néerlandais dans le corps des gardes écossais des Provinces-Unies, de retour du Cap, colonie néerlandaise[143]. Gordon lui parle des Africains, en particulier des « Hottentots », peuple aborigène d'Afrique du Sud appelé aujourd'hui Khoïkhoï, ou Khoekhoen, ou Kwena[143]. Il écoute avec passion, parce que cela nourrit les réflexions qu'il a menées sur le colonialisme pour le livre de Raynal et pour le conte sur le voyage de Bougainville. Il est scandalisé en particulier par la description, qui lui paraît folle, de leurs prétendues particularités physiques, et se refuse toujours à croire qu'il existerait plusieurs races humaines. Pour lui, seules des coutumes et des cultures peuvent différencier les comportements et les apparences physiques des différents groupes humains.

Moins pressé que jamais de rentrer à Paris, Denis souhaite préparer la publication de l'intégrale de ses œuvres chez Marc-Michel Rey avec l'appui, à Paris, de Naigeon. Il travaille alors à un nombre considérable de textes :

Il achève ses commentaires sur le livre d'Helvétius, qu'on appellera bien plus tard *Réfutation d'Helvétius*[156], encore une fois sans intention de les publier, seulement en vue de clarifier sa propre pensée. Il reproche à Helvétius, mort trois ans plus tôt, d'avoir accepté l'invitation de Frédéric de Prusse après avoir écrit tout un livre contre les dictateurs, et, par là, d'« *honorer le vice dans un protecteur*[156] » : Helvétius « *va à la cour de Denis* [Frédéric] *: Denis le comble de faveurs, et de ce moment il n'appellera plus Denis que le Grand Prince*[156]. » Sans doute songe-t-il alors surtout à Grimm, qui vient de faire la même démarche et s'aplatit devant Frédéric.

Il rédige un *Commentaire sur Hemsterhuis*[155], philosophe hollandais, ami du prince Dimitri Galitzine, qui lui a offert un exemplaire sur grand papier, interfolié de pages blanches[549], de son ouvrage *Lettre sur l'homme et ses rapports*[257]. Comme à son habitude depuis sa première traduction de Shaftesbury, Diderot couvre le livre de notes, commence par juger idéaliste le « *galimatias chimérique* » du Hollandais, puis écrit tout simplement un autre ouvrage sur les pages blanches du livre, où il réexpose ses propres principes philosophiques : il n'y a ni Créateur, ni création ; les choses et les êtres constituent une continuité qui va du matériel au vivant ; ce qui distingue l'homme de la matière, c'est son esprit, qui lui permet de penser ; l'esprit ne peut cependant pas lui permettre d'échapper à un déterminisme matériel, universel, qui limite sa liberté au choix d'une morale propre à chaque culture[155].

Cette théorie, totalement révolutionnaire en son temps, qu'il faudra plus de deux siècles pour être reformulée ainsi, mêlant tous les acquis de toutes les sciences, n'est pour lui qu'un texte écrit pour lui-même. Pas l'objet d'une doctrine à publier.

Il ébauche un *Plan d'une université*[156]. Il écrit aussi les *Notes écrites de la main d'un souverain à la marge de Tacite*[156] (qu'on intitule aussi aujourd'hui *Principes de politique des souverains*[156]) : succession d'aphorismes, inspirés de Tacite et d'autres historiens latins, censés être rédigés par un souverain cynique. Il compose ensuite l'*Entretien d'un philosophe avec la Maréchale de*** [156] (« *quelques pages moitié sérieuses et moitié gaies*[143] », écrit-il à Catherine, le 13 septembre).

Il commence ses *Éléments de physiologie*[156], prolongement du *Rêve de d'Alembert*[156] et de son *Commentaire sur Hemsterhuis*[155] : où il approfondit encore sa réflexion sur tout ce qui peut, selon lui, donner vie à la matière, sans passer par Dieu ; il compare en particulier le rôle du système nerveux dans la naissance de l'esprit aux découvertes récentes des chimistes sur le rôle de la fermentation.

Il revoit Isaac de Pinto et visite avec lui des communautés juives ; il observe que, lorsqu'ils sont, comme aux Provinces-Unies, relativement libres[61], « *les juifs ne sont nulle part si rapprochés de la condition des autres citoyens. Ils ont leur quartier. Il y en a de rasés, il y en a de barbus.* [...] *Les juifs rasés sont riches et passent pour d'honnêtes gens*[156] », les barbus, il faut à leur contact « *se tenir sur ses gardes* », car ils « *ne sont pas infiniment scrupuleux*[156] », répète-t-il en reprenant ce qu'Isaac de Pinto lui a dit et a écrit dans son *Apologie pour la nation juive*[414].

Le 9 mai, une lettre du général Betzki lui confirme enfin qu'une nouvelle édition de l'*Encyclopédie* pourra être réalisée en Russie[143]. Denis exulte.

Écrire ce qu'on n'a pas eu le courage de dire

Puis il tombe dans la bibliothèque de l'ambassadeur russe sur une version française du *Nakaz*, l'instruction que Catherine avait rédigée sept ans plus tôt pour une hypothétique Assemblée des représentants du peuple – qui ne fut pas reconvoquée à cause de la révolte de Pougatchev – et qu'il n'avait pas encore vraiment lue[549]. Comme il le fait souvent, il l'émaille, au fil de la plume, de commentaires, lesquels forment un texte d'une audace inouïe, où l'on voit qu'il est définitivement passé du côté de la révolution[143].

Et il écrit ce qu'il n'a sans doute pas eu le courage de lui dire ; il commence ainsi : « *L'impératrice de Russie est certainement despote*[502]. » Il poursuit : « *Il n'y a de vrai souverain, il ne peut y avoir de vrai législateur que le peuple* [...]. *La première ligne d'un code bien fait doit lier le souverain ; il doit commencer ainsi : "Nous, peuple, et nous, souverain du peuple, jurons conjointement les lois par lesquelles nous serons également jugés*[502]." » Il écrit : « *Elle n'a rien dit de l'impôt. Elle n'a rien dit de la guerre et de l'entretien des armées*[155]. » Il continue : « *L'impératrice de Russie est certainement despote. Son intention est-elle de garder le despotisme, de le transmettre à ses successeurs, ou de l'abdiquer*[502] ? » Et, plus loin : « *La tyrannie naît du préjugé que le peuple est fait pour le souverain*[155]. » Il termine : « *Je vois dans l'*Instruction *de Sa Majesté Impériale un projet d'un code excellent ; mais pas un mot sur le moyen d'assurer la stabilité de ce code. J'y vois le nom de despote abdiqué ; mais la chose est conservée, mais le despotisme est appelé monarchie*[155]. »

L'ambassadeur Galitzine, qui le fait surveiller, conformément aux ordres de la tsarine, lit ce texte subversif[524]. L'ambassadeur l'annote et le rend à Diderot. Ils en parlent. Cette version annotée des *Commentaires* de Diderot aura une destinée extraordinaire jusqu'à aujourd'hui – on en reparlera.

Diderot est désormais nettement engagé dans la réflexion politique sur la meilleure société possible. À l'initiative, sans doute involontaire, de Catherine qui l'a poussé à y réfléchir. Il lui reste à transposer ses idées à la France.

Les couteaux sont « entre les mains du peuple, pour couper le roi[156] »

Le 10 mai 1774 à Paris, alors que Denis se trouve encore à La Haye et travaille à ses commentaires subversifs sur le mode de gouvernement de Catherine de Russie, Louis XV meurt de la petite vérole à soixante-quatre ans. Son premier petit-fils survivant (il en a deux autres qui deviendront rois aussi...) devient roi, à dix-neuf ans, sous le nom de Louis XVI.

Confronté de but en blanc à l'état dramatique des finances publiques, le nouveau monarque décide de libéraliser le régime. Il rappelle Maurepas, que son grand-père avait disgracié, au poste de ministre d'État, à la tête du Conseil royal des Finances. Tout semble redevenir possible.

Denis écrit alors fébrilement, de La Haye, un *Discours d'un philosophe à un roi*[156], destiné au souverain français, mais où le nom du monarque n'est mentionné nulle part. C'est un prolongement, pour la France, de ses commentaires sur le *Nakaz* russe.

Texte majeur, prémonitoire et, là encore, bien peu connu, Denis ne faisant rien pour le publier à ce moment-là, quinze ans avant la Révolution que nul ne pressent encore. Étonnant texte, écrit sous une dictature et qui, s'il avait paru à La Haye, lui aurait interdit à jamais un retour en France.

Il explique d'abord au roi qu'il doit écouter les philosophes et se débarrasser des prêtres. Les premiers sont les « *amis de la raison et les promoteurs de la science*[156] », apôtres du bien, les seconds, les « *ennemis de la raison et les fauteurs de l'ignorance*[156] », apôtres du mal. Pour sauver l'État, il faut appauvrir l'Église. « *La richesse nuit à la philosophie* [...] *Vous vous en débarrasserez sûrement* [des prêtres] *et, avec eux, de tous les mensonges dont ils infectent votre nation, en les appauvrissant*[156]. » Et, pour cela, il faut diviser par trois les rentes du clergé, à l'instar de ce que fit l'empereur Constantin, qui ruina ainsi les prêtres païens[156]. « *Mais, me direz-vous, je n'aurai plus de religion. Vous vous trompez, Sire, vous en aurez toujours une ; car la religion est une plante rampante et vivace qui ne périt jamais ; elle ne fait que changer de forme. Celle qui résultera de la pauvreté et de l'avilissement de ses membres sera la moins incommode, la moins triste, la plus tranquille et la plus innocente*[156]. »

Puis il explique au monarque dans un texte magnifique que le rôle du philosophe est d'être « *celui qui lui dit*[156] » : « *Le plus dangereux des philosophes est celui qui met sous les yeux du monarque l'état des sommes immenses que ces orgueilleux et inutiles fainéants* [les prêtres] *coûtent à ses États ; celui qui lui dit, comme je vous le dis, que vous avez cent cinquante mille hommes à qui vous et vos sujets payez à peu près cent cinquante mille écus par jour pour brailler dans un édifice et nous assourdir de leurs cloches ; qui lui dit que cent fois l'année, à une certaine heure marquée, ces hommes-là parlent à dix-huit millions de vos sujets rassemblés et disposés à croire et à faire tout ce qu'ils leur enjoindront de la part de Dieu ; qui lui dit qu'un roi n'est rien, mais rien du tout, où quelqu'un peut commander dans son empire au nom d'un être reconnu pour le maître du roi ; qui lui dit que ces créateurs de fêtes ferment les boutiques de sa nation tous les jours où ils ouvrent la leur, c'est-à-dire un tiers de l'année*[156]. »

Puis, conclusion prophétique, à partir d'une métaphore, qui renvoie à un métier qu'il connaît si bien, celui de son père : « [Je serai celui] *qui lui dit que ce sont des couteaux à deux tranchants se déposant alternativement, selon leurs intérêts, ou entre les mains du roi pour couper le peuple, ou entre les mains du peuple pour couper le roi*[156]. »

Enfin, ultime audace : « *Puisque vous avez le secret de faire taire le philosophe, que ne l'employez-vous pour imposer silence au prêtre ? L'un est bien d'une autre importance que l'autre*[156] *!* »

Naturellement, pas moyen de publier un tel texte. Peut-être aurait-il pu le faire imprimer aussitôt à La Haye. Mais c'eût été se condamner définitivement à l'exil. Or il ne le souhaite pas. Aussi pense-t-il à chercher un prête-nom (mais qui ? Il pense à l'abbé Raynal, qu'il sait prêt à l'exil) pour le publier le plus vite possible, quitte à prendre son temps pour publier ensuite l'ensemble de ses manuscrits.

Dans le même temps, il expose son emploi du temps studieux « aux dames Volland », qui s'inquiètent de sa santé : « *Nous nous retirons de bonne heure, nous ne soupons presque pas*[143]*...* » Il apprend avec grande émotion que Sophie Volland voit désormais régulièrement Angélique de Vandeul[143] : après vingt ans de double vie, les deux femmes les plus importantes de sa vie se trouvent enfin réunies.

Les encyclopédistes au pouvoir

À Paris, le jeune roi continue de libéraliser le régime. Chacun se prend à espérer qu'« *Henri IV est peut-être revenu* ». Catherine II aurait vu en Louis XVI un « *digne rival d'Henri IV*[528] ». Le 20 juillet, Turgot, intendant du Limousin depuis 1761, devient secrétaire d'État à la Marine. Denis apprend aussi que, selon la rumeur, son ami Sartine, encore à la tête de la Librairie, remplacerait bientôt, à l'administration de la police, le duc de La Vrillière, comte de Saint-Florentin, ministre chargé de l'administration et de la police de Paris depuis 1757, et ministre d'État depuis 1761[143].

Fou de joie, parce qu'il estime que cette nomination va faciliter la publication de son œuvre encore inédite, il en fait part au Dr Clerc à Pétersbourg : « *M. de Sartine, je ne dis pas mon protecteur, mais mon ami de trente ans, remplace M. de La Vrillière ; jugez comme cela faciliterait ma besogne*[143] . » Il écrit au même moment au général Betzki pour lui réclamer les quarante mille roubles promis, tout en l'informant que Sartine « [lui] *a écrit deux fois pendant* [son] *absence de France*[143] ». Sans doute désire-t-il par là rassurer le Russe sur la façon dont une réédition de l'*Encyclopédie* serait accueillie en France.

Malesherbes est sollicité pour être chancelier ou garde des Sceaux ; il refuse, mais il est consulté sur la manière d'opérer une réforme de la justice et des parlements, et adresse un rapport sur le sujet à Louis XVI à l'automne[138].

Le 24 août, comme prévu par Denis, Sartine revient effectivement aux affaires, mais à la Marine, en remplacement de Turgot qui va aux Finances. La censure n'est donc pas levée. Déception…

Au même moment, le général Betzki, peut-être impressionné par le retour de Sartine aux affaires, lui confirme la commande d'une nouvelle *Encyclopédie*. Mieux encore : il renonce à toutes les conditions que Denis avait pourtant acceptées.

Transporté et soulagé, Diderot continue de surveiller l'impression, par Rey, des *Plans et statuts des établissements* que lui a confiés l'impératrice. Il se prépare à constituer une équipe pour refaire l'*Encyclopédie* et autorise Meister, qui dirige maintenant la *Correspondance littéraire* à la place de Grimm, à envoyer à ses rares lecteurs le *Supplément au Voyage de Bougainville*, en quatre livraisons[507]. Il achève sa *Réfutation d'Helvétius*[156], complète les *Observations sur Hemsterhuis*[155], travaille encore aux *Éléments de physiologie*[156], aux *Observations sur le Nakaz*[155], et aux *Notes écrites de la main d'un souverain à la marge de Tacite (ou Principes de la politique des souverains*[156]*)*.

L'argent n'arrive cependant toujours pas de Russie pour la refonte de l'*Encyclopédie*…

Denis tente alors de faire publier l'*Entretien d'un philosophe avec Mme la Maréchale de ****[156], qu'il signe Tommaso Crudeli[549]. Il s'agit encore d'un dialogue, peut-être inspiré d'une discussion qu'il aurait eue réellement avec la maréchale de Broglie en 1771, à l'occasion de la vente des tableaux qui avaient appartenu à son père, le baron de Thiers, et que Diderot négociait pour le compte de Catherine II[502]. L'*Entretien* porte sur la question de l'existence de Dieu, réfute l'idée de Création, insiste sur la nécessité de ne pas faire de la religion la source de la morale[549]. Il essaie en vain de le publier aux Pays-Bas.

Le nouveau roi de France remplace les ministres de son grand-père, à commencer par le terrible Maupeou au poste de garde des Sceaux et de chancelier, qui échoit au marquis de Miromesnil, ancien président du parlement de Normandie, exilé par Maupeou en 1771. Ami des « Philosophes » et adversaire de Fréron, il rétablit les parlements dans leur état antérieur.

En s'en allant, Maupeou aurait commenté, parlant du roi : « *Si le roi veut perdre sa couronne, il est le maître*[528]. »

En août 1774, Turgot, devenu contrôleur général des Finances, se donne pour mission de réduire le train de vie de l'État. Dans une lettre célébrissime, et on ne peut plus actuelle, adressée au jeune souverain, Turgot explique son programme : « *Point de banqueroute, point d'augmentation d'imposition, point d'emprunts. Pour remplir ces trois points, il n'y a qu'un moyen : réduire la dépense au-dessous de la recette*[580]. »

Turgot souhaite aussi étendre l'impôt au clergé et à la noblesse, libéralise le commerce des grains et s'entoure d'encyclopédistes dont Dupont de Nemours et l'abbé Morellet ; et Condorcet, trop jeune pour avoir écrit dans l'*Encyclopédie.* Voltaire écrit au comte d'Argental le 12 août 1774 : « *Je dois avoir quelque espérance, s'il est vrai que le roi ait répondu à ceux qui lui disaient que M. Turgot est encyclopédiste : Il est honnête homme, et cela me suffit. Ces paroles n'annoncent pas un bigot gouverné par la prêtraille, elles manifestent une âme juste et ferme*[539]. » Malesherbes refuse d'être chancelier, mais accepte de proposer une réforme des parlements[138]. C'est la victoire de Diderot et des siens. Denis pense son heure arrivée : il faut qu'il soit à Paris.

« *Une dizaine d'années au fond de mon sac*[143] »

En septembre, il décide de quitter La Haye pour Paris et d'y préparer la réédition de l'*Encyclopédie* commandée par Catherine II : ce sera possible, puisque ses amis sont au pouvoir. On avisera plus tard pour ses propres œuvres[143]. Il écrit à Sophie et à Mme de Blacy[67] : « *Mes caisses ont été embarquées hier pour Rotterdam ; il ne me reste ici de butin que ce qu'on enferme dans un sac de nuit pour un voyage de cinq à six jours.* [...] *Il faut que je vous revoie tous. Qui m'aurait dit, lorsque je partis de Paris, qu'un voyage que j'imaginais de cinq à six mois serait presque trois fois plus long, je lui aurais bien répondu qu'il en aurait menti par sa gorge. Enfin je vais regagner mes foyers pour ne les plus quitter de ma vie. Le temps où l'on compte par années est passé, et celui où il faut compter par jours est venu. Moins on a de revenu, plus il importe d'en faire un bon emploi*[143]. »

En fait, il continue bel et bien à penser en nombre d'années ; il estime qu'il a encore dix ans devant lui : « *J'ai peut-être encore une dizaine d'années au fond de mon sac. De ces dix années, les fluxions, les rhumatismes et le reste de cette famille incommode en prendront deux ou trois ; tâchons d'économiser les sept autres pour le repos et pour tous les petits bonheurs qu'on peut se promettre au-delà de la soixantaine. C'est mon projet dans lequel j'espère que vous voudrez bien me seconder*[143]. »

Dix ans : exactement le temps qu'il lui reste à vivre.

Puis il dit qu'il a appris (on ne sait par qui) que Mme de Blacy a eu un amant : « *Madame de Blacy, on dit que pendant mon absence quelqu'un m'a coupé l'herbe sous le pied. Si vous êtes restée ce que vous étiez, vous auriez tout aussi bien fait de me garder ; si vous vous êtes départie de la rigidité de vos principes, je vous félicite et de votre perversion et de votre inconstance*[143]. »

Préparer son retour à Paris

Avant de rentrer à Paris, soucieux de ne pas y avoir été oublié, il envoie une ébauche de son *Voyage en Hollande* à Mme Necker[143] dont le mari[22], alors représentant à Paris de la banque genevoise Telson, Vernet et Necker, vient de faire paraître un *Éloge de Colbert*[391] et s'apprête à publier un *Essai sur la législation et le commerce des grains*[392] : « *Je touche à la fin de mon exil, et je vais rentrer dans la volière dont je me suis échappé depuis quinze mois. Mon ramage, qui n'était pas déjà trop mélodieux, n'aura-t-il point souffert des ramages durs et barbares des oiseaux moraves, helvétiens, belges, prussiens, polonais, esclavons et russes avec lesquels j'ai vécu ? C'est ce que vous aurez la bonté de me dire quand vous m'aurez entendu chanter*[143]. »

Et il termine par ce témoignage de loyauté à Catherine II, dans lequel il évoque curieusement une présence divine : « *S'il arrivait que, par un de ces caprices du vieillard qui dispose, de dessous la noire pelisse qui l'enveloppe, de tous les événements de ce monde, qui nous voit aller et qui rit, cette grande et digne souveraine fût renversée du trône, je ne balancerais pas à retourner en Russie et à lui porter au fond d'une prison un hommage plus flatteur que celui que je lui ai rendu sur le trône*[143]*.* »

Enfin il écrit à la tsarine pour dresser un bilan de son séjour à La Haye : « *Lorsque j'ai pris congé de Votre Majesté, je lui prédis que j'étais encore à six mois de mon pays. Je ne me suis trompé que d'un mois. Je cours le septième*[143]*.* » Il lui parle de l'Université. Il imagine au même moment « *autant de classes séparées qu'il y a de professeurs différents ou de divisions dans la totalité du cours*[156] », mais aussi des locaux disposés en amphithéâtre : « *J'aimerais mieux les écoles rondes que carrées. Le professeur voit mieux, et il est plus facilement entendu*[502]*.* » Il la félicite de l'absence de châtiments corporels à l'École des cadets : « *J'ai vu dans les règlements et avec satisfaction que toute peine corporelle était interdite, quoiqu'il y ait des caractères d'âne qu'on ne fait aller qu'au bâton ; mais pourquoi faire un lieu de supplice d'une maison d'éducation*[502] *?* »

Et il lui avoue – audace particulière ou inconscience ? qu'il a lu « *la plume à la main*[143] » son *Instruction* destinée à la commission législative qui s'est réunie en vain, travail qu'elle ne lui avait pas demandé : « *J'ai relu l'*Instruction *que vous avez adressée aux commissaires assemblés pour la confection des lois ; et j'ai eu l'insolence de la relire la plume à la main*[143]*... Ce sacrilège sera bien expié par les vues saines et profondes que mes petites idées inspireront à Votre Majesté*[143]*.* » Ses « petites idées ». Ironie ?...

Mais ce texte, si étonnant et subversif, qu'il lui annonce, il ne le lui envoie pas ! Il l'a écrit juste pour lui.

Enfin, motif réel de la lettre, lui qui attend encore depuis le mois de mai les fonds promis pour son *Encyclopédie*, se décide à les réclamer à l'impératrice : « *Par une lettre datée du 9 de mai de cette année, M. le général Betzki* [...] *s'est expliqué nettement sur la refonte de l'*Encyclopédie*. Il m'apprend que c'est un projet arrêté par Votre Majesté. Je m'en réjouis*[143]*.* » Il montre beaucoup d'ingratitude à l'égard de Jaucourt, qui a jadis accompli une part énorme du travail de rédaction et a contribué à financer l'*Encyclopédie* au pire moment : « *Je pourrai donc réparer les sottises de M. l'abbé Chappe et de M. le chevalier de Jaucourt ; conformer cet ouvrage à la hauteur de son premier plan, et substituer le nom d'une grande et digne souveraine à celui d'un ministre* *commun qui me priva de la liberté* [d'Argenson], *pour m'arracher un hommage auquel il ne pouvait prétendre par son mérite*[143]. » Il n'a pas oublié la prison et réécrit l'histoire : alors que c'est lui, on l'a vu, qui a proposé à d'Argenson de lui dédicacer l'*Encyclopédie*, il prétend maintenant que c'est d'Argenson qui l'a exigé.

Il ne sait pas encore qu'en fait, au même moment (septembre 1774), le projet d'*Encyclopédie* a été abandonné par Catherine après la capture et l'exécution de Pougatchev et la répression terrible qui suit.

Un tout autre Paris...

Début octobre 1774, Denis quitte La Haye et gagne Paris en moins de deux semaines après un voyage qui en aura duré en tout soixante-dix[507].

À son retour, il retrouve Toinette, Angélique, sa petite-fille qu'il n'a pas encore vue. Sophie et Jeanne, aussi. Sophie ne va plus à Isle, sa mère étant morte. Leur correspondance s'arrête à jamais. En tout cas, on n'en a plus trace. Il renoue avec le bijoutier Belle, un ami de jeunesse qui a des boutiques sur l'île Saint-Louis et l'île de la Cité.

Il trouve le climat à Paris bien changé : le pays est plein d'espoir de réformes. L'économie et la politique ont pris la place de l'art dans les conversations de salon : « *Nos mœurs devinrent moins frivoles, mais moins polies* [...], *la politique y gagna, la société y perdit*[445] », écrira dans ses mémoires[480] le comte Louis-Philippe de Ségur, fils du maréchal de Ségur (grand-père du mari de celle qui deviendra la comtesse de Ségur), qui ira bientôt remplacer Durand de Distroff comme ambassadeur de France en Russie.

Denis se plaint de n'avoir plus d'idées. Il demande à son gendre et à sa fille de l'aider à réunir l'ensemble de ses textes en vue de préparer l'édition de ses œuvres complètes. L'un et l'autre s'inquiètent de voir publier ces écrits, si subversifs, qui peuvent nuire à la carrière d'Abel, et ils ne s'empressent pas de l'assister. Sans doute même pensent-ils déjà à maquiller, voire à détruire, certains d'entre eux...

Il écrit de nouveau à Catherine une longue lettre-bilan : « *On se flatte ici que Votre Majesté Impériale va reprendre son projet de législation. Cela m'a fait relire votre* Instruction*, et j'ai eu la hardiesse de l'apostiller de quelques réflexions*[143]. » Il ne les lui envoie toujours pas.

Il ajoute une phrase étincelante, si vraie pour l'époque, et davantage encore aujourd'hui : « *L'économiste est en administration ce qu'est le stoïcien en morale. Ils ne sont supportables que dans le moment du malheur*[143]. »

Il lui parle aussi d'un texte sur Tacite auquel il travaille : « *Tandis qu'on* [...] *imprimait vos statuts, je m'occupais de la lecture de Tacite ; et il en est résulté un pamphlet intitulé* Notes marginales d'un souverain sur l'histoire des empereurs[143]. » Ces notes sont en fait dirigées contre Frédéric de Prusse[549], à qui il fait dire : « *Il n'y a qu'une personne dans l'Empire, c'est moi*[156] » ; « *Point de ministres chez soi, mais des commis*[156] » ; « *Je me soucie fort peu qu'il y ait des lumières, des poètes, des orateurs, des peintres, des philosophes ; et je ne veux que de bons généraux ; la science de la guerre est la seule utile*[156]... »

Il travaille aussi à parfaire sa réfutation du livre d'Helvétius, *De l'homme*[254]. Il mange moins, sort peu. Il travaille encore beaucoup à *Jacques le Fataliste*[156] et au *Neveu de Rameau*[156], dont il persiste à ne souffler mot à personne.

Le 28 février 1775, juste avant la mort de Maupeou, disparaît aussi son meilleur ami éditeur, le troisième de la bande des quatre libraires de l'*Encyclopédie*, Antoine-Claude Briasson, celui qui, le premier, lui fit confiance et publia en 1743 sa traduction de l'*Histoire de la Grèce* de Stanyan, puis, en 1745, celle du *Dictionnaire de médecine* de James[287].

Denis en est attristé. Et comme toujours quand il est triste, il travaille à quelque chose de difficile. Selon Meister, il « *s'est occupé tout l'hiver de calculs et d'algèbre*[235] » : il refait les calculs de Newton et de Leibniz et ne renonce pas à venir à bout du problème de la quadrature du cercle[272] sur lequel il travaille depuis quinze ans et qu'il espère, à plusieurs reprises, avoir résolu.

Les encyclopédistes en action

Avec la disette qui sévit, des révoltes se multiplient. Commence la « guerre des Farines », qui atteint son paroxysme entre mars et mai 1775[528]. Les récoltes ont été mauvaises, le prix du blé et celui du pain augmentent. En Bourgogne, puis en Île-de-France, des émeutiers attaquent et pillent les lieux de stockage et les transports de grains (fermes, moulins, convois, magasins, marchés, boulangeries[528]...). Mais ils ne vont guère plus loin : « *Le peuple se conduisait sans violence* », remarque le lieutenant de police Lenoir[528]. Ce dernier, en désaccord avec les positions de Turgot, est renvoyé (il estimera plus tard : « *Il n'est plus douteux que l'introduction du système de liberté illimitée dans le commerce des grains* [l'édit du 13 septembre 1774 promulgué par Turgot et assurant la libre circulation des grains dans le royaume] *n'ait été la cause principale des émeutes qui, en 1775, troublèrent la tranquillité de Paris et de quelques provinces du royaume*[528] »).

Louis XVI fait confiance à Turgot et entend prouver qu'il n'est « *pas si faible qu'on croyait*[528] ». Au début de mai, les boulangeries sont gardées par des soldats et les lettres de cachet se multiplient contre les émeutiers[528]. En novembre 1774, Louis XVI fait renaître la Cour des aides, et Malesherbes en redevient le Premier président[138]. Fier de réformes qu'il a inspirées, Malesherbes, reçu en audience royale, déclare à Louis XVI : « *Votre règne, Sire, sera celui de la Justice.* [...] *C'était un législateur que nous demandions, Sire, et les premiers actes de votre administration nous ont fait reconnaître en Votre Majesté celui que la Providence nous a destiné*[138]. »

Diderot cherche alors à se faire entendre de Necker, soutenu à la cour depuis qu'il a publié, en avril, son *Essai sur la législation et le commerce des grains*[392] et dont les idées sont proches de celles de l'abbé Galiani. Dans une lettre qu'il lui adresse, il constate que les troubles liés à la crise du blé donnent raison à Necker contre Turgot. Et il se lance dans un texte d'une grande modernité sur le rôle des hommes d'influence, dont il sait être, au moins par l'*Encyclopédie*[143] : « *L'opinion, ce mobile dont vous connaissez toute la force pour le bien et pour le mal, n'est à son origine que l'effet d'un petit nombre d'hommes qui parlent après avoir pensé, et qui forment sans cesse, en différents points de la société, des centres d'instruction d'où les erreurs et les vérités raisonnées gagnent de proche en proche, jusqu'aux derniers confins de la cité où elles s'établissent comme des articles de foi*[143]. » Mais, dit-il, aujourd'hui tout est rompu, parce que les choses sont bien plus difficiles à expliquer : « *Le peuple sait qu'il faut que le blé soit à bon marché, parce qu'il gagne peu et qu'il a grande faim ; mais il ignore et il ignorera toujours les moyens difficiles de concilier les vicissitudes des récoltes avec son besoin qui ne varie point*[143]. »

Les philosophes reprennent espoir : Turgot, Sartine et Malesherbes sont au pouvoir. Denis n'a plus rien à craindre. Parlant de la présence de Turgot et de Malesherbes au gouvernement, Julie de Lespinasse écrit à un ami[138] : « *Oh, pour le coup, soyez assuré que le bien se fera et qu'il se fera bien, parce que ce seront les lumières qui dirigeront la vertu et l'amour du bien public. Jamais, non, jamais deux hommes plus vertueux, plus désintéressés, plus actifs n'ont été réunis et animés plus fortement d'un intérêt plus grand et plus élevé. Vous verrez, leur ministère laissera une profonde trace dans l'esprit des hommes.* [...] *Oh ! le mauvais temps pour les fripons et les courtisans*[138] *!* »

Malesherbes tente de maîtriser les dépenses de la Maison du roi et de supprimer les lettres de cachet, mais ne parvient qu'à réduire un peu leur arbitraire et à les soumettre à un contrôle plus strict. Turgot abolit la corvée royale et lui substitue un impôt qui frappe les propriétaires, déjà assujettis au « vingtième[134] ». Il semble partager le projet de réforme fiscale défendu par les physiocrates, lesquels prônaient un impôt assis sur le revenu des propriétaires, mais il ne le met pas en place[134]. Malesherbes ne peut davantage obtenir du roi qu'il accorde l'entière citoyenneté aux protestants et aux juifs[138].

Grâce à l'appui de Sartine (toujours secrétaire à la Marine), Turgot accorde au gendre de Diderot la concession des bois de marine dans l'Est pour l'approvisionnement des chantiers navals du port de Toulon[143].

Denis commence à écrire une nouvelle pièce, comme il l'avait promis à Catherine : *Est-il bon ? Est-il méchant*[156], dont un des personnages est inspiré de Michel Jean Sedaine, qu'il surnomme « l'Observateur[143] » et dont la pièce, *Le Philosophe sans le savoir*[479] (pour laquelle la censure avait demandé des modifications, car elle y avait vu une apologie du duel), était une application des principes définis par Diderot (les héros sont des bourgeois, pas des nobles ; de petites gens peuvent être douées de grandes vertus, etc[549].). Puis il renonce une nouvelle fois. Décidément, le théâtre n'est pas fait pour lui. Autre ombre au tableau : Denis soumet alors au jeune Condorcet, qu'il a rencontré par l'intermédiaire de d'Alembert, sa solution au problème de la quadrature du cercle (qui va devenir la « Cyclométrie[96] »). La réponse de Condorcet, dira Diderot, est « *condescendante*[96] ».

En août et septembre, la *Correspondance littéraire*[235] de Meister, plus audacieuse que celle de Grimm, publie ses *Notes écrites à la marge de Tacite*[507]. Certains princes-lecteurs doivent en grincer des dents.

À la même époque mais outre-océan, les treize colonies britanniques font sécession et confient à George Washington le commandement de leur armée.

Réformer l'Université

Au début du pritemps 1775, Grimm revient à Paris comme ambassadeur du prince de Saxe-Gotha[475]. Il a enfin obtenu ce qu'il rêvait d'avoir : un titre d'ambassadeur, avec tout ce que cela suppose de privilèges matériels et protocolaires. Il retrouve Mme d'Épinay, qui ne semble pas lui faire grief de sa si longue absence[411].

Excellente nouvelle : le 1er juillet 1775, Malesherbes, après avoir beaucoup hésité, accepte de devenir, à cinquante-quatre ans, secrétaire d'État à la Maison du roi en lieu et place du duc de La Vrillière[138]. Poste stratégique qui regroupe la gestion de la Maison et des Bâtiments du roi, les affaires religieuses, l'administration et la police de Paris et des États[138].

Durant l'été et l'automne 1775 (alors que naît son premier petit-fils, Denis Simon[507]), Denis corrige encore le *Plan d'une université*[160], qu'il doit envoyer à Catherine : encore un texte d'une extraordinaire modernité, rédigé dans un pays, la France, où les universités comme les écoles et les collèges sont encore entièrement entre les mains de l'Église ! Il se remémore d'abord ses études chez les jésuites et en Sorbonne : « *J'ai sucé de bonne heure le lait d'Homère, de Virgile, d'Horace, de Térence, d'Anacréon, de Platon, d'Euripide, coupé avec celui de Moïse et des prophètes*[160]... »

Ses propositions pédagogiques, nourries de l'immensité de son savoir encyclopédique, sont révolutionnaires : il propose d'en finir avec l'hégémonie des langues mortes ; d'enseigner les mathématiques avant les sciences expérimentales[524] ; et d'ouvrir dans chaque école un cabinet de physique. Il propose de compenser l'enseignement de la théologie (qu'il supprimerait volontiers) par celui de la tolérance[524]. Il suggère à l'impératrice de faire enseigner l'anatomie humaine à Smolnyi Monastyr, l'école de jeunes filles qu'elle a créée[524]. Il écrit que l'enseignement doit être public, gratuit[524]. En revanche, l'université doit être réservée à une petite élite de talents, sans passe-droits pour les enfants des puissants, avec un système de concours et de bourses[524]. Elle doit être « *ouverte indistinctement à tous les enfants d'une nation*[160] ». Mais « *la multiplication des établissements serait une espèce de calamité. Peu de collèges, mais bons*[524]. » Enfin, dit-il, il faut recruter les professeurs sur concours, en toute transparence, pour éviter le favoritisme[524]. Il recommande de « *stipendier largement*[524] » les professeurs pour qu'ils ne se contentent pas de répéter des leçons apprises, mais fassent de la recherche[524].

Il propose de créer des écoles sur le modèle de celle des Ponts et Chaussées, première grande école française[524] créée en 1747 par Trudaine à l'occasion d'un vaste programme de modernisation des routes.

Il fait en outre des suggestions prémonitoires : il propose la création d'une « École de politique » ou « des Affaires publiques », une « École du génie ou art militaire », une « École de marine », une « École d'agriculture et de commerce » et une « École de perspective, de dessin, de peinture, d'architecture et de sculpture[524] ». L'E.N.A., l'École de guerre, l'École normale, le Génie rural, les Beaux-Arts y trouveront leurs sources[524].

Il envoie ce texte à l'impératrice, qui le reçoit, le lit et l'oublie dans un coffre[524].

En France, il faudra attendre vingt ans au moins et deux siècles au plus pour que ses recommandations si révolutionnaires soient mises en œuvre.

À la fin de 1775, Grimm quitte de nouveau Paris et entame un nouveau voyage au nom du prince de Saxe-Gotha. Il se rend à Naples (où il retrouve Galiani), en Suisse (à Ferney notamment), en Allemagne (Berlin et Königsberg), puis à Pétersbourg[475].

Défier le pouvoir, comme Sénèque

Au début de 1776, alors qu'Adam Smith publie sa *Recherche sur la nature et les causes de la richesse des nations*[485], texte fondateur, un certain Lagrange, précepteur des enfants de d'Holbach, déjà traducteur de Lucrèce (*De la nature des choses*), décède juste après avoir terminé une traduction de Sénèque[507]. D'Holbach et Naigeon, qui vit chez le baron et travaille pour lui, demandent à Diderot de rédiger, pour cette traduction, une préface de quelques pages sur Sénèque[549]. Denis accepte avec enthousiasme. Ces quelques pages vont se transformer, comme souvent avec Diderot, en livre.

Sénèque l'a toujours passionné : né à Cordoue en l'an 4 de notre ère, venu très jeune à Rome pour étudier la philosophie stoïcienne, il est devenu avocat, puis questeur. Opposé à Messaline, il est exilé en Corse de 41 à 49, puis rappelé à Rome par Agrippine pour devenir le précepteur de Néron, qui lui ordonna le suicide en l'an 65.

Le 24 février, Rousseau, de retour à Paris, où il subsiste, oublié, rue Plâtrière, grâce à des travaux de copiste en partitions musicales, s'enfonce dans un délire paranoïaque[574]. Il entend déposer sur le grand autel de Notre-Dame le manuscrit de *Rousseau juge de Jean-Jacques*[463], dans lequel il essaie de comprendre le « complot » dont il est victime, « *la haine de toute une génération*[577] » à son encontre[463]. Rousseau se décrit lui-même dans *Rousseau juge de Jean-Jacques*, comme « *un étranger infortuné, seul, sans appui, sans défenseur sur la terre, outragé, moqué, diffamé, trahi de toute une génération, chargé depuis quinze ans, à l'envi, de traitements pires que la mort, et d'indignités inouïes jusqu'ici parmi les humains, sans avoir pu jamais en apprendre au moins la cause*[463]. » Puis, trouvant la grille du chœur fermée, il remet son manuscrit au seul des trois amis de jeunesse qui le voit encore : Condillac[574]. En avril, il distribue dans la rue un tract « *À tout Français aimant encore la Justice et la Vérité*[449] » (sur le prétendu « complot » des philosophes contre lui[572]).

Au même moment, juste après Fréron, Julie de Lespinasse meurt à quarante-quatre ans de la tuberculose et de l'abus d'opium[528]. Apprenant cette disparition, Mme du Deffand, aveugle, commentera : « *Si elle était morte quinze ans plus tôt, j'aurais conservé d'Alembert*[52]. »

Prévoir l'avenir de l'Amérique

Le 12 mai 1776, sous la pression conjointe de la cour, du Parlement et des corporations, Turgot doit se retirer. Malesherbes quitte alors aussi, par solidarité, la Maison du roi[138]. Necker est nommé directeur du Trésor[22]. Les philosophes et leurs amis sont chassés du pouvoir.

Accessoirement, le gendre de Diderot perd la concession des bois de marine de Lorraine que Turgot lui avait accordée et que Necker et Devaines, pourtant amis de Denis, lui retirent : d'autres réseaux d'influence se révèlent plus puissants.

Cette histoire de concession des bois de marine est d'ailleurs la seule mention de la marine dans toute cette histoire, alors qu'ailleurs en Europe c'est par la marine que se joue et se jauge la puissance économique aussi bien que militaire. La France laisse passer une nouvelle fois sa chance de regarder vers le grand large.

Diderot est épuisé, déçu par le durcissement du régime. Tout le monde à Paris semble se défaire de ses illusions. Denis reconnaît avoir perdu son temps à développer son « *caquet politique*[502] ». Sa santé se dégrade, et il l'accepte mal. Il met progressivement un frein à sa vie sociale. Il continue à voir Sophie, multiplie et allonge ses séjours à Sèvres, chez le bijoutier Belle, cet ami de sa jeunesse tumultueuse chez qui il se rend parfois en famille ; et aussi à Boulogne chez Jeanne de Maux ; et enfin au château de Grandval chez d'Holbach[507].

Le 4 juillet 1776, s'appuyant sur la théorie politique des droits naturels telle que l'*Encyclopédie* l'a élaborée, les treize colonies britanniques d'Amérique adoptent, on l'a vu, une Déclaration d'indépendance. On est définitivement passé d'un monde de devoirs à un monde de droits.

Outre-Atlantique se constitue un mouvement dit des « Lumières américaines[419] » avec Benjamin Franklin, John Adams, Thomas Jefferson, James Madison, qui connaissent les philosophes européens pour les avoir lus ou même rencontrés : Benjamin Franklin et John Adams sont alors à Paris et y croisent sans doute Diderot.

L'Angleterre doit alors renoncer à sa souveraineté sur cette partie de l'Amérique du Nord pour ne plus y conserver, grâce à ses alliés des États du Sud, que ce qui lui importe vraiment : le commerce du coton et les esclaves qui en assurent la production à bas coût.

Diderot voit là une préfiguration de ce qui va se passer en Europe et met en garde les Américains contre les dangers qui les guettent. Il écrit dans son texte sur Sénèque : « *Puisse la révolution qui vient de s'opérer au-delà des mers, en offrant à tous les habitants de l'Europe un asile contre le fanatisme et la tyrannie, instruire ceux qui gouvernent les hommes sur le légitime usage de leur autorité ! Puissent ces braves Américains, qui ont mieux aimé voir leurs femmes outragées, leurs enfants égorgés, leurs habitations détruites, leurs champs ravagés* [...], *que de perdre la plus petite portion de leur liberté, prévenir l'accroissement énorme et l'inégale distribution de la richesse, le luxe, la mollesse, la corruption des mœurs, et pourvoir au maintien de leur liberté et à la durée de leur gouvernement*[155] *!* » Un demi-siècle plus tard, Alexis de Tocqueville, parent de Malesherbes, n'écrira rien de plus clairvoyant sur l'avenir des États-Unis d'Amérique.

Dans un texte qu'il glissera un peu plus tard[176], parmi beaucoup d'autres, dans une nouvelle édition de l'*Histoire des deux Indes*[436] de l'abbé Raynal, sous le titre « Révolutions de l'Amérique anglaise », Denis ajoute une adresse aux Américains qui reste d'une étonnante actualité, comme s'il avait pressenti ce qui leur adviendrait. Il faut lire ces lignes écrites en 1776 en pensant à ce qui se passe aujourd'hui aux

États-Unis[436] : « *Peuples de l'Amérique septentrionale, que l'exemple de toutes les nations qui vous ont précédés, et surtout que celui de la mère patrie vous instruise. Craignez l'affluence de l'or, qui apporte avec le luxe la corruption des mœurs, le mépris des lois* [...]. *Garantissez-vous de l'esprit de conquête* [...]. *Surtout, veillez à l'éducation de vos enfants. C'est des écoles publiques, n'en doutez pas, que sortent les magistrats éclairés,* [...] *les hommes de bien* [...]. *N'établissez aucune préférence légale entre les cultes*[436]*...* »

Tout cela glissé dans le livre d'un autre : l'abbé Raynal, son prête-nom, si disponible...

« *Comme l'ours en hiver* »

Car Denis se décide : c'est par Raynal, qui, lui, osera prendre le risque d'avoir à fuir, qu'il va faire connaître ses textes. Et il travaille pour cela avec Raynal à une nouvelle mouture de l'*Histoire des deux Indes*[434], parue pour la première fois en 1770 et de nouveau en 1774, avec quelques-uns des ajouts de Denis avant son départ pour la Russie. Une version beaucoup plus ample où il va mettre beaucoup de lui-même.

Au même moment, l'ex-abbé rencontre le dernier amour de Laurence Sterne, Eliza Draper, retournée auprès de son mari à la mort de Sterne ; elle vient de quitter l'Inde pour revenir en Europe après s'être finalement séparée dudit mari[551]. Raynal tombe amoureux d'elle[551]. Début septembre 1776, Diderot la rencontre, accompagnant Raynal à La Chevrette, chez Mme d'Épinay, de plus en plus malade.

Denis, pour sa part, ne veut plus rester dans Paris, où rien ne le retient : ni sa femme, ni sa fille, ni sa petite-fille Minette qu'il adore pourtant. Et puis Grimm n'est plus là : il retourne à Pétersbourg à la mi-septembre, sans aucune intention de revenir à Paris avant longtemps[475].

En septembre, Denis arrive chez d'Holbach à Grandval pour y passer l'hiver[143]. Le baron vient de publier anonymement à Amsterdam *La Morale universelle ou les Devoirs de l'homme fondés sur sa nature*[266], texte contre la superstition, l'ignorance et la peur engendrées par la religion. La santé du baron se dégrade, ses finances vont mal ; il fait interner son premier fils, François Paul, alcoolique et violent, pour qu'il ne dilapide pas sa fortune, et entend assurer un bon mariage à ses deux filles ; il sait que leurs dots amputeront sérieusement ses ressources, qui ne sont plus celles du temps de sa splendeur[92]. Pourtant, selon Diderot, qui s'en étonne, son caractère s'améliore[92].

À la mi-décembre, toujours chez d'Holbach, Denis écrit à Grimm, de retour en Russie, son dégoût de Paris et son amour de la vie d'ermite à la campagne : « *Pour moi, dégoûté de la ville où les teigneux sont plus communs que jamais, j'habite la campagne. C'est là que je vis comme l'ours en hiver, de ma propre substance, en me léchant la patte. Pauvre régime, direz-vous ? Mais je le préférerais volontiers à la table somptueuse de la rue Royale* [où d'Holbach reçoit quand il est à Paris], *et au charivari de dix-huit à dix-neuf convives dont le ramage bizarre m'étourdit et ne laisse pas le temps de tirer de mon gosier une chétive note. Cependant, je mange et je dis de petites douceurs à Mlle Pauline* [la deuxième fille du baron d'Holbach, qui a dix-sept ans]. *C'est un plaisir comme les jeunes filles sont naïves avec les vieillards. Elles se remuent librement autour du chat décrépit qui n'a plus ni griffes ni dents. Elles ne mettent non plus d'importance à ce qu'elles pensent et disent, qu'elles n'en mettront, à soixante ans, à ce qu'elles auront fait*[143]. » Nostalgie : plus d'amour en vue.

Le 5 février 1777, pendant que Beaumarchais se prépare à fonder la première société d'auteurs, le neveu de Rameau meurt dans la misère, oublié, au couvent des Bons-Fils[329]. Nul ne sait si Denis, qui ne l'a vu qu'une fois quinze ans plus tôt, en est informé. Le dialogue avec lui, auquel il travaille sans cesse, comme à *Jacques le Fataliste*, reste alors inconnu de tous.

Avec le retour au pouvoir de Necker, le régime se durcit ; la censure n'autorise plus rien. Malesherbes est parti faire de la botanique à travers l'Europe[138]. Diderot écrit à Amsterdam à Rey, auquel il pense toujours confier l'édition complète de ses œuvres : « *L'intolérance augmente ici de jour en jour ; bientôt on n'y imprimera plus, avec privilège, que des almanachs et que le Pater, avec des corrections. Imaginez qu'on a fait effacer des paragraphes entiers d'une traduction littérale de quelques traités de Plutarque. Ah, si les Hollandais le voulaient, ils auraient toutes nos productions, et tous nos auteurs*[143] *!* » Il ajoute : « *Je travaille à la collection complète de mes ouvrages. Lorsqu'elle sera faite, j'irai vous voir*[143]. »

Denis lui propose la publication en italien, à Amsterdam, de son *Entretien avec la Maréchale de****, sous le titre : *Pensées philosophiques, en français et en italien, auxquelles on a ajouté un Entretien d'un*

*Philosophe avec Mme la Duchesse de ***. Ouvrage posthume de Thomas Crudeli, en italien et en français*[549].

Mais le travail sur l'*Histoire des deux Indes*[436], avec Raynal est, pour lui, prioritaire. Il entend maintenant glisser dans ce livre tout ce qu'il rêve de publier plus tard ailleurs.

Les 1er et 3 avril, Denis écrit de nouveau à Necker, alors directeur du Trésor et en passe d'être nommé directeur général des Finances, afin qu'il restitue à son gendre la régie des bois de marine des domaines de Lorraine qu'il lui avait accordée, mais que Turgot et son ami Devaines lui ont reprise[143] : « *Mon gendre a de la droiture, un grand sens, et entend les affaires de domaines mieux, ou du moins aussi bien qu'aucun des préposés à cette partie. Il est jeune, et quoique ma fille ait beaucoup de mérite, comme elle le dit elle-même, elle ne s'en croit pas assez pour défrayer un mari toute la journée. Donnez-lui du travail afin qu'il conserve ses mœurs. Donnez-lui, si cela se peut sans injustice, un nom afin qu'il soit quelque chose dans la société. Je ne saurais vous dire jusqu'où votre oubli me contristerait*[143]. »

Il obtient gain de cause, et mieux encore : les charges de trésorier de France et de fermier des domaines de Monsieur, ce qui permet aux jeunes mariés de s'installer dans un hôtel particulier de la rue des Saints-Pères, tout près de chez Diderot[143].

Trois amis de campagne

Mme de Maux est très malade en cette année 1777 ; fidèle à son habitude de consacrer tout son temps à ses amis malades, Denis tient à veiller sur elle[524]. Il écrit à Grimm, le 9 juin 1777 : « *Mme de Maux est dans un état misérable ; c'est la maigreur, c'est l'ennui, c'est le dégoût de la société, de l'amitié, de la vie peut-être. C'est un écoulement purulent par une oreille, qui lui ôte le sommeil par des démangeaisons insupportables ou qui lui embarrasse les yeux, la poitrine ou l'estomac, quand il s'arrête. Moi, j'ai toujours l'âme et l'esprit dans le berceau ; mais le reste du corps se traîne vers Saint-Sulpice. Je ne fais plus un pas que vers ce côté-là.* [...] *En vérité, je crois que Mme d'Épinay, toujours chancelante, pourrait bien être debout, lorsque nous serons tous couchés. Je ne donne pas trois ans de vie à ma fille. Ma femme se consume par les inquiétudes qu'elle se donne. Naigeon est jaune comme un coing*[143]. » Diderot passe le printemps à Boulogne, chez Jeanne de Maux et à

Sèvres, chez Belle, où il prépare ses contributions à l'*Histoire des deux Indes*[507]. Il fait seulement de brèves incursions rue Taranne pour voir sa femme, sa fille et ses deux petits-enfants (Marie-Anne, surnommée Minette, née en septembre 1773, et Denis Simon, né en juin 1775).

Et comme il avait naguère tout sacrifié à Damilaville, il renonce à tout pour rester auprès de Mme de Maux. Il écrit à Louis Sébastien Mercier, l'auteur de *L'An 2440, rêve s'il en fut jamais*[351] : « *Je suis arrivé hier au soir* [à Paris], *afin d'embrasser ma femme, mes enfants et petits-enfants, et arranger quelques petites affaires domestiques. J'y retourne* [chez Mme de Maux] *ce soir ; et ne croyez pas que je sois insensible au plaisir de voir une femme qui réunit trois qualités, dont l'éloge de chacune séparée suffirait à la plupart de celles que nous voyons et que nous estimons. Mais il y a des devoirs à remplir de préférence à tous ; celle qui m'abandonne la jouissance, fort au-dessus de la propriété, de ses bâtiments, de ses chevaux, de ses jardins, est malade, et ne m'a laissé revenir à la ville qu'à la condition que je ne lui ravirais qu'un très court intervalle*[143]. »

L'été suivant, Denis partage son temps entre Mme d'Épinay à Paris, Jeanne de Maux à Boulogne et Étienne Benjamin Belle qui l'héberge pendant des semaines dans sa maison de Sèvres, sur la terrasse de Meudon, face à l'île Seguin, non loin du château de Bellevue. De là, il écrit le 5 août 1777 à Beaumarchais, qu'il a dû rencontrer vingt ans plus tôt et qui lui demande de se joindre à sa bataille sur le droit d'auteur[143] : « *Permettez que je m'en tienne à faire des vœux pour votre succès.* [...] *Puissent les littérateurs qui se livreront au théâtre vous devoir leur indépendance. Mais, à vous parler vrai, je crains bien qu'il ne soit plus difficile de venir à bout d'une troupe de comédiens que d'un parlement. Le ridicule n'aura pas ici la même force. N'importe, votre tentative n'en sera ni moins juste, ni moins honnête*[143]. »

Cet été-là, il revoit les trois contes rédigés lors de son voyage à Bourbonne-les-Bains, où il parlait de fidélité en amour : *Ceci n'est pas un conte*[156], *Madame de La Calière*[156] et *Supplément au Voyage de Bougainville*[156].

Au même moment, le sculpteur Pigalle, son ami, bien plus fidèle, en fait, que Falconet, fait son buste, qui porte au revers l'inscription : « *En 1777, Diderot par Pigalle, son compère, tous deux âgés de 63 ans*[549]. »

En septembre, son époux étant très lourdement endetté, Mme d'Épinay obtient, pour protéger ses intérêts et ceux de ses enfants, qu'une interdiction soit prononcée à son encontre[411].

En novembre, Grimm revient à Paris après deux ans de voyages. L'impératrice Marie-Thérèse d'Autriche l'a fait baron d'empire ; il est passsé par Berlin, où il a vu Frédéric, dont il est désormais le plus plat des admirateurs[475]. Puis il s'en est retourné à Pétersbourg et a obtenu de la tsarine le titre de colonel et conseiller d'État, avec une rente de 2000 roubles par an (soit environ 10 000 livres ou 113 000 euros[475]). Il a aussi obtenu de Catherine II, pour Diderot, une rente de 2000 roubles pour l'établissement d'Angélique[524].

Il revient habiter chez Mme d'Épinay[475]. Apparemment, elle ne lui en veut pas : elle est si malade qu'elle crache du sang. Grimm laisse la *Correspondance littéraire* à Meister[475].

En décembre, Denis donne de ses nouvelles à Mme Necker, dont le salon prend de plus en plus d'importance avec la montée en puissance de son mari[22]. Elle l'y reçoit avec Buffon, Grimm, Marmontel, Raynal, Morellet, Suard, Saint-Lambert. Il lui écrit : « *J'ai une femme honnête que j'aime et à qui je suis cher, car qui grondera-t-elle quand je n'y serai plus ? S'il y eut jamais un père heureux, c'est moi. J'ai tout juste la fortune qu'il me faut tant que j'aurai des yeux pour me passer de bougie, et ma femme pour monter et descendre d'un quatrième étage. Mes amis ont pour moi et j'ai pour eux une tendresse que trente ans d'habitude ont laissée dans toute sa fraîcheur.* [...] *Je donne tout ce que j'ai aux indigents de toute espèce qui s'adressent à moi, argent, temps, idées ; mais je suis si pauvre, relativement à la masse de l'indigence, qu'après avoir tout donné la veille il ne me reste rien le lendemain, que la douleur de mon impuissance*[143]. »

Il lui décrit sa vie à la campagne chez l'un ou l'autre de ses amis : « *Je vis à la campagne. J'y vis seul, c'est là que j'abrège les jours et que j'allonge les années ; le travail est la cause de ces deux effets qui semblent opposés. Le jour est bien long pour celui qui n'a rien à faire ; et l'année bien longue pour celui qui a beaucoup fait. Puissiez-vous, entre le premier janvier et le dernier décembre, intercaler trois cent soixante-cinq bonnes actions ! Cela serait bien au-dessus de trois cent soixante belles pages. Je voulais vous écrire trois lignes et voilà bientôt quatre pages.* [...] *Mais j'ai là sur ma table un certain philosophe ancien, homme dur, stoïcien de son métier, qui m'avertit de finir et de n'être pas indiscret*[143]. »

Le « philosophe ancien[143] », c'est Sénèque sur lequel il écrit.

Le premier janvier 1778, il adresse à Jeanne de Maux, qu'il voit encore beaucoup, une petite pièce en vers où il l'appelle « *sage Lucile*[156] » et où il s'accorde encore au moins quinze ans à vivre[156] :

« [...] *Et vous avez, sage Lucile,*
Du moins quinze ans encore à vous moquer de moi.
Oui, quinze ans, soyez-en certaine.
De vieux soupirs gonflé, brûlé de vieux désirs,
Je sentirai ce cœur, à la quatre-vingtaine,
Battre pour vos menus plaisirs,
Mais lorsque sur mon sarcophage,
Une grande Pallas qui se désolera,
Du doigt aux passants montrera
Ces mots gravés : Ci-gît un sage *!*
N'allez pas d'un ris indiscret
Démentir Minerve éplorée,
Flétrir ma mémoire honorée,
Dire : "Ci-gît un fou"... Gardez-moi le secret[156]. »

Pendant ce temps, à Pétersbourg, Pierre-Étienne Falconet, le fils du sculpteur, épouse Marie-Anne Collot, ancienne maîtresse de son père.

Quand Diderot rencontre Voltaire

Le 10 février 1778, Voltaire, fatigué, vient à Paris, depuis Ferney, pour la création en mars, à la Comédie-Française, d'une de ses pièces, *Irène*[533], dont la carrière va se révéler aussi triomphale que les précédentes[507] ; en mars ou en avril, il semble qu'il rencontre enfin Diderot[549]. En vingt-neuf ans de connivence et d'affrontements, ils ne se sont encore jamais vus ! Voltaire lui aura écrit seize lettres, et Denis ne lui aura répondu que dix fois[383].

On ne sait rien de leur éventuel entretien. Ni même s'il a vraiment eu lieu[549]. On peut néanmoins l'imaginer.

Diderot a sans doute dit à Voltaire, épuisé, à quel point il admire l'auteur de *Zaïre* et approuve le défenseur de Calas. Voltaire a sans doute répondu du bout des lèvres qu'il admire l'*Encyclopédie.* Voltaire s'est peut-être plaint de ce que Diderot lui a fait si souvent défaut, et a sans cesse refusé de le voir. Ils ont sans doute parlé de Damilaville, de d'Alembert, de Rousseau, de théâtre, de l'affaire Calas, de la révolution américaine, du retour des parlements, de la révolte qui gronde, de Catherine et de Fréderic, du monde qui n'est plus celui de leur jeunesse, de leur gloire relative.

Denis a peut-être rappelé à Voltaire ce qu'il lui écrivait vingt ans plus tôt : « *Il vient un temps où toutes les cendres sont mêlées. Alors, que m'importera d'avoir été Voltaire ou Diderot, et que ce soient vos trois syllabes ou les trois miennes qui restent ? Il faut travailler, il faut être utile*[143]. »

L'un et l'autre espèrent encore durer dans l'esprit des hommes par leur théâtre, à l'époque seule source de réelle célébrité. Voltaire l'a, pas Diderot. Et c'est pourtant, pour l'un comme pour l'autre, ce qui, d'eux, sera le plus vite oublié.

Mort de Voltaire et de Rousseau

Au mois de mai, tout Paris est occupé par l'agonie de Voltaire et celle de Rousseau.

Le premier est logé à l'hôtel de Villette, à l'angle de la rue de Beaune et du quai des Théatins (aujourd'hui quai Voltaire[314]). Le second est hébergé à partir du 28 mai à Ermenonville chez le marquis René Louis de Girardin, philosophe et musicien amateur[574].

Le 30 mai, Voltaire meurt à Paris, ainsi qu'il l'avait souhaité[549]. Comme l'abbé de Tersac, en charge de Saint-Sulpice, refuse de lui accorder des obsèques religieuses, il est embaumé par un apothicaire de la rue de Beaune, puis son corps, habillé et ficelé, est installé dans son carrosse, qui l'emporte à Romilly, dans l'Aube, à l'abbaye de Sellières, maison de l'ordre de Cîteaux, dont un de ses neveux est abbé[315]. Voltaire y est inhumé dans un cercueil de bois blanc.

Denis ajoute alors dans son *Essai sur Sénèque et sur les règnes de Claude et de Néron*[145], à quoi il travaille, une phrase à propos de Voltaire : « *Ton nom, prononcé avec admiration et respecté dans toutes les contrées du globe policé, passera à la postérité la plus reculée et ne périra qu'au milieu des ruines du monde*[145]. » Il ajoute cette étrange pique contre Rousseau : « *Demandez à un amant trompé la raison de son opiniâtre attachement pour une infidèle, et vous apprendrez le motif de l'opiniâtre attachement d'un homme de lettres pour un homme de lettres d'un talent distingué*[145]. »

Un mois plus tard, le 2 juillet, Rousseau meurt à son tour à Ermenonville. Il est inhumé à minuit, le 4 juillet, sur l'île des Peupliers, dans un parc qui porte desormais son nom. Diderot n'a pas cherché à le revoir.

Le lendemain, 3 juillet, meurt à Paris la mère de Mozart, qui accompagne Wolgang Amadeus depuis la fin mars[207]. Grimm loge alors le musicien, âgé de vingt-deux ans, chez Mme d'Épinay, chaussée d'Antin[207]. Ils ont de longues conversations. Le jeune prodige songe à s'installer à Paris, mais ne veut pas gagner sa vie comme professeur de musique et ne pense pas pouvoir écrire un opéra qui plaise en France ; il donne ses symphonies parisiennes au Concert spirituel, concerts publics de musique (essentiellement religieuse) organisés depuis 1725 à la période de Pâques aux Tuileries. Wolfgang écrit à son père[207] : « *Il est très difficile de trouver un bon poème. Les anciens, qui sont les meilleurs, ne sont pas faits pour le style moderne, et les nouveaux ne valent rien. La Poésie, qui est la seule chose dont les Français peuvent être fiers, devient chaque jour plus mauvaise,* [...] *puisqu'ils ne comprennent rien à la musique*[207]. »

En septembre, Grimm conseille à Léopold Mozart de renvoyer son fils en Autriche.

Denis Diderot écrit alors à sa sœur qui refuse une nouvelle fois de venir le voir à Paris : « *C'est-à-dire, ma chère amie, que je serai arrivé à l'âge de soixante-six ans sans que vous m'ayez connu*[143]. »

En novembre 1778, ne voyant aucun moyen de le publier, il accepte de donner à la *Correspondance littéraire* une version provisoire de *Jacques le Fataliste,* sur lequel il continue de travailler[507]. Quinze épisodes sont prévus[507]. Pour quinze lecteurs...

Falconet père quitte Saint-Pétersbourg, estimant que pour la statue de Pierre-le-Grand, « *ce qui* [le] *regarde est terminé*[437] ». Il est resté douze ans en Russie. Il ne rentre pas directement à Paris : il va d'abord passer deux années à La Haye, auprès de Galitzine[507].

Sénèque comme image de lui-même

Diderot finit son *Essai sur la vie de Sénèque le philosophe, sur ses écrits et sur les règnes de Claude et de Néron*[144], qui se présente désormais non comme une préface à la traduction de Lagrange, mais comme un septième et dernier tome des œuvres de Sénèque[549].

Alors qu'il avait beaucoup critiqué Sénèque dans son premier livre (le commentaire de Shaftesbury[142]), il en fait maintenant son modèle[549] : l'intellectuel devenu conseiller d'un tyran sanguinaire pour contenir ses excès, dans une période terrible qui ressemble à la sienne[144] : « *La conformité de nos mœurs et de celles de son temps est quelquefois si singulière qu'on revient de la traduction à l'original pour s'en assurer*[144]. » Comme Sénèque, pense-t-il, il a risqué sa réputation, puis sa vie pour être entendu du monstre : « *Un premier despote, juste, ferme et éclairé, est un fléau ; un second despote, juste, ferme et éclairé, est un fléau plus grand ; un troisième qui ressemblerait aux deux premiers, en faisant oublier aux peuples leur privilège, consommerait leur esclavage. La société ressemble à une voûte : si la clef ou le premier voussoir pèse trop, l'édifice n'est tôt ou tard qu'un amas de ruines*[144]. »

Il fait de Sénèque ce qu'il est lui-même dans sa lettre à Louis XVI : le « *défenseur des droits de l'humanité*[144] », et il y parle de « *droits de l'homme*[271] » : « *S'il n'est point de gouvernement où des circonstances urgentes n'exigent l'infraction des lois naturelles, la violation des droits de l'homme et l'oubli des prérogatives des sujets, il n'y en a point où certaines conjonctures n'autorisent la résistance de ceux-ci*[145]. » Il en déduit une définition de la mission du philosophe : « *Le magistrat rend la justice, le philosophe apprend au magistrat ce que c'est que le juste et l'injuste ; le militaire défend la patrie, le philosophe apprend au militaire ce que c'est qu'une patrie* [...] *; le souverain commande à tous, le philosophe apprend au souverain quelle est l'origine et la limite de son autorité*[145]. »

Il glisse enfin une très sévère allusion à Rousseau qui vient de mourir : « *Détestez l'ingrat qui dit du mal de ses bienfaiteurs ; détestez l'homme atroce qui ne balance pas à noircir ses anciens amis ; détestez le lâche qui laisse sur sa tombe la révélation des secrets qui lui ont été confiés, ou qu'il a surpris de son vivant. Pour moi, je jure que mes yeux ne seraient jamais souillés de la lecture de son écrit ; je proteste que je préférerais ses invectives à ses éloges*[145]. »

Ce livre, que lui avaient suggéré d'écrire d'Holbach et Naigeon, paraît anonymement, autorisé par un censeur, chez les frères de Bure à Paris. Le nom de Diderot n'est pas imprimé sur la page de garde. En décembre 1778, le *Mercure de France* l'attribue seulement à « *un des écrivains les plus célèbres de notre siècle*[339] », et le *Journal de littérature, des sciences et des arts* se réfère à l'auteur de l'essai en disant « *l'Anonyme (car je dois respecter le voile dont se couvre l'Auteur de cet Écrit*[276]*)* ». L'approbation par le censeur, Coqueley de Chaussepierre, ne nomme pas non plus l'auteur de l'ouvrage, et se contente de déclarer : « *J'ai lu, par ordre de Monseigneur le Garde des Sceaux, l'Essai sur la Vie et les Écrits de Sénèque, servant de suite à la Traduction de ses Œuvres ; et je crois qu'on peut en permettre l'impression*[144]. »

La censure est alors infiniment plus tolérante que dix ans plus tôt.

Rompre avec Grimm

Commence alors ce qui va déboucher sur sa rupture avec Grimm : alors que, en décembre 1778, Jean-François Marmontel donne un compte rendu favorable de son *Sénèque* dans le *Mercure de France*[339], Grimm, dans la *Correspondance littéraire* dont il n'est plus le maître, mais où Meister le laisse évidemment écrire ce qu'il veut, interrompt après deux livraisons la publication de *Jacques le Fataliste* et le critique en raison de ses attaques contre les monarques. Grimm a choisi son camp : celui des princes.

Le 3 octobre, Denis intervient auprès de Sartine afin que le fils de Mme de Blacy, neveu de Sophie Volland, Vallet de Fayolle, ne souffre pas de la faillite frauduleuse et de la disparition de son père[143].

Le lendemain meurt André François Le Breton[507], le dernier survivant des quatre libraires, celui qui les dirigeait tous et avec qui Denis s'était fâché. Denis, qui s'était réconcilié avec lui, en est très bouleversé.

Au nom des Lumières et de l'*Encyclopédie*, La Fayette et bien d'autres partent participer à la guerre d'Indépendance des colonies américaines, ce qui conduit à décider en janvier de l'intervention officielle de la France, qui entraîne à ses côtés l'Espagne, puis les Provinces-Unies. La monarchie française au service de la liberté américaine ? Plutôt contre la monarchie britannique.

Trois copies pour l'avenir

La situation budgétaire du royaume se dégrade, la dette s'alourdit : la guerre d'Amérique se révèle ruineuse et Necker, qui ne peut et ne veut recourir à l'impôt, la finance par des emprunts.

Diderot craint pour ses manuscrits, épars, mal ou pas rangés. Malesherbes, – reparti depuis 1776 voyager sous le nom de « M. Guillaume » partout en Europe pour herboriser –, n'est plus là pour l'aider[138]. Denis se souvient de la saisie en 1760 des *Mémoires* et des manuscrits de Saint-Simon, que Choiseul a enfouis dans les archives de l'État.

Il demande alors à sa fille Angélique et à son gendre M. de Vandeul de tout cacher chez eux et fait préparer deux copies de son œuvre, l'une pour Catherine II, l'autre pour Naigeon[168].

Catherine sera donc dépositaire de ses manuscrits, ainsi qu'il le lui avait promis. Mais, pour éviter de dépendre de son bon vouloir, elle ne sera pas la seule à pouvoir décider de les publier. Denis fait pour cela davantage confiance à Naigeon.

Il rassure son gendre : c'est lui qui financera tout cela. Et il lui remet tous les manuscrits dont il dispose, dont *Jacques le Fataliste* (sans s'interdire d'y travailler encore), mais pas encore *Le Neveu de Rameau* (qui ne porte pas encore ce titre). Et tant d'autres, si subversifs. Sans doute récupère-t-il alors aussi les lettres adressées à Sophie, pour les copier[166].

La copie destinée à Catherine est établie par Roland Girbal, qui dirige depuis longtemps les copistes de la *Correspondance littéraire* : Denis a toute confiance en lui[523]. À partir de la fin 1780, Girbal recopie donc lui-même, chez les Vandeul qui ne veulent pas laisser sortir les textes, les romans, les textes philosophiques, le théâtre, les Salons, les textes politiques, ceux de critique littéraire, et des articles de l'*Encyclopédie.* Roland Girbal copie entièrement treize volumes, et quatre en partie, sur un total de vingt volumes que forme cette copie destinée à Catherine de Russie. Puis un dénommé Michel le remplace et s'installe lui aussi, pour achever le tout, chez les Vandeul[523].

L'autre collection doit servir à Naigeon pour l'édition qu'il prépare. Quatre copistes au moins, identifiables par leur écriture, s'en chargent. On ne connaît pas leurs noms et les spécialistes de l'œuvre de Diderot les nomment A, B, C et D[523].

La révolution peut conduire à la dictature

L'abbé Raynal (qui a soixante-sept ans) se montre de plus en plus radical. Au début de 1780, après trente rééditions et traductions différentes depuis sa première édition en 1770, il publie une nouvelle version, revue et augmentée de l'*Histoire des deux Indes*[436], livre devenu collectif, mais avec son seul nom en couverture[176]. Et il prend le risque, que Diderot n'entend pas assumer, d'y insérer, sous son nom, de très nombreux textes de Denis[176].

Reprenant un thème sur lequel il est revenu tout au long de l'*Encyclopédie*, Denis y explique qu'une société n'est libre que si elle peut s'indigner : « *La tyrannie, dit-on, est l'ouvrage des peuples et non des rois. Pourquoi la souffre-t-on ? Pourquoi ne réclame-t-on pas avec autant de chaleur contre les entreprises du despotisme ? [...] L'époque où l'esprit humain commença à discuter les abus de l'Église et du clergé est celle où la raison sentit enfin les droits des peuples, et où le courage essaya de poser les premières bornes au despotisme*[436]. »

Denis y introduit les termes « civilisation » (absent de la première édition) et « civilisé » (utilisé alternativement avec « policé ») pour raconter l'histoire de l'expansion européenne outre-mer[176]. Il parle des contradictions entre l'idéologie des Lumières et l'esclavage[271] : « *Des hommes civilisés* [...], *tous élevés au centre de villes policées, où l'exercice d'une justice sévère les avait accoutumés à respecter leurs semblables, auront-ils tous, tous sans exception, une conduite que l'humanité, leur intérêt, leur sûreté, les premières lueurs de la raison proscrivent également, et continueront-ils à devenir plus barbares que le sauvage*[436] *?* »

Il introduit quelques pages[176] sur le territoire d'Anjinga, comptoir anglais du Travancore, au sud de la côte de Malabar, où est née Eliza Draper, la maîtresse de Sterne dont Raynal a été amoureux et qui vient de mourir à Bristol[551] : « *Du haut des cieux, ta première et dernière patrie, Eliza, reçois mon serment*[436]. »

De nouveau, il invoque les « *droits de l'homme*[271] », dont on parle encore peu, et écrit : « *L'homme qui revendiquerait les droits de l'homme périrait dans l'abandon ou dans l'infamie. On est donc réduit à souffrir la tyrannie sous le nom de l'autorité*[436]. »

Puis, note prémonitoire, comme s'il savait ce qui allait se passer en France quinze ans plus tard, il note que la résistance à la tyrannie peut conduire à une autre dictature ; dans ce cas, « *la paix qui termine les horreurs est à peine préférable à la guerre qui les enfanta*[436] ». En revanche, si ce droit est animé par le ressentiment et l'indignation, ses valeurs suprêmes, la révolution peut déboucher sur la liberté[271]. Ainsi la guerre civile anglaise qui, au XVIIe siècle, « *épura le gouvernement* », a été, dit-il, une violence juste, car fondée sur l'indignation[271] : « *De l'étonnement, les peuples passèrent à l'indignation, aux murmures, à la sédition* [...]. *Lorsque l'horreur de la tyrannie et l'instinct de la liberté mettent à des hommes braves les armes à la main, s'ils sont victorieux le calme qui succède à cette calamité passagère est l'époque du plus grand bonheur*[436]. » De même la Révolution américaine est juste parce qu'elle est fondée sur une indignation orientée vers le retour à des valeurs.

Le philosophe, explique-t-il, doit défendre à tout prix la liberté, y compris même contre la révolution[271] : « *La liberté est la propriété de soi. On distingue trois sortes de liberté : la liberté naturelle, la liberté civile, la liberté politique ; c'est-à-dire la liberté de l'homme, celle du citoyen et celle d'un peuple. La liberté naturelle est le droit que la nature a donné à tout homme de disposer de soi à sa volonté. La liberté civile est le droit que la société doit garantir à chaque citoyen de pouvoir faire tout ce qui n'est pas contraire aux lois. La liberté politique est l'état d'un peuple qui n'a point aliéné sa souveraineté et qui fait ses propres lois, ou est associé en partie à sa législation. La première de ces libertés est, après la raison, le caractère distinctif de l'homme*[436]. »

Pour lui, il n'existe pas de société idéale et il se méfie des révolutions qui plaquent un modèle théorique sur une réalité spécifique. Il écrit à propos de l'Amérique : « *Laissez aux colons assemblés le soin de vous éclairer sur leurs besoins. Qu'ils forment eux-mêmes le code qu'ils penseront convenir à leur situation*[436] *!* »

Une Encyclopédie *contre du tabac*

Cette même année 1780, un notable langrois nommé Étienne Voinchet de Verseilles, dont on ne sait rien, offre à la ville de Langres les vingt-huit volumes contenant les textes et les planches de l'*Encyclopédie*[549]. Le maire et quatre échevins de Langres écrivent alors à Denis pour lui demander son portrait, qu'ils veulent payer[518]. Il leur expédie le buste en bronze de Houdon[518]. Ce buste est installé à l'hôtel de ville avec l'*Encyclopédie*, au cours d'une cérémonie où l'on boit à sa santé[518]. Son frère l'abbé Diderot, doyen de la cathédrale de Saint-Mammès, refusa d'y assister, mais vient plus tard en cachette contempler le buste[518].

Le 30 novembre, Thomas Jefferson écrit à Charles François d'Anmours, consul de France en poste à Baltimore : « *Je souhaite ardemment me procurer un exemplaire de la* Grande Encyclopédie, *mais je redoute de passer par le canal des marchands, étant donné son prix qui sera encore augmenté d'énormes frais d'assurance*[122]. » Il évoque ensuite la possibilité de se la faire livrer par navire de guerre et de la payer en tabac, dont il est un planteur[565]. Peu après, Jefferson remarque dans un journal de Virginie une annonce proposant un exemplaire de l'*Encyclopédie*[122]. Il écrit aux auteurs de l'annonce, qui lui répondent, le 16 décembre, qu'ils disposent d'une édition complète en vingt-huit tomes, dont huit de planches ; il s'agit de l'édition de Lucques,

« *imprimée par M. Octavian Diodati et mise en ordre par M. Diderot, membre de l'Académie française* [sic], *et par M. d'Alembert pour la partie mathématique, pour le prix de 90 000 livres à payer en livres ou en tabac*[565] ».

Jefferson la paie de 7 500 kilos de son tabac[122].

Publier tout dans la Correspondance, *faute de mieux*

Puis, sentant que le temps passe et ne voulant pas que ses textes disparaissent, et sans attendre la réédition de l'*Histoire des deux Indes*[436], où il veut les glisser, il les fait paraître pour l'étroit public de la *Correspondance littéraire*, comme une façon de les exfiltrer du pays et de leur donner une existence irréversible.

En juillet 1780 paraissent d'abord dans la *Correspondance* quatre *Additions faites à Jacques le Fataliste depuis la copie que nous avons eu l'honneur de vous envoyer*[507], et précédées d'un avertissement de Grimm : « *Lorsque l'auteur écrivit la première ligne, il ne savait pas encore ce qu'il dirait dans la seconde* [...]. *Même détachés de la liaison où il convenait de les placer, ces fragments ne paraîtront pas sans intérêt. On y reconnaîtra toujours la tâche originale de l'homme célèbre à qui nous devons ce précieux manuscrit*[235]. »

Puis, le 27 septembre – alors que meurt Mme du Deffand, oubliée de tous ceux pour qui elle a tant fait, et enterrée à Saint-Sulpice –, Denis demande à Meister de venir prendre, « *pour sa* Correspondance, *trente à quarante feuillets bien conditionneés. C'est un ouvrage que j'ai fait au courant de la plume et sur lequel j'ai été rappelé par mon travail actuel*[143] ». Il s'agit de *La Religieuse*[156].

Il décrit ainsi l'ouvrage : « C'*est la contrepartie de* Jacques le Fataliste. *Il est rempli de tableaux pathétiques. Il est très intéressant et tout l'intérêt est rassemblé sur le personnage qui parle. Il est intitulé* La Religieuse, *et je ne crois pas qu'on ait jamais écrit une plus effrayante satire des couvents. C'est un ouvrage à feuilleter sans cesse par les peintres ; et si la vanité ne s'y opposait, sa véritable épigraphe serait : "Son pittor anch'io"* ["Moi aussi je suis peintre"][143]. »

Le roman est alors diffusé en neuf livraisons dans la *Correspondance littéraire*[507], cependant que Denis relit ses lettres à Sophie, que celle-ci lui a renvoyées, afin qu'il en fasse établir une copie. Émouvante relecture, pour lui, de l'histoire d'amour la plus importante de sa vie.

*Nouvelle édition de l'*Histoire des deux Indes[436]

Pendant l'automne 1780, il travaille encore à Paris avec Raynal à une nouvelle édition, qui sera dite la « troisième », de l'*Histoire des deux Indes* ; il y consacre jusqu'à quatorze heures par jour[524]. Au total, il y ajoute cette fois 270 textes de longueur variable[552], qu'on retrouvera ensuite, repris et développés, en d'autres livres publiés sous son nom après sa mort[176] : *Observations sur le Nakaz*[155], *Réfutation d'Helvétius*[156], *Supplément au Voyage de Bougainville*[156], *Sur les femmes*[156], *Essai sur les règnes de Claude et de Néron*[156], et *Le discours au Roi.*

Cette nouvelle édition, bien plus radicale que les précédentes, paraît, toujours ouvertement sous le nom de Raynal, à Genève, à la fin de 1780[524].

Il y critique en particulier le comportement des colons hollandais en Afrique du Sud vis-à-vis de ceux que l'on nomme alors les Hottentots[436] : « *Des républicains ont heureusement secoué le joug d'une tyrannie étrangère, il faut qu'ils l'imposent à leur tour. S'ils ont brisé des fers, c'est pour en forger. Ils haïssent la monarchie, mais ils ont besoin d'esclaves ; ils n'ont point de terres chez eux : il faut qu'ils en prennent chez les autres*[436] *?* » Il incite les Hottentots à se mettre hors d'atteinte[176] : « *Fuyez, malheureux Hottentots, fuyez ! Enfoncez-vous dans vos forêts. Les bêtes féroces qui les habitent sont moins redoutables que les monstres sous l'empire desquels vous allez tomber*[436] *!* » Il dénonce la croyance, à la mode à l'époque, et dont il avait parlé avec un officier hollandais, en un prétendu tablier de chair que les femmes hottentotes exhiberaient au milieu du ventre et qui tomberait jusqu'aux « parties naturelles[436] » : « *On a vérifié que ces femmes sont à peu près conformées comme on en voit beaucoup d'autres dans les climats chauds où les organes extérieurs de la volupté, tant supérieurs qu'environnants, prennent plus de volume et d'étendue que dans les contrées tempérées*[436]. » Il lui faut néanmoins reconnaître que les Hottentots ont des pratiques particulières, comme de s'amputer d'un testicule : « *Il est très vrai que les Hottentots n'ont qu'un testicule* [...]. *Par l'amputation du prépuce, un Juif dit à un autre : "Et moi, je suis juif aussi." Par l'amputation d'un testicule, un Hottentot dit à un autre Hottentot : "Et moi, je suis aussi hottentot*[436] *!"* » En fait, on sait aujourd'hui que, si certains indigènes sont amputés d'un testicule, il semble que ce soit pour cause de maladie...

Rompre encore avec Grimm

Grimm est furieux de cette édition. En particulier parce qu'elle peut être perçue comme un appel au meurtre du souverain. Dans tous les salons de Paris, chez Mme de Vermenoux (la maîtresse de Meister), chez Brador, le chirurgien du duc d'Orléans, et jusque chez Angélique de Vandeul, Melchior attaque l'abbé Raynal, à qui il a pourtant emprunté l'idée de la *Correspondance littéraire*[524]. Il lui reproche sa violence à l'égard des puissants, sans ignorer que le véritable auteur de ces pages n'est autre que Diderot[524].

Denis n'y tient plus. Il écrit alors le 25 mars 1781, sans l'envoyer, comme il fait souvent quand il est en colère, une terrible missive à Grimm sous le titre de *Lettre apologétique de l'abbé Raynal à Monsieur Grimm*[155]. Il prête à Grimm cette phrase qu'il aurait dite à Raynal : « *Ou vous croyez* [...] *que ceux que vous attaquez ne pourront se venger de vous, et c'est une lâcheté de les attaquer ; ou vous croyez qu'ils pourront et voudront se venger, et c'est une folie que de s'exposer à leur ressentiment*[155]. »

Il ajoute une allusion à une vieille affaire, celle de dédicaces, qui date de vingt-trois ans, dont il accuse maintenant ouvertement Grimm : « *Et les épîtres dédicatoires à Madame de La Marck et à Madame de Robecq, est-ce de lâcheté ou de folie qu'elles vous accusent ?* [...] *Mon ami, vous avez la gangrène*[155]. » Et il termine ainsi : « *Cette lettre que je viens de vous écrire à la hâte, vous l'enverrai-je ? Oui. Mais quand ? Quand je vous estimerai assez pour croire que vous la lirez sans humeur. Adieu*[155]. »

Comme le texte contre Rousseau, cette lettre terrible contre Grimm ne fut probablement jamais envoyée.

L'avoir rédigée ne le calme pas. Deux mois plus tard, il y ajoute un post-scriptum d'une rare violence : « *J'entends crier sous ma fenêtre la condamnation de l'abbé. Je la lis. Je l'ai lue. Tombent sur la tête de ces infâmes et du vieil imbécile* [Maurepas] *qu'ils ont servi, l'ignominie et les exécrations qui tombèrent autrefois sur la tête des Athéniens qui firent boire la ciguë à Socrate*[155]. »

Et il lâche une de ces phrases qui foudroient, dont il a le secret : « *Mon ami, on est incapable des actions héroïques quand on les blâme ; et on ne les blâme que parce qu'on en est incapable*[155]. »

Le même jour, comme c'était prévisible, la nouvelle version de l'*Histoire des Deux Indes*[436] est condamnée par le Parlement, ce qui conduit Raynal, menacé d'arrestation, et qui s'y était préparé, à fuir en Suisse, puis à la cour de Frédéric II, où, à sa grande surprise, il est mal reçu[203].

Le 19 mai 1781, Necker quitte à son tour le pouvoir, le roi ayant refusé de créer une assemblée provinciale (qui eût gêné les parlements), de le faire entrer au Conseil et de lui confier la direction des marchés publics de la Guerre et de la Marine, domaines par excellence où règnent le gaspillage et la corruption.

Seul à Paris

Denis ne supporte pas sa solitude et, quand il est à Paris, père encombrant, il envahit la vie de sa fille. Quand, le 12 juin, elle part pour l'été à Langres, Denis s'inquiète dès le surlendemain de ce qu'il n'a pas encore reçu de ses nouvelles[507]. Il débarque chez le couple, à Paris, pour voir Michel, le secrétaire (copiste) qui travaille alors à leur domicile à recopier ses textes ; mais il se trompe d'étage et fait irruption chez une Mme du Chayla[143]. Il racontera à sa fille un peu plus tard[143] : « *J'allais l'embrasser, et, la prenant pour vous, lui demander par quel hasard vous étiez encore à Paris ; lorsque je me trouve presque entre les bras d'une femme que je ne connais pas et qui ne me connaît pas davantage, tous les deux également surpris. Cette femme, c'était Madame du Chayla qui se rassura en apprenant mon nom, me fit mille politesses*[143]... »

Il se tourmente encore pendant toute la durée de l'absence de sa fille et lui écrit à Langres, le 28 : « *Ma fille, tu aurais bien pu m'épargner trois jours d'inquiétude, si vous aviez pensé, l'un ou l'autre, à m'écrire en même temps qu'à La Charmotte* [Caroillon de Charmotte, le frère d'Abel Caroillon de Vandeul] *qui savait dès le jeudi que vous vous portiez tous bien, et qui ne m'en a donné la nouvelle que le samedi* [le 24 juin]. »[143]

Le 28 juillet, il écrit encore à sa fille, toujours dans sa belle-famille : « *Je ne sais, mon enfant, si tu as grand plaisir à me lire, mais tu n'ignores pas que c'est un supplice pour moi que d'écrire ; et cela ne t'empêche pas d'exiger encore une de mes lettres*[143]. » Il lui parle de son goût nouveau pour le roman mettant pour la première fois *Jacques le*

Fataliste, paru dans la *Correspondance littéraire*, au même niveau que les grands chefs-d'œuvre : « *J'avais toujours traité les romans comme des productions assez frivoles ; j'ai enfin découvert qu'ils étaient bons pour les vapeurs ; j'en indiquerai la recette à Tronchin, la première fois que je le verrai.* Recipe : *huit à dix pages du* Roman comique *; quatre chapitres de* Don Quichotte *; un paragraphe bien choisi de Rabelais ; faites infuser le tout dans une quantité raisonnable de* Jacques le Fataliste *ou de* Manon Lescaut, *et variez ces drogues comme on varie les plantes*[143]. » Il ajoute : « *J'ai recueilli presque tous mes ouvrages*[143]. »

En août, Angélique rentre à Paris et Denis lui demande de venir le voir sur-le-champ, en se prétendant souffrant : « *Ma fille, venez me voir, si vous en avez la facilité.* [...] *Si vous ne pouvez pas venir, écrivez-moi par le porteur, si j'irai dîner avec vous ou me coucher. Je ferai celui des deux que vous me prescrirez*[143]. »

Il s'inquiète bien à tort, comme habité par une peur nouvelle, pour l'état de ses propres finances, et réclame à Sedaine le paiement d'une dette minuscule au regard de sa fortune : « *Je travaille à une édition complète de mes ouvrages. J'ai quatre copistes qui me coûtent près de 120 livres par mois. Je suis épuisé, et je vous supplie de venir à mon secours. Vous me devez 349 livres. Si vous pouvez me les rendre sans vous gêner, tant mieux ; s'il faut que vous vous gêniez, gênez-vous. Je pars samedi pour la campagne d'où je ne reviendrai que le lendemain de la Saint-Martin. Faites pour moi ce que je ne manquerais pas de faire pour vous. Si vous ne trouvez pas cette somme dans votre bourse, cherchez-la dans celle de vos amis. Je suis las de m'adresser à mes enfants ; et je ne veux plus m'endetter avec eux. Il est dur de demander de l'argent à ceux qui sont dans le cas d'en donner et d'en chercher tous les jours*[143]. »

Le 19 octobre, à Yorktown, les coalisés font capituler le général anglais, Cornwallis ce qui décide de la victoire des insurgés. Les États-Unis semblent stabilisés.

En Europe, les peuples affamés grondent. La guerre menace partout sur le continent. Les armateurs, suivis par les meilleurs financiers hollandais, quittent les Provinces-Unies pour Londres, devenue la ville la plus sûre et la plus dynamique.

L'éditeur Panckoucke, avec qui Diderot a refusé de travailler avant de partir en Russie, annonce le lancement à Paris d'une nouvelle *Encyclopédie* dite « *méthodique* » en quarante-neuf volumes, subdivisée en vingt-six dictionnaires, un par sujet, comprenant tout l'éventail des réalisations humaines. Un index intitulé « Vocabulaire universel » précéderait la compilation. Le financement en est assuré par souscription auprès d'aristocrates fortunés. Plus d'un millier d'auteurs spécialisés dans les différentes matières travailleront pendant cinq ans à cette encyclopédie qui comptera finalement 210 tomes, dont 53 de planches[136]. Parmi eux, des savants de tout premier plan.

En relisant ses manuscrits pour son projet d'édition de ses œuvres complètes, Denis modifie sa *Lettre sur les aveugles.* Il y ajoute l'histoire de la jeune Mélanie de Salignac, nièce aveugle de Sophie Volland, morte à vingt-deux ans en 1766[549]. Il fait paraître une deuxième édition de son texte sur Sénèque sous le titre *Essai sur les règnes de Claude et de Néron et sur les mœurs et les écrits de Sénèque pour servir d'introduction à la lecture de ce philosophe*[145], qui porte Londres comme lieu d'édition – en fait publié à Bouillon sans autorisation[549].

Il écrit en préface un texte révélateur : « *Je m'étais promis de ne plus rien publier de ce que j'écrirais : non que j'eusse pris en dédain la considération qu'on obtient par des succès littéraires ; mais nos critiques sont si amers, le public est si difficile, et l'on a reçu avec une indifférence si propre à décourager, des ouvrages que je me glorifierais d'avoir faits, qu'il n'y avait guère qu'un sujet aussi intéressant pour une âme honnête et sensible, la défense d'un sage, qui pût me distraire de la sévérité de nos juges, de la satiété de nos lecteurs, de la médiocrité de mon talent et de la sagesse de mon projet. Je m'attendais à des critiques et à des injures ; mon attente n'a point été trompée*[145]. »

Sa santé se dégrade. Fatigue. Douleurs au ventre. Il est sans cesse avec Mme d'Épinay, mourante. Il corrige encore *Le Neveu de Rameau*[156], dont personne n'a encore entendu parler. Ce dialogue avec lui-même, entretenu depuis vingt ans.

Entre août et novembre, il laisse reproduire *Le Rêve de d'Alembert* – sans la partie érotique finale – dans la *Correspondance littéraire*[507], et le prince Auguste de Saxe-Gotha, frère du duc Ernest, en fait copie pour ses amis de Weimar.

Cette année-là, Choderlos de Laclos s'inspire peut-être de *Jacques le Fataliste*[156], qu'il peut avoir connu par la *Correspondance littéraire*, pour ses *Liaisons dangereuses*[297], roman épistolaire si proche de l'épisode de Mme de la Pommeraye. Et, à mon sens, d'une bien moindre valeur littéraire…

Mort des uns et des autres

En 1783, William Pitt le Jeune, fils du Premier ministre du même nom, devient à son tour Premier ministre à vingt-quatre ans. À Versailles, un traité clôt la guerre d'Indépendance des États-Unis d'Amérique : l'Angleterre reconnaît l'indépendance des treize colonies confédérées ; la France se fait confirmer la possession des comptoirs de l'Inde, du Sénégal et de Saint-Pierre-et-Miquelon ; l'Espagne recouvre Minorque et la Floride.

Grande tristesse : Mme d'Épinay meurt à 57 ans d'un cancer le 15 avril, rue de la Chaussée-d'Antin, dans des souffrances abominables qu'elle soignait à l'opium ; Grimm se tient auprès d'elle, de même que Mme d'Houdetot, sa belle-sœur. Grimm promet à la mourante de s'occuper d'Émilie, sa petite-fille, et de la marier du mieux possible[475]. Il obtiendra pour elle, par Catherine II, une place dans un couvent et de financer ses études[475].

À l'automne, d'Alembert va très mal et Diderot est atteint d'un œdème pulmonaire. Les deux hommes ne se voient plus depuis longtemps. Meister écrit dans la *Correspondance littéraire* : « *Nous sommes sur le point de perdre MM. d'Alembert et Diderot, le premier d'un marasme joint à une maladie de vessie ; le second, d'une hydropisie*[235]. »

Le 29 octobre 1783, d'Alembert, qui a révolutionné les mathématiques, en particulier le calcul différentiel et intégral, succombe, à l'âge de 66 ans, après avoir refusé les derniers sacrements[549]. Le curé de la paroisse dont il dépend, Saint-Germain-l'Auxerrois, refuse qu'il soit enterré dans l'église[549]. L'Église veut empêcher son inhumation, en vain : il est protégé par son statut d'académicien[549]. Et l'archevêque de Paris permet qu'il soit enterré en terre sainte afin d'éviter le scandale de la mort de Voltaire[91]. Il est inhumé au cimetière des Porcherons[26].

Diderot ne quitte plus sa chambre. Il met de l'ordre dans ses textes et travaille avec Naigeon et les copistes à établir non plus deux mais trois copies de ses œuvres : une pour Catherine II, une pour Naigeon, une pour sa fille, qui veut aussi en rester maître, inquiète de la publication de ces textes.

Au même moment, Kant répond à une question du *Berlinische Monatschrift* : « *Was ist Aufklärung* ? » (« Qu'est-ce que les Lumières[288] ? ») *:* « *La sortie de l'homme hors de l'état de minorité, où il se maintient par sa propre faute* [...]. Sapere aude ! *Aie le courage de*

te servir de ton propre entendement. Voilà la devise des Lumières[288] *!* »
Les « Lumières » commencent à être ainsi nommées à leur fin.

Le 19 février 1784, il crache du sang et s'attend à mourir rapidement. On le saigne à trois reprises dans la journée[518].

Trois jours plus tard, Sophie Volland meurt à soixante-huit ans, sans doute à son domicile de la rue Montmartre, léguant à « M. Diderot » une édition reliée des *Essais* de Montaigne, et une bague[549]. Il semble qu'on tente de cacher la nouvelle à Denis, mais il l'apprend, car, selon Angélique de Vandeul qui rapporte le fait dans un mémoire rédigé quelques mois plus tard, son père se console de sa mort[518] « *par la certitude de ne pas lui survivre longtemps*[518] ». Selon une source peu fiable (le mari d'Angélique), Mme de Vandeul lègue les lettres de Denis à « *une de ses amies qui en a fait le sacrifice* » à Angélique[153]. Jeanne de Maux est peut-être morte elle aussi. En tout cas, on n'a jamais retrouvé la date ni le lieu de sa disparition[524].

Toinette écrit à Didier pour qu'il vienne voir son frère. Le chanoine refuse.

Quatre jours plus tard, Denis pense être victime d'une apoplexie[518]. Il dit adieu à sa fille et à sa femme[518]. Il délire pendant trois jours, traduit du latin et du grec, comme dans son enfance, puis se rétablit[518]. Son médecin, M. Maloet, est convaincu qu'il est condamné ; ses jambes enflent[518]. Denis fait appeler M. Bacher, un praticien alsacien, qui lui administre quelques pilules de sa fabrication[518].

À la demande de Toinette, le curé de Saint-Sulpice, l'abbé de Tersac, qui avait refusé qu'une sépulture chrétienne soit accordée à Voltaire, vient deux fois par semaine visiter Denis et lui suggère de publier une rétractation de ses œuvres[549]. Denis, très faible, refuse aimablement : « *Convenez que je ferais un impudent mensonge*[518]. »

Le 15 mars 1784, on lui cache le décès, à dix ans, de sa petite-fille, Marie-Anne, dite Minette, née pendant son voyage à Saint-Pétersbourg et qu'il aimait tant[549].

Au même moment, à la suite d'une intervention du bailli de Suffren, l'abbé Raynal est autorisé à revenir en France, mais pas à Paris[203].

L'hiver très rude ayant aggravé les charges de l'État et la misère du peuple, des révoltes ont lieu partout dans le pays. Claude Nicolas Ledoux édifie à partir du printemps 1784 autour de Paris une barrière d'octroi, l'enceinte des Fermiers généraux, pour protéger la ville. Beaumarchais en dira : « *Le mur murant Paris rend Paris murmurant.* » Le même Beaumarchais fait jouer alors *Le Mariage de Figaro* à l'Odéon avec grand succès.

Mort de Denis Diderot

Le 1er juin, Catherine II, prévenue par Grimm de l'état de santé de Diderot, lui loue un appartement au rez-de-chaussée, dans l'hôtel de Bezons, 39 rue Richelieu, près du Palais-Royal, qu'il aimait tant dans sa jeunesse, pour lui épargner la montée des quatre étages de l'immeuble de la rue Taranne[549].

Le 19 juillet on le transporte dans ce nouvel appartement avec ses milliers de livres et de manuscrits[507]. Il est persuadé de sa fin prochaine. Onze jours plus tard, on lui livre un lit plus confortable. Aux ouvriers qui l'installent, il dit : « *Mes amis, vous prenez là bien de la peine pour un meuble qui ne servira pas quatre jours*[518]. » Il reçoit ses amis, parle philosophie, énonce cette maxime : « *Le premier pas vers la philosophie, c'est l'incrédulité*[518]. »

Il parle avec Naigeon de ses œuvres, dont aucune, parmi les plus importantes, n'est encore parue : ni *Le Neveu de Rameau*[156], dont personne ne connaît l'existence, ni *Jacques le Fataliste*[156], dont la *Correspondance littéraire* a publié une version inachevée. Il se meurt sans espoir de les voir paraître. Il redemande à Naigeon de les publier, mais sans lui parler du *Neveu de Rameau*[156], qu'il n'a pas fait copier et dont le seul exemplaire est maintenant entre les mains d'Angélique. Il en a juste donné une copie, qu'il a fait faire lui-même, à Grimm.

Le samedi 31 juillet 1784, autour de midi, il se lève, bavarde avec sa femme, sa fille, son gendre, des frères de son gendre, Naigeon, le copiste Michel, Cochin et son médecin[518]. D'Holbach est venu le voir un peu plus tôt dans la matinée[524]. Grimm n'est pas là : il est alors en voyage à Lyon, où il tente de se procurer des soieries pour Catherine II[475].

Denis mange une soupe et du mouton bouilli. Il veut prendre un abricot. Sa femme tente de l'en empêcher[518]. Il grogne : « *Mais quel diable de mal veux-tu que cela me fasse*[518] ? » Il le mange, tousse et meurt.

Il est autopsié, à sa demande, par trois médecins, dont le docteur Bacher qui l'avait soigné[549] : « *foie durci, vésicule biliaire encombrée de vingt et une pierres, cœur deux tiers plus gros que la normale, eau dans les poumons ; le cerveau ne présente aucune lésion*[518] ».

Comme Diderot est mort rue de Richelieu, c'est le curé de l'église Saint-Roch, Marduel, qui est chargé de ses obsèques. Il accepte que lui soit donnée une sépulture chrétienne, contre versement d'une somme de 1800 livres pour le « convoi[549] »…. La cérémonie a lieu le 1er août dans la chapelle de la Vierge de l'église où Falconet avait sculpté une « gloire » sur le modèle de celle de Saint-Pierre de Rome[549]. Il y rejoint Corneille, Le Nôtre, Duguay-Trouin, Helvétius et Mme Geoffrin ; d'Holbach y sera inhumé aussi[549].

Extrait du registre paroissial de l'église Saint-Roch[335] : « *L'an 1784, le 1er août, a été inhumé dans cette église M. Denis Diderot, des académies de Berlin, Stockholm et Saint-Pétersbourg, bibliothécaire de Sa Majesté Impériale Catherine seconde, impératrice de Russie, âgé de 71 ans, décédé hier, époux de dame Anne-Antoinette Champion, rue de Richelieu, de cette paroisse présents : M. Abel-François-Nicolas Caroillon de Vandeul, écuyer, trésorier de France, son gendre, rue de Bourbon, paroisse Saint-Sulpice ; M. Claude Caroillon Destillières, écuyer, fermier général de Monsieur, frère du Roi, rue de Ménard, de cette paroisse ; M. Denis Caroillon de la Charmotte, écuyer, directeur des domaines du Roi, sud. rue de Ménard, et M. Nicolas-Joseph Philpin de Piépape, chevalier, conseiller d'État, lieutenant général honoraire au bailliage de Langres, rue Traversière, qui ont signé avec nous, curé : Caroillon de Vandeul, Caroillon Destillières, Naigeon, Cochin, Caroillon de la Charmotte, Michel…, Marduel, curé*[156]. »

Son frère, qui a refusé de venir le voir dans ses derniers jours, n'assistera pas à ses obsèques. Tout au plus dira-t-il régulièrement des messes pendant un an[518].

Quelques jours plus tard, les abonnés à la *Correspondance littéraire* reçoivent de Grimm le message suivant : « *Tous les manuscrits de M. Diderot sont restés entre les mains de sa veuve. Nous ignorons encore s'il a fait quelque disposition à cet égard, mais il est plusieurs de ses ouvrages dont son amitié avait bien voulu nous confier la première minute. Ce dépôt nous est d'autant plus précieux que nous ne nous permettrons jamais d'en faire un autre usage que celui que nous en avons fait jusqu'ici, de son aveu, dans ces feuilles auxquelles il n'avait cessé de prendre un intérêt que tous nos efforts ne sauraient suppléer, et qui suffirait seul pour nous laisser d'éternels regrets, quand nous partagerions moins vivement tous ceux dont la perte de cet homme célèbre afflige les lettres, la philosophie et l'amitié*[235]. »

Naturellement, Melchior ne tiendra pas cette promesse et s'empressera de vendre au plus offrant certains de ces manuscrits. Comme si ce message n'était là que pour interdire à d'autres de publier, enfin, toute l'œuvre de Diderot.

Chapitre 12

Une bombe à retardement
1784-2013

L'état du monde peut, à tout instant, se résumer aux conséquences des actes de ceux qui y vécurent, et nous ne sommes rien d'autre, en fin de compte, que celles de nos propres actes. En particulier, l'œuvre d'un écrivain n'est pas dissociable des effets de ses livres ; pour Diderot, l'essentiel de ces effets reste à venir.

À sa mort, l'essentiel de son œuvre est encore inconnue, dispersée. Non seulement impubliée, mais encore non répertoriée. La façon dont elle surgit ensuite peu à peu, d'abord caricaturée, puis reconnue et admirée, encore à découvrir, révèle une des plus extraordinaires aventures de l'esprit humain.

Dans la plupart des cas, un philosophe, un écrivain, un musicien, un artiste dont on apprécie l'œuvre aujourd'hui était déjà connu de son vivant. Son travail pâtit parfois d'une période de purgatoire après sa mort, puis il revient – ou ne revient pas – sur le devant de la scène. Si des exceptions remarquables existent, il est assez rare qu'un auteur ou un artiste qui n'a pas exercé d'influence de son vivant, ou qui y était inconnu, réussisse à en avoir après. Plus rare encore le cas d'un créateur qui n'aurait pas même été connu de son temps et qui réussit à l'être après. C'est sans doute celui de Giordano Bruno, qu'on redécouvre aujourd'hui, ou de peintres maudits comme Van Gogh, voire d'écrivains sans lecteurs, comme Stendhal ou Lautréamont, dont le rayonnement et l'influence ne se sont fait sentir qu'après leur disparition.

Diderot, lui, s'il n'est pas vraiment inconnu à sa mort, est pratiquement impublié. Certes, il a dirigé l'*Encyclopédie*[189], qu'ont achetée environ trente mille personnes très influentes en Europe. On ne connaît sous sa signature que quelques ouvrages sulfureux, comme *Les Bijoux indiscrets*[156], des pages charmantes comme celles sur sa *Vieille Robe de chambre*[156], deux pièces de théâtre passées de mode comme *Le Père de famille*[156], des textes d'une grande puissance mais vite interdits comme *La Promenade du sceptique*[156] ou *De l'interprétation de la nature*[156]. Et encore le texte d'une grande profondeur, passé inaperçu, sur Sénèque[144]. Il n'a rien fait – au contraire – pour publier le reste.

Juste après sa mort, tout est fait pour écraser son œuvre et sa renommée sous le poids de celles de deux géants, Voltaire et Rousseau, qui, eux, ont accepté de quitter la France pour être publiés et vivre ailleurs ; sans trop de risques pour Voltaire, dans tous les dangers pour Rousseau.

Plus encore, à partir de 1789, Diderot sera considéré par les maîtres de la Révolution comme un ennemi, parce qu'il est foncièrement athée. Puis, quand la contre-Révolution reprendra le pouvoir, il sera dénoncé comme un des responsables de la Terreur pour avoir fait, dit-on, l'apologie de l'assassinat du monarque. Quand la République s'installera enfin, vers la fin du XIXe siècle, il sera surtout perçu et invoqué comme un défenseur de la laïcité, sans qu'on connaisse davantage ou fasse connaître son œuvre. Il faudra que resurgissent, peu à peu, des textes de lui, d'un peu partout, presque par hasard, pour qu'on découvre, outre le dernier homme capable d'avoir rassemblé tout le savoir de son temps, un immense écrivain et un formidable penseur ; grâce à des textes stupéfiants qui, publiés à son époque, lui auraient valu la prison, la mort ou, à tout le moins, l'exil. Et qui nous aident aujourd'hui immensément à réfléchir.

Il faudra attendre longtemps encore pour qu'on lui attribue des concepts-clés dont il a été l'initiateur, comme le devoir d'indignation ou l'empathie dans la relation avec autrui ; pour lui savoir gré d'avoir jeté des ponts entre des domaines encore barricadés, d'avoir émis des intuitions majeures sur la géopolitique, la composition de la matière, l'hérédité, la théorie de l'évolution, la biologie, ainsi qu'en neurologie.

Car ce supposé matérialiste dénonçait les risques d'une société fondée exclusivement sur l'argent. Ce puits de science faisait profession d'ignorance. Ce démocrate savait que toute révolution risque de dégénérer en dictature. Cet ennemi de Dieu n'était pas sans en attendre quelque secours. Ce séducteur de toutes les femmes n'était pas sans vouloir avant tout en recevoir et leur donner de l'amour. Ce combattant par le verbe était l'homme le plus doux de la terre, au point de se contraindre au silence ou du moins de n'écrire que pour lui-même quand il sentait que ses mots pouvaient blesser. Cet homme du livre savait que rien ne vaut une bonne conversation. Ce génie du partage avait compris qu'il n'y a pas plus grand bonheur que de penser pour soi, dans des dialogues imaginaires, en débusquant ses propres contradictions et en inventant au passage la dialectique pour en faire le ressort de son écriture. Suivons alors le sort de ses compagnons et de ses manuscrits, dont certains, on va le voir, ne furent découverts et publiés que très récemment.

*
* *

En cette année 1784, la Chine, sur laquelle l'empereur Qianlong règne depuis cinquante ans, se ferme de plus en plus aux influences étrangères, ce qui accélère son déclin ; une récession économique majeure y entraîne de surcroît une hausse considérable des taxes et la paupérisation des campagnes.

La Grande-Bretagne apparaît comme la nouvelle superpuissance européenne, avec une population à peine égale au tiers de celle de la France et au double de celle des Provinces-Unies ; elle s'est désormais dotée d'une marine de guerre égale à celle de la France. Le 30 mai 1784, le nouveau Premier ministre de Sa Majesté, William Pitt le Jeune, signe un traité de paix avec les Provinces-Unies et place, le 13 août, les acquisitions indiennes de la Couronne sous contrôle du Parlement.

Une nouvelle classe dirigeante, la *gentry*, noblesse sans terre, s'appuie sur une vieille innovation technique d'un Français, Denis Papin, faite avant même la naissance de Diderot : la machine à vapeur, que l'abondance des forêts françaises et donc du bois a fait négliger à Paris, comme elle l'avait été dans l'*Encyclopédie*. Brevetée par l'Anglais James Watt, elle permet aux Anglais d'extraire le charbon de leur sol et d'alimenter de nouvelles machines à tisser inventées au même moment par un autre Anglais, Edmund Cartwright. Par ailleurs, s'appuyant sur les perfectionnements de la fonte au coke, l'Anglais Henry Cort dépose un brevet qui permet d'optimiser la production d'un fer dit *fer puddlé*, doté de caractéristiques bien supérieures à celles de la fonte. Toutes inventions initialement françaises, mais négligées dans leur pays.

Cette même année, la France négocie avec la Grande-Bretagne un traité de commerce abaissant les droits anglais sur les vins et spiritueux français et les droits français sur les produits industriels d'outre-Manche. Troc inégal, symbolique de la dépendance croissante de la France à l'égard de la nouvelle richesse britannique.

Testament

Au lendemain de la mort de Denis en juillet 1784, on ne trouve pas de testament. Ses recommandations, formulées au moment de son départ en Russie, sont alors considérées comme exprimant ses dernières volontés ; elles font de sa femme et de sa fille les légataires universelles de ses biens, et de Naigeon le gestionnaire de ses œuvres : il restera chargé, comme il l'était du vivant de Denis, d'en préparer la publication, du moins pour celles que celui-ci avait souhaité voir rendues publiques. Et que sa fille et sa femme, propriétaires des œuvres, accepteraient de vendre.

Toinette reste d'abord dans l'appartement de la rue de Richelieu[518]. Puis, craignant de ne pouvoir en assumer le loyer, elle songe à déménager. Mais Catherine II la fait rassurer par Grimm ; la tsarine continuera de financer son logement, même après son changement de domicile[518].

Angélique n'est pas à plaindre : l'héritage que lui laisse son père est substantiel : plus de 100 000 écus, soit plus d'un million d'euros d'aujourd'hui. En l'absence de droits d'auteur, la famille ne peut escompter tirer des revenus que de la vente, encore improbable, d'inédits à des libraires. Mais Angélique ne se précipite pas pour les céder. D'abord parce qu'elle est riche ; ensuite et surtout parce que les œuvres de son père sont si subversives que leur publication risquerait de nuire à la carrière de son mari, Abel, trésorier de France détenteur de monopoles royaux et industriel, en cette période où l'administration royale est plus méfiante et vétilleuse que jamais.

Son oncle Didier, qui n'est pas venu voir Denis agonisant ni assister à ses obsèques, demande à Angélique qu'elle lui envoie tous les manuscrits pour les brûler[518]. Elle refuse, et l'abbé ne consent qu'à dire la messe une fois par semaine, pendant un an, pour le salut de l'âme de son frère[518].

La chasse aux manuscrits

Au lendemain des obsèques de Denis, Naigeon s'évertue à récupérer partout les manuscrits dont Denis lui a parlé et dont il ne dispose pas encore, malgré tous les efforts déployés depuis le retour de Russie de Denis. Il devine qu'il n'en a pas encore la moitié. L'impératrice russe, de son côté, réclame la bibliothèque de Diderot, qui part pour Pétersbourg. Elle exige aussi les manuscrits. Naigeon demande à prendre le temps de les retrouver, de les classer et, surtout, de finir de les copier.

Il en cherche dans la *Correspondance littéraire*, chez Angélique, chez Toinette, chez les libraires, chez Grimm, chez Meister – partout. Mais la tâche est difficile. Les copies auxquelles s'emploient Gribal, puis Michel et d'autres, ne sont pas terminées[523]. Grimm n'a pas gardé copie de tout ce qu'il a fait retranscrire dans la *Correspondance littéraire.* Quant à Angélique, malgré la lettre de son père, elle n'a pas très envie de se dessaisir de ses manuscrits, en particulier des lettres, et des notes si subversives glissées dans les deuxième et troisième versions de l'*Histoire des deux Indes*[436] de Raynal. Elle prétend ne plus avoir en sa possession les lettres de Sophie que Denis avait pourtant récupérées (ou que, selon une autre source[153], une amie de Sophie aurait remises à sa mort à Angelique) ni aucun des manuscrits qui dormaient depuis des années rue Taranne. Elle envoie à Naigeon quelques notes déjà publiées, mais rien de nouveau. Pas *Jacques le Fataliste*[156], dont nul ne possède le manuscrit complet et dont Grimm ne détient même plus le manuscrit de la version parue dans la *Correspondance littéraire.* Quant au *Neveu de Rameau*[156] ou aux *Observations sur le Nakaz*[155], nul n'en connaît alors l'existence. Seule Angélique en a alors une copie, qu'elle rature et amende.

Angélique lit certains manuscrits, surtout les lettres, et en est parfois horrifiée. Il semble, dira son mari[506], qu'elle ait détruit toutes les premières lettres de Denis à Sophie, jugées par elle trop érotiques et qui pourraient, pense-t-elle, peiner sa mère. Il est établi aussi qu'elle les amende, d'une écriture heureusement reconnaissable, pour en supprimer les allusions les plus scabreuses, en particulier à l'homosexualité des sœurs Volland. À moins que Sophie ne se soit elle-même chargée d'une première censure[166]...

La colère de Catherine

En 1785, alors qu'éclate l'affaire dite du « collier de la reine » (une escroquerie qui ne fait qu'accroître l'impopularité de Marie-Antoinette, et qui traduit le retour, avec Cagliostro, d'un mysticisme mêlant religion et franc-maçonnerie), Malesherbes, alors en retrait, est chargé par le secrétaire d'État à la Maison du roi qui l'a remplacé, le baron de Breteuil, de réfléchir à nouveau, pour son compte et celui de Louis XVI, à la situation des protestants[138]. Il travaille, depuis son château de Malesherbes, à la rédaction d'un *Mémoire sur l'état des protestants en France*[333].

Pendant ce temps, Naigeon entreprend le plus facile : mettre au point les articles de l'*Encyclopédie* écrits par Denis. Puis il obtient d'Angélique les manuscrits corrigés des lettres à Sophie et à Falconet. Les copistes, dont les noms sont inconnus et que, on l'a dit, les spécialistes désignent sous des lettres en établissent deux jeux complets.

Meister, qui vient de perdre, avec Diderot, un grand pourvoyeur de textes gratuits pour la *Correspondance littéraire*, demande alors à Angélique de le remplacer pour la critique des Salons et de rédiger un texte sur son père. Elle écrit alors des *Mémoires pour servir à l'histoire de la vie et des ouvrages de Diderot*[518], bref texte cité ici, émouvant mais semé d'erreurs de dates et non exempt de partis pris.

À l'automne 1785, comme promis, les copies étant faites, Naigeon envoie à Catherine II un des deux exemplaires de la collection d'articles de l'*Encyclopédie* et de la correspondance avec Sophie et Falconet. Comme promis aussi, certains manuscrits que Denis n'avait pas souhaité voir publier y sont joints, ainsi que la copie, faite du vivant de Denis et à sa demande, d'un texte dont Angélique n'a pas retrouvé l'original, *Le Neveu de Rameau*[156]. Le manuscrit original, c'est Grimm qui le détient...

De fait, contrairement à la promesse faite aux lecteurs de la *Correspondance littéraire* au lendemain de la mort de Diderot, Grimm, jamais à court d'une idée pour faire de l'argent, vient prendre chez Angélique quelques manuscrits qu'il lui dit être dénués d'importance, et les vend à la tsarine : y figurent les *Observations sur le Nakaz*[155].

Recevant ainsi des mains de Grimm ces *Observations* très critiques, elle lui répond, furieuse de découvrir à retardement l'audace de son hôte disparu[506] : « *Je soutiens que mon Instruction a été non seulement bonne, mais même excellente et bien appliquée aux circonstances* [...]. *La critique est aisée, mais l'art est difficile, voilà ce qu'on peut dire en lisant les observations du philosophe qui toute sa vie, à ce qu'il paraît, était d'une prudence à vivre sous tutelle. Il faut qu'il ait composé cela après son retour d'ici, car jamais il ne m'en a parlé*[502]. »

Sa fureur aura une conséquence : quand ils arriveront, les manuscrits et les livres de Diderot envoyés par Naigeon seront abandonnés dans un coin de la bibliothèque d'État Saltykov-Chtchedrine, comme une punition *post mortem* pour son impertinence. Rien n'est classé, certains textes sont probablement perdus, alors que la bibliothèque de Voltaire, arrivée peu auparavant, est installée précieusement dans la bibliothèque personnelle de Catherine II, à l'Ermitage, à côté de son bureau.

Cette année-là encore, le cauchemar de Grimm devient réalité : circulent en Europe des copies pirates de plus en plus nombreuses de la *Correspondance littéraire*. C'est ainsi que le poète allemand Schiller prend connaissance, par l'intermédiaire du baron de Dalberg, abonné à la *Correspondance*, de l'épisode central de *Jacques le Fataliste*[156] (la vengeance d'une femme abandonnée, Mme de La Pommeraye, qui fait séduire son ancien amant par une prostituée), paru quelques années plus tôt, dans la *Correspondance*[369]. Il le traduit en allemand sous le titre *Vengeance de femme*, et le publie dans la revue littéraire qu'il vient de créer, la *Rheinische Thalia*[369]. C'est donc la première parution d'un extrait de *Jacques le Fataliste* et il voit le jour d'abord dans une traduction allemande, avant même l'original français paru seulement dans la *Correspondance littéraire*.

Naigeon, qui n'est pas au courant, harcèle Grimm pour qu'il lui remette tout ce qui a paru dans la *Correspondance littéraire*. Convaincu qu'il peut encore en faire de l'argent, Grimm fait le sourd et vend encore, sans les lire, de nouveaux manuscrits de Diderot à la cour de Russie. Il garde pour lui le manuscrit unique d'un texte alors totalement inconnu qui deviendra *Le Neveu de Rameau*[156].

L'*Encyclopédie* continue de circuler. Le 8 février 1786, Thomas Jefferson, à Paris depuis l'année précédente comme ambassadeur des États-Unis en France, écrit à James Madison, membre de la Chambre des représentants de l'État de Virginie : « *Je peux vous obtenir l'édition* in-folio *originale de l'*Encyclopédie *pour 620 livres les 35 volumes, une bonne édition, 39 volumes* in-quarto *pour 380 livres, et une bonne en 39 volumes* in-octavo *pour 280 livres. La nouvelle* [la « Méthodique », celle de Panckoucke] *sera supérieure pour la plupart des articles, mais pas pour tous. Et la possession de l'ancienne présente de plus l'avantage d'être disponible dès à présent. J'en ai acheté une pour moi, mais j'attends vos instructions en ce qui vous concerne*[122]. »

Madison, Franklin et Monroe opteront pour l'achat de celle de Panckoucke...

Vers les états généraux

À Paris, personne encore ne pense que, dans les trois ans, une révolution va emporter une monarchie millénaire. Et encore moins que, dans sept ans, on coupera la tête du roi, comme l'a prophétisé Diderot quatorze ans plus tôt.

En juin 1786, alors que meurt à Berlin Frédéric II, à Paris, Charles Alexandre de Calonne, devenu contrôleur général des Finances après Necker, relance les dépenses, mais la banqueroute menace et il change de pied : en août, il propose la création d'un impôt en nature sur toutes les propriétés foncières, la liberté du commerce des grains et, pour contourner l'opposition des grands seigneurs, la création d'une « Assemblée consultative » composée de propriétaires fonciers, sans distinction d'ordres.

En février 1787, cette Assemblée consultative se réunit à Versailles. Elle est composée de 147 notables (princes du sang, archevêques, évêques, ducs et pairs, maréchaux, intendants parlementaires, députés des pays d'états, représentants des bourgeois des plus grandes villes du royaume[528]). Mais, contrairement à ce qu'espérait Calonne, l'Assemblée a tôt fait de se retourner, elle aussi, contre son projet d'impôt. Calonne est renvoyé le 8 avril ; son successeur, l'archevêque de Sens, Loménie de Brienne, reprend pourtant l'essentiel de ses projets. Le roi, désireux de s'entourer de fidèles compétents, rappelle Malesherbes comme ministre d'État, membre du Conseil d'en-haut[138]. L'ancien directeur de la Librairie, qui a permis la publication de l'*Encyclopédie,* accepte.

Le 25 mai, devant l'opposition des notables à ses réformes, Louis XVI dissout l'Assemblée consultative, trop frondeuse à son goût. Le 17 juin, Brienne rétablit la structure par ordres des assemblées consultatives ; il y double la représentation du tiers état et leur abandonne le contrôle de la politique économique et fiscale.

Mais, en juillet, le parlement de Paris, constatant que ces assemblées vont renforcer le poids du tiers état, demande que l'impôt soit décidé par des états généraux où les nobles, le clergé et tous les éléments conservateurs, siégeant à part, pourront défendre au mieux leurs intérêts. En septembre, Brienne se range à leur avis et annonce, à l'encontre du tiers état, la convocation d'états généraux. Nul ne prévoit alors que cette décision aura le résultat exactement inverse de celui escompté par ses initiateurs.

Le 17 novembre, alors qu'est convoquée à Philadelphie une Convention constitutionnelle, Malesherbes, devenu membre du Conseil d'en-haut, réussissant là où Turgot a échoué, fait adopter l'« édit de Versailles » (également appelé « édit de Tolérance ») qui organise l'état civil des non-catholiques, amorçant par là un début de reconnaissance de la pluralité des confessions[138]. C'est, en somme, l'abrogation de l'abrogation de l'édit de Nantes.

Au même moment, Émilie de Belsunce, petite-fille de Mme d'Épinay, élevée par sa grand-mère et pour qui Grimm avait obtenu, à la mort de celle-ci, une place au couvent Saint-Antoine, à Paris, épouse un Français, le comte de Bueil[411]. Sa dot est constituée par l'impératrice de Russie, comme celle-ci l'avait promis à Grimm deux ans plus tôt (« *Quand Émilie ce mariera, donné-lui de ma part 12 000 roubles*[290] ») dans une lettre qu'elle avait à coup sûr écrite elle-même, si l'on en juge par l'orthographe…

Le 17 novembre, à Langres, ville encore à peine concernée par tous ces événements, meurt le chanoine de la cathédrale et grand archidiacre du diocèse, Didier Pierre Diderot. Il consacre son héritage à fonder des écoles catholiques de garçons à Langres et fait don pour cela à l'Église des deux immeubles hérités de son père pour le logement des maîtres et des élèves, ainsi que de deux cent quarante livres de rente pour leur aménagement. Angélique écrira plus tard à Meister : « *Il m'a privée de son héritage pour fonder une école chrétienne, et en cela il a fait une bonne action, car il est sûr que, mère de famille, je n'eusse pas employé à cet usage les cinquante mille écus qu'il y a consacrés*[517]. »

C'était sans compter que, bientôt, ces biens d'Église allaient être saisis…

*L'*Encyclopédie *aux états généraux*

Le 4 janvier 1788, le parlement de Paris évoque la liberté individuelle comme un droit naturel. Le 19 février, la « Société des amis des Noirs » contre l'esclavage est fondée par Brissot, Condorcet, La Fayette et Mirabeau. Le 1er mai, une déclaration royale abolit la « question préalable », c'est-à-dire la torture appliquée à un condamné à mort avant son exécution. Le 3, le parlement de Paris publie une Déclaration des lois fondamentales du royaume. Le 8, nouveau coup de barre réactionnaire du roi : Lamoignon, membre du Conseil d'en-haut (ou Conseil d'État depuis 1787), met en vacance les parlements.

Le 8, Brienne démissionne ; Necker est rappelé pour trouver des fonds. Malesherbes, qui estime qu'une véritable assemblée permanente, représentant la nation et non plus les trois ordres, serait nécessaire, démissionne moins de deux ans après être revenu aux affaires[138]. Il reste à Paris avec une de ses deux filles, Antoinette, le mari de celle-ci, Louis Le Peletier de Rosanbo, et leurs deux filles : Aline, qui a épousé Jean-Baptiste Chateaubriand, frère de François René, et Louise, qui a épousé le comte de Tocqueville dont elle a un fils, Alexis[138]. Son autre fille, Pauline de Malesherbes, qui a épousé un certain M. de Montboissier, vit alors en province sur le domaine de son époux[138].

Malesherbes adresse à Louis XVI, à l'été 1788, un texte qui annonce la Révolution[138] : « *Il n'est pas question d'apaiser une crise momentanée, mais d'éteindre une étincelle qui peut produire un grand incendie. Le roi trouvera peut-être que je me sers ici de ces grandes expressions si souvent employées dans les remontrances des cours qu'elles ne font plus aucune impression ; mais je le supplie de ne point regarder les termes dont je me sers comme une exagération : je ne me mets en avant pour lui dire de tristes vérités que parce que je vois un danger imminent dans la situation des affaires, que parce que je vois un orage qu'un jour la toute-puissance royale ne pourra calmer, et parce que des fautes de négligence ou de lenteur, qui ne seraient regardées que comme des fautes légères dans d'autres circonstances, peuvent être aujourd'hui des fautes irréparables qui répandront l'amertume sur toute la vie du Roi et précipiteront son Royaume dans des troubles dont personne ne peut prévoir la fin*[228]. »

À l'automne, Malesherbes avertit encore Louis XVI du sort qui pourrait l'attendre, le comparant à Charles Ier, roi d'Angleterre, lorsque se déclencha la révolution menée par Cromwell[138] : « *Vos positions se ressemblent. Le prince était doux, vertueux, attaché aux lois, point entreprenant, juste et bienfaisant ; cependant, il a péri sur l'échafaud*[138]. »

Les gens de l'*Encyclopédie* inspirent et animent alors ceux qui veulent le changement. En visite en Amérique, au Harvard College de Boston, celui qui deviendra le chef des Girondins, Brissot, alors secrétaire de Louis-Philippe d'Orléans et représentant de la Société des amis des Noirs, cherche l'appui des Américains pour mettre en œuvre les idées des Lumières en France ; il explique que « *le cœur d'un Français palpite quand il trouve les œuvres de Racine, de Montesquieu et l'*Encyclopédie[486] ».

En juillet, le roi invite les Français à rédiger des mémoires en vue des états généraux convoqués pour le 1er mai de l'année suivante. Le 5, la censure est abolie pour permettre de préparer librement cette réunion. Plus de Librairie, plus de privilège ni de permission tacite. Ce que Diderot avait attendu toute sa vie arrive quatre ans après sa mort.

En novembre, Mirabeau, La Fayette, Condorcet créent la Société des trente. La plupart ont moins de quarante ans et n'ont pas pris part à l'élaboration de l'*Encyclopédie*.

En janvier 1789, Sieyès, ami de Quesnay et de Condillac et que Diderot a sans doute rencontré, en appelle, dans *Qu'est-ce que le tiers état*[484] *?*, à l'esprit national contre l'aristocratie « apatride ».

Mort du baron d'Holbach

Le 21 janvier meurt à Paris, presque ruiné par les mariages de ses filles et les dépenses de son fils, le baron d'Holbach, un des derniers « grands » de l'*Encyclopédie*, dont il a signé plus de 400 articles tout en en rédigeant bien d'autres de manière anonyme[92]. Le 9 février, Naigeon publie dans le *Journal de Paris* une « Lettre sur la mort de M. le baron d'Holbach[487] » qui résume très bien l'esprit du temps, juste à la veille de la Révolution[487] : « *C'est à lui que l'on doit en grande partie les progrès rapides que l'Histoire naturelle et la Chimie ont faits il y a environ 30 ans parmi nous ; c'est lui qui en a inspiré le goût et même la passion, c'est lui qui a traduit les excellents ouvrages que les Allemands avaient publiés sur ces sciences presqu'ignorées alors, ou du moins très négligées ; et ces traductions sont enrichies d'excellentes notes, soit pour éclaircir, soit pour rectifier le texte.* […] *Il a eu pour amis les hommes les plus célèbres de ce siècle tels que MM. Helvétius, Diderot, d'Alembert, Condillac, Turgot, Buffon et Rousseau. Si, par l'effet nécessaire de la communication des Lumières, du choc des idées et des opinions, il s'est plusieurs fois instruit dans leur société, si elle a donné plus de force, plus d'étendue à son esprit naturellement si juste, si réfléchi, on peut dire avec autant de vérité qu'il n'y a pas un seul des hommes illustres que je viens de nommer à qui il n'ait appris beaucoup de choses utiles, et dont, sous plusieurs rapports, il n'ait agrandi et multiplié les idées*[487]. » Il ajoute un joli mot de d'Holbach sur Diderot : « *Comme Diderot prêtait facilement, et sans s'en apercevoir, son esprit, son imagination et ses connaissances à ceux avec lesquels il s'entretenait, et qu'il supposait à tous les hommes les principes de probité selon lesquels il se conduisait, M. d'Holbach lui disait : "Vous êtes l'homme le plus heureux que je connaisse ; vous n'avez jamais trouvé ni un sot, ni un fripon ; et vous n'avez jamais lu un mauvais livre, car à mesure que vous le lisez, vous le refaites*[487]*."* »

La *Correspondance littéraire* rend également hommage à d'Holbach en mars 1789 dans un article rédigé par Meister[235] : « *Je n'ai guère rencontré d'homme plus savant et plus universellement savant que M. d'Holbach, je n'en ai jamais vu qui le fût avec si peu d'ambition, même avec si peu de désir de le paraître*[235]. » Elle révèle les œuvres dont il est l'auteur : « *Il n'y a plus d'indiscrétion à dire qu'il est l'auteur du livre qui fit tant de bruit en Europe, il y a dix-huit ou vingt ans, du fameux* Système de la nature[235] », précisant que nombre de pages de cet ouvrage sont de Diderot[235]. La *Correspondance littéraire* rapporte enfin une phrase de ce dernier sur d'Holbach : « *"Quelque système que forge mon imagination, m'a dit plus d'une fois M. Diderot, je suis sûr que mon ami d'Holbach me trouve des faits et des autorités pour le justifier*[235]*."* » La *Correspondance littéraire* note enfin que « *sa maison fut longtemps un des plus doux hospices des initiés de l'*Encyclopédie*, et leur plus célèbre synagogue. Il est trop vrai qu'elle perdit un peu la faveur dont elle avait joui lorsque l'établissement de ses enfants eut forcé M. d'Holbach à restreindre la dépense de son cuisinier*[235]. »

Le baron est inhumé à l'église Saint-Roch, dans la même chapelle que Diderot[549].

Défense de Diderot à l'Assemblée constituante

Le 5 mai, alors que George Washington entre en fonction comme premier président des États-Unis, s'ouvrent à Versailles les états généraux. L'abbé Raynal, un des derniers survivants des encyclopédistes, encore officiellement interdit de séjour à Paris, met en avant son âge (soixante-seize ans) pour ne pas en être. Beaucoup y citent Rousseau, Voltaire et l'*Encyclopédie*, seule œuvre de Diderot qu'on connaisse alors. Schématiquement, les libéraux s'inspirent de Montesquieu ; les radicaux, dont Robespierre, s'inspirent de Rousseau. Personne, hormis Naigeon, qui n'est d'ailleurs pas membre des états généraux, ne fait alors l'éloge de Diderot ni ne se réclame de son matérialisme philosophique : même les pires adversaires de l'église, parmi les représentants envoyés aux états généraux, ne sont pas athées.

Nul ne connaît la lettre si prémonitoire de Denis à Sophie Volland, écrite vingt-sept ans plus tôt, à propos de l'*Encyclopédie*[67] : « *Cet ouvrage produira sûrement, avec le temps, une révolution dans les esprits, et j'espère que les tyrans, les oppresseurs, les fanatiques et les intolérants n'y gagneront pas. Nous aurons servi l'humanité ; mais il y aura longtemps que nous serons réduits dans une poussière froide et insensible lorsqu'on nous en saura quelque gré*[143]. »

À cette date, plus de 24 000 exemplaires de l'*Encyclopédie* circulent, dont au moins 11 500 ont atteint des lecteurs français, si on y inclut les in-folio de Paris, Genève, Lucques et Livourne, les in-quarto de Genève et Neuchâtel et les in-octavo de Lausanne et Berne[122].

Le 17 juin, l'assemblée du tiers état se déclare Assemblée nationale. L'*Apostrophe à un roi*[156] (qui avait été publiée dix ans plus tôt, à Genève, dans l'*Histoire des deux Indes*[436]), paraît cette fois à Paris, sans censure, sous un titre explicite et sous le nom de Raynal, alors à Paris : *Lettre de M. Guillaume Raynal à S.M. Louis XVI*[203]. Raynal, qui l'a modifié à sa façon, n'est pas inquiété.

Le 19 juin 1789, les députés du clergé votent leur réunion à l'Assemblée nationale. Le 20, c'est le serment du Jeu de paume. Le 23, les députés refusent d'obéir au roi et de se séparer. En juillet, l'Assemblée devient constituante. Necker, chassé du pouvoir le 11, y revient le 16 après la prise de la Bastille.

Grimm s'inquiète : il aimait bien les philosophes et les Lumières tant qu'ils servaient ses intérêts commerciaux et ne remettaient pas vraiment en cause l'ordre établi. Mais ce qui se prépare ne lui plaît guère. Il prévoit la banqueroute de la France, le règne des bandits, le despotisme ou l'anarchie. Mais, après tout, il n'est pas français. Il est diplomate allemand, baron autrichien et colonel russe. Il songe donc à partir ; puis, malade, repousse son départ et incite Meister à s'exiler[475]. Malesherbes, lui, séjourne tantôt à Paris, tantôt dans son château, avec sa fille Antoinette et sa petite-fille Aline[138].

Le 4 août marque la fin des privilèges de la noblesse et en partie celle de la « féodalité », suivie, le 26, de la proclamation d'une Déclaration des droits de l'homme et du citoyen qui reprend très largement les articles sur les droits parus dans l'*Encyclopédie.*

Ainsi, l'article 1er de la Déclaration (« *Les hommes naissent et demeurent libres et égaux en droits. Les distinctions sociales ne peuvent être fondées que sur l'utilité commune* ») résume l'article « Égalité » de l'*Encyclopédie* (écrit par le chevalier de Jaucourt et par Diderot), publié dans le tome 5 en 1755 (« *L'égalité naturelle ou morale est donc fondée sur la constitution de la nature humaine commune à tous les hommes, qui naissent, croissent, subsistent et meurent de la même manière* [...]. *Cependant, qu'on ne me fasse pas le tort de supposer que par un esprit de fanatisme, j'approuvasse dans un état cette chimère de l'égalité absolue, que peut à peine enfanter une république idéale ; je ne parle ici que de l'égalité naturelle des hommes ; je connais trop la nécessité des conditions différentes, des grades, des honneurs, des distinctions, des prérogatives, des subordinations qui doivent régner dans tous les gouvernements ; et j'ajoute même que l'égalité naturelle ou morale n'y est point opposée. Dans l'état de nature, les hommes naissent bien dans l'égalité, mais ils n'y sauraient rester ; la société la leur fait perdre, et ils ne redeviennent égaux que par les lois*[189] »).

En octobre, le roi et sa famille sont ramenés de Versailles à Paris. En novembre, les biens du clergé sont mis à disposition de la nation, y compris ceux laissés par Didier à l'évêché pour fonder des écoles chrétiennes.

En janvier de l'année suivante, 1790, à l'Assemblée le docteur Guillotin propose la décapitation comme mode d'exécution des peines capitales. En juin, la noblesse héréditaire est abolie.

À la mort de Benjamin Franklin, le 17 avril 1790 à Philadelphie, Condorcet, espérant qu'en retour l'Amérique va aider la Révolution française, écrit : « *Lorsque, par le progrès des Lumières, une véritable science eut remplacé les systèmes, et qu'une philosophie fondée sur la nature et sur l'observation eut succédé aux préjugés des écoles, les hommes éclairés de tous les pays commencèrent à ne former qu'un seul corps, dirigé par les mêmes principes et marchant vers un but unique* [...]. *Quelquefois, les Lumières descendaient du trône sur le peuple ; plus souvent, elles remontaient du peuple jusqu'au trône en effrayant dans leur passage ceux qui, placés entre eux, et profitant de leur ignorance et de leurs erreurs, auraient voulu les condamner l'un et l'autre à des ténèbres éternelles*[107]. »

En juillet, alors que se réunissent l'Assemblée constituante et des municipalités révolutionnaires, la situation économique empire et devient même catastrophique. Le 3 septembre, à la demande de Mirabeau, le roi renvoie Necker qui se refuse à faire imprimer des assignats.

Dans les débats, à l'Assemblée ou dans la presse, peu nombreux sont ceux qui font alors référence à Diderot, hormis Naigeon, qui gagne maintenant sa vie en travaillant pour l'*Encyclopédie méthodique* de Panckoucke et qui, dans une *Adresse à l'Assemblée nationale sur la liberté des opinions, sur celle de la presse, etc*[387]., s'appuie sur le *Supplément au Voyage de Bougainville*[156] pour remettre en cause la légitimité des prêtres[410] : « *Dans la Constitution* [...], *l'Assemblée nationale doit indiquer les moyens de rendre les prêtres utiles, ou du moins de les empêcher de nuire. Ce sont des espèces de bêtes féroces qu'il faut enchaîner et emmuseler lorsqu'on ne veut pas être dévoré*[387]. » Puis il remet en cause la propriété privée : « *L'idée d'un état social où l'on arriverait en partant de l'état sauvage, en passant par l'état policé, au sortir duquel on a l'expérience de la vanité des choses les plus importantes et où l'on conçoit enfin que l'espèce humaine sera malheureuse tant qu'il y aura des rois, des prêtres, des magistrats, des lois, un tien, un mien, les mots de vice et de vertu* [...] *est chimérique et impossible, au moins dans nos climats*[387]. »

En novembre 1790, dans l'esprit de ce que réclamait Naigeon, l'Assemblée décrète que les prêtres ont deux mois pour prêter serment à la Constitution sous peine d'être tenus pour démissionnaires. C'est là sans doute une des dernières mesures, dans le cours que va prendre la Révolution, que Diderot aurait approuvées, lui qui avait mis en garde toute révolution contre sa dérive autoritaire.

Les derniers encyclopédistes se divisent et se déchirent. L'abbé Morellet (qui a rédigé plusieurs articles de l'*Encyclopédie*, dont « Fatalité », « Foi » et « Gomaristes »), devenu prêtre « jureur », salarié par l'État, répond alors à Naigeon dans un *Préservatif contre un écrit intitulé Adresse à l'Assemblée nationale*[365], l'accusant de complicité tacite avec le radicalisme révolutionnaire.

Au même moment, le pape Pie VI condamne la Déclaration des droits de l'homme et du citoyen, « *droits si contraires à la religion et à la société*[476] ».

Diderot oublié

Les ennemis de Diderot et des encyclopédistes relèvent la tête. À Londres, Edmund Burke, oubliant la violence meurtrière de la Révolution anglaise, dénonce, dans ses *Réflexions sur la Révolution de France*[69], la dérive dictatoriale de celle-ci et en fait porter la responsabilité aux philosophes – au premier rang desquels Diderot –, dont il fait une description implacable, expliquant que c'est par frustration et arrivisme qu'ils se sont dressés contre le roi : « *Les écrivains, presque toujours préoccupés du besoin de primer, sont rarement ennemis des innovations. Depuis le déclin de la vie et de la grandeur de Louis XIV, ils avaient cessé d'être aussi recherchés, soit par lui-même, soit par le Régent, soit par leurs successeurs à la couronne* [...]. *Ils tâchèrent de se dédommager de ce qu'ils avaient perdu dans la protection de l'ancienne cour en se réunissant pour former entre eux une association puissante. L'union des deux académies de France, et ensuite la vaste entreprise de l'*Encyclopédie *dirigée par ces messieurs, ne contribuèrent pas peu au succès de leurs projets. La cabale littéraire avait formé, il y a quelques années, un plan régulier pour la destruction de la religion chrétienne ; ils poursuivaient leur but avec un zèle qui, jusqu'alors, ne s'était montré que dans les propagateurs de quelque système religieux. Ils étaient possédés jusqu'au degré le plus fanatique de l'esprit de prosélytisme, et par une progression facile, d'un esprit de persécution conforme à leurs vues.* [...] *Il était évident depuis longtemps, aux yeux de ceux qui avaient observé l'ardeur de leur conduite, que le pouvoir seul leur manquait pour transformer l'intolérance de leur langage et de leurs écrits en des persécutions qui frapperaient les propriétés, la liberté et la vie*[69]. »

La veuve de Fréron, qui a remplacé son mari à la tête de L'*Année littéraire et politique*, continue son combat contre Diderot ; elle dénonce Naigeon comme porte-parole[410] des poisons de la philosophie de Diderot, « *le panégyriste du meurtre d'Agrippine par Néron, son fils*[410] », croit-elle lire dans la *Vie de Sénèque*[156]. Pour elle, le matérialisme et l'anticléricalisme de Diderot vont conduire le pays au désastre.

Bien des gens changent de camp. Un ancien ami de Diderot, Louis-Sébastien Mercier, auteur prolifique de drames dans la ligne du drame bourgeois selon Diderot, connu pour son *Tableau de Paris*[351] et pour *L'An 2440, rêve s'il en fut jamais*[351], publie alors à Paris, chez Buisson, un recueil de citations de Voltaire, Rousseau, Diderot et de l'*Encyclopédie* sous le titre : *De J.-J. Rousseau considéré comme l'un des premiers auteurs de la Révolution*[350]. Antoine de Sartine, le successeur de Malesherbes à la direction de la Librairie, le tout-puissant maître de la police, émigre en Espagne.

En janvier 1791 meurt Étienne Falconet, devenu recteur de l'Académie de peinture et de sculpture. Inscrit au club des Jacobins, un jeune officier nommé Bonaparte participe à un concours de l'académie de Lyon qui a pour sujet : « *Quelles vérités et quels sentiments importe-t-il le plus d'inculquer aux hommes pour leur bonheur ?* » Il cite Rousseau et Raynal. Ce dernier est alors officiellement autorisé par l'Assemblée nationale à revenir de Marseille à Paris[203].

En avril meurt Mirabeau à 42 ans ; l'Assemblée nationale décide, sur la suggestion de Claude Emmanuel de Pastoret (procureur général syndic de Paris), reprenant une idée antérieure à la Révolution, d'utiliser une église (voulue par Louis XV pour abriter la châsse de sainte Geneviève, commencée par Soufflot, terminée par ses élèves et non encore consacrée) comme nécropole pour les hommes illustres ayant contribué à la grandeur de la France. Ce sera le Panthéon[397]. Pastoret a l'idée d'inscrire au fronton de l'édifice : « *Aux grands hommes, la Patrie reconnaissante* ». La première, l'*Encyclopédie* distinguait le « héros » comme un terme « *uniquement consacré qu'aux guerriers. [...] Le grand homme est bien autre chose ; il joint aux talents et au génie la plupart des vertus morales*[189] ». Le cercueil de Mirabeau est le premier à y être transporté.

Une première pétition du club des Cordeliers, qui réunit Marat, Danton, Hébert, Chaumette, réclame le renversement de la monarchie et l'instauration de la République.

Diderot retrouvé

À partir du 31 mai 1791, le nom de Diderot réapparaît dans les journaux et les discours. Raynal, qui avait tant espéré de la Révolution, le cite dans une adresse à la Constituante où il en dénonce les excès : « *J'ose depuis longtemps parler aux rois de leurs devoirs. Souffrez qu'aujourd'hui je parle au peuple de ses erreurs, et aux représentants du peuple des dangers qui nous menacent tous. Je suis, je vous l'avoue, profondément attristé des désordres et des crimes qui couvrent de deuil cet empire. Serait-il donc vrai qu'il fallût me rappeler avec effroi que je suis un de ceux qui, en éprouvant une indignation généreuse contre le pouvoir arbitraire, ont peut-être donné des armes à la licence ?* [...] *Mais non, jamais les conceptions hardies de la philosophie n'ont été présentées par nous comme la mesure rigoureuse des actes de législation. Vous ne pouvez nous attribuer sans erreur ce qui n'a pu résulter que d'une fausse interprétation de nos principes*[433]. »

Il dresse ensuite un sombre tableau de la « *véritable situation de la France*[433] » : « *Que vois-je autour de moi ? Des troubles religieux, des dissensions civiles, la consternation des uns, l'audace et l'emportement des autres, un gouvernement esclave de la tyrannie populaire, le sanctuaire des lois environné d'hommes effrénés qui veulent alternativement ou les dicter, ou les braver ; des soldats sans discipline, des chefs sans autorité, des magistrats sans courage, des ministres sans moyens, un roi, le premier ami de son peuple, plongé dans l'amertume, outragé, menacé, dépouillé de toute autorité, et la puissance publique n'existant plus que dans les clubs où des hommes ignorants et grossiers osent prononcer sur toutes les questions politiques*[433]. »

Robespierre, qui déteste l'athéisme de Raynal et de Diderot, mais qui a beaucoup apprécié l'*Histoire des deux Indes*[436], préfère mettre ces propos de Raynal au compte de son grand âge.

Le 21 juin, le roi fuit à Varennes, est reconnu, arrêté et ramené à Paris.

Le 11 juillet, *La Bouche de fer*, journal éphémère du prêtre révolutionnaire Claude Fauchet, publie les *Paroles familières de Diderot* et lui attribue la phrase : « *Quand le dernier roi sera pendu avec les boyaux du dernier prêtre (célibataire), le genre humain pourra espérer d'être heureux*[520]. » Cette citation du curé Meslier, mort alors que Diderot avait seize ans et qu'il avait reprise en 1772 dans un petit poème improvisé pour l'Épiphanie, *Les Eleuthéromanes*[150], en la modifiant un peu – « *Et ses mains ourdiraient les entrailles du prêtre / Au défaut d'un cordon pour étrangler les rois*[150] » –, ne cessera plus de lui être attribuée et reprochée.

Le lendemain 12 juillet, la dépouille de Voltaire est transférée au Panthéon, où elle rejoint celle de Mirabeau.

Cet été-là, Malesherbes part rejoindre sa fille Pauline et son époux, M. de Montboissier, qui seront exilés en Suisse. Ceux-ci le supplient de s'y installer. Il refuse : pas question d'émigrer[138] !

Au même moment, dans un écrit anonyme qui cite Diderot, Naigeon demande que le préambule de la Constitution en cours d'élaboration ne comporte aucune référence à Dieu ni à un « Être suprême », au grand dam de Robespierre. Et il publie dans l'*Encyclopédie méthodique* de Panckoucke, dont la réalisation se poursuit, le premier tome de la *Philosophie ancienne et moderne*[389], encyclopédie des philosophes et des théories philosophiques anciennes et modernes. Il y fait l'apologie de Diderot, qui écrivait, reconnaît-il « *à une époque où il risquait bien plus que quand j'écris ce dictionnaire* ». Le combat de Diderot contre l'obscurantisme et l'intolérance doit être réactivé, dit-il, « *surtout aujourd'hui que ce monstre lève sa tête hideuse*[410] ». Il publie 73 courts extraits de textes de Diderot sur différents sujets. On est encore loin de l'édition intégrale dont l'avait chargé Denis avant de mourir…

En août, la liberté est accordée à tous les artistes d'exposer au Salon. Trois fois plus de tableaux qu'en 1789 y sont montrés.

En septembre, la Constitution est adoptée par l'Assemblée et acceptée par le roi.

La fuite de Grimm

En août 1791, l'émigration devient un délit. En novembre, un décret enjoint aux émigrés de revenir avant la fin de l'année sous peine de la confiscation de leurs biens et de leur condamnation à mort par contumace.

Grimm fait alors quelques séjours subreptices en Allemagne (Francfort et Aix-la-Chapelle au cours de l'été, Coblence en septembre) ; il est de retour à Paris en octobre et prépare son départ définitif sans trop éveiller l'attention[475]. Il tient surtout à emporter les lettres de

Catherine II qui stipulent sa mission et garantissent ses revenus[475]. Il raconte : « *Je reviens à Paris en octobre 1791 non pour les brûler, mais pour les faire sortir de France. J'étais sans doute tenté de sauver en même temps bien des choses précieuses pour moi, mais les temps étaient déjà tellement difficiles qu'il était aisé de prévoir qu'au moindre déplacement d'effets, le premier ballot qui sortirait de ma maison serait arrêté, fouillé et peut-être pillé dans la rue sous prétexte d'une conspiration contre la liberté. J'étais déjà dénoncé dans les sections et dans les comités comme entretenant une correspondance très étroite avec l'impératrice, qu'on supposait très peu favorable aux principes de la Révolution ; je ne pouvais me flatter d'échapper aux effets de cette malveillance que par une extrême circonspection, une immobilité parfaite. J'abandonnai donc toute idée de remuement chez moi, et, à force de précautions, je réussis à faire sortir ce précieux dépôt clandestinement de chez moi, à lui faire dépasser la frontière de la France, et à le mettre, à l'insu de tout le monde, en sûreté en Allemagne*[475]. »

En février 1792, Grimm quitte Paris pour Bruxelles, laissant la plupart de ses manuscrits, ses livres, ses papiers, ses tableaux, lesquels sont saisis et mis sous séquestre[475]. Il emporte avec lui, parmi d'autres papiers, le manuscrit unique du *Neveu de Rameau*[156], dont nul n'a encore connaissance… Il abandonne Émilie, la petite-fille de Mme d'Épinay, dont il avait pourtant la garde. Elle est mariée et son époux doit trouver une façon de partir[475]…

Naigeon fait alors paraître le deuxième tome de sa *Philosophie ancienne et moderne*[389], comportant un article « Diderot » et de nouveaux inédits de celui-ci, dont l'addendum aux *Pensées philosophiques* rédigé dans les années 70 ; et il consacre un texte vengeur à Grimm, qu'il ne nomme pas, mais décrit comme « *un homme qui, autrefois, a cultivé les lettres sans les aimer, et qui, dès ce temps même, s'était lié avec Diderot pour en faire un instrument de sa fortune*[410]. »

Malesherbes, avocat du roi

La Terreur approche. Beaucoup s'exilent, s'ils peuvent encore, ou au moins partent à la campagne s'y faire oublier. Saint-Lambert se retire ainsi à Eaux-Bonnes avec Mme d'Houdetot. Naigeon, lui, reste à Paris.

En avril 1792, on utilise pour la première fois la guillotine (pour exécuter un condamné de droit commun). Comme l'avait prévu Necker, l'assignat a perdu un tiers de sa valeur initiale.

Le 20 avril, la France déclare la guerre à l'Autriche. Le 2 juin, Charles Delacroix, ancien secrétaire de Turgot et père – légal sinon biologique – du peintre, ami de Danton, propose de liquider le culte catholique et de remplacer les représentations des saints dans les églises par celles de Rousseau et de Franklin ; le député Jacob Dupont écrit, selon F. Aulard, une « *Glorification de la science comme religion*[23] ». Chez les Girondins et parmi une fraction de la Montagne réunie autour de Danton, on se réclame de l'*Encyclopédie*. Ainsi Condorcet écrit-il : « *La nature a indissolublement uni les progrès des Lumières et ceux de la liberté*[108]. » Dans l'esprit de ce que préconisa Denis à Catherine II sur l'Université, l'Assemblée législative demande à ce dernier de rédiger un projet de Comité d'instruction publique dans lequel les universités, catholiques, seraient supprimées et remplacées par des lycées laïcs.

Le 11 juillet, l'armée prussienne pénètre en Champagne ; la patrie est déclarée en danger. Le 10 août, le peuple attaque les Tuileries, le roi est arrêté et conduit à la prison du Temple. On annonce son procès.

Les départs s'accélèrent pour ceux qui peuvent encore filer. Meister part pour Londres y poursuivre la *Correspondance littéraire*. Les Prussiens assiègent Verdun, dernière place forte sur la route de Paris. Le roi en espère la fin prochaine de son cauchemar.

Le 20 septembre, les troupes françaises l'emportent à Valmy. Le même jour, avant de se séparer, l'Assemblée législative décrète la laïcisation de l'état civil et autorise le divorce.

Le lendemain, la Convention, en sa première séance, décide l'abolition de la monarchie. Le 22 est le premier jour de la République et du nouveau calendrier.

Au même moment, Robespierre mène campagne contre le projet de donner le nom d'Helvétius à une rue de Paris : celui-ci était athée ! Il n'est pas question de le célébrer, non plus que Diderot. L'« Incorruptible » a gain de cause et fait briser le buste du philosophe au club des Jacobins.

En octobre, les Autrichiens reculent face aux armées de Dumouriez. Ils lèvent le siège de Lille, évacuent Verdun, Longwy et Mayence. Au même moment, la Convention restitue à Raynal les pensions dont il avait été privé en 1781[203].

Malesherbes quitte alors son refuge suisse et revient en France pour proposer ses services au roi emprisonné[138]. Ses filles et ses petites-filles le supplient de n'en rien faire, mais il ne cède pas et les exhorte à rejoindre leur sœur et tante en Suisse. Elles refusent à leur tour de le laisser seul à Paris. Le roi ne veut pas de lui comme défenseur ; il lui préfère un avocat célèbre, Target, élu du tiers état, qui avait pris parti contre la réforme Maupeou, avait défendu le cardinal de Rohan dans l'affaire du « collier de la reine » et avait rédigé la constitution civile du clergé. Mais Target refuse d'assurer la défense du roi sous prétexte de son âge (cinquante-huit ans !) et de son état de santé.

Le 10 décembre s'ouvre le procès de Louis XVI devant la Convention. Le lendemain, Malesherbes demande à celle-ci l'autorisation de prendre la défense du souverain, et Louis XVI l'accepte comme l'un de ses défenseurs[138]. Tronchet et De Sèze se joignent alors à lui.

Voici comment Malesherbes, le grand ami de Diderot, sans qui l'*Encyclopédie* n'aurait pas vu le jour, qui a soutenu sa vie durant la liberté et le progrès des idées, raconte ces événements en demandant à prendre la défense du roi puis au lendemain du procès du roi : « *J'ai été appelé deux fois au Conseil de celui qui fut mon maître dans un temps que cette fonction était ambitionnée de tout le monde ; je lui dois le même service lorsque c'est une fonction que bien des gens jugent dangereuse*[138] [...] ». « *Dès que j'eus la permission d'entrer dans la chambre du roi, j'y courus : à peine m'eut-il aperçu qu'il quitta un Tacite ouvert devant lui sur une petite table ; il me serra entre ses bras, ses yeux devinrent humides, et il me dit : "Votre sacrifice est d'autant plus généreux que vous exposez votre vie, et que vous ne sauvez pas la mienne." Je lui représentai qu'il ne pouvait pas y avoir de danger pour moi, et qu'il était trop facile de le défendre victorieusement* [...]. *Ses conseils et moi, nous nous crûmes fondés à espérer sa déportation ; nous lui fîmes part de cette idée, nous l'appuyâmes : elle sembla adoucir ses peines ; il s'en occupa pendant plusieurs jours, mais la lecture des papiers publics la lui enleva, et il nous prouva qu'il fallait y renoncer* [...]. *Il me dit un matin : "Ma sœur m'a indiqué un bon prêtre qui n'a pas prêté serment et que son obscurité pourra soustraire dans la suite à la persécution : voici son adresse. Je vous prie d'aller chez lui, de lui parler et de le préparer à venir lorsqu'on m'aura accordé la permission de le voir*[332]*."* »

Puis, comme si remontaient brusquement à la surface quarante ans de non-dits, le souverain prisonnier dit à Malesherbes qu'il sait depuis longtemps que son ancien ministre et responsable de la censure sous le règne de son grand-père est du côté des Lumières : « *Il ajouta : "Voilà une commission bien étrange pour un philosophe ! Car je sais que vous l'êtes ; mais si vous souffriez autant que moi, et que vous dussiez mourir comme je vais le faire, je vous souhaiterais les mêmes sentiments de religion qui vous consoleraient bien plus que la philosophie*[332]*"*... »

Le roi est condamné à mort le 20 janvier par une voix de majorité et exécuté le lendemain, conformément à la prophétie de Diderot de 1774. Malesherbes raconte : « *Ce fut moi qui lui annonçai le premier le décret de mort : il était dans l'obscurité, le dos tourné à une lampe placée sur la cheminée, les coudes appuyés sur la table, le visage couvert de ses mains ; le bruit que je fis le tira de sa méditation ; il me fixa, se leva et me dit : "Depuis deux heures, je suis occupé à rechercher si, dans le cours de mon règne, j'ai pu mériter de mes sujets le plus léger reproche : eh bien, Monsieur de Malesherbes, je vous le jure dans toute la vérité de mon cœur, comme un homme qui va paraître devant Dieu, j'ai constamment voulu le bonheur du peuple, et jamais je n'ai formé un vœu qui lui fût contraire*[332]*."* »

Malesherbes se retire alors dans son château, dans le nord-est du Loiret, non loin de Fontainebleau et d'Étampes[138]. Il se prépare à agir encore et écrit au comte de Provence, frère du roi décapité et futur Louis XVIII : « *Je ne regarde pas ma mission comme finie tant que la Reine et Madame Élisabeth seront dans les fers. On parle parfois de mettre en justice ces deux augustes princesses ; si on se portait à ce nouveau crime, il leur faudrait un conseil et il n'est pas impossible qu'elles choisissent ceux qui ont rempli le même devoir auprès du roi*[138]. » Il se propose en effet pour défendre Marie-Antoinette, ce qui lui est refusé[138]. On le soupçonne de préparer le retour sur le trône du fils de Louis XVI, incarcéré à la prison du Temple.

La Terreur contre les encyclopédistes

L'exécution de Louis XVI renforce la coalition contre la France : en février 1793, l'Angleterre, l'Espagne et la Hollande rejoignent la Prusse et l'Autriche. Le général Dumouriez, vainqueur à Valmy, passe à l'ennemi.

Alors que le 6 février 1793, Goldoni meurt à Paris, Meister quitte Londres pour Zurich, où il poursuit la *Correspondance littéraire* avec de moins en moins de textes – dont certains d'Angélique de Vandeul qui a repris la critique des Salons de peinture – et de moins en moins d'abonnés : la France et le français sont devenus moins populaires chez les princes allemands...

Grimm part pour Carlsbad, puis Francfort, où il assiste le 14 juillet au couronnement de l'empereur François II[475]. Il séjourne ensuite à Aix-la-Chapelle, où il retrouve Émilie, la petite-fille de Mme d'Épinay, qui a réussi à quitter la France avec ses enfants, mais sans son mari, arrêté. Il les garde avec lui. L'avancée des armées de la République française les force ensuite à se réfugier à Düsseldorf, où Grimm rencontre Goethe[475]. Puis il arrive à Gotha en février 1793 ; il y mène une existence assez retirée et craint d'y « *mourir d'ennui et de désespoir*[475] ». Il est alors considéré à Paris par les révolutionnaires comme un agent des cours d'Europe, un ennemi de la nation française, un faux philosophe et un arriviste.

En lointaine application de la *Lettre sur le commerce de la librairie*[156] de Diderot, et surtout du combat de Beaumarchais, des lois de juillet 1793 accordent aux auteurs le droit exclusif d'autoriser de leur vivant la reproduction de leurs œuvres, puis reconnaissent le même droit à leurs héritiers pendant cinq ans. Aux termes de cette loi, Angélique bénéficie donc des rares revenus tirés des œuvres de son père jusqu'en 1798, l'*Encyclopédie* comprise.

Après que Charlotte Corday a assassiné Marat, s'amorce la discussion d'une nouvelle Constitution. Condorcet propose de supprimer la mention de l'Être suprême dans le Préambule ; Robespierre, furieux, peste contre deux députés, Vergniaud et Gensonné, qui, dit-il, « *pérorèrent contre la divinité*[443] ». Condorcet, sentant que tout va de mal en pis, passe à la clandestinité et entame la rédaction de son *Esquisse d'un tableau des progrès de l'esprit humain*[108]. Diderot, l'athée, est toujours aussi mal vu.

En août, la Convention décrète la levée en masse, provoquant le soulèvement de la Vendée. En septembre est adopté le système métrique. Les universités sont supprimées et remplacées par des lycées et des écoles centrales où former surtout des ingénieurs. Premières applications des recommandations de Diderot.

Les sépultures des rois enterrés depuis plus de dix siècles à la basilique de Saint-Denis, devenue Franciade, sont saccagées ; les cadavres sont exhumés, Valois et Bourbons mêlés, ramenés à Paris, puis rassemblés pêle-mêle dans une fosse unique. L'église Saint-Roch, où sont enterrés entre autres Corneille, Helvétius, Mme Geoffrin, Duguay-Trouin, Diderot et d'Holbach, est elle aussi pillée[549].

En septembre 1793, la Terreur est « mise à l'ordre du jour ». Madame d'Houdetot et Saint-Lambert sont réfugiés près de Paris. Malesherbes est réfugié avec sa famille dans son château, et Raynal se cache à Athis-Mons[203]. En octobre, alors qu'est instauré un calendrier révolutionnaire, les exécutions commencent. Vergniaud et Gensonné, à qui Robespierre n'a rien pardonné, sont guillotinés tous les deux le 31 octobre ; Condorcet s'empoisonne pour échapper à l'éxécution ; les cendres de Mirabeau sont retirées du Panthéon.

Le 20 brumaire an II (10 novembre 1793), Marie-Joseph Chénier fait chanter, lors de la fête de la Raison : « *Descends, ô Liberté, fille de la nature*[23] », et conçoit le plan d'une religion laïque, « *la seule religion universelle qui n'a ni sectes ni mystères, dont le seul dogme est l'égalité,* [...] *et qui ne fait brûler l'encens de la grande famille que devant l'autel de la Patrie*[23] ». En décembre, le citoyen Barry écrit : « *Quant à nous, adoptons la religion des philosophes, celle de la Liberté, de l'Égalité, de l'Humanité. C'est là toute la morale, et la morale ne veut aucun culte*[23]. » Croyant servir Robespierre, Joseph Fouché propose de faire inscrire sur la porte des cimetières : « *La mort est un sommeil éternel*[23]. » Babeuf, admirateur de Rousseau et de Mably, cite Diderot dans ses discours contre la propriété privée[410].

Au même moment, la traduction de Schiller d'un extrait de *Jacques le fataliste*[156] (l'histoire de Mme de La Pommeraye) est retraduite en français par un certain Jean-Paul Doray sous le titre *Exemple singulier de la vengeance d'une femme, conte moral. Ouvrage posthume de Diderot.* Nul ne semble le remarquer[369].

Cependant, l'Angleterre, débarrassée du fardeau des colonies américaines, poursuit sa progression économique et sa conquête du monde. Une délégation britannique est reçue à Chengde par l'empereur Qianlong qui refuse d'ouvrir la Chine au commerce avec la Grande-Bretagne et de laisser s'installer une légation permanente à Pékin. Une requête hollandaise essuiera le même refus. Pas de demande française.

Le gendre de Diderot, qui se fait maintenant appeler Abel Devandeul, acquiert la manufacture de glaces de Rouelle, près de Langres[527].

Mort de Malesherbes

Au mois de décembre 1793, alors que la du Barry, dernière favorite de Louis XV, est guillotinée, Malesherbes est arrêté dans son château près de Paris avec son gendre, sa fille Antoinette, sa petite-fille Aline et son époux et deux secrétaires ; on l'accuse d'avoir voulu faire proclamer roi le jeune Dauphin sous le nom de Louis XVII, et de devenir lui-même régent. Il est ramené à Paris et incarcéré pour « *conspiration avec les émigrés* ». Il est accusé par Martial Herman, qui préside alors le Tribunal révolutionnaire, d'être « *l'un des suppôts les plus déclarés de la tyrannie royale* ».

Le 10 février 1794, Catherine II écrit à Grimm, alors à Gotha : « *Si la France sort de ceci, elle aura plus de vigueur que jamais ; elle sera obéissante et douce comme un agneau ; mais il lui faut un homme supérieur, habile, courageux, au-dessus de ses contemporains et peut-être du siècle même. Est-il né, ne l'est-il pas, viendra-t-il ? Tout dépend de cela*[475]. »

Un des gendres de Malesherbes, Louis Le Peletier de Rosanbo, est guillotiné le 20 avril 1794[138]. Le lendemain, Malesherbes, âgé de soixante-douze ans, est exécuté avec sa fille Antoinette, le mari de sa petite-fille, Jean-Baptiste de Chateaubriand, sa petite-fille Aline et deux de ses secrétaires[138]. En sortant de prison pour aller vers son exécution, Malesherbes aurait trébuché et aurait dit : « *Mauvais présage ; un Romain ne serait pas allé plus avant*[138]. » La charrette qui le conduit à l'échafaud, place de la Concorde, passe devant l'église Saint-Roch où Diderot a été enterré... Quelques jours plus tard, le fils et la bru de Sartine sont eux aussi exécutés.

Diderot l'athée reste l'ennemi. Dans un discours du 18 floréal an II (7 mai 1794), Robespierre dénonce les encyclopédistes, s'insurge contre ceux qui veulent mettre fin à la Terreur et s'exclame : « *Malheur à celui qui cherche à éteindre ce sublime enthousiasme*[443]. » « *Cette secte propagea avec beaucoup de zèle l'opinion du matérialisme qui prévalut parmi les grands et parmi les beaux esprits*[443]. »... Deux mois et plusieurs milliers de morts plus tard, le 8 thermidor (26 juillet 1794), il s'en prend violemment à Chaumette et Fauchet : « *Non, non, Fauchet, la mort n'est point un sommeil éternel ! Citoyens, effacez des tombeaux cette maxime* [...] *; gravez-y plutôt celle-ci : La mort est le commence-*

ment de l'immortalité[443]. » Naigeon grommelle contre ce « monstre de Robespierre[410] ». Plus personne n'est à l'abri de sa folie meurtrière.

Le lendemain, Cambon et Tallien, convaincus d'être ses prochaines victimes, prennent les devants et font arrêter Robespierre, qui, après une brève bataille à l'hôtel de ville de Paris, est à son tour conduit à l'échafaud le 10 thermidor (28 juillet 1794), en fin de journée, avec vingt et un de ses partisans. Au total, en dix mois de Terreur, plus de dix mille personnes ont été guillotinées.

Le 20 vendémiaire an III (11 octobre 1794), le cercueil de Rousseau est transporté au Panthéon.

En avril 1795, Grimm, à Gotha, demande à Catherine II de créer une « caisse des émigrés » et de le charger de faire parvenir cette aide aux transfuges passés en Allemagne[475]. Elle accepte. La caisse est mise en service pour le plus grand bénéfice de Grimm...

Retour de Diderot

Alors que Denise Diderot, sœur de Denis, meurt à Langres, son gendre Abel-François redevient *de* Vandeul et acquiert l'abbaye d'Auberive, devenue bien national, pour y installer une filature de coton[49].

Jusque-là considéré, du fait de son athéisme, comme ennemi de la Révolution, Diderot devient ennemi du peuple pour avoir fait, dit-on, l'apologie de l'assassinat du roi.

Naigeon est nommé à l'Institut national des sciences et des arts créé par la loi du 3 brumaire an IV (25 octobre 1795[410]). Il devient un intellectuel officiel du Directoire[410]. Il explique que Diderot n'a jamais appelé à la révolution et que son objectif n'était pas de bouleverser l'ordre établi, mais de le protéger en l'amendant. Et si, dit-il, le philosophe a exploré des options utopiques (comme dans le *Supplément au Voyage de Bougainville*[156]), il n'a proposé d'avancer que par des réformes. Il écrit, pensant à Babeuf : « *Je n'ai pu voir sans indignation des hommes sanguinaires et féroces autoriser du nom de Diderot leurs monstrueuses extravagances*[410]. » Il publie alors le troisième tome de sa *Philosophie ancienne et moderne*[389] et, dans l'article « Meslier », restitue au curé la phrase si fameuse faussement attribuée à Diderot. Mais personne, ni les révolutionnaires ni leurs adversaires, ne tient compte de cette rectification. Il récupère enfin des textes d'Angélique où elle a systématiquement gratté les noms de personnes, comme dans le manuscrit de *Ceci n'est pas un conte*, où elle les a remplacés par leurs initiales.

Le 6 mars 1796 meurt à Chaillot, où il vivotait d'une maigre pension, l'abbé Raynal[203]. Le 16 septembre, le poème *Les Eleuthéromanes*[150], qui contient la phrase empruntée à Meslier, déjà inséré dans la *Correspondance littéraire*, est publié sous le nom de Diderot dans *La Décade philosophique, littéraire et politique.*

Grimm, qui songe à partir en Russie, à Vienne, en Italie, voire même en Amérique, obtient de Catherine d'être nommé, au mois d'août 1796, ministre de Russie à Hambourg[475]. Il ne se met pas tout de suite en route, et quand Catherine II meurt, le 17 novembre, à l'âge de soixante-sept ans, son fils et successeur Paul III lui confirme cette fonction et lui laisse la gestion plus ou moins scrupuleuse de la caisse de soutien aux émigrés[475]. Grimm écrit alors : « *Les trois quarts* [de ma vie] *en avaient été tellement heureux que, si j'avais fini à propos, il aurait fallu me compter au nombre des hommes les plus fortunés, mais le dernier quart, si cruellement pénible, devait se terminer par un coup mortel* [la Révolution française] *et qui m'a trouvé sans défense*[475]. »

Apparition de Jacques le Fataliste[156]

En cette même année 1796, grande nouvelle : le prince Henri de Prusse, frère de Frédéric, mort dix ans plus tôt, remet au nouvel Institut national, à Paris, un manuscrit de la première version de *Jacques le Fataliste*[156] qu'il avait obtenu par la *Correspondance littéraire* ; Naigeon le fait paraître pour la première fois en France chez Buisson, en deux volumes in-8°, en même temps que *La Religieuse*[156], parue elle aussi dans la *Correspondance*. L'année suivante, Meister fait paraître en français chez Gueffier et Knapten, deux éditeurs parisiens, la première édition de la version complète de *Jacques le Fataliste*[156], en quatre tomes. Il la fait précéder d'une émouvante préface, « Aux mânes de Diderot[156] », où l'on peut lire : « *Diderot conversait bien moins avec les hommes qu'il ne conversait avec ses propres idées*[156] » ; il était « *sans aucun principe dominant, sans maître et sans dieu*[156] ». Les critiques dénoncent « *une mauvaise singerie de Candide*[505] » et « *une conversation qui finit par faire mal à la tête*[553] », et on accuse Diderot d'être à l'origine des débordements criminels de la Révolution.

Personne n'a encore entendu parler du *Neveu de Rameau*[156], dont le manuscrit dort chez Grimm, à Hambourg, parmi bien d'autres textes philosophiques, politiques et personnels.

La même année, l'abbé Augustin Barruel rassemble dans des *Mémoires pour servir à l'histoire du jacobinisme*[37] des citations de Diderot, de l'*Encyclopédie*, de Voltaire, de Rousseau, pour démontrer que la Révolution a été le produit d'un complot des philosophes et des maçons.

En mai, violemment hostile à la politique économique du Directoire, Babeuf fomente une conjuration restée célèbre sous le nom de « conjuration des Égaux ». Il est exécuté.

Angélique de Vandeul donne à la *Correspondance littéraire*, que Meister poursuit encore depuis la Suisse, une notice biographique sur Sedaine, écrivain ami de son père, qui vient de disparaître.

En 1797, Grimm part avec Émilie et ses enfants prendre son poste d'ambassadeur de Russie à Hambourg[475]. En février 1798, toujours à Hambourg, presque aveugle, il écrira sa toute dernière lettre à Paul Ier[475].

Œuvres presque complètes

Quand commence 1798, un des tout derniers acteurs de l'*Encyclopédie*, Jean-François de Saint-Lambert, qui vit toujours avec et chez Mme d'Houdetot, à Montmorency, après avoir été, cinquante ans plus tôt, l'amant de Mme du Châtelet, l'égérie de Voltaire, écrit les *Principes des mœurs chez toutes les nations, ou le Catéchisme universel*[469].

Au même moment paraît à Paris, chez Desray, une première édition, par Naigeon, des œuvres de Diderot[157]. Celle-ci est évidemment loin d'être complète et n'y figure toujours pas, notamment, *Le Neveu de Rameau*[156].

Cette édition n'a aucun écho[410]. Seul un article du futur grand économiste Jean-Baptiste Say dans *La Décade philosophique, littéraire et politique* (n° 15 du 30 pluviôse an VI – 18 février 1798[130]), qu'il vient de créer, se félicite de cette publication : « *Elle paraît au moment où il était à désirer qu'elle parût ; c'est-à-dire lorsque le mécontentement, l'ignorance, la sottise et la mauvaise foi, s'appuyant sur des malheurs inséparables d'une grande révolution, essaient de reconstituer les préjugés et de remettre en question les principes philosophiques. Diderot est l'athlète le plus vigoureux qu'on puisse leur opposer* [...]. *Diderot était républicain sous la monarchie ; mais il ne s'ensuit pas que vivant pendant la révolution, il en eût, comme on l'a dit, approuvé les excès* [...]. *Il est difficile de supposer que l'ami passionné des Arts, l'homme qui avait conçu et exécuté le projet de l'*Encyclopédie [...], *fût devenu tout à coup le promoteur ou le complice des stupides fureurs du vandalisme*[410]. »

Pour apaiser les craintes d'une dictature militaire, Bonaparte cultive alors son personnage d'homme des Lumières. Il fréquente les membres de l'Institut, dont Naigeon, et emmène en mai 1798, dans une expédition en Égypte, des héritiers des encyclopédistes recrutés par Monge, dont François Michel de Rosières, le sculpteur Castex, Berthollet, Geoffroy Saint-Hilaire, dans le cadre d'un projet de type encyclopédique : étudier sur place les antiquités, l'architecture, la langue, l'état sanitaire, le régime des eaux, la musique, l'artisanat, l'industrie, la topologie et la minéralogie,

À partir du début novembre 1799, autoproclamé Premier consul, il fait passer des commandes officielles de portraits de grands hommes. Parmi ceux qui sont le plus demandés, Diderot figure loin derrière Rousseau, Voltaire, Montesquieu, Raynal et Mably (frère de Condillac). Sa mémoire reste sulfureuse : le 1er messidor an VIII (20 juin 1800), un article du *Journal de l'opposition littéraire* lui attribue encore la phrase de Meslier et fait de Naigeon le fidèle « *exécuteur des hautes-œuvres philosophiques* » du « *bourreau* » des prêtres et des rois[410] !

En août 1801, Grimm, atteint de cécité, abandonne son poste d'ambassadeur de Russie à Hambourg et revient à Gotha avec Émilie et ses enfants[475]. Le tsar russe continue de le rétribuer et il vit dans une dépendance du palais du duc Ernest, où il reçoit la visite de Goethe[475]. Sans doute Diderot est-il au centre de leur conversation.

En 1801, alors que meurt sans avoir jamais revu la France Antoine de Sartine à Tarragone, où il a émigré en 1790, l'astronome François de Lalande, un des derniers contributeurs de l'*Encyclopédie* encore vivant (il y a rédigé les articles « Pôle », « Horizon », « Astronome », etc.), cite, dans un supplément au *Dictionnaire des athées*[338] de Sylvain Maréchal (compagnon de Gracchus Babeuf), des extraits des *Pensées philosophiques*.

Au même moment, Joseph Mounier, l'un des initiateurs des états généraux avec Barnave, exilé à Weimar, accuse (dans *De l'influence attribuée aux philosophes, francs-maçons et illuminés sur la Révolution de France*[378]) les Lumières d'avoir fomenté la Révolution et désacralisé la religion.

Paraît alors un complément en deux volumes à la troisième édition de l'*Encyclopædia Britannica* dédiée au roi George III, assorti du texte suivant, qui dit bien l'état d'esprit britannique vis-à-vis de la Révolution française : « *L'*Encyclopédie *française a été accusée à juste titre d'avoir disséminé au loin les semences de l'Anarchie et de l'Athéisme. Si l'*Encyclopædia Britannica *réussit, d'une quelconque manière, à contrer les effets de cette œuvre pestiférée, même ces deux volumes ne seront pas totalement indignes du patronage de Votre Majesté*[325]. »

Un des derniers auteurs de l'*Encyclopédie*, un des derniers amis de Voltaire, Rousseau et Diderot, Jean-François de Saint-Lambert, compagnon de Mme du Châtelet (maîtresse de Voltaire), avant de devenir l'amant de Mme d'Houdetot, meurt chez elle à l'âge de 87 ans le 9 février 1803.

« Une bombe au beau milieu de la littérature française »

À l'automne 1804, Schiller reçoit de son beau-frère, ambassadeur à Saint-Pétersbourg, un des textes envoyés, on l'a vu, par Naigeon à la cour de Russie juste après la mort de Diderot. C'est une copie, pas un manuscrit. Le titre qu'il porte : *Le Neveu de Rameau*[156]. Il le fait lire à Goethe, alors ministre du duc à Weimar, qui lui répond le 21 décembre 1804 : « *La bombe de ce singulier dialogue éclate juste au beau milieu de la littérature française, et il faut se recueillir sérieusement pour indiquer la place où frappent les coups*[156]. » Le manuscrit original dort alors chez Grimm qui vit maintenant à Gotha.

Schiller, qui a traduit quelques années plus tôt un extrait de *Jacques le Fataliste*[156], suggère alors à Goethe de se charger de traduire lui-même *Le Neveu de Rameau* en allemand[156]. Goethe raconte : « *À la fin de 1804, Schiller m'apprit qu'il avait entre les mains un manuscrit encore inédit et resté inconnu d'un dialogue de Diderot intitulé :* Le Neveu de Rameau. *Il me dit que M. Goeschen* [éditeur allemand] *avait l'intention de le faire imprimer, mais que, d'abord, afin d'exciter plus vivement la curiosité publique, il se proposait d'en publier une traduction en allemand. On me confia ce travail, et comme depuis longtemps j'avais un grand respect pour l'auteur, je m'en chargeai volontiers après avoir parcouru l'original*[156]. » Goethe s'y attelle et la traduction paraît l'année suivante, en 1805, à Leipzig, centre traditionnel des plus grandes maisons d'édition allemandes depuis la fin du Moyen Âge. Cette traduction n'est pas bien reçue en Allemagne à l'heure où les armées françaises défont les principautés allemandes à Ulm et Austerlitz. On dénonce un texte immoral et parfois pornographique, et la vente est un échec. Le livre ne paraît pas en français.

D'aucuns, parmi ceux qui le lisent en allemand, en sont néanmoins bouleversés. Ainsi, Hegel, professeur à l'université d'Iéna, voit dans ces dialogues étincelants, où se répondent les arguments les plus profonds, où Diderot est alors au cœur de ses propres contradictions, la source de la dialectique. *Le Neveu de Rameau*[156] est même le seul texte qu'il cite dans *La Phénoménologie de l'esprit*[250], qui paraît cette année-là : *Le Neveu*, dit-il dans son galimatias inimitable, fait « *travailler l'un contre l'autre* » les concepts de singulier, particulier et universel et utilise la contradiction : « *Le moi est seulement* universel, *comme le* maintenant, *l'*ici *ou le* ceci *en général. Je vise bien un moi singulier, mais aussi peu puis-je dire ce que je vise dans le maintenant et l'ici, aussi peu le puis-je dans le* moi[250]. »

En finir avec Grimm et Naigeon

Naigeon demeure la cible des adversaires de la Révolution, qui sont déterminés à en rendre Diderot responsable, comme de tous ceux qui la défendent. Diderot est en effet encore présenté alternativement comme un ennemi de la Révolution, parce que athée, ou comme son principal idéologue, parce que ayant prophétisé la mort du roi. En l'occurrence, on lui reproche surtout son athéisme.

Le 13 décembre 1805, Napoléon écrit au ministre de l'Intérieur de « *mander M. de Lalande* [...] *de ne plus rien imprimer* » sur l'athéisme[390]. Il ajoute : « *Mon premier devoir est d'empêcher que l'on empoisonne la morale de mon peuple, car l'athéisme est destructeur de toute morale, sinon dans les individus, du moins dans les nations*[390]. » Telle est la raison principale de la censure de Diderot : l'athéisme fait peur à tous, y compris même aux hommes de Napoléon qui a besoin de l'Église.

Les uns après les autres, les tout derniers compagnons de Diderot disparaissent : Grimm meurt à Gotha le 19 décembre 1807, aveugle et oublié[475]. Il est enterré au village de Siebleben[475]. Il lègue tous ses biens à Émilie[411]. Celle-ci retourne en France vivre au château de Varennes ; sa mère revient vivre avec elle[475]. Elles récupèrent quelques biens de Grimm, pris par l'État lors de son départ quinze ans auparavant. Les manuscrits de Diderot, que Grimm détenait encore, dont celui du *Neveu de Rameau*, disparaissent.

Jacques André Naigeon meurt à son tour, le 28 février 1810, à Paris à 72 ans. Disparaît avec lui, dans le désordre d'une succession très mal préparée, la collection de l'ensemble des œuvres de Diderot qu'il avait constituée pour lui et qui n'est pas encore entièrement publiée, loin s'en faut.

Grimm et Naigeon n'ont donc pas rempli leur mission... Cette année-là paraît le *Diderotiana* de Charles-Yves Cousin d'Avallon[112], petit opuscule qui rapporte des bons mots et anecdotes sur Diderot, ainsi que des jugements de ses contemporains.

En 1812, la *Correspondance littéraire* des années 1770 à 1782 est imprimée par Buisson. Et meurt Abel, le mari d'Angélique.

Le 28 janvier 1813, ultime protagoniste de notre histoire, meurt Sophie La Live de Bellegarde, comtesse d'Houdetot, compagne de Saint-Lambert, amie de Mme d'Épinay et dont Jean-Jacques Rousseau s'était entiché.

Cette année-là, personne, pas même Angélique, ne songe à célébrer le centenaire de la naissance de Denis Diderot.

« *On plante le drapeau noir sur l'*Encyclopédie »

Avec la Restauration, le temps n'est pas davantage à la glorification des Lumières. Diderot est plus particulièrement mal vu parce que athée, et à cause de sa citation régicide dans un malheureux poème improvisé pour une Épiphanie.

Le Neveu de Rameau[156], dont on n'a alors qu'un texte allemand, est retraduit en 1821 en français par MM. de Saur et de Saint-Geniès[156]. La publication de l'ouvrage de ces derniers « *produisit, comme cela devait être, une grande sensation*[156] », selon les mots de Goethe – d'autant que M. de Saur prétend qu'il s'agit de l'original. On peut lire dans *Le Miroir*, en février 1822[156] : « *L'ouvrage* [...] *est-il réellement de Diderot ? Telle est la question que chacun s'est faite au moment où il a paru, et qui sera résolue affirmativement par tous ceux qui en étudieront attentivement le style et l'esprit. Diderot est peut-être, de tous les écrivains penseurs du* XVIII*e siècle, celui dont il serait le plus difficile à un imitateur, même habile, de contrefaire le génie, ou si l'on veut, le talent. Original parfois jusqu'au sublime, souvent jusqu'à la bizarrerie, indépendant de toute espèce de préjugé, il a, plus que tout autre, une physionomie qui lui est propre, soit qu'on le considère comme philosophe, soit qu'on l'envisage seulement comme écrivain.* [...] *L'écrit posthume de Diderot est désordonné dans la forme, et parfaitement moral quant au fond. Le but de l'auteur paraît avoir été de faire ressortir toutes les difformités du vice civilisé, dans un dialogue dont plusieurs questions musicales et littéraires sont en apparence le texte et la base.* [...] *C'est un résumé vif et piquant des diverses idées philosophiques que Diderot a déposées dans tous ses ouvrages.* [...] *Nulle concession dans la forme ou dans la pensée n'en altère l'originalité ; c'est Diderot vis-à-vis de lui-même, c'est Diderot tout entier.* [...] *Aussi cet ouvrage est-il un des plus singuliers qu'on puisse lire : presque à chaque ligne des traits inattendus, exprimés avec cette négligence énergique qui caractérise le style de l'auteur, vous arrêtent et vous saisissent. C'est un livre qui fait rire et penser*[156]. » Nul ne songe encore à publier la version originale, restée en Allemagne, et qui y paraît l'année suivante. Angélique se décide alors à publier la copie du *Neveu de Rameau*[156], dont elle dispose encore et qu'elle a sérieusement amendée.

Juste avant de mourir, en 1824, à l'âge de 71 ans, laissant à son fils unique Denis Simon d'innombrables manuscrits de son père qu'elle n'a osé ni détruire ni publier. On les désignera ensuite comme « le fonds Vandeul[169] ».

La même année, *La Religieuse*[156] est censurée à Paris pour outrage à la morale publique. L'année suivante, *Jacques le Fataliste*[156], qui n'existe encore que dans sa version de 1797, est mis à l'Index par mesure de police : le 31 mai 1826, le tribunal correctionnel de la Seine ordonne sa destruction et condamne l'éditeur à un mois de prison. Le 6 août 1826, *Le Moniteur universel*, fondé par le très entreprenant Charles-Louis-Fleury Panckoucke, fils du rédacteur de l'*Encyclopédie méthodique*, sorte de journal officiel du gouvernement chargé en particulier de transcrire les débats parlementaires, explique que ce « *recueil de contes guillerets, entremêlés de raisonnements philosophiques* », a fait l'objet d'une poursuite pour « *outrages à la morale publique et religieuse ainsi qu'aux bonnes mœurs* ».

En 1830, Denis-Simon de Vandeul laisse enfin publier par l'éditeur Paulin quelques très rares manuscrits ou copies de manuscrits de son grand-père parmi ceux, innombrables, qu'il détient et contrôle encore : les *Lettres à Sophie Volland* dans une version encore expurgée, une copie du *Rêve de d'Alembert*[156] (sans la partie la plus érotique) et *La Promenade du sceptique*[156].

En 1833, Jules Michelet écrit dans son Histoire de France[356] : « *Année par année, par l'effort titanique de Diderot, d'Alembert, Voltaire, tant d'autres qui si généreusement y jetèrent leurs travaux, s'entassait l'*Encyclopédie, *livre puissant, quoi qu'on ait dit, qui fut bien plus qu'un livre – la conspiration victorieuse de l'esprit humain*[356]. »

Diderot reste un auteur maudit : en 1836, *Les Bijoux indiscrets*[156], cette pochade érotique à laquelle il n'attachait aucune importance, est elle aussi interdite par le tribunal de Paris.

En 1837, Balzac est le premier à parler du *Neveu de Rameau*[156], dont il ne connaît que la version retraduite de l'allemand : dans l'introduction à *La Maison Nucingen*[34], l'une des *Scènes de la vie parisienne*, totalement inspiré par *Le Neveu de Rameau*[156], il évoque « *ce pamphlet contre l'homme que Diderot n'osa pas publier :* Le Neveu de Rameau[34] ».

En 1848, dans son *Histoire des Girondins*[300], Lamartine dénonce encore Diderot comme un « *destructeur impie*[505] » qui n'a jamais eu qu'un « *ricanement amer contre les institutions et les dogmes* [...]. *Hébert et Chaumette fomentaient tous les jours davantage des excès : l'un dans ses feuilles du* Père Duchesne, *l'autre dans ses discours. Philosophes de l'école de Diderot, ces deux hommes remuaient la crapule du cœur humain. Ils professaient l'athéisme*[300] ».

Premières découvertes

À partir de 1860, Victor Hugo, qui mentionne rarement Diderot avant le coup d'État du 2 décembre 1851 et son propre exil à Bruxelles, le cite alors de temps en temps au nombre des « *puissants balayeurs d'étable*[269] » et des « *altiers dompteurs*[269] » qui ont hâté l'avènement de la Révolution et qui sont calomniés : « *On plante le drapeau noir sur l'*Encyclopédie[269] », écrit-il.

On discute alors à n'en pas finir des « grands hommes » dont on veut ériger des statues. Certains parlent d'en dresser une de Diderot à Langres. Mais il fait encore trop peur et le projet avorte[466]. En 1864, Sainte-Beuve propose qu'on l'érige à Paris, en hommage à l'inventeur de la critique d'art : « *On parle beaucoup de la statue de Voltaire et elle se fera. Il paraît qu'à Langres on ne peut venir à bout d'en élever une à Diderot. Mais pourquoi à Langres ? Diderot appartient à la France. La vraie place d'une statue de Diderot est à Paris, au seuil et près du péristyle du palais des Beaux-Arts. On y verrait le grand et chaleureux amateur qui, le premier, a fondé la critique d'art en France, dans le négligé flottant de son costume, le cou nu, le front inspiré et annonçant du geste cette conquête nouvelle que l'imagination et la science du critique sauront se faire dans le monde de l'art. Nous soumettons cette idée à quelque jeune artiste pour l'exécution ; et quant à la pensée même, nous ne craignons pas de la proposer au zèle éclairé de ceux qui président chez nous à l'administration des Beaux-Arts. La statue de Diderot, ainsi conçue, ne saurait trouver que des approbateurs*[466]. »

En 1866, le premier auteur à parler élogieusement et sans réserve de Diderot est Pierre Larousse, éditeur depuis 1850. Il écrit dans sa préface à son *Grand Dictionnaire universel du* XIXe *siècle*[305] : « *Diderot était l'homme complet par excellence. Il avait tout à la fois l'action et l'idée.* […] *Si Diderot avait vécu à cette époque, nous n'aurions eu sans doute ni le 18 brumaire, ni l'Empire, ni la Restauration, ni la royauté de Juillet, ni la République impuissante de 1848, ni…* [le Second Empire – mais il ne le dit pas]. *Nous aurions eu et nous aurions encore la République*[509] *!* »

À ses débuts, la IIIe République se réclame explicitement des Lumières ; républicains et anticléricaux font alors de Diderot le précurseur de leur combat contre l'Église. Il devient une figure de rassemblement pour les républicains modérés, qui entendent se distinguer des radicaux, suspectés « *de complaisance robespierriste et socialiste*[298] ».

En 1874, Paul Albert écrit dans *La Littérature française au dix-huitième siècle*[3] : « L'Encyclopédie *marque le moment où le* XVIIIe *siècle eut la pleine conscience de son génie. Elle en est la manifestation souvent tumultueuse, incohérente, mais puissante*[3]. »

En 1875, un professeur, Maurice Tourneux, qui reprend cette année-là le projet d'édition des œuvres amorcé par un autre professeur, Jean Assézat, termine, à partir de copies clandestines, mais non des originaux, pas encore connus, la publication des *Œuvres complètes* de Diderot, et écrit : « *L'histoire impartiale et complète de Diderot reste à faire*[298]. » Cette édition est évidemment loin d'être complète.

Trois ans plus tard, à l'occasion du centenaire de la mort de Voltaire, Hugo écrit : « *On voit, derrière Diderot, Danton, derrière Rousseau, Robespierre, et derrière Voltaire, Mirabeau. Ceux-ci ont fait ceux-là*[298] » ; Diderot est pour lui une « *vaste intelligence curieuse, cœur tendre altéré de justice*[269] ».

Premier centenaire de la mort

En 1882, à Langres, le nouveau conseil municipal, laïc et républicain, décide de commémorer le centenaire de sa mort. Un nouveau projet de statue est lancé[113], financé grâce à une collecte de fonds appuyée par le journal *Le Spectateur*, « moniteur démocratique de l'Est ». Parmi les contributeurs : la famille Caroillon de Vandeul, qui détient encore divers manuscrits de Denis[505]. Ce projet est encore une fois loin d'être consensuel : un certain Louis François envoie *Dix lettres sur Diderot* au député de la Haute-Marne, Pierre Bizot de Fonteny, membre du groupe de centre gauche à l'Assemblée nationale ; il décrit Diderot comme « *malhonnête, ivrogne, fils ingrat, mauvais mari, mauvais père, libertin, matérialiste, mauvais écrivain et pornographe* ». Il lui reproche son amitié avec deux Allemands (d'Holbach et Grimm) et l'accuse d'être un apatride. Un projet du sculpteur langrois Joseph Lescornel est rejeté ; celui-ci est remplacé par le plus républicain et très célèbre Frédéric Auguste Bartholdi, dont la statue *La Liberté éclairant le monde* est alors en voie d'achèvement[505].

La même année 1882, le professeur Maurice Tourneux fait le premier inventaire du fonds Diderot à Saint-Pétersbourg, à la bibliothèque Saltykov-Chtchedrine, devenue aujourd'hui Bibliothèque nationale de Russie[166]. Le 22 mars 1883, la place Chambeau, où est sise la maison natale du philosophe, devient place Diderot. Le 3 août 1884, la statue de Bartholdi est inaugurée en présence du maire, d'un conseiller municipal de Paris et du député républicain de la circonscription. Elle remplace une croix et tourne le dos à la cathédrale Saint-Mammès[113].

La même année, un « Comité pour la libre pensée », qui a pris la forme d'un mouvement avec la constitution de multiples sociétés et cercles, commande au sculpteur Jean Gautherin une statue de Diderot pour Paris[301].

L'auteur de *Jacques le Fataliste*[156] devient alors le symbole de l'engagement politique et idéologique en faveur de la liberté de pensée. Des *Œuvres choisies* (extraits des *Pensées philosophiques*, de l'*Interprétation de la nature* et de la traduction à partir de l'allemand du *Neveu de Rameau*) sont publiées, sans rencontrer le succès qu'a connu, cinq auparavant, l'anthologie du centenaire de Voltaire.

En 1884, nouvelle attaque, dix ans avant l'affaire Dreyfus : Théodore Reinach, archéologue et numismate, professeur à la nouvelle École pratique des hautes études, publie dans la *Revue des études juives* un article intitulé : « Des Juifs dans l'opinion chrétienne aux XVIIIe et XIXe siècles[505] : Pécuchet [l'un des deux personnages du roman de Flaubert, *Bouvard et Pécuchet*, publié trois ans auparavant à titre posthume] et Diderot », où il dénonce ce dernier comme précurseur de l'antisémitisme moderne à partir de deux épisodes du *Neveu de Rameau* (sur le juif d'Avignon et sur le juif d'Utrecht), censés prouver la malveillance de Diderot envers les juifs[505]. Cette accusation injuste est vite abandonnée.

Le 13 juillet 1886, on inaugure la statue de Diderot, boulevard Saint-Germain, près de l'endroit où débouchait la rue Taranne ; elle s'y trouve encore[101]. Ludwig Büchner, philosophe matérialiste allemand alors célèbre, y prononce un discours[101] : « *Diderot n'est pas seulement une des gloires de la France : il est revendiqué par tous les amis de la science libre et de la libre pensée, quelle que soit leur langue, quel que soit leur pays* [...]. *Les larges théories, les vues générales de Diderot ont été sanctionnées par la science. La grande doctrine de l'évolution, dont il avait le pressentiment, a été fondée par Lamarck et Darwin* [...]. *Aujourd'hui encore, comme au temps de Diderot, la superstition captive le grand nombre ; la multitude s'incline encore devant les autels ; seule une minorité, toujours grossissante, suit les traces des Diderot, Voltaire, Meslier, d'Holbach, Helvétius, Pague, des Feuerbach, Strauss, Darwin, Draper, Hoeckel et de tant d'autres héros de la science et de la libre pensée*[101]... »

On commence alors à l'étudier de façon plus objective. Des professeurs se spécialisent dans l'étude de certains aspects de l'œuvre ou certains chapitres de sa vie : H. Sée se penche sur l'évolution de sa pensée politique, P. Bonnefon sur son incarcération à Vincennes, C. Barthélémy et G. Lanson sur son théâtre[505]. Les attaques n'en continuent pas moins : Émile Faguet, critique littéraire, dénonce chez Diderot une « *vulgarité ineffaçable*[505] », un « *petit bourgeois français*[505] » ; pour lui, dans *La Religieuse*, « *l'ennui le dispute au dégoût*[505] », *Jacques* est « *de médiocre intérêt*[505] », « *Diderot est grand écrivain par rencontre et comme par boutade [...], avec je ne sais quelle complicité du hasard*[505] », et il a encouragé la « *démission de la morale*[505] ». Il ne lui reconnaît que l'invention de la critique d'art[198]. En 1888, William Archer, grand critique théâtral écossais (comme l'était Garrick, le comédien ami de Diderot), rédige un essai : *Masks or Faces ? A Study in the Psychology of Acting*[16], dans lequel il discute les idées de Diderot sur le théâtre et l'art de jouer la comédie.

Le Neveu de Rameau, *enfin*

En 1891, grande découverte : le bibliothécaire de la Comédie-Française, Georges Montal, tombe par hasard, chez un bouquiniste du quai Voltaire (étrange ironie !), sur le manuscrit unique du *Neveu de Rameau*[147]. Il comporte des variantes dans la construction des phrases, dans l'usage de certains mots, dans l'orthographe de certains noms propres, par rapport au texte traduit en allemand par Goethe à partir de la copie qui se trouvait en Russie et parue en français en 1821. Et d'innombrables différences par rapport à celle, tronquée, publiée en 1823 par Angélique. Ce manuscrit original du chef-d'œuvre disparu depuis plus d'un siècle fait alors partie d'un lot de documents constituant le tome 186 d'une collection de tragédies et œuvres diverses rassemblée par un certain marquis Frédéric Gaëtan de La Rochefoucauld-Liancourt, dispersée après sa mort en 1863. Le seul titre à figurer sur ce manuscrit original est *Satire 2de* [147] ; il porte une épigraphe d'Horace : « *Vertumne quotquot sunt, natus iniquis* » (« Né sous la malice de tous les Vertumne [changements de temps] réunis[147] »).

On suppose que ce manuscrit, confié par Diderot à Grimm, et que ce dernier emporta, un siècle plus tôt, en quittant Paris précipitamment pour Bruxelles, fut égaré ou dérobé à Gotha à la mort de Grimm et que le marquis de La Rochefoucauld-Liancourt l'acheta dans un lot sans le remarquer, à l'occasion d'une de ses nombreuses missions diplomatiques en Allemagne.

Diderot s'installe alors dans la littérature, au sommet.

En 1894, dans son *Histoire de la littérature française*[303], Gustave Lanson écrit que Diderot a « *la gaieté du peuple, énorme, ordurière*[505] ».

En 1900, un député socialiste demande le transfert au Panthéon des restes du philosophe, si tant est qu'on puisse les retrouver. L'Assemblée nationale refuse : pas assez consensuel. La même année, Anatole France, lors d'une fête civique organisée par la Ligue républicaine, salue Diderot comme un ami du peuple qui a, dans l'*Encyclopédie*, rendu sa dignité au travail manuel et au prolétariat. L'organe du Parti ouvrier, *Le Socialiste*, le dénonce au contraire comme « *l'un des plus puissants artisans de la révolution bourgeoise*[505] »...

En 1911 s'éteint le dernier représentant de la famille Vandeul, l'arrière-arrière-petit-fils de Denis, Albert de Vandeul[169]. La tante d'Albert, arrière-petite-fille de Denis Angélique Wilhelmine Caroillon de Vandeul, ayant épousé Charles Le Vavasseur en 1834, c'est à la famille de ce dernier que reviennent les manuscrits légués par Diderot à sa fille et transmis de génération en génération au sein de la famille Vandeul sans jamais avoir été publiés[169]. Une faible partie de ce fonds est alors éditée (essentiellement le reste de la correspondance de Diderot). Bien des pages restent encore alors sous le boisseau, oubliées au milieu des papiers de famille.

Barrès et Maurras contre Diderot

En 1913, alors qu'approche le bicentenaire de la naissance de Diderot, des sénateurs proposent de célébrer pour l'occasion une fête nationale et reparlent du transfert des cendres du philosophe au Panthéon. Ceux qui ne voient en lui que son matérialisme et son athéisme s'y opposent avec virulence.

Parmi les plus véhéments figure Maurice Barrès, alors député de Paris[509]. Il reconnaît à Diderot la « *génialité artistique*[298] » en associant dans cet éloge *Les Rêveries d'un promeneur solitaire* de Rousseau et *Le Neveu de Rameau*, mais il déclare que le rôle du Parlement n'est pas de juger Diderot du point de vue littéraire (le Parlement, souligne-t-il, n'a pas évoqué, dix ans plus tôt, le deux centième anniversaire de la mort de Bossuet), mais de juger son « *action politique et sociale* ». Pour lui, Diderot est un « *diviseur*[298] » et un « *agitateur*[298] ». Son nom est synonyme de désordre, il est un « *génie révolutionnaire*[505] » qui menace la société, « *un écrivain capable, comme pas un, de poser sous tous les principes, sous toutes les pierres de la société, des pétards de dynamite*[505] ». Barrès interpelle ainsi les députés : « *Oserez-vous le proposer dans sa pleine vérité comme un modèle à la jeunesse des écoles*[505] *?* » Il conclut : « *On aurait pu introduire Diderot au Panthéon, on ne l'aurait pas introduit dans nos cœurs* [...] *Le* XVIII*e siècle, qui voudrait durer encore, achève de mourir. Nous avons bien fini de lui demander des conseils de vie*[505]. »

Simultanément, le 23 juillet 1913, Maurras[509] lance une violente diatribe contre Diderot dans « Pourquoi Diderot ? », un article publié dans le quotidien qu'il dirige, *L'Action française*[509]. Il écrit : « *Le service de Diderot* [à la France] *est calculé* [...] *uniquement par rapport à la République et au parti républicain. Diderot est fêté en coopérateur de la Révolution française, c'est-à-dire de la plus énorme bêtise qu'ait faite la France, soit du pire fléau qui ait fondu sur elle ou de la plus mauvaise affaire qu'elle ait conclue* [...]. *Diderot contient l'anarchie. Il s'est prononcé avec insistance, obstination, clarté, contre toute espèce d'ordre ; son œuvre ou l'esprit de son œuvre fournit le bréviaire de l'anarchisme* [...]. *L'excitation philosophique ne crée pas les instincts dangereux, mais enfin elle les réveille, les étend, les multiplie*[505]. » Il ajoute : « *Un tel a envie de voler et de tuer ? Est-il bien sage de lui dire que son envie est brevetée et légitimée par l'enseignement d'un héros auquel on décerne une glorification nationale*[505] *?* »

Le 15 novembre 1913, le président de la République, Raymond Poincaré, assiste à une cérémonie, dans le grand amphithéâtre de la Sorbonne, en l'honneur du bicentenaire de la naissance de Diderot.

L'inventaire Dieckmann : un Allemand sauve Diderot

Les textes de Diderot sortent au compte-gouttes. En 1920, ce sont les *Observations sur le Nakaz*[155], ce texte si violent contre la dictature et si prémonitoire sur la Russie, alors en train de basculer d'une dictature à une autre. D'autres manuscrits font également leur apparition à une exposition organisée en 1929 à la bibliothèque de la Chambre des députés à l'initiative d'un certain André Babelon, qui publie l'année suivante l'ensemble des lettres de Diderot à Sophie Volland, dont il prétend avoir trouvé les manuscrits au château d'Orquevaux, propriété du baron Le Vavasseur, en Haute-Marne[169].

La même année, Herbert Dieckmann, très jeune universitaire allemand qui a rédigé une thèse sur Paul Claudel à l'université de Bonn, part à la recherche du manuscrit du *Rêve de d'Alembert*[169]. Diderot avait juré à d'Alembert qu'il l'avait détruit, mais l'universitaire soupçonne Naigeon de l'avoir récupéré. Or la collection des œuvres constituée par ce dernier est perdue, et quant au « fonds Vandeul », il est désormais introuvable, sans doute disparu à jamais, pense-t-on alors[169].

Dieckmann vient à Paris rencontrer André Babelon, qui lui dit qu'il a eu ce manuscrit sous les yeux, mais se refuse à lui préciser où il se trouve, car il va le publier, dit-il, lui-même avec d'autres œuvres de Diderot. Ce qu'il ne fera jamais[169].

En 1933, Dieckmann quitte l'Allemagne et part enseigner à l'université d'Istanbul, puis il se réfugie en 1939 aux États-Unis, où il devient professeur à Harvard[169].

Les manuscrits dont parlait Babelon se trouvent en fait à Paris, dans l'appartement du baron Jacques Le Vavasseur[169]. Les Allemands approchant de la capitale, celui-ci les met en sécurité parmi d'autres papiers de famille, et sans les avoir identifiés, dans son château des Ifs, en Normandie, près de Fécamp[169]. Il les laisse dans son salon. Lorsque les armées allemandes parviennent en Normandie, une gouvernante du château, Mme Henriette, prend l'initiative de cacher manuscrits et papiers divers dans une petite pièce à l'étage des employés, peu avant que les Ifs ne deviennent le siège d'un état-major ennemi. Cette pièce reste ignorée des occupants[169]. En mai 1944, les Allemands entreprennent la construction d'une plateforme de lancement de V2 dans les jardins du château. Si elle avait été achevée et repérée par les Alliés, les Ifs auraient probablement été bombardés et détruits[169]. Et les manuscrits de Diderot avec eux. Une fois les Allemands partis, en juillet 1944, des soldats américains viennent habiter le château et provoquent accidentellement un incendie qui épargne l'aile où se trouvent les manuscrits[169].

Au lendemain de la guerre, Dieckmann retrouve André Babelon, alors consul en Angola, qui le met enfin en contact avec le baron Jacques Le Vavasseur[169]. À force d'insistance, Herbert Dieckmann parvient à rencontrer le baron, qui paraissait à première vue peu désireux de le recevoir et reste réticent jusqu'à ce que le chercheur lui explique la « *grande valeur*[169] » historique des manuscrits. Le baron, qui semblait ignorer leur nature exacte et les considérait plutôt comme des papiers de famille parmi d'autres, lui révèle qu'ils se trouvent dans son château des Ifs et l'autorise à y accéder[169].

Dieckmann y découvre « *36 documents autographes, dont quatre œuvres de premier plan, 433 lettres autographes, 56 volumes reliés de copies manuscrites, des copies d'œuvres de Diderot sous forme de morceaux détachés, plusieurs documents concernant Diderot*[94]. » Y figurent le manuscrit du *Rêve de d'Alembert*[156], que Diderot n'avait donc pas détruit, contrairement à ce qu'il avait affirmé à d'Alembert pour rassurer Julie de Lespinasse, ainsi qu'un manuscrit en cinq parties de *Jacques le Fataliste*[156], totalement inédit. Dieckmann y décèle les ratures de la main du mari d'Angélique, qui en avait rayé les noms propres. S'y trouve aussi l'histoire de Polly Baker, qui se trouve dans *Le voyage de Bougainville*, une fille-mère américaine qui risque donc un châtiment, laquelle n'apparaît pas dans les versions précédentes et entraîne donc le redécoupage de l'œuvre en cinq parties au lieu des quatre connues jusque-là. Dieckmann y découvre aussi quatre copies des *Observations sur le Nakaz*[155], parmi lesquelles le manuscrit – avec des commentaires de la main de Galitzine, qui ne l'avait donc pas détruit comme on le croyait jusque-là, mais l'avait rendu, on l'a vu, à Denis avec ses annotations. Ébloui par cette masse énorme de documents, l'universitaire allemand souhaite les inventorier et les classer, et obtient en 1947 du propriétaire du fonds, le baron Le Vavasseur, le droit de les emporter aux États-Unis sans que personne en France n'y fasse obstacle[169].

En 1951, après quatre ans de travail, Dieckmann publie à Genève, chez Droz, l'*Inventaire du fonds Vandeul*[168], qui révolutionne les études sur Diderot ; le fonds Vandeul est rapatrié en France grâce à un don de la Fondation Singer-Polignac, et il entre à la Bibliothèque nationale, où il est aujourd'hui.

En 1957, Dieckmann est invité à donner des leçons au Collège de France (ses *Cinq leçons sur Diderot*[167] paraissent chez Droz, à Genève, en 1959) et fait régulièrement des communications en France sur Diderot.

Nouvelles découvertes…

Dans une introduction à la réédition en 1957 de l'essai d'Archer sur le *Paradoxe sur le comédien*[16], l'acteur, réalisateur et fondateur de l'Actor's Studio Lee Strasberg écrit : « *Le* Paradoxe *somme donc l'acteur de reconnaître le caractère noble de son art ; il le prie de discipliner et de contrôler le flux de son imagination et de sa sensibilité* […]. *Cette exigence de discipline, pour les acteurs, d'une technique de la pratique des émotions, est un facteur essentiel de la théorie et de la pratique du jeu. Voilà la véritable signification historique du texte de Diderot. En formulant cette exigence, Diderot devient un des pionniers du concept moderne du théâtre. Cela explique que Stanislavski a considéré l'essai de Diderot comme l'une des contributions les plus importantes à la théorie du jeu*[16]. »

À partir de 1965, le professeur Paul Vernière travaille sur le fonds de la Bibliothèque de Leningrad ; il y découvre tous les ouvrages politiques de Diderot, qu'on ne connaissait pas et que les Vandeul avaient soigneusement censurés, et d'autres textes tels que le questionnaire que Diderot avait adressé à l'impératrice sur l'état de la Russie.

Les critiques, de plus en plus enthousiastes, désignent Diderot comme le précurseur des révolutions romanesques modernes. Henri Poulet, spécialiste des XVIIe et XVIIIe siècles, écrit en 1967 : « *Diderot est le premier de nos romanciers modernes, parce qu'il a l'intuition de la véritable vie et le sentiment des rapports qui lient au monde entier chaque événement et à la société humaine chaque existence d'homme.* » La même année, le cinéaste Jacques Rivette s'inspire de *La Religieuse*[156] pour mettre en scène le film homonyme, lequel déchaîne les catholiques et est interdit par la censure.

Dans le *Répertoire III*[70] (publié en 1968), Michel Butor écrit l'un des meilleurs textes sur « Diderot le fataliste et ses maîtres[70] ». Il évoque les relations de Diderot avec la censure et explique qu'il a été « *capable de jouer* [...] *magistralement avec les différents contrôles*[70] ». Dans le cas de l'*Encyclopédie*[189], « *il s'agissait, non de se présenter comme penseur original, mais d'assurer la publication d'un ouvrage dans lequel passerait le maximum possible d'information, et il était nécessaire pour cela, non seulement de superviser les articles de collaborateurs parfois dangereusement susceptibles, d'en vérifier l'exactitude, mais aussi d'effectuer une censure préalable, de disposer l'ouvrage en vue de la censure, notamment en balançant les textes périlleux par d'autres capables d'apaiser les contrôleurs*[70] ». Michel Butor en déduit que, « *instruits par ses autres mystifications,* La Religieuse, *l'*Histoire des portraits, *nous pouvons regarder toute l'*Encyclopédie *comme une gigantesque mystification dont les contrôleurs font les frais, mystification entièrement utile, mais au cours de laquelle les moments d'héroïsme et d'effroi ont dû être compensés par quelques remarquables rires*[70] ».

Le théâtre aurait été un moyen pour Diderot de « *montrer au peuple son image* [...] *et l'obliger à aborder ce problème central, ce problème qui est à l'origine de toutes les censures princières, ce problème dévastateur de la notion même de noblesse, celui de la naissance illégitime*[70] ». Enfin, « *dans* Jacques le Fataliste, *Diderot le philosophe se reconnaît valet et rêve qu'il devient le maître de ses maîtres, que tous les valets deviennent les maîtres de leurs maîtres et qu'il débouche par conséquent sur un monde où il n'y a plus ni maîtres ni valets*[70] ».

En 1984, lors de la célébration du bicentenaire de la mort de Diderot, le président Mitterrand se fait représenter par le ministre de la Culture, Jack Lang, qui déclare : « *Nous avons besoin de sa lucidité et de son optimisme.* » Milan Kundera estime en 1986, dans *L'Art du roman*[294], qu'en dédaignant Sterne et Diderot, ces « *sommets de la légèreté jamais atteints ni avant ni après*[294] », le roman a manqué une belle occasion d'évoluer de façon originale. Au contraire, « *le roman ultérieur se fit ligoter par l'impératif de la vraisemblance, par le décor réaliste, par la rigueur de la chronologie*[294] ».

*
* *

Les restes de Diderot, qui ne sont sans doute plus sous la crypte de Saint-Roch, auraient à l'évidence leur place au Panthéon. Parce qu'il nous montre que penser librement peut être en soi une source de bonheur. Parce qu'il est le premier à avoir fait du devoir d'indignation un fondement du droit et de la souveraineté populaire. Parce qu'il a été le précurseur en maints domaines, de la philosophie politique à la biologie en passant par le théâtre et la musique. Parce qu'il a été le dernier homme à pouvoir prétendre avoir embrassé et maîtrisé en tout domaine le savoir disponible de son temps.

*
* *

Ce voyage en compagnie de Diderot terminé, je mesure combien il va me manquer. Je sais que je reviendrai désormais souvent à lui. Pour lire la plus belle langue française, comme dans sa correspondance avec Jeanne de Maux[143]. Pour parler d'amour avec Sophie Volland[143]. Pour repenser l'art du roman avec *Jacques le Fataliste*[156]. Pour réfléchir à la condition humaine dans l'*Histoire des deux Indes*[436], le *Supplément au Voyage de Bougainville*[156], *La Promenade du sceptique*[156]. Pour réfléchir sur le pouvoir avec son essai sur Sénèque[145]. Pour le voir imaginer l'impensable et pressentir l'avenir de la science avec *Le Rêve de d'Alembert*[156] ou l'*Interprétation de la nature*[156]. Pour réfléchir avec lui à l'avenir de l'Université, au devenir des États-Unis d'Amérique, à l'évolution de la physique, de la biologie, des neurosciences. Pour satisfaire une fringale de savoir, comme lui, en lisant l'*Encyclopédie*[189]. Pour théoriser la musique et les relations humaines, et pour me nourrir de mes propres contradictions avec *Le Neveu de Rameau*[156]. Pour apprendre à maîtriser ma colère ou mes impatiences en lisant sa correspondance avec Falconet ou avec Landois[143]. En mettant aussi en pratique sa méthode : écrire pour soi pour se maîtriser aussi, pour jouir du plaisir de penser et s'éviter aussi de répondre aux insultes par des insultes. Pour relativiser l'importance de l'ambition en lisant ses lettres à Voltaire.

J'aurais adoré avoir un ami comme lui. Si touchant, si tendre, si drôle, si savant, si visionnaire. Si humble, si attentif aux soucis des autres, capable de tout abandonner pour passer des jours, des semaines, des mois auprès d'un ami dans la peine ou la douleur. Un ami si fragile, aussi, capable d'erreurs comme de colères.

Je sais aussi qu'il ne quittera plus les cimes de ce monde où il a trop tardé à être admis, reconnu, célébré.

Désormais, on ne pourra plus penser le XVIIIe siècle sans lire ce qu'il en a dit, sans connaître ce qu'il y a vécu, lui, si différent des caricatures qu'on a faites de lui et de son temps. On ne pourra plus penser la dictature sans lire ce qu'il a dit des conditions d'existence de ceux qui tentent d'y penser libres. On ne pourra plus théoriser l'émergence des révolutions sans se référer à sa théorisation de l'indignation et du ressentiment ; on ne pourra plus en prédire le cours sans songer à ce qu'il a écrit des risques de dérapage et de dégénérescence en dictature. On ne pourra plus parler de l'amour sans s'être imprégné de ce qu'il en a dit et des façons, multiples et élégantes, qu'il a eues d'en parler et de le vivre. On ne pourra plus conclure une missive, et surtout un email, sans se référer aux mille et une pirouettes dont il usait pour faire de chaque dernière phrase un petit chef-d'œuvre. On ne pourra plus converser, même entre amis, sans se nourrir de son art de l'écoute et de la réplique pour nouer les discussions. On ne pourra plus réfléchir sans dialoguer en soi-même, avec soi-même, posé en redoutable contradicteur. On ne pourra plus penser sans en revenir à sa façon humble et exigeante d'aller puiser ses idées au plus profond et au plus loin de son inconscient.

On ne pourra pas enfin aborder les grands enjeux du XXIe siècle sans penser à ce qu'il écrivait en 1773 dans la *Réfutation d'Helvétius*[156] sur la continuité de la matière et du vivant, sur la liberté d'esprit et des cultures. Et sans lire et relire ce qu'il écrivait, en 1757, dans *De l'interprétation de la nature*[156] : « *Quand je tourne mes regards sur les travaux des hommes et que je vois des villes bâties de toutes parts, tous les éléments employés, des langues fixées, des peuples policés, des ports construits, les mers traversées, la terre et les cieux mesurés ; le monde me paraît bien vieux. Lorsque je trouve les hommes incertains sur les premiers principes de la médecine et de l'agriculture, sur les propriétés des substances les plus communes, sur la connaissance des maladies dont ils sont affligés, sur la taille des arbres, sur la forme de la charrue, la terre ne me paraît habitée que d'hier. Et si les hommes étaient sages, ils se livreraient enfin à des recherches relatives à leur bien-être, et ne répondraient à mes questions futiles que dans mille ans au plus tôt ; ou peut-être même, considérant sans cesse le peu d'étendue qu'ils occupent dans l'espace et dans la durée, ils ne daigneraient jamais y répondre*[156]. »

Étonnante humilité ! Comme s'il savait, dans son immense savoir et grâce à sa prodigieuse intuition de l'avenir, qu'il ne serait pas audible avant au moins deux siècles, et qu'il ne lui servirait à rien d'essayer de l'être. Comme s'il savait qu'il ne s'adressait pas à son temps, mais seulement au nôtre, comme une bombe à mèche lente, qui n'a pas encore explosé…

Nous sommes en effet le premier public possible pour Diderot. Les premiers à pouvoir l'entendre. À pouvoir donner un meilleur sens au monde, grâce à lui. Pensons à lui. Pensons avec lui.

Bibliographie

1) Académie française, *Dictionnaire de l'Académie française*, France-Expansion, Paris, 1973 (reproduction de la 4e édition, Vve B. Brunet, Paris, 1762).
2) « Affiches de Lyon », 5 mars 1766, in *Le Moniteur judiciaire de Lyon.*
3) Albert Paul, *La Littérature française au* XVIIIe *siècle*, Librairie Hachette et Cie, Paris, 1874.
4) Albertan-Coppola Sylviane, « Les antiphilosophes dans *Le Neveu de Rameau* », in *Cahiers textuel*, université de Paris-VII, février 1992.
5) MM. Alboize, Arnould et Maquet, *Histoire de la Bastille depuis sa fondation, 1374, jusqu'à sa destruction, 1789,* suivie par *Le Donjon de Vincennes, depuis sa fondation jusqu'à nos jours*, Elibron Classics, 1999.
6) Aleksic Branko, « Casanova et d'Alembert », in *Recherches sur Diderot et sur l'*Encyclopédie, numéro 42, 2007.
7) Alembert Jean le Rond d', *Eléments de musique, théorique et pratique, suivant les principes de M. Rameau*, David l'Aîné, Paris, 1752.
8) Alembert Jean le Rond d', *Œuvres complètes*, tome premier, A. Belin, Paris, 1821.
9) Alembert Jean le Rond d', *Œuvres*, tome cinquième, première partie, A. Belin, Paris, 1822.
10) Alembert Jean le Rond d', *Opuscules mathématiques ou Mémoires sur différens sujets de géométrie, de méchanique, d'optique, d'astronomie*, David puis Briasson puis C.-A. Jombert, Paris, 1761-1780.
11) Alembert Jean le Rond d', *Réflexions sur la cause générale des vents*, David l'Aîné, Paris, 1747.
12) Alembert Jean le Rond d', *Traité de dynamique*, J. Gabay, Sceaux, 1990.
13) Alembert Jean le Rond d', *Traité de l'équilibre et du mouvement des fluides*, Culture et civilisation, Bruxelles, 1966.
14) Alsted Johann Heinrich, *Encyclopaedia septem tomis distincta*, Herbornae Nassoviorum (typis G. Corvini), 1630.

15) Annet Peter, *David ou l'Histoire de l'homme selon le cœur de Dieu*, traduit de l'anglais par le baron d'Holbach, Hachette, Paris, 1972.
16) Archer William, *The Paradox of Acting, by Denis Diderot,* suivi de *Masks or Faces ?*, (introd. de Lee Strasberg), Hill and Wang, New York, 1957.
17) Argens Jean-Baptiste de Boyer marquis d', *Mémoires secrets de la République des lettres, ou le Théâtre de la vérité, par l'auteur des Lettres juives*, Neaulme, Amsterdam, 1744.
18) Argenson, *Mémoires et journal inédit du marquis d'Argenson*, Jannet, Paris, 1857.
19) Arnaud François Thomas Marie de Baculard d', *L'Art de foutre, ou Paris foutant*, The Modern Humanities Research Association, 2011.
20) Attali Jacques, *Blaise Pascal ou le Génie français*, Fayard, Paris, 2000.
21) Attali Jacques, *Une brève histoire de l'avenir*, Fayard, Paris, 2006.
22) Attali Jacques, *Phares : 24 destins*, Fayard, Paris, 2010.
23) Aulard François A., *Le Culte de la raison et le culte de l'être suprême (1793-1794)*, Elibron Classics, 2006.
24) Bacon Francis, *De la dignité et de l'accroissement des sciences*, in *Œuvres de Bacon*, Charpentier, Paris, 1843-1845.
25) Bacon Francis, *Novum Organum*, Presses universitaires de France, Paris, 1986 ; et *Du progrès et de la promotion des savoirs*, Gallimard, Paris, 1991.
26) Badinter Élisabeth, avec Badinter Robert, *Condorcet, un intellectuel en politique*, Fayard, Paris, 1988.
27) Badinter Élisabeth, *Émilie, Émilie, l'ambition féminine au XVIIIe siècle*, Flammarion, Paris, 1983.
28) Badinter Élisabeth, *Les Passions intellectuelles*, tome 1 : *Désirs de gloire (1735-1751)*, Fayard, Paris, 1999.
29) Badinter Élisabeth, *Les Passions intellectuelles*, tome 2 : *L'Exigence de dignité (1751-1762)*, Fayard, Paris, 2002.
30) Badinter Élisabeth, *Les Passions intellectuelles*, tome 3 : *Volonté de pouvoir (1762-1778)*, Fayard, Paris, 2007.
31) Badinter Élisabeth, *Les « Remontrances » de Malesherbes (1771-1775)*, Tallandier, Paris, 2008.
32) Badinter Élisabeth, *Madame du Châtelet, Madame d'Épinay ou l'Ambition féminine au XVIIIIe siècle*, Flammarion, Paris, 2006.
33) Balcou Jean, *Fréron contre les philosophes*, Librairie Droz, Genève-Paris, 1975.
34) Balzac Honoré de, *La Maison Nucingen*, préface de Bernard Guyon, Le Club Français du Livre, Paris, 1951.
35) Barbier Edmond-Jean-François, *Chronique de la Régence et du règne de Louis XV*, t. V, janvier 1752, Charpentier, Paris, 1885.
36) Bardez Jean-Michel, *Diderot et la musique*, Champion, Paris, 1975.
37) Barruel Augustin, *Mémoires pour servir à l'histoire du jacobinisme*, Pergamon press, 1989.
38) Basnage Jacques, *Histoire des Juifs*, 15 volumes, La Haye, 1716.
39) Bayle Pierre, *Dictionnaire historique et critique*, R. Leers, Rotterdam, 1697.
40) Bayle Pierre, *Œuvres diverses*, tome premier, P. Husson, La Haye, 1727.

41) Beaumarchais Pierre-Augustin Caron de, *La Folle Journée ou le Mariage de Figaro*, Gallimard, Paris, 1996.
42) Beaumont de Christophe, *Mandements et lettres pastorales, 1747-1781*, C. Simon, Paris, 1773.
43) Beaussant Philippe, *Rameau de A à Z*, Fayard, Paris, 1983.
44) Beccaria Cesare, *Des délits et des peines*, Flammarion, Paris, 1991.
45) Belaval Yvon, Bourel Dominique, « Le siècle des Lumières et la Bible », in *Bible de tous les temps*, vol. 7, Beauchesne, p. 795 *sq.*
46) Belaval Yvon, *L'Esthétique sans paradoxe de Diderot*, Paris, 1950.
47) Benot Yves, *Diderot, de l'athéisme à l'anticolonialisme*, Paris, 1970.
48) Benrekassa Georges, « D'Holbach et le problème de la nation représentée », in *Recherches sur Diderot et sur l'Encyclopédie*, n° 8, 1990. pp. 79-87.
49) Bergeron Louis et Chaussinand-Nogaret Guy, *Grands notables du Premier Empire,* tome 7, Haute-Marne, Éditions du CNRS, 1981.
50) Berkeley George, *Œuvres choisies, I. Essai d'une nouvelle théorie de la vision. Dialogues entre Hylas et Philonoüs*, F. Alcan, Paris, 1895.
51) Bernis François-Joachim de Pierres cardinal de, *Mémoires*, Mercure de France, 2000.
52) Bertrand Joseph, *D'Alembert*, Echo Library, 2008.
53) Bes Hoghton Isabelle, « Diderot critique d'art », http://dialnet.unirioja.es/servlet/fichero_articulo?codigo=2554401.
54) Bianco Jean-François, « Diderot a-t-il inventé le Web ? », in *Recherches sur Diderot et l'Encyclopédie*, avril 2002.
55) Birn Raymond, « Le Journal des Savants sous l'Ancien Régime », in *Journal des Savants*, 1965, n° 1, pp. 15-35.
56) Bongie Larry, « La chasse aux abbés : l'abbé Gua de Malves et la morale diderotienne », in *Recherches sur Diderot et sur l'Encyclopédie*, n° 14, 1993, pp. 7-22.
57) Bougainville Louis-Antoine de, *Voyage autour du monde par la frégate du roi* La Boudeuse *et la flûte* L'Étoile *en 1766, 1767, 1768 et 1769*, Saillant et Nyon, Paris, 1771.
58) Bouillet Marie-Nicolas, *Dictionnaire universel d'histoire et de géographie* (26e édition), Hachette, Paris, 1878.
59) Boulanger Jean-Claude, *Les Inventeurs de dictionnaires : de l'Eduba des scribes mésopotamiens au scriptorium des moines médiévaux*, University of Ottawa Press, 2003.
60) Boullée Auguste-Aimé, *Histoire de la vie et des ouvrages du chancelier d'Aguesseau*, Desenne, Paris, 1835.
61) Bourel Dominique, « Les rasés et les barbus – Diderot et le judaïsme », in *Revue philosophique de la France et de l'étranger*, n° 3, 1984.
62) Brancourt Isabelle, *Le Chancelier d'Aguesseau, monarchiste et libéral*, Publisud, Paris, 1996.
63) Brucker Johann Jakob, *Historia Critica Philosophiae*, 5 volumes, Leipzig, 1742-1744.
64) Brugmans Hajo, *Diderot (1713-1784) : aan de bron van het modern denken*, Amsterdam, 1937.

65) Brusnelli Manlio Duilio, *Diderot et l'Italie : reflets de vie et de culture italiennes dans la pensée de Diderot, avec des documents inédits et un essai bibliographique sur la fortune du grand encyclopédiste en Italie*, Champion, Paris, 1925.
66) Buffat Marc, « *Ecco il vero pulcinella* », in *Recherches sur Diderot et sur l'Encyclopédie*, 18-19 oct. 1995, pp. 55-70.
67) Buffat Marc, Richard-Pauchet Odile, *Diderot, Lettres à Sophie Volland 1759-1774*, Éditions Non Lieu, Paris, 2010 et Buffat Marc, « Diderot par lui-même dans les lettres à Sophie Volland », in *Recherches sur Diderot et sur l'Encyclopédie*, n°15, 1993, pp. 9-30.
68) Buffon Georges-Louis Leclerc comte de, *Histoire naturelle*, Paléo, Clermont-Ferrand, 2003.
69) Burke Edmund, *Réflexions sur la Révolution de France*, A. Egron, 1823.
70) Butor Michel, *Répertoire III*, Minuit, Paris, 1968.
71) Cahen Albert, *Lettres du XVIIIe siècle : lettres choisies de Voltaire, Mme du Deffand, Diderot, Mme Roland et de divers auteurs*, A. Colin, Paris, 1894.
72) Candaux Jean-Daniel, « Consultations du docteur Tronchin pour Diderot », in *Diderot Studies*, VI, 1964.
73) Caron Nathalie et Wulf Naomi, « Introduction : Les Lumières américaines dans l'historiographie contemporaine aux États-Unis : ambivalences et réticences », in *Revue française d'études américaines*, 2/2002 (n° 92), pp. 3-21.
74) Carrère d'Encausse Hélène, *Catherine II*, Fayard, Paris, 2002.
75) Carzou Jean-Marie, « Cinquième entretien : problèmes de chronologie », in Duchet Michèle et Launay Michel (dir.), *Entretiens sur le Neveu de Rameau*, préface de Fabre Jean, Librairie Nizet, Paris, 1967.
76) Casanova Giacomo, *Mémoires de Jacques Casanova de Seingalt, écrits par lui-même*, tome III, J.-P. Meline, Bruxelles, 1833.
77) Casanova Giacomo, « Précis de ma vie », in J. F. H. Adnesse, *Casanova après ses Mémoires*, Mounastre-Picamilh, Bordeaux, 1919.
78) Castel de Saint-Pierre Charles-Irénée, *Projet pour rendre la paix perpétuelle en Europe*, Fayard, Paris, 1986.
79) Catherine II, *Antidote, ou Examen du mauvais livre superbement intitulé Voyage en Sibérie, fait par ordre du Roi en 1761*, Marc-Michel Rey, Amsterdam, 1771-1772.
80) Caussy Fernand, « Damilaville ou le Gobe-mouche de la philosophie », in *Mercure de France*, n° 381, 1er mai 1913 et Caussy Fernand, « Lettres inédites de Thiériot à Voltaire », in *Revue d'histoire littéraire de la France*, t. XV, 1908, pp. 131-161.
81) Cazenobe Colette, « L'*Histoire de Madame de Montbrillant* : un laboratoire de formes romanesques », in *Revue d'histoire littéraire de la France*, 1996/03 – 1996/04.
82) Centlivres Pierre (dir.), *Saints, sainteté et martyre*, colloque de Neuchâtel, 27 et 28 novembre 1997, Éditions de la Maison des sciences de l'homme, Paris.
83) Centre aixois d'études et de recherches sur le XVIIIe siècle, *Diderot : les beaux-arts et la musique* : actes du colloque international, Aix-en-Provence, 14, 15 et 16 décembre 1984, Publications de l'université de Provence, Aix-en-Provence, 1986.
84) Cerceau Jean-Antoine du, *Les Incommodités de la grandeur, comédie en 5 actes et en vers*, J. Delalain, Paris, 1852.

85) Chambers Ephraïm, *Cyclopaedia, or an Universal Dictionary of Arts and Sciences*, R. Gunne, Dublin, 1742.
86) Chanoine Marcel, *Le Frère de Diderot : Didier-Pierre Diderot, chanoine de la cathédrale et grand archidiacre du diocèse, fondateur des écoles chrétiennes de Langres*, Champion, Paris, 1913.
87) Chansiaud Valérie, « The Royal Society », in *Encyclopédie Universalis.*
88) Chappe d'Auteroche Jean, *Voyage en Sibérie fait par ordre du roi en 1761, contenant les mœurs, les usages des Russes et l'état actuel de cette puissance, la description géographique et le nivellement de la route de Paris à Tobolsk, l'histoire naturelle de la même route*, Debure père, Paris, 1768.
89) Chaumeix Abraham-Joseph de, *Préjugés légitimes contre l'Encyclopédie et essai de réfutation de ce dictionnaire*, Hérissant, Bruxelles, Paris, 1758-1759.
90) Chaunu Pierre, Foisil Madeleine et Noirfontaine Françoise de, *Le Basculement religieux de Paris au XVIIIe siècle*, Fayard, Paris, 1998.
91) Chaussinand-Nogaret Guy, *D'Alembert*, Fayard, Paris, 2007.
92) Chaussinand-Nogaret Guy, *Les Lumières au péril du bûcher, Helvétius et d'Holbach*, Fayard, 2009.
93) Chottin Marion (dir.), *L'Aveugle et le Philosophe, ou comment la cécité donne à penser*, Publications de la Sorbonne, 2009.
94) Chouillet Jacques, « Herbert Dieckmann, historien et philosophe des Lumières », in *Recherches sur Diderot et l'Encyclopédie*, n° 6, 1989.
95) Chouillet Anne-Marie (dir.), *Les Ennemis de Diderot : colloque*, Klincksieck, 2000 et Chouillet Anne-Marie, « Trois lettres inédites de Diderot », in *Recherches sur Diderot et sur l'Encyclopédie*, n°11, 1991, pp. 8-18.
96) Chouillet Anne-Marie et Rieucau Jean-Nicolas, « Une "Note" inédite de Condorcet sur Diderot », in *Recherches sur Diderot et sur l'Encyclopédie*, n° 43, 2010.
97) Chouillet Anne-Marie, « Documents sur le projet d'Encyclopédie réduite de Formey », in *Recherches sur Diderot et sur l'Encyclopédie*, n° 16, 1994, pp. 154-159.
98) Chouillet Jacques, *Denis Diderot, Sophie Volland, un dialogue à une voix*, Champion, Paris, 1986.
99) Chouillet Jacques, Perol Lucette, « Débat : de l'*Encyclopédie* à la Déclaration des droits de l'homme, rupture ou continuité ? », in *Recherches sur Diderot et l'Encyclopédie*, n° 8, 1990.
100) Collé Charles, *Journal historique, ou mémoires critiques et littéraires*, Imprimerie bibliographique, 1807.
101) Collignon Albert, *Diderot : sa vie, ses œuvres, sa correspondance*, Félix Alcan éditeur, Paris, 1895.
102) Collins Anthony, *L'Esprit du judaïsme ou Examen raisonné de la loi de Moyse et de son influence sur la religion chrétienne*, traduit de l'anglais par le baron d'Holbach, Hachette, Paris, 1972.
103) Collins Anthony, *Examen des prophéties qui servent de fondement à la religion chrétienne, avec un Essai de critique sur les prophètes et les prophéties en général*, ouvrages traduits de l'anglais par le baron d'Holbach, Hachette, Paris, 1972 et Collins Anthony, *Discours sur la liberté de penser*, H. Champion, Paris, 2009.

104) Combeau Yves, *Le Comte d'Argenson, ministre de Louis XV*, École des Chartes, Paris, 1999.
105) Condillac Étienne Bonnot de, *Essai sur l'origine des connaissances humaines : ouvrage où l'on réduit à un seul principe tout ce qui concerne l'entendement humain*, J. Vrin, Paris, 2002.
106) Condillac Étienne Bonnot de, *Traité des sensations ; traité des animaux*, Fayard, Paris, 1984.
107) Condorcet, *Éloge de M. Franklin*, Pyre et Petit, Paris, 1791, et *Éloge sur l'abbé de Gua*, in *Œuvres complètes*, Heinrich, Paris, 1894.
108) Condorcet, *Esquisse d'un tableau historique des progrès de l'esprit humain*, Agasse, Paris, 1794.
109) Corday Michel, *La Vie amoureuse de Diderot*, Flammarion, Paris, 1928.
110) Corneille Thomas, *Dictionnaire des arts et des sciences*, Vve de J. B. Coignard, Paris, 1694.
111) Cottret Monique, *Culture et politique dans la France des Lumières (1715-1792)*, Armand Colin, Paris, 2002.
112) Cousin d'Avallon Charles-Yves, *Diderotiana, ou Recueil d'anecdotes, bons mots, plaisanteries, réflexions et pensées de Denis Diderot, suivi de quelques morceaux inédits de ce célèbre encyclopédiste*, Lebel et Guitel, Paris, 1811.
113) Covelli David, *Langres, Guide touristique*, Éditions Dominique Guéniot et Office de Tourisme du Pays de Langres.
114) Cranston Maurice William, *The Solitary Self : Jean-Jacques Rousseau in Exile and Adversity*, University of Chicago Press, 1999.
115) Craveri Benedetta, *L'Âge de la conversation*, Gallimard, Paris, 2001.
116) Crevel René, *Le Clavecin de Diderot*, Paris, 1932.
117) Cushing Max Pearson, *Baron d'Holbach, A Study of Eighteenth Century Radicalism in France*, ebook (http://www.gutenberg.org/ebooks/5621).
118) Damiron Jean-Philibert, *Mémoire sur Helvétius*, Firmin Didot Frères, Paris, 1854.
119) Damiron Jean-Philibert, *Mémoire sur Naigeon et accessoirement sur Sylvain Maréchal et Delalande*, Durand, Paris, 1857.
120) Damrosch Leo, *Jean-Jacques Rousseau : Restless Genius*, Houghton Mifflin Harcourt, 2005.
121) Darnton Robert, *L'Aventure de l'Encyclopédie, un best-seller au siècle des Lumières*, Perrin, Paris, 1982.
122) Darnton Robert, *L'Aventure de l'Encyclopédie, 1775-1800*, Seuil, Paris, 1992.
123) Darnton Robert, « Les Encyclopédistes et la police », in *RDE*, n° 1, 1986, pp. 94-109.
124) Darnton Robert, *Le Grand Massacre des chats : attitudes et croyances dans l'ancienne France*, Les Belles Lettres, Paris, 2011.
125) Dauphin Claude, « La Querelle des Bouffons : crise du goût musical et scission du royaume sous Louis XV », in *Synergies Espagne* n° 4, 2011, pp. 139-153 (http://ressources-cla.univ-fcomte.fr/gerflint/Espagne4/dauphin.pdf).
126) David Jean-Claude, « L'affaire de Prades 1751-1752 d'après deux rapports de police », in *Studies on Voltaire and the Eighteenth Century*, 1986, pp. 359-371.

127) David Odette, *L'autobiographie de convenance de Madame d'Epinay, écrivain-philosophe des Lumières*, L'Harmattan, 2007.
128) Davison Rosena, *Diderot et Galiani : étude d'une amitié philosophique*, Oxford, Voltaire Foundation at the Taylor Institution, 1985.
129) De Booy, « Diderot et son copiste Roland Girbal », in *French Studies*, vol. XVI, 1962, pp. 324-333.
130) *Décade philosophique, littéraire et politique*, n° 15, 18 février 1798.
131) Decrusy, Isambert et Tallandier MM., *Recueil général des anciennes lois françaises depuis l'an 420 jusqu'à la Révolution de 1789*, Belin-Leprieur, Verdière, Paris, 1830.
132) Delafarge Daniel, *La Vie et l'œuvre de Palissot, 1730-1814*, Slatkine, 1971.
133) Deleyre Alexandre, *Analyse de la philosophie du chancelier François Bacon*, Desaint et Saillant, Paris, 1755 et Deleyre Alexandre, *La Revue des feuilles de M. Fréron*, Londres, 1756.
134) Delmas Bernard, « Les Physiocrates, Turgot et "le grand secret de la science fiscale" », in *Revue d'histoire moderne et contemporaine*, 2/2009 (n° 56-2), pp. 79-103.
135) Delon Michel (dir.), *Album Diderot*, Gallimard, coll. « La Pléiade », Paris, 2004.
136) Delon Michel (dir.), *Dictionnaire européen des Lumières*, PUF, Paris, 1997.
137) Delon Michel, Notice présentant *Ceci n'est pas un conte*, in *Œuvres complètes de Diderot*, vol. 1 : *Contes et romans*, Gallimard, Bibliothèque de la Pléiade, Paris, 2004.
138) Des Cars Jean, *Malesherbes*, Perrin, 2012.
139) Desfontaines Pierre-François Guyot, *Dictionnaire néologique à l'usage des beaux esprits du siècle*, Paris, 1726.
140) Desfontaines Pierre-François Guyot, *Observations sur les écrits modernes*, Paris, 1735.
141) *Dictionnaire universel français et latin, contenant la signification et la définition tant des mots de l'une et de l'autre langue que des termes propres à chaque état et de chaque profession et avec des remarques d'érudition et de critique (dictionnaire de Trévoux)*, P. Antoine, Nancy, 1740.
142) Diderot Denis, *Principes de la philosophie morale, ou essai de M. S*** sur le mérite et la vertu, avec des réflexions*, Amsterdam, 1772.
143) Diderot Denis, *Correspondance*, édition établie par Laurent Versini, Robert Laffont, Paris, 1997.
144) Diderot Denis, *Essai sur la vie de Sénèque le philosophe, sur ses écrits, et sur les règnes de Claude et de Néron*, Frères de Bure, Paris, 1779.
145) Diderot Denis, *Essai sur les règnes de Claude et de Néron, et sur les mœurs et les écrits de Sénèque*, Londres, 1782.
146) Diderot Denis, *La Promenade du Sceptique ou les Allées*, in J. Assézat et M. Tourneux, *Œuvres complètes de Diderot*, Garnier Frères, Paris, 1875-1877.
147) Diderot Denis, *Le Neveu de Rameau : satire*, avec une introduction et des notes, par Georges Monval, E. Plon, Nourrit, Paris, 1891.
148) Diderot Denis, *Le Neveu de Rameau, Satire tierce*, introduction, notes et annexes de Daniel Carmantrand, Éditions de Langres I.P.S.
149) Diderot Denis, *La Religieuse*, Gallimard, Paris, 1973.

150) Diderot Denis, *Les Eleuthéromanes, avec un commentaire historique,* Édition du centenaire, 1884.
151) Diderot Denis, *Lettre à la comtesse de Forbach sur l'éducation des enfants*, rééd. vers 1772.
152) Diderot Denis, *Lettre sur l'éducation des enfants à la princesse Nassau-Saarbruck*, 1758.
153) Diderot Denis, *Lettres à Sophie Volland*, par André Babelon, Éditions de la Nouvelle Revue Française, Paris, 1930.
154) Diderot Denis, « Mon portrait et mon horoscope », in *Œuvres de Denis Diderot*, tome quatrième, A. Belin, Paris, 1818.
155) Diderot Denis, *Œuvres*, édition établie par Laurent Versini, R. Laffont, Paris, 1994.
156) Diderot Denis, *Œuvres complètes de Diderot*, revues sur les éditions originales par J. Assézat et Maurice Tourneux, Garnier Frères, Paris, 1875-1877.
157) Diderot Denis, *Œuvres de Denis Diderot*, publiées sur les manuscrits de l'auteur, par Jacques-André Naigeon, Desray, Deterville, Paris, 1798.
158) Diderot Denis, « Écrits inconnus de jeunesse », identifiés et présentés par J. Th. de Booy, The Voltaire Foundation, 1974-1979.
159) *Diderot et la critique de salon, 1759-1781*, Musée de Langres, 1784.
160) Diderot Denis, *Plan d'une université*, rééd. 1775.
161) Diderot Denis, *Réfutation d'Helvétius*, rééd. 1773-1778, Corr. 1783-1786.
162) Diderot Denis, *Voyage en Hollande*, La Découverte, Paris, 1982.
163) Diderot Denis, *Œuvres complètes*, édition critique et annotée publiée sous la direction de H. Dieckmann, J. Fabre, J. Proust et J. Varloot, Hermann, Paris, 1975-2004.
164) *Diderot et Greuze*, Actes du colloque de Clermont-Ferrand (16 novembre 1984) réunis par Antoinette et Jean Ehrard (université de Clermont-II, Centre de recherches révolutionnaires et romantiques), Clermont-Ferrand, Adosa, 1986.
165) *Diderot Studies*, edited by Otis Fellows, Librairie Droz, Genève, 1949.
166) Didier Béatrice et Neefs Jacques (dir.), *Diderot, Autographes, copies, éditions*, Presses universitaires de Vincennes, Saint-Denis, 1986.
167) Dieckmann Herbert, *Cinq leçons sur Diderot*, Droz, Genève, 1959.
168) Dieckmann Herbert, *Inventaire du Fonds Vandeul et inédits de Diderot*, Droz, Genève, 1951.
169) Dieckmann Herbert, « L'épopée du fonds Vandeul », in *Revue d'histoire littéraire de la France*, 1985/11 – 1985/12.
170) Dieckmann Herbert, « The Autopsy Report on Diderot », in *Isis*, n° 41, 1950.
171) Dolle Jean-Marie, *Diderot et les problèmes de l'éducation*, Vrin, Paris, 1973.
172) Domenech Jacques, *L'Œuvre de Madame d'Épinay, écrivain-philosophe des Lumières*, L'Harmattan, Paris, 2010.
173) Dompier Bernard (dir.), *La Superstition à l'âge des Lumières*, Honoré Champion, Paris, 1998.
174) Droit Roger-Pol, « La face cachée de Voltaire », in *Le Point*, 2 août 2012.
175) Duchet Michèle, *Anthropologie et Histoire au siècle des Lumières*, Paris, 1971.

176) Duchet Michèle, « Diderot collaborateur de Raynal : à propos des *Fragments imprimés* du fonds Vandeul », in *RHLF*, LX, 1960, pp. 531-556.
177) Duchet Michèle, « Le *Supplément* et la collaboration de Diderot à l'*Histoire des deux Indes* », Caief, 1961, p. 183.
178) Duchet Michèle et Launay Michel (dir.), *Entretiens sur Le Neveu de Rameau*, préface de Jean Fabre, Librairie Nizet, Paris, 1967.
179) Ducros Louis, *Les Encyclopédistes*, Ayer Publishing, 1968 et Ducros Louis, *Diderot, l'homme et l'écrivain, Slatkine*, Genève, 1970.
180) Duhamel du Monceau Henri-Louis, *Traité de la culture des terres suivant les principes de M. Tull*, H.-L. Guérin et L.-F. Delatour, Paris, 1753-1761.
181) Dulac Georges, *Éditer Diderot*, SVEC n° 254, The Voltaire Foundation, 1988.
182) Du Marsais César Chesneau, *Le Philosophe*, in *Nouvelles libertés de penser*, Amsterdam, 1743.
183) Dupuy-Vachey Marie-Anne, *Fragonard : les plaisirs d'un siècle*, Catalogue de l'exposition, musée Jacquemart-André, Culturespaces, Paris, 2007.
184) Dutertre Gilles, *Les Français dans l'histoire de la Lituanie*, L'Harmattan, Paris, 2009.
185) Dyche Thomas, *A New General English Dictionary*, R. Ware, Londres, 1740.
186) Église catholique, Clément XI, *Bulle... que condamne le silence respectueux et ordonne la signature pure et simple du Formulaire d'Alexandre II*, 1705.
187) Église catholique, Clément XI, *Constitution... du 8 septembre 1713*, 1713.
188) Église catholique, Innocent X, *Bulle ou constitution... par laquelle sont déclarées et définies cinq propositions en matière de Foy*, Jacquard, Troyes, 1653.
189) *Encyclopédie, ou Dictionnaire raisonné des sciences, des arts et des métiers*, par Diderot Denis et Alembert Jean le Rond d', Briasson, David, Le Breton, Durand, Paris, 1751-1772. *Encyclopédie* de Diderot et d'Alembert, édition critique et annotée, présentée par John Lough et Jacques Proust, Hermann, Paris, 1976
190) *Encyclopédie méthodique*, chez Panckoucke, Paris, 1782-1832.
191) Épinay Madame d', *Histoire de Madame de Montbrillant*, texte intégral publié par Georges Roth, Gallimard, Paris, 1951.
192) Épinay Madame d', *Mémoires et correspondance de madame d'Épinay*, troisième édition, Volland le Jeune, Paris, 1818.
193) *L'Esprit de l'Encyclopédie, ou choix des articles les plus curieux, les plus agréables, les plus piquants, les plus philosophiques de ce grand dictionnaire*, tome second, Briasson, Genève, 1772.
194) *Études sur Le Neveu de Rameau et le Paradoxe sur le comédien de Denis Diderot*, in *Cahiers Textuel*, Paris-VII, 1992 (actes du colloque organisé par l'université de Paris-VII les 15-16 novembre 1991, textes réunis par Georges Benrekassa, Marc Buffat, Pierre Chartier).
195) Evans Raymond Leslie, *Diderot et la musique*, Birmingham, 1932.
196) Fabre Jean, *Le Neveu de Rameau*, édition critique avec introduction et notes, Genève, 1950, rééd. 1977.
197) Faccarello Gilbert et Murphy Antoin, « Pierre de Boisguilbert et John Law », in *Nouvelle histoire de la pensée économique*, vol. 1, La Découverte, 1993, pp. 154-187.

198) Faguet Émile, *Études littéraires, Dix-huitième siècle*, ebook (http://www.gutenberg.org/ebooks/12749).

199) Fenouillot de Falbaire de Quingey Charles-Georges, *Avis aux gens de lettres*, A Liège, 1770.

200) Ferret Olivier, « Voltaire lecteur de l'*Encyclopédie* », in *Revue Voltaire*, 3, 2003.

201) Ferrone Vincenzo et Roche Daniel (dir.), *Le Monde des Lumières*, Fayard, Paris, 1999.

202) Feugère Anatole, « Pourquoi Rousseau a remanié la Préface de la *Lettre à d'Alembert* », in *Annales de la société J. J. Rousseau*, t. 20, 1931.

203) Feugère Anatole, *Un précurseur de la révolution, l'abbé Raynal, 1713-1796*, Imprimerie ouvrière, Angoulême, 1922.

204) Fontenay Élisabeth de, *Diderot ou le matérialisme enchanté*, Grasset, Paris, 2001.

205) Fontenay Élisabeth de, Proust Jacques (dir.), *Interpréter Diderot aujourd'hui*, Centre culturel international de Cerisy-la-Salle, colloque, 11-21 juillet 1983, Le Sycomore, Paris, 1984.

206) Fontenelle Bernard de, *Du bonheur, suivi d'Aphorismes et de l'Essai sur l'histoire*, Helleu et Sergent, Paris, 1926 et *De l'origine des fables*, Bastien, Paris, 1790.

207) Fontius Martin, « Mozart chez Grimm et madame d'Épinay », in *Recherches sur Diderot et l'Encyclopédie*, n° 9, 1990, pp. 95-108.

208) Forbonnais François Véron Duverger de, *Éléments du commerce*, Briasson, Paris, 1754.

209) Fosca, *Histoire des cafés de Paris*, Paris, 1934.

210) François de Neufchâteau Nicolas, *Les Lectures du citoyen, ou Suite de mémoires sur des objets de bien public*, Imprimerie nationale, Paris, 1793.

211) Frédéric II, *Examen de l'Essai sur les préjugés*, in *Œuvres de Frédéric le Grand*, R. Decker, Berlin, 1846-1857.

212) Fréron, *L'Année littéraire ou Suite des Lettres sur quelques Écrits de ce Temps*, Michel Lambert, 1754.

213) Fréron, *L'Année littéraire et politique*, tome quatrième, Crapart, Paris, 1790.

214) Fujiwara Mami, « Diderot et le droit d'auteur avant la lettre : autour de la *Lettre sur le commerce la Librairie* », in *Revue d'histoire littéraire de la France*, 1/2005 (vol. 105), pp. 79-94.

215) Fumaroli Marc, *Quand l'Europe parlait français*, Éditions de Fallois, Paris, 2001.

216) Furet François et Ozouf Mona, *Dictionnaire critique de la Révolution française. Idées*, Flammarion, Paris, 2007.

217) Furetière Antoine, *Dictionnaire universel, contenant généralement tous les mots françois tant vieux que modernes, et les termes de toutes les sciences et des arts*, France-Expansion, Paris, 1972.

218) Galiani Ferdinando, *De la monnaie*, Economica, Paris, 2005.

219) Galiani Ferdinando, *Dialogues sur le commerce des bleds*, Fayard, Paris, 1984.

220) Gallois Lionel, « Claude et Abel Gautier, hommes d'affaires langrois des Caroillon de Vandeul », in *Recherches sur Diderot et sur l'Encyclopédie*, n° 15, 1993, pp. 113-139.

221) Garin, *Le Chevalier qui faisait parler les c… et c.*, Gay et Doucé, Bruxelles, 1881.

222) *Garrick ou Les acteurs anglais*, traduit de l'anglais par Antoine-Fabio Sticotti, J. P. Costard, Paris, 1770.

223) Gasté Armand, *Diderot et le curé de Montchauvet : une mystification littéraire chez le baron d'Holbach, 1754*, A. Lemerre, Paris, 1898.

224) Gautier Hubert, *Le Père de Diderot : son testament, sa succession : patrimoine d'un maître coutelier langrois vers le milieu du XVIIIe siècle*, impr.-édit. Crépin-Leblond, Moulins, 1933.

225) Gendzier Stephen, « Diderot and the Jews », in *Diderot Studies* 16, 1973.

226) Gepner Corinna, *Angélique Diderot ou l'amour d'un père*, in *Lunes* (revue éditée à Evreux), n° 18, 2002, pp. 41-47.

227) Gille Bertrand, « L'*Encyclopédie*, dictionnaire technique », in *Revue d'histoire des sciences et de leurs applications*, tome 5, n° 1, 1952.

228) Girardin Saint-Marc, « Jean-Jacques Rousseau, sa vie et ses ouvrages. XIV. Rousseau et Malesherbes », in *Revue des Deux Mondes*, mars-avril 1856.

229) Giry O.-J. de Vaux de, abbé de Saint-Cyr, « Avis utile. Catéchisme et décisions de cas de conscience à l'usage des Cacouacs », in *Mercure de France*, octobre 1757 (in Moreau Jacob-Nicolas, *Nouveau Mémoire pour servir à l'histoire des Cacouacs*, Amsterdam, 1757).

230) Goldoni Carlo, *Le Bourru bienfaisant, comédie franco-italienne*, Librairie française et étrangère, Paris, 1859.

231) Goldoni Carlo, *Le Père de famille, comédie en 3 actes et en prose*, traduite de l'italien par A. Deleyre, E. Bleichnarr, Avignon et Liège, 1758.

232) Goldoni Carlo, *Le Véritable ami, comédie en 3 actes et en prose*, traduite de l'italien par Véron de Forbonnais, M. Lambert, Paris, 1758.

233) Graille Patrick et Kozul Mladen, *Discours antireligieux français du dix-huitième siècle : du curé Meslier au marquis de Sade*, L'Harmattan, Paris, 2003.

234) Grimm Friedrich Melchior, *Correspondance inédite de Frédéric Melchior Grimm*, par J. Schlobach, Fink, 1972.

235) Grimm Friedrich Melchior, *Correspondance littéraire, philosophique et critique, par Grimm, Diderot, Raynal, Meister, etc.*, Kraus reprint, Nendeln (Liechtenstein), 1968.

236) Grimm Friedrich Melchior, « Éloge du jeune Mozart », in *Correspondance littéraire*, 1er décembre 1763.

237) Groffier-Klibansky Ethel, *Criez et qu'on crie ! Voltaire et la justice pénale*, Presses de l'université Laval, 2011.

238) Grosclaude Pierre, *Un audacieux message : l'Encyclopédie*, Nouvelles éditions latines, Paris, 1951.

239) Gua de Malves Jean-Paul de, *Usages de l'analyse de Descartes pour découvrir, sans le secours du calcul différentiel, les propriétés des lignes géométriques*, Briasson, Paris, 1740.

240) Guéhenno Jean, *Jean-Jacques, histoire d'une conscience*, tome 1, Gallimard, Paris, 1962, pp. 126-128.

241) Guiragossian Diana Carr, *Diderot Studies*, Genève, Droz, 1962.

242) Haechler Jean, *L'Encyclopédie de Diderot et de Jaucourt : essai biographique sur le chevalier Louis de Jaucourt*, Champion, Paris, 1995.

243) Haechler Jean, *L'Encyclopédie, les combats et les hommes*, Les Belles Lettres, Paris, 1998.
244) Haechler Jean, *Les Insoumises : 18 portraits de femmes exceptionnelles, de l'Antiquité à nos jours*, Nouveau Monde éditions, 2007.
245) Hagedorn Christian Ludwig von, *Réflexions sur la peinture*, Gaspar Fritsch, Leipzig, 1775.
246) Hamon Maurice, *Madame Geoffrin*, Fayard, Paris, 2010.
247) Harris John, *Lexicon technicon, or an Universal English dictionary of arts and sciences*, J. Walthoe, Londres, 1736.
248) Hatin Eugène, *Histoire politique et littéraire de la presse en France*, Poulet-Malassis et De Broise, 1859.
249) Hazard Paul, *La Crise de la conscience européenne (1680-1715)*, Fayard, 1989.
250) Hegel Georg Wilhelm Friedrich, *Phénoménologie de l'esprit*, J. Vrin, Paris, 2006.
251) Hellgouarc'h Jacqueline, « Un atelier littéraire au XVIIIe siècle : la société du bout-du-banc », in *Revue d'histoire littéraire de la France*, 1/2004, vol. 104, pp. 59-70.
252) Helvétius Claude Adrien, *Le Bonheur, poème en 6 chants, avec des fragments de quelques épîtres, ouvrages posthumes de M. Helvétius*, Londres, 1773.
253) Helvétius Claude Adrien, *De l'esprit*, Durand, Paris, 1758.
254) Helvétius Claude Adrien, *De l'homme*, Fayard, Paris, 1989.
255) Helvétius Claude Adrien, *Œuvres*, tome cinquième, Briand, Paris, an II.
256) Helvétius Claude Adrien, *Œuvres complètes, Mélanges*, M. V. Lepetit, Paris, 1818.
257) Hemsterhuis François, *Lettre sur l'homme et ses rapports*, avec le commentaire inédit de Diderot, Presses universitaires de France, Yale University Press, New Haven, 1964.
258) Henri-Robert, *Les Grands Procès de l'histoire*, Payot, Paris, 1931.
259) Hermand Pierre, *Les Idées morales de Diderot*, Georg Olms Verlag, 1972.
260) Higounet Charles, *L'Écriture*, Que Sais-Je ?, 11e édition, 2006.
261) Hisashi Ida, *Genèse d'une morale matérialiste : les passions et le contrôle de soi chez Diderot*, Champion, Paris, 2001.
262) Hobson Marian, « Déictique, dialectique dans *Le Neveu de Rameau* », in *Recherches sur Diderot et sur l'Encyclopédie*, n° 2, 1987, pp. 19-45.
263) Hoefer Jean Chrétien Ferdinand, *Nouvelle biographie générale depuis les temps les plus reculés jusqu'à nos jours*, Firmin Didot frères, Paris, 1863.
264) Holbach Paul Henri Dietrich baron d', *Le Christianisme dévoilé, ou Examen des principes et des effets de la religion chrétienne, par feu M. Boulanger*, Londres, 1756.
265) Holbach Paul Henri Dietrich baron d', *Essai sur les préjugés, ou De l'influence des opinions sur les mœurs et sur le bonheur des hommes*, Londres, 1770.
266) Holbach Paul Henri Dietrich baron d', *La morale universelle ou Les devoirs de l'homme fondés sur sa nature*, Hachette, Paris, 1975.
267) Holbach Paul Henri Dietrich baron d', *Système social ou Principes naturels de la morale et de la politique, avec un examen de l'influence du gouvernement sur les mœurs*, Hachette, Paris, 1972.

268) Huard Georges, « Les planches de l'*Encyclopédie* et celles de la *Description des Arts et métiers* de l'Académie des Sciences », in *Revue d'histoire des sciences*, n° 4, 1951.
269) Hugo Victor, *Œuvres complètes*, Club français du Livre, Paris, 1967-1970.
270) Hume David, *Essais philosophiques sur l'entendement humain*, Amsterdam, 1758.
271) Imbruglia Girolamo, « Indignation et droits de l'homme chez le dernier Diderot. De l'*Encyclopédie* à *Histoire des deux Indes* », in *L'édition du dernier Diderot*, Hermann, Paris, 2007.
272) Jacob Marie, *La Quadrature du cercle, Un problème à la mesure des Lumières*, Fayard, 2006.
273) Jal Auguste, *Dictionnaire critique de biographie et d'histoire*, Henri Plon, Paris, 1867.
274) James Robert, *Dictionnaire universel de médecine, de chirurgie, de chymie, de botanique, d'anatomie, de pharmacie, d'histoire naturelle, etc.*, traduit de l'anglais par MM. Diderot, Eidous et Toussaint, Briasson, Paris, 1746-1748.
275) Jansenius Cornelius, *Augustinus*, Parisiis : sumpt. M. Soly et M. Guillemot, 1641.
276) *Journal de littérature, des sciences et des arts*, Bureau du Journal, Paris, 1779.
277) Juin Hubert, « Diderot : lettres d'amour », in *Magazine littéraire*, n° 204, février 1984.
278) Kafker Frank A., « A List of Contributors to Diderot's Encyclopedia », in *French Historical Studies*, vol. 3, n° 1, printemps 1963, pp. 106-122.
279) Kafker Frank A., *Notable Encyclopaedias of the Seventeenth and Eighteenth Centuries*, Studies on Voltaire, 194, Oxford, 1981.
280) Kafker Frank A., « Notices sur les auteurs des dix-sept volumes de "discours" de l'*Encyclopédie* », in *Recherches sur Diderot et sur l'Encyclopédie*, 1989, vol. 7, n° 1, pp. 125-150.
281) Kafker Frank A., « Notices sur les auteurs des dix-sept volumes de "discours" de l'*Encyclopédie* (suite et fin) », in *Recherches sur Diderot et sur l'Encyclopédie*, 1990, vol. 8, n° 1, pp. 101-121.
282) Kafker Frank A., « Notices sur les collaborateurs du recueil de planches de l'*Encyclopédie* », in *Recherches sur Diderot et sur l'Encyclopédie*, n° 18-19, 1995, pp. 200-230.
283) Kafker Frank A., *The Encyclopedists as a Group*, Oxford, 1996.
284) Kafker Frank A., *The Encyclopedists as Individuals : A Biographical Dictionary of the Authors of the "Encyclopedie"*, Voltaire Foundation, Oxford, 1988.
285) Kafker Frank A. et Serena, *The Encyclopedists as Individuals : A Biographical Dictionary of the Authors of the Encyclopedie*, SVEC n° 257, 1988.
286) Kafker Frank A. et Loveland Jeff, « Diderot et Laurent Durand, son éditeur principal », in *Recherches sur Diderot et sur l'Encyclopédie*, numéro 39.
287) Kafker Frank A. et Loveland Jeff, « Antoine-Claude Briasson et l'*Encyclopédie* », in *Recherches sur Diderot et sur l'Encyclopédie*, 35, 2003, document 8.
288) Kant Emmanuel, *Vers la paix perpétuelle ; Que signifie s'orienter dans la pensée ? ; Qu'est-ce que les Lumières ? et autres textes*, Flammarion, Paris, 1991.
289) Kapitonovic Luppol Ivan, *Diderot : ses idées philosophiques*, Paris, 1936.

290) Karp Segueï, Plavinskaya Nadejda, Dulac Georges, Iskul Segueï, « Lettres inédites de Grimm à Catherine II », in *Recherches sur Diderot et sur l'Encyclopédie*, n° 10, 1991, pp. 41-55.
291) Keim Albert, *Helvétius, Sa vie et son œuvre*, Félix Alcan, Paris, 1907.
292) Kölving Ulla et Carriat Jeanne, « Inventaire de la *Correspondance littéraire* de Grimm et Meister », *Éditer Diderot*, The Voltaire Foundation, Oxford, SVEC n° 225, t.1, 1984.
293) Krakeur Lester Gilbert, *La correspondance de Diderot : son intérêt documentaire, psychologique et littéraire*, New York, 1939.
294) Kundera Milan, *L'Art du roman*, Gallimard, Paris, 1995.
295) Laborde Alice M., *Diderot et l'amour*, Anma Libri, 1979.
296) Laborde Alice M., *Diderot et madame de Puisieux*, Anma Libri, 1984.
297) Choderlos de Laclos Pierre-Ambroise-François, *Les Liaisons dangereuses*, Gallimard, Bibliothèque de la Pléiade, Paris, 2011.
298) Lafarga F. (dir.), *Diderot*, université de Barcelone, 1987.
299) La Font de Saint-Yenne Étienne, *Réflexions sur quelques causes de l'état présent de la peinture en France*, Jean Neaulme, La Haye, 1747.
300) Lamartine Alphonse de, *Histoire des Girondins*, t. II, Plon, Paris, 1984, pp. 689 et 782.
301) Lanfranchi Jacques, *Les statues des grands hommes à Paris : cœurs de bronze, têtes de pierre*, Éditions L'Harmattan, 2004.
302) Lang Andrew, *Historical Mysteries*, ebook (http://www.gutenberg.org/ebooks/18679).
303) Lanson Gustave, *Histoire de la littérature française*, Hachette, Paris, 1985.
304) La Mettrie Julien Offray de, *Le Traité de l'âme*, OMI, Utrecht, 1988.
305) Larousse Pierre, *Grand dictionnaire universel du XIXe siècle : français, historique, géographique, mythologique, bibliographique, littéraire, artistique, scientifique, etc.*, Slatkine, Genève, Paris, 1982.
306) Lavielle Émile, *Jean-Jacques Rousseau, « Les Rêveries du promeneur solitaire »*, Éditions Bréal, 2001.
307) Lecouturier Yves, *Histoire de la Poste en France*, Éditions Ouest-France, 2011.
308) Ledieu Paul, « Le voyage de Saint-Pétersbourg », in *Revue des vivants*, n° 2, 1928, pp. 933-950.
309) Lee Young-Mock, « Diderot et la lutte parlementaire au temps de l'*Encyclopédie* », in *Recherches sur Diderot et sur l'Encyclopédie*, n° 29, 2006.
310) Lefebvre Henri, *Diderot*, Éditeurs réunis, Paris, 1949.
311) Lefebvre Henri, *Diderot ou les affirmations fondamentales du matérialisme*, Paris, 1949.
312) Le Guern Michel, « Le jansénisme : une réalité politique et un enjeu de pouvoirs », in *Recherches de Science Religieuse*, 3/2003 (Tome 91), pp. 461-488.
313) Lemaître Jules, *Jean-Jacques Rousseau*, ebook (http://www.gutenberg.org/ebooks/18996).
314) Lenoir Claude-Jean, *La Tolérance ou la liberté ? Les leçons de Voltaire et de Condorcet*, Complexe, Bruxelles, 1997.

315) Lepan Edouard-Marie-Joseph, *Vie politique, littéraire et morale de Voltaire*, Cordier, Paris, 1817.
316) Le Mercier de la Rivière Pierre-Paul-François-Joachim-Henri, *L'Ordre naturel et essentiel des sociétés politiques*, Desaint, Paris, 1767.
317) Lepape Pierre, *Diderot*, Flammarion, Paris, 1991.
318) Lesser Friedrich Christian, *Théologie des insectes, ou Démonstration des perfections de Dieu dans tout ce qui concerne les insectes*, J. Swart, La Haye, 1742.
319) Leutrat Jean-Louis, « L'histoire de Madame de La Pommeraye et le thème de la jeune veuve », in *Diderot Studies*, vol. XVIII, Librairie Droz, Genève, 1975.
320) Lever Evelyne, *Le Temps des illusions, Chronique de la Cour et de la Ville, 1715-1756*, Fayard, 2012.
321) Lewinter Roger, *Diderot ou les mots de l'absence : essai sur la forme d'une œuvre*, Champ Livres, Paris, 1976.
322) Locke John, *Essai sur l'entendement humain*, J. Vrin, Paris, 2001.
323) Locke John, *Lettre sur la tolérance*, Nathan, Paris, 2003.
324) Locke John, *Traité du gouvernement civil*, Flammarion, 1999.
325) Lough John, « Le Breton, Mills et Sellius », in *Dix-huitième siècle*, 1969, et Lough John, *The Encyclopédie*, Slatkine, 1971.
326) Loyalty Cru R., *Diderot as a Discipline of English Thought*, New York, 1913.
327) Mably Gabriel de, *Le Droit public de l'Europe fondé sur les traitez conclus jusqu'en l'année 1740*, Meynard Uytwerf, Amsterdam, 1748.
328) *Madame Geoffrin, une femme d'affaires et d'esprit*, catalogue de l'exposition à la Maison de Chateaubriand, 27 avril – 24 juillet 2011.
329) Magnan André, *Rameau le neveu*, CNRS Littérature, 1993.
330) Malapert Pierre-Antoine-Frédéric, *Histoire abrégée de la législation sur la propriété littéraire avant 1789*, Guillaumin, Paris, 1881.
331) Malesherbes Chrétien Guillaume Lamoignon de, *Mémoires sur la librairie et sur la liberté de la presse*, Agasse, Paris, 1809.
332) Malesherbes Chrétien Guillaume Lamoignon de, *Journal*, in *Dictionnaire historique, critique et bibliographique*, par une Société de gens de lettres, Menard et Desenne, Paris, 1822.
333) Malesherbes Chrétien Guillaume Lamoignon de, *Mémoire sur le mariage des protestans, en 1785*, Pergamon press, 1989.
334) « Manuscrits légués par Mademoiselle de Lespinasse à D'Alembert », 1676 pages manuscrites reproduites en microfiches par la Voltaire Foundation d'Oxford, 1986.
335) Marcel Louis, « Un petit problème d'histoire religieuse et d'histoire littéraire, La mort de Diderot d'après des documents inédits (suite) », in *Revue d'histoire de l'Eglise de France*, tome 11, n°51, 1925, pp. 202-226 et « Le baptême de Diderot », in *Semaine religieuse du Diocèse de Langres*, 1913, et « Diderot écolier, la légende de l'histoire », in *RHLF*, n° 34, 1927.
336) Marchal France, *La Culture de Diderot*, Honoré Champion, Paris, pp. 104-118.
337) Marchand Patrick, *Le Maître de poste et le messager, Une histoire du transport public en France au temps du cheval, 1700-1850,* Belin, 2006.
338) Maréchal Sylvain, *Dictionnaire des athées anciens et modernes*, 2e édition augmentée des suppléments de J. Lalande, de plusieurs articles inédits, et d'une

notice nouvelle sur Maréchal et ses ouvrages, par J.-B.-L. Germond, Bruxelles, 1833.

339) Marmontel Jean-François, « Extrait d'un essai sur la Vie de Sénèque le Philosophe, sur ses écrits et sur les règnes de Claude et de Néron », in *Mercure de France*, 15 décembre 1778.

340) Marmontel Jean-François, *Mémoires de Marmontel*, Librairie des bibliophiles, Paris, 1891.

341) Martin Henri, *Histoire de France, depuis les temps les plus reculés jusqu'en 1789*, Furne, Paris, 1858.

342) Massiet du Biest J., *La Fille de Diderot. Mme de Vandeul*, Tours, 1949.

343) Maupertuis Pierre-Louis Moreau de, *Essai de cosmologie ; Système de la nature ; Réponse aux objections de M. Diderot*, Vrin, Paris, 1984.

344) May Georges, « Le maître, la chaîne et le chien dans *Jacques le Fataliste* », in *Cahiers de l'association internationale des études françaises*, n° 13, 1961.

345) May Louis-Philippe, « Documents nouveaux sur l'*Encyclopédie* : Histoire et sources de l'*Encyclopédie* d'après le registre des délibérations et des comptes des éditeurs », in *Revue de synthèse*, t. XV, 1938, pp. 7-15.

346) Mayer Jean, *Diderot : homme de sciences*, Rennes, 1959.

347) Melançon Benoît, *Diderot épistolier : contribution à une poétique de la lettre familière au* XVIII*e siècle*, Fidès, Montréal, 1996.

348) *Mémoire des libraires associés à l'Encyclopédie, sur les motifs de la suspension actuelle de cet ouvrage*, Le Breton, Paris, 1758.

349) Ménil Alain, *Diderot et le drame : théâtre et politique*, Presses universitaires de France, Paris, 1995.

350) Mercier Louis-Sébastien, *De J.-J. Rousseau considéré comme l'un des premiers auteurs de la Révolution*, Hachette, Paris, 1976.

351) Mercier Louis-Sébastien, *L'an 2440 : rêve s'il en fut jamais*, La Découverte, Paris, 1999 et Mercier Louis-Sébastien, *Tableau de Paris*, Mercure de France, Paris, 1994.

352) Meslier Jean, *Le Bon Sens du curé J. Meslier, suivi de son Testament*, Garnier frères, Paris, 1905.

353) Meslier Jean, *Lettres aux curés*, in *Œuvres complètes*, Éditions Anthropos, Paris, 1972.

354) Meslier Jean, *Notes contre Fénelon*, Coda, Paris, 2010.

355) Mesrobian Avédik, *Les Conceptions pédagogiques de Diderot*, Molonan, Paris, 1913.

356) Michelet Jules, *Histoire de France*, Hachette, Paris, 1833-1841.

357) Michelet Jules, *La Sorcière*, Flammarion, Paris, 1997, et *Histoire de France*, Lacroix éditeurs, Paris, 1877.

358) Minerbi Marco, Schoysman Anne, « L'économie politique des Anciens et celle des Modernes dans l'*Encyclopédie* », in *Recherches sur Diderot et sur l'Encyclopédie*, n° 12, 1992, pp. 25-39.

359) Montesquieu Charles-Louis de Secondat, *De l'esprit des lois*, Flammarion, Paris, 2008.

360) Montesquieu Charles-Louis de Secondat, *Lettres persanes*, A. Lemerre, Paris, 1873.

361) Moreau Jacob-Nicolas, *Nouveau mémoire pour servir à l'histoire des Cacouacs*, Amsterdam, 1757.

362) Morellet André, *Mémoire pour Abraham Chaumeix, contre les prétendus philosophes Diderot et d'Alembert, ou Réfutation par faits authentiques des calomnies qu'on répand tous les jours contre les citoyens zélés qui ont eu le courage de relever les erreurs dangereuses de l'Encyclopédie*, Amsterdam, 1759.

363) Morellet André, Lemontey Pierre-Édouard, *Mémoires sur le dix-huitième siècle et sur la Révolution française*, Librairie française de Ladvocat, Paris, 1821.

364) Morellet André, *Préface de la comédie des Philosophes ou la Vision de Charles Palissot*, chez l'auteur de la comédie, Paris, 1760.

365) Morellet André, *Préservatif contre un écrit intitulé : « Adresse à l'Assemblée nationale, sur la liberté des opinions, etc. »*, Impr. De Crapau, Paris.

366) Morellet André, *Réfutation de l'ouvrage qui a pour titre Dialogues sur le commerce des bleds*, Londres, 1770.

367) Moreri Louis, *Le Grand Dictionnaire historique, ou le Mélange curieux de l'histoire sainte et profane*, J. Girin et B. Rivière, Lyon, 1674.

368) Morlet Marie-Thérèse, *Dictionnaire étymologique des noms de famille*, Perrin, Paris, 1991.

369) Mortier Roland, *Diderot en Allemagne, 1750-1850*, Presses universitaires de France, Paris, 1954.

370) Mortier Roland, « Diderot et le problème de l'expressivité : de la pensée au dialogue heuristique », in *Cahiers de l'Association internationale des études françaises*, 13, 1961.

371) Mortier Roland, « Les "philosophes" français du XVIIIe siècle devant le judaïsme et la judéité », in *Juifs en France au XVIIIe siècle*, sous la direction de Bernhard Blumenkranz, Commission française des Archives juives, Paris, 1994.

372) Mortier Roland, « The "Philosophes" and Public Education », in *Yale French Studies*, n° 40, Literature and Society : Eighteenth Century, 1968, pp. 62-76.

373) Mortier Roland, « Un témoignage curieux sur Diderot vers 1750 », in *Marche romane*, t. III, 2, avril-juin 1953.

374) Mouhy Charles de Fieux chevalier de, *Les Délices du sentiment*, Jorry, Paris, 1753-1754.

375) Mouhy Charles de Fieux chevalier de, *Mémoires d'une fille de qualité qui ne s'est point retirée du monde*, Amsterdam : aux dépens de la Compagnie, 1747.

376) Mouhy Charles de Fieux chevalier de, *Les Mille et Une Faveurs, contes de cour tirés de l'ancien gaulois par la reine de Navarre et publiés par le chevalier de Mouhy*, Londres : aux dépens de la Compagnie, 1740.

377) Mouhy Charles de Fieux chevalier de, *La Paysanne parvenue ou Les Mémoires de Madame la marquise de L** V***, Publications de l'université de Saint-Étienne, Saint-Étienne, 2005.

378) Mounier Jean-Joseph, *De l'influence attribuée aux philosophes, aux francs-maçons et aux illuminés sur la Révolution de France*, Paris, 1928.

379) Mourad François-Marie, *Quelques réflexions sur l'article « Beau » écrit par Diderot pour l'Encyclopédie*, www.pierre.campion2.free.fr/textes.htm.

380) Moureau François, *La Plume et le plomb*, Presses de l'université Paris-Sorbonne, 2006.

381) Moureau François, « L'*Encyclopédie* d'après les correspondants de Formey », in *Recherches sur Diderot et sur l'Encyclopédie*, n° 3, 1987, pp. 125-145

382) Moureau François, « Le manuscrit de l'article Luxe ou l'atelier de Saint-Lambert », in *Recherches sur Diderot et sur l'Encyclopédie*, n° 1, 1986, pp. 71-84.
383) Moureaux José-Michel, « La place de Diderot dans la correspondance de Voltaire : une présence d'absence », *SVEC*, 242, 1986.
384) Muhit Mohammad A., « Du domicile à l'hôpital : les obstacles au traitement de la cataracte de l'enfant », in *Revue de santé oculaire communautaire*, vol. 4, n° 4, août 2007.
385) Murat Ignès, *Madame du Deffand, La Lettre et l'Esprit*, Perrin, Paris, 2003.
386) Murphy Antoin E., « John Law et la bulle de la Compagnie du Mississippi », in *L'Économie politique,* 4/2010 (n° 48), p. 7-22.
387) Naigeon Jacques-André, *Adresse à l'Assemblée nationale sur la liberté des opinions, sur celle de la presse, etc.*, Volland, Paris, 1790.
388) Naigeon Jacques-André, *Mémoires historiques et philosophiques sur la vie et les ouvrages de Denis Diderot*, Paris, 1821, reprint Slaktine, Genève, 1970.
389) Naigeon Jacques-André, *Philosophie ancienne et moderne, Encyclopédie méthodique, tome premier*, Panckoucke, Paris, 1791-1794.
390) Napoléon, *Documents, discours, lettres*, Insel-Verlag, Leipzig, 1921.
391) Necker Jacques, *Éloge de Jean-Baptiste Colbert, discours qui a remporté le prix de l'Académie françoise, en 1773*, J.-B. Brunet, Paris, 1773.
392) Necker Jacques, *Sur la législation et le commerce des grains*, EDIRES, Roubaix, 1986.
393) Neri Antonio, *Art de la verrerie de Neri, Merret et Kunckel*, traduit par le baron d'Holbach, Durand, Pissot, Paris, 1752.
394) Neufchâteau Nicolas François de, *Les Lectures du citoyen, ou suite de mémoires sur des objets de bien public*, Imprimerie de Joseph Carez, 1790.
395) Newton Isaac, *Principia : Principes mathématiques de la philosophie naturelle*, Dunod, Paris, 2011.
396) Nieuwentijt Bernard, *L'Existence de Dieu démontrée par les merveilles de la nature, en trois parties*, Arkstée et Merkus, Amsterdam et Leipzig, 1760.
397) Nora Pierre (dir.), *Les Lieux de mémoire, I. La République*, Gallimard, Paris, 1984.
398) Oestreicher Jean, *La Pensée politique et économique de Diderot*, Vincennes, 1936.
399) Okon Luzian, « *Nature* » *et* « *Civilisation* » *dans le Supplément au Voyage de Bougainville*, Frankfurt-am-Main, P. Lang, 1980.
400) Ouertani-Khadhar Hédia, *Diderot et l'actualité politique (1746-1784)*, Tunis, Publications de la faculté des lettres de Manouba, 1992.
401) Paitre Fernand, *Diderot biologiste*, Champion, Paris, 1971.
402) Palissot de Montenoy Charles, *Le Cercle, ou les Originaux*, in *Œuvres de M. Palissot, lecteur de S.A.S.Mgr le duc d'Orléans*, Imprimerie de Monsieur, Paris, 1788.
403) Palissot de Montenoy Charles, *L'homme dangereux, comédie*, Amsterdam, 1770.
404) Palissot de Montenoy Charles, *Petites lettres sur de grands philosophes*, Paris, 1757.
405) Palissot de Montenoy Charles, *La Comédie des philosophes et autres textes*, Université de Saint-Etienne, 2002.
406) Palissot de Montenoy Charles, *Supplément d'un important ouvrage. Scène dernière du Fils naturel, avec une lettre à Dorval*, François Goldino, Venise, 1758.

407) Palmer R. R., « A Mystery Explored : *The De l'éducation publique* attributed to Denis Diderot », in *The Journal of Modern History,* vol. 57, n° 1, mars 1985, pp. 1-23.
408) Pascal Blaise, *Mémorial*, in *Œuvres*, t. 5, La Cité des Livres, Paris, 1927.
409) Passeron Irène, « La correspondance de d'Alembert. Un réseau européen ? », in *Bollettino di Storia delle Scienze Matematiche*, vol. XXVIII, 2008.
410) Pellerin Pascale, « Naigeon : une certaine image de Diderot sous la Révolution », in *Recherches sur Diderot et sur l'Encyclopédie*, 29 / 2000.
411) Perey Lucien et Maugras Gaston, *Dernières années de Madame d'Épinay*, Calmann-Lévy, Paris, 1883.
412) Perrault Gilles, *Le Secret du roi*, Fayard, Paris, 1992-1996.
413) Petit (abbé), *David et Bethsabée, tragédie*, Londres : aux dépens de la société, 1754.
414) Pinto Isaac de, *Apologie pour la nation juive ou Réflexions critiques sur le premier chapitre du VII. tome des Œuvres de monsieur de Voltaire, au sujet des juifs*, J. Joubert, Amsterdam, 1762.
415) Platon, *Apologie de Socrate*, Hatier, Paris, 2007.
416) Pluche Antoine, *Le Spectacle de la nature, ou Entretiens sur les particularités de l'histoire naturelle qui ont paru les plus propres à rendre les jeunes gens curieux et à leur former l'esprit*, Les frères Estienne, Paris, 1755-1764.
417) Pomeau René, *Voltaire en son temps*, tome II, Fayard / Voltaire Foundation, 1995.
418) Pope Alexander, *Essai sur l'homme : poème philosophique, en cinq langues, savoir, anglois, latin, italien, françois et allemand*, A König, Strasbourg, 1762.
419) Potofsky Allan, « French Lumières and American Enlightenment during the Atlantic Revolution », in *Revue française d'études américaines*, 2/2002 (n° 92), pp. 47-67.
420) Pouilloux Jean-Yves et Decron Benoît (dir.), *Les Visages de Denis Diderot*, Paris-Langres, 1994.
421) Prévost Antoine-François, *Manon Lescaut*, Regards et lectures, Meudon, 1995.
422) « Problèmes d'éditions critiques à propos des œuvres politiques de Diderot », in *Lumières ou clair-obscur* de P. Vernière, PUF, Paris, 1987.
423) Proust Jacques, « Le paradoxe du *Fils naturel* », in *Diderot Studies*, IV, 1963.
424) Proust Jacques, *Diderot et l'Encyclopédie*, Albin Michel, 1995 (3e éd.).
425) Puisieux Madeleine de, *Conseils à une amie*, 1749.
426) Quérard Joseph-Marie, *La France littéraire ou Dictionnaire bibliographique*, Firmin Didot Frères, Paris, 1836.
427) Quesnay François, « Le droit naturel » et « Maximes générales du gouvernement économique d'un royaume agricole », in *Physiocratie, ou Constitution naturelle du gouvernement le plus avantageux au genre humain*, De Felice, 1768.
428) Quintili Paolo, *La pensée critique de Diderot : matérialisme, science et poésie à l'âge de l'Encyclopédie (1742-1782)*, Honoré Champion, 2001, et « Sur quelques sources de Diderot critique d'art », in *Recherches sur Diderot et sur l'Encyclopédie*, n° 33.
429) Rabelais François, *Gargantua, Pantagruel*, Arléa, Paris, 1999.

430) Rameau Jean-François, *La Raméide*, Aux rameaux couronnés, Petersbourg, 1766.
431) Rameau Jean-Philippe, *Démonstration du principe de l'harmonie, servant de base à tout l'art musical théorique et pratique*, Durand, Pissot, Paris, 1750.
432) Raymond Agnès G., « La genèse de *Jacques le Fataliste* de Diderot, quelques clefs nouvelles », in *Archives des lettres modernes*, n° 171, 1977 (IV).
433) Raynal Guillaume-Thomas, *Adresse de Guillaume-Thomas Raynal, remise par lui-même à M. le Président, le 31 mai 1791, et lue à l'Assemblée le même jour*, Migneret, 1791.
434) Raynal Guillaume-Thomas, *Histoire philosophique et politique des établissemens et du commerce des Européens dans les deux Indes*, 1re édition, Amsterdam, 1770.
435) Raynal Guillaume-Thomas, *Histoire philosophique et politique des établissemens et du commerce des Européens dans les deux Indes*, 2e édition, Gosse Fils, La Haye, 1774.
436) Raynal Guillaume-Thomas, *Histoire philosophique et politique des établissemens et du commerce des Européens dans les deux Indes*, 3e édition, J.-L. Pellet, Genève, 1780.
437) Réau Louis, *Correspondance de Falconet avec Catherine II (1767-1778)*, Edouard Champion, Paris, 1921.
438) Rebejkow Jean-Christophe, « Contribution à l'écriture fragmentaire de Diderot : le manuscrit n.a.fr. 24938 des Fragments divers utilisé par Grimm dans la *Correspondance littéraire* (les Fragments politiques de 1772) », in *Recherches sur Diderot et sur l'Encyclopédie*, n° 15, 1993, pp. 55-69.
439) Rey Alain, *Dictionnaire amoureux des dictionnaires*, Plon, Paris, 2011.
440) Richardson Samuel, *Lettres anglaises ou Histoire de Miss Clarisse Harlowe*, Desjonquères, Paris, 1999.
441) Ricuperati Giuseppe, « L'homme des Lumières », in *Le Monde des Lumières*, Vincente Ferrone et David Roche (dir.), Fayard, Paris, 1999.
442) Roberts Bessie, *Les idées de Diderot sur la poésie*, Liverpool, 1941.
443) Robespierre Maximilien, *Œuvres*, tome troisième, Paris, 1840.
444) Rocafort Jacques, *Les Doctrines littéraires de l'Encyclopédie*, Slatkine, Genève, 1970.
445) Roche Daniel, *La France des Lumières*, Fayard, Paris, 1993.
446) Roche Daniel, *Les Républicains des lettres. Gens de culture et Lumières au XVIIIe siècle*, Fayard, Paris, 1988.
447) Roche Daniel et Ferrone Vincenzo, *Le Monde des Lumières*, Fayard, 1999.
448) Roth Georges et Varloot Jean, *Diderot : correspondance*, Éditions de Minuit, Paris, 1955-70.
449) Rousseau Jean-Jacques, « À tout François aimant encore la justice et la vérité », in *Œuvres complètes, Dialogues*, tome II, Dalibon, Paris, 1826.
450) Rousseau Jean-Jacques, *Les Confessions*, Launette, Paris, 1889.
451) Rousseau Jean-Jacques, *Du contrat social ; Écrits politiques*, Gallimard, Bibliothèque de la Pléiade, Paris, 1991.
452) Rousseau Jean-Jacques, *Discours sur les sciences et les arts ; Lettre à d'Alembert sur les spectacles*, Gallimard, Paris, 1987.
453) Rousseau Jean-Jacques, *Discours sur l'origine et les fondements de l'inégalité parmi les hommes*, Gallimard, Paris, 1973.

454) Rousseau Jean-Jacques, *Émile ou De l'éducation*, Gallimard, Paris, 1995.
455) Rousseau Jean-Jacques, *Julie ou La Nouvelle Héloïse*, Gallimard, Paris, 1993.
456) Rousseau Jean-Jacques, *Lettres (1728-1778)*, 2004 (http://classiques.uqac.ca/classiques/Rousseau_jj/lettres_1728_1778/rousseau_lettres.pdf).
457) Rousseau Jean-Jacques, *Lettres philosophiques*, Le Livre de Poche, Paris, 2003.
458) Rousseau Jean-Jacques, *Lettre sur la musique française*, 1753.
459) Rousseau Jean-Jacques, *Œuvres*, tome troisième, première partie, A. Belin, Paris, 1817.
460) Rousseau Jean-Jacques, *Œuvres complètes de J.-J. Rousseau, Correspondance*, tome 1, Th. Lejeune, Bruxelles, 1828.
461) Rousseau Jean-Jacques, *Œuvres complètes*, tome septième, *Correspondance*, tome I, Lefèvre, Paris, 1839.
462) Rousseau Jean-Jacques, *Projet concernant de nouveaux signes pour la musique, lu par l'auteur à l'Académie des sciences le 22 août 1742*, Genève, 1781.
463) Rousseau Jean-Jacques, *Rousseau juge de Jean-Jacques*, H. Champion, Paris, 2011.
464) Roy Marie-Luise, *Die Poetik Denis Diderots*, W. Fink, Munich, 1966.
465) Sahut Marie-Catherine, Volle Nathalie, *Diderot et l'art de Boucher à David*, catalogue de l'exposition à l'hôtel de la Monnaie, 5 octobre 1984-6 janvier 1985, Éditions de la Réunion des musées nationaux, Paris.
466) Sainte-Beuve, « La statue de Diderot », in *La Renaissance littéraire et artistique*, 2e année, n° 26, 3 août 1873.
467) Saint-Lambert Jean-François de, *Les Deux Amis, conte iroquois*, in *Œuvres philosophiques de Saint-Lambert*, H. Agasse, Paris, an V-an IX.
468) Saint-Lambert Jean-François de, *Les Saisons, poème*, Salmon, Paris, 1823.
469) Saint-Lambert, *Principes des mœurs chez toutes les nations ou Catéchisme universel*, H. Agasse, Paris, 1798.
470) Saint-Marc Girardin, « Jean-Jacques Rousseau, sa vie et ses ouvrages – XIV. – Rousseau et Malesherbes », in *Revue des deux mondes*, 26e année – seconde période, tome II, 1856.
471) Saint-Simon, *Mémoires*, Gallimard, Bibliothèque de la Pléiade, Paris, 1983.
472) Sandrier Alain, « L'attribution des articles de l'*Encyclopédie* au baron d'Holbach : bilan et perspectives », in *Recherches sur Diderot et sur l'Encyclopédie*, 1/2010 (n° 45), pp. 44-57.
473) Saunderson Nicholas, *Éléments d'algèbre*, traduits de l'anglais et augmentés de quelques remarques par M. de Joncourt, Arkstée et Merkus, Amsterdam et Leipzig, 1756.
474) Say Jean-Baptiste, « Œuvres de Diderot, publiées sur les manuscrits de l'auteur, par Jacques-André Naigeon, de l'Institut national de France », in *La Décade philosophique, littéraire et politique*, n° 15, 18 février 1798.
475) Scherer Edmond, *Melchior Grimm. L'homme de lettres, le factotum, le diplomate*, Calmann Lévy, Paris, 1887.
476) Schiappa Jean-Marc, *Une histoire de la libre pensée*, L'Harmattan, Paris, 2011.
477) Schmitt Eric-Emmanuel, *Diderot ou la philosophie de la séduction*, Albin Michel, Paris, 1997.
478) Schwartz Leo, *Diderot and the Jews*, Associated U Press, Londres Toronto, 1981.

479) Sedaine Michel-Jean, *Le Philosophe sans le savoir, comédie*, STFM, Paris, 1990.
480) Ségur Louis-Philippe de, *Mémoires ou Souvenirs et anecdotes*, A. Lacrosse, Bruxelles, 1825.
481) Sejten Anne Élisabeth, *Diderot ou le Défi esthétique : les écrits de jeunesse : 1746-1751*, Vrin, Paris, 1999.
482) Sergescu Pierre, « La contribution de Condorcet à l'*Encyclopédie* », in *Revue d'histoire des sciences et de leurs applications*, 1951, tome 4, n° 3-4, pp. 233-237.
483) Shaftesbury Anthony Ashley Cooper comte de, *Principes de la philosophie morale, ou Essai de M. S*** sur le mérite et la vertu*, Z. Chatelain, Amsterdam, 1745.
484) Sieyès, *Qu'est-ce que le Tiers-État ?*, 1789.
485) Smith Adam, *Recherche sur la nature et les causes de la richesse des nations*, Economica, Paris, 2000.
486) Soboul Albert (dir.), *Dictionnaire de la Révolution française*, articles « Athéisme », « Brissot », « Déchristianisation », « Émigration / Émigrés », « Expédition d'Égypte », « Instruction publique », « Malesherbes », « Robespierre », Presses universitaires de France, Paris, 2004.
487) Société des gens de lettres, *L'esprit des journaux, françois et étrangers*, tome III, dix-huitième année, Valade, Paris, mars 1789.
488) Société de l'histoire de France, *Bulletin de la société de l'histoire de France*, première partie, tome second, Jules Renouard, Paris, 1836.
489) Société Diderot, *Recherches sur Diderot et sur l'Encyclopédie*, Aux Amateurs de livres, Paris, 1986.
490) Spear Frederick A., *Bibliographie de Diderot : répertoire analytique international*, Droz, Genève, 1980.
491) Staël-Holstein Germaine de, *Considérations sur la Révolution française*, Tallandier, Paris, 1983.
492) Stanyan Temple, *Histoire de Grèce*, traduite de l'anglais par Diderot, Briasson, Paris, 1743.
493) Sterne Laurence, *La Vie et les Opinions de Tristram Shandy, gentilhomme*, Tristram, Auch, 2004.
494) Sticotti Antoine-Fabio, *Garrick ou Les acteurs anglais*, J.-P. Costard, Paris, 1770.
495) Strugnell Anthony, « La candidature de Diderot à la Société royale de Londres », in *Recherches sur Diderot et sur l'Encyclopédie*, 4, 1988.
496) Szigeti Joszef, *Diderot, une grande figure du matérialisme militant du* XVIIIe *siècle*, Akadëmiai Kiadö, Budapest, 1962.
497) Taranto Pascal, *Du déisme à l'athéisme, la libre pensée d'Anthony Collins*, Honoré Champion, Paris, 2000.
498) Texte Joseph, *Jean-Jacques Rousseau et les Origines du cosmopolitisme littéraire*, Hachette, Paris, 1895.
499) Thomas Antoine-Léonard, *Essai sur le caractère, les mœurs et l'esprit des femmes dans les différens siècles*, Moutard, Paris, 1772.
500) Thomas Jean, *L'Humanisme de Diderot*, Les Belles Lettres, Paris, 1932.
501) Toland John, *Lettres philosophiques sur l'origine des préjugés, du dogme de l'immortalité de l'âme, de l'idolâtrie...*, traduites de l'anglais par le baron d'Holbach, Hachette, Paris, 1972.

502) Tourneux Maurice, *Diderot et Catherine II*, Calmann-Lévy, Paris, 1899.
503) Toussaint François-Vincent, *Les Mœurs*, 1748.
504) Trenchard John, *La Contagion sacrée, ou Histoire naturelle de la superstition*, Londres, 1768.
505) Trousson Raymond, *Denis Diderot, Mémoire de la critique*, Presses Paris-Sorbonne, 2005.
506) Trousson Raymond, *Denis Diderot ou le Vrai Prométhée*, Tallandier, Paris, 2005.
507) Trousson Raymond, *Diderot jour après jour. Chronologie*, H. Champion, Paris, 2006.
508) Trousson Raymond, *Images de Diderot en France : 1784-1913*, H. Champion, Paris, 1997.
509) Trousson Raymond, « Le bicentenaire de Diderot dans la presse en 1913 », in *Diderot Studies XXII*, Otis Fellows, Genève, 1986 et Trousson Raymond, « Diderot selon Pierre Larousse », in *Recherches sur Diderot et sur l'Encyclopédie*, n°20, 1996, pp. 91-102.
510) Trousson Raymond, Roland Mortier (éd.), *Dictionnaire de Diderot*, Honoré Champion, Paris, 1999.
511) Trousson Raymond, *Rousseau*, Presses Paris-Sorbonne, 2000.
512) Tunstall Kate E., « Diderot, Chardin et la matière sensible », in *Dix-huitième siècle*, n° 39, 1/2007, pp. 577-593.
513) Turgot Anne-Robert-Jacques, *Lettres sur la tolérance*, in *Œuvres de M. Turgot*, A. Belin, Paris, 1808-1811.
514) Turgot Anne-Robert-Jacques, *Réflexions sur la formation et la distribution des richesses et observations de Dupont de Nemours sur les points dans lesquels Adam Smith est d'accord avec la théorie de Turgot et sur ceux dans lesquels il s'en est écarté*, in *Œuvres de M. Turgot*, A. Belin, Paris, 1808-1811.
515) Universität des Saarlandes (Sarrebruck), *La Correspondance littéraire de Grimm et de Meister (1754-1813)*, colloque de Sarrebruck, 22-24 février 1974, Klincksieck, Paris, 1976.
516) Urs App, *The Birth of Orientalism*, University of Pennsylvania Press, Philadelphia, 2010 (sur le rôle de Diderot dans la découverte européenne du bouddhisme et de l'hindouisme, cf. pp. 133-187).
517) Usteri Paul et Ritter Eugène, *Lettres inédites de Mme de Staël à Henri Meister*, Hachette, Paris, 1903.
518) Vandeul Madame de, *Mémoires, correspondance et ouvrages inédits de Diderot, de 1759 à 1780*, Paulin, Paris, 1830.
519) Vapereau Gustave, *Dictionnaire universel des littératures*, Hachette, Paris, 1876.
520) Varloot Jean et Roth Georges, *Denis Diderot : correspondance*, Éditions de Minuit, Paris, 1955-1970 ; et Varloot Jean, « Vrais ou faux amis. L'original des Eleuthéromanes », in *Recherches sur Diderot et sur l'*Encyclopédie, n° 10, 1991, pp. 9-20.
521) Venturi Franco, *La jeunesse de Diderot : 1713-1753*, Albert Skira, Paris, 1939.
522) Vernière Paul, « Diderot et l'invention littéraire à propos de *Jacques le Fataliste* », in *RHLF*, LIX, 1959.
523) Vernière Paul, *Diderot, ses manuscrits et ses copistes*, Klincksieck, Paris, 1967.
524) Versini Laurent, *Denis Diderot, alias frère Tonpla*, Hachette, Paris, 1996.

525) Versini Laurent, « Diderot et l'architecture », in *Travaux de littérature*, vol. 12, Klincksieck, 1999.
526) Versini Laurent, « Diderot piéton de Paris », in *Travaux de littérature*, vol. 13, Librairie Droz, 2000.
527) Viard Georges, « L'*Encyclopédie* en son temps », in *L'Encyclopédie entre arts et sciences*, musée d'Art et d'Histoire de Langres, Dominique Guéniot éditeur, 2001 et Viard Georges, « Maîtres et collégiens langrois au temps de la jeunesse de Diderot », in *Recherches sur Diderot et sur l'Encyclopédie*, n°2, 1987, pp. 19-45, et Viard Georges, « La manufacture de glaces de Rouelles (Haute-Marne) : un modèle pour l'*Encyclopédie* », in *Recherches sur Diderot et sur l'Encyclopédie*, n°33 *varia.*
528) Viguerie Jean de, *Histoire et dictionnaire du temps des Lumières, 1715-1789*, Robert Laffont, Paris, 2003.
529) Voltaire, *Dictionnaire philosophique*, Garnier Frères, Paris, 1878.
530) Voltaire, *Éléments de la philosophie de Newton*, The Voltaire Foundation, Oxford, 1992.
531) Voltaire, *Essai sur les mœurs et l'esprit des nations*, Garnier, Paris, 1878.
532) Voltaire, *Histoire d'Elizabeth Canning et de Jean Calas*, Jean Nourse, 1762.
533) Voltaire, *Irène, tragédie de M. de Voltaire, représentée pour la première fois le 16 mars 1778 par les Comédiens ordinaires du Roi*, Paris, 1779.
534) Voltaire, *Mémoire sur la satire*, in *Œuvres complètes*, Furne, Paris, 1837.
535) Voltaire, *Lettres philosophiques ; Traité sur la tolérance ; Derniers écrits sur Dieu*, présentation par Roger-Pol Droit, Flammarion, Paris, 2008.
536) Voltaire, *Œuvres complètes, Correspondance*, Delangle Frères, Marius Amyot, Paris, 1830.
537) Voltaire, *Œuvres complètes, Correspondance avec D'Alembert* et *Œuvres complètes, Correspondance générale*, Armand-Aubrée, Paris, 1830.
538) Voltaire, *La Bataille de Fontenoy, poème*, Prault père, Paris, 1745.
539) Voltaire, *Œuvres complètes. Correspondance générale*, Furne, 1837 et Voltaire, *Lettres inédites de Voltaire*, Didier et cie, Paris, 1856.
540) Voltaire, *Le Cri du sang innocent*, in *Collection complette des Œuvres de M. de Voltaire*, Cramer, Genève, 1768-1796.
541) Voltaire, *Sur le théisme*, in *Œuvres de M. de Voltaire*, George Conrad Walther, Dresde, 1752.
542) Voltaire, *Zadig ou la Destinée*, Gallimard, Paris, 1999.
543) Voltaire, *Zaïre ; Le Fanatisme ou Mahomet le prophète ; Nanine ou l'Homme sans préjugé ; Le Café ou l'Écossaise*, Flammarion, Paris, 2004.
544) Vovelle Michel, « Athéisme », in Soboul Albert, *Dictionnaire de la Révolution française*, Presses universitaires de France, Paris, 2004.
545) Wagner Jacques, « *Le Neveu de Rameau* ou la prise impossible », in *Cahiers Textuel*, n° 11, février 1992, pp. 21-31.
546) Walter Éric, « Les intellectuels du ruisseau », in *Cahiers Textuel*, n° 11, février 1992, pp. 43-69.
547) Weil Françoise, *L'Interdiction du roman et la Librairie, 1728-1750*, Aux Amateurs de Livres, Paris, 1986.
548) Werner Leo, *Diderot als Kunstphilosoph*, Junge & Sohn, Erlangen, 1918.

549) Wilson Arthur M., *Diderot, sa vie et son œuvre*, Laffont-Ramsay, Paris, 1985.
550) Woolston Thomas, *Six discours sur les miracles de Notre Sauveur*, H. Champion, Paris, 2001.
551) Wright Arnold et Sclater William Lutley, *Sterne's Eliza*, William Heinemann, Londres, 1922.
552) Duchet Michèle, *Diderot et l'*Histoire des deux Indes *ou l'Écriture fragmentaire*, A. G. Nizet, Paris, 1978.
553) Heyndels Ralph, *La Pensée fragmentée*, Éditions Mardaga, Paris, 1985.

*
* *

554) http://artemis.austincollege.edu/acad/cml/cmanley/home/dupin.htm
555) http://bbf.enssib.fr/consulter/bbf-1995-04-0106-013
556) http://c18.net/dp/dp.php?no=924
557) http://dictionnaire-journalistes.gazettes18e.fr/journaliste/362-frederic-grimm
558) http://dictionnaire-journalistes.gazettes18e.fr/journaliste/769-nicolas-thieriot
559) http://en.wikisource.org/wiki/1911_Encyclopædia_Britannica/Grimm,_Friedrich_Melchior,_Baron_von
560) http://encyclopedie.uchicago.edu/node/105
561) http://expositions.bnf.fr/casanova/pedago/Casanova1.pdf
562) http://expositions.bnf.fr/casanova/reperes/01.htm
563) http://expositions.bnf.fr/lumieres/grand/022.htm
564) http://publimath.irem.univ-mrs.fr/glossaire/DE003.htm
565) http://rotunda.upress.virginia.edu/index.php?page_id=Collections
566) http://rousseaustudies.free.fr/articlerastrasbourg.html
567) http://www.artistes-francais.com/?page_id=114
568) http://www.britannica.com/EBchecked/topic/658403/Johann-Christoph-Zumpe
569) http://www.cosmovisions.com/Alembert01.htm
570) http://www.jacquelinebaldran.com/pages/Louise_dÉpinay_1-2652685.html
571) http://www.lettres-et-arts.net/arts/5-salons_de_diderot_l_invention_d_un_style et http://www.lettres-et-arts.net/arts/3-etude_litteraire_du_salon_de_1759.
572) http://www.memo.fr/article.asp?ID=JJR_OEU_005
573) http://www.memo.fr/article.asp?ID=VOL_U40_039
574) http://www.rousseau-chronologie.com/
575) http://www.sacd.fr/Historique.31.0.html
576) http://www.siefar.org/dictionnaire/fr/Louise-Florence-Pétronille_Tardieu_d'Esclavelles
577) http://www.universalis.fr/encyclopedie/dialogues-de-rousseau-juge-de-jean-jacques/
578) http://www.ville-ge.ch/bge/imv/gazette/24/voltaire.html
579) http://www.ville-ge.ch/bge/imv/voltaire_delices/visiteurs.html
580) http://www2.budget.gouv.fr/actus/suite/100903_lettre_turgot.htm
581) http://www.academie-francaise.fr/les-immortels/jean-le-rond-dit-d-alembert
582) http://www.rousseauonline.ch/Text/Section0043.php

Remerciements et sources

D'abord, à Nicolas B., qui m'a conseillé d'entrer dans le monde de Diderot et d'y consacrer une biographie. Ses conseils de lecture, nos conversations, à Paris et à Langres, m'ont été infiniment précieux.

Ensuite au maire de Langres, M. Didier Loiseau, et à tous ceux, bibliothécaires et historiens de la ville, qui ont bien voulu me consacrer leur temps, me faire visiter les lieux, m'ouvrir leurs archives et me communiquer tous les documents qu'il m'a paru nécessaire de leur demander.

Ensuite à Jeanne Auzenet, Laurine Moreau et Florian Dautil, qui m'ont aidé, avec une attention patiente et exigeante, à vérifier mes sources et à établir la bibliographie.

Enfin à Sophie de Closets et Claude Durand, qui ont bien voulu relire attentivement les épreuves de ce livre et faire en sorte qu'il sorte en temps et en heure, dans les meilleures conditions possible.

Pour écrire ce livre, il m'a fallu évidemment lire la totalité de l'œuvre publiée de Diderot, telle que parue dans la remarquable édition de M. Versini, et en particulier la totalité de sa correspondance. Il m'a fallu ensuite lire les principales biographies et d'innombrables textes, cités dans la bibliographie. Il m'a fallu enfin me promener dans le Paris et le Langres de Diderot, dont il reste encore bien des traces.

Illustrations

p. 1
Image de saint Denis donnée à Denis Diderot par le père Couder en août 1728, pour le féliciter d'un exposé en latin. © Musées de Langres-Arnaud Vaillant.
Probablement portrait du père de Denis. © Musées de Langres-Arnaud Vaillant.
Le collège où Diderot a étudié à Langres. © Collection Dupondt/AKG-images.

p. 2
Portrait de Diderot. Gravure d'après un portrait de Garand. © Musées de Langres-Arnaud Vaillant.
Denis Diderot, buste par Houdon (détail). © AKG-images/Erich Lessing.
Denis Diderot, écrivain par Louis-Michel Van Loo. Paris, musée du Louvre. © RMN-Grand Palais (Musée du Louvre)/Stéphane Maréchalle.

p. 3
Statue de Diderot à Langres, par Auguste Bartholdi. © Collection Dupondt/AKG-images.
Statue de Diderot, boulevard Saint-Germain, Paris. Sculpture en bronze de Jean Gautherin. © Youngtae/Leemage.

p. 4
Jean-Jacques Rousseau par Maurice Quentin de La Tour. © AKG-images/Erich Lessing.
Portrait de Voltaire. Peinture de Jacques-Augustin-Catherine Pajou. Paris, Comédie-Française. © Photo Josse/Leemage.

p. 5
Portrait de Paul Henri Thiry, baron d'Holbach. Aquarelle de Carmontelle. Chantilly, musée Condé. © Photo Josse/Leemage.
Friedrich Melchior, baron von Grimm. Gravure de Cochin. Bibliothèque nationale de France. © AKG-images.

p. 6
Portrait de Jean le Rond d'Alembert. Peinture de Louis Tocque. Versailles, musée Lambinet. © Photo Josse/Leemage.
Portrait de Julie de Lespinasse par Carmontelle, musée Condé. © Photo Josse/Leemage.

p. 7
Page de titre de l'*Encyclopédie* de Diderot et d'Alembert, 1751. © Selva/Leemage.
Détail © Roger-Viollet.
Fabrique de coutellerie. Planche tirée de l'*Encyclopédie* de d'Alembert et Diderot, vers 1751-1765. © Collection Sspl/Kharbine-Tapabor.

p. 8
Antoine de Sartine. Peinture à l'aquarelle de Joseph Boze, 1787. © Photo Josse/Leemage.
Portrait de Chrétien Guillaume de Malesherbes. Peinture de Jean Valade, 1755. Paris, musée Carnavalet. © Photo Josse/Leemage.
Henri-François d'Aguesseau, par Hyacinthe Rigaud (1659-1743). Versailles, châteaux de Versailles et de Trianon. © RMN-Grand Palais (Château de Versailles)/Gérard Blot.

p. 9
Madame du Deffand par Richard Bull. © Lewis Walpole Library.
Portrait de madame Geoffroy, par François Colson, musée Carnavalet. © Photo Josse/Leemage.
Madame d'Épinay, d'après Jean-Étienne Liotard. Versailles, châteaux de Versailles et de Trianon. : © RMN-Grand Palais (Château de Versailles)/Gérard Blot.

p. 10
Étienne-Maurice Falconet. Marbre de Marie-Anne Collot, 1773. Musée de l'Hermitage, Saint-Pétersbourg. © AKG-images/RIA Nowosti.
Portrait de l'impératrice Catherine II de Russie. Peinture de Fedor Stepanovitch Rokotov, 1770. Moscou, musée National d'Histoire. © Electa/Leemage.

p. 11
Marie Angélique Caroillon de Vandeul, fille de Diderot. Buste par Augustin Pajou. © Roger-Viollet.
Monsieur Naigeon, ami de Diderot. Aquarelle de Carmontelle. Chantilly, musée Condé. © RMN-Grand Palais (Domaine de Chantilly)/René-Gabriel Ojéda.

p. 12
Lettre adressée à Diderot par son frère chanoine © Musées de Langres-Arnaud Vaillant.
Lettre de Diderot à Maupertuis, accompagnant l'envoi de la *Lettre sur les aveugles* © Musées de Langres-Arnaud Vaillant.

Index des noms propres

Table des matières

DU MÊME AUTEUR

Essais

Analyse économique de la vie politique, PUF, 1973.
Modèles politiques, PUF, 1974.
L'Anti-économique (avec Marc Guillaume), PUF, 1975.
La Parole et l'Outil, PUF, 1976.
Bruits. Économie politique de la musique, PUF, 1977, nouvelle édition, Fayard, 2000.
La Nouvelle Économie française, Flammarion, 1978.
L'Ordre cannibale. Histoire de la médecine, Grasset, 1979.
Les Trois Mondes, Fayard, 1981.
Histoires du Temps, Fayard, 1982.
La Figure de Fraser, Fayard, 1984.
Au propre et au figuré. Histoire de la propriété, Fayard, 1988.
Lignes d'horizon, Fayard, 1990.
1492, Fayard, 1991.
Économie de l'Apocalypse, Fayard, 1994.
Chemins de sagesse : traité du labyrinthe, Fayard, 1996.
Fraternités, Fayard, 1999.
La Voie humaine, Fayard, 2000.
Les Juifs, le Monde et l'Argent, Fayard, 2002.
L'Homme nomade, Fayard, 2003.
Foi et Raison – Averroès, Maïmonide, Thomas d'Aquin, Bibliothèque nationale de France, 2004.
Une brève histoire de l'avenir, Fayard, 2006 (nouvelle édition, 2009).
La Crise, et après ?, Fayard, 2008.
Le Sens des choses, avec Stéphanie Bonvicini et 32 auteurs, Robert Laffont, 2009.
Survivre aux crises, Fayard, 2009.
Tous ruinés dans dix ans ? Dette publique, la dernière chance, Fayard, 2010.
Demain, qui gouvernera le monde ?, Fayard, 2011.
Candidats, répondez !, Fayard, 2012.
La Consolation, avec Stéphanie Bonvicini et 18 auteurs, Naïve, 2012.

Dictionnaires

Dictionnaire du XXIe siècle, Fayard, 1998.
Dictionnaire amoureux du judaïsme, Plon/Fayard, 2009.

Romans

La Vie éternelle, roman, Fayard, 1989.
Le Premier Jour après moi, Fayard, 1990.
Il viendra, Fayard, 1994.
Au-delà de nulle part, Fayard, 1997.

La Femme du menteur, Fayard, 1999.
Nouv'elles, Fayard, 2002.
La Confrérie des Éveillés, Fayard, 2004.

Biographies
Siegmund Warburg, un homme d'influence, Fayard, 1985.
Blaise Pascal ou le Génie français, Fayard, 2000.
Karl Marx ou l'Esprit du monde, Fayard, 2005.
Gândhî ou l'Éveil des humiliés, Fayard, 2007.
Phares. 24 destins, Fayard, 2010.

Théâtre
Les Portes du Ciel, Fayard, 1999.
Du cristal à la fumée, Fayard, 2008.

Contes pour enfants
Manuel, l'enfant-rêve (ill. par Philippe Druillet), Stock, 1995.

Mémoires
Verbatim I, Fayard, 1993.
Europe(s), Fayard, 1994.
Verbatim II, Fayard, 1995.
Verbatim III, Fayard, 1995.
C'était François Mitterrand, Fayard, 2005.

Rapports
Pour un modèle européen d'enseignement supérieur, Stock, 1998.
L'Avenir du travail, Fayard/Institut Manpower, 2007.
300 décisions pour changer la France, rapport de la Commission pour la libération de la croissance française, XO/La Documentation française, 2008.
Paris et la Mer. La Seine est Capitale, Fayard, 2010.
Une ambition pour 10 ans, rapport de la Commission pour la libération de la croissance française, XO/La Documentation française, 2010.

Beaux-livres
Mémoire de sabliers, collections, mode d'emploi, Éditions de l'Amateur, 1997.
Amours. Histoires des relations entre les hommes et les femmes, avec Stéphanie Bonvicini, Fayard, 2007.

Photocomposition Nord Compo
Villeneuve-d'Ascq

Pour l'éditeur, le principe est d'utiliser des papiers composés de fibres naturelles, renouvelables, recyclables et fabriquées à partir de bois issu de forêts qui adoptent un système d'aménagement durable.
En outre, l'éditeur attend de ses fournisseurs de papier qu'ils s'inscrivent dans une démarche de certification environnementale reconnue.

Impression réalisée par
CPI BRODARD ET TAUPIN
La Flèche

pour le compte des Éditions Fayard
en janvier 2013

PAPIER À BASE DE
FIBRES CERTIFIÉES

Fayard s'engage pour
l'environnement en réduisant
l'empreinte carbone de ses livres.
Celle de cet exemplaire est de :
0,800 kg éq. CO_2
Rendez-vous sur
www.fayard-durable.fr

Imprimé en France
Dépôt légal : janvier 2013
N° d'impression : 71749
36-57-3231-2/02